KB012241

라르칼리아

마리포사

신여리 장편소설

V

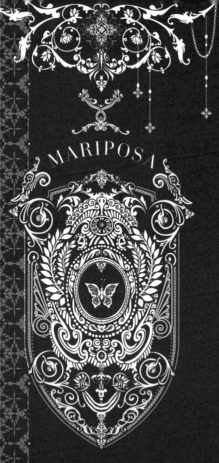

라르칼리아

마리포사

신여리 장편소설

V

D&C
BOOKS

5부. 라르칼리아

5부

라르칼리아
(Raruekalria)

1장

1장

북부의 제일 기사, 늑대들의 주인, 뮈아드로의 영주이자 모든 브류나크의 주인이신 폐하께 올립니다.

붉은 늑대의 아들, 소신 작위 공작 파사드 칼란독, 폐하의 충직한 신하로서 명에 따라 모르가나와 일전을 치르고 경과를 보고합니다.

남부 제국 모르가나의 그란두르에서 있었던 혈전에서 제국의 유일 태자 라인하르 델라로지아 루잔 리르벨타인 모르가니아가 피살되었습니다. 그를 시해한 것은 적군의 최고사령관 마리포사로, 적장 마리포사 역시 그날 새벽 사망했습니다. 그들의 시신은 지금 라르크의 주둔지에 유치되어 있습니다.

앞으로의 전황을 어떤 방향으로 마무리하고자 하시는지에 대한 폐하의 고견을 청합니다.

영원불변의 북부의 주인께 읍합니다.

각원 도트발 잔트 부세 900년 둘째 달 스물세 번째 날,
라르크 수비군 총책임자 파사드 칼란독 공 브루나크 인.

약식 보고서 작성을 마무리한 파사드는 붉은 밀랍으로 공가의 압
인을 찍어 밀봉한 후 에제트에게 건넸다.

에제트는 열흘이면 뮈아드로에 다다를 것이라 말하며 서신을 들
고 돌아갔다. 열흘. 이곳에서 뮈아드로까지 아무리 빠르게 말을 달
려 주파해도 보름은 더 걸려야 마땅한 일이었다. 그러나 파사드는
밤 늑대들이 스스로의 체계를 독존 이외의 종들에게 결코 누설하지
않음을 잘 알아 의문하지 않고 내보냈다.

모르가나 군의 사분지 일 이상이 탈영했던 비극의 밤, 라르크의
군사들은 막바지의 맹공으로 수시간 만에 일만여 명 이상의 적군 사
상자를 냈다. 체계를 잃은 적들이 교전 중지를 요청하는 파발이 당
도한 나흘 후, 라르크의 군사들은 국경 지대인 안프 절벽 기지 일대
로 향하는 이샤스의 입구로 거취를 옮겼다.

그들은 역사상 처음으로 함락했던 모르가나의 소영지 이른을 기
꺼이 버렸다. 자칫 종전이 이루어지지 않고 적들의 보복 전쟁의 불
길이 더욱 거세질 때, 라르크의 군사들이 모르가나 남부 영지에 고
립무원의 상태로 농성하게 되는 것을 피하기 위함이었다.

라르크 군사들이 안프의 입구로 향하는 길목으로 옮겨 가며 마지
막까지 이른에 남아 있던 투헤인 뵈르게트는 해방되었다.

태자 라인하르가 사망하고, 발로이드 페이작 마리포사가 사망하
고, 모르가나의 주력 부대로 잔인무도한 살인 기사라 유명 자자했던
마리포사 기사단이 흩어지고, 그들을 따르던 수천에 이르는 일반 병
사들마저 어딘가로 도망쳐 버린 시태 속에서 투헤인은 그다지 중요

하지 않은 인물이었기 때문이다.

파사드는 그가·고국으로 돌아가는 것을 허락했다. 뵈르게트의 두 남매가 머리를 맞대고 무언가 수작을 부리는 듯했으나 별다른 사건은 일어나지 않았다. 투혜인은 대기 중이던 제독 함선에 살아남은 해병을 태우고 약탈품을 챙겨 강 저편으로 유유히 떠나갔다.

대신 카혜이아는 호위 장교 열댓 명과 함께 마지막까지 남을 것을 선언했다. 종전 협정이 마무리된 후, 그들과 함께 개선식에 참여해 위명을 높이겠다는 뜻이었다.

그들 역시 적게나마 이번 전쟁에서 사상자를 냈고 군공을 세웠기에 파사드는 말리지 않았다. 좋은 기분은 아니었다.

그러나 지휘부의 불안이나 걱정과는 별개로 군사들은 전쟁이 끝날지도 모른다는 희망으로 부풀었다. 그들은 고향으로 돌아가면 무엇을 할 것인지, 상여금을 받으면 어떤 장사를 하고 싶다든지, 집에 두고 온 자식새끼들에게 이런저런 이야기를 해 줄 것이라든지, 돌아가 장가를 가고 말 것이라든지 하는 사소한 이야기를 나누며 절벽 너머 고국의 냄새에 열광했다.

그러기를 열흘, 모르가나의 유일 태자가 살해당했다는 소식은 곧 모르가나의 전역으로 퍼지기 시작했다. 대륙의 하늘은 전서구로 뒤덮였다.

라르크의 군사들은 주둔지 인근을 비행하는 전서구를 몇 마리 잡았다. 주살을 날려 잡아 떨어뜨린 전서구들은 죄 발목에 황태자 시해 사건을 담은 글귀가 적힌 천을 묶고 있었다. 그 후 닷새 즈음이 더 지나자 곳곳에서 비탄의 봉화가 오르기 시작했다.

야영지 동서남북을 아울러 어디로 시선을 돌려도 검은 연기가 얇고 가늘게 구불대며 솟아오르는 것이 보였다. 라르크의 군사들은 내심 긴장하기 시작했다. 이제 저들의 반응에 따라 이 전쟁의 종막이 결정되리라.

그러나 스무 날에 이르도록 적들은 아무런 반응도 보이지 않았다. 그란두르의 교전 중지는 휴전으로 이어졌고, 군사들의 희망은 더욱 단단해졌다.

어느 순간부터 기분 좋은 콧노래가 흥얼흥얼 눈 그친 찬 바람을 밀어내기 시작했다. 여느 때보다 긴장한 지휘 기사들과 여느 때보다 유쾌해진 군사들이 요란스럽게 지난 전투의 이야기를 회자했다. 그들은 때때로 뜨겁게 끓인 술잔을 나누기도 했다.

라르크의 위옹圍擁 안은 그다지도 평화로운 시간이었다.

물론, 죽은 군사들을 소산할 적에는 많은 흐느낌과 울음소리가 났지만 그들의 죽음이 헛되지 않다는 믿음 아래 살아남은 이들은 서로의 상처투성이 손을 맞잡았다. 믿음은 더욱 견고해졌으며 전우애와 민족애는 더욱 굳건해졌다.

소산식이 끝이 난 후, 그들은 약속이나 한 듯 죽은 자의 이야기는 하지 않았다.

카헤이아와 함께 이샤스로 옮겨 온 레작은 영주의 신분으로 부상병들을 직접 돕는 것도 마다치 않았다. 의술은 그와는 그다지 긴밀한 관련이 없는 분야였음에도 자질구레한 심부름도 도와 가며 볼레트 군의관의 부사수와 곧잘 붙어 다녔다.

에반부르를 기억하는 수많은 이들이 그를 따랐다. 어릴 적부터 영주로서 살아온 이 치고는 의외의 인품이라 그를 보는 볼레트 경도 흔흔히 웃으며 기꺼이 그에게 일거리를 나눠 주었던 것이다.

모르가나로부터 반응이 온 것은 휴전한 지 스무 날을 넘기고도 이

틀째 되던 날 오전이었다. 모르가나의 주둔지에 새로운 지휘자가 나타났다는 소식은 이미 열흘 전쯤 들었다.

황제의 어교도 없이 부랴부랴 소식을 듣고 나타나 군의 전열을 정리한 자는 미가르 올지스 세르반테스, 바로 이른을 끼고 흐르던 남부의 강 너머의 대영주이자 한때 모르가나의 중앙 귀족 가문 후보로 이름 올랐던 세르반테스 백작이었다.

그의 사신은 죽은 잔디에 낀 차가운 서리가 녹기도 전에 교량을 건너 달려왔다.

파사드는 열흘 남짓 되는 기간 동안, 전의를 잃고 모래성처럼 버티는 모르가나의 군 제대를 재정비했다는 세르반테스의 사신을 맞이했다.

도대체 모르는 것이 무엇인지 모르가나의 내정에까지 식견이 있는 에제트의 설명에 의하면, 미가르는 모르가나의 남부 대영주인 것과 동시에 황제의 총애를 받는 영리한 사내라고 했다. 군사적인 재주도 있다고 하였다. 미가르의 사신은 황실로부터의 사절이 이를 때까지 모든 권리를 임시 위임받았다는 말과 함께 황태자와 발로이드의 시신을 요구했다.

저들에게 발빠르게 움직이는 자가 있다는 건 정지 상태로 적들의 동태를 기다리는 라르크의 군의 입장에서는 좋은 일이었지만 파사드는 그의 사신을 매정하게 쳐 냈다.

그리고 이틀 후, 두 번째 방문이 이어졌다.

사령부 막사에 앉은 파사드는 갈색 가죽 코트를 걸치고 비뚤어진 깃모자를 쓴 장신의 사내를 무심히 마주 보았다. 이틀 전에 왔던 병사와 달리, 저자는 일개 병졸은 아닌 모양이었다.

"오르도스 벤우드 길라리라 합니다. 세르반테스 백작 각하의 명으로 찾아왔습니다.”

스스로를 세르반테스의 조카라 소개한 사내 오르도스는 파사드에게 짧게 이름과 직위를 소개한 후 즉시 본론으로 들어갔다.

“오늘은 반드시 시신을 확인해 인수해 가겠습니다. 비록 아직 전쟁이 끝나지 않았지만 라르크는 모르가나의 태자 저하를 존중하는 태도를 보여 주셔야 합니다. 우리는 귀한 황손의 육신을 마지막까지 정중히 대할 의무가 있습니다.”

“확인은 가하나 넘기지 않겠다 했다. 황제의 친서가 이르기 전까지 우리는 어떤 것도 돌려주지 않을 것이라는 것 역시 명확히 했다고 기억하는데.”

“모르가나는 더 많은 군사를 모아 지금 당장 라르크를 칠 수 있습니다. 비록 지금 상황이 당신들의 어깨를 높였음을 세르반테스 백작께서는 충분히 이해한다 하셨으나, 당신께서 모르가나를 두려워하셔야 한다는 것 또한 덧붙이셨습니다. 이리 시간을 끌다 시신이 훼손된다면 라르크는 폐하의 온전한 분노를 겪게 되실 겁니다.”

“귀한 피를 존중해야 한다는 데에는 나 브류나크 또한 동의하는 바라 시신은 손괴를 막기 위해 얼려 두었다. 그러나 덧붙인 그대의 말은 몹시 조악한 겁박이로군.”

“…….”

“너희야말로 기억하라. 이번 전쟁은 북부가 남부를 두려워하지 않음을 증명한 전쟁이었다. 또한 먼저 휴전을 청한 건 그쪽이었고 우리는 요청에 관대한 자비를 베풀었다. 그런데 그대들은 또 다른 대가 없는 자비를 요구하나?”

탁자에 팔꿈치를 댄 채 비스듬 턱을 괴고 있던 파사드의 입가에 서늘한 미소가 어렸다.

발로이드와 라인하르의 시신은 그들이 시신을 확보한 직후부터 지금까지 쭉 찬 눈밭에 파묻혀 있었다.

　발로이드는 수백여 명의 기사들이 지켜보는 자리에서 라인하르를 쳐 죽인 황족 시해자이므로, 그리고 라인하르는 그들의 유일 태자이므로 저들로선 반드시 돌려받아야 할 자존심이었다. 시신 반환을 정중히 요청해 오는 적의 사신을 냉정하게 쳐 낸 파사드의 고자세에 적들의 보복 감정이 거세져 다시 교전이 벌어질까 우려하는 목소리도 있었지만, 아주 약한 우려에 불과했다.

　파사드가 이리 고자세로 나오는 것도 그럴 만한 근거가 있었다. 마리포사들이 탈주했다는 소식이 퍼지고 얼마 지나지 않아서부터, 모르가나가 더욱 혼세에 빠지고 있다는 보고가 전해 들어오기 시작한 것이다.

　당연한 말이지만 마리포사는 지금 제국의 공적이 되었다.

　그러나 그들은 모르가나의 가장 위태로운 변경 일대에 머무르며 곳곳의 국경을 지켜 온 이들이기도 했다. 황태자의 시해 소식이 퍼지자 전역의 마리포사들은 축출되거나 변경 수호의 임무를 버리고 도망치기 시작했다. 자연히 모르가나의 국경은 일시 무방비 상태가 되어 혼란해질 수밖에 없었다.

　가장 먼저 그를 실감하게 한 사건은 올조르와 그다지 멀지 않은 동북부에 위치해 있던 모르가나와 다락의 교량, 톨프가 다락의 화적들에게 속수무책으로 침공당했다는 것이었다.

　다락은 얼마 전 황제에게 큰 치욕을 당한 바 있었다. 또한 톨프의 방비가 그리 나약해진 것에는 카라제시와 카헤이아가 남하하며 톨프의 군사들을 일부 처리했던 것도 요인이었다.

　지금 모르가나 측에서 쉽사리 움직이지 못하는 이유 또한 그에 있으리라.

천한 살인 기사들의 가문이라 알려져 모르가나의 중앙 15개 가문 중 하나로 겨우 이름 올렸다는 그들의 영향력이 이만치 컸다는 것이 새삼 놀라웠지만, 파사드는 전장에서 마주했던 짧다면 짧은 시간 그들의 저력을 육안으로 보았다. 납득되지 않는 일도 아니었다.

뿐만 아니라, 라르크의 군사들은 풍요로운 남부의 소장원 이른의 창고를 깡그리 긁어와 배가 터지도록 먹고 놀아도 두 달은 더 버틸 만큼 넉넉했다. 시친과 약탈품을 양분하고도 그랬다. 남부는 정말 비옥한 곳임이 틀림없었다. 더해 바로 국경선 이북에선 언제든지 라르크의 군사들을 조력할 북부 귀족들이 순번을 기다리며 늘어서 있었다.

완전한 승기.

황태자가 시해된 직후 떠난 수십 기의 파발들은 지금쯤 고관 귀족들만큼이나 호사스런 대접을 받고 있을 것이다.

또, 라인하르와 발로이드의 시신 수습으로 전전긍긍하는 저들과 달리 라르크는 뮈아드로에서 테른도크의 칙령을 받은 외교 사절이 내려올 시간이 필요하니 급하게 이야기를 진행시키지 않아도 되는 상황이었다.

오르도스는 깃털 모자를 고쳐 쓰며 자못 곤란한 표정으로 파사드를 향해 물었다.

"붉은 늑대 브류나크, 최고사령관인 당신은 무엇을 바라고 있습니까. 배상입니까?"

"우리가 바라는 것은 너희 황제가 청하는 종전뿐이다."

"웃기지도 않는 소리."

파사드의 좌편에 서 있던 테레아드가 퍽 인상을 찌푸리며 나서려

했다. 그러나 파사드는 무덤덤히 손을 들어 막았다.

"네가 알고 있는 것처럼 나는 라르크의 두 브류나크 중 한 명으로 라르크의 폐하를 대신하고 있는 자다. 내게 보이는 무례는 지금 북부의 왕을 향한 무례로 간주될 수 있음을 잊지 마라. 또한 나는 모르가나의 일개 임시 대표와 더 나눌 이야기가 없음을 오늘로 두 번째 명확히 했으므로 같은 목적의 방문은 다시 받지 않겠다. 세르반테스 백에게 전하라. 라르크 군은 이 겨울이 끝날 때까지 충분히 벨루비르하인 2세의 사절을 기다릴 용의가 있음이라고."

파사드의 냉정한 일갈에 사신은 울분을 눌러 담는 눈빛으로 그를 노려보다가 휙 찬바람을 일으키며 되돌아 나갔다.

파사드는 곁에 서 있던 테레어드에게 짤막히 명했다. 저자에게 황태자의 시신을 보여 주도록. 잔뜩 불만스런 표정으로 오르도스를 노려보던 테레어드가 이내 따라 나갔다.

막사 밖에서 대기 중이던 모르가나 사신단원들의 대화 소리가 멀어졌다.

파사드는 긴장을 풀고 의자 등받이에 뒷머리를 기댔다. 또다시 파수병들의 보고와 야영지의 전체적인 상황을 일괄 정리한 보고문들이 올라오기 시작했다. 오후, 햇볕이 가장 따스할 무렵에는 하루 한 번으로 줄인 사령부 회의가 기다리고 있었다.

이어 기다리던 다른 병사들이 차례로 보고했다.

"갈라부아 연합의 영주들이 지원 물품을 모아 내려 보내겠다는 서신을 보냈습니다. 그리고 리언 가문에서는 따로 개인적인 승전의 선물을 보냈습니다."

"나중에 확인하지."

"또, 오늘 오후에 재개될 훈련의 관리 감독은 일로크 경과 벵센 경이 교대 감독을 할 거라 하셨습니다. 사령관님께서 참관하실 것인지에 대해 물으셨습니다."

"나는 참관하지 않을 테니 자율적으로 행하라 하라. 서신은 거기 두도록."

"파수병의 보고가 더 있습니다. 그리고 지오타르 경께서 부상병 막사를 더 세워야 할 듯하다 물자를 풀어 주시기를 요청하셨습니다."

"그에 관한 것은 체사 경과 논의하여 결정한 후 올리라 전하라."

"존명."

전쟁이 끝에 이르렀지만 그는 더욱 바빠졌다.

잠을 쪼개고 쪼개도 보고는 끊이지 않았고 수시로 전해 들려오는 적들의 동태를 살펴야 했다. 그들의 승전 소식에 빠르게 호의적인 서신을 보내오는 이들에게 일일이 답장도 해야 하고, 아직까지 정리되지 않은 주둔지 내의 상황을 꼼꼼이 돌아봐야 했다. 그리고 에제트를 통해 뮈아드로로 올려 보낸 약식 보고가 아닌 정식 보고서를 작성하는 것만으로도 양피지 수십 장이 필요할 정도였다.

하지만 불평할 수도 없는 것이 그만 바쁜 것이 아니라 모두가 바빴다.

다른 지휘 기사들과 공무가 아닌 사적인 대화를 열 마디 이상 나누는 것도 어려웠다. 그리고 카라제시 역시 전후 처리 문제와 자칼린의 문제로 크게 경황이 없어 얼굴을 보지 못한 지 꽤 되었다.

파사드는 가장 먼저 파수병의 보고서를 끌어 펼쳤다. 그에는 지금 라르크 군사들이 최우선으로 주시하고 있는 마리포사들에 관한 정보가 어설픈 글씨로 적혀 있었다.

발로이드가 라인하르를 죽인 직후, 냉철한 판단으로 전장에서 산개 탈주한 마리포사들은 곳곳에 위치한 인근 군사 요새에 모여 웅크리고 있는 중이었다. 그들의 영향권에 있던 핀사체와 그론 그리고 굼까지.

제국의 공적이 되어 버린 지금, 아마 그들은 제 살길을 도모하기 위해 한창 치열한 시간을 보내고 있을 터다. 파사드는 현재 마리포사를 인솔하고 있다 알려진 '그 여기사'의 위치를 파악한 후, 그들에게서 관심을 거두었다.

이윽고 파사드는 자세를 바로 하고 양피지를 곧게 펼쳐 새끼 늑대가 조탁된 묵직한 문진文鎭†으로 양피지의 상단을 고정시키고 펜을 들었다.

사각사각. 전쟁터에 있는 동안 거의 대부분의 시간을 장갑에 갇혀, 여전히 하얀 손가락이 펜 끝을 움직였다.

간간이 가슴팍의 아물지 않은 상처가 쓰려 잠깐 멈추었다. 통증이 느껴질 때면 파사드는 그도 모르게 제 막사에 덩그러니 세워진 발로이드의 검은 창에 시선을 주곤 했다.

부러진 하얀 리오낙의 조각과 나란히 위치한 것은 흑과 백으로 명백했다. 같은 시절 태어났다는 유구한 역사의 물건이 하나는 역할을 잃었고, 하나는 주인을 잃었다는 사실을 실감할 때마다 소태를 씹는 기분이었다.

얼마 지나지 않아 볼레트 군의관이 막사의 휘장을 걷어 얼굴을 내밀었다. 그 역시 밤낮을 뛰어다닌 탓에 볼이 푹 꺼져 몹시 핼쑥하고 초조해 보였다.

"저, 칼란독 경⋯⋯."

고개를 들어 그와 눈을 마주친 파사드의 검은 눈동자에 참담함이

문진† 책장이나 종이쪽이 바람에 날리지 않도록 눌러두는 물건.

어렸다. 깊게 숨을 내쉬고 펜을 내려놓은 파사드는 미간을 느릿하게 문질렀다. 볼레트 군의관이 무엇을 이야기하려는지 표정만 봐도 능히 짐작이 간 탓이다.

피로한 목소리로 물었다.

"오늘도인가?"

"그것이, 예……."

제 잘못도 아니건만 마치 제 잘못인 양 전전긍긍하며 불편해하는 볼레트 군의관에게 괜찮다 말할 기분도 아니었다.

"오늘은 얼마나 먹었나?"

"먹는 거야 계속 걸신들린 듯이 목구멍에 밀어 넣는데 견디지를 못하고 죄 토해 냅니다. 피죽을 묽게 끓여 전혀 부담이 되지 않도록 식단을 바꿔 주어도 마찬가지입니다. 어떻게 얻어맞은 건지, 내장을 크게 다치기라도 했나 싶어 걱정이 많이 됩니다만."

르옌은 마지막 전투가 끝난 날 새벽 이후 쭉 상태가 좋지 않았다.

그녀의 섧던 울음소리는 아직도 그의 귓가에 박혀 떨어지지 않았다. 살려 달라, 살려 달라. 그리 애걸했더라. 어떤 심정인지 감히 짐작할 수 없었다.

기실 파사드로서는 발로이드의 죽음이 도리어 달가운 일이었다. 오랜 라르크의 공적의 죽음이자 그녀를 죽이려 했던 자의 죽음이었으므로.

동이 터 오를 때까지 제게 매달려 울다 혼절한 그녀는 몇 날 며칠을 쓰러져 있다가 경기를 일으키며 깨어나 군의관들을 놀라게 했다. 큰 교전이 벌어진 직후라 눈코 뜰 새 없이 바쁘던 볼레트 군의관이 다른 군사들을 돌볼 시간마저 쪼개어 그녀를 안정시키는 데에 사흘이나 힘써야 할 만큼.

그리고 정신 상태가 조금 안정이 되었는가 싶더니만 다른 증상이 생겼다.

섭식을 하지 못하는 것이다. 그녀의 의지로 식음을 거부하는 것이 아니라, 몸에서 받아 주지 못하는 것처럼 먹는 족족 죄 토해 내고 먹은 것도 없는데 토해 내고 탈진하기 일쑤였다. 처음에는 하루 이틀 그러다 말겠거니 했으나, 이미 그러기를 보름에 이르렀다.

포기하지 않고 꾸역꾸역 음식을 밀어 넣는다는 것은 다행스러운 일이었지만 파사드는 이 이상 그녀에게 어떻게 해야 할지 알 수 없었다.

스스로 식음을 전폐한 것이라면 강제로 먹이기라도 할 터인데, 그도 아니다 보니 가슴만 갑갑했다. 팔꿈치를 탁자에 댄 파사드는 손바닥을 들어 무거운 이마를 지탱했다. 그의 까만 눈동자가 부러진 리오낙과 나란히 걸려 있는 검은 창으로 향했다.

가슴이 차갑게 뜨거워지는 기분이었다. 제대로 숙면하지 못한 탓인지, 아니면 제 인내가 이것밖에 되지 않는 것인지.

견디기가 힘들었다.

결국 그는 자리에서 일어났다.

❖∙❖

우웨엑, 우욱. 르옌은 조금 전 먹은 것들을 다시 한 번 낡은 양동이에 토해 내고 있었다. 밀려오는 구역질을 이기지 못하고 계속해서 뱃속의 이물감을 밀어내는 행위의 반복으로 인해 목 안쪽이 찢겨 나간 듯 아팠다. 아무리 참으려 해도 참을 수가 없었다.

그녀의 안색은 눈처럼 창백했다. 조금 전 먹은 것을 죄 토해 내고도 모자라, 거듭 헛구역질을 하던 그녀는 한참 후에야 진정되었다.

그녀에게 멀건 죽을 떠먹이던 새끼 군의관은 익숙한 듯 양동이를 비우고 되돌아왔다. 걱정스레 말했다.

"자꾸 토하면 어쩝니까? 데투아 경, 정말⋯⋯."

왼팔은 어깨부터 손목까지 단단히 감겨 있어 움직이지 못했고, 오른팔은 지나치게 무리한 탓에 쉬이 움직이지 못해 남이 떠먹여 주는 것이나 삼키는 게 고작이었다. 그런데 그마저도 배 속에서 전부 밀어내는 것을 어쩌란 말인가.

먹지 못하면 죽는다는 자명한 진실 아래 그녀는 날로 야위어 가는 제 손등을 충혈된 눈으로 노려보았다.

'빌어먹을 몸뚱이.'

군의관이 내민 물로 입안을 헹군 르옌이 힘겹게 말했다.

"다시 가져다주십시오."

군의관은 울상으로 한숨을 내쉬며 조금 더 묽게 피죽과 스튜를 끓여 오겠다 말했다. 멀어지는 군의관의 발소리를 흘려들으며 르옌은 이불을 그러쥐고 눈을 질끈 감았다.

그녀는 지금 스스로가 어느 만치 폐가 되는지 잘 알고 있었다. 교전이 벌어지지 않은지는 꽤 되었지만 부상자들은 여전히 넘쳐 났다. 저 하나에 군의관 여럿이 번갈아 신경을 쓴다는 것은 그들의 의무를 방해하는 일이었다. 하지만 살아야 했다. 이 약해 빠진 몸뚱이에게 질 생각은 추호도 없었다.

얼마 지나지 않아 묵직한 발소리가 울렸다. 고개를 들 힘도 없어 망연히 침상 아래 한 팔을 늘어뜨리고 엎어져 있던 르옌은 이내 막사 안으로 들어오는 익숙한 기척을 알아차리고 눈동자를 움직였다.

"⋯⋯혼자 왔습니까?"

"그래."

"……일으켜 줘. 혼자 일어나기 힘드니."

"누워 있어라."

파사드는 낡고 허름한 의자를 끌어다 침대 옆으로 옮겨 앉았다.

르옌은 힘없이 뜬 눈의 정면에 보이는 파사드의 두툼한 코트의 가슴팍을 물끄러미 응시하다가 느릿느릿 올려 그의 얼굴을 바라보았다.

심각하기 짝이 없는 얼굴이었다. 저리 속이 다 드러나는 낯짝으로 어찌 정치판에 몸담겠나. 그런 쓸데없는 생각을 하며 느리게 눈꺼풀을 닫았다. 곧 파사드가 침상 아래 힘없이 덜렁대는 그녀의 팔을 들어 올렸다. 그러고는 따뜻한 이불을 반듯하게 끌어다 그녀의 몸을 덮었다.

르옌은 힘없이 중얼거렸다.

"……바쁘지 않나? 원래 지휘부는 전후에 가장 할 일이 많잖아."

파사드는 보름 남짓 만에 앙상하게 말라 가는 그녀를 내려다보며 다문 입술에 힘을 주었다 뗐다.

"다망한 와중이다."

"그런데 거기 앉아 뭐 해. 나는 이제 쓸모도 없을 텐데."

"여전히 아무것도 못 먹는다 들었다."

"먹기는 하는데……."

그녀가 힘없이 웃으며 말끝을 흐렸다. 겉보기에 르옌의 정신 상태는 마지막 회전이 있기 전과 크게 다르지 않았다. 그러나 껍데기가 다르지 않다고 속이 같다는 말은 아니었다. 제 팔에 매달려 울며 애원하던 것이 바로 스무 날 전이었다.

무어라 말을 이어 가야 하나 고심한 파사드는 끝끝내 그녀와 저 사이의 화제가 될 만한 것을 찾지 못했다. 당연한 말이었지만 그가 할 수 있는 말이라고는 최근 전후 동향에 관한 것을 사무적으로 늘어놓는 게 전부였다.

"궁금해할 것 같아 왔다. 마리포사들이 이탈한 직후 모르가나 국경을 수비하던 다른 마리포사들 역시 탈주하기 시작했다는군. 아마 생각보다 쉽게 정리가 될 것 같다."

최악의 상황, 모르가나의 보복 감정 섞인 적들의 맹공이 있을지 모른다는 위험부담을 떠안았던 전쟁은 마리포사의 배반으로 순항을 타기 시작했다. 이 바람이 멈추지 않는다면 도착지는 종전이었다.

적어도 르옌에게는 이야기해 주고 싶었다. 네가 바란 대로 전쟁은 끝나리라고. 그것이 그녀에게 위로가 되는지는 모르겠지만 조금쯤은 위안이 되길 바랐다.

"……그래."

마른 입술이 힘없이 다물리는 것을 바라보는 파사드의 속은 까맣게 타들어 갔다. 새액새액, 간신히 이어지는 숨소리에 파사드는 온 신경을 다했다.

곧 나갔던 군의관이 새로 끓인 피죽과 묽은 스튜를 가지고 돌아왔다. 군의관은 그녀의 막사에 앉은 파사드를 발견하고 화들짝 놀라 쟁반을 떨어뜨릴 뻔했다가 겨우 균형을 잡아 면한 후 한 손으로 경례를 붙였다.

"사, 사령관님께 인사드립니다!"

높은 지휘관들을 몇 번 만나 본 적 없었던 젊은 군사에게는 당연한 혈기였다. 파사드는 조용히 눈을 감고 있는 르옌을 내려다보다 군사에게 조용히 하고 음식을 탁자에 내려놓은 후 돌아가라 주의를 주었다.

그때, 르옌이 다시 게슴츠레 눈을 떴다.

"아닙니다. 주십시오."

르옌이 바들바들 떨리는 팔로 힘겹게 지탱해 상체를 일으켜 세웠다. 군의관은 르옌의 곁에 앉은 파사드를 어찌 대해야 할지 모르겠다는 듯 머뭇대며 그들 곁으로 쟁반을 가지고 왔다. 파사드는 르옌의 바로 지척에 앉아 있어 더욱 곤란했다.

"저…… 사령관님, 아직 데투아 경이 팔이 불편해서 먹여 줘야 하니 저어…… 실례지만 자리를…….'

파사드는 군의관이 상체만 일으켜 앉은 그녀의 무릎 위에 올리려는 쟁반을 빼앗아 그녀와 자신 사이의 침상 위에 내려놓았다. 맥없이 손을 뻗어 올리던 르옌은 헛손질만 하게 된 셈이었다. 파사드가 자리를 비켜 주어야 떠먹이든 뭘 하든 할 수가 있었던지라 군의관은 전전긍긍하며 등 뒤로 손가락 끝을 비볐다.

르옌이 살며시 눈살을 찡그리며 파사드를 바라보았다.

"뭐 하십니까?"

군의관은 르옌의 다소 무례하게 들리는 투에 흠칫 놀랐다. 하지만 파사드는 아랑곳 않고 군의관에게 명했다.

"나가 봐라. 내가 할 테니."

"……예?"

"나가 보라고 했다."

눈을 호두 껍데기만큼 크게 뜨고 르옌과 파사드를 번갈아 본 군의관은 즉각 명령을 이행했다. 군의관이 부리나케 달려 나가는 것을 물끄러미 바라보던 르옌이 담담히 농을 던졌다.

"저자가 나가 또 무슨 헛소문을 퍼뜨리고 다닐지 모르는데? 됐다. 아예 팔 못 쓰는 거 아니니까."

"토해 내지 않겠다고 약조해라."

"……내가 그러고 싶어 그러는 게……."

"입 벌려라."

파사드는 축 늘어져 힘없이 떨리는 르옌의 손이 쟁반으로 다가오는 것을 밀어내고 숟가락을 들어 묽은 피죽을 떠냈다.

'이자가 지금 무얼 하나?'

물끄러미 그를 바라보던 르옌이 짧게 웃은 후 마른 입술을 벌려 아기 새가 부리를 벌리듯 냉큼냉큼 받아먹었다. 혀끝에 음식이 닿는 것만으로도 속이 울렁거리고 토기가 올라오는 듯했지만 참았다.

간간이 참을 수 없는 토기가 올라와 고개를 숙이고 입술을 꾹 다문 채 호흡을 고르는 르옌을 파사드는 가만히 기다려 주었다. 그리고 그녀가 조금 진정이 되는가 싶으면, 제가 떠 주는 것을 젖먹이 새 끼처럼 조그만 입술을 열어 받아먹는 것을 지켜보았다.

파사드는 한 숟갈을 떠먹인 후 한참을 기다렸다 다시 한 숟갈을 떠먹이기를 반복했다. 르옌이 유난이라며 핀잔을 놓았지만 무시하고 그녀가 토해 내지 않을 것을 확신할 때까지 기다렸다가 다시 한 숟갈씩 입에 넣었다.

처음에는 그의 느린 행동을 몇 번이나 보챘던 르옌도 오랜 시간을 들이는 그의 방식이 나쁘지 않다는 것을 알아차리고 얌전히 기다렸다.

물론, 그 와중에도 몇 번이나 토기가 치밀어 양동이를 움켜쥘 뻔하기도 했다. 그러나 꼴사납게 구역질을 해 대는 걸 보이고 싶지 않아 강제로 참아 눌렀다. 피죽과 스튜가 반 정도씩 남았을 무렵이었다. 결국 르옌이 고개를 저어 거부했다. 파사드는 그녀의 혈색을 살핀 후 쟁반을 치웠다.

반절씩 남은 그릇을 바라보는 파사드의 마음은 더 무거워졌다. 다행스럽게도 다시 게워 내거나 하지는 않았지만, 제가 나가고 또다시 토악질을 해 댈까 싶어 쉬이 자리를 뜨지도 못했다. 지금 이리 그녀의 막사에 앉아 있는 시간에도 사령부 막사에는 처리해야 할 보고들이 층층이 쌓이고 있을 터였다.

파사드는 볼레트 군의관이 그녀를 살피기 위해 찾아온 후에야 일어섰다.

그날 그는 산더미처럼 쌓인 보고서와 함께 밤을 지새워야 했다.

'아아아, 제에에길.'

머리가 아주 무거웠다. 납덩이에 짓눌린 것처럼 어질어질하고 힘에 겨웠다.

어딘가가 많이 아픈데 어디가 아픈지도 모르겠다. 세상은 새까맣고 공기는 순환을 멈춘 듯 어딘가 붕 뜬 느낌이 들게 했다. 손을 움직여 보고 싶었지만 손이 있는지 없는지도 모르겠다. 몸이 으슬으슬 떨리는 것도 같은데, 제 몸이 있긴 한 건지도 모르겠다.

제가 왜 이리 새까만 어둠 속에 웅크려 앉아 있는 건가? 아니, 나 웅크리고 있나? 여기 어디지? 도무지가 궁금해서 견딜 수가 없었다.

그는 기억을 더듬었다. 눈이 펄펄 나부끼던 전쟁터에 있었다. 말에서 떨어진 후 괴물 같은 기세의 적장에게 흠씬 두드려 맞았다. 아, 진짜 죽겠구나 싶어 소름이 끼쳤던 기억이 난다. 두어 대 정도 반격에 성공하긴 했지만 그다지 치명적이지는 못했던 것 같다.

'이씨, 억울하네. 그 꼴을 당하고 죽었다니.'

마지막으로 봤던 것이 신이한 빛의 회색 눈동자였던 것도 떠올랐다. 그 계집애, 내가 그렇게 잘 대해 줬는데 날 걷어찼다 이거지. 하지만 아마 그때 레이리스가 그를 걷어차 밀어내 버리지 않았다면 발로이드를 찌른 즉시 제 목이 달아났을 것이다.

'아니, 상관없어. 지금 죽은 거 같으니까. 아니, 나 죽은 건가?'

그런데 인기척이 느껴졌다. 저 말고 다른 이가 함께 있는 기분이었다. 그는 눈꺼풀이라 여겨지는 것에 힘을 주어 보았다. 그러나 잘 떠지지 않았다. 바스락대는 건지 달그락대는 건지 무슨 소리가 들리는 것도 같다.

아, 모르겠다. 피곤하니까 그냥 신경 꺼야지. 그리 꿈쩍도 않고 있는데 힉힉대는 이상한 소리가 났다.

'뭐야, 이 변태 새끼는?'

도저히 무시할 수 없는 괴상한 소리가 나자 자칼린이 슬며시 눈에 힘을 주어 보았다.

눈꺼풀 안으로 밀려드는 빛에 눈이 부셨다. 눈부심이 조금 가시고 나자 눈에 익은 얼굴이 보였다.

'아, 지옥인가.'

눈 뜨자마자 보이는 얼굴이 죄 얻어 터진 거무죽죽한 남자의 얼굴이라니.

목과 어깨, 그리고 이마에 붕대를 감은 스이센이 괴상한 숨소리를 내며 제 옆에서 꾸벅꾸벅 졸고 있었다. 저놈도 죽었구나! 오, 누아드가여. 왜 저를 이런 지옥에 내던지신 겁니까. 눈이 부셔 눈살을 찌푸리고 있던 자칼린은 그대로 온 힘을 다해 절망적인 표정을 지었다.

스이센은 라르카드단에 이를 만한 이가 아니고, 이놈의 얼굴이 가장 먼저 보였다는 건 제가 라르카드단에 이르지 못한 게 틀림없다는 말이었으니까. 왜? 나는 체사인데! 그동안 행실이 방만하다 꾸짖음을 많이 당했지만 아무리 그래도 체사인데! 폐하께서는 제문 한 번 읊어 주지 않으신 건가! 그게 뭐가 귀찮다고! 아버지는 뭘 했대!

자칼린은 혹시나 싶어 혀를 움직여 금화를 찾아 우물거려 보았다. 그런데 금화는커녕 입안은 깔깔하게 졸아붙어 있을 따름이다.

꾸벅꾸벅 졸고 있던 스이센이 시선이라도 느낀 것처럼 퍼뜩 깨어났다.

"자, 작은 체사 경? 일어나셨습니까아!"

귀가 따가운 게 너무 현실적이었다.

"제가 보이십니까! 제 목소리가 들리십니까!"

얼굴 안 치워? 그렇게 시끄럽게 떠드는데 안 들리겠냐? 자칼린은 비로소 제 죽음을 의심했다.

'어, 나 안 죽었나?'

자칼린이 멍청히 눈을 끔뻑이며 제가 누운 침상과 주변의 건조한 풍경을 물끄러미 훑었다.

둥글고 넓적한 화로가 두 개 놓여 있고 별다른 짐이랄 건 없지만 그의 망가진 갑옷과 무기가 저 구석에 처박혀 있었다. 죽었구나 싶었을 때 그는 전쟁터 한복판에 누워 있었는데, 지금은 멀쩡한 막사 안에 누워 있다는 말이다.

'어떻게 된 거지. 그러면…….'

눈을 데굴데굴 굴려 어수선한 풍경을 샅샅이 훑는 연둣빛 눈동자에 서서히 생기가 돌아오기 시작했다. 받아들이는 건 빨랐다.

'살았다!'

자칼린이 가래 끓는 소리를 내며 마른기침과 함께 목을 풀었다. 이윽고 건조하게 갈라진 목소리가 흘러나왔다.

"……아, 눈 뜨고 처음 본 얼굴이 경일 게 뭐야. 지옥에 떨어진 줄 알았네."

평소와 다름없는 농담에 스이센은 감격한 얼굴을 하더니 한달음에 막사 앞으로 달려가 고래고래 소리쳤다.

"작은 체사 경이 깨어나셨다! 군의과아아안!"

자칼린이 깨어났다는 스이센의 고성을 듣고 달려온 군의관들이 우르르 막사로 몰려들었다.

좁은 막사가 순식간에 바글바글해져서 자칼린은 무슨 평민들의 시장통이라도 옮겨 왔나 싶었다.

아이고, 체사 경! 진짜 걱정했습니다. 그래, 전황은 어떻게 됐어? 우선 눈 좀 확인하겠습니다. 응. 근데 상황은? 물은 드셨습니까? 마셨어. 누가 이겼어? 우리가 이겼지? 허기지진 않으십니까? ……제 말은 죄 무시하고 제게 들러붙어 멋대로 눈꺼풀을 뒤집어 까대고 물잔을 새로 쥐여 주고 이불을 들추고 아주 난장판이었다. 그건 카라제시가 달려오기 전까지 이어졌다. 전황에 대한 궁금증을 못이긴 자칼린이 아슬아슬하게 미쳐 돌기 직전이었다.

"아, 좀 누가 설명 좀 해 보라니……!"

"깨어났다고?"

카라제시가 거칠게 휘장을 젖히며 모습을 드러냈다.

카라제시는 무얼 하다 왔는지 두꺼운 코트에 흙이 잔뜩 묻은 채였다. 자칼린과 눈이 마주치고도 꼼짝없이 막사 입구에 서 있는 그 때문에 찬 바람이 휘잉 불어 들어왔다. 카라제시의 어깨 너머로 옹기종기 솟은 막사들의 머리와 깃발들이 느리게 펄럭대는 게 보였다.

"예! 큰 체사 경! 멀쩡하십니다!"

"여어, 형. 무사했네. 추운데 들어오지 그래?"

자칼린이 반갑게 맞으며 힘없는 손을 흔들었다.

쓸데없이 잔뜩 몰려왔던 군의관들은 카라제시의 축객이 있은 후에야 물러갔다. 자칼린이 괜찮다며 그리 나가 보라 할 때는 죄 무시했던 이들이었다.

'형 말만 듣는다 이거지.'

괜스레 불퉁해진 자칼린이 멍든 턱 끝을 매만지다 신음했다. 그러자 아직까지 나가지 않고 있던 스이센이 또 극성을 부렸다. 괜찮은지, 다시 군의관을 불러와야 할지.

자칼린은 환장할 지경이었다. 아, 괜찮다고오! 결국 카라제시가 스이센마저 내보낸 후에야 막사 안은 평온해졌다.

카라제시는 자칼린의 침대가에 앉아 자칼린의 뺨이며 이마를 손으로 이리저리 매만져 보더니 긴 한숨을 내쉬었다.

마지막 전투가 있던 날 새벽, 적들의 야영지를 죄 불태우고, 물자들을 약탈하고 훼손시키는 데에 성공한 카라제시는 최전선으로 되돌아오자마자 들린 자칼린의 비명횡사 소식에 크게 분노했다.

그리 말렸건만 고집을 부려 댄 결과 반죽음 상태가 되어 후방으로 이송되었다는 이야기를 들었을 때의 심정은 어떠했나. 간신히 목숨을 붙여 놓았음에도 보름이 넘도록 정신을 차리지 못한다는 이야기와 더불어 마음의 준비를 해야 할 것 같다는 통고를 들었을 때는 어떠했나.

당장 자칼린을 데리고 수도로 올라가 제대로 된 치료를 받게 해야 한다, 군 이탈을 파사드에게 요청했을 만큼 절박했었다. 그러나 파사드의 허락이 있고도 그러지 못한 것은 자칼린의 몸이 무리한 이동 중에 어찌 될지 모른다는 경고 탓이었다. 혹시나 더 큰일이 생길까 하는 마음을 못 이겨 속 끓이는 것밖에 할 수가 없었다.

그런데 제 동생은 정신이 들자마자 평소와 다름이 없었다. 안심이 되는 한편 화가 났다.

"형 표정이 좋은 걸 보니 우리가 이긴 거지?"

자칼린의 연두색 눈동자가 이내 장난기로 물들었다.

"넌 지금 내 표정이 좋아 보이냐?"

"이겼지?"

"멍청한 녀석. 지금 궁금한 게 그것뿐인 거냐?"

"아, 진짜 왜 아무도 나한테 말 안 해 줘! 궁금해 미치겠네!"

카라제시는 말없이 자칼린을 와락 끌어안았다. 아으아아! 형, 아프다! 아프다고! 자칼린이 팔을 휘저었지만 카라제시는 놓지 않았다. 크게 안도한 카라제시의 한숨 소리에 자칼린은 뒤늦게야 조금 미안해져 머쓱하게 웃었다.

그래도 뭐, 살았으면 됐지? 근데 이긴 거야, 진 거야?

❖─❖

보름이 넘도록 혼수상태였다는 것이 거짓처럼 자칼린은 금세 기운을 차렸다. 부상도 누워 자는 사이에 어느 정도 회복 되어 있었던 데다, 달리거나 격하게 움직이지만 않으면 평소와 다를 게 없었던 것이다. 과연 자칼린 엔도다. 소식을 들은 지휘부 기사들은 껄껄 웃으며 관용구가 되어 버린 감탄사로 안도를 대신 표했다.

자칼린은 깨어나던 날 카라제시로부터 그간의 전황과 황태자의 이야기, 발로이드의 이야기, 지금의 상황 등을 전부 전해 들었다. 소식을 듣고 짬을 내어 방문한 파사드를 만나 르옌에 대해 묻고 싶었지만 카라제시가 곁을 떠나지 않아 차마 묻지 못했다.

그리고 오늘은 황태자와 발로이드의 시신 문제를 해결하기 위해 모르가나 황제의 칙사가 당도한 날이었다. 칙사가 파사드와 몇몇 지휘부 기사들이 있는 막사로 들어갔다는 소식을 들은 직후, 자칼린은 발로이드와 라인하르의 시체를 파묻어 놓은 눈밭으로 향했다. 그가 들쑤시고 다니는 걸 막을 자는 아무도 없었다.

중앙 막사촌의 북쪽 울타리에 작위적으로 쌓인 눈들이 낮은 언덕을 이루고 있었다. 그들의 시신은 눈 무덤 한가운데에 거의 파묻혀 있다시피 했다.

근처에 서 있던 병사의 도움을 받아 대충 눈밭을 헤치고 쪼그려 앉은 자칼린은 두 구의 꽁꽁 얼어붙은 시체를 바라보았다. 얼굴을 제대로 식별하기 어려운 시체 한 구는 팔과 몸통이 분리되어 있고, 다른 한 구는 목과 몸통이 분리되어 있었다. 구색을 맞춰 이어 놓긴 했지만 어설펐다.

전자는 라인하르, 제국의 유일 태자라는 자였고 후자는 발로이드였다. 자칼린은 발로이드를 경계심 어린 눈으로 내려다보았다. 금방이라도 일어나 잡아 죽이겠다 달려들 것 같다는 생각이 드는 스스로가 우스웠지만, 그럴 만한 놈이 아니었던가. 사실 보면서도 잘 믿기지가 않았다.

발로이드의 붉은 머리칼이며 눈썹이 죄 얼음이 끼어 희멀겋다. 입술은 보랏빛에 가까운 푸른색으로 얼어 있었다. 그렇지만.

'참…… 낯짝 하고는.'

편안히 눈을 감은 듯한 얼굴이었다. 살아 있을 때는 그리 괴기하고 소름 끼쳤던 놈이었는데 이런 감상이 들 줄은 몰랐다. 자신의 귀한 짝을 가져간 놈의 시신을 보고도 경멸의 감정이 들지 않았다. 한때는 에반부르의 죽음에 이놈을 제 손으로 죽이고 싶다 생각한 적도 있었는데, 왜인지 모르겠다.

이유 모를 씁쓸함에 자칼린은 고개를 돌려 라인하르로 시선을 옮겼다.

'그런데 얘는 왜 이렇게 징그럽게 죽여 놨대.'

라인하르, 제국의 유일 태자라는 자는 정수리부터 미간 아래까지 으스러지듯 반쪽이 나 있었다. 사실 그의 얼굴을 잘 모르긴 했지만, 얼굴을 알아봐야 소용이 없을 것 같긴 하다.

세반의 증언에 의하면 발로이드는 그들이 붙잡혀 있는 곳에 이르자마자 한 마디 말도 없이 그 자리에서 모르가나의 유일 태자를 이 짝으로 만들었다고 했다. 세반은 당최 이해할 수 없다는 듯 말했지만 자칼린은 조금쯤 그 이유가 짐작이 갔다. 그렇게나 르옌을 위했던 것이다. 조금 속이 썼다.

자칼린은 라인하르의 잘려 나간 팔로 시선을 옮겼다. 검은 사자의 반지가 끼워져 있었다.

한참이나 라인하르와 발로이드의 시신을 응시하던 자칼린은 마음을 훌훌 털어 내며 일어섰다. 두꺼운 코트를 목 위까지 당겨 여미며 생각했다. 남부의 겨울도 겨울이다. 날은 여전히 추웠다.

사령부 막사는 대기 중인 기사들로 왁자했다. 아직까지 파사드와 카라제시 그리고 타라옛이 입석한 모르가나 황제의 사신과의 대담이 끝나지 않은 탓이었다. 벌써 두 시간째였다.

"이거 이거, 큰 체사 경의 얼굴이 폈다 했더니 멀쩡하단 말이 사실이었던 모양입니다? 속 좀 그만 썩이십시오, 작은 체사 경."

"거, 놀리지 마십쇼. 카바인 경도 무사하니 기쁩니다. 키하이프 경도 여기 계시네. 다들 무사한 거 보니 좋습니다."

"나는 왜 빼시오?"

"지오타르 경은 천년만년 사실 거라면서요?"

분위기가 느슨해지며 곳곳에서 설익은 웃음이 터졌다. 이어 자칼 린의 쾌유를 축하해 주는 이들이 인사가 이어졌다.

그들 중 일부는 귀 한 짝이 날아가 버린 자칼린에게 농담처럼 '전 쟁을 제대로 치르셨구려.' 하고 말하기도 했다. 또 그들은 전후 임무 로 바빠 찾아가지 못했음을 미안해하기도 했는데 자칼린은 충분히 이해했다. 카라제시만 해도 첫날 동이 틀 때까지 제 곁을 지키다 떠 난 이후로 어제와 오늘 코빼기도 보지 못했던 것이다. 친형도 저런 데 뭘 바라겠나.

짧은 재회의 인사와 포옹의 시간이 끝나자 사령부 탁자에 옹기종 기 모여 앉은 기사들은 다시금 긴장하기 시작했다. 막사 밖으로 들 려오는 발걸음 소리에도 휙휙 고개를 돌리기 일쑤였다.

텅 빈 파사드의 자리를 바라보던 자칼린이 입술만 움직여 물었다.

"그런데 황제가 사람을 보냈으니 이제 곧?"

종전인 겁니까?

소리 내지 않아도 모두가 짐작할 수 있는 물음이었다. 자칼린의 대각에 앉아 있던 올베빈이 한숨 돌린 사람처럼 편안히 웃으며 자르 지 못해 덥수룩해진 수염을 긁적였다.

"뭐…… 지금 무슨 이야기가 저리 길어지는 건지는 모르겠지만 황 제로부터 종전 요청이 있었으니 시신들을 저들에게 돌려주고 나면 바로 협정이 시작되는 거 아니겠습니까?"

"이제 드디어 집에 가겠군그래. 나노 삭신이 쑤셔서 더는 못 있겠네."

잠자코 그들의 대답을 곱씹던 자칼린은 사령부 탁자의 상석 뒤에 서 있는 테레어드를 향해 물었다.

"이대로 저놈들에게 다 돌려주는 겁니까?"

"왜 제게 물으십니까."

"아, 그냥 눈이 거기로 간 겁니다."

셰반이 중후한 코웃음 소리와 함께 끼어들었다.

"어차피 황태자의 시체는 돌려주어야 마땅할 일이지. 그리고 발로이드의 시신도 우리가 가지고 있어 봐야 뭘 하겠나. 제국과 이 이상 관계가 악화되는 걸 바라는 게 아니라면 돌려주는 것이 낫겠지. 북부에도 도의가 있지 않나. 죽은 자를 마지막까지 모독할 수는 없는 일이니."

"발로이드도요? 그놈은 라르크의 수치인데."

"발로이드는 황족 시해자가 아니요? 당연히 내놓으라 하겠지. 종전만 된다면야 남부 놈들 시체 못 줄 게 무어 있겠소."

그날 땅거미가 저물 무렵, 세르반테스 백작의 조카인 오르도스가 데리고 온 모르가나 황제의 칙사와 합의가 났음을 알리는 고동 소리가 울렸다. 종전 협정이 시작된 것이다.

협정이 있을 장소를 안배하며 협정이 마무리될 때까지 모든 교전을 금한다. 단, 라르크는 즉시 라인하르의 시신과 황족 시해자 발로이드의 시체를 모르가나에 반환한다.

그리 결정되었다.

황제의 칙사와 그들의 중개인으로 온 세르반테스 백의 사신은 그날 저녁 라르크로부터 만찬을 대접받고 이튿날 해가 뜨면 시신들과 함께 되돌아가기로 했다.

침상에 엉덩이를 걸치고 앉은 르옌은 볼레트 군의관이 점심 식사와 함께 두고 간 낡은 나무 잔을 응시했다. 잔 안에는 다 식은 탕약이 고여 있었다.

곧 볼레트 군의관이건 그의 부사수건 간에 저녁 식사를 가지고 나타날 것이다. 저 잔이 비어 있지 않다는 것을 발견하면 잔소리를 해댈 것이 자명했다. 그러나 냄새가 너무 고약해 당최 손이 가질 않는 걸 어쩌겠나. 아무리 살기 위해 먹는다지만 저 고약한 탕약만은 무리였다. 냄새 때문에 더 토악질이 나올 지경이다.

그녀는 요 이틀 사이 그래도 조금 기운을 차렸다.

여전히 밤잠을 설치고, 몸은 무겁기만 해 힘이 잘 들어가지 않았지만, 먼젓번 파사드가 찾아와 아주 느리게 먹는 것이 속을 재울 수 있다는 걸 깨닫게 해 준 후로 약간의 식음은 가능해졌다. 그 대가로 그녀는 고작 죽 세 그릇을 먹는 데 하루를 꼬박 할애해야 했지만, 게워 내다 말라 죽는 것보다야 나은 일이었다.

탁자로 걸어가 다 식어 버린 탕약을 내려다보는 눈빛에 번뇌가 어렸다. 그녀는 다시금 메스꺼워지는 속을 갈앉히기 위해 탁자에 엎드리고 긴 한숨을 내쉬었다.

엎드린 채 눈동자를 굴리던 르옌은 탁자에서 얼마 떨어지지 않은 바닥에 놓인 어수선한 짐꾸러미에 시선을 고정했다. 의자에서 일어난 그녀가 다가가 짐꾸러미 안으로 팔을 뻗었다.

앙상하게 뻗은 손끝에 걸린 것은 푸른 나비가 조탁된 단검이었다.

이는 그녀가 돌아왔다는 것을 알았을 때 페이작이 라르크로 보냈다고 했던 물건이었다. 제 손에 이르기까지의 경위는 이제 기억도 나지 않는다. 그러나 지금 그녀가 지닌 유일한 것이었다.

다시금 치워 두었던 생각들이 들기 시작했다.

'상황은 어찌 되고 있나.'

그녀가 앓는 스무 날이 넘는 시간 동안 셰반이나 올베빈, 레작은 각각 한두 번씩 병문안을 왔었다. 하지만 처음에는 계속해서 죽자고 음식을 게워 내는 몸뚱이 건사하기가 어려워서, 두 번째는 아무런 생각도 하고 싶지 않아서 그들에게 간단한 안부를 제외한 무엇도 묻지 않았다.

그녀를 찾아온 파사드가 마리포사들의 이야기를 전해 주었을 때도 그랬다.

얼마간 그리 단검의 차가운 겉면을 쥐었던 르옌은 힘없이 검을 짐꾸러미 속에 내려놓고 그 자리에 쪼그려 앉았다. 찬 기가 올라오는 맨바닥이 넘실거리는 듯하다. 시야가 어질어질했다. 먹지 못한 탕약이 마음에 걸린다.

이 미친 몸뚱이. 스스로가 이리도 원망스러웠던 적이 없었다.

이제 네게 무엇이 남아 연명을 하느냐는 듯이 목구멍 안으로 넘기기만 하면 절절 끓어 게워 내지 않고는 견디지 못하게 만드는 것은 그녀 자신이었다. 그러나 이리 초라하게 굶어 죽을 것이었다면 그날 페이작과 함께 자결했을 터였다.

언제까지 이러고 있을 수만은 없어서 르옌이 막 다리에 힘을 주고 일어서려는 때였다.

누군가 막사 바로 앞에서 서성대는 소리가 들렸다. 에헴 에헴 하고 목을 푸는 소리도 들렸다. 잠자코 귀를 기울이던 르옌이 힘없는 웃음을 터뜨리며 소리 냈다.

"들어오십시오, 체사 경."

르옌의 말에 빼꼼 막사 안으로 얼굴을 내민 자칼린이 눈을 끔뻑대며 물었다.

"어? 너, 난 줄 어떻게 알았냐? 거기 쪼그려서 뭐해?"

힘없이 쪼그려 앉아 있던 르옌은 대답 대신 그를 향해 손을 뻗었다. 자칼린이 그녀에게 다가와 부축해 일으켜 세웠다.

자칼린은 사령부 회의에서 향후 방향의 결정이 떨어지자마자 르옌을 찾아온 참이었다. 그녀의 상태가 그다지 좋지 않다는 말은 파사드로부터 전해 들었으나 이렇게 초췌해졌을 거라곤 상상도 못 했다.

멀쩡히 살아 돌아온 저를 보고도 반가운 기색 하나 없는 게 서운하기도 했다.

르옌을 침상까지 옮겨다 앉힌 자칼린은 그도 침상 위에 따라 올라가 가부좌를 틀고 마주 앉았다. 그의 연두색 눈동자가 르옌의 머리 끝부터 앉은 허리까지를 면밀히 살피듯 위아래로 바쁘게 움직였다.

"너 뭐 단식이라도 하냐? 아무리 살 좀 빼라고 했다고 해도……."

"목숨이 꼴딱꼴딱하고 있다는 얘길 들었는데 헛소문이었나 보군. 너는 목숨도 참 질겨 좋겠다."

"이 지지배, 말 참 곱게 하네. 생사의 기로에서 살아 돌아왔는데 반겨 주지는 못할망정."

"생사의 기로에서 그 주둥이는 놓고 오지 그랬나."

르옌은 심드렁히 답하며 베개를 끌어안았다.

어처구니가 없단 듯 오만상을 찡그린 자칼린이 이내 피식 웃으며 뒤통수를 긁적였다. 퉁명스런 대꾸에 외려 조금은 가슴이 놓였다. 하지만 아무리 그녀가 평소처럼 군다 해도 자칼린의 매의 눈을 피할 수는 없었다.

평소처럼 농담을 건네는 것 같아도 르옌의 안색은 몹시 어두웠다. 원래 갸름했던 얼굴이 반쪽이라도 된 듯이 얇아진 것은 물론이거니와, 목이며 팔다리는 툭 치면 부러질 것 같았다. 그리고 표정도.

생기로 반짝거리던 불그스름한 빛의 눈동자가 아닌, 꼭 죽어 버린 시체의 것 같다. 처음 그녀를 만났을 때가 새삼 떠올랐다.

가부좌를 튼 한쪽 무릎에 팔꿈치를 대고 턱을 괸 채 그녀를 뚫어져라 바라보던 자칼린이 손가락을 까딱까딱했다.

"뭐야?"

"이리 와 봐."

"네가 와."

"내가 누군지 까먹은 거 같은데, 나는 명문 체사의……."

"환자한테 작위 들이대면 자랑스럽나?"

"말본새 보면 너 환자 아니거든?"

"의원 다 되셨군."

바로 세 뼘 남짓의 거리였지만 한 번 시작된 기 싸움은 끝날 줄 몰랐다. 아예 그를 외면해 버리는 르옌의 옆얼굴을 몹시 불만스럽게 바라보던 자칼린이 백기를 들었다.

"거, 말 진짜 안 듣는다니까. 지금 건방지게 구는 거도 환자라니까 봐준다!"

자칼린이 양팔을 뻗어 르옌을 와락 끌어당겨 안았다.

별안간의 포옹에 놀란 듯 르옌의 몸이 굳어지는 게 느껴졌지만 그는 아랑곳하지 않았다. 양팔까지 가두어 안아도 제 팔이 남을 만큼 르옌의 몸은 가느다랬다. 원래 이랬는지, 아니면 너무 야위어 이리 된 건지는 이렇게 갑옷을 입지 않고 안아 본 적이 없어 모르겠지만 괜히 자칼린의 콧잔등이 찡해졌다.

자칼린이 조금 가라앉은 목소리로 중얼거렸다.

"너도 고생했다고 형한테 들었어."

"……."

"그리고 나도 진짜 죽을 뻔했는데 반은 네 덕분에 산 거 같다."

자칼린은 그녀의 마른 날갯죽지를 툭툭 두드리며 농담조로 마무리하는 것도 잊지 않았다.

"그러니까 반만 고맙다. 그리고 내 생각엔 너도 만만찮게 목숨 질기거든?"

자칼린의 동정 어린 목소리를 읽어 내지 못할 리가 없었다. 얼결에 자칼린의 어깨에 턱을 기대고 초점 없이 허공을 올려다보던 르옌의 입술이 서서히 당겨 물어졌다.

조금 나아졌다 생각했던 팔이 다시 떨리기 시작했다. 억지로 잠재운 가슴에 다시 풍랑이 일어나는 것 같았다.

그러나 아무 말도 할 수가 없었다. 네가 살아 기쁘지만 그를 기뻐하기에는 페이작이 죽은 슬픔이 아직은 더 크다. 제 책임을 제 손으로 거둬 낸 것을 너희 기사들에게 치하받고 싶지 않다. 그런 피멍 든 가슴의 외침이 목 안쪽에 갇혀 숨통을 죄어 왔다.

자칼린은 떨리는 그녀의 뒷머리를 툭툭 건드리며 씁쓸히 웃었다.

"그리고…… 일단 방금 전에 결정 난 얘기라서 네가 아직 모를 것 같아 하는 말인데."

"……."

"내일 오전에 발로이드랑 황태자의 시신이 저쪽으로 넘어갈 거야. 만약에 마지막 인사라거나 뭐…… 그런 게 필요하다거나 하면……."

자칼린은 말끝을 흐렸다.

사실 온전한 라르크의 기사인 체사로서 적장이었던 마리포사와 르옌의 관계를 이렇게까지 신경 써 줄 필요는 없었지만, 마지막까지 르옌에 집착하던 그 광기 어린 애정을, 그리고 친동생에게 스스로의 죽음마저 위장해 발로이드와의 끝을 맺겠다고 전장에 남은 르옌의 희생을 생각하면 이 정도의 배려는 도리였다.

이제 발로이드가 적들의 손에 넘어가면 얼마 지나지 않아 사지가 잘리고 처참히 내버려질 것이 자명하니 그나마 멀쩡한 작별을 한다면 오늘밤에 없었다.

머쓱하게 르옌의 반응을 기다리던 자칼린이 느리게 떨리는 그녀의 등에 손을 올린 채 중얼거렸다.

"내가 괜한 말 했나? 듣고 있냐?"

"……."

"야, 너 이러고 자는 거 아니지?"

메인 목을 들킬까 숨조차 참아야 하는 맞닿은 거리에서, 르옌은 힘없이 고개를 끄덕이며 자칼린의 등을 할퀴듯 쥐는 것밖에 하지 못했다.

뭐, 뭐야. 우는 거 아니지? 자칼린은 번뇌에 빠졌다. 얼굴도 서로 볼 수 없게 안고 있는 상태에서 르옌은 제 등허리를 쥔 채로 몸만 떨 뿐 아무런 소리도 내지 않았다. 언제 놔야 하지? 어떻게 해야 하지? 시기를 찾지 못해 고민을 할 무렵이었다. 르옌의 입술이 열리며 가라앉은 목소리가 났다.

"이제 좀 놓지 그러……."

"아니, 작은 체사 거어어엉! 예서 뭐 하십니까!"

볼레트 군의관이 들이닥친 것은 몹시 갑작스러웠다.

"……십니까?"

반사적으로 공대로 말을 맺은 르옌이 떨떠름하게 고개를 돌렸다.

볼레트 군의관은 탕약과 새로 쑤어 온 죽 그릇을 얹은 쟁반을 든 채 휘장 앞에서 코 평수를 넓히고 씩씩대고 있었다. 공교롭게도 일전에 이른의 사령부 회의에서 파사드와 그녀의 관계가 폭로되었을 때 자리하고 있던 기사가 새로운 이불과 장작더미를 한아름 안고 볼레트 군의관의 뒤를 따르고 있었다.

그 기사는 자칼린을 자못 불쌍하단 눈으로 한 번 바라보더니 막사 구석에 새 이불과 장작들을 내려놓은 후 돌아 나갔다.

'엥? 왜 날 그런 눈으로 보냐!'

자칼린이 억울한 표정을 지었다. 제 상관에게 여자 뺏긴 놈이라고 생각하는 모양이었다.

'거 참! 억울해서!'

"안 놓습니까!"

볼레트 군의관은 힐끔대며 돌아 나가는 기사의 걸음 소리가 멀어지기 무섭게 윽박쳤다. 평소의 그라면 명문 체사의 차남인 자칼린에게 이리 소리를 높일 일도 없었을 터이다. 그러나 대체가 염문설이 좀 잠잠해졌다 싶은 때 왜 이리 사고를 쳐 대는 건지. 설상가상 오늘은 나란히 침상에 앉아 끌어안은 모습이었다.

"어어!"

깜짝 놀라 굳어 있던 자칼린이 르옌을 밀치는 것과 동시에 르옌이 낙엽처럼 벌렁 넘어갔다. 꽈당은 아니었지만 딱딱한 침상에 뒷머리를 박은 르옌이 신음했다.

볼레트 군의관이 엄하게 꾸짖으며 르옌을 향해 달려왔다.

"어허이! 누우가! 환자를 그렇게 내동댕이치라고 그랬습니까!"

"아, 아니 아니……! 야, 야, 괜찮냐?"

둔하게 저린 뒤통수의 통증에 르옌이 이를 으득 갈며 자칼린을 쏘아보았다.

볼레트 군의관이 가져온 음식 냄새 탓인지, 아니면 뒷머리를 부딪친 충격인지 르옌은 또다시 헛구역질을 하기 시작했다. 놀란 자칼린이 발딱 일어나 허둥거리며 볼레트 군의관의 팔을 쥐었다.

"저거, 저거 왜 저럽니까. 내가 그런 거 아닙니다?"

볼레트 군의관은 한숨을 푹 내쉬며 자칼린을 밀어내고 르옌의 곁에 놓인 양동이를 올려다 주었다. 그다지 위 속에 남아 있는 것이 없었던지라 몇 번 헛구역질을 하고 나자 르옌은 진정되었다. 볼레트 군의관은 그녀에게 입을 헹굴 물을 건네주고 침상 옆에 식사를 내려놓은 후 자칼린의 등을 떠밀어 막사 밖으로 밀어내었다.

막사 밖으로 쫓겨 나온 자칼린이 흔들거리는 휘장을 힐끔대자 볼레트 군의관이 자못 불만스런 얼굴로 말했다.

"아니, 작은 체사 경은 대체 예서 뭐 하는 겁니까?"

"그냥 오랜만에 인사나 하고 괜찮은지 좀……."

보려고 한 것치고는 괜찮은 걸 안 괜찮게 만든 것 같아서 자칼린의 낯 위로 약간의 죄책감이 어렸다. 볼레트 군의관은 안절부절못하는 자칼린을 못내 착잡하게 올려다보다가 소리를 낮춰 말했다.

"체사 경 때문에 그런 건 아니니 걱정 마십시오. 그리고 어쩌자고 그리 백주부터 끌어안고 있으랍니까? 거 참. 체사 경, 칼란독 경한테 다 이를 겁니다."

"아니, 지금 뭐 그런 같잖은 말로 협박을 해요! 쟤랑 나 아무 사이도 아니라니까! 그리고 여기서 파사드 형님이 왜 나옵니까! 우리 형도 아니고."

볼레트 군의관은 파사드의 이야기가 나오자 괜스레 불편한 마음으로 화두를 돌리며 르옌의 막사 쪽으로 몸을 돌렸다. 그녀의 식사를 살피는 김에 붕대와 그 밖의 상태도 살펴야 함이다.

"아, 됐고, 됐고요. 일단 가십시오. 아무리 멀쩡해지셨다 해도 체사 경도 얼마 전까진 환자 아니셨습니까. 얌전히 좀 쉬고 계십시오. 아니면 다른 기사분들 도와 일이라도 하세요."

"아, 잠깐만요. 갈 테니까 말이라도 해 주십시오. 저거, 겉보기엔 좀 야윈 거 말곤 멀쩡해 보이는데 왜 저래요?"

"예. 내장을 다쳤는지 아니면…… 뭐가 문제인지 잘 모르겠습니다. 음식을 받지 못하고 전부 토해 내서 지금 저도 걱정이 이만저만이 아닙니다. 칼란독 경께서는 심적인 문제가 있을 테니 최대한 편안히 두라고……."

"다 토해요?"

"보름 정도 되었습니다. 꾸역꾸역 먹기는 먹는데, 먹은 것의 반 이상은 다 게워 내니…… 난감하지요. 제대로 된 원인이라도 알면 어찌해 보겠지만."

그제서야 자칼린은 르옌이 왜 저리 얼굴이 반쪽이 되었는지 짐작하게 되었다. 어쩐지 살이 너무 심하게 빠졌다 했다. 파사드가 말한 심적인 이유라면 걸리는 건 발로이드 하나뿐이었다. 그건 누가 어떻게 해 줄 수 있는 문제도 아니었다.

괜히 씁쓸한 기분에 옆목을 어루만지던 자칼린은 순간 머릿속을 스치는 불길함에 굳어졌다.

'에……?'

상상만으로도 입술이 바짝바짝 마르는 것 같았다. 자칼린은 르옌의 막사를 한 번 눈으로 돌아본 후 떨떠름하게 볼레트 군의관을 바라보았다.

"……어, 아니겠지만."

"예?"

"아니겠지만요……?"

"뭐가 말입니까?"

말이 씨가 된다고 했다. '애, 밴 거 아니겠죠?'라는 물음이 목구멍까지 치밀어 올랐다 가라앉았다.

"아니, 아닙니다. 전 가 보겠습니다."

자칼린은 휙 몸을 돌려 빠르게 걸음을 옮겼다. 애가 그렇게 쉽게 생기는 것도 아니고 말도 안 되는 일이었다. 만일 그런 일이 벌어진다면 겨우 찾은 주둔지의 평화가 쑥대밭이 될 게 자명했다.

❖·❖

하얀 겨울밤이었다. 묵직한 회색 털 외투를 둘둘 둘러 감은 르옌은 막사 밖으로 조심스런 발을 뗐다.

마지막 인사를 할 기회가 오늘뿐이라 했다.

조금 전 저녁, 볼레트 군의관이 내어 온 식사는 물론이거니와 탕약까지 죽기 살기로 다 삼켰다. 움직이기 위해 힘을 요하므로 참고 참아 게워 내지 않았다.

아물어 가는 어깨의 부상만 보아 주고 급히 자리를 뜨려는 볼레트 군의관을 붙잡아 이것저것 캐묻기도 했다. 저 바깥이 왜 이리 소란스러운지, 모르가나의 황태자는 어떻게 되는지, 이미 자칼린에게 들었으나 모른 체했다.

내내 무기력하던 르옌이 주위 것들에 관심을 가지기 시작하자 볼레트 군의관은 경계심 없이 술술 일러 주었다. 지금 모르가나의 칙사와 세르반테스 백의 사신이 라르크의 지휘 기사들과 함께 만찬을 즐기고 있다는 것, 황태자와 발로이드의 시신은 수레에 실려 내일 아침 양도되리라는 것, 그녀에게 필요한 보급 물품이 놓인 위치까지도.

한적하게 갈앉은 겨울의 전장, 등불 하나를 들고 서서 주위를 둘러보는 그녀의 눈동자엔 표독스러울 정도의 매서운 빛이 떠올라 있었다.

하늘을 올려다보고 방향과 위치를 가늠한 르엔은 잠깐 동쪽의 보급품 막사에 들렀다가 즉시 북쪽의 막사촌 울타리를 향해 걸었다.

얼마 움직이지 않았는데도 숨이 가빠 왔다. 얇은 신발 안으로 한기가 돌아 발가락이 다 얼어붙는 듯했지만 포기하지 않고 걸었다. 중간에 마주친 경비병들과는 아무렇지도 않게 웃으며 인사를 주고받았다. 그리 걷고 걸어 예닐곱 명의 군사들이 지키고 있는 울타리 안쪽으로 낮은 언덕처럼 솟은 눈 무덤에 이르렀다.

눈 무덤을 넓게 에워싼 허름한 참나무 울타리 앞에는 커다란 수레가 놓여 있었는데, 두 명의 군사가 지키고 있었다. 나머지 다섯 명의 보초는 일정한 간격을 두고 선 채였다.

잠자코 멈춰 그들을 살피는 르엔을 알아본 한 군사가 예를 붙였다.

"데투아 경? 여기는 어쩐 일이십니까?"

이제 주둔지의 유일한 여기사인 르엔을 모르는 이는 없었다. 자연스럽게 붙여 오는 말에 르엔이 창백함을 가리고 웃었다.

"명령을 하달하기 위해 왔습니다. 리트 병사, 키하이프 경이 찾으십니다. 그리고 반즈 병사와 이곳 보초를 서는 이들에게는 눈에 파묻어 두었던 다른 시신들 중 혹시 모를 적들의 작위 귀족과 서품을 지닌 이의 시신이 섞여 있지 않은지, 만일 있다면 파내어 다른 수레에 실어 옮기라는 명이 있었습니다. 아마 다른 작위 기사들의 시신역시 함께 양도할 모양입니다. 동이 트기 전까지 저들에게 넘겨야 한다 하니, 전부 바쁘게 움직이시는 게 좋을 겁니다."

"아."

뜬금없는 말이었지만 이상할 것도 없는 이야기라 병사들은 별다른 의심 없이 서로 눈빛만 교환했다. 이 추운 날씨에, 심지어 한밤중에 저 눈무덤을 다시 헤집어야 한다는 게 고통스러운 탓이다. 교대한 다음에 저 명령이 내려왔다면 얼마나 좋을까. 리트라는 이름의 키가 작고 코가 큰 병사는 조금 머뭇거렸다.

르옌이 딱딱하게 반복했다.

"키하이프 경께서 기다리십니다."

붉은 늑대 소속의 페넌 기사로 알려진 르옌의 반복에 병사는 곧 의심을 지우고 달려갔다. 다른 병사들처럼 엄동설한에 눈밭을 뒤져가며 시신 확인을 하는 것보다야 훨씬 나은 일일 터다. 리트의 뒷모습은 금세 멀어졌다.

르옌은 야밤에 내려온 명령을 원망하며 망연자실 거대한 눈 무덤을 올려다보는 병사들을 향해 눈짓했다. 그들은 긴 한숨을 쉬더니 곧 낡은 삽을 하나씩 들고 울타리 안으로 넘어가 눈산을 기어 올라가기 시작했다.

르옌은 홀로 수레 앞에 남았다. 다른 병사들은 눈 무덤을 삽으로 퍼내느라 바빴다. 볼레트 군의관의 말에 따르면 테레어드는 파사드와 함께 있다고 했다. 그들이 모르가나의 사신들과 얼마나 길게 시간을 보낼지는 모르겠으나 일개 병사가 테레어드를 만나려거든 한참을 기다려야 할 것이 자명했다.

르옌은 잠자코 등불을 들어 수레에 실린 시신을 마주 보았다. 얼굴조차 알아볼 수 없게 망가진 라인하르의 시신 옆에는 그리운 얼굴이 눈 감고 있다.

입안으로 그의 이름을 굴려보았다. 페이작. 차게 얼어붙은 그의 시신을 내려다보는 그녀의 가슴은 꼭 그만큼 차가워졌다.

평온히 감긴 눈꺼풀, 더 이상 찡그려지지 않는 코, 결코 열리지 않을 입술……. 날카롭고 단단한 턱선을 따라 내려오면, 그녀가 주저 않고 갈라 낸 잘려 나간 목의 단상이 보였다.

오늘, 자칼린이 일러 주고 간 것은 페이작의 죽음이었다. 그 순간의 심정을 어찌 말로 이를 수 있을까. 제 손으로 거두고도 마치 처음 부고를 들은 것처럼 가슴이 무너졌다. 내색하지 않으려 하였으나 이미 산산조각 난 가슴이었다.

페이작을 바라보고 있으니 발밑이 움푹 꺼져지는 것 같은 현기증이 일었다. 다시금 속이 메스꺼워졌다. 르엔은 그녀도 모르게 고개를 돌리고 숨을 몰아쉬었다.

발갛게 충혈된 눈가가 떨렸다.

얼마간 그리 정신을 추스른 그녀는 수레 위로 올라가 엎드렸다. 그리고 페이작의 눈 조각이 촘촘히 얼어붙은 이마와 콧등과 입술에 차례로 입 맞춘 후 속삭였다.

"이 누이가…… 내가, 너는 그리 보내지 않을 거다."

죽은 것 특유의 향기도 페이작을 가리지 못했다. 르엔은 마지막으로 그를 제 가슴에 각인했다.

네 마지막 명예만큼은 내 손으로 지켜 줄 테니 걱정 마라, 동생아.

르엔은 수레에서 내려왔다. 그러고는 보급품 막사에서 몰래 훔쳐 온 역청과 유황 섞인 기름을 담아 두었던 가죽 통을 열어 페이작의 얼굴과 몸 위로 끼얹었다. 머뭇대는 법도 주위를 둘러보는 법도 없었다.

뚝 뚝. 유황 내음 섞인 기름이 차게 언 수레 위로 떨어져 흘러내렸다. 르엔은 그대로 페이작의 몸 위에 들고 있던 등불을 내던져 산산조각 냈다. 수레 위로 이내 거대한 불길이 솟구쳤다.

르엔은 눈 한 번 깜빡이지 않고 타오르는 숭고한 불길을 올려다보았다.

낙원에는 이르지 못할 터이나, 그래도 너 역시 만족할 터다. 나 또한 그곳에 도달하지 못할 터이니.

그녀는 뒤늦게 불길을 발견하고 헐레벌떡 달려온 군사들에 의해 강제로 불길이 꺼질 때까지 그리 서 있었다.

❖ ⋅ ❖

저녁 내리 벨루비르하인 2세의 칙사와 세르반테스 백의 대리인 오르도스를 비롯한 사신들을 접객하는 일은 여러모로 피곤했다.

자정 무렵에 이르러서야 자리를 마무리하고 개인 막사로 되돌아왔다. 카라제시도 함께였다.

"일라린의 각하께서도 공식적으로 이번 승리에 큰 의미가 있다 네 앞으로 직접 축하사를 보내셨다니, 그 조용하신 분이……. 살다 보니 별일이지."

파사드는 희미하게 웃으며 겉옷을 벗었다. 그리고 상의의 단추를 끌러내자 가슴을 감은 붕대가 슬며시 드러났다. 천은 얼룩덜룩 붉었다.

"군의관을 부를까."

"괜찮다."

"그러면 내가 도와줄게."

파사드는 거절하지 않고 카라제시의 도움을 받아 가슴을 맨 붕대를 풀어냈다. 아물어 가던 상처가 무리한 일정 탓인지 피가 터진 것이다.

근육으로 적당히 단단한 그의 몸은 찬 공기에 고스란히 노출되었다. 곳곳이 흉터와 상처투성이었지만 크게 심각한 것은 얼마 전 발로이드에게 베여 나간 가슴의 긴 자상뿐이었다.

양팔을 벌리고 카라제시가 붕대를 벗기는 것을 내려다보던 파사드는 힐끔 저를 흘기는 카라제시의 시선을 깨달았다.

자칼린이 깨어나 멀쩡하게 주둔지를 활개 치기 시작한 후로 카라제시의 얼굴에서 근심은 걷혔지만, 어쩐지 무언가 할 말이 있는 듯했다. 그러나 시간은 늦었고 지금 파사드는 어떤 일도 더 하고 싶지 않았다.

내일 시신을 저들에게 양도하면 그것으로 종전의 큰 맥락이 잡히는 것이니, 그때까지는 어떤 일이든 미뤄 두고 싶었던 탓이다.

카라제시가 붕대를 감아 매듭지었다. 파사드는 그 위에 얇은 가운 형태의 침의를 걸쳐 허리를 감싸 묶었다. 단정하게 차림을 마무리한 파사드는 카라제시를 향해 말했다.

"고맙다, 카라제시. 너도 피곤할 텐데 그만 돌아가 쉬어."

"아니, 오늘은 네게 묻고 싶은 게 있으니 이제 잠깐 내게 시간을……."

"들어가겠습니다."

에제트가 그를 방문함으로써 카라제시의 입은 완전히 다물렸으나, 파사드의 기분은 더 바닥으로 곤두박질쳤다.

에제트는 그의 허락이 돌아오기도 전에 막사 안으로 들어섰다.

온전히 테른도크의 종복인 밤 늑대, 낮 늑대들은 어쩌면 저들이 다른 귀족들의 우위에 서 있다 믿는 종들일는지도 모른다. 사실 파사드는 낮 늑대나 밤 늑대들과 이토록 긴 시간 가까이 있어 본 적이 전무해, 당최가 저 무례함의 근본이 어디에서 나는지 알 수 없었다.

그러나 간간이 저들의 언사에서 드러나는 '온전히 유일한 폐하의 종복'이라는 표현에 근거할 때 귀족들을─브류나크라 할지라도─ 테른도크의 또 다른 말 정도로 여기는 것일지 모른다.

파사드가 피곤한 눈동자를 에제트에게로 옮겨갔다.

"무슨 일인가?"

에제트를 바라보는 카라제시의 표정이 영 불편해졌다.

자칼린이 그 꼴이 된 후 카라제시는 다른 모든 것들을 우선순위에서 미뤘다. 에반부르의 멘테에 관한 것 역시 마찬가지였다. 그러나이제 자칼린이 멀쩡해졌다는 것을 확인했으니 슬슬 산재한 실질적인 문제를 직면해야 할 때라고 생각했다.

해서 파사드에게 오늘 라르칼리아라는 입에 담기도 면구한 '그 이름'이 적힌 에반부르의 마지막 유지에 대해 물으려던 차였다. 파사드가 그다지 대화를 이어 나가고 싶어 하지 않는다는 것을 알면서도 직접 그의 상처를 보겠다 군의관까지 물리고 붙어 있던 이유가 그것이었다.

그러나 에제트의 앞에서는 아니었다. 아직 저자가 뮈아드로에 그 사실을 고해 바쳤는지 아닌지조차 모르는 와중이다. 묻어 넘길 수 있다면 좋을 이름을 구태여 왕가의 충실한 심복 앞에서 꺼낼 필요는 없었다.

에제트는 저를 반기지 않는 두 남자를 번갈아 바라보며 평소와 다름없이 담담히 용건을 꺼냈다.

"적국 황제의 칙사에게 발로이드의 죽음 경위에 대해 이야기를 하실 적 말입니다."

에제트는 거의 모든 군대 내의 상황을 자율적으로 참관했다. 파사드는 달갑지 않은 화두를 꺼내는 그를 마뜩찮게 바라보며 흘러내린 흑발을 쓸어 넘겼다.

"잊으셨을까 싶어 다시 한 번 말씀드리지만, 모든 군공은 브류나크의 것이어야 합니다."

"분명 일전 그것들을 날조하지 않겠다 명확히 했다. 발로이드를 죽인 것은 내가 아니며, 그에는 시친의 조력과 지오타르 경의 노력과 많은 이들의 희생이 있어 가능한 일이었다."

"사령관은 당신입니다. 이번 종전은 단순히 소모전이 이어져 전쟁에 지친 양측이 합의한 종전이 아닙니다. 적의 태자가 사망했고 적의 사령관이 라르크의 손에 죽었습니다. 이것은 브류나크가 더 큰 위명을 떨칠 수 있는 기회입니다."

이미 수차례 반복된 이야기였다.

에제트는 앵무새처럼 모든 것을 브류나크의 군공 삼을 것을 강요했다. 그의 속셈이 이해가 가지 않는 것은 아니었다. 그리 한다면 공가 브류나크는 더욱 큰 힘을 지니게 될 것이고, 테른도크는 선견지명으로 파사드를 전시에 투입해 이 역사적인 전쟁을 성공적으로 마무리한 현명한 군왕으로 칭송받을 것이다. 그에는 전선에서 몇 명의 사람들이 진실을 보았고 몇 명의 목숨 건 희생이 있었는지는 중요치 않았다.

결국 파사드는 불같이 화를 내며 일어섰다.

"지금 누굴 공을 가로채는 협잡배로 만들어 응당 받아야 할 기사들과 군사들의 노력의 포상을 앗으라 말하나!"

"폐하를 위함이며 브류나크를 위함입니다. 사투르가 귀레 브류나크. 낭신이 가슴속에 새기고 있을 충언이 아닙니까? 그리고 실제로 그 작전을 승인하고 지휘한 것은 당신이므로 모든 것은 당신의 공이기도 합니다. 발로이드를 거기까지 몰아넣은 것 역시 결과적으로 당신입니다. 그 계집 기사가 발로이드를 죽인 것을 직접 본 자가 있습니까."

"입 닥치고 나가라."

파사드의 매몰찬 축객에도 꿋꿋하게 선 에제트가 서늘히 눈을 내리뜨며 한마디 더했다.

"그 계집 기사가 지은 죄와 쌓은 군공, 그것이 만천하에 드러나도 되는 것입니까?"

카라제시의 표정이 서늘히 가라앉는 것과 동시에 막 고함을 치려던 파사드의 입술이 멈추었다.

르옌이 쌓은 죄. 군 내의 거의 모든 군율을 풍비박산 냈으며, 한때 제게 검을 들이대기까지 했었다. 그러나 이미 지난 일로 파사드는 충분히 그를 묻어 넘기기로 했다.

어떤 자가 에제트에게 르옌의 그간의 행위를 일러바쳤는지는 모르겠으나 도를 넘어선 그의 강요는 파사드의 노여움을 키우기 충분했다.

"데투아의 딸이 군율에 미숙하여 보였던 행동에 관하여는 현 주둔지 내의 최고 결정권을 지닌 내 재량으로 전부 매듭지은 바다."

"소소한 군법 위반에 관한 것이 아닙니다만."

그러나 카라제시는 에제트의 말 속에 숨은 뼈를 아주 잘 알았다.

라르칼리아. 그것이 만천하에 드러나게 될 경우 이유가 무엇이건 간에 르옌 데투아라는 여자는 죽은 목숨이었다. 에제트는 삽시간에 굳어진 공기 속에서 대수롭지 않게 말을 맺었다. 웃음기가 밴 것 같기도 했다.

"충실한 폐하의 또 다른 종복이신 체사의 후계자께서는 어찌 생각하십니까?"

카라제시는 저자의 간사함이 싫었다. 파사드의 노기 띤 눈빛이 에제트에게서 떠나지 않는 것을 잠자코 올려다보던 카라제시가 자리에서 일어섰다.

"이런 화두는 내가 왈가왈부할 문제가 아닌 듯하니 빠지겠습니다. 에제트, 당신도 적당히 하십시오. 아직 종전까지 닿지도 못한 와중입니다. 칼란독 경, 저는 밤이 늦었으니 물러나겠습니다."

딱딱하게 뒤돌아 물러가는 카라제시를 돌아보는 에제트의 눈빛에 날이 섰다. 파사드는 애써 인내를 가장했다.

"너도 물러가라. 네가 아무리 폐하의 총애를 받는 이름 없는 늑대무리의 우두머리라 할지라도 더 이상은 용납하지 않겠다."

"하나 묻겠습니다. 우리 이름 없는 늑대들은 왕가 브류나크의 음지의 검이고, 공가 브류나크는 양지의 검입니다. 모든 것이 폐하를 위해 선행되어야 함입니다. 그런데 공께서는 그 당연한 의무를 저버리고 지금 폐하께 숨기고 계신 것이 있지 않습니까?"

탁자를 쥐고 일어선 파사드의 턱이 굳어졌다.

에제트의 말이 우연히 정곡을 찌르고 있었기 때문이 아니었다. 에제트는 마치 무언가를 아는 사람처럼 서슴없었다.

파사드가 테른도크에게 보고해 올리지 않은 것은 라르칼리아라는 이름 단 하나뿐이었다. 숨겼다. 그리 말해도 좋을 것이다. 그러나 라르칼리아라는 이름의 여자를 납득시킬 묘안도 없었을 뿐더러 세간에 드러나면 혼란만 가중될 것이 자명해 어쩔 수 없는 선택이었다.

왠지 모를 불안함이 움트기 시작했다. 파사드의 새까만 눈동자가 에제트의 연노랑 빛으로 감싸인 갈색 눈동자에 멎었다.

'저자가 알 리가 없음이다.'

지금 이 주둔지에서 라르칼리아라는 이름을 알고 있는 건 자신과 자칼린뿐이었다.

말 없는 신경전이 거듭 이어졌다. 그런데 얼마 지나지 않아 한 군사가 헐레벌떡 달려와 고했다.

"부, 불이 났습니다……! 시신이……!"

팽팽하던 긴장감이 깨어졌다. 에제트의 시선이 느릿느릿 휘장을 헤치고 들어선 군사에게 향했다. 파사드 역시 마찬가지였다.

❖ ┄ ❖

르옌이 무기력하게 막사에만 웅크리고 있다는 이야기에 가슴이 싸하기를 여러 날이었다. 그나마 조금씩 기운을 차려 가고 있다는 이야기에 안심한 지 고작 이삼일 남짓. 잠잠하다 했더니만 또다시 큰 사고를 일으켰다. 이번의 문제는 황망하기까지 해서 골이 아플 새도 없었다.

한밤중에 거짓 군령으로 군사들을 혼란케 하고, 내일 모르가나의 칙사와 사신단 무리에게 양도하기로 한 발로이드와 황태자의 시신이 실린 수레에 불을 질렀다 한다. 다행스럽게도 그들의 시신은 꽝꽝 얼어 있었고 금세 발견해 소화한 탓에 황태자의 시신은 팔과 어깨가 조금 그을은 정도에 그쳤다고 했다. 그러나 발로이드의 시신은 반 가까이 불탔다고.

병사가 일이 커지기 전에 즉시 제게 알린 건 다행스러운 일이었다.

"아직 모르가나의 칙사 무리에게는 알리지 마라. 다른 지휘부 기사들에게도 보고하지 말고 대기하라. 다들 나가 있도록."

파사드는 제 앞에 끌려온 르옌의 표독스레 굳어진 얼굴에 시선을 놓은 채로 병사에게 명했다.

르옌은 그를 바라보지 않았다.

제 스스로도 죄지음을 잘 알았던 탓일 터다. 불태운다. 일생을 추운 곳에서 살다 떠나는 북부의 사람들에게 소산은 큰 존중의 의미를 담는 것이다.

따뜻한 불길 속으로 돌아가 추위와 굶주림 없는 영면에 드소서. 그런 식으로 명확한 의미다.

변명을 할 거라고 생각도 않았으나, 막상 진절머리 나게 당했던 그녀의 침묵을 또다시 마주하게 되니 속이 갑갑해 왔다.

파사드는 우선 서 있는 것도 버거워 흔들대는 그녀에게 탁자의 건너편을 가리켰다.

"우선 앉아라."

허공만 노려보던 르옌은 끝까지 그에게 눈길 주지 않고 파사드의 맞은편에 앉았다. 탁자 위에 올려진 손목이 새의 다리처럼 가늘어 보였다. 파사드의 막사 안을 가득 채운 따뜻한 공기에 몸이 녹아 갈수록 르옌의 어깨는 더 잘게 떨렸다.

아무래도 먼저 르옌이 입을 열 것 같지 않아 파사드는 꺼내고 싶지 않은 질문을 던졌다.

"……무슨 생각으로 그랬나. 그들의 시신을 기다리는 모르가나의 칙사를 지척에 두고."

"……."

"르옌 데투아."

"……."

"묵비로 지금 이 상황을 능쳐 넘길 수 있을 거라 생각하나."

다소 고압적인 파사드의 채근에 르옌의 눈꼬리가 서서히 치켜 올라갔다. 마치 처음 제 동생을 데리러 왔다며 저를 노려볼 때처럼 그리 날카로웠다.

"알면서 무얼 물어?"

"……."

"다른 놈들에게 무엇도 알릴 필요 없었다. 그의 변절에 대한 변명도 필요 없었다. 다만 나는 오직 너 하나에게만 바랐다. 다른 놈들이 다 손가락질해도 좋다고. 다른 녀석들이 무어라 떠들건 내게는 아무 의미도 없는 거니까. 그런데 너는, 너는, 내가 그리 청했던 것을 까맣게 잊어버렸나? 너만큼은 그를 알아 달라 하였다. 예우해 주길 바란다고 했다. 너희가 찬탈한 왕위에 충신이 분노함은 당연한 것이라 하였다."

"……."

"그런데 너는 모르가나로 보내 산산이 찢기게 만들 셈이었나! 내가 저들의 손에 페이작이 갈가리 찢기게 둘 성싶은가. 내가 비록 내 손으로 그를 거두었지만 목에 칼이 들어와도 그 꼴은 보지 않을 터다. 네놈들이 그의 시신을 수레에 실어 모르가나의 제도에 보내면 나 역시 그를 쫓아가 마지막까지 내 손으로 불태울 터다. 남부에 있든 북부에 있든 그의 시신은 내 손으로 불태우기 전엔 벨루비르하인 2세의 손에 닿지도 못할 거다!"

차츰 격앙되는 르옌의 설토는 봇물처럼 터져 나왔다.

"그래, 마리포사는 모르가나의 가문이지. 적장이었지. 그래도 페이작은 나를 대신해 적의 태자를 죽였다. 그가 이 종전을 끌어냈다. 네놈들을 이해 못 하는 게 아니지만 그래도 종전이 이루어진다면 이것은 페이작의 공로다. 그가 이 전쟁을 매듭지은 것이다!"

파사드는 제정신이 아닌 듯한 르옌을 잠자코 바라보았다. 전혀 예상하지 못한 반응은 아니었으나, 그녀가 아무렇지도 않게 내뱉는 반

브류나크에 가까운 이야기들, 찬탈, 충신······ 누군가의 입에서 나왔다면 아무 의미도 없었을 그것들이 그를 침묵하게 했다.

르옌이 쏟아 내는 것은 목숨을 걸고 모르가나에 대항해 싸운 라르크의 수만 군사들을 모욕하는 말이었다.

"네게 그를 이해하라 말하는 건 내 과욕이라는 것을 안다. 하지만 너는 나를 이해해야 한다. 너는 나를 알지 않나, 이제 나를 알아주는 것은 너밖에 없지 않나. 네가 명예라는 말이 지닌 그 자체의 의미를 이해하는 자라 믿었다. 나는······."

"그만."

"나는, 그래서 나는 너만큼은 이해해 주리라 믿었다!"

"하면 너는 왜 내게 직접 청하지 않았나."

르옌은 서늘히 되돌아온 대꾸에 비로소 입을 다물었다.

파사드는 더 쏘아붙이지 않고 얕은 한숨을 내쉬었다. 미간은 피로로 좁아졌다. 마리포사라는 변수가 라르크에 호재로 작용해 종전을 이끌어낸 큰 요인임은 사실이었다.

셰반의 증언이 없더라도 발로이드가 적의 태자를 일 합만에 절명시킨 것을 목도한 이들이 수두룩하다 했다. 인정하고 싶지는 않지만 마리포사로 시작되었던 전쟁이 마리포사에 의해 끝이 난 것과도 다름이 없다.

하지만 마리포사는 여전히 모르가나의 귀족 가문이었고, 모르가나가 황족 시해자의 시신을 요구하는 것은 당연했다. 르옌 역시 그 일련의 과정들을 잘 파악하고 있어 제게 반구도 없이, 예고도 없이 일을 친 것일 터다.

하지만 파사드의 입장도 여전히 명확했다. 종전이 목전에 이른 지금 라르크는 모르가나와 쓸데없는 마찰을 더할 필요가 없었다. 적장의 시신을 두고서는 더더욱.

"북부의 네놈들이 우리에게 괴물이라 돌을 던져도 괜찮다. 옛적부터 라르카드단은 바라지도 않았다."

"……."

"그냥, 그를 그리 보내지 말아 줘. 제발, 그를 그리 보내지 말아 줘. 제발……."

파사드의 입술이 벌어지다 멈추었다.

'북부 네놈들이 우리에게.' 그는 여전히 발로이드와 그녀가 한 울타리 안에 있음을 증명하는 말이었다. 몹시 거슬렸다.

"르옌 데투아, 옴짝달싹 못 하게 갇혀 있어야 네가 좀 얌전해지겠나?"

"네가 날 그리하겠다고?"

"못 할 것 같은가. 종전의 목전이다."

"해 봐라. 내 손목을 묶으면 손목을 자르고 달아날 것이고, 내 발목을 묶으면 발목을 끊어 내고 달려갈 거다. 만일 내가 늦어 모르가나의 잡배들이 그의 시신을 갈기갈기 찢어 내어 전 대륙에 흩뿌린 후라면, 기꺼이 전 대륙을 뒤져 죄 그러모을 테니. 나를 꺾고 싶거든 너는 나를 가두는 게 아니라 죽여야 할 거다."

르옌은 한다고 말하면 하는 여자였다. 어떤 상황에서든 자연스럽게 해내지 못한다면 억지로 비틀어 끼워 맞춰서라도 하는 여자였다.

올조르 때도 그러했으며, 이른에서도 그러했고, 그란두르전에서도 그러했다. 말로 설득해 넘어가는 듯해도 단순히 화제 전환밖에 되지 않는다는 것을 이미 파사드도 잘 알았다. 정말 모르가나의 제도까지 쫓아가 성벽에 기어 올라가 그에 걸린 발로이드의 반쯤 탄 시신을 끌어내어 죄 태워 버리려 들지도 몰랐다.

지난 스무 날이 넘는 시간 동안의 얌전했던 모습이 다 거짓 같다.

미친 망아지처럼 성을 내며 달려드는 르옌을 바라보는 눈이 뻐근해 왔다.

파사드는 엄지와 검지를 들어 미간을 지그시 좁혀 눌렀다. 머릿속에 떠도는 것들이 너무 많아 정리가 되지 않은 과부하로 폭발할 것 같았다. 실질적인 전쟁이 끝난 후에도 발로이드의 문제로 르옌과 이리 반목하게 될 줄은 몰랐다.

솔직히 지금 심정을 말하자면, 당장 발로이드의 시신을 죄 찢어 놓아도 성이 차지 않을 것 같았다. 왜 그자는 죽어서까지 이리 일을 어렵게 하나.

파사드의 낯 위로 신경질적인 피로감이 떠올랐다. 눈 한 번 깜빡하지 않고 그를 바라보던 르옌이 돌연 의자에서 내려와 파사드의 의자 밑에 무릎을 꿇고 그의 손을 끌어 쥐었다.

"브류나크인 네가 동정을 한다면 아마 그는 학을 떼고 싶어할 테지만."

"……."

"나는 그리해서 된다면 네게 구걸해 동정이라도 사겠다."

"……모르가나에 넘기지 않더라도 북부로 가지고 돌아가면 효시된다. 결과는 같다."

"북부인으로서 죽게 해 달라는 거지 북부로 데려가 달라는 말이 아니잖아. 그는 나였다."

"……어째서."

"그는 나였어. 그를 남부인들의 손에 넘기지 말아 줘, 제발. 브류나크, 제발."

파사드는 끝내 상황을 더 불편하게 만들 물음을 던지고 말았다.

"너는 내게 라르카드단에 이르지 못한 죽음 이후에 아무것도 없는 평온을 확신했다. 그런데도 중한가. 효수당해 죽었던 네가 네 입으로 떠들었던 평온이라면 그자 역시 굳이 소산하지 않더라도."

말은 맺어지지 않았다.

르옌의 당장이라도 울음을 터뜨릴 것 같은 얼굴에 파사드는 착잡하게 그녀의 시선을 외면했다.

"……그런 것은 상관없다. 그런 식으로 말할 거라면 차라리 내 어리석은 욕심이라 비난해라. 그는…… 내가 가장 믿었던 아꼈던 전우였다. 내 몸의 일부라 여겨도 좋을 만큼. 그런 그가 남부에서 능지처참을 당할 꼴을 어찌 보나. 내 몸이 그리 찢겨 나가는 것 같을 터인데. 마지막까지 북부의 기사로서 라르크의 적을 죽인 대가로 그런 꼴을 당한다는 건 끔찍하고 끔찍한 일이야. 네게 그만한 도의가 있다는 것을 나는 잘 안다. 우리가 너희에게 살을 떼어 내는 이만한 자비를 베풀었으니 너도 제발, 조금의 자비만이라도 좋다. 제발."

입술을 꾹 다문 파사드는 그녀가 깍지까지 끼고 움켜쥔 제 손을 내려다보았다. 가느다란 손가락이 그의 굵고 단단한 손가락 사이사이에 걸려 벼랑이라도 쥔 것처럼 절박히 그를 움키고 있었다.

"마지막, 정말로 마지막이다. 더는 너를 곤란하게 하지 않을게. 눈앞에서 사라지라 한다면 그리하겠다. 군을 떠나라면 그리하겠다. 네가 하란대로 전부 다 할게."

가슴이 저렸다. 그녀의 절박한 호소에도 반감이 드는 것은 어쩔 수 없었다. 발로이드 이세르스 마리포사, 그녀가 늘 페이작이라 부르는 그자는 북부의 기사라기보다는 그녀의 기사라고 해야 옳았다.

그러나 르옌이 저리 미친 여자처럼 나오는 데에 불을 질러 이 논쟁을 지속하고 싶지 않았다. 그는 무의식적으로 손에 힘을 주어 그녀의 손을 움켜쥐었다. 파사드의 표정이 어쩔 수 없이 누그러지는 것을 올려다보던 르옌이 고개를 기울여 뺨을 그의 손등 위에 문질렀다. 흥분으로 따뜻하게 상기된 그녀의 뺨이 맞닿음과 동시에 파사드의 손끝이 굳어졌다.

"……너도 알잖나. 그가 제국의 태자를 죽였어. 그가 나를 위해 제국의 태자를 죽였어. 북부를 위해. 사투르가 귀레 라르크, 라르크를 위함이 아니냐. 모든 결과가 브류나크를 빛나게 했으니 너도 이 정도의 선처는 베풀어 줄 수 있는 일이잖아."

사투르가 귀레 라르크. 라르크를 위하여.

그녀도 믿지 않고 파사드도 믿지 않는 거짓이었으나 누구도 거짓을 지적하는 우를 범하지는 않았다. 대신 파사드는 르옌의 손을 더 세게 움켜쥐었다. 놓아야 함이 옳았지만 제 손이 멋대로 그녀를 쥐어 당겼다.

"……일단 일어나라."

"답부터 줘. 나를 이해한다 말해 줘. 나는 여전히 온 마음을 다해 너 하나의 이해만을 바라, 브류나크. 내게는 진정 너 하나밖에 없다."

르옌이 느리게 일어서며 그에게 바짝 다가붙었다. 그녀는 파사드에게 잡히지 않은 반대 손을 올려 천천히 그의 뺨을 어루만졌다.

애절함이 묻어나는 손길이었다. 지나치게 가까워진 거리에 파사드의 후골이 살짝 오르내렸다. 가슴이 크게 부풀었다 순식간에 욱죄인 기분이었다. 르옌은 까칠하게 수염이 난 턱선을 따라 손끝을 움직여 흘러내린 그의 검은 머리칼을 조심스레 넘겼다.

"이곳의 지배자는 너다. 브류나크, 네가 영웅이다. 늑대의 아들인 너는 충분히 그럴 만한 능력이 있는 사내잖나. 네가 바란다면 누가 너를 거역하고, 누가……."

르옌이 바로 지척에서 그를 바라보며 입술을 달싹였다. 정교하게 사로잡히는 기분이었다. 건조하게 마른 그녀의 입술을 바라보던 파사드의 입가가 서서히 비틀렸다.

파사드는 각고의 인내로 그녀를 밀어냈다.

"……정말, 버릇이 안 좋군."

파사드의 냉정한 반응에 르옌이 처연히 손을 떨어뜨렸다. 불안한 눈으로 파사드를 바라보던 르옌이 다시 무너지듯 주저앉아 그를 올려다보았다.

파사드는 그녀를 강제로 일으켜 세웠다. 종잇장처럼 가벼운 몸은 쉽게 끌려 올라왔다.

여지를 두지 않고 그간 해 온 대로 군법에 따라 처리하면 될 일이었다. 그대로 내일 저들의 시신을 돌려주면 될 일이었다. 지금 저리 제게 친근히 구는 것도 그의 시신이 전부 다 불타기 전에 소화되었으니, 저라도 이용해 보겠다는 심산이 명백했음이다. 하지만 그걸 알면서도 파사드는 차마 딱 부러지게 그녀의 청을 잘라 내지 못했다.

이젠 지겹기도 한 자문이다. 미쳤느냐. 더 물을 필요도 없었다. 세상 사람들은 속일 수 있을지언정 자신은 속일 수 없는 법이다.

르옌은 그 존재만으로도 그동안 파사드가 믿어 온 자신을 무너뜨렸다. 귀퉁이부터 조각조각 무너져 끝내 파사드는 스스로를 믿을 수가 없는 지경에 이르렀다.

망가져 가고 있다. 하지만 만일 자신이 그녀로 인해 망가지고 있다면, 역시 그만큼 뇌호하지 못한 제 모자람이었다. 부러져 버린 리오낙처럼, 충분히 견고하지 못하였던 탓이다.

파사드는 깡마른 그녀의 손목을 쥐어 바로 앉힌 후 다른 것을 물었다.

"오늘은 게워 내지 않았나?"

"……응?"

"내게 애걸복걸 매달리기 전에 사람 꼴부터 갖춰라."

파사드는 얕은 한숨을 내킨 후 테레어드를 불러들였다.

"키하이프 경, 취사군에 가서 데투아 경이 먹을 만한 남은 음식이 있는지 알아보고, 오늘 만찬 때의 음식 역시 남은 것이 있다면 함께 가져와라."

테레어드는 당황스러운 얼굴로 파사드와 르옌을 번갈아 보다가 조용히 물러났다.

르옌도 테레어드만큼이나 당황하긴 마찬가지였다. 그리 간곡한 청이 묵살당했는데 목구멍으로 물 한 모금 넘어갈 리가 없었다. 그러나 파사드의 답은 오래지 않아 되돌아왔다.

"내가 처리하겠다."

"……어떻게?"

"내 명예를 걸고 다른 군사들과 함께 소산할 테니 너는 허튼짓 마라. 그리고 그 대신."

"대신?"

"식사부터 제대로 하도록 해라. 계속 토해 내 귀한 군량을 낭비하지 말고. 보고 있기 좋지 않다."

르옌의 경계심이 한순간에 풀어지는가 싶더니 안색에 은은한 혈기가 돌기 시작했다.

파사드는 벌어진 옷깃을 정리하고 자리에서 일어섰다. 경황이 없어 그대로 맞이했는데 여선히 ⏊는 속의 붕대기 훤히 보이는 얇은 가운 차림이었던 것이다.

르옌은 그녀를 등지고 화로를 돌보는 파사드의 널찍한 등을 물끄러미 바라보다 툭 뱉어 말했다.

"지금 난, 네게 입맞춤이라도 퍼부어 주고 싶은 심정이야."

막 제 헐거운 옷차림을 고쳐 매기 위해 코트를 집어 들던 파사드의 움직임이 뚝 멎었다.

파사드의 황당함에 어쩔 줄 모르는 눈빛이 르옌에게로 옮겨 갔다. 놀리는 것이 아니라면 아무 의미 없이 하는 말이다. 알지만, 아무리 그래도 여자가 어찌 저런 말을 함부로 입에 담는단 말인가.

불쾌감을 억누르며 그녀에게 핀잔을 놓으려 할 때였다. 파사드에게 다가온 르옌이 그의 허리를 당겨 안았다. 등 뒤로 자그마한 부피의 체온이 느껴졌다. 파사드가 눈을 내려 제 허리를 감싸 안은 르옌의 가느다랗고 흉과 상처 가득한 팔을 내려다보았다.

"네가 나를 알아주어 다행이다. 네가 있어서 정말 다행이야. 얼마나 내게 큰 의미가 되는지 너는 짐작조차 못 할 테지만, 정말…… 너를 만난 게 내게는 행운이다."

의도가 무엇인가. 무얼 바라 제게 이런 시험 같은 손길을 내던지나. 길게 고민할 것도 없었다. 안 된다는 것을 알면서도, 이성을 찾았을 때 그는 어느새 그녀의 새 다리처럼 가는 손목을 감싸 쥐고 있었다.

시간이 멈춘 듯했다. 경직된 파사드의 뒷덜미로 물안개처럼 가라앉는 속삭임이 울렸다.

"……이제 정말, 나를 이해해 주는 건 너 하나밖에 남지 않았으니까."

파사드는 퍼뜩 잊고 있던 불쾌한 사실 한 가지를 더 떠올려 냈다.

오늘 저녁, 모르가나의 칙사들과 만찬이 있기 전에 한 기사가 제게 와 이르기를, 자칼린과 르옌이 침상에 나란히 누워 끌어안고 있었다고 했다. 애써 무시하고 넘기려 했지만 이쯤 되면 한마디 하지 않을 수 없었다.

아쉬움에 더딘 손길로 르옌의 팔을 끌어 내린 파사드가 뒤돌아 그녀를 내려다보았다.

"내가 조금 전 네게 버릇이 좋지 않다 말한 건 지금 네 그런 언사도 포함한다."

"진심인걸. 정말로."

"자중해라. 군내에서 더 분란을 일으키고 싶지 않은 거라면 체사경과도."

"아, 나를 싫어하는 그자에게는 나도 그다지 상냥하게 굴고 싶지 않아."

"내가 말하는 건 큰 체사가 아니라 작은 체사다."

자칼린이 왜? 대수롭잖다는 듯 묻는 르옌을 바라보는 파사드의 속은 왠지 모를 불편함으로 들끓었다. 그러나 더 말할 것도 없었다.

"그리고 네가 이번에 저지른 일이 있으니 그에 따른 대가는 치러야 한다. 금족령을 내릴 것이다. 라르크에서 황태자의 시신을 고의적으로 훼손하려 했다는 것이 알려지면 저들이 또다시 달려들 테니, 대외적으로 불이 난 것은 고의가 아닌 실수라 넘기겠다. 하지만 이번이 마지막이다. 내가 네 행동을 덮어 줄 수 있는 마지노선이다."

"어떻게 할 건데?"

파사드는 더 입을 열지 않았다. 르옌도 다시 묻지 않았다. 파사드가 스스로 명예까지 건 약속이니 믿어도 좋을 것이다.

얼마 지나지 않아 테레어드가 병사 두엇과 함께 먹을거리와 마실거리를 가지고 들어왔다.

테레어드는 크게 경을 칠 거라 생각했던 여자가 받는 호사스런 대접을 의아쩍게 생각했으나 입 밖으로 내지는 않았다. 파사드는 나가 대기하려는 테레어드에게 명했다.

"키하이프 경, 밀명을 하나 내리겠다."

"하명하십시오."

"발로이드의 시신이 현재 많이 불에 탔다고 들었다. 믿을 만한 이 몇을 데리고 가, 남부인의 시신들 중 그와 체구가 비슷한 이를 비슷한 정도로 불 질러 바꿔 넘겨라. 반드시 비밀리에 행해야 할 것이다."

"……예?"

이게 무슨 말인가 싶어 테레어드는 얼떨떨한 표정을 감추지 못하고 입술을 벌렸다.

르옌이 발로이드의 시신에 불질렀다는 이야기를 들었을 때도 당황했지만, 번복된 파사드의 명령은 더욱 당황스러웠다. 반사적으로 르옌을 돌아본 테레어드의 눈동자에 온전히 풀어진 눈으로 파사드만 바라보는 그녀가 비쳤다. 분명 처음 끌고 올 때까지만 해도 독사에 버금가는 눈빛을 하고 있던 여자였다.

"조용히 시행하라."

한참을 망부석처럼 섰던 테레어드는 파사드의 명이 번복되지 않으리라는 것을 직감하고 우선 물러갔다.

파사드는 르옌에게 제 눈앞에서 식사를 마칠 것을 강요했다. 르옌은 한 마디의 불평도 없이 풀어진 얼굴로 꾸역꾸역 접시를 비우기 시작했다.

그런 르옌을 바라보며 파사드는 외려 속이 불편해졌다. 조금 전 제가 저지른 짓이 어느 만치 위험하고 사령관으로서 해선 안 될 짓인지 잘 알았던 탓이다.

르옌이 중간중간에 버거운 듯 숨을 잠깐 멈추고 기다리고, 다시 숟가락을 들기를 반복하는 사이 낡은 그릇은 빠르게 비었다.

파사드는 말없이 팔짱을 끼고 앉아 그녀를 응시했다. 조금 전까지만 해도 매섭게 구겨졌던 그녀의 아미에는 평온함이 머물고 있었다.

파사드는 그녀의 조그만 입술이 오물대는 죽 숟가락을, 칙사를 대접하기 위해 새로 구웠던 부드러운 빵이 그녀의 작은 손에 찢겨 나가는 것을 바라보았다. 그는 차라도 마시듯 묽은 스튜를 홀짝대는 그녀에게서 시선을 떼지 않았다. 르옌이 불현듯 눈동자를 올려 그의 시선을 받아치지 않았더라면, 언제까지고 그러고 있었을 것이다.

관음이라도 하다 발각된 것처럼 당황스러웠다. 파사드가 다소 가파르게 화두를 돌렸다.

"그리고."

"······?"

"발로이드는 내가 죽인 것으로 공포할 것이다."

달그락. 숟가락을 내려놓고 침묵하던 르옌이 곧 산뜻하게 고개를 끄덕였다.

"······내가 그랬잖나. 반짝거리는 영광, 네게 되돌려주겠다고. 나를 믿어 주었으니 너는 그 정도의 군공으로 돌려받을 자격이 있다. 구태여 내게 일일이 설명하지 않아도 돼. 내게 미안해할 것 없어."

"누가 미안해한다고 하나."

"얼굴에 다 보이는걸. 속일 사람을 속여라."

파사드는 그도 모르게 손을 들어 제 얼굴을 쓸었다. 대체 무엇이 그리 잘 보인다는 것인지 모르겠다. 공무를 대할 적엔 늘 무표정하여 참 알기 어렵다는 평을 들어온 그였다. 그러나 언제부터인가 너무나도 쉬이 속을 읽히는 듯했다.

슬그머니 나무 쟁반을 곁으로 밀어 치운 르옌이 탁자 위에 엎드렸다.

"속이 별로야."

파사드는 말없이 그녀가 안정되기를 기다렸다. 그리 기다리고 기다리니 어느 순간 그녀의 숨이 골라졌다. 잠이라도 든 것인가 싶었다.

한참이나 잠든 르옌을 내려다보던 파사드는 제대로 정리되지 못해 구불구불 흘러내리는 그녀의 짧은 머리칼을 조심스레 손끝으로 쓸어 보았다.

이미 그는 스스로가 무얼 바라고 있는지조차 알 수가 없었다. 분명 아무것도 하지 않고 누워 쉬고 싶을 만큼 극심하던 피로에 시달리고 있었는데, 지금은 밤이 새도록 이리 앉아 있어도 좋을 것 같았다. 이런 감정 기복은 그로서는 겪어 본 적이 없는 종류의 것이었다.

그렇지만 어떤 의미인지까지 모를 만큼 어리석은 건 아니었다. 본의 아니게 오랜 시간 르옌을 지켜봐 왔다. 그녀의 머리칼이 잘려 나간 것처럼 그 역시 많은 변화를 겪었다. 그녀도 변하였고 저도 변하였다. 그러나 사랑이냐 호감이냐, 그런 것을 논하기엔 너무 먼 곳까지 와 버린 건 아닌가.

얼마간 르옌을 바라보던 파사드는 그녀를 조심스레 안아 제 침상에 옮겨 뉘였다. 졸음에 취해 있던 르옌이 눈을 떴다. 파사드는 다정하게 들릴 정도의 낮은 목소리로 그녀에게 말했다.

"신경 쓰지 말고 자라."

르옌이 혼곤한 음성으로 '벨비' 그리 중얼 거린 것도 같다. 다른 사내의 이름에 제 속이 깎여 나가는 기분이 잠깐 들었으나 부질없어 생각을 그쳤다.

이불을 끌어 덮어 준 파사드는 그녀의 머리칼을 쓸어 정리한 후, 자리를 뜨기 위해 일어섰다. 그러다 이불 아래 삐져나온 그녀의 상처투성이 발을 발견하고 그도 모르게 곁에 앉았다.

이불을 고쳐 덮어 주려 함이었다. 그러나 그는 무의식적으로 그녀의 발을 감싸 쥐었다. 차가웠다. 얼어붙을 듯 차가워 쉽사리 손을 떼기가 어려웠다.

그는 무심코 고개를 돌려 두 동강 난 리오낙과 상처투성이가 된 검은 창을 세워 둔 막사의 한구석으로 시선을 옮겼다.

르옌은 저걸 보았을까. 보지 못했을까. 언급하지 않았으니 모를 일이다. 물을 생각도 없었다. 파사드는 허리를 숙여 그녀의 발을 감싸 쥔 제 손에 이마를 기대었다.

그녀라는 사람에게 휘둘리고 있다는 것은 그가 누구보다 잘 알았다. 그러나 어쩔 수 없었다.

이 차가운 상처투성이 발로 포기하지 않고 버티고 걸어 예까지 이른 여자를 존경하기 때문이다.

자랑스러운 북부의 늑대이자 브류나크의 가주이며 모두의 존경을 받는 기사인 제가 제 부인 아닌 평민 여자를 존경한다는 것은 사실 상상해 본 적이 없는 일이지만, 존경심이 그를 이리 뒤흔드는 것이라 믿을 수밖에 없었다.

귀천을 떠난 본질의 아름다움이다. 속과 겉을 떠난 진실함과 신의의 아름다움이다.

—……반짝거리는 영광, 내가 네게 되돌려주겠다고.

그렇기 때문에 더더욱 파사드는 발로이드를 제가 죽였다 공포해야 한다는 에제트의 말에 수긍할 생각이 없었다.

차하급 지휘자를 시살한 것과 적의 최고사령관을 시살한 군공의 기치는 하늘과 땅만큼이나 다르다. 종전 다음의 가치라 해도 과언이 아니었다. 이 모든 것은 르옌의 공으로, 그녀가 응당 돌려받아야 할 포상이었다.

그러나 제가 스스로 그녀의 군공을 가로채겠다 협잡배와 다름없는 말을·내뱉은 것은 견딜 수가 없기 때문이다.

제가 죽여 놓고도 제 몸 가누지 못해 그리 아이처럼 울며 매달리던 여자였는데, 온 세상이 르옌 데투아가 마리포사의 발로이드를 죽였다는 이야기를 떠들어 대고 만나는 이들마다 당신이 발로이드를 죽였느냐, 어찌 죽였느냐, 매일같이 상기시키는 날에 이른다면 그녀는 어찌 될 것인가. 어찌 견딜 것인가.

지휘부 기사들은 이미 그녀가 한 일임을 알고 있었다. 그러니 제가 적장을 살해했다 공포하는 것은 파렴치한 짓으로 매도될 것이다. 그러나 불명예스러운 짓이라고 할지라도 이 여자의 뇌리에서 발로이드와 관련된 것을 떼어 낼 수 있다면 그는 황태자의 죽음마저 제 짓이라 날조할 수도 있을 것 같았다.

후일 그녀가 지금의 자해에 가까운 상처를 극복해 내고 스스로의 군공을 돌려받기를 원한다면 그때 제 명예를 걸고 사실이 아니었음을 공포하면 될 일이었다. 언젠가 제가 감당할 불명예였다.

반쯤 감았던 파사드의 눈꺼풀이 힘없이 들렸다. 문득 그의 입가에 씁쓸한 자조가 어렸다. 어리석었다.

언젠가라는 전제는, 제 미래에도 그녀가 존재한다는 전제와 같다. 저 혼자 그녀를 제 삶에 끼워 넣고 있다는 사실을 인정하는 건 어렵지 않았다. 그러나 불가능한 일임을 인정하는 건 어려웠다.

저도 모르게 그녀의 발을 쥔 손에 힘이 들어가는 것을 느낀 파사드는 손을 떼고 일어섰다. 그는 꼼꼼히 이불을 덮어 준 후 밖으로 나섰다.

때마침 테레어드가 그의 막사로 돌아오고 있었다. 테레어드의 몸에서는 역청 섞인 기름 냄새가 났다. 그가 파사드에게 바짝 다가와 비밀스럽게 보고했다.

"우선 보초들을 교체하고 시키신 대로 발로이드의 시신은 다른 곳에 숨겨 두었습니다. 그 시신은 어찌……."

"……그의 시신은 다음번 소산식이 있을 때 다른 군사들의 시신과 함께 불태워라."

테레어드는 멍한 얼굴로 파사드를 바라보았다. 그러나 파사드는 뒤돌아보지 않고 막사를 떠났다.

잠들지 못할 밤이었다.

❖ · ❖

이른 새벽, 분주히 주변을 울리는 발소리에 눈을 뜬 르옌은 넋 놓은 사람처럼 허공을 올려다보았다.

푸근한 향기가 그녀의 정신을 일깨웠다.

여기는 뮈아드로의 제 침실인가. 교전을 앞둔 제 막사인가. 느리게 움직이던 르옌의 눈동자는 이윽고 낯설기만 한 막사 안의 풍경에 멎었다. 그녀의 시선 끝에는 상처 난 검은 창과 부러진 채 놓인 리오낙이 있었다.

나란히 놓인 두 무구를 보자마자 가슴 찢기는 것 같은 기억이 밀려들었다. 끊어졌던 이성도 함께 맞붙여졌다.

페이작은 죽었다. 제가 죽였다. 제가 끝장을 보았다. 자칼린으로부터 페이작의 시신이 인계될 거란 얘길 들은 직후, 제 모든 집념은 그것으로 향했다. 그래서 소산을 하겠다 달려갔다.

그 후 어찌 되었더라. 페이작의 시신이 반쯤 타들어 갔을 때 병사들이 달려와 불을 껐다. 그녀의 이성도 함께 꺼졌다. 그녀는 파사드에게로 끌려왔고, 결국 반 미친 사람처럼 애걸했다. 그리고 그의 약조를 얻어 내었다.

파사드에게 너무나도 큰 빚을 지운 셈이라는 걸 알았지만 후회는 하지 않았다.

페이작을 그리 넘기느니 모르가나와 함께 불타 죽는 것이 더 낫다 믿는 탓이다. 죽어도 남부인들에게는 넘기지 않을 마지막이었다.

혼곤한 정신에도 시난밤 저를 바라보던 파사드의 눈이 떠올라 속이 미어졌다. 인정하고 싶지 않으나 이 지긋지긋한 전쟁터에 다시 발 디딘 후로 그녀의 삶은 뒤바뀌었다. 온전히 여왕도 아니며 온전히 시골 처녀도 아닌 그런 모호함이다. 갈피가 잡히지 않았다.

이제 저는 어디로 가야 하나.

―르옌.

파사드는 모를 터이나 페이작을 영원히 그녀의 품에서 떠나보낸 날, 바닥까지 무너져 발디딜 곳 잃었던 그녀를 지탱해 준 것은 파사드였다.

그가 불러 준 이름. 아직 이곳에 저 설 자리가 남아 있다는 듯이 잡아 주던 손.

긴 한숨을 내쉬며 다시 이불을 끌어 덮으려던 찰나였다. 낯설기만 한 막사의 휘장 너머로 귀에 익은 사내의 목소리가 들렸다.

"칼란독 경, 이제 칙사들이 출발 준비를 시작하고 있습니다. 경께서도……."

파사드는 이미 없지만 이곳은 그의 막사였다. 윗몸을 일으켜 세운 르옌은 난감한 기분으로 휘장을 물끄러미 바라보았다.

"칼란독 경, 아직 주무십니까?"

몇 번 더 파사드를 부르던 올베빈이 휘장을 걷으며 안으로 들어섰다.

"들어가겠습니다. 이른 새벽부터 송구합니다만……."

정갈한 갑옷 위로 깨끗하게 세탁한 코트를 걸친 차림의 올베빈이 주위를 둘러보았다. 당연하게도 파사드는 없었다. 있는 거라고는 덩그러니 그의 침상에 앉아 당연하단 듯 이불을 덮고 눈을 끔벅이는 르옌뿐이었다.

이해가 되지 않는 사람처럼 갸우뚱하며 그녀를 마주 보던 올베빈의 입술이 서서히 벌어졌다.

"데투아 경?"

밤이 새도록 사령부 막사에서 밀려 있던 일들을 마무리한 파사드는 이튿날 새벽, 황제의 칙사들을 배웅하기 위해 나섰다. 불에 타 훼손된 시신에 관하여는 그가 직접 저들을 납득시키는 것이 효과적이었으므로 다른 기사들보다 훨씬 이르게 하루를 시작한 셈이다.

그리고 오늘 테레어드는 환송하는 무리에서 제외되었다. 때문에 몹시 착잡한 기분이었다. 지금쯤이면 황제의 칙사들이 시신을 인계받고 떠나고 있을 터. 간밤 수레에 불이 난 사건은 별 탈 없이 끝날 것 같긴 했으나 내막을 알고 있는 그의 속은 불편하기만 했다.

지난밤, 테레어드는 몇 년 만에 처음으로 파사드에게 반발을 드러냈다. 파사드가 내린 마지막 명령만큼은 도저히 이해가 가지 않았기 때문이다. 변절자 발로이드의 시신 대신 다른 남부인의 시신을 넘기는 것이야 어차피 남부인이니 상관이 없었다. 그렇지만 소산하라니. 발로이드는 라르크의 기사 수백을 베어 넘긴 적장이었다.

처음에는 발로이드의 시신을 뮈아드로로 가져가려는 것인가 싶어 잠자코 따랐으나, 시신을 소산하는 건 다른 문제였다. 그러나 파사드는 테레어드의 간언을 귀담지 않았다. 아니, 귀담을 여력이 없어 보였다.

르옌 데투아. 대체 그 여자가 무얼 어찌했기에. 그리 생각될 수밖에 없었다. 홀로 속을 끓이고 있자니 속병이 날 것 같았다. 하지만 이런 이야기를 아무에게나 쉬이 꺼낼 수 있을 리가 없다.

테레어드는 파사드의 빈 의자 뒤편에 서서 연거푸 한숨을 내쉬었다. 칙사들의 환송을 마치고 다른 기사들이 돌아올 때까지 사령부 막사에서 내기 중인 다른 기사들이 늘어져라 하품을 하는 게 보였다.

탁자 끝에 삐딱하게 의자를 돌려 앉아 드러눕다시피 한 자칼린,─심지어 그는 제대로 무장조차 하지 않았다.─ 사령부 탁자 왼편에 두툼한 팔을 끌어안고 꾸벅꾸벅 조는 셰반, 사령부로 올라온 보고서들을 뒤적이며 시간을 보내고 있는 화난 듯한 얼굴의 타라옛. 그 밖에도 두어 명의 페넌 기사들이 막사 입구와 가까운 곳에 서서 대기 중이었다.

양피지 더미를 뒤적이던 타라옛의 짙은 고동색 눈동자가 삐딱하게 앉은 자칼린을 향해 힐끔 움직였다.

"작은 체사 경은 왜 안 가셨습니까?"

"아, 형이 가서 구색을 맞추고 있을 텐데 저까지 갈 필요 있겠습니까. 저는 마무리까지 도운 것만으로도 족합니다. 어제 보셨잖아요. 이 마당에도 뭐 그리 으름장을 놓아 대는지. 보고 있으면 열불이 터져서."

자칼린의 불평은 이 자리에 있는 모든 지휘 기사들이 동의하는 바였다.

모르가나는 유일 후계를 잃고 사령관을 잃은 후에도 여전히 기세등등했다. 그 정도로 거대하고 강대한 나라이니 이상할 것도 없지만 라르크의 입장에서는 참 불만이었다.

덥수룩이 자란 수염을 매만지던 타라옛이 양피지 더미로 시선을 옮기며 중얼중얼 물었다.

"그러고 보니 지난밤에 변고가 있었다던데? 그 때문에 문제가 생기지는 않겠소이까?"

나름의 번뇌에 빠져 있던 테레어드는 내심 긴장했다. 자칼린이 대수롭잖게 중얼거리는 소리가 들렸다.

"아, 예. 지난밤 불이 났다는 얘기 저도 들었습니다. 자다가 봉창 두드리는 소리죠. 하필이면 직전 날 그리될 게 뭐랍니까."

"발로이드의 시체는 반쯤 불탔다더군. 황태자의 시신에 옮겨 붙기 전에 소화되었다니 다행스러운 일이지."

"어찌 된 건지는 밝혀졌답니까?"

결국 제 발이 저려 긴장을 늦추지 못하고 숨을 참던 테레어드가 끼어들었다.

"전해 들은 바를 말씀 올리자면 실수로 등을 깼다 합니다. 구체적인 정황은 잘 모릅니다. 우리 측 과실이 더 퍼져 나가는 것도 모르가나에 빌미를 주는 것이라 함구를 받았다 하니 우리끼리도 이리 억측으로 나눌 이야기는 아닌 듯합니다."

"등이? 그래도 어떻게 그렇게 불이 붙었다 하나?"

"말씀드린 것처럼 구체적인 정황까지는……."

능쳐 넘기려는 테레어드에게 의혹 없는 시선을 보내던 자칼린이 삐걱삐걱 의자를 흔들었다.

"뭐…… 그래도 발로이드 하나니까 망정이지, 황태자까지 소산되었으면 아주 일이…… 아, 응?"

무심코 소산이라 중얼거리던 자칼린의 입술이 굳어졌다.

'엥? 소산?'

졸고 있던 셰반의 한쪽 눈꺼풀이 슬며시 들어 올려졌다.

"왜 말을 하다 마시는가? 작은 체사 경."

자칼린이 화들짝 고개를 저었다.

"아, 아닙니다. 주무시는 거 아니셨습니까? 피곤해 보이십니다."

"잘 거면 내 막사에서 자겠네. 그러는 경도 안색이 영 아닌데?"

"지난밤에 잠을 잘 못 자서."

"그 나이 땐 열흘 밤을 새도 팔팔할 때네."

"에이, 아무리 그래도 사람이 어떻게 열흘이나 안 자고 버틴답니까. 고문이지, 그건."

자칼린의 연두색 눈동자가 불안하게 데굴거렸다. 하필이면 르옌에게 마지막 인사를 할 기회니 어쩌니 중얼거린 것이 바로 어제였다. 발로이드의 시신만 반쯤 불에 탔다는 것은 발로이드에게만 불이 붙었다는 거다.

'……에이, 아니겠지?'

하지만 르옌은 올조르의 군장에게도 라르카드단의 제문을 읊은 전적이 있으니, 가능성이 전혀 없어 보이지 않았다. 괜스레 식은땀이 비질비질 흘렀다.

얼마 지나지 않아, 황제의 칙사와 세르반테스 백의 대리인을 환송하는 무리에 끼어 있던 올베빈이 휘장을 걷고 들어왔다. 기사들이 반색하며 올베빈의 말이 떨어지기를 기다렸다. 올베빈은 몹시 피곤한 얼굴로 짤막이 보고했다.

"저들이 출발했습니다."

내내 양피지 더미를 뒤적이던 타라옛이 탁자를 등지고 섰다.

"카바인 경, 그렇잖아도 기다리고 있었네. 듣자 하니 변고가 있었다던데, 그 문제에 관해서는 별말이 없던가?"

"저들이 몇 마디 첨언하기는 했지만, 그래도 황태자의 시신이 무사하니 그로 만족하고 돌아갔습니다."

자칼린이 과장된 안도의 한숨을 내쉬며 빈정거렸다.

"얼굴이 반쪽 났는데 그게 무사한 거랍니까? 남부 놈들은 관대하기도 하지."

딱히 그른 말도 아니었던지라 자칼린의 막말에 곳곳에서 웃음이 터졌다. 고개 돌려 웃은 올베빈이 물었다.

"그런데 칼란독 경께서는 이리로 바로 오지 않으셨습니까?"

"아까부터 계속 기다렸는데, 환송이 마무리되었단 소식을 전해 준 건 카바인 경이 처음이라네."

셰반이 잠긴 목소리로 눈을 비비며 일어섰다.

올베빈은 물끄러미 최상석의 뒤쪽에 선 테레어드를 응시하더니 뒷머리를 긁적였다.

"저, 그런데 말입니다."

"보고가 더 있나?"

"아니, 보고는 아니고. 잠깐 나가들 있겠나?"

올베빈은 막사 입구 쪽에 서 있던 두 명의 페넌 기사들에게 턱짓했다. 그들은 즉각 밖으로 나갔다. 무게를 잡는 게 꽤나 진지한 이야기를 하려는 듯해 셰반도 다시 엉거주춤 앉았다. 이어진 올베빈의 말은 게으르게 두 다리를 쭉 뻗어 올리던 자칼린을 그대로 나자빠뜨릴 만한 말이었다.

"……아침에 환송하기 전에 칼란독 경의 막사를 찾아갔는데 데투아 경이 칼란독 경의 침상에…… 혹시……."

올베빈은 자칼린이 말이 씨가 될까 두려워 삼켰던 예의 그 짐작을 꺼냈다.

"요즘 계속 몸이 안 좋다 들었는데 혹…… 회임은 아닐는지 싶어."

쿠당탕탕. 자칼린이 의자와 함께 뒤로 나자빠졌다.

가뜩이나 동상에 걸린 군사들을 돌보느라 바쁜 와중이었다. 별안간의 호출에 응했더니 이게 무슨 대우인가 싶다.

강제로 의자에 앉혀져 잔뜩 긴장한 볼레트 군의관의 주위를 기사들이 둘러싸고 섰다. 마치 집단 폭행이라도 할 듯했다.

대, 대, 대체 왜 왜들 이러시는가? 무슨 잘못이라도 했는지 손가락을 세 보며 가늠하던 볼레트 군의관은 곧 이어진 저들의 의문에 푸핫 웃으며 고개를 저었다.

그는 자신 있게 말했다.

"아닙니다. 저라고 생각해 보지 않았겠습니까. 하지만 월경이 끝난 지 얼마 지나지 않아 있었던 일이었고, 일단 회임 초기라면 얼마 전 데투아 경이 입은 부상으로 가늠할 때 애가 들어섰더라도 줄행랑을 놓았을 겁니다. 그리고 구역질을 하는 것으로 그런 추측을 하신 것도 짐작은 갑니다만…… 시기가 너무 이릅니다. 적어도 월경 후 가임 시기를 생각하면 입덧은 한두 주 후에나 시작되었어야 할 일입니다. 그런데 이미 위장 문제는 보름도 더 전부터 시작된 증상입니다."

"하지만 사람마다 다르지 않습니까?"

"그렇기는 합니다마는, 일반적으로 회임을 했다고 해도……."

여자의 몸에 대해 가장 잘 아는 것은 이 자리에 있는 다른 누군가일 테지만, 의학적인 전문 지식을 가진 건 볼레트 군의관 한 명뿐이었다. 다들 그의 말에 '아아, 그렇지? 그렇겠구려.' 하고 맞장구를 치며 안심할 때였다.

사령부의 낡은 탁자에 엉덩이를 턱 걸치고 앉아 뚱하게 설명을 듣던 타라옛이 묵직한 일침을 가했다.

"그때 그 여자가 한 것이 월경이 맞았소?"

그 말은 허점을 찌르는 것과도 같았다.

볼레트 군의관은 말문이 막혀 입술을 벌린 채 침묵했다. 그렇게는 생각해 본 적이 없었는데, 몸에 무리가 가면 하혈이 있을 수도 있었다.

타라옛은 한마디로도 모자라 그다음 일격으로 모든 기사들을 큰 충격에 빠뜨렸다.

"월경이 아니었다는 가정하에 입덧의 시기로 기다 아니다를 가늠할 수는 없지 않겠소? 칼란독 경과 그 여자의 관계가 언제부터 있었는지 아무도 모르는 것으로 아는데."

자칼린의 얼굴이 허옇게 질려 갔다.

황망한 것처럼 눈을 끔뻑대던 볼레트 군의관은 이내 손가락으로 날수를 계산하기에 여념이 없어졌다. 오늘 아침의 광경을 다시 한번 상기하는 올베빈과 불만스럽게 타라옛을 흘기는 세반의 시선이 엇갈렸다.

타라옛은 세반을 향해 무뚝뚝하게 물었다.

"왜 그리 보시오. 내가 못 할 말 했습니까."

세반은 손바닥을 툭툭 털며 일어섰다. 그러고는 불만스럽게 중얼거렸다.

"거, 없던 애도 만들어낼 기세구려, 뱅센 경."

타라옛의 말을 시작으로 볼레트 군의관은 만일 르옌의 월경이라 생각했던 것이 무리한 몸에 있었던 하혈일 가능성까지 떠올려 보게 되었다. 결코 회임이라고는 생각하지 않았지만 의문이 제기된 이상 확인할 필요는 있었다.

르옌은 볼레트 군의관을 앞세워 갑작스레 들이닥친 기사들을 몹시 황당한 눈으로 바라보았다. 자칼린과 올베빈, 타라옛. 요즘 한자리에서 얼굴 마주하기도 바쁘다던 자들이었다. 올베빈은 조마조마한 얼굴이었고 자칼린은 시뻘겋게 달아오른 낯짝이었다.

르옌은 서서히 긴장했다. 얼굴만 알고 교류한 일이 거의 드문 고관 기사인 타라옛도 찾아왔으니 용무가 있는 것이 분명했음이다. 타라옛의 딱딱하게 굳어진 입술은 그녀가 썩 마음에 들지 않는다 말하고 있었다. 올베빈이나 자칼린이야 그렇다 치고, 르옌은 타라옛의 난데없는 적대감을 어찌 대해야 하는 건지 잠깐 고민했다.

"데투아 경, 잠깐 봅시다."

다짜고짜 의자를 끌고와 앉은 볼레트 군의관이 그녀의 손목을 당겨 쥐었다. 표정은 비장했다. 르옌은 몹시 어리둥절했다.

'이치들이 왜 이러나?'

볼레트 군의관의 어깨를 으스러뜨릴 듯 꽉 쥐고 서 있던 자칼린이 목을 길게 빼고 물었다.

"아니죠? 아니면 아니라고 좀 빨리 말해요. 으아! 숨넘어가겠네!"

"좀 조용히 좀 하시게, 작은 체사 경."

제 손목에 손끝을 대고 온 신경을 기울이는 볼레트 군의관의 등 뒤로 긴장감 어린 침묵이 깔렸다. 결국 르옌은 볼레트 군의관으로부터 손목을 비틀어 빼내며 신경질적으로 물었다.

"갑자기 무슨 일입니까?"

물끄러미 르옌을 응시하던 볼레트 군의관은 영 찝찝한 듯 고개를 돌려 말했다.

"아니라고 생각은 듭니다만, 지금 맥이 너무 약해 확인을 할 수가 없습니다."

저들끼리 밝아졌다 울상이었다 아주 난장판이었다. 르옌이 반복했다.

"그러니까 지금 이게 웬 난리인지 좀 말해 주시면 좋겠습니다만."

"아니…… 혹시나, 아주 혹시나 데투아 경이 요즘 제대로 먹지 못하는 게 다른 이유가 있는 건 아닌가 싶어 말입니다."

"무슨 소릴 하시는 겁니까?"

"아, 아니면 된 거죠. 아니어야 한다니까요. 괜히 벵센 경이 불안하게 해서 이게 뭡니까. 애가 들어섰어도 그렇게 전쟁터를 굴러다녔는데 멀쩡하겠습니까. 나갑시다, 나가요."

자칼린은 바라지 않은 대답이 돌아오기라도 할까 두려운 사람처럼 안절부절못하며 올베빈과 타라옛을 떠밀었다. 그제서야 르옌은 상황을 알아차렸다.

"지금 제가 회임이라도 했나 싶어 이러시는 겁니까?"

볼레트 군의관은 입술을 오므린 채 아무 말도 하지 못했다. 확실하지 않으니 무어라 말도 못하겠다. 회임이라면 내상이 없다는 것이니 군의관으로서 걱정을 조금 덜은 셈이지만, 라르크의 백성으로서는 아주 반길 수 없는 일이었다.

혹시라도 르옌이 놀랄까 말을 고르던 볼레트 군의관이 심혈을 기울여 말을 고를 때였다.

르옌이 별안간 큰 소리를 내며 박장대소했다. 불편함과 긴장감으로 최악의 상황을 머릿속에 그리던 타라옛과 올베빈은 물론이거니와 조금이라도 빨리 도망치고 싶어 하는 것처럼 몸을 휘장으로 돌리고 섰던 자칼린 역시 그녀에게로 시선을 집중했다. 웃음소리는 그칠 줄을 몰랐다.

"하하하, 하! 아니, 그러니까 회임을 의심하신다고? 누구의? 브류나크의?"

"왜 그리 웃으십니까?"

얼마간 그리 웃던 르옌은 이내 고개를 절레절레 저었다. 그녀의 저런 긴 웃음은 자칼린으로서도 처음 보는 것이었다. 자칼린은 저게 너무 놀라서 미쳤나 싶었다.

당기는 배를 움켜쥔 채 어깨를 움츠리고 들썩대며 얼마간 잔웃음을 흘리던 르옌이 고개를 들고 일축했다.

"쓸데없는 걱정을 하시니 웃는 겁니다. 아닙니다, 회임."

"어찌 아십니까. 군의관은 저인데 말입니다?"

웃어 재끼느라 대중없이 흐트러진 머리칼을 대충 손 갈퀴로 쓸어넘긴 르옌은 조금 고심했다. 딱히 설명할 방도가 없었던 탓이다. 감이라는 게 있다. 아이를 배어 본 적이 없는 것도 아니었다.

실제로 그녀는 전쟁터에서만 이미 아이를 두 번이나 배었던 여자였다.

어찌 잊겠나. 첫 회임은 더할 나위 없이 끔찍한 죄처럼 그녀를 옭아맸다. 월경이 끊긴 것, 입덧, 졸음. 무엇 하나 끔찍하지 않은 게 없었다. 두 번째 회임은 벨바롯트의 아이란 걸 직감하고 진단이 내려오자마자 오죽 애지중지 증상들을 살폈다. 뭐, 몸뚱이가 다르니 조금의 차이는 있을 수 있겠지만 무엇보다 르옌은 지금 스스로의 상태를 정확히 알고 있었다.

떨쳐 버리지 못해 무너지는 것이다. 정신이 무너지지 않으니 몸뚱이가 무너지는 것이지. 그나마도 파사드가 꽤나 신경을 써 주어 차근차근 나아지고 있는 와중이었다.

"아이를 가지면 어떤지는 여자가 남자보다 잘 아는 게 당연하지 않습니까. 제 몸인 것을요."

"모르고 초기를 지나치는 이들도 많습니다만."

"어쨌든 저는 아닙니다. 백 번 양보해 애가 섰다 해도 지금 몸이 이 꼴인데 목숨이 붙어 있겠습니까?"

'기가 막혀서…….'

어이가 없어 웃음이 그치지를 않았다. 사정을 모르니 저리 오해할 수도 있겠구나 싶지만 아닌 것을 어쩌란 말인가.

"애를 낳아 보기라도 한 것처럼 말하는군."

타라옛이 툭 뱉었다. 르옌은 대답 대신 물끄러미 자칼린을 올려다보았다. 낌새를 알아차린 자칼린이 괜스레 큰 목소리로 정리했다.

"아니면 된 거지. 여자가 남자보다 더 잘 알 수도 있는 거죠. 아휴, 십년감수했네. 그리고 정말 군의관님의 말처럼 애가 들어섰다 해도 몸이 저 짝이 났는데 버텼겠습니까. 다들 그만하자고요."

하지만 자칼린의 옹호도 소용없었다. 한 번 시작된 그들의 의혹은 쉬이 끊일 것 같지가 않았다. 설상가상 이달의 월경이 아직 보이지 않으니 그때까지 시달릴 것이 자명했다.

볼레트 군의관은 제 스스로도 아니라 믿으면서도 어찌 그리 의심이 많은지, '혹시 모르니, 혹시 모르니.' 수십 번을 덧붙여 가며 몸을 조심하라고 일렀다.

전장에서 이미 굴러다닐 대로 굴러다닌 몸뚱이, 이제 와 조심해 뭘 어쩌라는 건가 싶었지만 그들과 더 논쟁하고 싶지 않아 르옌은 그러마 했다.

❖ · ❖

르옌의 회임 가능성에 대한 사실은 지휘 기사들만 암암리에 알고 입을 닫은 사실이었다. 이야기가 새어 나가는 것이 결코 라르크에 이롭지 않다는 것을 모두가 동의했기 때문이다. 그러나 소문은 뜻밖에도 이튿날 정오에 이르기도 전에 퍼져 나갔다.

근원지는 군의 부대의 젊은 청년 병사로부터였다. 르옌의 거듭된 부정에도 의혹을 떨치지 못했던 볼레트 군의관이 태내에 좋은 식재료를 죄 긁어모아 오라 취사병 단장과 소소한 마찰을 빚는 것을 목격한 것이다.

볼레트 군의관이 군 내의 유일한 여기사인 르옌 데투아에게 얼마나 심혈을 기울이고 있는지 모르는 이는 없었다. 그때까지만 해도 똑같은 탕약에, 부상병들과 크게 다르지 않은 묽은 식단이었던 그녀의 약재와 음식이 여성에게 좋다 알려진 것들로 죄 바뀌니 의혹은 배가되었다.

설상가상 그녀의 증세까지도 충분히 오해를 살 만했다. 군 부대 내의 비밀스런 관계야 왕왕 벌어질 수 있는 일이었으므로, 아비가 누구인지는 모르겠지만 아마도 작은 체사는 아닐까 하는 뜬구름 같은 짐작까지 암암리에 퍼져 나갔다.

그러나 워낙 주둔지가 넓다 보니 아무리 소문이 떠돈다 해도 귀 기울이지 않으면 들리지 않는 게 있는 법이다. 카라제시가 그러했다.

나흘 후면 수도에서 이번 종전 협정의 외교 사절이자, 테른도크의 어교를 전달하기 위한 사신들이 도착한다. 늘 시간이 금이라 떠들어 대는 것으로 유명한 괴짜 행정 총관인 옐크버드와 테른도크가 직접 호출하여 불러들인 동부의 말재주꾼 파네세였다. 파네세는 안노시아가의 주인으로, 한때 악명을 떨쳤던 윈로스가 위축된 동부에 새 터를 잡은 신흥 귀족이었다.

인사 파발이 도착한 이후 카라제시는 눈코 뜰 새 없이 바빴다. 다른 이들도 원체 바빴지만 가장 인맥이 넓은 카라제시가 적당하다는 이유로 외교 사절들의 접대를 그에게 죄 떠맡긴 것이다. 주위 소문이나 떠도는 소식 따위 들리지도 않았다.

그러나 파사드의 귀에 그 소식이 들어간 것은 소문이 번지기 시작한 이튿날이었다. 사령부 막사에 앉은 파사드는 지난번 황제의 칙사와 접견하는 동안 나눈 이야기들의 기록문을 다시 한 번 꼼꼼히 검토하고 정리해 테른도크에게 올릴 보고문을 적어 내리고 있었던 중이었다.

제법 길어진 머리칼을 대충 쓸어 넘긴 그의 시선은 몇 시간째 기나긴 양피지 위에 고정되어 있었다. 걷어 올려진 아이보리빛 상의의 소매 자락, 펜을 쥔 왼 손목의 아랫부분에는 이미 자잘한 잉크들이 짙게 밴 후였다.

모르가나의 황제로부터 공식 종전이 이루어질 때까지 모든 교전을 중지하겠다는 의사를 전달받은 후로 갑옷을 입는 날은 그다지 많지 않았다. 검 대신 펜을 쥐는 시간이 더 길어졌지만 불만스러운 일은 아니었다.

반듯하게 앉은 자세는 몇 시간이 지나도록 흐트러질 줄 몰랐다.

하루의 근신 끝에 다시 파사드의 호위 임무로 복귀한 테레아드는 눈을 발끝에 고정시킨 채 지난 이틀을 내리 고민하게 한 의문을 꺼냈다. 입에 담는 것만으로도 황망한지라 제 숨의 간격마저 느껴질 정도로 긴장한 목소리였다.

"……볼레트 군의관의 말에 따르면, 그럴 가능성이 있다고 합니다."

테레아드의 말이 맺어지고도 파사드의 시선은 여전히 개인 막사의 탁자에 고정되어 있었고, 양피지 위를 미끄러지듯 움직이는 왼손의 깃펜은 멈추지 않았다. 마치 전혀 듣지 못한 사람 같았다. 다시한 번 말해야 하는 건지, 아니면 그냥 가만히 있어야 하는 건지 고민이 거듭되었다.

기나긴 적막 끝에 파사드가 움직임을 멈추고 나직이 되물었다.

"……회임?"

그다지 놀란 것 같지도 당황한 것 같지도 않은 무덤덤한 대꾸였다. 뜻밖의 정적인 그의 반응은 불안했던 테레어드의 가슴을 조금 가라앉혀 주었다.

"예. 지금 데투아 경이 워낙 쇠약해 맥만으로는 확실히 짚어 낼 수는 없다고 합니다. 하시만 아닐 가능성이 더 크다 보는 것 같습니다. 볼레트 군의관은 조금 더 확실해진 후에 주군께 말씀드리는 게 어떻겠느냐 하셨지만…… 사안이 사안이니 만큼 만에 하나의 대비를 하셔야 할 듯합니다……. 물론, 아닐지도 모른다 하니 너무 걱정하실 필요는 없겠습니다만."

테레어드는 답지 않게 사족까지 덧붙였다. 그럴 수밖에 없는 것이 파사드는 이미 위세 등등한 라페로바한 가문과의 정략이 맺어진 남자였다. 성혼식을 치르지 않고 오래 끌어왔다는 것만으로도 구설수가 분분한데, 사생아까지 태어난다면 파사드의 명예는 뭣 모르는 세 치 혀들에 의해 흠집투성이가 될 터였다.

그러나 파사드는 테레어드의 걱정 어린 충언에도 별다른 반응 없이 침묵하다가 한마디 했다.

"그녀는 뭐라 하던가?"

"부정하고 있다 합니다."

"알겠다."

그게 전부였다.

테레어드는 기나긴 번뇌 끝에 파사드가 르옌에게 어떠한 독특한 호감, 이성적 끌림 같을 것을 느끼는 게 아닐까 하는 생각을 했다. 때문에 분노든 당황이든 간에 지금보다는 더 큰 반응을 예상했던 터였다.

눈길 한 번 주지 않는 파사드의 뒷모습을 물끄러미 바라보며, 테레어드는 괜히 제가 설레발을 놓은 건가 싶어 꼬랑지 말리는 기분으로 물러났다.

막사 안은 다시 사각사각, 파사드의 왼손에 쥐인 깃펜이 유려한 필치를 흘려 내는 소리로 가득 찼다.

테레어드가 파사드에게 회임의 가능성 여부를 고해 올렸다는 이야기를 전해 들은 지휘 기사들은 온 촉각을 곤두세우고 파사드를 주시했다.

그러나 파사드는 이튿날에도, 그 이튿날에도 별다른 명령도 내리지 않았고 별다른 반응도 보이지 않았다. 대부분 전후 협정에 관련된 공무와 협정지로 좁혀진 지역 일대의 보안과 치안 등을 검토하는 것으로 시간을 보낼 뿐이었다. 워낙 일이 많아 그러한가 했는데, 간간이 볼레트 군의관을 불러 묻던 르옌의 상태에 대한 보고까지 잘라 냈다.

그뿐만 아니라 르옌 역시 한결같이 아니라는 확신의 어조로만 말을 반복해 지휘 기사들은 혹여 그 두 사람 사이에 아무 일도 없었던 것이 아닌가 하는 의혹까지 키우게 되었다.

당사자들은 아무 관심이 없고 주위에서만 그리 난리를 친 지난 며칠, 촉각을 곤두세우던 지휘 기사들도 슬슬 하나둘씩 별일 아니겠거니 넘기기 시작했다.

그리고 사신 당도일 오전, 수도에서 파견 나온 외교 대표들이 자로 잰 듯한 시각에 도착했다.

모두가 바빠 미칠 적, 홀로 풍류라도 즐기듯 어슬렁어슬렁 거리거나 늘어져라 시간을 보내고 있던 시친의 제독 카헤이아도 모습을 드러냈다.

카헤이아 역시 소식에 무뎠다. 특히나 종전 협정이 시작될 것이라는 이야기가 전해진 후 카헤이아는 라르크의 전후 사정에 대해 관심 두지 않았다. 그녀에게 남은 것은 하루빨리 협정이 마무리되고 라르크의 수도로 올라가 테른도크로부터 약속된 땅을 돌려받는 것뿐이었기 때문이다.

카헤이아가 오늘 행차한 것은 적당한 예의를 보이기 위함 그 이상도 이하도 아니었다. 그녀는 우호 동맹의 대표로서 주둔지에 도착한 옐크버드와 파네세 일행들과 간단한 인사치레를 하고 곧 그마저도 관심을 껐다.

카라제시와 자칼린 그리고 중앙 사령부와 거리가 먼 다른 주둔지까지 건너가 부상병들을 돕던 레작도 그 자리에 모였다.

"먼 길 오셨소. 파네세, 그대도 오랜만이군."

하지만 카헤이아의 흥미를 동하게 한 것이 있었으니, 만 보름 만에 만난 파사드였다.

갑옷이 아닌 간소한 셔츠와 검은 하의 위에 코트만 하나 걸친 파사드는 다른 사람처럼 보였다. 의복의 중요성을 논하려는 것이 아니라, 낯짝이 그답지 않게 어딘가 얼이 빠져 있던 탓이다.

투헤인처럼 감정을 감추는 일에 능한 오라비를 두고 자란 그녀에게 한결같은 평정심으로 감정들을 눌러 담는 파사드의 미미한 변화를 감지하는 건 어렵지 않았다.

'종전이라며 쾌재를 부를 때는 언제고 분위기가 이 짝인가?'

가볍게 다물린 입술, 차분한 흑색 눈동자, 정갈한 차림, 곧고 길게 선 태까지 평소와 그다지 다를 바 없어 보였지만 카헤이아의 눈엔 이상하게 보였다.

행정부의 고관 옐크버드와 동부에 거점을 둔 말재주꾼 파네세가 차례로 파사드의 인사를 받았다.

"이리 건강한 모습들을 보니 기쁩니다. 다들 그간 고생이 많으셨습니다. 그리고 승전을 축하드립니다, 각하."

"다섯 해 만이지요. 잘 지내시냐 묻지는 않겠습니다. 각하의 소식은 워낙 심심찮게 들려서."

눈 밑이 초췌하게 거뭇한 행정 총관 옐크버드는 마지막으로 수도에서 보았을 적보다 살이 홀쭉 빠져 있었다.

동부 지대에 꽤 영향력이 있다는 소문의 파네세는 째진 눈빛이며 돌출된 콧등과 인중 탓에 상어 같다는 인상을 주었다. 카헤이아의 입장에서 마흔 초반쯤 되어 보이는 파네세는 북부인 치고는 꽤 독특한 생김새였다.

옐크버드는 그래도 구면이라고 카헤이아에게도 알은 체했다.

"제독 각하께서도 무사하니 다행입니다. 제독 각하의 이야기도 폐하께서 유심히 듣고 계시니, 조만간 기쁜 소식이 있을 듯합니다."

"그거면 됐네."

삐딱하게 인사를 받은 카헤이아는 손을 휘휘 저으며 물러났다. 나머지 인사들이 친밀감을 드러내며 포옹을 하거나 손을 맞잡거나 하며 이야기를 열었다.

"아, 큰 체사 경. 이거 라르크 제일 미남의 얼굴도 영 상했군."

"총관님, 이런 자리에서까지 그리 농하시깁니까."

"음? 큰 체사 경, 왜 이리 성이 나 계신가? 좋은 소식을 듣고 달려온 우리 섭섭하게."

"리제예스 총관님 때문이 아니라……."

"어어어! 이야아아! 오랜만에 뵙습니다! 옐크버드님!"

그들을 발견한 자칼린이 깡총 달려와 인사했다.

"아아! 작은 체사 경도 잘 지냈나? 무사고 소식에 체사 백이 요즘 아주 속이 편하다던데, 허허. 응? 할드로프 백은 어찌 아직도 예 있소?"

"어쩌다 보니 눌러앉게 되었습니다. 돌아가야지, 돌아가야지 하고 마음은 급한데 영 발이 떨어지지 않아서."

"예나 지금이나 성정이 부친을 빼닮으셨다니까. 더 눌러앉았다가는 빼도 박도 못 하게 되실 거요. 그보다 어디 다친 곳은 없으신가?"

"다칠 일이 무엇이 있겠습니까. 검을 쥐는 것은 기사들의 몫인 것을요."

시답잖은 안부였다.

카헤이아는 그들을 뒤로한 채 어슬렁어슬렁 걸었다. 그러다 멈추었다. 웬 말소리가 그녀의 귀를 쫑긋 서게 만든 것이다. 외교 대표로 당도한 이들을 맞이하기 위해 뒤늦게 걸어오던 셰반과 타라옛이 아주 작게 티격을 벌이고 있었다. 작게 툴툴대는 소리가 들렸다. 회임, 초산, 브류나크, 병구완……. 소문을 듣지 못한 카헤이아로서는 직관적으로 이해가 가지 않는 이야기들이었다.

'저건 또 무슨 소리야?'

그러다 문득 카헤이아는 제 반대편에 서서 같은 것에 귀 기울이는 에제트를 발견하고 눈살을 찡그렸다.

막사 밖을 내다본 르옌이 얕은 한숨을 내쉬었다.

멀리 보이는 하늘이 거뭇한 것이 머잖아 눈이나 비가 내릴 것 같았다. 아직 내린 눈도 다 녹기 전이었다. 여전히 식사 때만 되면 토하지 않으려 버티는 이성과 다 밀어내려 발악을 하는 몸뚱이의 반목에 고생이지만 차츰 견딜 만해졌다. 그리고 무엇보다도 어깨의 부상이 이제 움직이는 데에 무리가 없을 만큼 나았다. 간간이 탈수 증세가 찾아와 어지러운 것 말고는 많은 것이 괜찮아지고 있었다. 거줌한 달 만이었다.

'칙사라. 리제예스라 했나. 귀에 익은 것 같기도 하고…….'

침대에 엎드린 채 아직 아물지 않은 팔뚝 곳곳의 상처를 물끄러미 바라보던 르옌은 베갯머리에 얼굴을 파묻고 깊은 한숨을 내쉬었다. 증세가 가라앉으며 기분도 함께 끌어내린 듯했다.

이런 날은 차라리 볼레트 군의관의 수다스러움을 상대하는 게 나았다. 그러나 아쉽게도 그는 오늘 뮈아드로로부터 테른도크의 칙사들이 내려와 바쁘다며 코빼기도 비치지 못할 거라 쐐기를 박고 갔다.

그러나 그와는 별개로, 저녁이 깊어 갈 무렵 술병을 들고 나타난 불청객은 불편했다.

"살았다는 이야기는 들었는데 무슨 짓을 당하면 한 달 만에 그리 반쪽이 되냐?"

말도 없이 휘장을 걷고 들어온 건 카헤이아였다. 마지막 교전이 있던 새벽에 헤어진 후 처음 보는 얼굴이었다.

르옌이 황당한 눈으로 그녀를 바라보는데 카헤이아는 제멋대로 르옌의 무릎가 침상에 걸터앉았다. 그녀의 태도가 마치 어제 보고 또 본 이처럼 변해서 르옌도 안부는 생략했다.

"용건이 뭡니까."

카헤이아의 눈이 물끄러미 르옌의 복부로 향했다.

"아아, 용건 말이지."

"……."

"애가 섰다며?"

르옌의 어깨에 힘이 빠졌다. 또 뭔가 했더니만, 저 얘기인 모양이다. 지난 며칠 잔뜩 시달렸다.

"파사드 너석의?"

피식 웃은 카헤이아는 제멋대로 침상에 앉아 호리병 안에 담긴 술을 홀짝였다. 그리곤 낄낄거리기 시작했다.

"일단은 축하하지. 요즘 할 게 없어 지루하던 차였는데 오랜만에 내 흥미를 끌었어."

"회임 아닙니다. 대체 무슨 헛소문이 어떻게 퍼져 시친인들의 귀에까지 들었는지는 모르겠습니다만."

"얘기를 듣고 재미있다 싶어 널 찾아오기 전에 여기저기 좀 찔러 보니, 다 퍼졌던데 이미? 파사드의 애가 아니라 자칼린이라던 그 꼬맹이의 새끼라는 소문도 돌던데."

자칼린의 아이라니, 상상만으로도 징그러웠다. 르옌의 표정이 구겨진 건 당연한 수순이었다.

"작은 체사 경과 그리될 일도 없지만, 회임 아니니 쓸데없는 말 옮겨 붙이지 마십시오."

"꽤나 확신하는데."

"예."

"네가 어찌 아나?"

카헤이아는 비스듬 고개를 젖히고 눈동자만 움직여 르옌을 응시했다. 구릿빛 피부에 절묘하게 녹아드는 연갈색 눈동자였다. 반듯하게 묶어 올린 그녀의 금발 가닥이 흘러내리는 것을 지켜보던 르옌은 결국 참았던 짜증을 냈다.

"……아닌 건 아닌 겁니다. 어떻게 알고 말고는 상관없습니다."

"아닌 게 아니라, 아니길 바라는 거 아니고?"

호수에 돌 던지듯 무심한 질문이었다. 카헤이아의 조롱에 르옌의 입술이 얼어붙었다.

그녀는 이미 첫날, 우르르 몰려 들어와 수런대던 이들에 대해 자칼린을 캐물어 듣게 된 사실이 있다. 볼레트 군의관이나 자칼린이야 원래 그런 성정이었다지만, 타라옛이라는 이름의 점잖은 기사까지 쫓아온 것이 퍽 괴이했던 탓이다. 그리 캐묻고 캐물어 그녀는 자칼린으로부터 반트와 팔란에 대한 이야기를 들었다.

큰 갈등 없이 양당이 공존하고 있다는 이야기는 어릴 적 흘러가는 소문으로 알았으나 그 내막에 대해 자세히 알게 된 건 그때였다. 전해 들은 내막은 파사드에게 정혼자가 있다는 두루뭉술한 사실보다 더 곤혹스러운 이야기였다.

가는 날숨을 내쉬던 르옌이 가까스로 소리 냈다.

"……설사, 만에 하나 생겼다 해도 이미 죽은 것과 다름없을 겁니다. 그러니 불가하다 말하는 겁니다. 그리고 저는 제 상태를 잘 알고 있습니다."

"파사드 저 녀석 부유하겠다, 너와 나이 차이도 넉넉하니 괜찮은 것 같고, 젊은 축에 허우대 멀쩡하겠다, 이만하면 차고 넘치지 않나? 게다가 일국의 왕가와 같은 피를 나눈 공작이라는데 별로 당기지 않나 보지? 부인이 있긴 해도 지 핏줄 버릴 놈처럼 보이진 않으니 두 번 축하하지."

"귀에 화살이라도 처박고 있는 겁니까. 말도 안 되는 헛소리 언제까지 늘어놓으실 겁니까?"

"성깔하고는. 파사드는 뭐라더냐?"

"제가 어찌 압니까? 관심 없습니다."

웃음을 그친 카헤이아가 기묘한 표정을 지었다. 그러다 다시 낄낄대기 시작했다. 솔직하게 르옌을 좋아하지는 않지만, 사람과 사람 사이의 감정이 오롯이 호오만으로 이루어지는 것은 아니다.

건방지고 재수 없는 계집애의 톡톡 쏘는 말투는 재미있었다.

"꼬박 한 달 만에 갑자기 들이닥쳐서 이게 무슨 짓인지 모르겠습……."

말을 멈춘 르옌이 막사의 휘장으로 고개를 돌렸다. 카헤이아가 계속 신경을 긁어 대는 바람에 뒤늦게야 의식하지 못했던 족성을 느낀 탓이다.

조용히 언 흙바닥을 밟는 소리가 저벅 저벅 울렸다. 그녀가 알아차렸을 때 이미 걸음 소리는 멀어지고 있었다. 그러다 어느새 들리지 않게 되었다.

갑작스런 르옌의 침묵에 카헤이아가 그녀를 따라 고개를 돌렸다.

"왜 그러냐?"

약하게 흔들거리는 휘장을 바라보던 르옌이 고개를 저었다. 일시에 피로가 몰려오며 가라앉았던 속이 메스꺼워지는 듯했다.

❖·❖

막사로 돌아온 파사드는 침상에 앉아 힘없이 얼굴을 쓸었다.

지난 며칠, 다른 기사들의 생각과는 정반대로 파사드는 안개 낀 부연 세상 속에 살고 있었다.

간격이 조금 늘어나긴 했지만 끝없이 올라오는 보고서도 눈이 받아 주지 않아 쌓아 둔 것이 한아름이었다. 누군가와 대화를 하면 겨우 반절만 붙잡은 사고가 이야기를 이어 나가고, 대화가 끝나면 머 릿속은 빈 것처럼 허했다.

오늘 오전 당도한 테른도크의 칙사들과 오후 늦게까지 이어진 자리에서도 마찬가지였다. 테른도크가 승전의 소식에 몹시 기뻐하였다는 말을 서두로 시작된 회의.

가장 큰 맥락은 테른도크가 모르가나가 근 이 년간 이어졌던 전쟁에 대해 합당한 배상금을 지불하기를 바란다는 것이다. 또 테른도크는 모르가나 북부의, 라르크와 접경한 상업 지구의 새로운 도로 건설 승인을 포함해, 남부 그란두르의 북쪽부터 라르크령 이타카에 이르는 늪지 자원을 이용할 권리를 요구했다. 뿐만 아니라 모르가나의 서쪽, 상승하는 강줄기의 끝에 위치한 라르크령 윙거의 영향력을 대폭 확장하길 원했다. 그리고 향후 오십 년의 불가침 조약.

마지막은 지난 이백여 년간 그들이 대륙의 유일 제국이라는 위명 아래 휘둘렀던 폭정을 지적하며 그들이 스스로 황제의 칭호를 사용하지 않아야 한다는 것이다.

대부분의 사항은 라르크가 응당 요구할 수 있는 정도의 선이었다. 그러나 마지막 항목은 아니었다. 모르가나로부터 제호를 빼앗는다는 것은 쉽지 않은 일이다. 불가능이라 해도 옳았다. 파사드는 분명 그 문제에 대해 대표로 내려온 옐크버드와 파네세에게 거론할 수 있었다.

분명 승전하였고 저들이 수세에 몰려 있음은 사실이지만, 그들은 여전히 제국이며 자칫하다가는 종전 협정 자체가 무효가 될 수 있다는 사실들을.

그러나 그 자명한 사실들을 저들에게 이르는 대신 파사드는 타성적인 사고에서 비롯된 판단과 대답과 감정적 반응을 보인 것이 전부였다. 그리고 마지막 황제의 칭호를 금한다는 항목에 대한 것은 논쟁하지 않고 차일 이야기하자는 것으로 마무리했다. 평소의 그라면 밤을 지새워서라도 납득이 될 때까지, 납득시킬 때까지 끝내지 않았을 자리였다.

엉망인 기분으로 회의를 끝낸 늦저녁, 그는 저도 모르게 그간 외면해 왔던 르옌의 거처로 걸음 했다. 그가 막사 앞에 당도했을 때 르옌의 거처에는 이미 카헤이아가 있었다. 허드레 일꾼을 제외하고는 거의 유일하다시피 한 두 여자가 그새 친밀감을 쌓은 것인가 했다. 발이 저절로 멈추었다.

사실 파사드는 제가 왜 그녀를 찾아온 것인지도 몰랐다. 르옌을 만나면 어떤 이야기를 나누어야 할지도 몰랐다. 결국 간간이 새어 나오는 목소리를 흘려듣다 돌아왔다.

지쳐 잠이라도 들고 싶었다. 파사드의 까만 눈동자가 수북이 쌓인 보고서들 저편에 기대어 선 뇌호한 창에 머물렀다. 긴 유려한 검신을 박은 듯 날카로운 창날이 난로 불이 춤출 때마다 함께 검은빛으로 너울쳤다.

—불가합니다. 그자는 라르크의 장정들을 수백이나 베어 넘긴 적장입니다. 소산은 안 될 말입니다. 번복해 주십시오.

테레어드의 말이 귓전에 박혀 있다. 그날 밤 이후로 명확한 정체의 자괴감은 그의 발치에 들러붙어 있었다. 테레어드의 간언은 그른 것이 하나도 없어서, 도리어 그의 불복에 화를 내고 말았다는 사실도 몹시 부끄러웠다.

라르크를 배반한 것과 다름이 없었다. 르옌 하나를 구하고자 구국을 위해 몸 바친 이들의 충정을 외면한 것이다. 뼈저린 환멸이 밀려왔다.

파사드는 일생 라르크라는 이름의 담장을 따라 굽히지 않고 걸어왔다. 브류나크의 이름을 욕보이지 않기 위해 가슴을 펴고, 고개를 들고 살았다. 하지만 요 근래에는 어떠했나. 살다 보면 한 번쯤 실수할 수 있다는 합리화로 견뎌 내기에는, 이미 스스로를 믿을 수가 없었다.

그건 르옌이 여태까지 군율과 군법을 어그러뜨리고 짓밟은 것과 별개의 문제로, 제 태도의 자각이었다. 그간 그녀의 행동을 가당하다, 어쩔 수 없었다 하며 전부 보아 넘겼다.

아무리 라르크를 위한 결정이었다고 그리 되뇌어도 스스로는 알고 있다.

올조르에서도 그러했으며, 그녀에게 심사전을 허락한 것도 그러했고, 그녀를 둔영에 남긴 것도 그러했으며, 이른을 점령하겠다 하였을 때도 그러했고, 그란두르에서도 그러했다. 제 결정에 그녀라는 사람이 완벽하게 유리되었던 것이 언제던가.

온전히 라르크만을 위해 결정한 것이 언제던가?

한 꺼풀씩 내막을 벗기면 르옌이라는 여자의 거미줄이 드리워져 있음이 보였다.

제 조모의 금화를 약탈해 감춘 것처럼, 이번 일도 오래도록 가슴에 남아 그를 괴롭게 할 죄가 될 터였다. 모든 것이 바란 대로 끝을 향해 달려가는 평온 속에서 누구에게도 털어놓지 못할 속이었다.

그런데.

─회임일지도 모르겠다는 이야기가 나왔습니다만……,

그 한마디에 자괴마저 그쳤다.

무슨 말을 해야 할지조차 몰라 입술이 다물렸다. 쥐고 있던 펜 끝의 필치가 흐트러졌다. 가능성일 뿐이고 그나마도 아닐 가능성이 높다는 이야기였지만 한 번 귀에 든 것은 단단히 속 안에 뭉쳐 도무지 흩어질 줄을 몰랐다.

단 하루였다. 그녀의 몸이 쇠약해진 것은 잉태로 인한 것이 아닌, 발로이드의 살해로 인한 정신적인 문제일 것이라고 그 역시 믿고 있었다.

그럼에도 가능성은 _1를 되짚어 보게 했다. 정신이 나간 것 같았던 밤의 기억은 한시도 잊은 적이 없었다.

온전히 제게 안겼던 작고 가는 몸, 땀에 젖은 등을 그러쥐던 손끝의 촉각과 제 입술을 물어 당기던 그녀의 입술. 온전히 그 여자를 정복하였다 믿어졌던 순간, 그의 온몸과 정신은 그녀에게 지배당하고 있었다. 그럼에도 멈출 수가 없어 놓지 못하고, 몇 번이고 휩쓸리듯이 저를 그녀의 안에 풀어놓았다. 밤이 새도록 놓지 못해 지독하리만치 매달린 것은 자신이었다.

그리고 살려 달라 애원하던 입술. 영영 제 가슴에 박혀 있을 순간이었다.

파사드는 손끝에 힘을 주어 구기듯 얼굴을 짓눌렀다.

제 속에 움튼 것, 베어 내면 될 줄 알았다. 이름자 상기할 때마다, 눈 한 번 마주칠 때마다 다시금 새것처럼 되살아나는 것을 알았지만 베어 내고 또 베어 내면 그칠 줄 알았다. 그러나 그럴수록 더 넓게 잡초처럼 퍼져 나가는 속 안의 불길은 가슴을 죄 뜯어내기 전엔 사라지지 않을 것 같았다.

오늘자 협정안 관련 회의를 나누며 그는 자명한 사실을 깨달았다. 종전의 협정이 양국의 대표들의 승인으로 마무리가 되면 군대는 해산한다. 군이 해산한다는 것은 전우라는 이름으로 응집되어 있던 이들이 각자의 삶으로 되돌아간다는 것이다. 그리고 르옌도 떠난다.

가당한 종전이었다. 응당 이뤄져야 할 깨끗한 마무리였다. 그런데 그는 이제 와 자신이 빠르게 이 종전 협정을 마무리하고 싶어 하는 지조차 의문이었다.

지금의 반절도 되지 않는 절박함마저 못 이겨 물었던 적이 있었다.

—……후에는 어찌할 건가?

—이 전쟁을 마무리하고 페이작과 결착을 지은 후엔.

—…….

—말이라도 기르며 살면 되겠지. 그것 말고도 나는 잘하는 것이 몹시 많지만 요즘은 이 아이들처럼 애착이 가는 게 없거든. 생각해 보니 그것도 꽤 좋은 끝이구나. 내게는 과분한 끝인 것 같기도 하다마는……. 하지만 새로 터를 잡으려면 자금이 필요하겠지. 군공을 세운다면 내게 그만한 상여금은 줄 수 있나? 브류나크.

그리 미련 없이 말하던 여자였다.

그리고 이제 정말 전쟁이 끝난다. 그란두르전이 끝난 후 지금까지 향후의 타산에 대해 그녀에게 물을 기회는 숱하게 많았다. 하지만 그는 르옌의 대답이 변치 않았을 것이 두려워 재차 묻지도 못했다. 그녀가 좋으리라 말한 끝은 그에게는 상상하고 싶지 않은 끝이었다. 동시에 주어진 끝이기도 했다.

아무리 자신의 바람이 명확하다 한들 붉은 늑대의 아들 파사드가 그녀에게 줄 수 있는 것은 아무것도 없었으므로.

오래전부터 그의 어깨에는 일국의 안위라는 거창한 표식이 얹혀 있었다. 눈 쌓이듯 가벼이 쌓인 것이 아닌, 태생과 주위 환경이 힘을 모아 찍어 누른 낙인이었다. 라페로바한의 정혼자, 라르크의 평화에 이바지한 브류나크, 초대 왕처럼 위대한 업적을 쌓을 사내.

영광스러운 일이다. 저 하나만 눌러 참으면 된다 하여 말없이 견

떴다. 누군가에게 나누는 것은 약점을 내보이는 것이라 하여 누구에게도 말하지 않고 버렸다. 그러면 늘 견뎌지곤 하였다. 하루 이틀 눌러 내면 어느새 깊은 눈에 갇힌 짐승처럼 얼어붙어 가셨다.

그런데 하루 이틀 사흘 나흘…… 가슴 안쪽이 용암처럼 들들 끓는 듯하다.

회임.

상상해 본 적 없는 저의 핏줄, 만에 하나의 가능성, 온갖 것들이 나래를 펴고 그의 사고를 정복했다. 한 번 생각하기 시작하니 멈출 수 없었다.

어느새 그는 그녀 아닌 다른 이를 그 자리에 끼워 넣고는 상상할 수조차 없었다. 정해진 미래에 판 박혀 있던 엘히엔조차도.

엘히엔, 사랑스러운 아이이니 언젠간 여자로 보일 것이다. 거짓이나마 평화로우니 되돌아가 그녀와 혼인하고 언제나처럼 라르크의 변경을 오가며 일생 검을 쥐고 살면 좋을 삶이었다. 제 아비처럼 술독에 빠질 일도 없으며, 제 조부처럼 탐욕을 부려 가문을 깎아내릴 일도 없는 삶이다. 위대했던 열여덟 살의 어느 청년처럼 절대적인 사명 하나를 지니고 사는 삶.

지난 세월 검을 들어 사람을 죽이며 비록 행복하지 않았으나 지켜 낸 자들을 보며 만족했다. 오래전부터 정해진 부인을 보며 행복하지 않았으나 대가로 주어지는 평화에 만족했으니 이대로 눈감으면 행복하지는 못해도 만족스런 삶을 맺으리라는 것을 알고 있었다.

그랬었다.

그러나 더 이상 만족이라는 것이 상상이 되지 않는다.

—너에게는 네 나라를 지킬 사명이 있잖아.

파사드는 단 한 순간도 그를 존경하지 않은 적이 없었다. 그러나 십수 년이 흐른 지금에야 묻고 싶었다.

게헨, 너는 이러한 해일 같은 절망을 겪어 본 적이 있나. 게헨, 너는 이런 것들을 잘라 내고도 마지막까지 그리 웃으며 떠날 수 있었던 건가. 아마 죽음 저편 어디선가 그가 그랬다 웃으며 답한다면, 이는 필경 그릇의 차이일 터다.

파사드는 그럴 자신이 없었다.

일생 속죄로 살아간 어리석은 선인을 이해한 순간부터 정해진 끝이었는지도 모른다. 파사드는 그처럼 새파란 그리움을 온 공저의 정원에 드리우며 일생을 살아갈 자신이 없었다.

르옌은 그들이 숨 쉬는 이 세상이 그리 비뚤어져 있지만은 않다 말했다. 늘 되돌아오는 대가가 있을 것이라 하였다. 그러나 세상은 그런 것과 아닌 것들이 뒤섞인 채 대중없이 살아가는 집합이었다.

그런 세상 속에서 그녀는 온전히 저 하나만을 바라 수많은 학살을 자행한 발로이드의 광기 어린 애정을 죽였다. 남지 않아도 될 군에 남아 죽음마저 불사하며 그를 향한 사랑을 인정하고 스스로의 손으로 죽였다. 라르크를 위함이라는 이유만이 그녀의 행위를 설명하는 전부였다.

그런데 그런 그녀는 지금 어찌 되었나.

—……이제 정말, 나를 이해해 주는 건 너 하나밖에 남지 않았으니까.

손 잡아 줄 이 하나 없어 브류나크인 제게 기대는 그녀에게 남은 영광은 대관절 어디에 있나. 저와 같은 협잡배에게 제 군공을 다 떠넘기고 남은 것이 대관절 무엇인가.

흉터투성이 등, 크고 작은 부상, 유일한 군 내의 여기사를 희한타 보는 눈과 조금은 동정하는 눈, 가로채인 보상……. 그 이상의 것들을 거듭 헤아려 보려 해도 없었다.

돌연 숨이 막혀 파사드는 목덜미를 꽉 쥐었다 놓았다. 턱선 아래로 음영진 후골이 느리게 떨렸다. 얼굴을 감싸 쥔 손등에 핏줄이 도드라졌다. 회임, 그녀, 명예, 온갖 것들이 그의 머릿속을 들쑤셨다.

파사드는 가슴속에 묻어 두었던 타계한 부친의 음성을 상기했다.

—만일 그 전성을 꺾지 못하겠기든 진흙탕 싸움에 발 디디지 마라.

시친에서 되돌아온 지 얼마 지나지 않아 제 앞에 떨어진 부친의 유지였다. 꼭 그의 유언 때문은 아니었지만 파사드는 정치의 일선에서 서서히 물러났다. 대신 입술과 펜으로 싸우는 정치판이 아닌 변경에서 검을 쥐는 것으로 라르크를 지켰다.

그리 살아왔다.

자리에서 일어난 파사드는 차갑게 부러진 하얀 검 자루를 들었다. 한기가 엄지와 검지 사이의 단단한 살갗을 파고들었다.

이백여 년을 그리 버텼으나 부질없이 부러져 버린 물건이었다. 상징의 의미마저 꺾인 것은 아니라지만 이미 그리 보이는 하얀 고철이었다.

파사드는 이제는 퇴역하여 초야에 은둔하는 구시대의 기사를 떠올렸다.

카스트로 벤더 윈포드. 모든 기사들이 꺼리던 붉은 늑대의 아들을 당당하게 종기사 삼았던 자였다. 그와 카라제시의 스승과 같은 자이기도 했다.

카스트로는 한 시절 라르크의 위대한 맹장이라 일컬어졌으나, 이제는 저와 같이 부러진 검이 되었다. 다른 점이 있다면 카스트로가 퇴역 기사가 된 것은 스스로의 선택이었다는 사실이다.

리오낙에서 시선을 거둔 파사드의 까만 눈동자에 서늘한 기미가 배었다.

오랜 시간 창칼을 쥔 사투에 임하며 파사드는 자신이 모든 이들을 지킬 수 없다는 것을 배웠다. 투쟁이란 반드시 누군가가 죽어야 누군가가 살아남는 잔혹한 무대였다. 하지만……

―불투명한 약조는 않으마. 다만, 내 목숨을 위해 분투하겠다. 사투르가 귀레 라르크. 배반하는 일 따위는 없을 거다.

그녀의 변함없는 애국에 '하지만 그건 굳이 네가 아니어도 될 텐데.' 하는 반감을 떠올렸던 그 순간의 자신은 누구인가. 어쩌면 자신은 이미 돌이킬 수 없는 곳에 서 있었는지도 몰랐다.

세상에서 벌어지는 모든 현상의 가치를 자신의 좁은 잣대와 욕망만으로 판가름할 수는 없는 일이다. 그러나 이미 제 마음이 바라는, 희원하는 방향만은 명백하였다.

파사드는 처음으로 의무가 아닌 선택이라는 행위의 본질적인 의미를 마주 보았다. 그는 양손을 주먹 쥐어 보았다. 굳은살로 단단한 흉투성이 주먹이었다.

선택이란 양손에 쥐인 보석을 골라내는 일과 같다 하였다. 사람에게는 손이 필요하고, 언제까지고 양손을 쥐고 있을 수 없는 일이므로 결국 더 귀하지 못한 한 손을 펼쳐 놓게 되는 것이다. 남은 것이 선택이다.

그동안 그는 제 삶의 사명과 브류나크의 의무를 각각의 손에 쥔 채 놓지 않고 걸어왔다. 무수한 상처를 견뎌 낸 손을 자랑스러워해야 마땅할 일일진대, 어째서 이토록 초라하게 보이나.

'……'

지금 그의 초라한 양 주먹 안에는 무던히 흘려보냈던 지난 과거와 앞으로의 미래가 갇혀 있다.

서서히 펼쳐지는 주먹 안의 텅 빈 손을 내려다보던 파사드는 의자에 바로 앉았다. 그러고는 지난 며칠 펼쳐 놓기만 했던 양피지를 반듯하게 끌어왔다.

그는 펜을 쥐었다.

얼마 후, 펜을 내려놓은 파사드는 세 통의 서신을 각각 밀봉했다. 그 위에 붉은 밀랍을 흘린 뒤 한동안 사용하지 않았던 숄고의 반지를 꺼내어 문장을 찍어 눌렀다. 두 갈래의 엇갈린 쐐기풀 문양이 붉은 밀랍이 음각처럼 굳어졌다.

서신을 쥐고 밖으로 나온 파사드는 문 앞에 서 있던 병사에게 명했다.

"……두 통은 뮈아드로로, 한 통은 로엠의 자파인 후에게 보내라. 누구에게도 대신 넘기지 말고 반드시 자파인 후에게 직접 전달하라 명해라. 검열조차 불가한 기밀이라 하라."

옐크버드와 파네세, 외교단 대표 무리가 도착한 지 이튿날 오후, 테레어드가 보고했다.

"오늘 나머지 전사자들을 소산할 예정입니다."

"……."

"정녕, 변함없으신 겁니까."

조금 긴 침묵 끝에 파사드가 고개를 끄덕였다.

간곡한 바람을 담아 그를 바라보던 테레어드의 갈색 눈동자에 실망감이 번져 나갔다. 파사드는 그를 배면하고 막사 밖으로 나섰다. 홰 내음이 물씬 끼쳐 왔다. 눅진 바람은 얼어붙은 듯 찼다. 잠자코 고개를 젖힌 그의 까만 눈동자가 깊어 가는 밤빛으로 물들었다.

변명조차 할 수 없었다. 제가 짊어지기로 각오한 일이었다.

이미 그에게는 자격이 없었다.

❖·❖

잠드는 것이 두려운 적은 없었지만 힘들 때는 있었다.

최근의 그녀가 그러했다. 머릿속 어딘가가 팽팽히 당겨지기라도 한 듯이 죽은 듯 꿈 없는 잠에 빠지는 날이 드물었다. 매일매일 다른 꿈속에서는 아픈 사람들이 그려졌다. 어느 순간 완벽하게 양분했다 믿었던 전생과 이생이 죄 뒤범벅된 엉긴 실타래 같은 머릿속, 매일의 꿈은 행복한 악몽이었다.

페이작과 함께했던 그리운 시절의 꿈을 꾼다. 그녀가 믿었던 이들이 그녀를 마주 본다. 카난소 경과 예이건 공작, 파텐이 나오기도 했다. 가장 큰 동생이었던 리아작과 나란히 선 이비가 여느 때처럼 새 지저귐 같은 웃음소리를 내며 종종거리는 모습이 현실처럼 선명했다. 예이건 공저의 앞에 이를 적면 그녀는 하염없이 그들을 바라만 보았다. 발 내딛지 못하고.

규젠 마을의 낡은 풍경도 뒤범벅되었다.

마을의 어린 청년들이 여상한 들판 위에 서 있다. 그녀는 그들 사이에 있었다. 슬그머니 다가온 자라목 선생이 그녀를 흡뜬 눈으로 바라보다 과자를 건넨다. 옛 이야기를 나누지 않으련? 르옌. 그리 권한다.

낡은 이층집 후미의 마구간에는 언제나 제스가 있다. 창문의 틈새로 고소한 밀기울 볶는 내음이 흘러나온다. 어머니인 세닐라는 부엌에, 시단은 따사로운 여름 햇살을 맞으며 나무늘보처럼 늘어져 있다. 에이반은 자경단원들과 함께 마을을 쏘다니느라 바쁘다.

한밤에도 수 가지의 꿈이 방문한다. 벨바롯트의 꿈을 꾸는 날도 있었다.

까만 눈동자를 바라보며 때때로 그녀는 그의 배신을 잊고 조잘거렸다. 벨비, 내가 말이야……. 때때로 배신감에 차 험한 말을 쏟아붓기도 했다. 네가 어찌 왕을 배반하나, 네가 어찌! 그러나 그녀가 무슨 말을 하건 벨바롯트는 꿈에서조차 같은 간언을 반복했다.

—이제 그만두십시오.

그녀는 언짢게 대꾸하곤 한다.

—어찌하여 내 나라를 사랑함을 그치라 청하나.

—그만두십시오.

벨바롯트는 그녀의 말이 들리지 않는 것처럼 계속 청원했다.

그러다 꿈에서 깨고 나면 몹시 슬프다.

눈물로 뒤덮인 얼굴을 매만질 적의 소름 끼치는 경멸감이 소스라쳤다. 주위를 둘러보았더니 제가 기억하던 것들은 온데간데없고, 제 몸뚱이는 영광의 그림자조차 보이지 않는 허름한 막사에 갇혀 있을 따름이라. 올조르의 텅 빈 성터에 주저앉을 적과 다를 바가 없었다.

아무도 없다.

저를 마지막까지 사랑한 동생을, 전우를 제 손으로 끝낸 그녀의 곁에는 아무도 없었다.

그런 허무에 잠길 적이면 지난 기억들이 차라리 거짓이길 바라며 한참이고 눈물이 그칠 때까지 허공만 올려다보기도 했다.

제가 감당할 몫이다. 이 지독한 허무조차도 견뎌 내지 않으면 안 될, 내려놓을 수 없는 어떤 것이다.

그녀는 차가운 겨울 공기를 폐부로 받아들이며 다시 한 번 현실을 강제로 제 머릿속에 욱여넣었다. 그것이 그녀가 견뎌 내는 방법이었다.

그런데 오늘은 달랐다.

낯선 인기척이 얕은 잠을 깨웠다. 눈을 뜨니 제 머리맡에 앉은 검은 그림자가 보였다. 은은한 빛 머금은 어둠 속에 한 사내가 나무처럼 앉아 있었다. 그가 들고 있는 것은 그녀가 늘 머리맡에 두고 자는 푸른 나비의 단검이었다. 그의 시선은 그녀를 비껴 검집에 갇힌 나비 무늬를 어르고 있었다.

파사드였다.

처음에는 이마저 꿈인가 했다. 이 시간에 왜 파사드가 제 곁에 있는지 짐작이 가지 않은 탓이다. 잠에 취한 정신으로 그녀가 인기척을 냈다.

"……어?"

"깼나?"

달그락. 소리가 났다.

단검을 내려놓은 파사드의 손이 뻗어 와 그녀의 이마와 콧등 위로 헝클어진 머리칼을 쓸어 넘겼다. 자연스러운 손길이었다. 다정했다. 르옌은 차가운 살에 닿은 그의 따뜻한 체온에 정신을 차렸다.

"네가 왜 여기에…… 언제부터 있었어?"

"……."

"어제도 그리 말없이 왔다 말없이 가더니. 아직 한밤중인 것 같은데."

잠자코 그녀를 바라보던 파사드가 비스듬 막사의 입구로 고개를 돌리며 조용히 중얼거렸다.

"잠깐 들른 것뿐이다. 염려 마라."

염려 말라는 말미가 이상하다. 가만 그를 바라보던 르옌은 그 말의 뜻을 알아차리고 작게 웃었다.

최근 괴이쩍은 소문이 군사들 사이에 퍼졌다 하니 염려하는 것도 이상하지는 않다마는, 적어도 르옌은 그런 일을 걱정한 것이 아니었다.

애초에 먼저 그를 끌어들인 것이 자신이었다. 르옌이 느릿느릿 몸을 일으키며 무어라 덧붙이려는 찰나, 가라앉은 파사드의 음성이 그녀의 움직임을 정체시켰다.

"발로이드의 시신은 오늘 소산될 것이다. 다른 이들과 함께."

한기가 엄습했다.

어깨를 움츠리고 한참을 침묵하던 르옌은 고개를 끄덕이는 것으로 답을 대신했다. 다시금 되살아난 지난 기억들이 가슴을 때리며 흘렀다. 온몸이 무기력에 젖어드는 기분이었다. 고맙다는 말조차 입 밖으로 나오지 않았다.

어색한 정적이 이어졌다.

파사드는 더 할 말이라도 남았는지 말을 고르듯, 몇 번이나 입술을 벌렸다 뗐다가 이내 다물었다. 끝은 정중한 요청이었다.

"잠깐 네 잠시간을 할애해 줄 수 있겠나?"

말끄러미 그를 바라보던 르옌은 이 상황이 참 우습다는 데에 생각이 미쳐 내심 웃었다.

파사드는 이 주둔지의 모든 병사를 명령 한마디로 깨워 끌어낼 수 있는 이였다. 저렇듯 제게 정중하게 요청하지 않아도 될 일이다.

"이미 잠은 깼으니까. 긴 시간도 네게라면 충분히 할애해 줄 수 있어."

"르옌 데투아, 나는 지금 많이 피곤하다."

"……."

"그래서 제대로 생각을 하고 말을 할 수가 없다. 정리를 하고 최대한 요연하게 나를 설명해 보려 하지만 그마저도 쉽지 않을 듯해. 그래도 네가 내 뜻을 이해해 주길 바란다."

어딘지 모르게 평소와 다른 음조였다.

"네가 회임을 했을지 모른다는 이야기를 들었다."

"아, 그거."

소문이 돌고 바로 무언가 말이 있을 거라 생각했는데 파사드가 반응이 없어서 그녀 역시 의아하던 차였다. 지휘 기사들이며 군의관들이 그리 난리를 치고, 멀찍이 떨어진 주둔지 저편에 머무는 카헤이아까지 알고 찾아와 별의별 소리를 해 댈 만큼 퍼진 낭설이었다. 파사드도 알았을 것이다.

해서 그녀는 파사드가 사실 여부를 떠나 사생아의 존재를 꽤나 가볍게 보는 의외의 구석이 있구나, 혹은 수도에 두고 온 정혼자를 배려해 모르는 체하려는가, 그런 추측으로 정리한 후였다.

'한데 이자가 오늘은 왜 이러나…….'

목소리만으로는 짐작이 가지 않았다. 지척에서 마주 보고 있는데도 흐릿하게만 보였다. 눈, 코, 입술의 구분은 되지만 어두워 자세히 보이지 않으니 표정을 제대로 살필 수가 없었다.

르옌이 등불에 불을 붙이기 위해 침상에서 벗어나려는 찰나였다.

"일단, 불부터 좀……."

파사드의 손이 그녀의 팔뚝을 쥐었다. 르옌은 엉거주춤 다시 앉았다.

"아니, 잠깐이면 돌아갈 테니 그럴 것 없다."

"불을 켜고 이야기를 하는 게 좋……."

"이대로."

"……오늘 좀 이상하네. 소문에 관한 거라면 걱정할 것 없다. 아니니까. 나도 자칼린에게 이미 들었어. 네 부인, 아니 그러니까 정혼자 이야기. 내가 네 씨를 품게 되면 네가 참으로 곤란해진다고? 내가 죽고 나서 라르크가 반쪽이 났다는 건 흘려들은 소식으로 알긴 했다만……."

르옌은 말을 잇다 말고 왠지 모를 쓸쓸함에 잠겼다.

누군들 바라는 대로만 살 수 있겠나. 왕 놀음자들에게도 불가능한 일이었다. 하지만 파사드의 경우는 그다지 나쁘기만 한 건 아닌 듯했다. 그의 정혼자는 사랑스럽다고 하였고, 파사드 역시 그녀를 아낀다고 하였으니.

다부진 껍질을 쓰고 있지만 천성이 유하고 말을 허투루 하지 않으니 파사드는 그의 책임을 다할 것이다. 상처 주는 말 않으려 침묵하는 입술로 사랑을 속삭일 테고, 하얀 검을 쥐던 손으로 부인의 손을 감싸 안을 터다.

물론 언제나 올바르지만은 못할지도 모른다. 저와 있었던 일 같은 그런 실수가 생길지도 모른다. 그도 사람인데 어찌 완벽할까. 흠결 없는 인간이란 없음을 세상은 알고 있다.

"……혹 그 때문에 이 새벽까지 밤잠을 못 이뤘나?"

"……."

"우리가 있는 곳이 전장이 아니냐. 이런저런 일들이 생길 수 있는 거니까 너도 너무 신경 쓸 필요는 없다. 어쩌겠나? 이미 벌어진 일인걸. 내가 뭐라 해도 믿지 않을 것 같다만, 설사 그런 일이 벌어져 내가 네 아이를 낳게 된다 해도 그를 빌미로 네게 폐 끼치는 일은 없을 거다. 너는 모른 체해도 괜찮아. 그러니……."

"넌."

"응?"

"네가 회임을 했다는 게 사실이라면 너와 그 자식을 내가 그대로 내버려 둘 거라 생각하나?"

기껏 한 위로에 파사드의 화난 듯한 음성이 되돌아왔다. 그는 르옌이 내심 당황할 정도로 날이 서 있었다.

르옌이 눈을 가늘게 뜨고 되물었다.

"그럼 죽여서 은폐라도 하려고?"

어둠에 앉은 그녀를 바라보던 파사드가 얕게 웃고 말았다. 어처구니가 없는 답이었다. 어찌 웃음이 나나 싶은 기분인데도 르옌의 말이 너무나도 자연스러워 우스웠다. 슬프게도 그녀다웠다.

"르옌, 그리 쉬이 말하지 마라. 네가 나를 어떤 인간으로 보고 있는지는 모르겠지만, 나는 정혼자가 있다는 이유만으로 혈연을 저버릴 만큼 무정하지도 못하다. 고작 그런 이유로."

귀족가의 사생아야 흔하지만, 고작이라는 말로 치부하기에는 비약이 아닌가.

계속 듣고 있자니, 파사드의 목소리가 생각보다 많이 가라앉아 있는 듯했다. 르옌은 잠자코 경청했다.

"이미 내 명예는 많이 실추되었으나 그럼에도 사내라는 건 마지막까지 제 명예의 터럭이라도 쥐고 싶어 하는 존재니까."

새벽녘의 방문부터도 의아하건만, 그의 말마디며 어딘지 잠긴 목소리까지 무엇 하나 르옌의 마음에 걸리지 않는 것이 없었다. 무엇보다도 그답지 않은 말이었다.

두 해간 지겹게 이어졌던 전쟁을 승리로 이끌어 종전 협정까지 끌어낸 최고사령관이자, 왕실과 피를 나눈 또다른 브류나크가 아닌가. 그의 명예가 실추될 일은 없었다.

"무슨 일이라도 있어?"

"……."

"힘들어 보여 그런다. 어째 말라 죽어 가는 건 난데 네가 더 곧 죽을 것처럼 기운이 없어 보이나. 전후 처리가 원체 신경 쓸 게 많기는 하지……. 너를 도와주고 싶어도 지금 내 꼴이 이렇구나. 끈 떨어져 뭣도 없는 신세에 돕는다 나서는 것도 우습겠지만."

가만 그녀를 바라보던 파사드가 물었다.

"……너는 왜, 라르크를 사랑한다고 말하나?"

"애국에 앞장서야 할 브류나크가 그리 묻는다니."

"네게 라르크란 국경인가, 사람인가, 정신인가."

정말로 이상하지 않나. 왜 저런 뜬금없는 물음을 던지는가 싶어 눈을 세슴츠레 뜬 르옌이 갸웃 고개를 기울였다. 파사드는 진지해 보였다.

왜 라르크를 사랑하느냐. 스스로에게도 간간이 던지던 자문이었다. 늘 대답은 '그리 태어났기 때문이다.'라는 한마디로 끝이 나곤 했다.

하지만 사람이 날 때부터 그런 종자는 없을 터이다. 그래서 그녀는 무시하거나 농으로 흘려 넘기는 대신 곰곰이 생각했다.

파사드는 그녀가 입을 열길 기다렸다.

"……음, 아직도 크랑크스의 감옥이 뮈아드로에 남아 있나?"

"구십여 년 전 철거되었지만 그 터는 남아 있다."

르옌은 이불을 툭툭 털어 고쳐 덮으며 무릎을 끌어당기고 푹 턱을 기댔다.

"……처음에는 뮈아드로의 크랑크스에 갇힌 죄인들을 마주하는 데서 시작되었던 것 같다."

"……."

"나를 지켜봐 온 너는 알겠지만, 나는 이기적이고 오만한 왕녀였다. 세상 물정 몰라 왕궁의 풍경이 온 세상의 풍경과 다를 바 없다 믿었던 어린 계집이었지. 그러다 어느 날, 밀행을 한답시고 돌아다니다 크랑크스의 감옥을 찾아갔다. 나를 보자마자 스스로가 죄가 없다며 내 치맛자락을 붙들고 우는 이들이 부지기수였다. 말했듯이 나는 오만했기에 그들의 말에 귀를 기울였다."

"……."

"이야기를 듣고 보니 무고한 이들이 많았다. 그러다 나는 내게 애원하지 않는 이들의 죄목도 궁금해졌다. 그리고 수많은 이들이 스스로 죄인 되길 자청했다는 것도 알게 되었다. 먹을 것이 없어 차라리 옥에 갇히길 바라는 행태라는 건 내게는 몹시 이해할 수 없는 일이었어. 너는 이해할 수 있겠어? 백성들은 왕실에 많은 것을 바친다. 매해 건국제가 열릴 때면 광주리를 이고 수레를 끌고 들어오는 백성들로 인해 왕궁 문턱이 닳을 지경이었다. 그런데 백성들은 왕궁에 그리 퍼다 나르고 나서, 저는 배곯아 감옥으로 걸어 들어가더라. 나는 배곯은 적 한 번 없고, 진귀하고 값비싼 옷들로 장을 채우고, 장정 열댓 명은 더 누워도 좋을 만큼 넓고 포근한 침대에서 잠을 잤다. 아니, 애초에 먹고 싶어도 먹을 것이 없어 배곯는다는 것이 무엇인지조차 나는 알지 못했으니, 당연히 이해도 하지 못했다. 지금이야 이해가 간다만 그때는 그랬어. 내색하지는 않았지만 꽤 충격을 받은 것도 같다. 내가 비록 너희에게는 전쟁에 미친 냉혈한 괴물이라 회자되고 있다 하나, 동정마저 없는 것은 아니었다. 나는 내가 지닌 동정을 덜어 나누었다. 백성들은 그런 나를 자비롭다 말했다. 그들이 나를 사랑했다. 나는 제가 받아야 할 것 돌려받는 것에 감사하며 이마를 찬 땅에 부딪치는 그들이 더더욱 가여워서 사랑했어."

"……."

"브류나크, 리아작이라는 이름의 왕자를 알고 있나?"

돌로메트 3세의 장남으로 비극적으로 자멸한 왕자라 기록된 이었다. 피사드는 조용히 입술을 당겨 물었다.

"왕위를 잇기로 약정되어 있던 내 첫째 동생이었다. 그들이 사랑스럽고 가여워 어찌할 수 없을 지경에 이르러, 나는 리아작과 뭐아드로 밖의 세상에 대한 이야기를 나누어 보았다. 뭐…… 그 전부터 알고는 있었다만, 그는 내가 보고 느꼈던 모든 것을 공감하지 못했다. 어려서가 아니라 라르칼리아였기 때문이었겠지. 리아작뿐만이 아니라 내 모든 형제들이 그러했으니까."

"……."

"세상에 같은 이기 없으므로 당연한 것이겠지만, 그들이 사랑하는 것은 내가 사랑하는 것과 많이 달랐다. 관대하고 온정이 넘쳤던 나의 은사, 예이건조차도 그러하였으니."

르옌은 잠깐 말을 고르듯 침묵하였다. 파사드는 보채지 않았다.

"누가 왕이 되건 결국 내 성에 차지 않으리라는 걸 확신했다. 내 형제들은 내가 느낀 것을 앞으로도 느끼지 못할 터이고, 내가 정략이나 불가피한 상황으로 라르크를 떠나게 된다면 내 백성들은 일말의 동정조차 구하지 못할 것이 불만스러웠다. 그럴 바엔 내가 왕이 되어 내 뜻을 펼치리라 결심했다. 그리 마음먹었기 때문에 나는 왕위에 올랐다. 교만하게 들리겠지만 그래. 나는 내가 왕이 되기 위해 무얼 해야 하는지…… 무엇이 필요했는지 그냥 자연스럽게 알았거든. 설명할 길이 없네."

묵묵히 듣던 파사드가 그도 모르게 헛웃으며 중얼거렸다.

"너는 참…… 말을 잃게 하는군."

거의 대부분의 역사서가 이르는 여왕 스완의 첫 묘사는, '그녀는 마치 왕이 되기 위해 태어난 여자 같았다.'는 것이었다. 한데 당사자까지 저리 말하니 부정하려야 부정할 수도 없었다. 이것이 역사가 그린 작은 진실인가 하였다.

진실로 그녀는 왕재로 태어났던 것이다. 그런 여자에게 '어떻게'라는 물음은 물고기에게 어찌 물속에서 숨을 쉬느냐 따져 묻는 것처럼 어리석은 일이었다.

"사실이 그런 걸 어째."

분위기는 한결 누그러졌다.

"……어쨌든 그러다 보니 내 형제들과 도타운 귀족들이 고까웠고, 그들에게 살 뜯어 바치라 명하여 전쟁을 일으켰다. 그 후에는 싸우고 싸우고 싸우며 그리 나 바란 삶만을 살다 네가 아는 말로를 맞게 되었지."

이야기를 하다 보니 논점을 벗어나 조금 더 장황해진 듯했지만 르옌은 후회하지는 않았다. 그런 일이 있었더라. 상기하는 것만으로도 마음이 어느 정도 정리가 되는 듯했다.

"지금도 백성들이 그때의 백성들과 크게 다를 거라 생각지 않아. 내가 백성으로서 살아 보았잖아. 머리들이 무슨 꿍꿍이인지 고민하는 이는 별로 없어. 그들은 순박하게 매해 세금을 내고 나라의 무사태평을 기원한다. 위에서 보았던 그들도 사랑스럽고, 아래에서 마주 보는 그들도 사랑스럽다. 그런 거지. 그에 정신이니 국경이니 사랑이니 나누는 건 어려운 일이야."

파사드의 입술은 서서히 다물어졌다.

그녀라는 사람이 품은 사랑의 시작이 그런 것이라면, 제 의무와는 본질부터가 다를 터다. 그가 짊어진 의무와 앞으로의 각오가 무겁게 그를 짓누른다면, 그녀의 사랑은 공기처럼 그녀를 둘러싼 것이다.

다만 우스운 것은, 그 모든 것이 르옌이 스스로를 오만하다 오판한데에 비롯된 자연스러운 결과라는 사실이다.

"이 야밤에 그게 궁금해 찾아온 거냐?"

아아, 바라보는 것만으로도 가슴이 뻐근해 힘에 부쳤다.

열패감이라 해야 할는지. 이 여자의 앞에서 저는 초라하다. 언제부터 제가 그리 생각했는지조차 알 수 없었다. 그저 자연스럽게, 남은 제 일생에 이처럼 경이로운 여자와 같은 이는 없으리라는 것을 깨닫고 만 것이다.

반짝거리는 영광을 내게 줄 것이라면 너는 너를 내게 주어야 한다. 그런 말조차도 꺼낼 수 없었다. 애국에 제 살을 다 뜯어 바쳐 뼈만 남은 듯 앙상한 여자에게 제가 무얼 더 내놓으라 말할 수 있겠나.

서른에 이르는 길다면 긴 삶, 한순간도 누군가에게 소리 내 본 적 없는 '사랑한다'는 말의 무게조차도 제가 느끼는 이 심정의 반도 담지 못할 것이었다.

그렇기 때문에 오늘 밤 제가 하려 마음먹은 말을 꺼내는 데에 더 큰 용기가 필요했다.

파사드가 천천히 아무렇게나 놓여 있던 그녀의 손등을 덮어 쥐었다.

예상치 못한 그의 행동에 르엔이 호두 껍데기만큼 크게 눈을 올려떴다. 그녀가 미처 밀어내기도 전에 그의 단단하고 긴 손가락이 가늘고 얇은 손가락 사이사이에 그물처럼 걸렸다.

"브류나크?"

무언가를 예감한 르엔이 파사드를 빤히 바라보았다. 파사드의 목소리는 나직했다.

"나는 널 안았던 일을 후회하지 않는다."

"……"

"그래서 나는 네게 기회를 달라 청하고 싶다. 정식으로 청하겠다."

침묵을 답 삼기라도 한 듯이 그는 홀로 말을 이었다.

"르엔 데투아, 내게 너를 책임질 기회를 달라."

르엔은 한참이나 멍하니 그의 말을 반추했다. 경청하지 않는 듯하지만 똑똑히 듣고 있었다. 그의 손가락 새새에 갇힌 제 손끝을 몇 번

움찔거리던 그녀가 이윽고 긴 한숨을 내쉬었다.

"아…… 네가 지금 무슨 말을 하는지 모르겠다는 둥의 말도 안 되는 소리는 않겠다. 모른 체하는 것보다 확실히 얘기하는 게 더 나을 테니까. 지난 며칠 네가 의외로 무책임하다 싶었는데, 그 반대였구나."

"……."

"다시 말해 줄게. 나를 걸고 맹세하겠다. 너는 결코 나를 책임질 이유가 없다. 아니, 나는 네가 그렇게까지 진지하게 생각했다는 게 더 당황스러워. 내 몸뚱이는 내가 잘 알아. 너도 알다시피…… 나는 지금 극복하는 중이다. 아직 내게 고여 있는 아픈 시간들, 흘려보내고 있는 중이야."

"……."

"사정 모르는 이들이 오해해 네게 무어라 떠들었을지가 어렴풋이 짐작은 된다마는…… 그래, 그들이 오해할 만도 하다. 구역질이 나고 악몽을 꾸고 무기력하게 늘어져 있지. 말은 않았지만 갑자기 내가 누구인지 혼란스러워질 때도 있다. 분명, 정상이 아님은 맞는 것 같아. 하지만 브류나크."

르옌의 엄지 손끝이 파사드의 손등을 느리게 만지작거렸다. 지난 기억이 그 손등에 새겨져 있기라도 한 듯이. 손을 빼낸 파사드가 완전히 그녀의 손을 제 손 안에 움켜 덮었다.

"생각해 봐. 페이작은 그리 오래도록 긴 지옥의 시간을 견뎠다. 매일매일 너희에게 끌어내려진 나를 조의하며, 스스로를 진창 속에 밀어 넣고 견뎌 내다 그리 떠났지 않나."

목이 매인 사람처럼 르옌은 잠깐 침묵했다가 다시 이었다.

"나는 아파야 마땅하다."

"르옌."

"내 손으로 내 사람을 거두었으니 아파야 마땅하지, 그런데 내 머리는 그조차도 허락하지 못해. 내 머리는 슬픔의 조의조차도 하지 못한다."

"……."

"그러니 이 몸뚱이나마 조의를 품을 시간을 좀 줄 수 있는 게 아니냐. 다시 말해 주마. 나는 네 아이를 가진 것도 아니고, 너와 하등 상관있어 이 모양 이 꼴이 된 게 아니다. 나는 이 시간을 견뎌 낼 거다. 지금까지 나를 신경 써 주고 도와준 것만으로도 너는 책임을 다한 것과도 같으니, 주위에서 떠드는 것들은 무시하고……."

"회임이건 아니건 관계없는 일이다."

단정적으로 되돌아온 답에 일순 정적이 깔렸다. 턱을 든 르옌이 작게 입술을 벌렸다.

파사드가 짓씹듯 힘주어 말했다. 목소리가 조금 갈라져 있었다.

"네가 회임을 했을지도 모른다는 그런 소문에 휩쓸려 이런 식으로 나를 네게 내던지는 게 아니란 말이다."

"그러면 갑자기 왜 이리 당황스럽게."

"네가 내게 살려 달라 하지 않았나."

호흡이 멎었다. 르옌은 본능적인 거부감으로 그에게 잡힌 손을 빼내기 위해 팔을 당겼다. 그러나 이번만큼은 파사드의 고집스러움을 이길 수가 없었다.

외려 파사드는 그녀를 당겨 그의 팔 안에 가두어 안았다. 얼결에 그의 가슴에 기대 안긴 르옌은 귓전을 진동하는 파사드의 심장 소리에 넋을 잃었다.

고즈넉한 어둠처럼 아늑한 사내의 품 속에서 그녀는 제 인생 그리 슬펐던 적이 없었던 그 순간을 떠올렸다.

페이작을 영원히 잃어버렸던 그때의 절망감과 허망함, 비탄이 일시에 그녀를 엄습했다. 르옌의 달달 떨리는 손이 파사드의 등을 긁듯 쥐었다.

세상 모든 것이 무너져 비처럼 떨어졌다. 그녀는 페이작의 가슴 가장 깊숙한 곳에 가라앉아 있던 먼지 앉은 제 백골 옆에 누웠다. 마지막 기사를 제 손으로 거둔 그녀는 더 이상 여왕이 아니었다. 아무것도 없는, 아무것도 아닌, 부서지고 망가지고 낡아 버린 망령이었다.

—르옌 데투아.

그 순간 파사드가 불러 주었던 제 이름은, 이제 그녀의 전부였다. 전부라 믿지 않으면 이 시대를 살아 버틸 수 없는 무언가였다.

르옌이 그녀도 모르게 신음처럼 가는 숨을 삼키며 입술을 당겨 물었다. 가까스로 부정하였다.

"……기억 안 나."

"나는 기억한다."

"……나는, 기억 안 나."

조심스레 르옌의 턱을 잡아 쥔 파사드가 그녀의 얼굴을 젖혔다.

"나는 기억해."

어두워 윤곽만 확인하는 것이 전부였지만 명백히 두 사람의 시선은 맞닿아 있었다. 서로가 그 사실을 알았다.

파사드가 나직이 입술을 뗐다. 음성이 조금 떨렸다.

"르옌, 나는 너를 다른 이름으로 부르고 싶지 않고, 이제껏 그랬던 것처럼 앞으로도 너를 다른 이름으로 부를 일은 없을 터다."

"……."

"무엇보다도 나는 네가 앞으로도 쭉 내 눈 닿는 곳에 있었으면 하고 바란다."

"……."

"다시 말하지만 이건 네가 회임을 했건 하지 않았건 상관없는 진솔함에서 비롯된 바람이다. 그날 너와 내가 밤을 함께 보내지 않았더라도, 나는 결국 네게 이와 같은 말을 했을 것이라 확신한다."

르옌은 멀거니 파사드의 짙은 흑안을 응시했다. 눈시울이 홧홧했다.

그녀는 파사드를 이용해 왔다. 이자에게만큼은 그러지 말자 마음먹어도, 제 천성이 그러한데 아니라 부정할 만큼 뻔뻔하지는 않았다. 제 외로움을 기대기 위해, 제 필요를 위해 친밀하게 그의 곁을 맴돌았다.

그러나 이런 상황을 바라서는 결단코 아니었다. 제 감정의 문제가 아닌 그들 상황의 문제였다. 어쩌면 제가 이자를 얕잡았던 모양이었다.

르옌은 파사드와 같은 자들을 잘 안다 생각하고 있었다. 정해진 길 밖으로 이탈하지 않는 자, 언제나 스스로를 틀 안에 가두는 자, 타고난 인내심으로 자신을 숨기는 자. 천성이 너그럽기에 다수를 위해 냉철한 희생을 불사하는 파사드는 그런 자였다. 정치도 전쟁도 어울리지 않는다 했던 말은 그러한 간파로 뱉은 확신이었다.

그리고 그런 자들은 저리 말도 안 되는 소리를 하지 않는다.

전생이야 어찌 되었건 지금의 그녀는 한낱 필부의 딸이었다. 그에 비해 그는 재상 가문의 정혼자를 둔 일국의 요직 인사였다.

자칼린의 말에 의하면 그의 정혼자는 다른 노선의 당을 이끄는 자의 딸이라. 라르크의 중대사였다. 회임에 관하여 지휘 기사들이 그리도 걱정했던 것도 그에서 비롯된 이유에서였다. 때문에 파사드의 저 불현듯 뱉어진 진심을 따라갈 수가 없었다.

대책 없는 위로인지, 무언가를 계산한 언사인지. 그런 의심까지 들 지경이었다. 차라리 술이라도 하고 왔더라면 주사가 대단하다 우스갯소리로 눙쳐 넘길 것이었다. 그러나 그에게서는 어느 때처럼 청량한 밤바람의 내음만 옅게 배어 있을 뿐이었다.

파사드의 손끝이 그녀의 열이 오르기 시작한 뺨을 조심스레 문질러 닦았다. 르옌은 그의 손을 피하지 않았다. 그러나 묻지 않을 수도 없었다.

"넌 지금 내게 무얼 바라? 지금 내게 무얼 바라 이런 말을 하는 거냐."

"너는 이제 네가 그리도 사랑을 쏟았고, 대가 없는 참혹하고 짙은 사랑을 받았던 그 백성 중 하나가 되지 않았나."

"……."

"……그러니 이제, 누군가로부터 네가 돌려받을 차례가 아닌가."

하염없이 다정하여 이자가 누구인지 이젠 모르겠다. 왜 이리 가슴이 저려 오는지 모르겠다. 무어라 해야 할지 모르겠다. 제 이 기분이 무엇인지도 모르겠다. 저를 여왕도 기사도 아닌 한 사람으로 바라보는 저 눈빛에 어찌 응해야 할지조차도 모르겠다.

이리 몰라 본 적도 없어 모르겠다.

"네가 벨바롯트 파사드 브류나크와 내가 다르다 말했으니 나는 다른 사람이다. 수많은 사람들이 나를 그와 같은 길을 걸을 거라 말한다 해도, 그를 아는 네가 다르다 한 한마디면 충분하다. 나는 그와 다르다. 네게 일생 용서를 구하고 너를 그리며 내 삶을 탕진하지 않겠다."

한참을 넋 놓고 듣던 르옌이 반문했다.

"……무슨 말이야?"

파사드는 답하지 않았다. 이백여 년 전의 네게 바쳐진 짙은 사랑이 푸른 꽃 만개한 정원이 되어 대물림되고 있다는 말 따위는 입에도 담고 싶지 않았다. 한 사내의 짙은 그리움 속에서 너는 한 폭의 그림으로 유구히 존재해 왔음을, 벨바롯트 파사드의 일생은 끝내 너를 향한 사랑과 그로 인한 회한뿐이었더라는 것을 이르고 싶지 않았다.

유치하고 옹졸한 투기라고 해도 좋았다.

솔 라시나 노야반트잔. 세월에 닳아 완결刓缺[†]해 가는 용서는 그녀에게 닿아야 할 것이다. 언젠가 그곳은 주인을 되찾아야 할 곳일 터이나, 지금은 아니었다.

르옌의 턱 끝을 손가락 끝으로 느리게 어루만지던 파사드는 주저 없이 그녀에게 입술을 맞추었다. 얼어 있던 그녀의 몸은 힘없이 끌려갔다. 그는 르옌의 손이 그를 밀어내지 못하게 거머쥐고, 그녀의 마른 입술을 제 흔적으로 적셨다. 포개듯 맞대었다가 짓눌렀다. 벌어지는 입술 사이로 그의 떨리는 숨이 흘러들었다.

파사드는 감히 그녀에게 저를 밀어넣지 못하고 살짝 입술로 입술을 물어 눌렀다 놓았다. 짧은 입맞춤이었다.

하지만 그에 그치지 않고 아쉬움과 미련이 남은 입맞춤을 그녀의 상기된 뺨과 귓가로 옮겨 갔다. 욕망이 짙어져 인내가 바닥날까 저어될 무렵, 파사드가 스스로 그녀를 밀어냈다.

정염에 찬 그의 눈빛이 절제된 이성의 가면을 쓰고 그녀를 마주 보았다.

"……르옌 데투아, 비록 나는 네 것을 죄 가로챈 협잡배 같은 불명예스러운 사내지만."

파사드의 입맞춤에 놀라 잊혔던 그녀의 심장이 요동치듯 뜀박질하기 시작했다. 이어질 말이 능히 짐작된 터라, 르옌이 퍼뜩 정신을 차리고 그의 말허리를 잘라 냈다.

완결[†] 나무, 돌, 쇠붙이 따위에 새긴 글자가 닳아서 흐려짐.

"그만."

"들어라."

"아니, 아니, 아니야, 브뤼나크, 나 정말 지금, 농이 아니다. 네가 무슨 생각으로 그런 말을 하는지 따라갈 수가 없어 그런다. 너는 지금 너 스스로를 난처하게 하고 있는 것이 아니냐. 네가 지금까지 곤란한 것들을 떠맡아 왔음을 나도 모르는 바가 아닌데, 왜……."

파사드는 르옌이 저토록 말을 더듬는 걸 본 기억이 없었다. 저리 당황하기도 하는 여자였나. 그의 가슴은 조금 더 무겁게 단단해졌다.

"르옌."

"무엇보다 라르크의 내정에 관한 일이라 하니 일말의 충동으로 그리 말해선 안 될……."

"그건 내 선에서 해결할 일이다. 그리고."

파사드는 여지없는 대꾸로 르옌의 말문을 막았다.

"파혼장은 이미 내 손을 떠났다. 보름 안에 폐하께 닿을 것이고, 종전과 관련해 모든 전후 처리가 끝날 무렵에는 전 라르크에 이를 것이다."

"뭐……?"

"너를 강요하려는 건 아니다. 네게도 쉽지 않은 문제일 테니. …… 다만."

"……."

"네가 어떤 답을 되돌려준다 하더라도 내 결정은 변함이 없을 터다. 협정이 체결될 때까지 군은 해산하지 않으니, 그때까지 사려해 줬으면 한다. 그리고 만일 거절하고 싶다 하더라도."

"……."

"네가 그 뜻을 번복해 주길 간구하겠다."

무슨 말인지 헤아릴 여념조차 남아 있지 않았다.

말을 마친 파사드는 그녀로부터 어떤 대답도 듣지 않고 되돌아갔다. 르옌은 그의 뒷모습을 좇아 흔들거리는 휘장을 바라보았다.

한참을 그리 앉아 있던 르옌은 이윽고 배를 움켜쥐고 엎드려 웃었다. 웃음이 길어져 폐부가 저려 왔다. 한기가 밀려들었다. 가슴 어딘가가 크게 일어맞은 듯 뛰었다. 숨이 가빠 그녀는 몸을 말아 웅송그렸다.

이튿날 오후, 세르반테스 백의 조카로 그들과의 교섭을 중재하는 역할을 하던 오르도스가 다시 라르크의 주둔지를 찾아왔다. 그는 협정지의 선정과 일시를 조율하기 위해 이틀간 라르크의 주둔지에 남아 있었다.

오르도스가 돌아가고, 파사드는 오백여 기의 호위 기사들과 함께 이샤스 동부의 성벽 없는 영지 뷔센으로 떠나기로 결정했다.

출발 일시는 닷새 후였다.

◈ ⋅ ◈

에제트는 왕가 독존의 직속 명령만을 따르는 종복이었다. 그중에서도 브류나크를 위한 늑대들을 통솔하는 자. 그 정도가 그에 대해 알려진 바였다. 많은 이들은 그를 이름 없는 왕의 손이라 불렀다.

하지만 라르크 주둔지 내에서 그를 편안히 받아들이는 이는 드물었다. 사내는 커다란 덩치에도 불구하고 도둑처럼 고요했으며, 늘 털 후드를 덮어 눌러 그 민낯을 제대로 본 이도 없었다. 감정 한 톨 드러내지 않고 주둔지를 주회하는 그를 어찌 달가워하랴. 때문에 노골적으로 홀대하는 이도 많았다. 물론 그런 자들 대부분은 이름난 작위 기사 계급의 군사들이었다.

그러나 기사들의 대우와 상관없이 그는 사령부 회의는 물론이거니와 현재 주둔지의 거의 대부분의 상황을 아무런 제약 없이 살피고 다닐 수 있는 유일한 한 사람이었다. 기밀 등급에 관하여는 지금 주둔지 내의 최고사령관인 또 다른 브류나크와 비등하다 할 수 있었다.

물론, 대외적으로 보증되지 않은 신분이므로 종전 협정까지 참석할 수는 없을 터이나, 협정에 관한 내용도 가장 먼저 들을 자격이 있다.

협정을 앞두고 여상하게 벌어지는 옐크버드와 파사드의 논쟁을 경청하던 에제트는 사령부 막사에서 나왔다. 닷새 후에 파사드가 종전 협정지로 출발할 것이라는 확정을 들은 직후였다.

에제트는 사소한 것 하나 놓치지 않고 들리는 모든 것을 기억하고 개중 테른도크에게 알릴 만한 것이 있는지 아닌지 판별한 후, 순차 배열 정리, 혹은 연관되어 있을지 모를 부속 정보를 첨해 올리는 것을 일상 삼았다.

주둔지 북부의 전서구들이 묶여 있는 사육장으로 향한 에제트는 품 안에 감춰 두었던 짧은 서신을 전서구의 발목에 묶었다. 나흘 남짓의 거리에 위치한 국경 너머의 질로아에서 대기 중인 두 번째 밤늑대 레가의 손에 전서구가 닿는다면 엿새 안에 테른도크에게 이 연통이 도달할 것이다.

푸드덕, 바둥대던 전서구가 하늘 높이 날아올랐다. 에제트의 서신은 여태까지와 다를 바 없이 어떤 검열도 거치지 않고 주둔지를 떠났다.

내일은 파사드가 엄선된 호위 군대와 함께 종전 협정을 위해 떠나기로 한 날이었다. 주둔지의 분위기도 전체적으로 풀어져 있었다. 하지만 카라제시는 오늘도 외로이 허름한 그의 막사 안에서 또 다른 전투를 치르고 있었다. 피로에 절은 그의 진녹색 눈동자는 도무지 끝이 보이지 않는 숫자와 문자들에 파묻혀 있었다.

낡은 관목 탁자 다리 아래엔 쓰다 만 보고서들과 어수선한 양피지들이 널려 있었고, 대충 걸치고 있는 황갈색 여우 가죽 머플러의 털끝은 거뭇거뭇한 잉크로 물들어 있었다. 그는 깨끗한 것을 선호하지만 그 또한 여유가 있을 때나 따질 문제였다.

전쟁의 끝은 아직 요원했다. 교전은 중지되었으나, 협정안에 서명이 휘갈겨지기 전까지 그들은 단순히 휴전 상태다.

때문에 카라제시는 전시와 다름없이 새벽 해가 뜨기도 전에 일어나 오전 취사군의 울타리 안쪽을 순시하는 것으로 하루를 시작했다.

워낙 넓은 주둔지이기에 그가 주로 돌보는 건 주둔지 가장자리에 위치한 후발 편제군들이었다. 그는, 정신 이상을 보이는 군사들과 육체적으로 부상을 당한 이들을 만나 그들에게 어느 정도의 보상을 더해야 하는지 판별하는 일도 했다. 또 혹 훼손된 물자들은 없는지, 수기의 오류는 없는지를 재차 검토하고 그간 미뤄 두었던 시친에 관련한 보고서를 맡아 쓰는 일도 도맡았다. 보름째 반복되는 일상이었다. 시친에 관한 것은 거의 끝이 났다.

뿐만 아니라 괴발개발로 날린 다른 기사들의 보고서들도 파사드에게 올라가기 전, 늘 그의 손을 거쳤는데 알아보기도 힘든 악필은 대체로 그의 손에서 깨끗하게 재정리가 되었다. 그의 꼼꼼함을 아는 이들은 부러 엉망진창인 보고서를 올려 떠넘기기도 했다. 카라제시는 알면서도 묵과했다. 누군가가 대충 해 넘겨 사고를 일으키는 것을 수습하느니, 차라리 처음부터 꼼꼼히 제가 보는 것이 낫다는 판단에서였다.

때문에 그에게 휴식 시간이란 낡고 허름한 탁자에 수십 장의 양피지들을 늘어놓고 정리하는 심야의 시간뿐이다.

사실 이 모두가 전부 그의 소관은 아니었다. 일부는 최고사령관인 파사드의 몫이었다. 그러나 파사드는 지금 종전 협정의 제안 사항들에 관한 논의로 매일같이 옐크버드와 파네세와 사소한 마찰을 조율하는 데 다망했다.

적들과의 논쟁을 앞두고 내부의 논쟁이 더 뜨겁다. 가장 큰 문제가 되는 건 적들의 제호帝號에 관한 것이다. 제호에 관한 것은 잘못 꺼냈다간 종전의 분위기까지 끌고 온 상황 자체가 뒤엎어져 전에 없이 큰 전쟁이 벌어질 가능성이 있는 중대사였다. 그러나 테른도크가 그것을 원하는 한 결국 파사드는 협정지에서 적들에게 제호의 금지를 선고하게 될 것이다.

얼마간 펜을 놀리던 카라제시의 손이 몇 번 흔들거리더니 멈추었다. 설상가상 잉크가 다 떨어졌다.

자리에서 일어난 카라제시는 기지개를 한 번 켜고 굳은 몸을 풀었다. 중지 손가락이 몹시 저렸다. 그는 스스로가 체질적으로 행정에 맞는다고 생각해 왔다. 그렇지만 가끔 이렇게 눈 아프게 노곤한 날이면 회의적인 감상이 들곤 했다.

내일 파사드가 떠나는 길을 배웅하기 위해서는 일찍 잠에 들어야 했지만 지금은 그마저도 여의치가 않았다. 머릿속이 영 복잡했기 때문이다.

그런데 뜻밖에도 새벽녘의 달이 완전히 기울기 전, 파사드가 찾아왔다.

"카라제시, 들어가겠다."

곧 파사드가 그의 막사 안으로 들어섰다.

파사드는 검은 곰 가죽 털 코트를 덮어 발끝까지 가린 채였다. 코트 위로는 얇고 짧은 멘테가 느릿하게 흔들리고 있었다. 밤을 새우고 출발하려는지 말끔히 넘겨 올린 머리칼은 막 정리를 마친 모양새였다. 훤한 이마와 이목구비가 시원스레 드러났다. 피곤하지도 않냐 그리 물으려던 카라제시는 그만두었다. 파사드의 까만 눈동자를 가둔 날카로운 눈매엔 이미 눈에 보이는 피로가 걸려 있었다.

"칼란독 경, 앉으십시오."

제대로 얼굴 보는 것이 거의 열흘 만이었다. 카라제시는 어수선하게 널브러진 양피지들을 한데 모아 탁자 아래로 정리한 후, 그에게 건넌 자리를 안내했다.

"괜찮다면 편히 이야기해도 되겠나?"

파사드가 단도직입 청했다. 그러나 카라제시의 표정은 썩 달갑지 못했다. 파사드를 보니 한편에 밀어 두었던 또 다른 문제들이 떠오른 탓이다.

에반부르의 멘테, 그건 여전히 마음에 걸리는 문제다. 벌써 본의 아니게 달을 훌쩍 넘기도록 입을 다물고 있게 되었지만, 그건 그 스스로 바란 침묵이 아니라 상황이 따라 주지 않았기 때문이었다.

파사드가 짬이 났을 때는 카라제시가 바빴고, 카라제시가 여유가 생겼을 때는 늘 파사드가 다망했다. 게다가 사안이 사안인 만큼 섣부르게 꺼낼 수 없는 이야기였던지라 차일피일 미루다 보니 이리되었다.

라르칼리아라는 이름은 그 자체로 역사의 유물, 에반부르가 대체 왜 그런 유언을 남긴 건지는 모르나 어찌 보면 미친 소리로 웃어넘 길 수도 있는 일이었다. 이래저래 스스로도 갈피를 잡지 못하는 듯 해 입안이 썼다.

어쨌든 발등에 떨어진 종전에 관한 것들과 실질적인 전후 처리를 마무리하는 게 우선이었다.

파사드를 마주 보고 앉은 카라제시가 거리낌 없이 수긍했다.

"편히 이야기하고 싶은 거라면 더운 술이라도 한 잔 준비해야 하나?"

"아니. 내일 아침엔 맑은 정신으로 떠나고 싶다."

"의견 합치는 보았고? 아까도 꽤나 의견이 분분하던데."

"……폐하께서 바라는 바를 반대할 수는 없겠지."

탁자 위에 한 팔을 비스듬 걸쳐 올린 파사드가 시선을 비껴 돌리 며 눙치듯 중얼거렸다. 파사드의 기묘한 낌새를 알아차린 카라제시 가 의아한 눈빛을 했다.

대화 중 시선을 피한다는 것은 그다지 좋은 조짐이 아니었다. 파 사드는 잠깐 입술을 꾹 닫았다가 뗐다. 그건 카라제시에겐 청천벽력 과도 같은 말이었다.

"카라제시, 파혼장을 정관呈官[†]했다."

"그래, 뭐…… 뭐?"

무심결에 답하려던 카라제시의 입술이 굳었다. 바위처럼 무겁고 숨 막히게 고약한 정적이 흘렀다.

"뭐……?"

조금 전 제가 했던 말을 까맣게 잊은 사람처럼 파사드는 여상한

정관[†] 관청에 소장(訴狀)이나 청원서를 내다.

얼굴이었다.

파사드가 침착한 목소리로 쐐기를 박았다.

"닷새 전에."

"무슨 파혼장?"

"……."

"파혼장이라고?"

"정확히는 폐하께서 파혼을 승낙해 주길 바란다 청원서를 올렸다."

카라제시의 얼굴에서 순식간이 핏기가 사라졌다. 농담인가? 농담
일 리가 없다. 그리고 설사 농담이라 해도 웃음 나지 않는 이야기였
다. 파사드가 종전 협정으로 한창 바쁜 와중 엉뚱한 이의 파혼을 주
선하고 있을 리는 없으니, 아마 그가 말하는 파혼장은 본인의 것일
터다.

본인의 것.

그렇다면 엘히엔과의 파혼이다.

카라제시는 갑작스러운 파사드의 통고를 이해할 수가 없었다. 이
번에 종전을 하고 귀환하면 그녀와 혼인을 한다 그리 말한 것이 바
로 한 달 전이 아니었나.

"이미 라페로바한에도 통지를 보냈다."

파사드는 말을 잊고 굳어진 카라제시의 진녹빛 눈동자를 마주 보
며 말했다. 의견을 구하는 것도 아닌, 말 그대로 통보였다.

"해서 너의 도움이 필요하다, 카라제시."

"……."

"나를 도와 달라."

"……."

"카라제시."

"엘히엔과?"

"그래."

카라제시가 간신히 짓씹어 뱉었다.

"지금…… 제정신이냐?"

"제정신이 아닌 것처럼 보인다면 그런 것일지도 모르겠지만, 나는 심려하여 결정을 내렸다."

"파사드."

"친구로서 네게 청하는 거다."

"지금 네 변덕으로 십 년이 넘게 너 하나 바라보고 산 엘히엔을 내팽개치는 걸 도우라고?"

"……."

"네가 지금 무슨 말을 한 건지, 그 다음 무슨 일이 벌어질지 생각은 하고서 결정을 한 거라고!"

결국 카라제시는 벌컥 화를 내며 일어섰다.

"이미 자파인 후에게도 연통을 넣었다. 카라제시, 체사인 네가 필요하다."

'오, 맙소사.'

카라제시의 폐부가 저리게 떨렸다. 상황이 어떻게 돌아가고 있는 건지도 몰랐다. 다만 확실한 건 파사드가 저리 제게 말을 꺼냈을 땐 이미 마음을 굳힌 후라는 것이다.

본디 파사드는 주위 사람들과 사소한 것들을 논의하는 법이 없었다. 시친으로 훌쩍 떠나 버렸을 때도 통보였고, 되돌아온 후 갑자기 전쟁터를 전전하기 시작했을 때도 통보였다. 그의 삶이고 그의 선택이니 섭섭하다 해도 크게 마음 상한 건 아니었다.

하지만 이번만큼은 어쩔 수 없이 물어야 했다.

"아직 협정장 문턱도 넘지 못한 이 상황에서 넌 대체 정신이 어디에 빠져 있어서, 아니 그 전에 무슨 생각으로 지금 내게 그리 말하는 건데."

파사드는 잠시 입술을 그러 물었다 놓으며 조용히 답을 되돌렸다.

"난 라페로바한과 함께할 수 없다."

"라페로바한과 함께할 수가 없는 거냐, 아니면 엘히엔과 함께할 수가 없는 거냐."

"……."

"애초부터 생각이 없었던 건 아니고? 아니라면 설마 그 여자 때문에? 그 여자, 정말 아이라도 뱄다던가? 그따위 이유 때문은 아니겠지. 네가 겨우 그런 일로 이만한 결정을 내리지는 않을 테니."

아무리 카라제시가 이를 악물고 쏘아붙여도 파사드는 동요 한 점 없었다.

"……차라리 그랬다면 더 좋았을 터다."

"뭐?"

카라제시는 파사드의 무덤덤한 시인에 소름마저 느꼈다.

파사드는 순종적이고 관후하기만 한 사람이 아니었다. 외려 고집이 깊고 독한 사람이었다. 다만 늘 그의 고집은 브류나크로서의 의무로 다져져 있었고, 파사드는 기꺼이 그 의무에 헌신하는 명예를 아는 이였다.

엘히엔과의 혼인이 결정된 후로는 쭉 스스로의 주장을 거세한 듯 그에게 주어진 길로만 걸었다.

한때는 그런 파사드가 안타까웠던 적이 있긴 했다. 하지만 자신 역시 다르게 살지 않았으므로 크게 동정한 건 아니었다. 또 파사드는 대신 브류나크로서의 광명을 얻었으니 충분하다 생각했다.

탁자를 짚은 카라제시의 손가락에 마디마디가 꺾일 듯 힘이 들어 갔다. 엘히엔이 불쌍해서인지, 파사드의 저 행동이 불러올 파국이 두려워서인지조차 분별치 못했다.

카라제시는 불현듯 윙거의 아들 발타르가 엘히엔과의 혼인을 미루는 파사드로 인해 불안해하는 반트들을 비웃었던 날을 떠올렸다.

—다른 계집이랑 백날 놀아나건 성자처럼 수절하고 전쟁터만 뛰어다니건, 이리 주저앉아 이러쿵저러쿵하면 뭐 바뀌냐? 어차피 공작 각하는 우리 반트들이 옹기종기 주저앉아 조잘대는 걸 알아도 코웃음도 안 칠 텐데. 지금 이러는 게 우리가 팔란에 검 자루를 쥐여 주는 거랑 뭐가 달라? 뭣보다도 재상이 제 선에서 해결하지 못하는 문제를 왜 우리가 대신 고민해야 하나? 그리고 일 틀어져 난리가 나 봐야 재상 쪽과 수도 근방이지, 우리 남부까지 뭔 일이 생기려고. 자, 자, 그러니 다들 신경 꺼. 내가 그놈 좀 알아. 고집불통이라 결국 제 맘대로 할 거라고.

그리 말하는 발타르를 향해 카라제시는 내심 악의 없는 비웃음을 지을 수밖에 없었다.

서로가 비슷한 연배고 성격도 꽤 잘 맞아 발타르는 카라제시와 어릴 적부터 각별하였다. 발타르는 성격이 호쾌하고 약간의 역마 기질이 있었는데, 이 핑계 저 핑계를 대며 왕왕 수도를 왕래하는 도중 파사드와도 안면을 쌓았다.

발타르와 파사드는 소속된 곳이 달랐으므로, 서로를 향한 경계를 풀지 않았다. 당연히 친구라 부를 수는 없었다. 때문에 카라제시는 발타르의 말에 동의하지 않았다. 파사드는 자신이 더 잘 알았다. 파사드는 결코 제멋대로 행동할 친구가 아니었다. 아무리 고민에 고민을 거듭해도, 결국 옳은 길을 택할 이였다.

그런데 제가 틀렸나.

속부터 끓어오르는 배반감에 가까운 흥분을 진정시킨 카라제시가 간신히 머릿속을 정리했다.

'아니, 파사드가 그럴 리 없다.'

사람의 마음이란 때때로 머리가 가리키는 방향과 다른 곳으로 흐르기 마련이다. 카라제시도 사람이니 겪어 보았고, 파사드도 사람이니 그럴 수 있다. 소위 말하는 실수, 충동적인 일탈이다.

"……지금 내게 이런 말을 한다는 건."

"말한 것처럼 도움을 청하기 위함이다."

"파사드, 지금껏 네가 많이 참고 견딘 건 잘 알고 있다. 많은 이들이 네게 감사하고 있다. 그런데 그 모든 노력을 네 손으로 무너뜨리려고? 그래, 네가 쉽게 결정을 내린 건 아니겠지. 하지만 나는 네가 지금 충동적인 결정을 내린 것이 아닌가 하는 우려가 더 크다. 엘히엔은 분명 좋은 안사람이 될 거라고 네가 네 입으로 말했던 건 잊었나. 너도 알고 있잖아. 이제 막 종전의 문턱에서 곧 다가올 평화로 인해 수많은 이들이 안락한 꿈에 젖은 이 시기에."

"……."

"친구인 내가 어째서 너의 실수를 더 부추길 거라고 생각하는 거냐. 이 말도 안 되는 사태에 나를 끼워 넣겠다고? 너는 내가 그러지 않을 걸 알잖아."

"나를 제대로 가누지 못한 건 나의 모자람이다. 변명하지 않겠다. 하지만 카라제시, 네 도움이 필요하다."

"엘히엔과 파혼을 하고 나서는 뭐 어쩔 생각인데? 그 평민 계집과 귀천상혼貴賤相婚이라도 하려는 거냐?"

파사드는 침묵했다. 그의 침묵이 길어질수록 카라제시의 얼굴도 물먹은 듯 굳어졌다.

멀거니 파사드의 침묵을 인내하던 카라제시는 모르가나 야영지 전초 기지에서 마주쳤던 파사드의 다급하던 간구를 떠올렸다.

—그녀를 죽게 둘 수 없다.

한편으로 치워 두었던 기억이었다.

혀끝에 추가 달린 듯 입술도 벙긋할 수가 없었다. 카라제시는 입 안에 맴도는 말을 삼켰다. 사랑. 너 설마 그 여자를 사랑하나? 상상 만으로도 스스로가 몹쓸 자가 되는 듯했다.

파사드 역시 사람이니 누군가를 마음에 담을 수 있었다. 아무리 스스로의 주장을 죽이고 의무의 길을 따라왔다곤 해도, 뜨거운 피가 흐르고 부드러운 살가죽을 쓴 인간이 아닌가. 하지만 정혼자의 문제 가 없더라도 그 여자는 평민이었다. 그리고 그는 라르크의 유일 공 작으로 왕가와 이름 나눈 브류나크 중 한 명이었다.

가당키나 하냔 말이다.

"아니, 아니…… 애당초 종전 협정이 코앞인데, 종전 이후에 이런 일을 터뜨리기라도 하면 그 여자가 도망이라도 가나? 왜 그리 인내 심을 잃었나? 뭐가 더 중한지 몰라 이리 섣부르게……."

"지금이 아니면 잡을 기회가 없어."

"기회? 너는 브류나크라고! 그 여자는 평민이고!"

결국 카라제시가 울화통을 이기지 못하고 그를 향해 사납게 고함 을 쳤다. 파사드는 까맣고 서글픈 눈으로 카라제시를 마주 보며 씁 쓸히 웃었다.

"내가 브류나크라서 그럴 수가 없다."

"이건 또 무슨 이상한 소리냐. 네가 고작 평민 계집 하나 어찌하지 못한다고? 전 북부에 어느 누가 지금의 너를 거역할 수 있나? 거역한다면 강제로라도 잡아 둘 수도 있는 일이다. 차라리 그냥 정부로 두고 질릴 때까지 놀아나라. 파혼이니 뭐니 그런 말도 안 되는 소리는 그만두고!"

"카라제시, 난 숙고하여 내린 결단이다. 앞날을 생각지 않은 판단이 아니다. 그녀와의 파혼으로 인해 앞으로 혼란해질 라르크를 감당하기 위해 나는 체사인 네게 도움을 구하고 있는 거다. 이리 말할 자격조차 없겠지만."

"자격?"

"그래도 나는 마지막까지 책임을 다하고 싶다."

카라제시는 온 마음으로 간구하는 오랜 친구를 바라만 보았다. 파사드의 일생을 지켜봐 오며 단 한 번도 이기적인 선택을 한 적이 없는 그를 잘 알았던지라, 가슴만 더욱 쾌들었다.

하지만 도대체 그의 선택이 누구에게 이롭단 말인가.

엘히엔, 그 어린아이는 오매불망 제게 와 줄 그를 기다리고 있을 터인데 기다림의 보답으로 돌려받는 것이라곤 어느 날 갑자기 날아든 파혼장뿐일 터다.

파사드 역시 그리 위업을 쌓고도 어리석은 이라 손가락질당할 것이 자명했다. 게다가 더 그를 분노케 하는 건, 일을 이리 만들고도 마지막까지 의무를 다하겠다 말하는 파사드의 꿋꿋함이었다. 신음이 절로 새어 나왔다.

분을 삭이듯 주먹을 쥐락펴락 하던 카라제시가 최대한의 평정을 가장해 물었다.

"……너, 할드로프 경의 멘테. 그건 대체 뭐였나."

"……뭐?"

"할드로프 경의 필치가 그대로 남아 있던 멘테 말이다. 네가 숨겨 두고 있던 그 멘테 말이야! 당장의 문제는 내가 그를 안다는 사실이 아니라 에제트 역시 그를 알고 있다는 거다! 라르칼리아라는 이름이 거론되는 게 가당키나 하냐!"

카라제시는 치미는 감정을 짓씹듯 이를 악 물고 쏘아붙였다.

"그런 이름에 얽힌 여자 때문에 십 년이 넘도록 너 하나만 바라보고 있던 엘히엔과 파혼을 하겠다고?"

"네가 그걸 어떻게."

"지금 그게 문제냐? 그 와중에 네가 파혼까지 하겠다 나서면 폐하께서 기꺼이 그러마 해 주실 성싶나? 대체 너 어디까지 문제를 키우려고 지금 난데없이 파혼을 하겠다는 그런 얼토당토않은⋯⋯."

그때였다. 바스락거리는 소리가 남과 동시에 사나운 손길에 휘장이 걷히며 찬 바람이 쏟아져 들어왔다.

예상치 못한 데서 허를 찔린 듯 침묵하던 파사드와 분기를 갈앉히기 위해 숨을 씩씩 몰아쉬는 카라제시의 고개가 동시에 돌았다. 연갈색 눈동자에 선득한 적대감을 담은 청년이 허름한 망토를 벗고 서 있었다.

"⋯⋯그게 무슨 소립니까?"

"할드로프 백? 지금 이 시간에 무슨 일로⋯⋯."

"무슨 말입니까."

레작이 떨리는 입술을 당겨 물고 반복해 물었다.

그는 조금 전까지 남쪽 부상병 막사촌의 일손을 거들다, 뒤늦게 르옌이 자칼린의 아이를 가진 것이 아니냐는 뜬소문을 듣고 카라제시를 찾아온 참이었다.

레작은 이미 르옌을 높이 사고 있었고, 평민이라 해도 존중하고 싶었다. 가능하다면 보호해 주고 싶었다. 아무리 자칼린이 차남이라지만 체사의 사생아란 건 그다지 반길 수 없는 존재이므로 혹여라르옌의 처우에 관해 카라제시가 무슨 생각을 하고 있을지 알고 싶어 걸음 한 것이다.

그런데 그보다 커다란 소식이 그를 덮쳤다.

―그런 이름에 얽힌 여자 때문에, 십 년이 넘도록 너 하나만 바라보고 있던 엘히엔과 파혼을 하겠다고? 그 와중에 네가 파혼까지 하겠다 나서면 폐하께서 기꺼이 그러마 해 주실 성싶나? 대체 너 어디까지 문제를 키우려고 지금 난데없이 파혼을 하겠다는 그런 얼토당토않은…….

카라제시의 고함의 말미밖에 듣지 못했지만 그것만으로도 충분했다. 레작의 매서운 눈동자가 무뚝뚝히 앉아 있는 파사드에게 머물렀다.

얼마간 불편하게 갈앉은 공기 속에서 침묵하던 파사드가 서늘하고 매서운 일침을 가했다.

"……누가 백에게 멋대로 들어와도 좋다 허락했나?"

파사드는 감히 레작이 이리 노려볼 수 있는 이가 아니었다. 그럼에도 레작은 사과도 용서를 구하는 일도 없이 휘장 아래 멈춰 선 채로 꿈쩍도 않고 반복했다.

"제가 잘못 들은 겁니까?"

"들은 것은 잊고 나가라. 함구하도록."

"제가 잘못 들은 겁니까."

"아니, 잠깐. 잠깐."

고조되는 분위기 속에서 카라제시가 중재를 위해 일어섰다. 그의 목소리는 평소와 다름없이 누그러져 있었다.

"늦은 시간에 무슨 일이십니까? 할드로프 백, 혹 용무가 있으시다면 잠시……."

"아니, 란센 형님, 저는 들어야겠습니다."

에반부르의 멘테에 관한 것까지 알아차린 거라면 일이 더 난감해진다.

전시의 유품을 돌려주는 건 관례였다. 게다가 에반부르쯤 되는 작위 기사의 유지라면 응당 전해져야 했다. 그걸 브류나크가 중간에서 가로챈 모양새가 되는 건 좋지 않았다. 레작이 에반부르의 멘테를 내어 놓으라 요구한다면 일이 더 복잡해질 것이다. 다른 것보다도 그 내용이 문제였다.

"각하, 파혼을 하실 겁니까?"

카라제시는 레작이 엘히엔에게 마음을 품고 있다는 것도 오래전부터 알고 있었다. 레작은 가문 간의 정치 상황과는 별개로 진심으로 엘히엔이 행복하길 바란다 말하는 데에 한 점 부끄러움 없는 청년이었다.

"대답해 주십시오, 각하. 그 전까지는 이 자리에서 한 발자국도 움직이지 않겠습니다."

선득하게 날 선 레작의 목소리에 카라제시의 눈빛이 참담함으로 젖어 들었다.

노르테 홀은 몹시 넓었다. 때문에 추운 겨울이 닥치면 아무리 불을 떼고 난로를 피워 올려도 소용이 없었다. 간혹은 선인들의 입김이 남아 있는 알레타르 달테의 북풍을 그대로 받아들이는 곳이기 때문이라는 헛소리를 하는 이도 있었다.

알현을 청해 오는 이들을 모두 대면하고 돌려보낸 테른도크는 모처럼 로지투스와 시간을 보내고 있었다.

이제 열을 넘긴 로지투스는 모르가나 황태자의 부고와 적의 사령관 마리포사가 절명했다는 보고를 전해 들은 즉시 비세트로부터 강제로 떼어 온 그의 피붙이였다. 오늘처럼 머리가 복잡한 날엔 이 아이가 유일한 그의 위안이었다.

로지투스는 저를 닮아 청청한 벽안이었다. 그리고 비세트를 닮아 선명한 붉은 머리칼이다. 머리칼에는 보드라운 윤기가 흘렀다. 체구는 또래보다 조금 작았지만 눈빛이 또랑또랑하여 영민해 보였다.

테른도크는 친히 로지투스의 짙은 갈색 털 소매가 달린 회갈색 코트를 고쳐 여며 주었다. 눈이 마주칠 때마다 웃어 주는 것도 잊지 않았다. 얼마간 입술을 오물오물 움직이던 로지투스의 아직 여물지 못한 목소리가 낭랑히 울렸다.

"기분이 안 좋아 보이세요, 폐하."

이미 비세트와 테른도크는 더 이상 돌이킬 수 없었으나 테른도크는 그녀와의 아이를 사랑했다. 에제트의 서신과 하루의 시일을 두고 당도한 파사드의 청원서로 인해 복잡하던 마음이 삽시간 잊힐 만큼.

"……그래 보이느냐? 너를 이리 앉혀 두고 잠시 다른 생각을 했구나."

차가운 왕좌의 팔걸이가 얼어붙을 듯 시렸다.

테른도크는 로지투스를 무릎 아래로 내려놓은 후 자리에서 일어섰다. 두르고 있던 화려한 은색의 망토가 바닥에 끌렸다. 왕관을 슬며시 손끝으로 고쳐 쓴 테른도크가 한 걸음 내딛자 로지투스도 두 걸음 걸어 따라 섰다.

테른도크는 무심히 텅 빈 노르테 홀을 응시했다.

보이는 것이라곤 경비병들과 홀을 지탱하는 기둥의 사방에 고정되어 있는 횃불들뿐이다. 늘 보던 풍경이 오늘따라 달라 보이는 건 그의 위치가 달라지고 있기 때문이다.

"혹 심려가 있으시다면 저는 나가 볼까요? 폐하."

고개를 돌린 테른도크가 눈높이를 낮추고 앉아 로지투스의 부드러운 뺨을 보듬었다.

"로지투스, 내 심려는 네가 걱정할 일이 아니다."

"……하지만 브류나크의 영광된 승리가 있었다고 했는데, 어째서인지 폐하께서는 더 걱정이 많아지신 것 같습니다."

이미 모르가나를 꺾은 브류나크의 이야기는 온 수도에 자자하다. 나아가 전 라르크에 파다하게 퍼지고 있는 이야기였다. 지금 이 순간에도.

걱정 어린 로지투스의 새파란 눈동자를 마주 보며 테른도크가 나직이 중얼거렸다.

"영특하기도 하지. 하지만 네가 신경 쓸 일은 아니다."

"……예."

로지투스는 조금 머쓱한 듯 양 볼을 붉혔다. 그를 바라보는 테른도크의 입가에도 웃음기가 배었다.

모든 자식을 꼭 같은 정도로 사랑한다는 이들은 다 거짓이다. 그에게는 정비 소생의 또 다른 아들이 하나 더 있지만 테른도크는 이런 사랑을 느끼지 못했다. 미네사가 그를 떠나 버리자 병신처럼 말을 잃는 유약한 아이였다.

북부의 늑대 새끼라고 부르기도 참괴했다. 또한 그에겐 며칠 밤의 열락 속에 태어난 또 다른 사생아들이 여럿 있었으나 그다지 특출날 것 없는 서자였다. 일굴조차 모른다. 감정도 없었다.

그가 아끼는 유일한 자식은 로지투스였다.

"조금만 더 기다리면 널 세상에 내어놓을 준비가 된다. 그것만 기억해라.”

“하지만 저는…….”

선왕의 비였던 비셰트와의 아이인 로지투스는 그가 사생아로 공포하지도 못한 아이였다. 세간에는 비셰트가 거둬 키운 아이라 알려져 그녀의 자식이란 것도 인정받지 못했다.

그러나 이제 기반이 쌓이고 있었다.

테른도크가 할 일은 이번 전승의 여세를 몰아 그를 반대할 귀족 무리를 포섭하고 어중간한 태도를 유지하는 이들을 끌어들일 물밑 작업을 시작하는 것이다.

앞으로 테른도크에게 다른 비는 없을 것이고, 결국 남은 것이 사원에 귀의한 전왕비의 모자란 아들 하나뿐이란 사실에 라르크가 절망하게 될 날이 올 터다. 그리고 그때, 로지투스는 세상에 드러날 것이다.

늑대의 아들로서 온전히. 선왕의 비였던 귀한 어미를 지닌 흠잡을 데 없는 혈통으로서.

부사취모의 비난을 감수하는 건 오롯이 제 몫이다. 아이는 늘 죄가 없기 때문이다. 그리고 그들이 퍼부을 힐난은 그때쯤이면 이미 공고해진 브류나크의 왕권에 흠집조차 내지 못할 것이다. 테른도크가 로지투스의 작은 손을 쥐고 속삭였다.

“너는 내가 갖지 못한 어미를 가졌고 온전히 널 위한 모든 것을 쌓아 줄 아비를 가졌다. 어떤 길이라도 포기하지 않을 북부의 가장 높은 피를 이어받은, 그러니 언제고 너 스스로를 자랑스럽게 여겨라. 너는 모든 라르크가 인정할 브류나크의 적자가 될 것이다.”

테른도크의 결연한 목소리가 노르테 홀의 어둔 벽을 때리고 울리다 흩어졌다.

테른도크는 동이 트기 무섭게 침대에서 일어섰다. 시녀들이 황동 빛 세숫대야에 떠온 맑은 물로 간단히 세안을 마친 그가 가장 먼저 한 일은 조례와 오전의 일정을 전부 미루고 취소하는 것이었다.

승전에 대한 소식이 퍼지며 근처 소왕국은 물론이거니와 전쟁을 남 일처럼 멀찍이서 지켜보던 귀족들의 발길이 한창일 무렵이었다.

"바로 출궁하겠다. 말을 준비시켜라. 괜히 요란스럽게 마차는 필요 없다."

예정에 없던 그의 외출에 많은 이들이 당혹했으나, 테른도크는 남빛 점박 무늬가 염색된 회색 코트를 걸치고 밖으로 나섰다. 그의 뒤를 따르는 것은 에제트의 몫을 대신해 가장 지근거리에서 그를 보좌하는 낮 늑대 한 명과 시종 한 명이 전부였다.

그가 향한 곳은 뮈아드로의 왕궁에서 사십 분 남짓의 거리에 있는 브류나크의 공저였다.

당연한 말이지만 테른도크의 느닷없는 방문에 브류나크 공저는 발칵 뒤집혔다. 파사드가 자리를 비우는 동안 늘 저택의 주인 노릇을 하며 관리해 온 집사장 할만이 달려 나와 그를 맞았다. 세월에 짓눌린 주름이 눈가와 뺨과 입술 언저리에 깊숙이 패인, 진한 고동색 눈을 가진 덩치 큰 집사장은 테른도크에게 주눅 든 기색 없이 적당히 굴종했다.

"폐하를 뵙습니다."

공저의 정문 정원을 가로질러 저택 입구에 이른 테른도크는 말에서 내려 사위를 둘러보았다. 공저 입구의 꽝꽝 언 바닥은 막 제설 작업을 마치고 너저분했다. 달려온 마구간지기가 테른도크가 타고 온 말의 고삐를 받아 돌아갔다.

할만은 잘 배운 브류나크의 최고령 관리인답게 테른도크가 먼저 입술을 떼길 기다리고 있었다. 테른도크는 브류나크 공저의 꼭대기에 휘날리고 있는 붉은 늑대의 멘테를 쏘아보며 짤막이 방문의 목적을 읊었다.

어릴 적에나 와 보았던 브류나크 공저의 풍경이 낯설게만 느껴졌다. 테른도크의 범처럼 날카로운 벽안이 이내 그를 향해 고개를 조아리는 수십 명의 브류나크 공저의 시녀와 시종인을 스쳤다.

"수국의 정원을 열어라."

할만을 비롯해 그 뒤에 줄지어 고개를 조아리던 이들은 제각각 콧잔등을 찡그리거나, 눈을 크게 뜨거나, 손끝을 꿈틀대거나 하며 당황의 기색을 비쳤다. 할만 역시 짐짓 놀란 얼굴로 고개를 들어 테른도크를 바라보았다. 그러다 테른도크와 눈이 마주치고는 공손히 시선을 내렸다.

브류나크 공저의 수국의 정원은 뮈아드로에서는 꽤나 유명한 곳이었지만 누구도 쉬이 드나들 수 없는 금역이었다.

주인의 허락 없이는 열리지 않는 곳. 그러나 같은 브류나크인 테른도크에게는 예외라 해도 좋을 것이다. 아마도 파사드 역시 어쩔 수 없음을 이해해 줄 터였다.

할만의 명령으로 유리 온실의 문이 열렸다. 뜨뜻한 공기가 흘러나왔다. 테른도크는 온기와 함께 물씬 끼쳐 오는 꽃향기에 살며시 콧잔등을 찡그렸다. 바로 몇 걸음 밖의 세상은 겨울 색깔이 만연한데, 정원 안의 빽빽이 들어찬 좌우의 수국 꽃길은 한여름철처럼 푸르렀다.

"홀로 들어가겠다."

호위 기사들을 뒤로하고 홀로 걷길 택한 것은 시왕에 대한 테른도크의 사소한 배려였다.

누구의 발길도 닿지 않도록 애지중지 가꾸었다는 수국의 정원은 라르칼리아가 남아 있는 곳이었으니, 이 정도 예의는 당연했다. 낮 늑대한 명만이 따르기를 허락받았다. 할만과 다른 공저의 관리인들은 불안한 내색을 지우지 못하고 테른도크의 발뒤축만 힐끔힐끔 흘겼다.

테른도크는 뒤도 돌아보지 않고 안으로 들어갔다.

수국의 정원은 왕궁의 장미 정원과는 자못 다른 푸른빛 일색이었다. 어릴 적 기억보다는 조금 작아 보였지만 대해大海 한복판에 서 있는 것 같은 착각을 안겨 주기에는 충분했다. 하얗게 박힌 돌길을 따라 걷는 내내 테른도크의 표정은 점점 굳어져 갔다.

'거슬린다.'

그다지 크게 의미 두지 않았던 곳이었다.

애초에 원예 따위에 관심이 없기도 했지만 왕궁에는 이곳의 구조를 본 따 축조되어 사시사철 따스한 더 크고 아름다운 장미의 정원이 있었다. 게다가 수국의 정원은 그다지 떳떳하지 못한 곳이다.

'그 초상화' 때문이다.

그리고 오늘 그의 방문도 그 초상화 때문이다.

현존하는 모든 유물 중, 가장 라르칼리아의 색을 짙게 띤 그림. 공교롭게도 이곳에 남은 라르칼리아와 얼마 전 전쟁통에 살해당한 라르크의 수치, 마리포사는 긴밀한 연이 있다.

마리포사의 시조인 페이작 돌레한 마리포사前 라르칼리아가 임종에 이르러 쏟아부었다는 그 저주는 알 만한 이들은 다 아는 이야기였다.

―라르크에게 일러라. 너희에게 배반당한 여왕은 나와 함께 되돌아올 것이다.

테른도크의 걸음은 더 빨라졌다. 가능할 리도 없는 이야기고 악에 받쳤던 변절자가 죽기 전에 남긴 의미 없는 저주임을 잘 알았지만 불쾌한 말이다.

얼마간 정원을 가로질러 안으로 들어간 테른도크는 하얀 벽과 단상을 마주했다. 벽에는 한 장의 천이 걸려 있었는데, 흘러내린 윤곽이 액자를 덮은 것이었다. 멋대로 손을 뻗어 천을 걷어 내던진 테른도크의 입가에 서늘한 미소가 어렸다.

'그래, 그대. 갇혀 있어 답답하였던가?'

천에 덮여 있던 오만한 여자의 눈빛이 그를 똑바로 마주 보고 있었다. 어딘지 불쾌한 눈동자, 푸르스름한 빛이 언뜻 남은 흐린 눈동자였다.

이백여 년간 보존되었다는 마지막 여왕의 마지막 초상화였다. 그밖의 것들은 죄 불타고 소실되어 이것 하나 남았다 하던가.

알레타르 달테의 여왕 상도 두상이 파괴되어 얼굴은 확인할 수 없음이다. 어딘가에 살아남은 마지막 라르칼리아의 잔재가 존재할는지 모르나, 그가 아는 한 유일한 것이다.

'라르칼리아.'

멸망한 왕조의 마지막 여왕의 얼굴을 바라보고 있는 건 제법 기묘한 기분을 들게 했다.

테른도크는 목을 살짝 빼고 뒷짐을 진 채 조금 더 자세히 화폭을 살폈다. 초상화란 으레 과장된 아름다움을 뽐내기에, 객관적으로 초상 속의 여자는 몹시 아름다웠다. 그리고 어딘지 차가운 비웃음을 띤 듯하다.

자세를 바로 하고 팔짱을 낀 테른도크는 삐딱하게 턱을 괴고 초상화 속 여자를 마주 보았다. 괜스레 속이 끓었다.

파사드가 거머쥔 승전은 라르칼리아라는 이름이 그에게 주었던 불쾌감마저 퇴색될 만큼 커다란 것이었다. 전쟁을 승리로 이끌기를 바랐으나, 파사드가 그 정도의 성과를 내리라고는 누구도 기대하지 않았다. 그 '누구도'에는 테른도크 역시 포함되어 있었다.

모르가나의 유일 태자를 죽이다니? 같은 밤, 그들의 수치로 자리매김하고 있던 최고사령관 마리포사를 죽이다니? 마리포사들이 흩어진다니? 이제 모르가나가 마리포사들을 쓸어버리면 라르크로서는 손대지 않고 코 풀 듯 오랜 역사의 오점을 지워 낼 수 있게 되는 것이다.

첫 번째 소식을 들었던 무렵, 테른도크는 궁정의 모든 이들을 모아 두고 흥에 겨운 연회를 열었다. 그리고 술에 취한 채로 거듭 결심했다.

라르칼리아 따위의 유물을 거론하는 것으로 파사드를 깎아내리는 것은, 브류나크의 업적을 깎아내리는 것이므로 그만두겠다. 파사드가 전쟁터에서 벌인 일들은 그저 전쟁터에서 있을 수 있는 실수라 넘기겠다. 물론 못내 계속 마음에 걸릴 터이나, 너그럽게 그와 이야기를 나누어 보아야겠다고.

지금쯤 그들은 종전을 위한 작업을 마무리하고 있을 것이다.

파네세에게 당부하였으니, 적어도 라르크의 외교 대표들은 그가 바란 바의 반 이상은 성취해 올 것이다. 만일 이번 종전 협정에서 성공적으로 적들의 제호를 끌어내리고 나면 대륙의 수많은 왕국들이 라르크를 우러르게 된다. 자연스럽게 브류나크의 위명은 높아질 것이고, 길어진 전쟁으로 불안에 빠져 있던 나라는 안정될 터다.

이건 저편 어딘가에 존재하는 누군가가 내려 준 테른도크를 위한 완벽한 안배였다.

세상은 브류나크가 적들을 꺾었음을 기억할 것이다. 세상은 그 브류나크가 어떤 브류나크인지 구분하는 데 힘 쏟지 않는다. 공가와 왕가 브류나크는 한 뿌리에서 나온 갈라진 줄기이기 때문이다.

하지만 사흘 전, 에제트의 보고가 도착했다.

그 여자가 브류나크의 사생아를 배었다는 소문이 무성히 퍼져 나가고 있습니다. 또한 그 여자가 발로이드의 시신을 소산하려 한 것으로 추측됩니다.

주어가 구체적으로 명시되지 않은 짧은 보고였지만 파사드와 동침을 했다던 그 여자에 관한 것임은 분명했다.

라르칼리아라는 의혹이 쓰인 여자가 파사드의 아이를 배었을지 모른다는 이야기. 분명 테른도크를 불편하게 했다. 그러나 불편함이 전부였다. 그 사실이 테른도크가 느끼던 행복을 뭉갤 수는 없었다.

그러나 이튿날, 연달아 올라온 파사드로부터의 정식 정관은 충분히 테른도크의 참아 눌렀던 노여움을 폭사시켰다. 청원서는 왕명 아래 가문의 결합으로 묶여 있던 라페로바한과의 교우를 끊겠다는 내용이었다.

파혼을 하겠다고 했다.

지금 시류는 테른도크를 위해 완벽했다. 윙거의 운하는 마무리되었고, 갈카마는 물러났으며, 모르가나는 꺾였다. 이제 남은 것은 쌓아 올리는 것뿐이다. 이 완벽한 안배를 또다시 협잡배처럼 서로를 물고 뜯는 귀족들의 중재를 하느라 놓쳐 버릴 수는 없었다. 절대 불가하다.

지금 당장 파사드는 영웅이 되어 더욱 견고히 자신을 지지해야 할 존재였다. 그러므로 파사드는 완벽해야 했다. 파사드 스스로가 완벽을 거부한다 해도 자신이 그리 만들 터였다.

테른도크는 서늘히 굳어진 눈동자로 초상화 속의 여자를 바라보았다. 문득 그런 생각이 들었다.

대체 무슨 생각으로 벨바롯트 파사드 브류나크는 이리 물러 터진 유산을 남긴 것인지. 위대한 시왕의 유일한 흠결이다.

이내 테른도크는 옷에 밴 수국 향을 떨쳐 내듯 망토를 털었다. 시선은 여전히 한 폭의 그림에 맺혀 있었다. 수국의 꽃내음에 잠긴 목소리가 섬뜩한 칼을 품고 읊조렸다.

"도 로바주."

기척 없이 서 있던 낯늑대가 다가와 고두했다. 테른도크는 뒤돌아보지 않고 명했다.

"에제트에게 전해라. 그 계집, 라르칼리아의 참칭을 제한 그 어떤 죄목을 붙여서라도 좋으니 죽여 화근을 잘라라. 브류나크와는 하등 관계없는 죄목으로 즉처를 허한다."

스스로를 라르칼리아라 칭하는 여자라. 에반부르가 그리 믿었다던 여자이며 파사드가 살려 두고 있는 여자였다. 실질적인 처분의 이유로는 충분했다.

"그리고 시신은 수도로 가지고 올라와라. 불경한 이름을 끌어 댔다는 그 계집이 대체 어떤 계집인지 낯짝은 한 번 보아야겠으니."

"사투르가 귀레 브류나크."

즉각 도 로바주는 물러갔다. 테른도크는 느릿하게 몸을 돌렸다.

'그' 파사드를 홀려 내어 파혼을 하겠다는 얼토당토않은 말까지 끌어냈다면, 필경 절색일 터다. 어쩌면 저 초상화 속의 폭군처럼 아름다울는지 모른다. 초상화를 덮고 있던 천이 발끝에 채였다.

테른도크는 그를 지르밟고 밖으로 향했다.

동이 트기도 전부터 라르크 군사들은 대낮처럼 분주히 움직였다. 파사드와 옐크버드, 파네세의 출발만이 문제가 아니었다. 공교롭게도 딱 그날 새벽에 어째서인지 할드로프 백 레작이 갑자기 영지로 돌아가겠다며 채비를 한 것이다.

정전이 아닌 종전까지 주둔지에 함께 머무를 것처럼 굴었던 레작이 인사도 없이 떠나가자 많은 이들은 그의 영지에 무슨 변고가 생긴 것은 아닐까 걱정했다. 그러나 할드로프에 대한 걱정은 잠시였다.

레작이 떠나고 얼마 지나지 않아 파사드의 출발 시간이 다가온 것이다. 군사들은 목전에 닥친 또 다른 커다란 일을 위한 임무에 임하며 레작에 대한 것은 까맣게 잊었다.

시간 관념이 뚜렷한 옐크버드와 달리 파네세는 여유가 넘치는 자였다. 해가 지평선 위로 완전히 떠오르기도 전부터 일찌감치 주둔지 동쪽의 입구에서 대기하던 옐크버드는 파네세가 늦잠을 잤다는 말에 오만상을 쓰며 욕지거리를 중얼거렸다. 꽤나 심한 욕이라 우연찮게 옐크버드의 사나운 말을 들은 군사들이 움찔거렸다.

종전 협정이 있을 뷔센은 이샤스에서 동쪽으로 이틀 남짓의 거리에 위치한 곳으로, 단단한 방비를 해야 했다. 식량과 대체 물품을 인원수에 맞춰 재점검을 하는 데만 두어 시간이 더 걸렸다.

대부분의 기사들은 화려하고 깨끗한 망토를 두르고 있었는데 대부분이 페넌 기사이거나 그 아래 직급이었다. 기존의 지휘 기사들은 전부 주둔지에 남아 있기로 한 것이다. 적의 땅에서 일어날 협정에 오백여 기 정도의 군사만 이끌고 간다는 사실을 불안해하는 이들도 더러 있었다.

하지만 남아 있기로 한 대부분의 군사들은 종전 협정이라는 사실만으로도 몹시 가슴 설레어 했다.

그 와중 두근거림과는 별개로 아직 잠에 취해 제정신이 아닌 이가 있었다. 바로 자칼린이었다.

이른 아침부터 파사드에게 불려 간 자칼린은 잠이 덜 깬 얼굴로 흐느적거렸다. 자칼린이 잘려 나간 귀를 피해 헝클어진 갈색 머리칼을 벅벅 긁으며 중얼거렸다.

"칼란독 경, 벌써 출발하시는…… 벌써 오늘…… 아니, 지금 몇 시랍니까. 해는 뜬 것 같은데……."

파사드는 출발 준비를 마무리하고 있었다. 사령관으로서가 아닌, 브류나크로서의 의장을 갖추고 있었다. 그의 몸에 꼭 맞게 재단된 고급스러운 남색의 성장이 수려했다. 소매와 가슴팍을 따라 허리까지 이어지는 은 수도 보통 정교한 게 아닌지라 휘황하다는 느낌까지 들 정도였다.

조금 그을리긴 했지만 꼭 수도로 돌아와 파사드를 대면할 적의 느낌이 살아나 가슴 한편이 간질거렸다.

"형님, 오랜만에 그런 옷 입으신 거 보니까 진짜 실감이 나네요. 역시 멋지십니다. 역시! 우리 형님!"

자칼린이 엄지를 세워 올리며 익살스럽게 웃었다. 가슴 앞으로 제제하게 늘어진 십여 개의 단추를 하나하나 단단히 채우던 파사드는 성장을 멈추고 작게 미소 지었다.

"정신부터 차려라."

파사드는 거적때기처럼 지저분한 코트를 둘둘 덮고 앉은 자칼린에게 젖은 수건을 하나 던졌다. 자칼린은 파사드의 의자에 엉덩이를 걸치고 앉아 있다가 기민하게 수건을 받아 채 아침 기름이 꼬장꼬장 낀 얼굴을 닦아 냈다. 물수건의 찬기에 정신이 좀 들었다.

"아아, 잘 다녀오세요."

"네게 그런 배웅 인사를 듣겠다 부른 것이 아니다, 자칼린."

"히이암, 그러면요?"

파사드는 소매의 금빛 커프스 단추를 고쳐 만졌다. 그러고는 왼쪽 어깨에서 오른쪽 허리까지 떨어지는 자주색 휘장을 걸치는 것으로 마무리했다. 자칼린이 일어서 휘장의 맺음 부분의 비뚤어진 핀을 고정하는 것을 도왔다.

"도와드리겠습니다. 그놈들한테 얕보이면 안 되니까."

자칼린은 파사드의 옷에 구겨진 자국이 남진 않았는지, 혹 멘테가 헐렁하진 않은지 시종처럼 살폈다.

카라제시가 자상한 미남형이라면 파사드는 남자답게 잘생긴 얼굴이었다. 차림마저 이리도 반듯하니 괜히 제가 더 뿌듯했다. 그런데 별안간의 질문이 자칼린의 뒷목을 후려쳤다.

"자칼린, 카라제시와 에제트가 할드로프 경의 멘테를 발견했다는 사실을 왜 내게 미리 고하지 않았나?"

"아, 그거요. 까먹⋯⋯."

파사드의 옷차림에 집중하고 있던 자칼린이 무심결에 답하다 말고 확 고개를 들었다. 그리곤 화들짝 놀란 방어 자세를 취하며 뒷걸음질했다.

"아니, 아니⋯⋯ 에, 무, 무슨 일 났습니까?"

파사드의 덤덤한 물음에 비해 지나치게 격동적인 반응이었다.

"그, 그때 그란두르전 때문에 워낙 경황이 없는 상황이었고, 그다음엔 제가 빈사 상태……. 그다음엔 까먹어서……. 아니, 아, 제 형님이 뭐라 했습니까?"

철딱서니없이 돌아오는 대꾸에 파사드는 순간 울컥했다.

아니, 어떻게 그런 중차대한 사실을 잊는단 말인가. 하지만 생각해 보면 자칼린 엔도 체사였다. 워낙 산만하니 더 책하는 것도 무의미하게 느껴졌다.

하지만 지난밤, 그는 정말 놀랐다. 그 찰나에 레작이 나타나지 않았다면 파사드는 제가 어떻게 넘겼을지조차 의문이었다.

카라제시가 라르칼리아가 되돌아온다거나 하는 일에 대한 가능성을 아예 뜬구름 잡는 것처럼 생각하고 있어 다행이었다. 제대로 된 해명은 거의 불가능했지만 적장 마리포사의 광증이라 눙쳐 넘기는 것으로 파사드는 모든 답을 대신했다. 어차피 카라제시가 어찌 확인할 수 없는 일일 터이다.

다만 카라제시로부터 그 이야기를 전해 듣고 난 후로 쭉 마음에 걸리는 건 에제트가 지금까지 몹시 조용했다는 사실이다. 카라제시가 그간 경황없이 바빠 내색하지 못했다손 치더라도, 에제트는 브류나크의 종복으로서 그에게 한 번쯤은 물어올 수도 있는 일이었다.

자칼린의 낯 위로 전전긍긍하는 기색이 어리는 것을 바라보던 파사드가 말했다.

"……우선, 그들이 알았다는 사실 자체는 너무 개의할 것 없다. 증명할 길 없는 일이다. 그리고 제대로 보관을 하지 못한 데에는 내 실책이 더 크다. 다만 다음부터는 잊지 말고 미리 알려라."

"아…… 괜, 괜찮겠죠?"

카라제시로부터 이야기를 전해 들은 즉시, 파사드는 오래전에 했어야 할 일이었으나 일말의 미련으로 미뤄 두었던 일을 행했다. 에반부르의 멘테를 태우는 것. 이제 증거는 아무것도 남지 않았다.

파사드는 바람으로 말했다.

"괜찮을 거다."

"……그래서 제 형님은 뭐라고 하셨습니까?"

"카라제시처럼 현실적인 이도 드물지 않나. 그다지 믿는 기색은 아니었지만 그보다는 다른 문제 때문에 더 화를 내더군."

"다른 문제요?"

파사드는 이렇다할 대답 대신 희미한 웃음으로 대신 답한 후, 자칼린의 헝클어진 머리를 손으로 덮어 눌렀다.

"자칼린, 내가 없는 동안 르옌을 잘 돌봐 줘라. 부탁한다."

자칼린은 어쩐지 다정하게 들리는 르옌의 이름에 눈을 끔뻑거렸다. 착각이겠거니 넘기기에는 너무나도 명백히 간질거리는 무언가가 느껴졌다. 관심, 애정 같은 것.

'설마 진짜로 르옌을 좋아하는 건가……?'

저도 모르게 툭 뱉어 물을 뻔했다. 하지만 입 밖에 내는 것만으로도 엘히엔이 불쌍해지는 것 같아 참았다.

"걱정 마십시오. 그 계집애, 어차피 어디다 내놔도 팔팔할 테지만 신경 쓰고 있을게요. 칼란독 경께서는 모르나나 저 멍청이들이나 죄 밟아 주고 오십시오. 좋은 소식 기다릴 테니까. 이제 저도 여기 지겹습니다."

"그럼 돌아가 쉬어라. 배웅은 됐으니."

"아, 정말 자러 가도 됩니까?"

파사드는 대꾸 없이 자칼린을 뒤로한 채 막사 밖으로 나섰다. 이미 준비는 거의 마무리되어 있었다. 자칼린은 두 번 묻는 일도 없이 어영부영 하품을 하며 그의 막사로 되돌아갔다. 종전이고 나발이고 잠이나 좀 자자, 중얼거리며.

　출발은 주둔지 동쪽에서였다. 하지만 파사드는 즉각 출발 대열에 합류하는 대신 낡고 허름한 막사 앞에 섰다. 그는 조금 긴 고민을 이어 가고 있었다.

　빈도는 줄었다 하지만 여전히 르옌은 구토감에 시달리고 있었고, 자다 깨는 일도 빈번해 불면증 처방까지 받고 있다 했다. 아직 이른 새벽이니 자고 있을지도 몰랐다. 혹 들어가 깨우는 것이 실례는 아닐까, 막사 앞에 선 채 한참을 머뭇대던 파사드는 스스로가 긴장하고 있음을 깨닫고 이내 헛웃었다.

　대체 이게 뭐하는 짓인지.

　저편에서는 여전히 종전 협정단의 출발로 인해 분주한 이들로 넘쳐 났다. 그 역시도 이럴 때가 아니었다.

　하지만 걸음을 돌리려는 찰나, 막사의 휘장이 걷혔다. 핏기 없이 야윈 르옌의 얼굴이 배꼼이 튀어나왔다. 무심코 멈춘 파사드가 고개를 돌려 그녀를 바라보았다.

　갑작스레 나타난 르옌을 바라보며 무슨 말을 해야 할지 몰라 말을 고르는 데에도 시간이 꽤 걸렸다. 파사드가 비스듬 고개를 기울이자 르옌의 고개도 따르듯 갸우뚱 기울었다.

　그녀가 먼저 물었다.

　"……들어올 거면 들어오시지, 가만히 서서 뭘 하고 계셨습니까?"

　파사드의 등 뒤로 몇몇 병사들이 바쁜 걸음으로 거수경례를 붙이며 지나쳤다. 빤히 파사드를 올려다보던 르옌은 머리끝부터 발끝까지 화려하게 성장한 파사드의 차림을 위아래로 훑더니 놀리듯 말했다.

　"오늘 차림이 제법이십니다."

마지막 만났을 적, 제가 얼마나 진지하게 고백했는지를 생각하면 저런 장난스러운 태도는 모욕적이기까지 한 일이었다. 그러나 부러 분위기를 무겁게 할 필요는 없었다.

주위를 오가는 군사들을 한 번 돌아본 후, 파사드는 천천히 르옌의 막사 안으로 들어갔다.

막사 안은 후텁지근한 공기로 가득했다. 볼레트 군의관이 오죽이나 신경을 썼는지, 한구석은 온통 장작으로 가득했다.

"지난밤, 잠은 잘 잤나?"

르옌은 어깨의 부상을 의식한 것처럼 어정쩡하게 기지개를 켜며 좁은 걸음으로 막사 한가운데에 놓인 화로에 다가갔다.

"응. 아침부터 이래저래 요란하기에 조금 일찍 깼다만…… 오늘 출발한다고? 협정이 있기 전에 내게 조언이라도 구하려 왔나?"

"……넌 대체 날 어디까지 무능력자로 폄하해야 직성이 풀리겠나."

파사드가 그답지 않게 토라진 투로 중얼거리자 르옌은 작은 새소리처럼 웃었다.

"아니, 이게 왜 무능력의 문제냐. 적어도 너보다는 내가 협정장에 자주 들락날락한 건 사실이잖아. 아닌가? 물론 대부분은 협정이라기엔 거친 자리였지만. 그래도 도움을 줄 수 있는 게 있을지도 모르지 않나."

"……그만두지."

누군가에게 이리 무시당해 본 적이 없다는 것은 둘째 치고, 인정받지 못한다는 게 이토록 불편한 일인지 몰랐다.

아니, 다른 이들이 인정하지 않는 건 그다지 상관이 없었지만 적어도 그녀에게 그리 보이는 건 자존심이 상하는 일이었다. 파사드는 어떻게 설명해도 제 불쾌감이 가시지 않을 것을 알았다. 해서 생각을 환기하기 위해 닷새 만에 방문한 그녀의 막사 안을 천천히 돌아보았다.

여전히 좁고 단조로운 풍경이었다. 탕약이 담겨 있던 나무 잔이 하나 놓여 있고, 베갯머리엔 푸른 나비의 단검이 놓여 있었다. 그 단검이 다소 눈에 밟혔다.

이윽고 파사드의 시선은 탁자 위에 고스란히 남아 있는 먹다 남긴 빵 덩어리에 머물렀다. 왠지 모르게 발이 무거워지는 듯했다. 그러건 말건 르옌은 그를 등진 채 난롯가에 옹송그리고 앉아 중얼거렸다.

"조만간 비가 올 거 같더라. 준비 단단히 하고 가는 게 좋을 거야. ……남부의 겨울도 생각보다는 추운 것 같아."

"알고 있다."

"아, 그리고 좋은 소식이 있는데. 네가 떠나기 전에 말해 줄 수 있게 돼서 다행이다."

"좋은 소식?"

파사드의 반문에 르옌이 빙긋 웃으며 말했다.

"달 손님이 오셨어."

"……."

"그리 찢어 죽일 눈빛 좀 하지 말아 줬으면 하는데. 내가 무슨 자객이 왔다고 한 것도 아니잖나."

"그게 왜 좋은 소식인가?"

"그럼 나쁜 소식인가? 내 말이 맞았잖아."

파사드는 되레 가라앉는 기분을 내색하지 않기 위해 무심한 체 고개를 까딱했다.

"……네가 무슨 생각을 하고 있는지는 모르겠다만, 적어도 내겐 좋은 소식이지. 드디어 볼레트 군의관이 조용해질 테니까. 그리고 이 몸뚱이가 제대로 기능하고 있다는 거니까. 덕분이다."

파사드는 얼마 전의 제 고백이 그녀에게 어느 만치 닿았는지조차도 가늠할 수 없었다. 그녀의 태도는 너무나도 여상해서, 혹시 죄 잊어버린 건 아닐까 싶었다. 어쩌면 아무런 의미가 없다 생각하는 것인지도.

르옌은 침묵이 시루해질 무렵 가뿐히 일어나 그에게 다가와 섰다.

"얼마나 걸릴지는 모르겠지만 당장의 종전에 집중해. 군이 해산하기 전에 도망치거나 하는 일은 없을 테니까."

언제나처럼 적재적소에 말을 던지는 그녀를 잘 알았지만 가장 듣고 싶었던 말임이 틀림이 없다는 건 사실이었다. 파사드는 그녀에게 닿고 싶은 충동을 참아 누르기가 힘들었다.

"르옌."

"……?"

파사드의 다소 용기 없게 뻗어진 팔이 그녀의 가느다란 팔뚝을 감싸 쥐었다. 그리곤 살짝 힘주어 그녀의 가는 몸을 끌어안았다. 따뜻한 온기가 고스란히 배어드는 품에 갇혀 버린 르옌은 기가 막힌다는 듯 웃었다. 그녀가 그를 성의 없이 밀어내려던 찰나였다. 파사드의 한숨 섞인 듯 낮은 목소리가 귓바퀴 새새로 스며들었다.

"……너를."

"날?"

"너를 위한 종전을 가지고 돌아오겠다."

파사드의 팔뚝에 올려져 있던 르옌의 손이 느리게 떨어졌다.

르옌의 입술이 작게 벌어졌다. 가슴이 쩡하니 울렸다. 누군가가 가슴속 깊은 곳 어딘가를 때리는 듯했다.

이를 어쩌나.

이치를 어쩌나.

그녀를 어쩔 줄 모르게 만드는 건, 순박하고 순진하기 그지없는 사내의 진솔함이었다. 얼굴에 열이 오를 지경이다. 이런 스스로가 낯설었다. 한참을 꼼짝도 않고 그에게 안겨 있던 르옌이 힘없이 웃으며 중얼거렸다.

"······이제 보니 제법 계집을 혹하게 하는 법도 알았구나."

손바닥에 쓸리는 파사드의 귀한 옷감의 감촉이 보드라웠다. 무의식적으로 그의 등허리를 다독이듯 두어 번 쓸어내린 르옌이 손을 내렸다.

그녀를 놓아준 파사드가 똑바로 시선을 내려다보았다. 훌쩍 키가 큰 사내에게 굽어 내려지는 기분을 그다지 좋아하지 않았던 것으로 기억하는데, 파사드를 이리 올려다보는 것은 그다지 나쁘지 않았다.

곧 조금 전보다 과감해진 손길이 그녀의 야윈 뺨을 어루만졌다. 그녀의 기분이며 반응 하나하나를 세세히 살피듯 느리게 눈동자를 움직이던 파사드의 고개가 살짝 그녀를 향해 기울었다. 르옌은 피하지 않았다.

기울고 기울어 입술이 맞닿을 듯 가까워진 찰나, 숨결이 맞닿을 무렵, 파사드가 비스듬 고개를 돌리며 긴 숨을 내쉬었다.

그는 그대로 다시 한 번 르옌을 와락 안았다 놓는 것으로 시도에 그친 입맞춤을 대신했다.

파사드가 두르고 있던 붉은 늑대의 멘테를 풀러 르옌의 붕대 감긴 손목 위에 덧감았다. 르옌의 눈동자도 그의 손을 따라 움직였다.

멘테를 감아 주는 파사드의 손가락에는 전에는 본 적 없던 장신구가 걸려 있었다. 두 개의 반지였다. 늑대 문양이 새겨진 붉은 루비가 장식된 두꺼운 반지가 중지에, 쐐기풀 문양이 그려진 기묘한 문양의 회색 반지가 검지에. 그 손을 바라보고 있자니 새삼 이자가 귀족은 귀족이지 싶었다.

어느새 손목에 단단히 감긴 브류나크의 멘테를 깨달은 르옌이 씁쓸히 웃으며 물었다.

"나는 아직 네게 아무 대답도 주지 않았는데, 네 멘테까지 내게 주는 건 과하지 않나?"

"내가 나간 뒤에 풀어도 좋다. 어차피 나는 왕실 멘테를 다시 두르면 될 일이니까."

묵묵히 답한 파사드는 그녀의 손목에 매듭까지 확실히 묶었다. 저렇게까지 말하니 르옌이 할 말이 없었다. 주저하듯 입술을 살짝 벌렸다 다물었다를 반복하던 파사드가 끝내 소리 냈다.

"만일 내가 돌아왔을 때."

"……."

"네 답이 승낙이라면 입맞춤을 청해도 되겠나."

"……."

"그럼 그렇게 알겠다."

그녀의 침묵이 길어질까 두렵기라도 한 것처럼, 파사드는 홱 몸을 돌려 밖으로 나갔다. 그는 언제 찾아왔냐는 듯 금세 그리 사라졌다. 발걸음 소리도 빠르게 멀어졌다.

얼마간 멍청하니 서 있던 르옌은 손목에 감긴 붉은 늑대의 멘테의 매듭을 툭툭 손끝으로 건드려 보았다. 그녀는 뜨끈해진 얼굴에 손부채를 부쳤다.

도무지가 모르겠다. 저 딱딱하던 자에게 저런 구석이 다 있었나.

파사드는 아무래도 그녀가 겪어 본 적 없는 부류의 사내임이 틀림없었다. 하는 행실만으로 보자면 귀족으로서의 자존심이 하늘을 찌를 듯한데, 또 막상 그런 것도 아닌 듯하고. 이성적인 듯한데 대책 없이 벌이는 짓을 보면 그런 것도 아니다.

어디 머리 한구석이 모자란 것도 아닌 이가 저러니 더 가슴이 아팠다.

라르칼리아와 브류나크라는 유서 깊은 역사를 떠나, 평민인 그녀가 브류나크와의 미래를 꿈꾼다는 것이 얼마나 어리석은 일인지는 그녀가 가장 잘 알았다. 파사드도 알고 있을 터다.

그러나 가슴은 흔들거렸고, 전엔 느껴 본 적 없던 기묘한 감정이 그녀를 욱죄었다. 생소하기만 한 그 감정에 르옌은 나약함이라는 이름을 붙이기로 마음먹었다.

얼마 지나지 않아 종전 협정을 위한 사절단의 출발을 알리는 북소리가 둥둥 울기 시작했다. 르옌은 북소리와 박자 맞추어 뛰는 가슴을 꾹꾹 누르며 한숨을 흘려보냈다.

그리고 이튿날 오후부터 비가 내렸다.

빗줄기는 사흘간 굵어졌다 가늘어졌다를 반복했다. 하늘은 며칠째 우중충하기만 해서 미신에 심취한 이들은 이번 협정이 잘못되려는 징조는 아니냐며 헛소리를 늘어놓기도 했다. 군사들의 훈련도 자연히 축소되었다. 바빠진 건 보급 물품들을 관리하는 이들뿐이었다.

대부분의 기사와 군사들이 각자의 막사에 틀어박혀 있는 오후 쉬는 시간, 르옌은 느글거리는 속을 떨치고 있었다. 찰거머리 한 마리와 함께였다.

"진짜 우중충하네. 날도 추운데 비까지 오니까 삭신이 쑤셔서 죽겠다.”

그녀의 침상에 대자로 뻗어 누운 자칼린은 대놓고 게으름을 피우고 있었다.

해가 뜨면 그녀를 찾아와 비비적거리며 빌붙고, 하루 온종일 늘어져 혼잣말을 중얼거리는 것이 벌써 사흘째였다. 상대를 하지 않아도, 몇 마디 답을 해도 당최 귀 기울여 듣는 체도 않았다.

자칼린 저 녀석은 왜 슬금슬금 제 막사에 세를 놓는 건지 모르겠다. 이러니 자꾸만 헛소문이 퍼져 나가는 게 아닌가.

“아, 졸려.”

“네 거처로 돌아가 잠이나 더 자.”

“너 혼자 두기 좀 그렇잖아.”

“왜?”

“넌 겁이 좀 심하게 없어. 남자들로 넘쳐 나는 군 내에서 말이야.”

기가 막혔다. 자칼린은 이내 누워 있는 것도 질린 듯 슬그머니 침대에서 내려와 까치발을 들고 그녀의 등 뒤로 다가왔다. 그러고는 ‘왁!’ 하는 소리를 내며 놀래키는 시늉을 했다. 르옌은 뒤도 돌아보지 않고 손을 들어 허공을 휘휘 저었다.

적당히 좀 귀찮게 하라는 나름의 표시였다. 그러나 더 귀찮은 일만 불러일으키고 말았다.

“근데 네 손목, 그러고 보니 며칠째 감고 있던데. 그거 뭐냐?”

겉옷의 소매 자락이 흘러내리며 보인 손목의 붉은 천에 자칼린이 관심을 보이기 시작한 것이다. 겉보기엔 단순한 붉은 천처럼 보였지만 눈썰미가 조금만 있다면 범상한 물건이 아니란 걸 알아채는 건 어렵지 않을 것이다. 자칼린의 삵 같은 눈동자가 그걸 지나칠 리 없었다.

"좀 보자."

르옌이 손목을 빼며 피했지만 자칼린은 대롱대롱 매달려 끝내 브류나크의 멘테를 활짝 펼쳐 보였다.

질감이며 수놓인 상태며, 무엇 하나 빠지는 데 없는 최상급이었다. 보통 기사에겐 지급되지 않는 것이 분명했다.

"이 귀한 걸 왜 네가 두르고 있냐?"

자칼린은 부들부들한 천을 손바닥에 가두어 비비며 다시 한 번 멘테의 진위 여부를 살폈다. 그의 기억이 맞다면 파사드가 출발하던 날, 자신이 직접 고쳐 둘러 줬던 것과 꼭 같았다. 새 것이라는 말이다.

"어디서 났을 것 같은데."

"파사드 형님이 줬나 보네…… 가 아니라!"

"뭐라는 거냐. 내놔."

"훔쳤냐! 훔쳤다고 해라?"

"훔치긴 뭘 훔쳐. 내놓으라고."

르옌이 사납게 대꾸했다. 이쯤 강경하게 말하면 슬쩍 물러날 법도 했지만 상대가 자칼린이라는 게 패착이었다.

"이 귀한 걸 왜 네가 가지고 있어?"

"내 거니까."

"왜 네 거냐고 그니까. 이게 얼마나 귀한 천으로 만든 멘테인데!"

"왜 내 거냐고 묻는 걸 뭐라 답해야 하나? 한 번 내 거라면 내 거인 거지."

그냥 무시해 버리면 알아서 조용해질 터였다. 그러나 평수아 달리 르옌은 조금 예민했다. 멋대로 풀어 버린 자칼린의 옆통수를 갈겨 버리고 싶은 충동이 들었다. 지금 그의 귀 한쪽이 아직 상처를 입은 채이니, 제대로 된 교육을 해 주기엔 딱 적절해 보였다.

그러나 자칼린은 르옌의 눈빛에 도사린 적대감을 깨닫자마자 몸을 뒤로 물렸다. 하지만 끝까지 멘테를 펄럭거리는 건 잊지 않았다.

"진짜 무슨 사이라도 된 거야?"

"당장 내놓지 않으면……."

"형님쯤 되는 분이 위급해서 필요할 때도 아닌데 가문의 멘테를 줬다는 게 무슨 뜻인지 너 일고는 있나?"

너만 북부인인가. 각 가문의 멘테는 가문의 책임을 수놓은 것이다. 무슨 뜻인지 그녀가 어찌 모르겠나. 다만, 의미의 여부를 떠나 자칼린에게 이런 일을 해명하고 있어야 한다는 게 짜증이 났다.

르옌은 냉큼 손을 뻗어 멘테를 낚아챘다. 그리곤 품 안에 숨기듯 가두었다.

"나도 북부에서 나고 자랐다. 어떤 의미든 네가 관여할 문제는 아니라 보는데. 내놔. 내 거야."

자칼린도 더 아옹다옹하고 싶지 않다는 듯, 멘테를 다시 뺏으려 들지 않고 그녀를 등지고 침상에 드러누워 염소 앓는 소리를 냈다.

"미치겠네에에에."

자칼린과 한 공간에 앉아 어쩔 수 없이 그의 혼잣말들을 귀에 담아야 하는 르옌의 속도 편한 건 아니었다. 자칼린이 저런 반응을 보이는 이유가 짐작이 되기 때문이다. 재상의 딸이라는, 파사드의 정혼자라는 그 아가씨 탓일 터다.

거기까지 생각하던 르옌은 물끄러미 자칼린의 뒤통수를 응시했다.

"파사드가 파혼을 하면 정말 심각해지나? 지금의 브류나크가 그를 감당할 여력이 되나?"

"엑! 야, 너 대체 무슨 헛소리야. 그럴 일 없으니 꿈 깨라? 진짜 부정 타게!"

르옌은 말을 잃었다.

'자칼린은 아직 모르나?'

머릿속이 복잡해지니 다시금 속이 메스꺼워지는 듯해 르옌은 그대로 탁자에 엎드렸다.

마지막 보았던 그의 단정하고 반듯하던 차림이 눈에 선했다. 나쁘지 않은 인물이란 것은 알았지만 그리 차려 입혀 놓으니 누가 보더라도 귀한 피의 주인임이 명백했다. 지금의 그녀와는 다른 세상 속에 사는 자였다.

'언제쯤 돌아오려나.'

그가 돌아오면 어떻게든 길이 갈릴 터이다. 기다려지기도 했고 그러지 않기도 했다.

어쨌건 웬만한 상대가 아닌 제국 모르가나를 상대로 한 종전 협정이니 하루이틀 내에 끝나지는 않을 것이다. 그녀는 별것 아닌 자잘한 약소국과의 조약 체결에서도 길게는 두 달까지 지지부진하게 논의를 끌었던 적도 있었다.

—너를 위한 종전을 가지고 돌아오겠다.

르옌의 눈동자 위로 씁슬한 온기가 어렸다.

다시 생각해도 어딘지 낯간지러운 말이었다. 르옌은 왠지 모르게 허전한 기분에 다시금 파사드가 둘렀던 것처럼 붉은 멘테를 손목에 둘둘 감았다.

그러나 혼자 매듭을 묶는 건 쉽지 않아 조금 고생을 했다. 손끝에 감기는 감촉이 마치 그가 제 손을 쥐었을 때만큼 부드럽다. 웃을 일이 아닌데 자꾸만 빈 웃음이 나고 그가 했던 말 한 마디 한 마디가 바로 지금 귓가에 속삭이는 것처럼 반복되었다.

그만두라 말했다.

파사드는 벨바롯트와 꼭 같게 그녀가 사랑하는 것을 그만두라 청했다. 하지만 벨바롯트의 간언과는 다른 뜻이다. 벨바롯트가 그리 말할 적마다 그의 몰이해에 불만을 느꼈던 것과 달리, 파사드의 간구는 그녀의 가슴 어딘가에 닿는 것이 있었다. 나라를 위해 나라를 사랑하길 그치라 말했던 벨바롯트와 온전한 삶을 위해 나라를 사랑함을 그치라 말하는 파사드는 더는 겹쳐 볼 수 없을 만치 달랐다.

착각인지도. 아마 시절이 다르고 제 입장이 다르기 때문일는지 모른다. 이미 자신이 그때의 그 여자와 온전히 같지 못하기 때문일지 모른다.

기실 그녀라는 사람의 역사를 되짚어 보면, 그녀는 누군가에게 일신을 온전히 의탁한 적이 없었다. 믿음조차 자신이 베푸는 것이었다. 전생의 그녀는 그럴 자격이 되었고 그럴 수 있는 위치였다. 하지만 지금의 그녀는 누군가의 믿음을 갈구하고 의지하지 않으면 마음대로 손가락 하나 까딱하지 못하는 처지다. 페이작의 장례조차 제대로 치르지 못하고 뭉뚱그린 소산에 내던지는 것만이 전부가 아니었나.

파사드는 그런 그녀에게 이 둔영 내에서 유일하게 믿음을 보답해 준 자였다.

언젠가, 파사드라는 한 사람이 개인적인 내막으로 절박했던 적이 있었다.

페이작이 울분으로 소리치며 네가 가진 게 무엇이냐 할 때 르옌은 군을 가지고 싶었다. 그리고 파사드로부터 호의를 얻었을 때 최고사령관을 가지면 군을 가지는 것과 같다는 것을 알아 안도했다.

모든 건 자연스럽게 그리 흘러갔다. 브류나크인 그를 노골적으로 꾀어내려 하지 않았음에도 그녀에겐 그 길뿐이었다. 조금의 가책과 조금의 미안함과 조금의 만족감으로. 그녀는 원래 그런 여자였다.

하지만 전부 라르크를 위한 것.

　파사드는 그런 그녀를 어떤 형태로든 믿어 주었다. 그녀마저도 올 조르가 무너지지 않을지 모른다는 두려움에 사무쳐 있을 때, 오직 파사드만이 인내하라 했다.

　"파사드 형님한테 마음 있더라도 안 된다. 진짜 네가 다쳐. 라페로 바한이 얼마나 지독한 인사인데."

　"……."

　"엘히엔도 엘히엔이지만……."

　엘히엔. 좋은 집안에서 태어나 자연스럽게 그를 거머쥐었다는 어린 아가씨가 조금 더 궁금해졌다.

　정략이야 비일비재한 일이고 실제로 그들 사이에 어떤 감정이 오고 갈는지는 그들만이 알 터다. 그러나 자칼린의 이야기를 들어 보면 그 아가씨는 파사드를 몹시 좋아했다. 파사드 역시 그 아가씨를 아꼈다 했다. 잘 어울리는 쌍이라 했던가.

　해서 파사드라는 사내에 대해 더더욱 모르겠다. 하나 확실한 것은 조금은 질투가 난다는 것이다.

　마지막 교전이 있던 새벽.

　—르옌.

　그가 제 이름을 부른 순간, 그녀는 이 생과 저 생의 경계 선상에서 이 생으로 끌려 들어왔다. 그리고 그녀의 삶의 마지막 동반자이리라 믿었던 페이작의 시신이 불타던 날 밤.

　—너를 책임질 기회를 달라.

　그가 제 곁의 동반자가 되고 싶다며 가시밭길을 자처했다. 마음 도려 나간 공허를 지나 제게 닿은 파사드의 음성은 그녀의 가슴을 죄 흔들고도 남을 만큼 진정했다.

파사드가 제게 속내를 훤히 드러내 놓은 말을 하기 전까지만 해도 그녀는 라르크의 어딘가, 누구도 그녀를 알지 못하는 어딘가에서의 삶을 생각했다.

르옌의 눈동자가 느릿느릿 자칼린의 뒤통수로 향했다. 자칼린은 다시 침상에 널브러져 여전히 알아들을 수 없는 혼잣말을 구시렁대고 있었다.

자칼린은 그녀에게 친근하게 굴지만, 공교롭게도 그녀의 사람은 아니다. 그는 한센의 핏줄이었다. 한센과 더 비슷한 류는 아무래도 자칼린의 형이라는 자였지만 둘 다 신뢰가 깊이 가는 이들은 아니었다. 자칼린은 그녀에게 신뢰를 증명한 바가 없기 때문이다. 믿음이란 증명하는 것이므로.

한참을 빤히 시선을 주던 르옌이 툭 뱉듯 그를 불렀다.

"자칼린."

"왜."

"나랑 몸 섞어 볼 생각이 있나?"

그녀를 등지고 누워 있던 자칼린의 구시렁이 뚝 멎었다. 짧은 침묵이 이어지는가 싶더니 자칼린의 몸이 튕기듯 일어섰다. 절명하는 말 비명 같은 소리와 함께였다.

"억, 야아아! 이, 이, 지금 뭐 하자는 거야? 이 미친!"

자칼린은 귀를 막는 시늉을 하기 위해 양손을 들어 귓가를 눌렀다가 아물지 않은 상처를 건드리고 2차 비명을 질렀다. 으아뜨따따가!

르옌은 탁자에 엎드린 채 미동도 않고 요란법석을 떠는 그를 바라보았다. 웃음기조차 없는 그녀의 표정이 너무 뻔뻔해서 자칼린이 멍청하게 되물었다.

"……아, 내가 잘못 들었나?"

"모른 체하지 마라."

"……."

"왜 그런 얼굴이냐?"

"아, 내가 지금 귀가 하나 모자라서 헛소리가 들리나 보다. 아마, 아마 그런가 보다."

아마, 아마. 자칼린이 눈을 내리며 망충하게 중얼거렸다. 아암, 그렇고말고 귀 한 짝 날아간 지 얼마 되지 않았으니 아직 적응이 필요한 게 분명했다.

"한 짝 없으면 귀머거리가 된다든? 나와 자 볼 생각이 있느냐 물은 게 왜 그리 요란법석을 떨 일이야. 싫으면 싫은 거지."

"으아아아! 안 들려! 안 들려! 이 정신 나간 계집애야. 이 사특한 계집애야! 지금 누굴 유혹해!"

"어떤 계집이 유혹을 이리 대놓고 해?"

"갑자기 대체 무슨 남우세스러운 말이냐!"

"그냥, 궁금해서."

자칼린이 마구 삿대질을 하며 이불을 끌어다 제 몸뚱이를 가려 덮었다. 그의 경기에 가까운 반응에 르옌이 코웃음 치며 고개를 돌렸다.

스스로도 내키지 않는 말을 뱉은 데에는 나름의 이유가 있었다. 자꾸만 파사드의 손길이며 온기와 같은 사소한 것이 뇌리를 떠도는 것이 그와 동침을 한 탓은 아닐까 하는 이유다.

단 하룻밤이었지만, 몸 정이란 꽤 무서운 법이다. 게다가 전쟁터처럼 오늘내일하는 곳에서 서로 살을 비비는 건 더욱 그렇다.

그런 의문이 들 찰나에 자칼린이 눈에 보인 건 그녀의 잘못은 아니었다. 늘어져라 그녀의 막사에 대중없이 널브러져 있던 저놈의 잘못이라고 르옌은 진심으로 그리 생각하고 있었다.

"내게 손 댈 생각 마라!"

"누가 보면 내가 널 겁간이라도 하려든 줄 알겠다."

"어디 겁대가리 없이 그런 말을 툭툭 뱉어 대! 야, 그리고 체사의 아들인 내가 여자한테 겁간이나 당하고 다닐 놈으로 보이냐!"

"이불이나 놓고 말하지?"

"이건 추워서야, 이 지지배야! 이쨌든 너 니한테 흑심 갖지 마라! 천둥벌거숭이가 따로 없네, 진짜."

"네가 할 말이냐?"

"못할 건 뭐냐!"

자칼린은 급기야 아예 침상에서 일어나 팔짝팔짝 뛰었다. 몇 마디 더 했다간 거품이라도 물 기세라 르옌은 어깨를 으쓱하고 말았다. 다시 상상해 보니, 제 뱃속에 자칼린의 씨가 남는다는 것만으로도 거부감이 오소소 돋았다. 파사드를 생각했을 때와는 많이 달랐다.

그래서 더 스스로가 곤혹스러웠다.

"아무튼, 나는 못 들었다! 못 들었어!"

"그냥 농이라고 생각해, 그럼."

"농을 그따위로 하냐! 넌 진짜 정신머리 어딘가가 맛이 가 있어!"

"체사에게 그런 이야길 들으니 영광이네."

르옌은 무심히 대꾸하며 지나보낸 일편의 시간을 상기했다.

파사드에게 안겼던 그 밤은, 일생 잊히려는가 싶었다. 전생의 그녀는 꽤나 경험이 많았다. 의무적으로 한 침실을 썼던 벨바롯트도 있었고, 간간이 제 반쪽 같은 페이작과도 살을 섞곤 했다. 어쩌다 그녀의 눈에 든 사내들 몇과도 짧게 짧게나마 문란하게 지내기도 했다.

그러나 지난 기억을 죄 뒤져 보아도 그날처럼 가슴 사무쳤던 적이 없었다. 결국 쓸데없는 미련이라는 것을 알면서도 계속 반추하지 않을 수 없을 만큼.

그녀의 우울함이 깊어져 갈 무렵, 또 다른 방문객이 휘장 밖에서 소리쳤다.

"안이 떠들썩한데 작은 체사 경 오늘도 예 계셨소? 나도 좀 합석하리다."

"지오타르 경이십니까? 들어오세요!"

자칼린이 자라처럼 고개를 치켜들고 고래고래 소리쳤다. 여기가 네 거처인 줄 아나. 그런 핀잔을 놓으려다 말았다.

셰반이 빗물에 젖은 회색 외투를 털며 들어섰다. 널브러진 것처럼 엎드려 있던 르옌은 허리를 곧게 세우고 그를 바라보았다. 르옌의 얼굴에 희미하게 반가움이 번졌다.

"지오타르 경."

"짬이 나 잠깐 찾아와 봤소. 앉아 있게. 반쪽이 되었다더니 정말 피골이 상접하셨군."

셰반의 손에는 낡고 때 묻은 바구니가 들려 있었다. 새콤달콤한 향기가 나는 것으로 미루어 더운 술이 담겨 있는 게 분명했다.

셰반은 마치 제 안방처럼 드러누워 있는 자칼린을 향해 혀를 찼다.

"쯧, 체사 경은 왜 환자의 침상을 차지하고 드러누웠소?"

"저도 죽었다 깨어난 지 얼마 안 된 환자입니다. 지오타르 경, 그리 섭섭하게 말하시면 울 겁니다."

"환자면 본인 숙소에 처박혀 계시지."

"심심하잖아요."

"뭐, 상관없소. 살 되었네. 체사 경은 나와 술이나 한 잔 나누지. 데투아 경은 속이 좋지 않다 하니 차나 하시게. 회임이 아닌 게 확실하다지? 축하라도 해야지."

셰반은 덥수룩한 수염을 긁으며 바구니를 덮은 천을 걷어 냈다. 막 끓인 술의 연기가 모락모락 피어올랐다.

셰반이 르옌의 건너편에 앉자 자칼린이 술 냄새를 따라 코를 킁킁대며 침상 밖으로 기어 나왔다. 그러고는 르옌과 셰반의 대각에 턱 하고 엉덩이를 붙였다.

"오, 이거, 시친의 말 젖 술입니까?"

"오늘 오전에 시친의 그 제독을 만나고 왔다네. 간 김에 얻어 왔지."

"그 여자는 심심해서 어찌 버틴답니까?"

"그렇잖아도 불만을 잔뜩 들고 왔으니 체사 경까지 이러지 마시게나. 그나저나 데투아 경은 왜 그리 허약해지셨는가. 영 바빠 들러볼 생각을 못 했는데. 내 생명의 은인에게 인사가 늦었군."

"아닙니다."

셰반의 말에 자칼린이 눈을 깜빡거리며 르옌을 바라보았다.

"생명의 은인요?"

같이 포로가 되었다 도망쳤다는 이야기는 들었지만 세세한 것까지는 알지 못했던 터라, 자칼린은 흥미로운 눈빛을 반짝였다. 하지만 셰반은 자칼린 따위는 안중에도 없다는 듯이 '망중한이니 잔이나 나누세나.' 중얼거리며 바구니 안의 뜨거운 물과 눅눅해진 찻잎을 꺼냈다.

지난 며칠 습한 날씨 속에서 찻잎은 이미 고유의 향기를 잃었지만 그래도 못 마실 정도는 아니었다. 애초에 전쟁터 한복판에서 차를 마신다는 것 자체가 사치였다. 르옌은 제 앞에 놓인 찻잔 위로 더운 물이 부어지는 것을 물끄러미 바라보았다. 찻잎이 담뿍 김이 오르는 물에 잠겼다.

셰반이 르옌의 앞으로 잔을 밀며 말했다.

"그나저나 지금쯤 저쪽에선 한창 또 다른 전투를 치르고 있겠군. 그래도 파네세 그자가 보통 범상한 자가 아니고 칼란독 경도 더 일을 키우지 않도록 온 힘을 다하실 테니 낙관적으로 봐도 되겠지. 그러면 정말 끝이구만. 살아 돌아가네그래. 아니 그런가, 데투아 경? 그때 정말 우리 죽는 줄 알았잖은가."

"……그러게 말입니다."

"정말 내 밑으로 들어올 생각 없나? 북부에 검 잡는 여자는 흔치 않고 더군다나 경처럼 기민한 기사는 더더욱 흔치 않지."

반복된 제안이 그의 진심을 내보이는 듯해 르옌은 어색하게 웃었다.

"같은 답 죄송합니다."

"거, 썩히기 아깝단 말이네. 정말 나중에라도 마음이 바뀌면 언제든지 말하게. 그대가 여자라도 차별 없이 후하게 대접해 줄 테니. 뭐 다른 계획이 있다면 더 강요는 않겠네만……."

말끝을 흐리며 르옌을 응시하던 셰반이 불쑥 물었다.

"그런데 그때 내 목숨 구한 것은 데투아 경인데, 왜 경이 내게 고맙다 했는지 아직도 모르겠단 말이지."

"……그냥 담아 두십시오."

"담아 두기엔 빚 같은 느낌이라 영 별로구먼. 찜찜하지 않겠는가?"

르옌은 빙그레 웃었다. 그때 그녀는 누군가의 믿음 한 조각이 아쉽던 때였다. 마지막이 될지도 모르는 급박한 상황 속에서 그녀를 믿어 주고 지켜 준 군사들에게 할 수 있는 포상은 보잘것없는 말 한마디뿐이었음을 구구절절 늘어놓을 필요는 없었다.

"저한테도 알려 주시면 안 됩니까? 따돌려지는 기분인데."

"됐네. 작은 체사 경은 매사 남의 일에 그리 꼬치꼬치 캐묻는 거 아니네."

"거 참, 궁금한 건 못 참는데 어쩝니까. 이건 제 아버지한테 물려받은 겁니다."

"체사 백도 제 호기심이 부친 탓이라며 그리 미꾸라지처럼 빠져나가시더만."

"거 봐요. 제 아버지한테 물려받은 거라니까요?"

자칼린이 낄낄거렸다.

셰반은 자칼린의 앞에 술을 채운 잔을 밀어 주었다. 그러고는 정작 본인은 술병째로 거나하게 들이켰다.

"그럼 앞으로는 어찌할 계획인가?"

"무얼 말하시는 겁니까?"

"해산하고 나면 고향으로 돌아가려는가?"

르옌은 조금 대답을 머뭇거렸다.

이제 그녀는 목적이란 것이 없었다. 사실 페이작을 그리 보내고 난 후에 비로소 제 삶이 끝이 났다 생각했었다. 그러나 지금은 잘 모르겠다.

"……그냥 이제는, 조용히 살고 싶습니다."

자칼린이 툭 뱉듯 중얼거렸다.

"그런데 너 네 친동생한테 죽었다고 했잖아. 다시 고향에 가면 엄청 놀라겠다?"

"아아, 그랬다 들은 것 같군. 죽을지 살지 모를 전쟁터에 남는 것이라 그리 말한 것도 이해는 되네만…… 이리 멀쩡히 살아 끝날 전쟁인 것을. 과하셨네. 그래도 체사 경의 말처럼 살아 돌아온 것을 알면 데투아 경의 가족들이 뛸 듯이 기뻐하겠어."

묵묵히 그들의 이야기를 경청하던 르옌의 입가에 설운 미소가 번졌다.

제스와 세닐라와 시단이 있는 곳. 생각은 해 보았으나, 그녀의 목적이 되진 못했다. 돌아간들 모든 것이 예전 같지 않을 것이다.

시단을 불구로 만들고 에이반을 죽인 전쟁을 일으킨 페이작을 끝내 사랑했던 자신이었다. 지금도 마음 한편으로는 사랑하는 또 다른 동생이었다.

한데 길러 준 그들의 얼굴을 어찌 다시 보나. 언젠가 시간이 더 흘러 참지 못한 그리움에 그들을 찾아가 볼 수도 있을 터이지만, 당장은 아니었다.

르옌이 따뜻한 나무 찻잔을 매만지며 말을 돌렸다.

"글쎄요. 좋은 생각인 듯합니다. 그러면 작은 체사 경께서는 이제 수도로 돌아가면 무얼 하실 겁니까? 지오타르 경께서는?"

"나도 잠깐 수도에서 용무를 보고 원래 살던 고향으로 돌아가 봐야지. 너무 오래 떠나 있었네."

"고향이 어디십니까?"

"나도 갈라부아 쪽일세. 데투아 경과 동향은 아니지만 나름 가깝지. 파시스 쪽일세, 지금 데커가의 주인 되는 분이 외숙이네."

르옌은 익숙한 이름에 조금 놀랐다. 갈라부아의 네 가문 산하의 가문이 십여 개에 이르는데, 셰반이 말한 데커 가문은 그 연합의 축을 이루는 가문 중 하나였다. 갈라부아의 실세라는 말이다.

그녀의 고향인 규젠 마을은 리언 가문의 반달과 윙거령의 중간 즈음에 있어 파시스의 영향권에서는 멀었지만 그래도 몹시 유명한 곳이다.

"그러셨군요."

자칼린이 여상하게 끼어들었다.

"아, 맞다. 지난번에 물자 때문에 발타르 형님과 리언 자작을 만나고 왔을 때 스타반 님 소식 들었는데."

스타반은 데커 가문의 현 주인으로, 셰반이 말한 그의 외숙이었다. 셰반이 반갑게 물었다.

"그걸 왜 이제야 말하나. 잘 지내고 계신다던가?"

"까먹었죠, 뭐. 스타반 님이 아직까지 명줄 붙은 동부 잔당들 때문에 골을 앓고 계신다더라고요. 그놈들도 엔간하죠."

셰반은 혀를 쯧 찼다. 파시스는 갈라부아 연합의 가장 위쪽에 위치한 영지였다. 윈로스가의 거스러미들이 자리 잡은 동부 깊숙한 곳과 가장 가까워 간혹 문제가 생기기도 했다.

그런저런 이야기를 나누던 셰반과 자칼린은 저들이 르옌을 앉혀 놓고 있다는 사실을 깨닫고 조금 머쓱해졌다.

"환자 병문안을 와서 쓸모없는 얘기로 지루하게 했네그려."

현 라르크 정세에 최근 부쩍 관심이 생겼던 터라, 유의 깊게 듣고 있던 르옌이 알아차리고 말했다.

"괜찮습니다."

"아, 그래, 아까 무슨 말 하다 말았지? 돌아가면 뭐 할 거냐고 물어봤지? 나는 진탕 놀아야지."

너는 이미 여기서도 놀고 있지 않나. 그런 핀잔이 목구멍까지 튀어 올라왔다가 셰반의 존재감에 의해 삼켜졌다. 셰반은 기분 좋게 자칼린의 장단을 맞추며 분위기를 띄웠다.

"큰 체사 경은 눈코 뜰 새 없는데, 작은 체사 경은 이리 팔자가 좋다네. 이보게, 작은 체사 경. 지금도 큰 체사 경은 군사 관리 문제로 씨름 중인 걸 알고는 있는가?"

자칼린이 우쭐하듯 다시 술잔을 비워 냈다.

"그러게 누가 여기까지 내려오랍니까. 형님이 사서 고생하는 거지."

"허허이. 그리 말하면 못쓰네."

"지오타르 경, 차남 좋은 게 그거라니까요. 돈은 돈대로 쓸 수 있고, 가문에서도 자유롭게 내버려 두고, 예쁨받고, 저 하고 싶은 거다 해도 돼요. 대체 왜 차남들이 별로라고 말하는지 모르겠다니까. 물론 결혼 상대가 한정된다는 단점은 있지만 결혼이야 마음 가는 대로 해도 되지 않겠습니까? 뭣하면 야반도주라도 하지 뭐. 그런 일이 하루 이틀 있는 것도 아니고."

르옌이 코웃음 쳤다. 차남인 만큼 의무가 없는 건 사실이지만 그런 것치곤 체사의 이름을 팔아먹는 데에 아무런 가책도 없는 녀석이 아닌가.

"참 속 편하시겠습니다."

"게다가 이번엔 죽었다 살아났는데 아버지도 좀 예쁘게 봐주시겠지."

"거 참, 체사 백 흰머리 늘어나는 소리가 예까지 들리는 것 같군."

"아, 지오타르 경, 나중에 저희 아버지 뵈면 제 편 좀 들어 주십시오. 아무래도 형님이 괜한 소릴 하실 것 같단 말입니다?"

자칼린이 탕 소리가 나게 탁자에 잔을 부딪친 후 낄낄거렸다.

"그나저나 시친 녀석들은 말도 제대로 못 타면서 말 젖으로 만든 술 하나는 제대로네요."

"이전에 유목 민족이었다잖은가. 전통이겠지. 몹시 귀한 대접을 받는 술이라더군."

"귀해 봐야죠. 너무 약해요. 나중에 수도에 올라가면 술집이나 순회해야겠네요. 같이 가실래요?"

"아아, 난 됐네. 작은 체사 경이랑 어울리다간 나까지 헤이해지네."

"에이, 너무하신다. 그나저나 이 말 젖 술, 저 녀석들 여분이 더 있답니까? 넘김이 좋은데요."

희끄무레한 그들의 술이 따라지고 비워지는 것을 묵묵히 바라보던 르옌이 불현 떠오른 것처럼 물었다. 한동안 정신이 없어 미처 신경 쓰지 못했던 것이다.

"……아, 그런데 작은 체사 경, 로델라는 어찌 되었습니까?"

막 술잔을 입가로 가져가던 자칼린이 멈칫하며 동작을 그쳤다.

로델라? 방패 말이요? 셰반이 고개를 갸웃하더니 이내 그녀의 하얀 말을 기억해 내곤 피식 웃었다.

"아, 그 말 말이오? 로델라라 이름 붙였다 했었던가."

"네 말?"

자칼린이 뚱한 눈으로 르옌을 흘기며 투덜거렸다. 몸서리를 치는 게, 그날 교전의 기억을 다시 한 번 상기한 모양이었다.

"그 허여멀건 게 그다음에 어떻게 됐더라……."

자칼린은 슬슬 르옌의 눈치를 보기 시작했다. 셰반이 대신 답했다.

"아니 아니, 그 하얀 말이라면 지금 마구간에 있소. 전쟁이 끝난 후에 병사가 발견해 마구간에 넣어 뒀다더군. 그 말이 맞는지는 모르겠지만 하얀 말은 그뿐이었으니."

영락없이 죽었다는 답을 예상하고 있던 르옌의 얼굴이 서서히 밝아졌다.

셰반과 자칼린은 술이 약하다며 그리 구시렁대더니 결국 고주망태가 되어 껄껄 웃으며 어깨동무를 하고 돌아갔다. 그런 그들을 한심하게 바라보던 르옌은 즉각 두툼한 코트를 걸쳐 입고 로델라가 있다는 마구간을 물어물어 찾아갔다.

엉성하게 지어진 천막 안의 마구간에서 하얀 백마를 찾는 건 어렵지 않았다. 백여 마리가 넘는 말들이 우글대는 그곳에서 웅크리고 있던 로델라가 르옌을 알아보고 벌떡 일어나 앞발을 팔짝거린 것이다.

"방패가 되어 주라 하였더니, 도망을 쳐 버리면 어쩌냐."

흥분한 기색을 비치던 까만 눈의 백마는 그녀의 손길에 얌전해졌다. 푸르릉. 로델라의 가는 울음소리가 그녀의 얼굴 가까이서 말 특유의 냄새를 풍겨 왔다.

르옌은 역한 냄새에도 아랑곳 않고 로델라의 뺨을 끌어안았다. 씻기지 못해 지저분해져 청회마처럼 너절한 꼴이었지만 말이란 기사에게는 다리와도 같은 존재였다. 지저분하다 피할 이유가 없었다.

"응? 왜 그랬어. 무서웠어?"

르옌이 다정히 물었다. 사실 어쩌면 당연한지도 모른다. 전쟁터에서는 사령관이나 고관 지휘 기사급이 아니고서야 하얀 말을 타는 경우는 드물었다. 관례이기 때문이 아니라 하얀 말의 기수는 어쩔 수 없이 눈에 띄어 표적이 되기 쉽기 때문이다.

그러다 보니 로델라도 전쟁터에 익숙지 않았을 터다. 훈련받은 군사들도 비일비재하게 도망치는 것이 전장인데, 짐승인 말이라고 두려움을 느끼지 못하라는 법은 없다. 제스가 그랬더라. 말도 사람처럼 감정을 느낀다고.

뭐, 결론적으로 자칼린도 살았고 로델라도 살아 있으니 그걸로 되었다 싶었다.

"그리 무서웠어? 상처가 많이 났구나. 고생시켜 미안해."

다른 마구간의 말들이 그런 것처럼 로델라 역시 곳곳이 상처투성이었다. 그래도 군마지기가 꼼꼼히 살핀 건지 상처엔 약초 빻은 가루가 자잘하게 발려 있었다.

눅눅하게 뭉친 로델라의 갈기를 쓸어내리는 손이 아쉬움으로 가득했다. 이 말은 군이 해산하고 나면 그녀의 것이 아닌, 오롯이 라르크의 소유로서 되돌아가게 될 터다.

르옌은 일정한 속도로 뛰는 로델라의 맥을 느꼈다. 역동하는 생명력이 그녀의 손목 안쪽을 타고 들어와 전신의 온기로 퍼져 나갔다. 고개를 비스듬 기울인 르옌이 소곤거리듯 물었다.

"로델라, 군이 해산할 때 너를 달라고 하면 그가 너를 내게 내줄까? 따라오고 싶으냐?"

파사드는 강요하지 않겠다 했다. 허투루 말하는 법 없는 사내이니 진심일 것이다. 또한 제 선택과 관계없이 스스로가 변치 않을 것이라는 것도 지금의 진심일 것이다.

하지만 사실 그의 삶에 저라는 여자 하나 있어도 없어도 결국 그는 그 나름의 삶을 살게 될 것이다. 사람이란 그래도 살게 되는 법이다. 제가 페이작의 죽음을 등에 업고, 불구가 된 시단에 대한 미안함을 업고, 에이반의 유지를 지키지 못한 가책을 업고도 살아가리라 마음먹은 것처럼.

지금이야 연모인지 죄의식인지 모를 감정에 휩쓸려 저돌적으로 굴지만, 시간이 지나면 그 역시 다시 원래의 길을 찾아갈 터였다. 원래 그런 것이다. 슬픔과 미련의 자리 위로는 또 다른 기억들이 하나하나 덧쌓이고, 후회란 결국 가슴속 잊힌 묘비가 된다.

사람은 그런 식으로 한 번의 삶을 산다.

제게는 이번 생의 후회가, 파사드가 되는지도 모르겠다.

전생에 그녀를 끌어내렸던 브류나크라는 건 그다지 중요치 않다. 어리석었던 것은 그녀 자체를 라르크 삼게 한 자신이었다.

지난 생, 벨바롯트와 페이작은 라르크에 대해 서로 다른 정의를 내렸다. 여왕과 약조한 라르크 수호의 의미를 다하기 위해 벨바롯트는 그녀를 끌어내렸고, 그녀를 라르크 그 자체라 믿은 페이작은 이백여 년이 넘는 시간 동안을 기다려 그녀를 이 현실에 끌어냈다.

그리고 파사드는 그녀를 갈피를 잡지 못하고 떠돌던 그녀를 현실에 붙잡아 준 사람이었다.

르옌은 스스로의 감정을 두렵다 회피하는 류의 사람은 아니었다. 이미 어느 정도 제 마음의 방향은 자각했다. 그녀의 안에서 파사드는 이미 제 사람이었다. 그리고 르옌은 제 것을 귀히 여긴다.

기실 라르크의 내정 문제에 관한 걱정은 일부의 심려에 불과하다.

여왕의 사후 줄이 갈린 귀족들의 세습 당 이야기를 들으며 르옌은 외려 기가 찼다. 내분이 있다 해도 한 세대 안에 정리가 되었어야 할 일이었다. 그것이 고착되어 이백 년 후인 지금까지 전해 내려오고 있다니. 이는 분명 벨바롯트의 실책이었다.

자칼린이 비유하기를 브류나크와 재상 가문의 정략이라는 살얼음 위에 세워 둔 평화라 했다. 아까 전 셰반과 자칼린이 했던 이야기도 조금은 귀에 남았다.

완벽하지 못한 왕권하의, 돌 하나 던지면 그대로 무너질 평화. 그에 어떤 의미가 있나?

애초에 특정한 세도가를 중심으로 한 파벌이 존재한다는 것만으로도 유해하다. 둘 중 하나를 꺾어 버리거나 어느 한쪽을 크게 키우지 않으면 제 살 깎아먹는 짓만 하다 쇠망의 길을 걷게 될 터다. 그런 간사한 평화를 바라지 않아 창칼로 전 북부를 집어 삼켰던 그녀에게는 나약한 왕권이 혐오스러울 정도였다.

물론, 그마저도 제 죄라 한다면 제 죄일 터다.

파사드가 그 위선된 평화에 돌을 던졌다면 이미 벌어진 일이므로 추후의 대책을 생각하는 것이 옳았다.

어쩌면 그녀가 파사드의 손을 잡는다는 건 어렵지 않은 일인지도 모른다. 평민의 신분임이 문제가 될는지도 모르나 그마저도 대수는 아니다.

그녀는 온갖 저주를 코웃음으로 흘려들으며 수많은 북부 국들을 통일해 왔던 이였다. 매일같이 그녀를 죽이겠다 이를 가는 이들 속에서 살아남았다. 그런 그녀에겐 사랑하지 않는 이들의 저주 섞인 악담 따위 상처조차 되지 못한다.

다만 라르칼리아도 아니고 데투아도 아닌 자신이 무얼 바라 파사드에게 돌이킬 수 없는 멍에를 씌우고 그 치열한 삶으로 돌아가야 하나. 그것만이 유일하게 르옌을 옥죄는 것이었다.

파사드가 말한 것처럼 이미 그녀의 시간은 끝이 났다.

큰 눈을 끔뻑이는 로델라의 긴 속눈썹 위로 물기가 어려 있었다. 르옌은 로델라의 까만 눈동자를 빤히 들여다보며 중얼거렸다.

"······로델라, 나는 아직도 놓지 못한 모양이다. 어리석다 어리석다 그리 비웃었는데 정작 내가 가장 어리석으니 이를 어쩌면 좋으냐?"

푸르릉. 로델라는 혀를 날름거리며 그녀의 손등을 핥았다. 뜨겁고 거칠고 축축한 감촉에 르옌이 로델라의 이마를 슥슥 문질렀다.

"참으로 사람 놀라게 하는 사내야. 내게 보답을 바라라고. 그 보답으로 그를 가지라는데 너라면 어쩌겠느냐? 너 하나로도 충분한 보답이 될 테지만 내 욕심 많은 치라 더 욕심을 내려 하면······."

마구간 밖으로 다시 빗줄기가 거세지는 소리가 났다. 약한 빗소리에도 마음이 흔들흔들 대는 건 제 잘못이 아닐 터다.

사람이란 늘 갈등한다. 갈등하는 것은 죄가 아니다. 갈등 끝에 잘못된 행동을 한다면 그때야 비로소 죄라 부를 수 있을 것이다.

"······또 다른 어리석은 짓을 하는 거겠지."

파사드는 아마 끝끝내 그녀를 이해하지 못할 것이다. 그녀가 행한 것은 돌려받을 만한 사랑을 베푼 일이 아니라는 걸. 스스로의 선택에 대한 책임을 다한 것에 불과했다는 것을.

파사드와 엘크버드, 파네세 일행이 떠난 지 여드레째 되던 날이었다.

비는 거의 그쳤으나 날은 개지 않았다. 오매불망 기다리는 종전협정에 관한 소식은 지지부진한 논의가 계속되고 있다는 간헐적인 보고로만 되돌아올 뿐이었다.

다른 이들이야 자칼린이 할 짓이 없어 르옌의 막사에 죽치고 늘어져 있다 생각하지만, 그는 나름대로 고민이 많았다. 여태까지 대놓고 한 번도 그녀를 보호하라는 명령을 내린 적 없던 파사드가 직접 그녀를 보호하라는 명을 내렸다. 아무래도 느낌이 좋지 않았던 탓이다.

카라제시가 워낙 바빠 그 와중에 르옌에 관한 별 명령을 하달할 것 같지는 않지만, 제 형은 라르칼리아라는 그 이름을 떠나 신분 고하의 문제에 몹시 명백한 이였다. 게다가 엘히엔을 자신만큼이나 아낀다. 내색은 않더라도 자칼린 본인보다 생각이 많을 것이다. 아무리 봐도 파사드와 르옌은 서로에게 마음이 있어 보였으니까.

그런데 오늘은 카라제시로부터 이상한 명령이 내려졌다. 한동안 카라제시의 보좌로 바쁘던 스이센이 뜬금없이 그의 감시 역으로 배정받았다는 것이다.

감시? 날? 왜? 자칼린이 최근 하는 일이라고는 먹고 자고 놀며 르옌의 막사에 빌붙어 있는 게 전부였다. 세간의 소문이야 어찌 되었든 간에 카라제시는 이미 르옌과 제 관계가 아무것도 아님을 잘 알고 있었다.

자칼린은 카라제시가 사령부 막사에 있다는 이야기를 듣고 그리로 발길을 돌렸다. 그런데 웬걸. 귀찮게 따라오는 스이센을 걷어차듯 떼어 내고 막사 앞에 이르렀을 무렵이었다. 때에 맞지 않는 큰 목소리가 새어 나왔다.

"굉장히 당황스러운 말입니다."

"갑자기……."

사령부 막사 안에는 카라제시 혼자가 아니었다.

하늘을 올려다본 자칼린은 흐린 구름 뒤에 숨은 해의 위치를 가늠하며 고개를 갸웃했다. 지금은 사령부 회의가 있을 시간이 아니다.

'뭐지?'

그가 휘장을 걷기 위해 손을 뻗으려던 찰나였다. 익숙한 이름이 들려 그는 절로 움직임을 멈출 수밖에 없었다. 자칼린이 휘장의 살짝 벌어진 사이로 귀를 가져다 댔다.

언젠가의 엘히엔의 염려가 무색하지 않게도, 엿듣는 건 자칼린의 취미 중 하나였다.

"르옌 데투아에 대한 문제는 칼란독 경이 돌아오면 이야기를 마무리하지요."

"폐하의 칙명입니다. 우선 임시나마 브류나크가에 적을 올리고 있다 하니 당신께 미리 전달한 것이지, 당신의 명에 따라 움직일 의무는 없습니다."

"하지만 지금 말하는 건 기사의 집행이오. 함부로 할 수는 없는 노릇이외다."

타라옛의 목소리도 들렸다.

집행? 칙명? 임시나마 브류나크에 적을 올린 기사? 이게 대체 무슨 소리란 말인가?

쇠 긁는 듯 소름 끼치는 목소리의 주인공은 에제트인 것이 분명했다.

테레어드도 막사 안에 있었다.

"······폐하의 명이 반드시 이행되어야 함은 알겠습니다만 정식 재판 없이 즉처되는 것은."

"이미 그 여자가 자국 사령관에게 칼을 들이댔다는 이야기가 넘쳐납니다. 그리고 발로이드의 시신을 소산하려 든 데에 대해서도 치죄해야 마땅한 일입니다."

"그게 무슨 말입니까?"

"모르셨습니까? 어쩐지 조용히 넘어가는 듯했다만, 이쯤 되니 칼란독 경의 저의마저 의심스럽습니다. 하지만 그에 대해서는 폐하께 당장 보고해 올리지 않겠습니다."

입을 틀어막은 자칼린이 숨을 꺽 들이켰다.

"소산이라니, 증좌가 있소이까? 사고라 하였는데."

"당시 보초병들이 증언하였습니다."

르옌 그 미친 계집애, 정말 발로이드의 시신에 손을 댔던 건가!

막사 안은 고요해졌다. 자칼린은 한 짝밖에 남지 않은 귀를 더 열심히 쫑긋 세웠다. 한참 후에야 타라옛의 묵직한 목소리가 울렸다.

"······하지만 아무리 그래도 어교를 직접 보이지 않는 한 군사 재판 없이 기사의 처형 집행은 어렵지 싶은데."

"우리 늑대들의 말은 폐하의 어교와 같습니다."

"구두로 된 명은 증명할 수 없는 일 아니오이까? 그대가 충직한 건 알겠다만 명을 날조할 수도 있을 거란 가능성이 존재하는 한 완벽히게 신뢰할 수 없음은 잘 알 터요. 가장 가까운 곳에 있는 브류나크의 명으로 처리되어야 잡음을 피할 수 있는 문제지. 일단 그 여기사에 대해 왜 폐하가 직접 처형 명령을 내리신 건지도, 사실 나는 아직 이해가 가지 않소만."

"아마 이 자리에 계신 큰 체사 경은 아실 겁니다."

"큰 체사 경, 저게 무슨 소리요?"

카라제시로부터 즉각적인 답이 없자 타라옛이 답했다.

"어쨌건 납득할 수 없소."

"제게 중한 것은 당신들을 납득시키는 것이 아니라 어명의 수행입니다."

내내 고요하던 카라제시의 목소리가 울렸다.

"우선, 에제트 당신이 거짓으로 애먼 목숨 죽이라는 말을 하지 않으리란 건 잘 알겠습니다만…… 폐하의 정식 교지가 아닌, 당신 늑대가 보내온 서간에 쓰인 한 구절만으로는 당장의 집행을 승인할 수 없습니다. 왕가에 적을 올린 게 아니라 공가에 적을 올린 기사를 함부로 우리가 처형하는 건 월권입니다. 또한 시태를 고려할 때 지금 우리는 마지막 종전까지 군사들을 보호할 의무가 있습니다. 당장의 처벌이 아니라."

그들의 강경한 반박에 에제트의 단호한 선언이 이어졌다. 목소리가 낮아져 자칼린의 귀도 더욱 바짝 곤두섰다. 심장이 벌렁벌렁 거리고 있었다.

"이레. 종전 협정이 얼마나 걸릴지 모르니 공작 각하를 기다리는 것으로 시일을 낭비하며 왕명을 거역할 수는 없습니다. 이레 안에 돌아오지 않으신다면 저의 재량으로 처결해 그 계집의 시신을 올려 보낼 것입니다. 폐하를 오래 기다리게 하는 것은 불충이란 것을 알아주십시오."

자칼린은 조금이라도 더 자세히 듣기 위해 허리를 숙이다가 그도 모르게 균형을 잃고 휘장 위로 휘청이며 고꾸라졌다. 으아앗! 우당탕탕 하는 소리와 함께 나타난 자칼린을 발견한 어두운 막사 안의 네 쌍의 눈알이 입구로 향했다.

"……체사 경께서는 기본적인 예의의 교육을 다시 받으셔야겠습니다."

자칼린에게 향한 에제트의 일침에 카라제시가 발끈해 눈을 부라렸다.

"지금 내게 하는 말입니까?"

"아니란 것 알지 않으십니까?"

자칼린에게 신경 쓰는 건 에제트와 카라제시뿐이었다. 타라옛은 무슨 생각을 하는지 모를 낯이었고 테레어드는 고개를 숙인 채 몹시 곤혹스런 내색을 감추지 못하고 있었다.

자리에서 일어선 카라제시가 자칼린을 일으켜 세워 그의 뒷덜미를 끌어냈다.

"체사 경, 따라 나와라."

자칼린은 정신이 나갈 것 같았다.

"폐하께서 아셨다."

"아니, 아니, 아니……. 아니…… 하, 하지만."

에제트 저 자식은 언제 테른도크에게 다 일러바쳤단 말인가. 그리고 아무리 생각해도 라르칼리아라는 이름만으로 당장에 르옌이 죽어야 할 이유가 없었다.

세상천지 누가 라르칼리아가 돌아왔다는 말을 믿는단 말인가. 테른도크는 그런 말 몇 마디로 사람을 죽이라 마라 할 위인이 아니었다. 혹 에제트 저 자식이 무슨 모함을 한 것이 아닌가 싶은 의심만 증폭되었다.

"혀, 혀, 형은 그걸 믿어? 라르칼리아라는 그……."

"그걸 믿느냐 묻는 너는 그걸 믿어 내게 묻는 거냐?"

"형도 안 믿잖아. 그런데 왜……."

어째서인지 카라제시는 자칼린보다 두 걸음 남짓 앞서 걸으며 한 숨만 내쉬고 있었다. 자칼린이 종종걸음으로 카라제시를 뒤따르며 급하게 말했다.

"형, 말도 안 된다고. 지금 저 자식이 르옌을 죽이라는 명이 내려 왔다고 하는 거야?"

"그래."

"'그래'라니. 르옌이 이번 전쟁에 기여한 게 얼만데!"

카라제시가 걸음을 멈추고 자칼린의 귓가를 덮은 윈 머리칼을 긁 어 올렸다. 그러고는 싸늘히 중얼거렸다.

"발로이드의 시선을 끌기엔 네가 제격이라며 너를 미끼로 내던진 계집을 얼마나 더 옹호할 생각이냐?"

"결과를 보라고, 결과를! 그건 작전의 일부였고, 어차피 누군가 했 어야 할 일이고, 그게 나였을 뿐이라고! 내가 자원한 거지 그게 왜 르옌 탓인데!"

"수상한 게 너무 많다. 라르칼리아니 뭐니 하는 이름이 거론된 것 자체가 말이 안 된다고 생각은 하지만 마리포사가 그 계집에게 그리 집착했다는 것부터 시작해 깨끗하게 볼 수만은 없는 여자다."

냉담하게 대꾸한 카라제시는 종전에 대한 기대감으로 평온히 들 뜬 주둔지의 풍경을 둘러보았다. 비쭉비쭉 솟은 비에 젖은 막사들이 보이고, 그 너머로는 울타리와 수레들이 즐비해 있었다. 이제 곧 이 런 풍경과도 작별일 터다. 마음 편히 떠날 수 있을 일이었다.

그 여자만 없었더라면.

이미 개인적인 사감이 더해져 있는 건 사실이었다. 하지만 그녀에 대한 부정적인 생각이 팽배하더라도 파사드가 자리를 비운 지금 시기에 벌어진 이 사태는 결코 달갑지 않았다.

카라제시가 씹어뱉듯 말하며 다시 성큼성큼 걸음을 옮겼다.

"⋯⋯이게 다 칼란독이 멍청한 짓을 해서 그렇다. 그 녀석이라고 폐하가 이리 나올 거라 생각했겠냐마는."

자칼린이 종종 뒤따르며 울듯이 말했다.

"무슨 소리야. 르옌이 죽을 이유가 없다고. 그 멘테에 관한 것도 폐하께⋯⋯."

"그 말도 안 되는 소리를 폐하가 믿는다고 생각하냐?"

"그럼 직접 왕명이 내려올 만한 일이 뭐가 있는데?"

"칼란독이 파혼장을 올려 보냈다."

자칼린의 크게 벌어졌던 입이 얼어붙었다.

"⋯⋯뭐? 뭔 장?"

"폐하와 아무런 상의도 없이 파혼장을 올려 보내고 파혼 의사를 정관했다는 말이다. 그 상황에 라르칼리아가 대수겠냐. 폐하께서도 그런 말도 안 되는 소리를 믿을 리 없다. 지금 그 계집 기사를 죽이라는 명이 떨어진 건 파사드가 대책 없이 올려 보낸 그 파혼장 때문이겠지. 에제트가 파사드의 군 내부 생활을 어디까지 고해 바친 것인지 모르니 짐작할 수 있는 건 그 정도다. 도대체가. 왜 파사드는 저질러 놓은 일의 수습을 내게 떠맡기고 왜 자리에 없는 거냐. 빌어먹을."

가라제시 억시 노기에 차 있었다. 그게 아니라면 상스러운 말을 저리 씹어뱉듯 중얼댈 리가 없었다.

'엄마야.'

자칼린이 몸을 움츠리며 신음했다.

"파, 파, 파혼?"

"……."

"엘히엔이랑? 형님이 엘히엔이랑 파혼을 한다고?"

너무 급작스런 말인지라 자칼린은 제가 꿈이라도 꾸는가 싶었다. 따라 걷던 섯도 멈추고 한참을 카라제시의 뒤통수만 바라보던 자칼린이 황급히 달려가 물었다.

"이, 일단 그, 그, 그래도 파사드 형이 올 때까지는 별일 없는 거지? 저거 마음대로 하게 안 둘 거지?"

"폐하의 직속 칙명을 받는 저자를? 이레 안에 파사드가 되돌아온다면 그 이후의 일은 파사드 녀석이 어떻게든 할 테지만, 그 이상은 무리야."

"금, 금방 오겠지? 벌써 협정이 시작된 지 엿새가 넘었을 것 아냐. 사람을…… 아니."

"지금 칼란독은 국가의 중대사를 마무리하기 위해 떠났다. 이 상황에 그에게 이런 자질구레한 것까지 짐을 더할 생각이냐. 파사드가 없을 때 이런 명이 내려온 게 어찌 생각하면 더 나을……."

카라제시를 돌려 세운 자칼린이 이를 꽉 물고 물었다.

"……형은 르옌이 죽었으면 좋겠어? 걔가 여태까지 얼마나 많은 공을 세웠는지 알아?"

"그만큼 많은 죄도 지었음도 안다."

"형."

"철부지처럼 굴지 마라. 지금 나를 조른다 해도 폐하의 준명은 모든 명령의 우위에 있다는 걸 모르지 않잖아."

카라제시는 참담한 상황에 어쩔 바를 모르는 제 동생의 얼굴을 바라보았다. 애티를 완전히 벗은 동생이지만 그에겐 여전히 어리기만 한 동생이었다.

사실 카라제시는 자칼린이 왜 그리도 그 여자에게 신경을 쓰는지조차도 의문이었다. 지켜본 바, 정말 자칼린은 그 여자와 일말의 관계도 없었다. 심지어 그 여자는 자칼린이 사경을 헤맬 적조차도 제 몸 추스르기에 바빠 저를 대신해 미끼가 되었던 자칼린을 찾아온 일도 없었던 계집이었다.

"르옌한테 그러면 안 돼."

부러 자칼린과 의 상하는 일을 하고 싶지 않았던지라 카라제시는 침묵으로 대신 답했다.

"형, 나 지금 진지하게 말하는 거야. 그거 안 돼."

"폐하께서 바라신다."

"불공평해."

"애초에 칼란독에게 검을 들이댄 순간 끝장났을 계집이었다. 그 계집도 알고 있었을 테니 오래 산 거지."

카라제시는 냉정하게 답하면서도 사이사이 한숨을 내쉬었다. 그에게도 이 상황은 너무나 불편했다. 명목이야 충분하다. 잡음이 난다 해도 곧 덮어 버리면 잊힐 일이었다.

카라제시가 일단 에제트를 막아 보려 했던 것은 파사드가 그 여자로 기인해 어디까지 행동할 것인지가 가늠되지 않아서였다.

여자가 죽어 북부로 되돌아가는 것이 능사가 아니다. 자칼린은 당장 르옌이라는 여기사의 목숨에만 연연하는 듯하지만 카라제시에게는 그보다 큰 그림을 보아야 할 의무가 있었다.

파사드는 이미 라페로바한 사저에까지 파혼장을 보냈다 했다. 이미 라페로바한과 틀어진 상황이라는 말이다. 그런데 이번 일로 테른도크와도 척을 지게 되면 파사드의 입지가 몹시 위험해질 것이다.

"형, 정말 그건 아니다. 진짜, 우린 르옌한테 그러면 안 돼."

앵무새처럼 반복하는 자칼린의 낯 위로 사나운 기미가 떠오르기 시작했다. 카라제시는 씁쓸하게 입술을 다물었다.

어찌 제 철없는 동생까지 저리 홀려 놓았나. 파사드를 그리 헤집어 놓았나. 분명 대단하고 군사들이 감화될 만한 놀라운 여자라는 데에는 동의한다. 그러나 라르크에 도움이 되지 않는다면 잘라 내야 할 싹일 뿐인 것도 사실이다.

호소력 짙은 눈빛으로 그를 바라보는 자칼린을 마주 보며, 카라제시는 비로소 파사드가 자파인 후에게 올려 보냈다는 서신의 내용이 궁금해졌다.

"형, 폐하께 우리가 다시 상소를 올리면."

"이름 없는 늑대들이 어떻게 그렇게 빠르게 서로 연통을 주고받는지는 모르겠지만 우리가 보낸 사람은 보름 후에나 뮈아드로에 당도할 거고, 그때쯤엔 이미 그 계집의 시체도 북부로 올라가고 있을 거다."

"형, 형아야! 진짜 이건 아니야!"

"폐하의 준명에 기다 아니다를 논하지 마라. 그냥 그 안에 파사드가 돌아오길 바라고 있어."

"만, 만약에 저 수상쩍은 자식이 말을 바꾸면 어쩔 건데? 그 안에 돌아오지 않으면?"

에제트가 내건 이레라는 시간은 아마도 마지노선일 것이다. 에제트 역시도 브류나크에 적을 둔 기사를 상부의 허가 없이 처결하는 것이 후일 분란이 될 것임을 감안한 것일 터다. 그러나 자칼린의 말처럼 그 속 모를 자의 인내가 바닥나지 않으리란 보장도 없었다.

"모르지. 자칼린, 넌 앞으로 그 계집과 가까이 지내지 마라. 베로

한 경과 함께 움직여라. 멋대로 굴지 말고. 아무리 사태가 잘 풀려도 좋은 꼴은 못 볼 게 뻔하니까. 그 여자의 상황이 이상해진 데엔 나도 유감이다. 하지만 엘히엔을 생각해. 지금 칼란독의 대책 없는 고집 때문에 가장 상처받을 게 엘히엔이니까."

자칼린은 왈칵 속에서 무언가 치미는 걸 느꼈다.

엘히엔? 당연히 불쌍하다. 하지만 어째서 엘히엔만 상처를 받나. 르옌은 이미 발로이드까지 스스로의 손으로 죽이고 시달리는 중이었다.

처음부터 끝까지 라르크. 라르크. 그렇게 지독하게 애국을 실천하는 이를 본 적이 없었다. 하지만 카라제시는 그걸 모른다. 테른도크도 그를 모른다.

하지만 어떻게 설명을 하려 해도 그녀가 라르칼리아임을, 발로이드가 페이작 돌레한 라르칼리아의 후생이었음을 증명하지 않고서는 카라제시를 설득하는 건 무리였다. 또한 카라제시는 라르크 북부 귀족 사회에 정확히 스스로의 위치를 알고 자리 잡은 체사가의 장남이었다. 카라제시가 르옌을 감싸 줄 거란 희망은 기대도 않는 편이 나았다.

카라제시와 헤어져 즉시 르옌의 막사로 향하려던 자칼린은 그녀의 막사 앞에 여태까진 없던 보초가 선 것을 발견하고 기함했다. 말라 죽어 가는 계집 하나를 가두고 지키는 이가 여섯이나 되었다. 자칼린의 출입마저 통제되었다.

낌새가 이상한 걸 눈치챈 르옌이 막사 안에서 무슨 일인 거냐 묻는 소리가 났지만, 이 건은 큰 소리로 주고받을 만한 이야기가 아니었다. 결국 자칼린은 속만 끓이며 제 막사로 되돌아왔다. 자칼린의 막사 앞에는 스이센이 기다리고 있었다.

낯설게만 느껴지는 막사 안의 차가운 공기 속에, 화로에 불을 지피는 것도 잊었다.

"저, 작은 체사 경, 큰 체사 경께서……."

"알아. 나가 있어."

냉담히 대꾸한 자칼린은 그의 막사에 웅크리고 앉았다.

세상이 빙빙 도는 것 같다. 멍청하니 허공을 바라보던 자칼린은 그제야 제 심장이 이보다 빠를 수 없이 뛰고 있다는 걸 알았다.

'진짜 죽일 거다.'

그 자명한 사실을 인정해 버린 순간, 천 길 벼랑 아래로 뚝 떨어지는 기분이 들어 소스라쳤다.

'어떡하지.'

테른도크가 그리 나올 줄 몰랐을 터이니 파사드를 책할 수도 없지만 이 일은 정말로 벌어져선 안 될 일이었다. 파혼도, 이런 말도 안 되는 준명도.

'어떡하냐.'

하지만 라르크의 독존으로부터 내려온 왕명이었다.

테른도크가 그녀의 죽음을 바란다면 죽을 것이다. 당장의 르옌은 그를 거스를 힘이 없었다. 도망친다 해도 그녀는 스스로를 보호할 만한 방패가 없었다. 그리고 카라제시는 파사드의 귀환을 기다리라 했지만, 파사드가 돌아온다 해도 칙명을 거부하는 것은 불가능했다.

또한 라르크의 군사들이 왕명을 거역하는 데에 동원되는 것도 있을 수 없는 일이었다. 이건 파사드를 불러와도 깨끗이 해결될 문제가 아니었다. 오히려 파사드가 오면 더 커질 가능성이 높은 문제였다.

'미치겠네.'

자칼린은 바윗덩이가 내려앉은 것 같은 고개를 지탱하기 위해 얼굴을 손바닥에 기댔다.

질주라도 한 듯이 심장은 가쁘게 뛰는데, 도무지 가라앉힐 방법이 없어 숨이 막힐 지경이었다. 토할 것 같다.

파사드는 당분간 별일이 없으리라 말했지만, 그건 그가 에제트라는 존재를 간과한 결과였다. 아니, 사실 한동안 별말이 없어 유야무야 넘어가려는가 생각한 건 자칼린도 마찬가지였다.

라르칼리아가 거론된 데에는 카라제시의 반응이 정상이었다. 상징적으로 테른도크의 반감을 살 수 있는 문제지만 아무런 재판 없이 처형당할 일까지는 아니다. 분명히.

'죽게 내버려 두는 것밖에 방도가 없다고?'

카라제시의 말을 반추하던 자칼린이 고개를 휘휘 저었다. 그러나 그리 둔다면 두고두고 후회할 터였다.

자칼린은 이미 르옌을 포기했던 적이 있었다. 그들이 이른을 점령했을 당시 르옌이 열흘 넘게 실종되었던 때다.

날은 추웠고, 많은 이들이 죽었다. 당연한 말이지만 르옌도 죽었을 거라고 생각했다. 자칼린은 늘 포기가 빨랐으므로 여느 때와 다름없이 포기했다.

그런데 그녀는 포기하지 않고 죽은 덴작의 시체까지 끌고 되돌아왔다. 덕분에 그들과 함께 싸웠던 덴작은 충분한 존경과 경의 속에서 화장되었다. 살아 돌아온 그녀를 보고 기쁨도 컸지만 스스로가 그리도 부끄러웠던 적이 없었다. 슬프지도 않은데 눈물이 날 만큼 부끄러웠다. 사실을 잘 모르는 르옌은 언제나처럼 그를 대해 죄책감이 조금 덜어졌지만 그렇다고 제 기억이 아예 사라진 건 아니었다.

스이센이 자칼린의 상태가 이상하단 것을 깨달은 건지 넌짓 휘장을 걷고 물어 왔다.

"저, 작은 체사 경. 괜찮으십니까? 감시라고는 했지만 그냥 호위처럼 여기시면 됩니다. 너무 불편해하시면서 우울해하시면 저도 서운합⋯⋯."

"⋯⋯아니 아니, 베로한 경 괜찮아. 경 때문에 그런 거 아니야."

"그러면 식사는⋯⋯."

"안 먹어."

나직이 스이센을 축객한 자칼린의 눈에 서늘한 기미가 어렸다. 생각, 생각해야 했다.

카라제시의 말처럼 파사드는 지금 라르크의 중대사를 처리하기 위해 떠난 상황이다. 그가 내팽개치고 달려올 상황을 만드는 건 불가능했다. 뮈아드로까지의 거리가 있으니 당장 테른도크의 마음을 돌리는 건 불가능하다. 에제트를 감금하거나 명령 이행 불능 상태로 만드는 것 역시 반역으로 치부될 수 있다. 자칫 체사에까지 누를 끼치게 된다.

끼니조차 거르고 그리 머리를 쥐어뜯는 새, 어느덧 밤이 되었다.

찰나였다.

'어.'

무언가 번개처럼 뇌리를 스쳐 갔다.

'어!'

자칼린이 벌떡 일어서며 손뼉을 쳤다. 그러다 곧 표정을 굳히며 신음했다.

'으으, 으으. 아닌데, 이게 아닌데.'

말도 안 되는 일이다. 하지만 한 번 그쪽으로 생각의 물꼬가 트이니 그 길밖에 없어 보였다. 불확실성이 큰 도박은 좋지 않다. 하지만 때때로 도박을 하지 않으면 얻을 수 없는 것도 있다는 걸 그는 아버지인 루가크로부터 배워 왔다.

뻐근하게 밀려오는 피로를 쫓기 위해 얼굴을 한 번 부빈 자칼린이 재게 막사를 나섰다. 막사 앞에 피운 화로 옆에 앉아 꾸벅꾸벅 졸던 스이센이 번쩍 일어나 따라 일어서려 했다.

"사령부 막사로 갈 거니까 따라오지 마. 넌 내 막사 안에서 몸이나 녹이고 있어."

"예? 하지만……."

"약속할게. 정말 사령부 막사로 갈 거야."

"지금 아무도 없을 텐데요."

없어야지.

의미심장하게 중얼거린 자칼린은 스이센이 끝까지 따라붙으려는 것을 떨쳐 냈다. 카라제시로부터는 따라다니라는 명을 받고, 자칼린으로부터는 따라오지 말라는 명을 하루에도 수십 차례 들으니 스이센은 그저 죽상이었다.

'내 팔자야.'

"금방 올게."

자칼린은 달려가듯 사령부 막사 안으로 들어갔다.

등불도 꺼진 어둠이 그를 반겼다. 자칼린은 횃불로 등불을 밝힌 후, 이리저리 널브러진 갖가지 보고서들을 살폈다. 함부로 뒤진다는 데에 죄책감은 전혀 없었다. 망가지면 망가지는 대로 던지고 떨어뜨리고를 반복하는 사이 막사 안은 금세 난장판이 되었다.

자칼린은 가장 최근에 들어온 보고서부터 시작해 근방 동태에 관해 일목 요연히 정리된 쓰다 만 양피지까지 샅샅이 훑었다. 빠르게 양피지 위의 글귀들을 훑어 내리던 그의 눈이 특정 몇 장의 보고서에 머물렀다. 그는 즉시 고개를 돌려 길게 펼쳐진 지도를 꼼꼼히 살폈다.

얼마 후 사령부 막사를 빠져나온 자칼린이 하늘을 올려다보았다. 달의 위치가 가늠되지 않아 방향도 모호했다. 시커먼 하늘이 다시금 비라도 쏟아부을 듯했지만 지금 당장은 시간이 금보다 귀했다.

막사로 돌아온 자칼린은 검 한 자루와 두꺼운 코트를 고쳐 입은 후 짤막이 통보했다.

"베로한 경, 나 잠깐 외출한다."

"예?"

"형님한테는 비밀로 해. 아니면 내일 아침쯤에 내가 산책이라도 나갔다고 하든가."

자칼린의 명령에 당혹을 금치 못하고 멍청한 표정을 짓던 스이센이 막 반대 의사를 표하려는 찰나였다. 자칼린이 스이센을 한 번 꽉 끌어안으며 속삭였다.

"칼란독 경이 따로 내게 내린 명령이 있어서."

"아니, 대체 무슨 명령인데."

"모르는 게 더 좋을걸. 내 공범 되기 싫으면."

스이센이 붙잡을 새라 자칼린은 마구간을 향해 달려갔다. 그리고 가장 날래 보이는 말에 올라 군마지기의 허락도 없이 울타리 너머로 뛰어 나갔다.

"체사 경! 도련님!"

"금방 올 거야!"

오죽 급했던지 스이센이 황망하게 그를 부르며 뒤따랐다. 그러나 자칼린의 뒤도 돌아보지 않는 맹렬한 주행을 뒤따를 수가 없었다.

자칼린이 탄 말은 서쪽으로, 서쪽으로 달려 내려갔다.

자칼린은 죽음의 냄새가 도처에 풍기는 땅을 디뎠다. 근방은 교전이라도 일어났던 것처럼 처리되지 않은 시체가 즐비해 있었다.

검 하나만 달랑 매고 달려 나온 것에 덜컥 겁이 나 속도를 늦추고 주위를 살피던 자칼린은 지독한 갈등 끝에 다시 말의 속력에 날카로운 박차를 가했다. 별도리 없지 않나. 이미 지근거리였다. 이제와 돌아갈 수도 없는 노릇이었다.

꺼먼 구름에 가려진 새벽 달이 어슴푸레한 빛을 흘릴 무렵, 자칼린은 음침하게 선 한 요새의 성벽 앞에 이르렀다.

보이는 거라곤 괴기스럽게 선 성벽과 겨우 식별 가능할 만한 거리에 널브러진 썩어 가는 시체들뿐이었다. 인기척도 없었다. 정말 이곳에 그놈들이 도사리고 있나. 있다면 도대체 이 시체들은 어떻게 된 건가.

빗방울이 다시 툭 툭 떨어지기 시작했다. 빗줄기는 곧 굵어졌다. 쏴아아아. 음산한 성벽의 풍경을 바라보는 자칼린의 연둣빛 눈동자에 비장함이 어렸다.

소기의 목적을 고려하면 녹록한 상황은 아니었다. 그래도 가능성이 전혀 없진 않을 터다. 레이리스가 라르크 군에 억류되어 있을 적, 노골적으로 보였던 일련의 반응들이 일반적인 마리포사들의 반응이라 생각한다면.

쉬지 잃고 날려와 피곤해 죽을 것 같았지만 우는소리 할 새도 없었다.

음산한 성벽에서 멀찍이 멈춰선 자칼린은 횃불 하나 없는 성벽 위인기척을 주시했다. 언뜻 사람 그림자가 움직이는 것도 같았다.

"거기 있냐!"

거기 있냐!

……있냐!

……냐!

그의 음성이 빗줄기를 뚫고 메아리쳤다. 그러나 메아리가 그치고 나니 다시 빗소리.

혹시나 들리지 않는 건 아닐까. 혹시 라르크 사령부로 올라왔던 저들의 동선에 대한 보고서에 오류가 있었던 건 아닐까 싶어, 또 그도 아니라면 이미 저들이 떠난 건가 싶어 다른 의미로 가슴이 덜컹했다.

이런 빗속을 달려오며 끼니조차 제대로 챙기지 못했다. 몸이 얼어붙을 것 같았다. 자칫하다간 도처에 널려 있는 구역질 나는 남부인들의 시체와 함께 사이좋게 남부 거름이 될지도 모른다. 조금 더 다가가 볼까 했지만 혹 있을지 모를 궁수의 사정거리 안으로 들어가는 것만큼은 피하고 싶었다.

자칼린은 다시 한 번 온 힘을 다해 소리쳤다.

"있으면 대답해라, 이 끈 떨어진 놈들아!"

목청이 터지도록 외쳤다. 그 고함마저 흩어질 무렵이었다.

곧 성벽 위로 노오란 횃불들이 하나둘씩 점화되기 시작했다. 자칼린은 본능적으로 말고삐를 당겨 슬금슬금 거리를 벌렸다.

성벽 위가 환해졌다. 아무도 없는 줄 알았던 성벽 위로 검은 망토를 두른 수십 명의 기사들이 사열한 것이 보였다. 일부는 활을 쥐고 있었다. 사정거리 안으로 들어가지 않기를 잘했다며 자칼린은 내심 자찬했다. 슉. 예고도 없이 날아온 몇 발의 화살이 그와 그다지 거리가 멀지 않은 곳에 떨어져 박혔다.

자칼린이 고삐를 놓은 양 손바닥을 내보이며 다시 소리쳤다.

"공격하지 마! 나는 라르크의 체사, 노란노루 루가크의 아들 자칼린 엔도다! 얘기 좀 하자!"

화살들은 꾸준히 끊임없이 그를 향해 쏘아졌다. 반겨 줄 거라고는 생각지 않았지만 이렇게 시작부터 활질을 해 댈 줄이야. 눈앞이 깜깜해 자칼린은 조금 더 거리를 벌리며 서성거렸다.

그때였다. 성벽 저 끄트머리에서 비교적 작은 체구의 한 기사가 타박타박 걸어 나오는 게 보였다. 그들끼리 무언가 이야기를 나누는 듯 잠깐 공격이 멈추었다.

검은 코트를 머리까지 덮어쓴 체구가 작은 기사는 성벽의 툭 튀어나온 난간을 딛고 올라가 섰다. 정확히 자칼린이 보이는 각도에서. 잘 보이지 않았지만 이상하게 가슴이 콩닥거리는 기분이었다.

자칼린은 본능처럼 확신했다. 어떻게 알아보았는지는 스스로도 모를 일이나, 저도 모르게 반가운 음성이 튀어나왔다.

"야! 오랜만이다! 잠깐 얘기 좀 하자!"

북부인은 꺼져라! 듣다 못한 한 사내의 사나운 고함이 우레처럼 울렸다. 때마침 번쩍하고 번개가 쳤다. 회색 눈동자의 여자가 무심히 자칼린을 내려다보고 있었다.

쏴아아아. 쏟아지는 빗물 속에 오연히 선 자태는 포로로 사로잡혀 있었을 적과 크게 다르지 않았다. 자칼린의 경박한 알은 체에도 한참을 침묵하던 레이리스가 손을 들어 보였다.

마리포사의 군사들은 핀사체와 굼과 같은 이샤스 서부 일대의 요새 안에 웅크리고 있었다.

시태의 급류 속에서 그들에게 주어진 선택지가 몇 가지나 있었겠는가. 황태자를 시해한 마리포사가의 군사로 처형당하거나, 아니면 그들을 박살 내고 도망쳐 뭉치거나. 둘 중 하나를 택해야 한다면 당연히 후자를 택할 수밖에.

처음에는 반만도 되지 않는 수였으나, 발로이드가 라인하르를 시해했다는 소문이 퍼진 직후부터 뿔뿔이 흩어져 있던 여타 지역의 파병 군사들도 합류하기 시작해 지금은 수가 부쩍 늘었다. 서너 개의 요새 안에 숨어 있는 결집한 그들의 수는 칠천 여를 넘겼다. 더 모여들 것이다.

마리포사의 군대가 즉각 이가 산맥을 넘어 본령인 라곳에시스로 향하지 않은 건 소수로 움직이는 무리들을 보호하기 위해서였다. 아무리 강하고 악명이 높다고는 해도 소수로 움직이는 건 안전하지 않았다. 최대한 많은 규모의 군사들을 모으기 위해 그들이 이곳에 웅크린 지도 어느덧 한 달을 넘겼다.

다행스러운 것은 방대한 남부의 영토 특성상, 제국령 영주들은 대부분 이기적이고 제 땅의 안위에만 집착한다는 것이다. 라르크와의 종전 협정이 시작되며 교전 금지령까지 떨어졌으니, 마리포사들이 먼저 그네들의 영지를 침략하기 전에는 섣불리 공격하지 않으리라는 것이 사실이었다.

그리고 지금 군집되어 있는 제국의 검은 사자 군은 두려워할 정도는 아니었다. 마지막 전투에서 라르크 군에 의해 반수에 이르도록 학살당했다는 걸 생각하면 근 시일 내에 재정비해서 그들을 공격하지는 못할 것이었다.

물론, 그러한 사실만 믿고 있을 수는 없는 일이다.

극도로 불안정한 마리포사들은 우호적으로 교류해 왔던 요충지의 영주들이 허튼 생각을 할까 하는 기우를 근절하기 위해, 철저히 그들을 따르겠다 맹세한 이들까지 전부 베어 죽였다. 때문에 돌 성벽 안에서 살아남은 군사란 오직 푸른 나비의 문장을 든 이들뿐이었다.

성벽 앞은 증명되지 않은 신분의 군사들과 영지 안에서 그들에게 반발한 자들의 시체가 썩어 들어가는 냄새가 진동했다. 비까지 내려 악취는 더욱 심했다.

지금 발로이드의 빈자리를 대신해 마리포사 기사단을 대신 통솔하는 에일라는 핀사체와 굼 사이에 위치한 요새 그론에 있었다. 에일라를 제하고도 이번 사건을 가장 가까이서 겪은 기존의 마리포사 기사단원들이 그론에 뭉쳐 있었다.

보다 먼 로란다의 남부 지역인 프셰에 배치되어 있었던 테네스 경이 그론에 도착한 것은 바로 이틀 전이었다.

에일라와 뒤늦게 합류한 테네스 경은 성채 지하의 허름한 창고에서 지난 오후 마무리하지 못한 나머지 계획을 정리하는 중이었다. 그들의 주위로는 각양각색의 긴 코트를 걸친 십수 명의 마리포사 기사단원들이 선 시체처럼 음침히 사열해 있다.

훤칠한 장신을 자랑하는 테네스 경은 한 손엔 횃불을 든 채 한 손으로는 지도 위를 짚고 있었다. 깎지 못한 수염이 거칠거칠하게 턱을 덮었다. 삼십 대 후반의 사내는 그 덕에 십 년은 더 늙어 보였다. 횃불에 비치는 그의 선명한 갈색 눈동자가 피로하게 빛났다.

"단장, 보름까지만 기다렸다 이가 너머로 출발하는 게 어떻겠습니까. 그때까지 도착하지 못하는 녀석들은 죽은 목숨이라 봐도 무방할 테니 더 미련 두지 말고."

테네스 경은 마리포사의 근거지인 라곳에시스 내에서도 거칠다 소문이 난 기사였다. 그는 그동안 남부 소수민족들과 접경한 프셰에 파병을 나가 장기 체류를 하고 있었는데, 보름쯤 전 들린 경악스러운 소식에 다 내팽개치고 죽을 둥 살 둥 달려 합류한 것이다.

"하지만 우천은 우리가 예상하지 않았던 변칙이다. 한 명이라도 더 데리고 가야 하는 상황이야."

에일라는 군사 하나하나에 미련을 버리지 못하고 있었다. 테네스 경이 사나운 표정으로 그녀를 향해 시선을 쏘았다.

"단장, 그러다 우리는 도망칠 기회조차 잃을 거라고."

"라곳에시스로 이르는 길에 개인으로 우리를 막을 수 있는 영지는 라아와 비비오타밖에 없으니 그곳을 피해 산맥 중간 입구까지만 이르면 산다. 우리는 소기의 목적대로 최대한 이곳에서 버텨 일만을 채운 후에 이동한다."

"그만큼 더 살아남기나 할 수 있을 것같습니까? 지금 상황이 어찌 돌아가고 있는데."

"나는 분명 확실히 말했다."

"누가 지금 전투가 두려워 이럽니까? 개죽음당하는 것처럼 어이없는 일이 없다고 말하는 거 아냐. 몇십 명, 몇백 명 더 구해 가는 것, 당연한 말이지요. 하지만 상황을 보라고, 좀! 저놈들이 종전인지 나발인지 하고 나면 이쪽 목부터 날아갈 상황 아니냐는 말입니다. 지금?"

"그렇겠지."

"그렇겠지? 지금 남 일 말하고 앉았습니까? 아무리 이 근방이 남부 무지렁이들의 집합소라고 해도, 여기서 닷새도 안걸리는 곳에 용병 도시 에블룸이 있고, 저놈들이 작정하고 징집하기 시작하면 우리 군의 배는 거든할 텐데? 그리고 내가 있던 프셰까지 이 소식이 들었는데, 서부의 다른 영주들도 이미 알겠지. 우리가 이렇게 지지부진하게 눌러앉은 사이에 서부에서 무슨 일이 벌어질지 모르는 겁니다. 서부 그 잡놈들이 몇이나 달려들어도 박살 낼 자신이 있지만, 그것도 우리가 되돌아간 후의 일이지. 위스번스 님은 뭐라셨습니까?"

"귀환까지는 내게 전부 일임하였다. 나는 이미 결정했으니 더 떠들지 마."

지난밤에도 같은 문제로 시작되어 격앙되고 결국 흐지부지 끝났던 논쟁이었다. 테네스 경이 가슴을 쾅쾅 때렸다.

"아니 옌장할. 단장은 주군의 보좌 하나 제대로 못해서 일을 이 꼴로 만들고도 상황 파악을……!"

"말이 지나칩니다, 테네스 경."

듣다 못한 룩서르 경이 나섰다. 테네스 경의 분노는 금세 룩서르 경에게 이르렀다.

"네가 릴의 후임이라고 한 건 들었다만, 빠져라. 네놈도 똑같다. 상관 하나 제대로 보필하지도 못한 새끼가."

"저를 어떻게 모욕하셔도 상관없습니다. 하지만 지금 우리가 이만큼이나 살아남은 것은 전부 단장 덕분입니다. 테네스 경께서 한 번만 더 단장께 도를 넘는 언사나 행동을 하신다면 이렇게 말로만 경고하진 않을 겁니다. 그때는 저와 먼저 결투를 하게 되실 겁니다."

열이 뻗친 테네스 경이 성큼성큼 걸어 룩서르 경의 어깨를 밀쳤다.

"이 시건방진 새끼가 보자 보자 하니까? 길거리 굴러다닐 부랑배들에게나 먹힐 소릴 내게 지껄여?"

"……치신 겁니까?"

룩서르까지 날을 세우자 분위기가 더욱 살벌해진 것은 당연했다. 그만하십시오, 그만. 다른 기사들까지 나서서 만류했다.

에일라의 시선이 묵묵히 대각으로 기울었다. 횃불 빛이 흔들렸다.

에일라의 얼굴에 그려진 오래된 흉터 위로 괴기한 그림자가 일렁였다. 반대쪽 뺨에는 시퍼런 멍이 얼룩덜룩했다. 뺨의 멍은, 에일라와 합류한 날 밤 테네스 경이 다짜고짜 날린 따귀의 흔적이었다. 있어선 안 될 하극상이지만 당시 에일라는 말없이 받아들였다.

발로이드를 잃은 것은 그녀의 보좌가 모자랐기 때문이 분명했던 것이다.

쏴아아아.

설상가상 빗소리까지 우울하게 깔리기 시작했다.

홱 룩서르 경을 밀치고 돌아와 에일라의 앞에 선 테네스 경이 말했다.

"주군이었으면 그렇게 했을 것 같습니까? 단장?"

"……."

"주군이었으면."

에일라가 갈라진 음성으로 대화를 매듭했다.

"주군이었으면 지금 우리가 이런 논쟁을 벌이는 걸 용납지 않으셨겠지."

발로이드를 떠올리는 것만으로도 가슴이 싸하게 쓸려 내려갔다. 발로이드라면 어떻게 했을까. 발로이드는 무슨 생각으로 황태자 라인하르트를 죽였나. 마리포사들은 제국 황실에 충성스러운 이들이 아니었지만 황태자 시해는 다른 문제였다. 그가 무슨 계획으로 황태자를……. 거기까지 생각하던 에일라의 눈시울이 붉어졌다.

발로이드는 그저 닳고 닳은 괴로움에 그 자리에서 무너진 것과 진배없었다. 계획이 어디 있었겠나.

테네스 경이 충혈된 에일라의 눈동자를 노려보다 욕지거리 섞인 한숨을 내쉬었다.

"젠장, 씨이발, 단장도 지금 대책 없는 거구만. 주군께서 그다음에 어찌하시려고 황태자를 죽인 건지 계획도 모르겠다 하고, 주군을 지키지도 못했다 하고, 주군의 시신도 회수하지 못했다 하고, 대체 지금 이게 뭐냐고……!"

에일라가 서늘히 소리 냈다.

"테네스 경."

"뭐!"

"이미 나는 네 망행을 한 번 묵인했다. 하지만 앞으로는 언사에 주의하는 게 좋을 거다. 혀를 뜯어내 버리기 전에."

짧은 침묵이 감돌았다. 테네스 경이 곧 기세를 죽여 말했다.

"나 좋자고 그러는 말이 아니잖습니까. 지금 이렇게 우왕좌왕하는 게 답답하니까……."

그들은 늘 발로이드 한 사람의 명령만 받아 왔다. 발로이드가 하나하나 다 지시하니 따르기만 하면 되었다. 스스로 판단하여 자율적으로 움직이는 데에는 익숙하지 않았다. 비어 버린 최정상 지휘권자의 자리에 바로 아래 기사들이 어쩌지 못하는 것도 당연했다. 슬픔과는 별개로.

에일라도 수긍했다.

"……분명, 지금은 이리 우리끼리 다툴 때가 아니다. 그래도 조금씩 정리를 해 나가면 될 거다."

속속 임시 거점 요새로 모여드는 마리포사들로부터 제보가 있었다. 이미 도망치지 못해 살해당했다 전해진 그들 전우만 수백여 명이었다. 교전 중의 전사가 아닌, 제국군으로부터의 학살이다.

자랑스럽지도 않은 전우의 죽음. 또 언제 그들에게 닥칠지 모를 위협이 산재한 이 땅에서 곤두서지 않은 이는 없을 터다.

테네스 경이 말했다.

"잠깐 단장과 따로 이야기를 하고 싶으니 나가들 있어."

슬슬 에일라의 눈치를 보던 기사들은 그녀가 별말이 없자 하나둘 빠져나갔다. 삐걱거리는 경첩 소리와 함께 문이 닫혔다.

테네스경은 낡은 탁자에 기대어 앉아 어깨를 축 늘어뜨렸다.

"단장, 저놈들이 있어 이야기하지 못했지만 라곳에시스로 돌아간 후에는 얼마나 더 버틸 수 있을 것 같습니까?"

"모른다."

에일라는 덤덤히 답했다.

그나마 다행스러운 것은 서부 영지들 중 군사적으로 그들을 위협할 만한 이들은 거의 없었다. 기껏해야 서쪽 해안가에 위치한 소왕국 바인과 제국령 다난, 남서쪽의 괴뢰국 살리가르가 전부였다.

애초에 제국령의 귀족들은 애국심으로 넘쳐 나는 이들이 아니었지만, 산맥 이서 지역은 특히나 개인주의적인 성향이 강했다. 황제의 입김이 닿지 않는 것이 그 이유였다. 테네스 경의 한시라도 빨리 라곳에시스로 돌아가 재정비를 해야 한다는 주장도 이해했다.

테네스 경이 씁쓸하게 중얼거렸다.

"하긴, 지금 뭔 상황인지도 모르겠는데 우리가 어찌 될지 알면 예언자지. 이 꼴이 되었으니 이제 프셰 계집들 치맛자락 들추며 놀고먹는 것도 끝장이 났군."

"경박한 농담도 때와 장소를 가리라 했다."

"하루이틀인가. 그보다 ……주군은, 그 여자는?"

테네스 경은 올조르가 무너졌다는 이야기를 들었을 적 공교롭게도 라곳에시스에 잠깐 되돌아가 있었다.

모두가 놀랐다. 역사상 전무후무한 북부의 여왕도 넘지 못했다던

철옹의 요새가 하룻밤 사이에 무너졌다는 건 그만큼 큰 사건이었다.

발로이드는 그 소식을 듣고, 전에 없이 기뻐하였다. 올조르가 위치해 있을 동북쪽을 바라보며 그가 뇌까렸던 한마디는 의미심장해서 더 기억에 남았다.

—누님, 과연 누님이다.

테네스 경은 어찌 그리 확신하느냐 묻지도 못했다.

"이거 묻는 게 더 미친 소리 같기는 한데, 그 여자는? 진짜 살아 있는 사람이긴 했던 겁니까? 주군은⋯⋯."

"⋯⋯그분은."

"그분은?"

"내가 뭐라 말할 수 있는 분이 아니다. 그 이야기는 그만두자."

어쩐지 에일라는 화가 난 투였다.

"⋯⋯아직도 안 믿깁니다. 진짜 적장 브류나크에게 주군이 돌아가셨다고?"

"적장이 베어 죽였다는 소문이 있지만 자세한 건 모른다. 시신은 이미 황제의 손에 넘어갔을 테니 잊어라."

발로이드는 그들이 봐 온 세상 어느 기사보다도 강한 기사였다. 몇십 년간 검을 잡은 기사들도 그의 앞에서는 어린아이에 불과했다.

그런데 고작 서른 살 남짓이라는 사내에게 죽었다니.

"정말 주군은 끝까지 종잡을 수 없는 수수께끼만 남겨 주시는군. 원래 그리 속 모를 분이신 거야 너도 알고 나도 알고 릴도 알았지만 그리 쉽게 갈 줄 알았나⋯⋯."

"십지 잃있다."

"뭐가."

"그분의 끝은 쉽지 않았어."

에일라가 입술을 깨물며 고개를 돌렸다.

아직도 선하다. 마지막까지 그가 놓지 못했던 그 여자를 바라보던 일그러진 얼굴이 눈에 박혔다.

눈물 보이는 것을 수치라 말하던 그를 절규하게 하던 여자. 그의 폐하라, 그의 여왕이라. 하지만 진정 그러했나. 여자는 일생 그녀를 바라 온 발로이드를 쉽게도 등졌다. 속이고 밀어내고 상처 입히며.

에일라가 화제를 전환했다.

"우선, 우리는 이가 산맥을 우회하지 않고 그대로 넘어갈 테니 만반의 준비가 요하다. 굼과 핀사체에 전달하는 것은 룩서르 경에게 맡길 생각이다. 이곳의 완비는 테네스 경, 네게 일임해도 되겠나."

"당장 떠나자 해도 문제없이 할 자신 있습니다. 나 알잖습니까, 나."

슬며시 가슴을 펴 보이는 테네스 경을 한심하단 듯 바라보던 에일라가 무시하고 말했다.

"출발 일시는 조금 더 상황을 지켜보고 결정할 거다. 그리고 오늘과 같은 안건으로 기사들 앞에서 논쟁을 벌이는 건 좋지 않으니 따로 할 말이 있다면 내게 개인적으로……."

그때였다. 벌컥 문이 열리며 비에 흠뻑 젖은 레이리스가 쳐들어왔다.

성벽 감시 임무를 맡고 있던 레이리스였다. 예고 없는 방문에 에일라와 테네스 경이 동시에 긴장해 고개를 돌렸다.

"엘폰느 경, 무슨 일 있나?"

곧 수십 개의 걸음 소리가 나더니 레이리스의 등 뒤로 또 다른 기사단원들이 줄줄이 모습을 드러냈다. 그들 사이엔 흙탕물을 흠뻑 뒤집어쓴 낯선 코트 차림의 청년이 서 있었다. 곧 청년은 내동댕이쳐지듯 에일라와 테네스 경의 면전에 널브러졌다.

"아이, 진짜 이것들이."

낯선 북부 억양의 불만이 짧게 울렸다. 레이리스가 차게 언 손을 움직였다.

'북부의 기사입니다.'

"아, 진짜 여기까지 끌고 들어오냐."

북부의 기사. 에일라와 테네스 경이 거의 동시에 검을 움켜쥐었다. 스릉! 소리가 울리며 잘 벼려진 검이 동시에 자칼린의 목덜미에 겨누어졌다.

"엘폰느 경, 습격인가?"

자칼린은 당장이라도 제 목을 찌를 듯한 검 끝을 피해 목을 최대한 젖혀 올리며 양 손바닥을 들어 보였다.

"워워! 잠깐, 잠깐. 잠깐 얘기부터 좀 합시다! 할 말이 있어 왔습니다! 습격이면 혼자 왔겠습니까. 나도 내 목 아까운 줄은 아는 놈인데! 아니, 내 목숨이 세상에서 제일 아까운 놈인데!"

몰골이 말이 아니었지만 못 알아볼 정도는 아니었다. 에일라의 눈빛이 서늘히 굳어졌다. 팔딱거리는 물고기처럼 생기가 넘치는 이 기사는 여러 번 전장에서 본 기억이 있었다. 사신이라는 명목으로 포로 교환 당시 그들을 찾아왔던 명백한 라르크의 고관 기사였다.

"체사."

북부인이라는 말에 단박에 살의를 드러낸 테네스 경이 검을 휘휘 돌리며 그에게 다가갔다.

"……이 쓰레기 같은 북부 새끼가. 겁대가리 없이."

에일라가 막지 않았다면 테네스 경은 단박에 자칼린을 베어 버렸을 것이다.

"왜 막습니까."

"라르크의 체사다. 지금 당장 건드려 좋을 것 없는 놈이다."

"체사라면 주군이 경멸해 마지않던 그놈들 아냐? 제국의 태자까지 죽인 마당에 북부 귀족 한두 명 더 족친다고 뭐가 달라진다고."

"잠깐, 아니 잠깐, 아니이이, 잠깐만! 나 진짜 할 말 있어 온 겁니다! 다른 속셈 하나 없이! 야, 레이리스 네가 좀 설명해!"

자칼린이 허겁지겁 말을 꺼냈다. 자칼린을 열없이 내려다보던 레이리스가 베네스 경의 검을 발끝으로 밀어내며 그들 사이를 가로막았다.

'그 여자의 이야기, 합니다.'

표정을 일그러뜨리고 살의를 참아 누르던 에일라가 일갈했다.

"우린 북부의 기사와 할 말 따위 없다. 데려가 가둬라."

자칼린은 그대로 다시 들쳐 업히다시피 끌려가 눈 깜짝할 새 옥에 갇혔다.

'어? 어? 이게 아닌데?'

쏴아아. 빗소리만 더욱 커졌다.

자칼린 엔도 체사가 사라졌다.

라르크의 주둔지는 쑥대밭이 되었다. 카라제시는 온 군사를 풀어 주둔지 근방을 수색하라 명했지만, 이틀이 지나도록 그는 그림자도 보이지 않았다. 국경을 넘어 라르크로 되돌아간 것은 아니냐는 의견까지 대두될 정도로 깨끗이 사라진 것이다. 그 바람에 스이센만 입장이 곤란해져 명령 불이행으로 문초를 받았다.

하지만 테레어드에게 체사의 말썽꾸러기 도련님은 그다지 중요하지 않았다. 지난 이틀을 맨 정신으로 깨어 있게 한 문제는 다른 것이다.

에제트가 르옌 데투아를 죽이겠다 선언했다. 테레어드는 공교롭게도 그 이야기가 거론될 무렵 사령부 막사에 한 자리를 차지하고 있던 네 명 중 한 명이었다.

르옌 데투아. 그 여자는 끊임없이 주둔지 내의 문제의 중심이 되고 있었다. 사실 처음에는 내심 기쁜 마음도 있었다. 그녀가 파사드의 판단력을 흐리고 있음이 분명했기 때문이다. 그렇지만 그 문제와 별개로 시간이 지날수록 테레어드의 가슴은 불안으로 뛰었다.

테레어드는 파사드를 존경하고 오래도록 공가 브뤼나크를 따라온 기사였다.

파사드의 인간적인 행복과 평안을 바라는 마음도 북부의 규율만큼이나 확고히 그의 안에 자리 잡고 있었다. 비록 발로이드의 시신 소각 문제에 있어 그에게 많이 실망했지만, 파사드가 진정 그를 기리기 때문은 아닐 것이었다.

대체 르옌 데투아가 왜 그리 발로이드의 시신에 집착했는지는 모르겠지만 파사드가 그런 선택을 할 만큼, 어떤 의미에서건 르옌 데투아는 의미가 있는 여자라는 말이었다. 그 여자가 파사드 스스로 그러한 결정을 내리도록 어떤 방식으로든 영향을 주는 여자라면, 적어도 그도 모르는 새 죽게 둘 수는 없는 일이었다.

하지만 카라제시는 라르크에 충성하는 전형적인 북부 귀족으로서 그의 역할에 충실했다. 그 자리에 있던 모든 기사들에게 권고한 것이다. 중요한 시점이니 파사드에게 이 사실을 부러 보고하지 말라고. 말이야 권고지 지금 그의 위치가 주둔지 최고사령관과 다름없다는 것을 생각하면 명령이었다.

시간이 지날수록 테레어드의 불안은 커져 갔다. 임무도 손에 잡히지 않았다. 텅 빈 제 주인의 막사를 서성이며 테레어드는 아파 오는 관자놀이를 지그시 눌렀다.

이걸 어쩐단 말인가. 이걸 어찌하면 좋나. 이 중차대한 종전을 앞
둔 와중에 그에게 이 사실을 알리는 것이 옳은가. 옳지 않은가.

개인에 대한 충성과 나라에 대한 충성이 격렬한 갈등을 일으켰다.

만일 남은 닷새 안에 파사드가 되돌아온다면 걱정이 없을 터다.
그러나 아무리 생각해도 이번 협정의 안건 중 제호에 관한 것이 포
함된 만큼 단기간 내에 마무리가 될 것 같지가 않았다. 에제트가 선
포한 이레는 눈 깜짝할 새면 지나갈 시간이었다.

결국 사흘째 되던 날 새벽, 테레어드는 채비했다. 자칼린이 사라진
직후 마구간의 출입이 엄격히 통제되고 있었지만 테레어드를 모르는
이는 없었다. 파사드에게 전할 보고가 있어 종전 협정장이 있는 뷔센
으로 가겠다는 그의 통보에 군마지기는 말 한 필을 내어 왔다.

테레어드는 이틀을 달려 성벽 없는 이샤스 동부의 작은 도시—도
시라기에는 마을에 가까운— 뷔센에 이르렀다. 그의 등장에 대기 중
이던 기사들이 환대했다. 그러나 회포를 풀 시간도 없었다. 테레어
드는 즉시 종전 협정 회의가 이어지고 있다는 뷔센의 한 사원으로
달려갔다.

하지만 엄격한 훈련을 받은 모르가나의 경비들이 입구를 막아섰다.

"회의가 진행되는 중엔 아무도 들어갈 수 없습니다."

테레어드는 그 앞에서 기다렸다.

비가 내리고 그치기를 반복했다. 조금만 더 기다리면 나오시겠지,
조금만 더 기다리면. 그러는 사이 또다시 이틀이라는 시간이 흘렀
다. 쪽지를 전해 달라 하려 했으나, 제대로 닿을지조차 모를 상황이
었다.

파사드에게 사실을 전달하지 못해 전전긍긍하는 와중에도 시간은 흘러갔다.

◈‧◈

햇빛 한 점 들어오지 않는 감옥은 어두컴컴했다. 고약한 냄새가 코를 마비시킬 지경이었다.

똑 똑. 물방울 떨어지는 소리가 괴괴하게 울려 퍼졌다. 옥살에 들러붙은 매미처럼 매달린 자칼린은 보초조차 없는 적막한 감옥 저편의 복도를 노려보았다.

이번엔 그가 위험을 자처한 것이긴 하지만 마리포사 놈들과 엮이면 제대로 되는 일이 없다. 똥밭에 구르질 않나, 귀가 잘려 나가질 않나, 이번엔 입장이 바뀌어 제가 포로가 되었다. 다행스럽게도—다행스러운 건진 모르겠지만— 마리포사들은 그에게 당장 위해를 가할 만큼의 관심도 보이지 않고 있었다.

사실 이 요새 안까지 들어오는 건 그의 계획에 없던 일이었다.

성벽을 사이에 두고 간단히 용건만 마무리하려던 그를 무시한 마리포사 기사단원들이 뛰쳐나와 때아닌 추격전까지 벌이게 된 것이 문제였다. 그의 말은 이미 지쳐 있었으나 도망치지 못할 정도는 아니었다.

그러나 갑자기 후미에서 나타난 또 다른 푸른 나비의 멘테를 단 적들. 아마도 다른 지역에서 올라오고 있었던 것이 분명한, 행장을 꾸린 차림의 기사 무리와 맞부딪치고 말았다. 그리고 결국 이 꼴이 되었다.

자칼린은 빈 귓바퀴가 아파 오는 것 같은 느낌에 짧게 신음했다.

그러나 고함을 지르는 걸 포기하지는 않았다.

"이 자식들아! 끈 떨어진 주제에 지금 누굴 적으로 돌리려고! 나 체사라고!"

감옥의 좁은 벽을 치고 울리는 메아리에 귀가 아플 지경이었다. 하지만 아무리 기다려도 돌아오는 대답은 없었다.

시간은 차근차근 흘러가고 있다.

'대체 며칠이나 지난 거지?'

옘병! 진짜로 망했다.

짧게 용건만 하고 돌아가 몰래 르옌을 빼돌릴 계획이었는데 사로잡힌 채로 몇 날 며칠을 이리 붙잡혀 있었으니 정말 망했다. 진짜 제대로 망했다!

햇빛이 들지 않는 온전한 어둠 속에서 시기를 가늠할 수 있는 방법은 저들이 먹을 것을 가져다주는 시기를 재는 것뿐이었다. 적어도 제게 조금의 관심은 가질 거라 생각했는데, 에일라 시니스, 그 마리포사의 미친 계집 기사는 정말로 그에게 일말의 관심도 두지 않았다.

저들 발등에 불 떨어진 것을 생각하면 전혀 이해가 안 되는 건 아니었지만 그래도 할 말이 있어 왔다면 들어라도 봐야 하는 거 아닌가. 저랑 하루 종일 떠들자 한 것도 아니지 않은가.

얼마 지나지 않아 완전히 지쳐 버린 자칼린은 오물로 끈적거리는 바닥에 그대로 널브러졌다. 불안하기도 했지만 사실 그보다는 속이 끓었다.

'저 귀머거리 새끼들!'

눅눅한 어둠을 멍하니 올려다보고 있자니 처음 그녀를 보았던 날이 떠올랐다. 왜 르옌 때문에 제가 지금 왜 이 꼴이 되어 있나 싶어 쓴웃음이 설핏 스쳤다.

라르크 군에 있어 르옌의 존재는 이질적인 행운이었다. 올조르도 그녀가 없었다면 무너지지 않았을 것이다. 라인하르도 그녀라는 존재가 이번 전쟁에 끼어들지 않았다면 여전히 살아 있었을 터다. 발로이드도 여전히 라르크 군을 학살하고 있었겠지.

에반부르의 죽음은 분명 비극적인 일이지만 에반부르는 그녀를 지키기로 마음먹고 떠났다. 라르크 역사의 산 뿌리라 스스로를 주장하던 그녀를 지키기 위해. 어쩌면 그저 헛소리일지 모를 라르칼리아라는 상징적인 이름을 위해.

그래, 어쩌면 불필요한 희생이었다.

르옌이 없었다면 에반부르 역시 살아 있었을는지도 모른다. 그러나 그녀 탓이 아니라도 전쟁터에서는 갖가지 이유로 희생되는 이들로 넘쳐 난다.

훈련 중에 죽기도 하고, 전염병이 창궐해 떼죽음을 당하기도 하고, 전쟁이 길어져 굶어 죽기도 한다. 적어도 그가 배운 전쟁이란 그렇다. 전장은 오늘은 누가 죽고, 내일은 누가 죽고, 오늘 살아남았던 이가 내일 죽고…… 오늘이 마지막일지 모른다는 공포, 내일은 내가 될지 모른다는 불안감에 지배당하는 곳이다. 군사들은 그런 것들을 뛰어넘어야 이성을 잃지 않고 싸울 수 있다. 그래서 혹독한 훈련을 받는다.

물론 훈련받는 모든 군사들이 용기라는 소양을 쌓을 수 있는 건 아니다. 끊임없는 탈영자들이 그를 증명하고 있음이다. 제가 즐거움을 희생하고 재미없는 일에 열을 쏟지 않는 것처럼 군사들도 희생하고 싶지 않아 한다. 누구도 스스로가 희생양이 되고 싶어 하지 않는다.

그러나 르옌은 그런 이들과 궤를 달리하는 태생부터 다른 종의 사람이었다.

자칼린에게 있어 르옌은 평민이니 전생이니를 떠나 그 자체로 충분히 대단한 여자였다. 개인적인 사심 때문이 아니다. 자칼린은 그녀와 친구라 부르기엔 모자란 관계임을 스스로 잘 알고 있었다.

르옌도 그를 크게 의지하지 않고 자칼린도 그녀에게 크게 의지하지 않는다. 조금 매정하게 말해 피차 기대하는 것이 없는 타인과 다름없다는 말이다.

그녀와 그의 관계는 서로를 지키는 전우라는 이름으로 묶기에도 모호하다. 같은 군에 속해 있기는 하지만 르옌은 그가 죽을지도 모른다는 것을 누차 경고하면서도 그를 발로이드의 면전에 내다 던졌다. 그리고 자칼린은 기쁘게 그 위치를 받아 챙겼다.

'그 멍청이는 지금 지가 무슨 꼴이 된 건지는 알려나.'

지금 제 코가 석자가 되었지만 걱정을 떨칠 수가 없었다. 이틀, 사흘, 나흘이 지나고 이레는 금방 닥칠 것이다. 시간관념을 잊었으니 벌써 그 이레가 찾아왔는지도 모른다.

'진짜…… 세상 참 불공평하다.'

생각해 보면 르옌은 라르크 군에 나타난 이래 단 한 번도 스스로의 보상을 요구한 적이 없었다. 그녀가 온전히 스스로를 위해 요구한 것은 작위도 아니었고 봉토도 아니었다. 그저 군에 남을 수 있게 해 줄 서품 하나. 그마저도 임시에 족한다고 말했다.

르옌은 데투아가의 동생을 위해 전선에 발 디뎠고, 발로이드를 위해 남았다.

라르크를 위해 싸웠고, 덴작을 위해 먼 길 얼어붙은 허리가 헐도록 달려왔다. 그녀 없이는 이루어질 수 없었던 모든 군공을 전부 브류나크가 가져갈 것을 알고도 희게 웃은 것이 전부였다.

한때 대륙을 정복하겠다 온 세상을 피바다로 만들었던 폭군이라고는 믿을 수 없을 만치 소탈했다.

르옌이 바란 것은 라르크가 그녀에게 아무것도 하지 않는 것. 그 쉬운 것 하나뿐이었는데 어찌 그마저 못 해 줘. 어떻게 세상이 이러냐.

아마도 자칼린은 파사드의 부탁이 있지 않더라도 이 같은 행동을 반복했을 것이다. 북부에 두고 온 체사라는 이름의 무게보다도 그는 지금 당장 이곳에서 함께한 이들이 더 중했다. 복잡한 계산은 카라제시가 하게 두고, 마음 가는 대로 사는 것. 그게 자칼린 엔도다.

'꼬여도 이렇게 꼬여서는. 골치 아프게.'

카라제시는 엘히엔이 불쌍하다 말하지만 자칼린은 외려 울분이 터질 지경이었다. 그 역시 엘히엔을 몹시 좋아한다. 아낀다.

하지만 엘히엔은 누가 보더라도 모자랄 것 없이 다 가진 북부의 아가씨였다. 그에 반해 르옌은 제 살 다 떼어 주고도 모자라 이제 모국에 목숨 앗기게 생긴 초라한 여자였다. 르옌과 발로이드의 관계를 몰랐던 첫 대면에서 발로이드가 했던 말이 귀에 남아 떠돌았다.

—저들의 만행을 잊은 건가. 아니면 무언가를 착각하고 있는 건가. 누님을 배신한 한센의 핏줄에, 은혜를 원수로 갚은 브류나크의 핏줄에 둘러싸여서.

그리고 사태가 이 꼴이 되었다. 더 이상 어떻게 발로이드를 비난할 수 있나.

그래서 더더욱 그녀를 그대로 살해당하게 둘 수 없었다. 라르크의 제일 기사, 늑대의 우두머리, 북부의 왕, 뮈아드로의 영주, 갖은 수식어가 붙는 테른도크를 존경한다 해도 아닌 건 아닌 거다.

그녀가 또 다른 브류나크가 내린 준명에 의해 살해당한다면, 적어도 자칼린이 믿었던 북부의 도의와 긍지와 영광은 신기루만도 못한 것으로 화할 것이다.

왕명을 수행한다는 에제트는 테른도크의 직속 칙명에 의해 움직이는 자이므로 라르크의 군사들을 통해 르옌의 처형을 막을 수도 없었다. 체사의 기사들은 카라제시가 잡고 있고, 그렇지 않더라도 테른도크를 거스르는 데에 체사의 이름을 앞세울 수는 없었다.

몰래 도망치게 한다 해도 르옌의 최근 상태로는 반나절도 버티지 못하고 고꾸라질 게 뻔했디. 시친도 생각해 보았지만 제독 카헤이아는 그들이 가질 땅 말고는 무엇에도 관심 없는 여자였다. 게다가 르옌과 각별한 사이도 아니다.

결국 댈 곳이라고는 이들뿐이었다. 그래서 이 미친놈들을 찾아왔다. 라르크 군을 두려워하지 않고, 발로이드에 미쳐 있는 놈들.

"제기라아알! 내 말 좀 들으라고!"

울분이 치민 자칼린이 팔다리를 휘저으며 고함을 내질렀다.

돌아오는 거라고는 메아리뿐일 테지만 악다구니를 치지 않고서는 견딜 수 없을 만큼의 분노가 밀려왔다. 그런데 웬걸, 자박자박 걸음소리가 들리기 시작했다. 자칼린이 벌떡 고개를 들었다.

얼마 지나지 않아 재색 눈동자의 여기사가 그의 옥 앞에 섰다. 그녀의 손엔 더운 술이 담긴 잔이 쥐여 있었다. 자칼린의 엉망이 된 꼴을 내려다보던 그녀가 옥살 사이로 술잔을 건넸다.

한때와는 정반대의 입장이 되었음에도 자칼린은 아랑곳 않고 레이리스의 손목을 움켜쥐었다.

"부탁이니 네 상관한테 가서 전해. 발로이드의 죽음을 개죽음으로 만들고 싶냐고."

레이리스는 청초한 회색 눈동자로 한참을 자칼린을 내려다보았다. 애초에 대답을 들을 수 없음을 예상하긴 했지만 속이 타들어 갔다. 그녀의 손목을 쥔 자칼린의 손에 힘이 들어갔다. 레이리스가 입술을 찡그리며 손을 당기려 했지만 자칼린은 놓지 않았다.

"그놈이 마지막까지 르옌 데투아를 얼마나 바랐는지 내가 설명을 해야 알아? 그놈이 르옌을 지키기 위해 무슨 짓을 했는지."

누가 모를까. 르옌을 지키기 위해 발로이드는 황태자를 죽였다.

❖· ·❖

뷔센은 사방이 탁 트이고 이 층 이상의 건물이 없으며 민가 지대를 조금만 빠져나가면 온통 전답으로 둘러싸인, 말 그대로 성벽 없는 장원이었다. 발전이 열악한 만큼 자연 경관과 공기는 좋았다.

그나마 그럴듯한 건물은 종전 협정이 몇 날 며칠째 이어지는 사원 하나와 객잔처럼 꾸며진 사각형의 통나무집들뿐이었다. 그리고 그 사원 앞에서 이틀을 꼬박 기다려 사흘째 되던 새벽이었다.

깊은 새벽, 사원의 문이 열리며 협정의 휴지를 알리는 나팔 소리가 울려 퍼졌다. 어깃장을 놓는 듯한 걸음으로 사원 밖으로 나오는 귀족들과 그들을 둘러싼 수행원들로 사원 앞은 순식간에 소란스러워졌다.

잠이 붙어 하품을 해 대는 이들도 있었다. 초조함을 감추고 얼마간 더 기다리자 옐크버드와 파네세가 모습을 드러냈다. 테레아드는 달려가 간략한 예를 취해 인사한 후 물었다. 무례라는 것을 생각할 새도 없었다.

"주군께서는 어디 계십니까?"

"주군? 아, 아아. 그대 각하의 심복이었지. 브류나크 공은 곧 나오실 거요."

심드렁히 답한 옐크버드는 잘 시간이 훌쩍 넘었다며 투덜투덜 파네세를 앞질러 걸어갔다. 파네세 역시 옐크버드와 나란히 걷고 싶지 않은 사람처럼 부러 거리를 벌려 느릿느릿 테레어드를 스쳐 지났다.

곧 나올 거라는 말과 달리 파사드는 쉬이 눈에 띄지 않았다. 장신의 까만 머리를 한 그가 비교적 다채로운 남부인들과 그 수행원들 사이에서 테레어드의 시선을 피해 갈 수 있을 리 만무했다. 혹 그는 오늘 밤까지도 사원에서 지내는 건 아닌가 싶은 우려가 들 무렵이었다.

저 멀찍이서 청회색 코트 위로 하얀 브류나크의 멘테를 두른 파사드의 모습이 보였다. 그의 머리칼은 다소 흐트러져 있었고 표정도 그다지 밝지 않았다.

수행 기사들과 함께 다가오는 그와 멀찍이서 눈이 마주친 테레어드가 반색하며 사원 입구에 최대한 바짝 서 대기했다. 얼마 후 입구 밖으로 나온 파사드는 비가 그친 거뭇한 새벽하늘을 힐끔 올려다본 후 목깃을 바로 정리하며 테레어드를 스쳐 갔다.

"키하이프 경, 따라 와라."

평소와 다름없는 우직하지만 편안한 목소리에 테레어드는 조금, 아주 조금 안심했다.

사원 밖으로 빠져나온 그들은 비 젖은 거리를 걸었다. 햇불들은 반짝반짝 빛나고 있었다. 이 새벽에 음식하는 냄새가 나는 듯도 했다.

앞서 걷는 파사드가 피로한 듯 뒷목을 어루만졌다. 그는 많이 지쳐 보였다. 테레어드의 입술은 점점 더 무거워졌다.

"예까지 날 찾아온 건가? 무슨 변고라도 생긴 건가?"

"예. 그게⋯⋯."

모두가 성공적인 종전을 바라 밤낮을 지새우는 와중이었다. 그런데 이 일까지 더해 파사드를 더 괴롭게 해야 하나. 테레어드는 파사드의 뒷꿈치를 내려다보며 힘없는 걸음으로 뒤따랐다.

"왜 그리 뜸을 들이나? 체사 경이 보낸 건가?"

"아니…… 아니오. 지금 체사 경은 몹시 다망하십니다."

"……?"

"작은 체사 경이 사라지셨습니다."

열 걸음 남짓의 시간 동안 침묵하며 앞서던 파사드가 뒤도 돌아보지 않고 되물었다.

"사라져?"

"예. 갑자기 며칠간 보이지 않으셔서."

"자칼린이 탈영을 했다고?"

"그래서 큰 체사 경께서 대노하시어 주둔지 안 분위기가 좋지 않습니다."

"……그런데 지금 그 보고는 내게 올라와도 하등 손쓸 수 없는 일이 아닌가. 큰 체사 경이 알아서 수색을……."

"그리고 폐하의 준명이 내려왔습니다."

테레어드가 쥐어 짜내듯 소리 냈다. 그제야 파사드가 보속을 늦추고 고개를 비스듬 돌려 테레어드를 바라보았다. 눈빛은 차게 가라앉아 있었다.

지금 파사드는 테레어드의 보고가 아니라도 피곤이 극에 달한 상태였다. 사령관으로서가 아니라 브류나크를 대신한 작위 공작으로서 협정석에 앉아 있는 시간은 첫날과 둘째 날을 빼면 무의미했다.

첫날 이미 종전은 기정사실이 되었다. 하여 대부분의 사안은 큰 마찰 없이 쉬이 협의가 내려졌다. 당연한 것들이고 모르가나는 가진 것이 많으므로 관대한 입장을 취할 수 있었기 때문이다.

물론 초반에 전쟁 배상금 문제로 한 번 큰 소리가 오가긴 했다. 저들은 태자를 잃고도 여전히 기세등등했고 라르크를 여타 조공국과 동등하게 취급하려 하였다.

점잖게 이야기를 이어 나가던 파네세는 세르반테스 백 미가르의 멱살을 잡으러 달려가려 했고, 미가르는 옐크버드의 면전에 폭언을 퍼부었다. 벨루비르하인 2세의 사촌이라 알려진 조르디아 공작의 안사람인 조르디아 공작 부인, 그웨인은 유일한 여성 협상가로 자리를 지키디 파사드에게 술잔을 집어 던지기까지 했다.

화가 난 파사드가 온당한 예우를 익힐 때까지 종전 협정을 없던 것으로 하자 선언한 후 자리를 박차고 나올 때까지는 아예 대화 자체가 불가능했다. 그리고 그 일이 있은 후 이틀이 지나 재개된 2차 회담에선 그나마 이야기가 진행되었다.

모르가나는 스스로가 패배했다는 것을 인정하지 않겠다는 것으로 화두를 열었다. 그러므로 패전국이 아니니 배상금은 배상이 아닌 종전의 축하 명목의 위로금으로, 곧 황제의 은혜라는 헛소리까지 나왔을 때는 파사드도 표정 관리가 힘들 정도였다. 결국 그 문제는 다시 사흘간 지속된 지리멸렬한 논쟁의 쟁점이 되었다.

그렇게 엿새째의 저녁, 파네세와 옐크버드는 배상금이라는 이름을 포기하는 대신 금액을 곱절로 올리고 '양국 간의 우호를 위한 계약금'으로 재조율할 것을 제안했다. 모르가나 측은 예상보다 커진 배상 액수와, 명칭을 두고 한참을 저들끼리 갑론을박하더니 깔끔하게 협의를 수긍했다.

그리고 라르크와 접경한 상업 지구의 새로운 도로 건설을 포함한 자원권 요구에 모르가나는 의외로 쉽게 항목에 동의했다. 모르가나의 서쪽, 상승하는 강줄기 끝에 겹쳐져 있는 윙거 해협의 온전한 영향권, 즉 영해를 포기하는 것은 꽤 큰일임에도 모르가나는 미련 없이 서부 자원을 버렸다. 아마도 이가 산맥 너머의 서쪽 지대는 애초 그들 황제의 손이 닿지 않는 곳이라 크게 의미를 두지 않는 것이라 짐작이 가능했다.

그 밖으로는 모르가나측의 요구가 있었다. 그들은 라르크 군이 두 달 안에 모든 군사들을 철수시키고, 사로잡은 모르가나의 포로를 풀어 주고, 전사자들의 무구들을 되돌려줄 것을 요구했다. 라르크 역시 마찬가지의 요구를 필요로 했으므로 쉬이 타결되었다.

그들은 태자의 죽음이나 마리포사에 관한 것은 의도적으로 모른 체했는데, 짐작컨대 모르가나의 후계 문제가 슬슬 대두되고 있기 때문인 듯했다.

그 중, 조르디아 공작 부인이라 불리는 여자는 유달리 눈에 띄었다. 고상한 용모로 날카로운 독설을 서슴지 않는 사십 대 정도 된 여자에게서 교묘하게 라인하르의 죽음을 반기는 낌새를 느낀 것이다.

이상한 일은 아니었다. 남부의 세 공작 가문 중 유일하게 힘이 있다 알려진 조르디아 공작 가문과 황실의 관계가 썩 친밀하지 않다는 사실은 비밀도 아니었다. 조르디아 공작 가문이 모르가나 내의 '반독재 세력의 구심점'이 되고 있다던가. 황태자가 일야에 절명했으니, 저들 세력에게는 이번이 기회가 될 수도 있는 일이었다.

이유야 어찌 되었건 라르크의 입장에서는 편하였다. 다만, 이번 협정에서 실질적으로 직면한 마찰 문제는 제호였다.

테른도크는 되건 되지 않건 반드시 제호에 관한 것을 거론하라 명했다. 하지만 제호란 현재 모르가나의 정체성과도 같았다. 대륙 유일 제국, 남부의 대제국. 그런 그들이 황제의 칭호를 빼앗으려는 라르크의 시도를 호락호락 넘길 리가 없었다.

파사드는 아무리 생각해도 이번 전쟁만으로 저들의 제호를 앗는 것은 불가능하다 판단했다. 옐크버드와 파네세 역시 마찬가지였다.

그럼에도 계속 공방이 이어지는 것은 제호를 빼앗지 못하는 대신 그만한 대가를 저들에게서 취해야 한다는 파네세의 지침 탓이었다.

제호 문제가 거론되면 협정이 길어질 것을 예상은 했지만 생각 이상으로 불편했다.

추운 겨울, 타국의 영내에서 막사 천을 지붕 삼고 모닥불을 화로 삼아 얼악하게 지내는 군시들을 생각하면 더 마음이 바빴다. 그러나 간간이 주둔지에 두고 온 그녀가 떠오를 때면, 조금 힘들어질지 모를 제 앞날에 대한 대비책을 강구할 수 있는 이 시간이 중하게 느껴지기도 했다.

한참 침묵으로 어떠한 예감을 떨쳐 낸 파사드가 침착히 되물었다.

"……폐하로부터 이 시국에 무슨 준명이 내려왔다는 건가?"

"그게……."

테레어드는 참담하게 고개를 숙이며 첫 운을 뗐다.

"죽이라는, 명령이 내려왔습니다."

불길함에 뒷목 어딘가가 저려 오기 시작한 건, 비단 그가 피로해서만은 아닐 터였다. 반지를 낀 장갑 위의 손등을 어루만지던 파사드의 동작이 굳어졌다.

"누굴 죽이라는 준명이 내려왔다는 거냐."

"……폐하께서 데투아 경을 죽이라는 명령을 내리셨습니다. 우선 벵센 경과 체사 경이 즉처를 막아 시간을 벌긴 했지만, 아무래도 주군께서는 알고 계셔야 할 것 같아 이렇게 자리를 이탈했습니다. 용서하십시오."

남부의 칼바람이 새벽빛을 가르며 달려들어 그의 뺨을 할퀴었다. 그러나 이상하지. 아무것도 느껴지지 않았다.

흐린 하늘을 헤매다 땅에 떨어진 환한 달빛이 컴컴해졌다. 폐부가 굳어졌다. 한참을 미동 없이 서 있던 파사드는 어지러운 북부의 저편을 향해 고개를 돌렸다.

이슥한 어둠 깔린 평야 저편은, 고요하기만 하다. 하늘은 거뭇한 먹구름으로 가득하다. 시간이 멎은 듯했다.

어째서인지.

정말 어째서인지.

광인의 목소리가 한 음절 한 음절 떠올랐다. 마치 그날 그 순간으로 되돌아가기라도 한 것처럼 선명하게.

—너희는 또 내 누님을 죽일 테지. 너희는 또 그리 나의 폐하를 배반할 테지. 다시는 라르크의 손에 나의 폐하가 모욕적인 일을 당하게 하지 않을 거다.

❖ ⋅ ❖

자칼린은 얼굴이 흉터투성이인 얄상한 남자가 마음에 들지 않는 이유를 이 자리에서 백 가지라도 더 읊을 수 있었다.

생긴 낯짝도 마음에 안 들고, 저보다 경박한 말투도 마음에 안 들고, 건들대는 짝다리도 마음에 안 들고, 흔해 빠진 눈 색도 마음에 안 들고, 정리하지 못한 수염조차 마음에 들지 않았다. 나열하고 보면 꼭 스스로를 비난하는 것 같은 느낌이 들지만 뭐 결론은 그냥 저놈이 싫다는 거다.

그러나 그 많은 불호의 감정을 깡그리 잊게 만들 만큼 고마운 한 가지가 있다면 테네스 경이 그에게 관심을 가졌다는 것이다. 자칼린은 저를 찾아온 레이리스에게 절박히 부탁했다. 제발 좀 들어라. 레이리스는 말없이 사라졌고 곧 테네스 경과 함께 돌아왔다.

자칼린의 면전에서 한참 라르크를 험담하던 테네스 경이 옥 밖으로 그를 끌어내 에일라의 앞에 내팽개쳐 주었다.

"단장, 난 그 여자를 만나 본 적 없으니 속단하지 못하겠다만, 이 말을 믿나?"

에일라는 굼 쪽에서 당도한 또 다른 마리포사 기사단 무리의 파발을 받아, 다른 군사 거짐들의 상황을 논의하던 중이었다. 메쳐지듯 바닥에 얼굴을 박고 신음하는 자칼린을 힐끔 내려다본 에일라가 불만스런 기색을 내비쳤다.

"테네스 경, 이자에게서 관심 거두라 했을 터다. 다시 감옥에 처넣어."

"난 적어도 내 주군이 목숨을 잃어야 했던 이유를 납득해야겠다. 이놈이 종알종알 거리는데 들어 봐."

에일라의 눈에 살의가 돋아났다.

그때, 성벽의 문이 열리며 또 다른 수십여 무리의 마리포사 기사단원들이 도착했다.

엎어져 있던 자칼린이 비스듬 고개를 돌려 성문을 응시했다. 비는 그쳤으나 젖을 대로 젖어 물을 흘리며 안으로 들어서는 이들은 사신을 방불케 하는 위압감을 지니고 있었다.

자칼린의 연둣빛 눈동자가 데굴데굴 바삐 구르기 시작했다. 처음 잡혀 올 때는 경황이 없어 몰랐는데, 자세히 보니 이미 요새 성벽 주변은 푸른 갑옷을 입거나 푸른 멘테를 단 마리포사들로 빽빽이 차 있었다.

어림잡은 눈대중만으로도 수가 꽤 많았다. 이놈들이 산발적으로 모여들고 있다는 걸 보고서에서 보기는 했지만 이 정도로 수가 많을 줄 몰랐다. 이곳 말고도 인근 다른 군사 요새들에도 거점을 두고 뭉치고 있다는 보고가 더 있었던 걸 생각하면 마리포사들의 규모가 생각보다 훨씬 크다는 것이다.

에일라는 근처에 서 있던 기사들을 물린 후 자칼린에게 다가섰다. 턱 끝조차 내리지 않고 고압적으로 내려다보는 모양새가 어지간한 계집과는 비교도 할 수 없었다. 생김새조차도 야리야리한 여자들과 거리가 먼 강골이니 당연한 말인지도 모른다.

자칼린은 저를 굽어보는 청록빛 눈동자에 주눅 들지 않은 채 넉살 좋게 운을 뗐다.

"거, 이제 내 용건 시작해도 되는 겁니까?"

에일라의 발길질이 그의 가슴팍으로 날아들었다.

묵직한 군화에 바윗덩이로 얻어맞은 것처럼 순간 숨이 막혔다. 쿨럭쿨럭. 거칠게 기침을 토해 낸 자칼린이 순간 치미는 살의를 참지 못하고 에일라를 쏘아보았다.

물론 더 깐죽거리지는 않았다. 그 정도의 눈치는 있었다. 대신 그가 한 손을 들어 제 텅 빈 왼쪽 귓가를 덮은 눅눅하게 뭉친 머리칼을 들어올렸다.

"이거, 발로이드 그자가 낸 부상입니다. 귀 한 짝 날아간 거 보입니까? 당신들이 나 싫어하는 만큼 나도 당신들 싫다고요. 그런데도 직접 단신으로 예까지 찾아왔습니다. 왜 그랬겠습니까. 그럴 만한 이유가 없다면 찾아오지 않았을 겁니다."

에일라는 말 한 마디 섞고 싶지 않은 이처럼 한 번 더 자칼린을 걷어찼을 뿐이다.

배를 움켜쥐고 쿨럭거린 자칼린은 포기하지 않고 무릎을 짚고 일어섰다. 제기랄……. 다른 마리포사 기사단원들이 검을 뽑고 다가오려고 했으나 테네스 경이 턱짓으로 막았다.

다행스럽게도 에일라는 그런 그를 다시 고꾸라뜨리지 않았다. 자칼린은 뻑뻑한 어깨와 목덜미를 매만지며 깊이 숨을 내쉬었다.

"대화의 생각이 없는 거 같은데, 그럼 듣기만 하십시오. 너희 주인이었던 발로이드가 르옌 데려가려고 얼마나 용을 썼는지 다들 알지요?"

"……."

"내가 이렇게 말하면 못 미덥겠지만, 르옌이 지난 전쟁 막바지에 라르크를 배반했고 발로이드에게 가려고 했……."

툭 툭. 그쳤던 비가 다시 내리기 시작했다. 자칼린은 말끝을 흐리다 끝내 멈추었다.

내리는 비 때문은 아니었다. 내내 무표정하게 그를 내려다보던 에일라의 입가에 미소라 불러도 이상하지 않을 것이 드리워진 탓이었다.

에일라의 입술이 열리며 하얀 입김과 함께 단정적인 부정이 흘러나왔다.

"거짓."

"왜?"

"믿지 않는다. 나는 우리가 주군을 놓치던 그 순간까지 그분을 지켜봤다."

"그러니까, 너희가 말하는 '그분'이……."

"자칼린 엔도라고 했던가."

느리게 쪼그려 앉아 자칼린과 눈높이를 맞춘 에일라의 입가에 비소가 어렸다. 이내 그녀의 억센 손아귀가 달려들어 자칼린의 목덜미를 움켜쥐었다.

"그딴 거짓 흘리지 마라. 하나 묻겠다. 너는 내 주군이 어찌 돌아가셨는지 알고 있나?"

"……라르크의 최고사령관이신 파사드 칼란독 브류나크……."

"……소문이 그리 돈다고 진실이라 곧이곧대로 믿을 성싶었나."

뱉는 말이면 말마다 거짓말을 늘어놓고 있긴 하지만, 에일라는 마치 내막을 짐작하기라도 하는 사람처럼 족족 자칼린의 말허리를 잘라 냈다.

바짝 들이밀어진 에일라의 얼굴을 응시하던 자칼린의 입술이 일자로 다물렸다. 에일라의 눈동자에는 억누른 슬픔이 만연히 번져 있었다. 건조함의 껍질을 뒤집어쓰고. 르옌이 잠깐 생각이 났다.

"주군이 그리 돌아가실 리가 없음이란 건 이 자리에 있는 모두가 알고 있다. 주군께 상처 한 번 입히지 못했던 너희 사령관이."

"발로이드가 불사신도 아닌데, 전쟁터에서 수에 밀리면 일당백의 기사도 절명하는 법 아닙니까."

"우리 주군은 아니다."

자칼린은 목 안으로 신음을 삭였다. 믿음에 미치면 가끔은 진실마저 꿰어 보는 혜안을 가지게 되는 건지도 모른다.

쏴아아. 한 방울 두 방울씩 떨어지는 빗줄기가 굵어지기 시작했다. 한기가 엄습해 왔다. 얼굴이 빗물에 두드려 맞는 것처럼 아팠다.

자칼린은 속눈썹 끝에 괴인 물기를 떨치기 위해 느리게 눈을 감았다 떴다.

"발로이드가 르옌 데투아에게 집착했습니다. 르옌 하나 구하려고 황태자까지 잡아 죽인 거, 당신은 봤다던데. 내 친형에게 모르가나 황태자의 팔을 내던진 게 당신이었다 들었습니다."

"……."

"당신들은 르옌에게 얼마나 가치를 두고 있는 겁니까? 아니면 대가리 없이 부화뇌동해서 그냥 발로이드 뒤만 졸졸 따라다닌 겁니까?"

"……입 닥쳐라."

"쉬운 대답 아닌가?"

"……한 번만 더 그따위로 답하면 다음 내 입에서 나올 말은 네 가죽을 벗기라는 것이 될 거다."

자칼린의 등허리가 긴장으로 굳어졌다. 선택의 기로였다. 그러나 뜻밖에도 에일라가 먼저 물었다.

"……그분은, 내 주군의 마지막만큼이라도 함께해 주었나. 그분은, 슬퍼는 하나."

그 목소리가 처연하여 자칼린이 이유 없이 콧잔등이 찡하였다. 아비 잃은 자식들처럼 우는 가슴을 안은 이들의 머리 위로, 다시 빗줄기가 떨어지기 시작했다.

쏴아아아. 곡소리처럼 음산했다.

파사드가 떠난 지 얼추 보름가량 된 것 같았다. 르옌은 최근 그녀를 둘러싸고 벌어지는 동향을 주시했다. 무언가 이상하다. 모를 리가 없었다.

몸 상태가 좋지 않아 막사 밖으로 나서지 않은 이유도 있겠지만 최근 그녀는 요주의 인사에서 벗어나 비교적 자유롭게 방치되어 있었다. 그런데 갑자기 금족령이 내려옴과 동시에 그녀를 전담하던 볼레트 군의관이 쫓겨나고, 그녀를 찾아온 셰반이 막사 앞에서 군사들에 의해 축객당했다.

자칼린은 보이지 않은 지 이레째였다. 도대체 무슨 짓인가 싶어 몇 번 물었으나 누구도 납득할 만한 답을 주는 이는 없었다. 저들은 그녀를 보호하기 위함이라고 했지만 보호가 아닌 감금이었다.

좋지 않은 예감을 떨칠 수가 없었다. 하여 르옌은 늘상 머리맡에 두고 자던 푸른 나비의 단검을 두꺼운 옷 안쪽, 종아리에 단단히 끈으로 매어 두었다.

그날 밤, 대부분의 군사들이 훈련을 마치고 잠든 새벽녘에 이르러 르옌은 막사 밖으로 끌려 나왔다. 그녀를 인솔하러 찾아온 기사들은 간간이 둔영에서 마주치면 목 인사를 건네는 게 전부였던 잘 모르는 자들이었다.

코트를 여미고 털신을 고쳐 신고 나오는 내 르옌은 무슨 일이냐 묻는 멍청한 짓을 하는 대신 침묵으로 고요하기만 한 막사촌을 살폈다. 이런 야심한 시각의 호출은 분명 좋지 않은 신호다.

지난 이레간 불길하게 그녀를 둘러싸던 것이 비로소 목전에 떨어진 것이 분명했음이다. 어째서인지 르옌을 인솔하는 기사들은 그녀와 눈도 마주치지 못했다.

얼마 지나지 않아 그녀는 중앙 막사의 남쪽 넓은 공터에 이르렀다. 군사들이 쉴 때 이런저런 먹거리와 술을 두고 웃고 떠들어 대며 놀던 곳이었다.

그곳엔 일정한 간격으로 대열을 맞춰 횃불을 들고 대기하는 군사들과 무장한 지휘 기사들이 서 있었다. 카라제시도, 타라옛도, 올베빈도, 그리고 머리끝부터 발끝까지 털 망토를 덮어 가린 장신의 남자도.

그들의 심상찮은 표정과 분위기를 읽어 낸 르옌의 표정이 서서히 지워졌다.

"데려왔습니다."

그녀의 등을 떠밀어 공터 한가운데에 세운 기사들이 물러갔다.

채 녹지 못해 언 땅 위로 가는 빗줄기까지 떨어지기 시작했다. 르옌은 얼굴 위로 떨어지는 빗물에도 눈 하나 깜빡 않고 눈에 익은 자들을 쭉 둘러보았다.

"충분히 기다렸으니 다른 브류나크께서도 이해하실 겁니다. 그다지 좋은 일도 아니니 빠르게, 조용히 처리하도록 하지요. 죄목은 군율 거부, 상관 시해 미수로."

도처가 횃불로 한낮처럼 밝았음에도, 르옌은 제가 선 곳이 시꺼면 수렁임을 알아차렸다.

다른 기사들은 그녀를 외면하고 있었다. 물을 데라고는 시종일관 피하지 않고 그녀를 관찰하듯 응시하는 카라제시뿐이었다. 르옌이 카라제시를 향해 물었다.

"이게 무슨 일입니까."

"유감이다."

"무엇이?"

카라제시가 아닌, 음산하게 털 후드를 머리끝까지 뒤집어쓴 장신의 사내가 답을 주었다.

"폐하로부터 너를 처형하라는 명령이 내려왔으니 받아들여라."

뚝.

얼굴로 떨어지는 빗물이 소스라치고 싶을 만치 아파 놀랐다. 르옌은 돌처럼 굳어지려는 목에 힘을 주었다.

"……어떤 이유입니까."

"말했듯이 군율 거부 및 불복종, 상관 시해 미수다."

납득이 가지 않았다.

"죄목이야 갖다 붙이면 그만이란 것 압니다. 죽이겠다 칼을 뽑을 생각이라면 이유라도 똑바로 말해 주는 게 도리가 아닙니까. 대체 어떤 연유입니까."

에제트가 그녀에게 다가와 그녀에게만 들릴 만큼 낮은 목소리로 말했다. 아주 낮아서 가슴의 바닥까지 침전하는 음성이었다.

"각하의 혜안을 흐린 것을 후회하라."

"……."

"또한, 라르칼리아라는 이름이 브류나크와 연루되는 건 몹시 폐하의 심기를 거스르는 일이지. 지금의 시국은 브류나크를 위해 흠결 없이 완전해야 하므로."

"……."

"그러나 네 시신은 북부로 되돌아갈 것이다. 폐하께서는 너를 한 번 만나고 싶다 하셨으니. 적어도 남부에 내버리고 가지는 않을 것은 약조하겠다."

귓가로 흘러드는 자그마하니 소름 끼치는 목소리를 들으며 르옌은 멀찍이 선 기사들을 하나하나 바라보았다.

르옌의 떨리던 입가에 이윽고 웃음이 번져 나갔다. 그녀로부터 두 걸음 떨어져 선 에제트가 손을 들어 군사들을 불렀다.

"이의 없는 것으로 알겠다."

르옌의 어깨가 라르크 기사들의 악력에 짓눌려 내려 앉았다. 르옌은 이 상황의 이해를, 이해를 해 보려 했다. 별안간 해일처럼 몰아닥친 이 상황을 이성적으로 판별해 보려 했다.

찬 바닥의 한기가 땅에 닿은 무릎을 얼렸다. 몸 안으로 차게 번져 가는 노여움에 몸이 떨렸다.

조금 전 에제트가 말한 것을 제가 곡해하여 들은 게 아니라면, 자신의 존재가 왕의 심기를 거슬렀다는 의미였다. 파사드가 제게 보이는 호의를 근절하기 위함이란 말이었다.

"집행해도 되겠습니까, 체사 경."

파사드의 진솔한 고백을 뒤로하고 떠날 것이었다. 제 발치를 따를 후회와 외로움마저 스스로 감당할 몫이라 여길 것이었다. 무엇도 원망하는 일 없이 제 행동에 책임을 지는 것만이 그녀가 바랐던 전부였다.

가슴이 돌처럼 굳어져 간다. 그녀는 이백여 년 전 저를 죽였던 브류나크를 떠올렸다. 벨바롯트. 지나 보냈던 기억 속에 잠겼다. 그렇게나 이해하려 했다. 하지만 이해할 수 없었다.

르옌이 스스로에 대해 한결같이 자랑스러워하는 것이 있다면 그녀는 늘 제가 선택한 결과의 책임을 피하지 않았다는 사실이다.

이백여 년 전의 그때에도 마찬가지였다.

스스로 목숨 내놓은 것은 제 목숨을 가볍게 여겨서가 아니었다. 여왕이 피로 이룩했던 업은, 저 살아서는 청산할 수 없을 만큼 잔악했기 때문이다. 죄를 지었다면 벌을 받는 것이 세상의 이치였다.

그랬기 때문에 그 시절의 그녀는 수긍할 수 있었다. 그때는. 하지만 그러했을 때조차도 마음 한 켠의 배신당한 노여움은 남아 있었을진대.

한데 지금 이게 무슨 상황인가? 산란히 흐트러진 속으로 배반감이 차올랐다.

이번 생의 그녀는 존재만으로 브류나크에 살해당할 만한 죄를 지은 바 없었다. 당연히 수긍도 납득도 할 수 없었다.

그런데 네놈들이 또다시 나를 죽이려 드나.

네놈들이 또다시.

그녀의 몸이 가파르게 기울었다. 언 땅을 짚고 엎드린 르옌의 입술 새로 꽉 참아 눌렀던 헛웃음이 샜다.

'네놈들이, 또다시.'

속이 천 갈래로 찢겨 날뛰었다.

'한 번 이 목 내어 준 것으로 부족했던가.'

르옌의 입술이 얕게 떨렸다. 그녀는 결코 이 상황을 받아들일 수 없었다. 이 몸뚱이가 몸 버리려 해도 안간힘으로 버티고 버틴 삶이었다. 단 한 순간도 포기하지 않은 삶이었다.

페이작을 그리 보내고도 내려놓지 않은 삶이었다.

—너는 이제 네가 그리도 사랑을 쏟았고, 대가 없는 참혹하고 짙은 사랑을 받았던 그 백성 중 하나가 되지 않았나. 그러니 이제, 누군가로부터 네가 돌려받을 차례가 아닌가.

고마운 말이었다. 그러나 또 다른 브류나크의 말 한마디에, 파사드가 건넨 호의는 한 줌 부스러기만도 못한 것이 되었다.

이것이 작금의 라르크가 한낱 필부의 딸이 된 그녀에게 돌려주는 대가였다.

"집행해도 되겠습니까."

에제트가 대답 없는 카라제시를 채근하듯 물었다.

자칼린은 어디로 간 건지 없었고, 지금 이 자리의 최고 책임자로 나서 있는 체사의 장남은 그녀의 역성을 들 이가 아니었다.

다른 기사들은 그들을 향해 눈길조차 주지 못하고 망부석처럼 선 채였다. 그들을 이해하지 못하는 바는 아니다. 테른도크의 라르크에 복종하는 그들에게 내려온 테른도크의 명령이 아닌가. 그렇지만 테른도크 란펠은, 그녀의 라르크가 아니었다.

'네놈들은, 더 이상.'

제가 이리 죽어 버리면 저승에서도 한 맺힐 페이작에게 죄스러워 어찌 편히 눈감나.

결국 뚝 눈물이 떨어졌다. 그녀는 제게로 겨누어지는 검날을 노려보며 천천히 다리로 손을 뻗었다. 쉬이 죽어 줄 생각은 없었다.

그때였다.

"이게 무슨 짓이오!"

셰반이 허수아비처럼 횃불을 들고 서 있던 군사 무리 사이를 가로질러 허둥지둥 달려 나왔다.

자다 깬 것처럼 산발이 된 머리로 겉옷만 대충 걸친 셰반은 커다란 털가죽이 서 있는 것처럼 보였다. 황망함을 금치 못하고 숨을 헐떡거리며 셰반은 무릎 꿇은 르옌을 바라보았다.

셰반과 눈이 마주치는 순간, 르옌의 온 시야가 부옇게 흐려졌다. 식식대며 다가와 에제트를 밀쳐 낸 셰반이 그녀에게 검을 겨눈 기사의 검을 빼앗아 던졌다.

에제트의 입술이 비틀렸다.

"누구 멋대로 기사의 집행을 거행합니까. 비록 본적은 공가 브류나크에 두고 있다곤 하나 르옌 데투아는 마지막 작전에서 내 휘하에 있었고, 그 후 모든 교전이 중지되며 재배치되지 않았으니 여전히 내 기사요. 요 근래 뭔가 수상쩍다 했소만 대체 이게 웬 말이오!"

결국 타라옛이 긴 한숨을 내쉬며 중얼거렸다.

"지오타르 경, 폐하의 준명이오. 그리고 목소리 낮추시오. 모든 병사들이 보는 앞에서 처형시키려는 게 아니라면."

"폐하의?"

잠깐 멈칫한 셰반이 눈을 부라리며 에제트를 노려보았다.

"내 직접 보겠소."

"늑대의 입을 통해 내려온, 은밀하게 처리하라는 명이었습니다."

"보여 줄 수 없다는 거요? 폐하께서 아랫것을 처벌할 때 상관에게 알리지 말라셨소? 폐하께서 그리 군율을 무시할 분이 아니니 그대의 독단이겠구려."

"부러 많은 이들의 조롱거리가 될 죽음보단 낫지 않습니까? 이 정도면 충분한 배려라 생각합니다만. 물러서십시오."

"증명 없이 기사를 처형한 후에 그게 거짓임이 드러나면 큰 체사경도 곤경에 처하는 게 아니오?"

"우리 늑대들의 충정을 모욕하지 마십시오."

에제트의 섬뜩하게 갈라진 일갈이 흘러나왔다.

"죄목이 무엇이오."

"상관 시해 미수, 군율 불복종."

"까마득히 예전 일을 들쑤셔 처벌하라 했다고? 그건 최고사령관님의 선에서 이미 깨끗이 해결된 바요. 그보다 뚜렷한 이유가 있어야 할 거요. 아니, 그보다 지금 이걸 칼란독 경께서는 알고나 계신거요? 모든 주둔지 내의 집행은 칼란독 경의 승인이 있어야 함이 아닌가? 체사 경께서 맡고 계신 건 주둔지의 관리가 아니었소?"

세반의 거센 반발에 에제트는 못내 당혹스런 표정을 지었다. 타라옛이 시쳇말처럼 중얼거렸다.

"……저치가, 생사의 고비를 한 번 넘기더니 미치셨군."

결국 카라제시가 나섰다.

"지오타르 경, 미리 언질 드리지 않은 데에 관한 불쾌함은 이해합니다만 그쯤 하십시오."

"아무리 체사 경이라도 이건 아니오. 그리고 에제트, 그리 불린다지. 나는 밤 늑대니 낮 늑대니 위명만 알지, 정작 뭐 하는 자들인지는 잘 모르네. 다만 제대로 된 처형장도 가지고 오지 않고서 말도 안되는 죄목으로 처형하는 꼴은 못 보겠네. 북부의 기사를 북부의 제일 기사인 폐하의 심복이 모욕한다니, 이만큼 어이가 없는 일이 또 어디 있소? 카바인 경, 아니 그런가. 여태까지 저 여잘 지켜봐 온 우리가 가장 잘 아는데."

올베빈이 씁쓸히 웃었다.

"그렇기는 합니다. 저도 지금 이런 상황에 서 있는 것이 자랑스럽지 않습니다."

숨겨 두었던 딘검을 꺼내어 쥐려던 르옌의 손에 힘이 빠졌다.

"절대 안 될 말이외다!"

쿵쾅대는 셰반의 발소리도, 목소리도 가슴 위로 한 겹씩 한 겹씩 사무치게 쌓였다.

이러니 사랑하는 것이다.

비록 은혜 모를 이들로 넘쳐 나는 세상이라 하나, 이미 뼈저린 배반에 넝마가 되었다고는 하나, 이 땅 어딘가엔 늘 사랑스러운 이들이 도사리고 있음을 알아 그칠 수가 없었다.

지금의 르옌에게는 셰반의 두둔이 이 생의 마지막 호의라 할 수 있을 만큼 서글픈 것이라.

결국 르옌은 고개를 늘어뜨렸다. 비에 젖은 짧은 머리칼이 흔들거렸다.

"병사, 지오타르 경을 붙잡아라."

절그럭거리는 소리들이 귓등을 흔들었다. 놓지 못하겠나! 끝내 붙잡혀 기사들의 뒤로 끌려가는 셰반의 분통 소리가 들렸다. 형을 집행하기 위해 땅에 떨어지는 검을 주워드는 기사의 느린 동작이 곁눈에 어른거렸다.

하지만 정말 그쳐야 할 때가 온 것임을 이해했다.

일신 바쳐, 일생을 바쳐 되돌아온 것이 이것이라면 이제 그녀도 지쳤다. 제 것 다 내려놓고 내려놓아도 목숨마저 내놓으라는 이들에게 더 이상 나눠 줄 것은 남지 않았다. 껍데기처럼 남은 기억과, 아물지 못한 제 아픔만으로도 버거운 몸뚱이였다.

파사드.

—그러니 이제, 누군가로부터 네가 돌려받을 차례가 아닌가.

왜 네 얼굴이 어른대나. 네가 그리 '받으라, 받으라' 할 땐 받지 않겠다 고집했는데 이제 와 '받을걸' 한다.

"……체사 경, 아무래도 저도 이건 아닌 것 같습니다. 도대체 왜 폐하께서 그런 명을 내리셨는지도 모를 노릇이지만 아무래도……."

군사들에게 붙잡혀 입까지 틀어막힌 채 분통을 터뜨리는 셰반을 바라보던 올베빈이 씁쓸히 중얼거렸다. 그러나 카라제시는 유일하게 내막을 아는 자로서 참담한 눈으로 르옌을 내려다볼 뿐이었다.

어딘가로 사라져 버린 제 동생이 대놓고 역성을 들 만큼 아끼는 여자였다. 그리고 파사드가 처음으로 제게 손 벌리게 만든 여자였다. 모든 일의 원흉이었다.

엘히엔을 생각하면 당장 눈앞에서 치워 버리고 싶은 것이 맞지만 죽음까지 바라지는 않았다. 파사드가, 제 친우가 마음 둔 여자였다. 이 일이 끝나고 나면 파사드와 그의 관계 역시 이전으로 돌아가지 못하리라는 것을 카라제시는 잘 알았다.

—형, 이건 아니야. 진짜.

전부 다 이 상황이 옳지 않다 말한다. 하지만 그들의 왕은 이걸 옳다 판단했다.

"집행, 하십시오."

냉정한 승낙에 세빈의 움식임도 뚝 멎었다. 올베빈은 끝내 몸을 돌리고 섰다. 에제트가 턱짓하자 처형을 위해 곁에 서 있던 기사가 그녀의 옆으로 자리를 잡았다.

르옌은 눈물마저 멈춘 현실의 마지막 시간을 가슴에 새겼다.

그런데 별안간의 발굽 소리가 그들 사이를 파고들었다.

"잠시, 보고드릴 게 있습니다!"

서쪽 위옹을 순찰하던 한 기사였다. 흠뻑 젖어 나타난 그 기사는 즉시 카라제시를 향해 달려가 귓속말했다.

자연히 집행은 멈추었고 기사들과 에제트의 시선은 전부 카라제시와 난입한 기사에게 향했다. 카라제시의 표정이 서서히 찡그려지기 시작했다.

"······사실인가?"

"어떻게 할까요. 지금 더 자세히 확인하러 정찰대가 나갔습니다."

"구체적인 규모를 파악한 후, 혹 수상쩍은 움직임이 보이면 다시 보고해라. 이곳 일이 마무리되면 내가 직접······."

다른 기사들이 의아한 눈길을 보냈다. 그러나 카라제시는 가타부타 말없이 기사를 돌려보냈다.

"무슨 일입니까?"

"아닙니다. 자세한 보고가 들어온 후 논의하는 걸로 합시다."

카라제시는 그렇게 말하며 르옌을 바라보았다.

비에 흠뻑 젖은 머리칼 사이로 그를 노려보는 불그스름한 여자의 눈동자가 형형하다. 하지만 그 못지않게 카라제시의 진녹색 눈동자에도 많은 감상이 눅눅히 번져 있었다.

르옌은 쓸데없는 생각을 떠올렸다. 이는 스완의 말년, 한센이 단두대 아래 선 그녀를 바라보던 그때의 기억이 떠오르는 빛이었다.

동정인지 용인인지 알 수 없는 그런 복잡함 섞인 눈빛. 저놈에게서 꼭 같은 것을 보고 있는 제가 우스웠다. 다시 집행을 지속하란 신호를 보내려던 카라제시는 잠깐 다른 데에 생각이 미친 듯이 한 걸음 나서서 물었다.

"……잠시. 르엔 데투아. 이런 말이 위로가 되지는 않을 터나 진심으로 유감이다. 혹……."

"……."

"남기고 싶은 말은 없나. 있다면 그에게 전해 주겠다."

부러 파사드의 이름을 소리 내진 못했으나, 이게 카라제시가 할 수 있는 최선의 배려였다. 카라제시는 한참을 기다렸다. 하지만 르엔은 입술을 꿰맨 이처럼 미동 없었다. 에제트가 다시 르엔을 향해 몸을 돌리던 찰나였다.

또 다른 발굽 소리가 울려 퍼졌다.

다그닥 다그닥.

조금 전 카라제시에게 보고하고 간 이도 그렇고, 정말 무슨 일이 생긴 건 아닌가 싶어 기사들은 르엔에게서 눈을 떼고 그녀의 어깨 너머, 비쭉비쭉 솟은 막사 사이의 어둠을 지켜보았다.

쏴아아. 춤추듯 떨어지는 물방울을 딛고 언 땅을 때리는 발굽 소리는 점점 커지고 점점 빨라졌다.

"오늘따라 주둔지 내에서 함부로 뛰어다니는 녀석들이 왜 이리 많은지."

이 불편한 상황이 빨리 끝나길 바라고 있던 타라옛은 끝내 한숨과 함께 중얼거렸다. 이윽고 거친 숨을 그르렁대는 한 필의 말이 어둠 밖으로 뛰쳐나왔다.

뜨거운 열기를 훅훅 내뿜는 군마는 르엔의 곁을 스쳐 지나 에제트와 카라제시 사이로 피고들어 멈춰 섰다. 이히힝! 말 울음소리가 높게 퍼졌다.

"워워!"

익숙한 목소리에 르옌의 고개가 들렸다.

커다란 말에 앉은 기수의 뒤통수가 어쩐지 낯이 익었다. 카라제시의 등 뒤에 서 있던 기사들이 기수의 얼굴을 알아보고 휘둥그렇게 눈을 떴다.

"체사 경? 아니, 작은 체사 경?"

지난 이레간 어딘가로 사라졌던 자칼린이었다. 라르크에서 보급되지 않는 낯선 검은 코트를 걸친 이질적인 차림이다.

얼굴 곳곳이 상처와 지저분한 흙탕물투성이었다. 기사들의 의문과 카라제시의 노기가 제게 향하는 것을 외면한 자칼린이 말 머리를 돌려 르옌과 눈을 맞추었다.

"작은 체사 경, 어딜 다녀오셨던……."

그 순간, 드넓은 막사촌 곳곳에서 불빛이 오르기 시작했다. 이어 쉬이 헤아리기 어려울 만큼 번잡한 말발굽 소리가 가까워졌다.

심상찮은 낌새를 알아차린 기사들이 일제히 긴장하고 검을 뽑아 들었다. 셰반은 그 틈을 놓치지 않고 그를 둘러싸고 있던 군사들의 엉덩이를 마구 차 넘어뜨렸다. 놓아라, 이놈들! 성이 난 그를 막을 수 있는 이는 없었다.

"안 늦었네. 와, 진짜 아슬아슬했다."

안도의 한숨과 사이 헐떡헐떡 중얼대는 자칼린을 올려다보는 카라제시의 눈빛이 서서히 굳어졌다.

"뭐하는 짓이냐."

평생 동생이 벌인 사고를 수습해 온 형으로서의 직감이었다. 젖을 대로 젖어 물기가 뚝뚝 떨어지는 무거운 코트를 대충 고쳐 여민 자칼린이 카라제시를 돌아보았다. 그의 만면엔 애써 천진한 체하려는 웃음이 어려 있었다.

후드 아래 드러난 에제트의 입술이 일자로 다물렸다.

"음…… 형, 미안."

"사정 청취는 나중에 듣겠다. 집행이 끝난 후에 보자."

"그렇게 안 될 것 같아서 미안하다는 거야. 진짜 진짜 미안, 내가 이렇게 일 칠 생각 진짜 진짜 없었거든?"

"작은 체사 경, 그게 무슨 소리요? 그리고 대관절 어딜 다녀오셨기에 꼴이 그 모양이시오."

자칼린의 노골적인 반기에 타라옛도 크게 놀란 내색을 비쳤다. 그런 타라옛을 한 번, 그리고 그가 달려온 방향을 다시 한 번 돌아본 자칼린은 이내 타박타박 말을 몰아 르옌에게 다가갔다.

르옌은 얼굴을 때리는 빗물을 흘려내며 그를 멀거니 바라만 보았다.

자칼린은 발갛게 충혈된 르옌의 눈동자를 아프게 내려다보았다. 한 달도 채 지나지 않아 종잇장만큼 야위어 버린 그녀의 파랗게 질린 입술이 걱정스러웠다. 자칼린은 애써 밝게 말했다.

"르옌, 일어서. 살으러 가자."

"폐하께 거역하려는 것이라면 화를 면치 못할 겁니다, 체사……!"

에제트의 경고에 픽 콧방귀 낀 자칼린이 그를 돌아보며 한쪽 입꼬리를 끌어 올려 익살스럽게 웃었다.

"거, 눈깔을 그렇게 뜨고 협박하는데 무서워서 가겠습니까?"

이윽고 비 내리는 소음 속으로 그들의 촉각을 지분거리던 말발굽 소리들의 정체가 드러났다. 점점 커지는 소리의 진원지를 경계하고 있는 기사들의 시야로 시꺼먼 외투를 머리끝부터 발끝까지 덮어 가린 정체 모를 무리가 모습을 드러냈다.

요란한 빗소리 속에서, 그 무리는 정적처럼 차분하게 그들을 향해 걸어왔다. 그들의 코트 안 허리춤에는 검으로 짐작되는 긴 막대들이 걸려 있었다.

기사. 그러나 주둔지 내에 머물던 기사들은 분명 아니었다.

자칼린이 그들을 향해 말했다.

"여, 진짜로 아슬아슬했다. 빨리 움직이자."

올베빈이 떨떠름하게 물었다.

"저…… 체사 경, 이게 무슨 일입니까? 갑자기."

"아, 별거 아닙니다. 싸우러 온 거 아니니 공격하지 마십시오. 부탁드리겠습니다."

기사들의 눈초리에는 여전히 정체 모를 말을 탄 이들을 향한 경계심이 팽배했다. 라르크 지휘부 기사들은 지금 각각의 추측으로 이 사태를 이해해 보려 했다.

자칼린이 르옌을 데려가기 위해 온 것임은 분명했다. 그런데 저자들이 누구인지 모르겠다. 위장을 시킨 체사가의 기사들인지, 아니면 국경을 넘어 다른 지방의 기사들을 끌고 온 건지.

르옌은 자칼린의 뒤를 이어 나타난 정체 모를 기사 무리의 선두에 선 기수를 돌아보았다. 잠자코 그녀를 바라보는 이의 털 후드 안에 갇힌 검은 윤곽이 어딘지 낯익다는 생각이 들 무렵이었다.

"집행하십시오."

자칼린이 물러설 기미를 보이지 않자 에제트는 대기하던 기사에게 즉각 명했다. 그러자 가장 선두에 서 있던 괴기사가 다그닥 다그닥 말을 몰아 나와 르옌의 옆에 섰다.

르옌의 고개가 그 괴기한 기사를 따라 돌아갔다.

"……북부의 체사가 말한 것처럼 우리에게는 전투 의사가 없음을 미리 밝힙니다."

'남부 여자?'

그때까지만 해도 저들의 정체보다 자칼린의 행동에 초점을 맞추고 있던 기사들은 싸한 예감에 굳어졌다.

'저 목소리.'

카라제시는 저 여자의 목소리를 기억하고 있었다. 한 번 조우한 적 있다. 여자치고 낮고 무게감 있는 음성, 남부의 억양. 쉽게 잊을 수 있는 게 아니다.

온몸의 핏기가 빠져나가는 듯한 감각에 카라제시의 뒷목이 뻣뻣해졌다.

"자칼린, 너……!"

"아, 음, 어쩌다 보니 이놈들한테 내가 납치당한 거라고 하자. 씨알도 안 먹힐 헛소리처럼 들리긴 할 거 같은데. 진짜 감금당하긴 했거든."

여기사가 덮고 있던 후드를 벗었다. 짙은 갈색 머리칼 아래 선연히 빛나는 청록빛 눈동자가 사방 밝은 횃불로 청청히 빛났다.

카라제시의 대각 두 걸음 남짓 뒤에 서 있던 셰반의 우악스레 찡그려져 있던 얼굴에서 표정이 지워졌다. 곧 충격이 번져 나갔다.

"……마리포사?"

너무 놀라면 순간 사고가 정지해 버린다고 했던가.

쏴아아…… 빗소리가 세상을 뒤덮은 듯했다. 끔찍하게 고요한 침묵이 찾아왔다. 스르릉! 곳곳에서 검을 뽑아 들고 고쳐 든 기사들이 일제히 반경을 넓혔다. 마리포사! 눈을 감은 체, 귀를 닫은 체 횃불을 들고 대기하던 군사들도 느닷없이 라르크 주둔지 공터 한가운데에 나타난 저들의 정체에 크게 놀라 물러섰다.

에일라의 빗물 젖은 입술이 고요히 말했다.

"우리는 라르크 명문 체사의 초대하에 정당히 입구를 지나 들어왔으므로 사신과 동등한 대우를 받길 원합니다."

'……뭐?'

기사들은 목각 관절이라도 박은 것처럼 느리게, 딱딱하게 고개를 돌려 서로를 바라보았다. 그러다 끔찍한 사실을 이해하고 말았다.

라르크 주둔지 내에서 자칼린 엔도 체사가 누구인지 모르는 군사들은 없었다. 그는 배너 기사이며, 명문 체사이며, 주둔지 입구를 지키는 보초들의 상관이었다.

만면을 일그러뜨린 카라제시가 노성을 터뜨렸다.

"자칼리인!"

"어, 지금 좀 상황이 바쁘잖아. 그래서 같이 좀 들어왔어."

결국 자칼린이 저들을 주둔지 내까지 끌고 들어왔다는 말이다. 하기야 그들도 에일라가 얼굴을 보이기 전엔 정체를 짐작할 수 없었으니, 설마 자칼린 엔도가 적을 데리고 입구 문턱을 당당히 넘을 거라곤 생각지 못했을 것이다.

수도 수십밖에 되지 않으니 사정 모르는 이들은 저자들이 자칼린을 찾기 위해 파견 나간 수색대라 생각했을는지도 모른다.

'맙소사. 자칼린 엔도가 제대로 일을 친 게로구나!'

적이다!

둥 둥 둥 둥. 북소리가 동서남북 어디서인지 구분도 안 될 만큼 요란히 한밤을 깨웠다. 그럼에도 주둔지 내까지 조용히 들어와 선 마리포사 기사단들은 위축됨이 없었다. 카라제시는 굳어진 채 꼼짝도 않고 자칼린만 바라보고 있었다.

마리포사와 내통을 했다. 이건 어떻게 덮어 넘길 수도 없는 일이었다.

"……마리포사, 이곳이 어디인지 모르고 찾아왔다고는 하지 않겠지."

"서로 일천, 남서 오백, 남으로 삼백."

"……."

"지금 대기 중인 기사단입니다."

"이쪽의 몇만을 고작 몇천으로 어찌해 볼 수 있다 믿나?"

"종전 협정이 진행 중이 아니었습니까? 협정이 끝날 때까지 모든 교전이 금해졌음을 우리도 알고 있습니다."

"주둔지 내에 침입한 적들에겐 해당되지 않는 의전이다."

"우리는 검도 뽑지 않았고, 명백히 지금 이 주둔지를 관리한다는 북부 체사의 초대를 받았고, 이미 교전 의사가 없음을 명확히 했습니다. 만일 먼저 공격한다면 기꺼이 우리의 생존을 위해 검을 뽑아 들게 될 것이나, 이는 분명한 라르크의 선공입니다."

"북부는 너희가 주둔지 내로 들어오는 것을 허한 적 없다. 자칼린에겐 권한이 없다."

"그렇다면 라르크가 종전을 위해 모든 교전이 금지된 이 시태에 사특한 수를 부려 제국의 기사인 우리를 속인 것으로 봐도 되겠습니까?"

"너희가 시해한 것이 제국의 황태자였다. 그런데 너희를 제국의 기사라 일컫나?"

"공식 추방 선언이 있지 않았으니 우리는 여전히 제국의 기사입니다."

카라제시는 순간 말문이 막혀 입을 다물었다.

의도치 않은 침묵 속에 얼굴을 때리는 빗줄기가 아프게 튀겼다. 눈꺼풀에 걸린 물방울이 뚝뚝 떨어져 내렸다.

적들이 탄 말 입김이 흐릿흐릿 번져 나갔다. 적들이 나타났다는 소식을 들은 라르크의 군사들이 공터의 가장자리를 에워싸기 시작했다. 그들은 막사와 말뚝과 곳곳의 장애물을 뒤로하고 검을 뽑아들었다.

자칼린이 다시 한 번 크게 소리치며 공터의 안쪽 가장자리를 느리게 돌았다.

"교전은 없으니, 공격하지 마라!"

당장 움직이지 못하고 주춤대는 라르크의 기사들을 쭉 돌아본 에일라가 르옌을 향해 말 머리를 돌렸다.

그리고 물었다.

"무턱대고 위험을 무릅쓴 건 아닙니다. 왜 당신이 나의 주군을 외면했는지 묻지 않겠습니다. 다만 다른 것에 대한 답을 요구하겠습니다. 당신은, 남은 책임의 무게를 피하지 않고 우리와 함께 갈 자격이 있는 분입니까."

빗물이 눈가로 스며 눈이 쓰렸다. 그럼에도 눈 한 번 깜빡일 수 없었다. 르옌은 얼굴에 긴 흉터를 지닌 차가운 눈매의 여자를 넋 놓고 바라보았다.

'에일라 시니스.'

분명 그런 이름을 가진 여자로 기억한다.

그녀는 페이작의 기사였다.

그녀가 죽인, 페이작의 기사였다.

온몸이 사시나무처럼 떨렸다. 르옌은 차게 언 흙바닥을 그러쥐며 가까스로 입술을 뗐다.

"넌…… 내가……. 그를 내 손으로……."

차마 말이 이어지지 않았다. 입 밖에 내는 것만으로도 온전히 홀로 된 현실이 그녀를 집어삼킬 것만 같았다.

사그라진 말끝을 대신 이어 빗물에 섞인 뜨거운 눈물이 뺨을 타고 흘러내렸다. 에일라는 그런 그녀를 응망하다 말했다.

"당신이 그분의 끝을 함께해 주시고, 주군의 시신을 북부인의 관습대로 소산해 주셨다는 사실은 이미 북부의 체사가 확인해 주었습니다. 이상의 자초지종은 불필요한 시간 낭비임을 아룁니다."

"……그러면 왜 네가."

"그분이 종래에 무얼 획책하셨는지 감히 나는 상상할 수 없습니다. 그러나 그분이 당신을 바랐다는 것만큼은 모두 알고 있기 때문에."

"……."

"그분의 유지를 이어."

"……."

"우리는 당신의 자격과 뜻을 확인하러 왔습니다."

어안이 벙벙한 기색을 감추지 못한 라르크 기사들의 시선이 자연히 자칼린에게 향했다.

저치들이 머리가 어떻게 된 건가. 마리포사를 죽인 것이 르옌이고, 저 여자는 마리포사의 남은 수괴들 중 하나였다. 그들의 집요하기까지 한 시선을 한 몸에 받으며 자칼린은 뒷머리를 긁적였다.

'진짜 대단한 놈들…….'

솔직히 마지막에는 그 역시도 거의 포기 상태였다. 상식적으로 르옌이 발로이드를 죽였으니, 저들이 르옌에게 복수심을 태우는 것이 당연해 보이지 않나. 그러나 저들은 처음 등장 때부터 그랬듯 상식 밖의 인간들이었다.

다른 기사들의 의문과 꼭 같은 의문으로 르옌이 적대적으로 물었다.

"하지만 너희는……."

얼어붙은 듯 꼼짝도 않는 그녀를 내려다보던 에일라는 말에서 내려 그녀에게 다기와, 가늘세 떨리는 팔목을 움켜쥐어 강제로 끌어세웠다.

그리곤 씹어뱉듯 뇌까렸다.

"나의 전 주군은."

"……."

"이딴 사슴 발목만도 못한 손모가지에 숨 앗기는 분이 아니다."

"……."

"그분이 널 살리기 위해 남부 태자를 시해했음을 보았고."

"……."

"그분이 선택한 마지막이라면, 우리는 따른다. 물론 네가 너를 증명해 보일 때까지, 네가 주군을 해했다는 건 나와 몇몇의 기사들만이 알고 있는 사실이 될 거다. 바라지 않으나, 주군은 늘 이 모든 것이 널 위한 준비라 했다. 마리포사라는 도구의 쓰임 역시 널 위함이라 했다. 마지막까지 내 주군의 가슴을 찢은 너지만, 너는 그를 배반했지만, 우리는 그를 배반하지 않는다. 그게 내가 지금 이 자리에 있는 유일한 이유다. 그러니 너는 결정해라. 너를 증명하고 그분의 모든 것을 승계받을 책임을 받아들일 것인지."

충혈된 에일라의 눈동자엔 감정이랄 것이 비치지 않았다. 그러나 벌건 눈가를 타고 눈물이라 일컬어지는 것이 느리게 흘러내렸다. 르옌은 떨어지는 빗물에 몸을 맡긴 채 숨소리조차 내지 못하고 에일라를 마주 보았다.

폐부가 굳어 가는 듯했다. 에일라에게 잡힌 손목이 으스러지는 것 같았다. 르옌의 표정은 점점 더 굳어졌다.

페이작의 것을 지켜 낼 책임이라 했다.

툭. 떨어지는 건 빗물인가, 눈물인가.

이윽고 르옌의 입가에 헛헛한 미소가 그려졌다. 에제트가 에일라의 뒷덜미를 향해 경고했다.

"그 여자에게서 물러나라."

"우리는 네 명령 따위 듣지 않는다."

"다들 무얼 하시는 겁니까? 이들을 잡으십시오."

자칼린이 그대로 말을 몰아 에제트의 코앞까지 걸어오더니, 검집 끝으로 에제트의 어깨를 꾹 밀어냈다.

"이보십시오. 조금 전 이야기 끝나지 않았습니까? 마리포사가 제국의 공적이 되었다고는 하지만 공식 추방령이 있기 전까지는 제국의 기사들입니다. 그리고 지금 협정은 끝나지 않은 걸로 아는데. 아, 아닙니까? 뭐야, 설마 잠깐 자리 비운 사이에 끝난 건 아니겠죠? 아니라면 교전이 벌어지면 누구 손해겠습니까."

"마리포사는 태자를 시해했다."

카라제시가 씹어뱉듯 말했다. 자칼린이 조금 쓴 한숨을 내쉬며 말했다.

"형이랑 아버지가 늘 내게 알려 준 건, 탁자 위에서 노는 녀석들은 늘 빌미를 찾는다는 거였잖아. 인간은 감정으로 움직이지만 집단은 감정만으로 움직이지 않는다고, 조심해야 한다고 늘 나한테 말했잖아."

마리포사와의 교전.

협정이 끝나지 않은 상황에서 저들의 말마따나 정식 추방령이 떨어지지 않은 저들과의 교전이 벌어졌을 경우, '마리포사'와 교전을 벌인 라르크를 눈감아 넘기느냐, 아니면 마리포사와 '교전'을 벌인 라르크의 덜미를 잡느냐의 문제였다.

협정이란 오로지 이득을 위해 마련된 전쟁의 마지막 무대였다.

적들이 마리포사라고 한들, 태자의 죽음에도 의연히 구는 모르가나가 꼬투리를 잡을 기회를 놓칠 리가 없다. 단순히 모르가나가 어부지리를 얻는 것이라면 모르겠으나 자칫 협정 중 '제국인'을 공격했다는 것으로 판별되어 종전에 있어 불리한 입장이 될 수도 있는 일이다. 지금 그들이 상대하고 있는 것은 악랄한 남부인들이었다. 게다가 저들의 침입이라 주장하려면 자칼린부터 즉처해야 했다.

카라제시로서는 도저히 이도 저도 결정할 수가 없었다.

"……자칼린, 너 정말 미친 거냐. 이런 큰일은 어떻게 수습할 수도 없는 죄다. 이건……."

"그냥 이 말밖에 못하겠다. 형, 나한테 북부의 긍지를 가르쳐 준 게 형이야. 북부는 명예로운 사람을 홀대하지 않는다고."

르옌을 떨치고 일어나 다시 말에 오른 에일라가 물었다.

"더 시간 끌지 않겠습니다. 마지막으로 묻겠습니다."

"……."

"당신은 누구십니까. 당신은 이리 초라한 대우를 감당하고, 비참한 끝을 맞기 위해 제 주군의 마음을 찢으셨습니까."

'페이작, 너는 마지막까지 나를 이리 붙잡아 두나.'

배반의 바람이 스쳐 지나고 질척한 선택에 기로에서 르옌은 차게 언 입술을 열었다.

"……나는."

자칼린이 다가와 여마의 고삐를 다시 한 번 건넸다. 그녀는 고삐를 움켜쥐었다.

"그의 여왕이며……."

그리고 온 힘을 다해 축축히 젖은 차가운 안장 위에 앉았다.

"그는."

그녀는 받아들였다. 내리는 빗속에서 이제 이전과 같은 사랑은 그칠 것이라는 현실을.

"나의 마지막 기사였다."

르옌은 훌쩍 높아진 시계를 가득 채운 라르크의 비죽 솟은 막사들을 눈에 담았다.

저들은 죄 없음이라. 그러나 북부 늑대의 탈을 쓴 작은 월계수 한 그루가 드리운 죄는 용납하지 않을 터였다. 물러나려던 여왕을 다시 세상으로 끌어다 던진 건 얼굴조차 모르는 현 북부의 왕이었다.

에일라가 르옌에게 푸른 나비의 멘테를 던졌다. 젖어 뭉친 멘테를 잡아채듯 받아 든 르옌은 주저 없이 멘테를 둘러맸다.

떨어지는 건 빗물인가, 눈물인가. 그러나 중요치 않다. 라르크로부터의 두 번의 배반이면 충분했다.

바닥난 것 차기도 전에 그릇을 깨려는 북부의 왕에게 더 이상의 자비란 없다. 손 밖으로 흘러가는 사태에 에제트는 직접 검을 꺼내 들었다. 그리고 그대로 르옌이 탄 말을 향해 걸어갔다.

"허튼 생각 마십시오. 우리는 교전의 의사가 없음이나, 우리를 공격한다면 갚아 줄 의향은 충분합니다."

에일라가 르옌에게 다섯 걸음 남짓 거리까지 다가온 에제트를 가로막아 섰다. 그 옆으로 자칼린이 따라 섰다. 에제트는 아무것도 하지 않고 선 기사들을 노려보며 이 가는 소리를 냈다.

"복창한다!"

이윽고 고개 돌린 에일라의 목소리가 시꺼먼 존재감으로 사열해 있는 수십 기의 마리포사 기사단원들의 머리 위로 퍼져 나갔다. 경계심으로 잔뜩 온 촉각을 곤두세우고 있던 라르크의 군사들과 기사들이 깜짝 놀랄 정도로 뚜렷하게, 선명하게, 명백하게.

"첫째, 우리는 멸사봉공滅私奉公을 기치로 한다!"

고요한 존재감으로 견고히 서 있던 검은 코트의 기사들이 빈주먹을 들어 올리며 일제히 복창했다.

멸사봉공을 기치로 한다!

"둘째, 우리는 실력 외의 차별을 두지 않는다!"

차별을 두지 않는다!

"셋째, 우리는 전우를 자신의 살처럼 사랑한다!"

전우를 사랑한다!

"넷째, 우리는 적 앞의 죽음을 두려워하지 않는다!"

죽음을 두려워하지 않는다!

안전하리라 믿어 의심치 않았던 둔영 한복판에서 벌어지는 마리 포사들의 함성에 어쩔 줄 몰라 명령만 기다리고 있던 기사들마저 얼 빠진 얼굴을 했다.

우렁찬 목소리에 만족스레 입술을 끌어 올린 에일라가 르옌을 돌 아보며 마지막 강령을 맺었다.

"그리고 다섯째, 우리는 영원불변의 주인을 섬겨 충성한다."

"……."

"이것이 우리의 비문이 될 다섯 가지입니다. 우리에게 당신을 증 명해 낼 수 있다면 이는 당신에게 바쳐질 것입니다."

"적당하다."

답한 르옌이 서늘히 갈앉은 불그스름한 눈동자를 움직여 멍하게 그녀를 바라보는 기사들을 돌아보았다.

어쩔 줄 몰라 하며 명령이 떨어지길 기다리는 군사들과 이 활극에 넋을 놓은 올베빈과 자칼린만 바라보고 있는 카라제시와, 무슨 생각 을 하는지 연신 혀를 차는 타라옛 그리고 세반.

세반과 눈이 마주친 르옌은 작게 고개를 숙였다 들었다. 그리고 고삐를 움켜쥔 후 사위에 깔린 라르크의 군사들을 훑었다.

르옌은 말 머리를 돌리며 에일라에게 명했다.

"첫 번째 명이다. 길을 열어라."

불안도 주저도 없었다. 불가능이란 인간의 세 치 혀가 만들어 낸 거짓 한계에 불과함이라. 가불가 따위는 물을 필요 없는 일이다.

에일라가 그녀를 따라 말 머리를 돌리며 외쳤다.

"……존명, 반전反轉!"

견고히 열을 맞춰 서 있던 검은 코트의 기사들이 물길처럼 갈라졌다. 빗물은 골짜기처럼 어둔 틈으로 가열하게 떨어져 내렸다. 악마의 아가리처럼 시커먼 어둠이다.

자칼린은 르옌과 눈이 마주치자 익살스레 한쪽 입꼬리를 올려 웃어 보였다. 르옌은 주저 없이 여왕의 어로를 달려 나갔다. 기사들의 동태를 살피기 위함인 듯 마지막까지 남아 있던 자칼린이 카라제시를 향해 마지막 인사를 건넸다.

"형, 진짜 내가 이러려던 게 아니었거든? 진짜 미안!"

카라제시가 붙잡을 새도 없었다. 자칼린은 이미 다 젖어 버린 검은 털 후드를 머리끝까지 뒤집어쓴 후, 뚝뚝 떨어지는 물을 손바닥으로 한 번 쓸어 냈다. 그러고는 그대로 마리포사 기사단원들의 후미를 쫓아 달려갔다.

수십 기의 마리포사 기사단원들은 처음 모습을 드러냈을 때의 고요한 탈을 벗고 요란한 발굽 소리를 내며 멀어졌다.

화아, 쿠르릉.

세상이 번쩍하고 우레 소리가 세상을 때렸다. 빗줄기는 점점 서세어졌다.

하늘 쏟아질 듯한 빗물이었다.

"지금 다들 뭐 하시는 깁니까."

노기에 찬 에제트의 눈빛이 사납게 기사들을 향했다. 그러나 기사들은 미동도 없었다.

전쟁도 끝이 났고 라르크의 수치라 불렸던 발로이드 페이작 마리 포사도 죽은 마당이다. 주인을 잘못 만나 제국의 공적이 된 마리포사의 남은 군사들이 불쌍하면 불쌍했지, 예전처럼 격렬한 악감정은 없었다.

그리고 무엇보다도 르옌 데투아의 죽음의 이유가 부당하다 느꼈던 탓인지 큰 분노는 느껴지지 않았다. 왕명이기에 따를 뿐이라 합리화하기엔 르옌이 그간 라르크 군에 기여했던 것이 가릴 수 없이 컸기 때문이다.

이 사태가 이해가 가지 않아 황당했지만 어쩌면 조금은 잘된 걸지도. 일각이나마 그런 생각을 했다는 것 자체가 불충이나, 감정을 가진 인간이기에 어쩔 수 없는 일이다.

물론 지휘 기사들도 그냥 이리 멍청하니 손 놓고 있을 수만은 없다는 것을 모르는 건 아니다.

"지금 제가…… 꿈이라도 꾸고 있는 겁니까?"

침묵을 깨고 올베빈이 중얼거렸다.

체사의 차남이 라르크를 배반한 시점, 테른도크의 명령으로 처형을 앞두고 있던 계집을 마리포사가 데리고 돌아간 이 사태의 수습을 어디부터 시작해야 할지 난감하기만 했다. 끝까지 검 한 자루 뽑지 않고 버티다 돌아간 마리포사 기사단의 기척이 멀어져 가는 것을 들으며 멍청하니 서 있던 셰반이 어이가 없다는 듯 웃었다.

너무 황당하면 웃음이 난다는데 딱 그 짝이었다. 지난번부터 포로로 잡혔을 적 황태자가 유독 마리포사와 관련해 르옌에게 관심을 보이기에 이상하다 싶었는데, 발로이드가 왜 황태자를 죽였는가 싶었는데.

"……웃음이 나십니까."

"아니, 저자들이 단체로 미치기라도 한 게 아니오? 대체 어찌 된 일인지 아는 이 없소?"

"저도 지금 영문을 모르겠습니다. 왜 마리포사들이……. 적장이었던 마리포사를 죽인 것이 분명 데투아 경이었습니다."

"그러니 저놈들이 미쳤다는 게 아닌가."

"하루 이틀 미친놈들인 게 아니라 그런지 놀랍지도 않습니다만, 데투아 경의 말도 이상하지 않았습니까."

타라옛이 한참을 눈을 부릅뜨고 그들을 노려보다 손을 들었다.

"말을 탄 자들은 저들을 쫓아라. 불가피한 상황이 아니라면 교전은 피하도록. 요란하지 않게."

타라옛의 명령에 대기 중이던 기사들이 그제서야 자리를 박차고 달려 나가기 시작했다. 그들의 미적지근한 태도에 에제트는 기사들을 노려보다 휙 뒤돌아갔다.

에제트가 멀어지고 얼마 지나지 않아 가까스로 버티고 서 있던 카라제시가 비틀거리며 허물어졌다. 쥐고 있던 검을 지팡이 삼아 겨우 고꾸라지는 것을 면한 형세였다. 조금 전의 상황에 정신이 팔려 있던 기사들이 깜짝 놀라 카라제시를 부축했다.

"큰 체사 경."

"……말을, 내 말을 가져와라. 말을……."

자칼린이 돌이킬 수 없는 길을 디뎠다. 종전을 목전에 두고 그들을 배반했다. 변절. 반역과 진배없는 일이었다. 이는 체사가를 송두리째 흔들 수도 있다.

머릿속이 껌껌한 암막으로 뒤덮인 듯했다. 간혹 번뜩번뜩 현기증이 밀려올 때면 호흡마저 불규칙해졌다. 그를 착잡히 바라보던 타라옛이 고개를 저었다.

"아니, 체사 경을 안으로 뫼시게. 체사 경, 지금 가서 작은 체사 경을 잡으면 즉처입니다. 직접 그리하시려는 겁니까?"

"……뱅센 경, 그러면 저걸, 저들을 두고 보란 말입니까."

"우선 큰 체사 경께서는 내부부터 해결하십시오. 당신이 지금 주 둔지 내를 돌보는 책임자입니다. 다들 이 새벽부터 놀라 정신이 나 간 듯하니."

세반이 타라옛을 향해 혀를 차며 중얼거렸다. 당최 뱅센 경은 무 슨 생각을 하는지 모르겠소. 타라옛은 냉랭하게 대꾸했다.

"지오타르 경, 정황은 모르겠으나 르옌 데투아가 정말 죽어야 하 는 인물이 되었다는 것이 이제 확실해졌으니, 만일 사로잡는다면 그 때는 내 손으로 죽일 거요. 조금 전처럼 삿된 정으로 말릴 생각 마시 게. 적과의 내통은 즉처이니 칼란독 경의 승인도 필요 없소."

"이젠 나도 안 말리네. 저걸 어찌 말려."

타라옛은 한 군사가 끌고 온 여마에 올라 그들이 사라진 방향으로 달려갔다. 기사들은 군사들의 부축을 받으며 멀어지는 카라제시의 뒷모습을 바라보며 속 한숨을 삼켰다.

"아아……."

'역시, 자칼린 엔도다.'

❖·❖

한밤의 예고 없던 소란에 대충 옷가지를 걸치고 해군모를 덮어쓴 카헤이아가 막사 밖으로 나와 멈춰 섰다. 그녀는 천둥과 벼락이 내 리치는 우천의 하늘을 올려다보았다.

하늘은 지천이 암회색으로 뒤덮여 별 싸라기 한 점 보이지 않았 다. 보초를 서던 장교 드하반이 그녀에게 달려와 섰다. 터질 듯한 해군 제복 위로 대충 걸친 그의 망토는 얼마나 밤을 뛰어다닌 건지 이미 빗물에 흠뻑 젖어 있었다. 드하반의 군모 챙 끝에서 주룩주룩 빗물이 떨어졌다.

카헤이아가 저편 반짝이는 횃불들을 바라보며 물었다.

"갑자기 저기서 무슨 지랄들이냐? 저 북소리는 전시에나 나는 것 아니던가?"

장교 드하반은 날카로운 고동색 눈동자를 그녀의 발치로 내린 후 두꺼운 목소리로 보고했다.

"적이 발견되었다 합니다."

"기습?"

"아니, 그건 아니고 제법 거리가 있는 곳에서 몰려 있는 것을 발견한 모양입니다. 그보다는…… 저쪽에 웬 검은 기사 무리가 눈에 띕니다만. 지금 히스커스가 라르크의 상부 지휘 군사들에게 상황을 물으러 갔습니다."

드하반이 땅 진동의 진원지를 향해 손가락을 뻗었다. 그들의 막사가 서쪽 구석에 위치해 있었으므로, 쉬이 말해 주둔지 중앙을 기준 삼아 남서향이 대낮만큼이나 밝았다.

"저쪽에서 움직임이 큽니다."

"그래 보이는군."

떨어지는 빗물이 시야를 가리는 것을 막기 위해 손차양을 한 카헤이아는 시친인 특유의 밝은 시력을 발휘했다.

날씨는 녹록치 않았지만 태양 삼킨 밤 바다와 싸우는 일도 비일비재한 시치인들에게는 어렵지 않은 일이었다. 눈에 익은 계집이 어째서인지 파란 멘테를 달고 달려가고 있는 것이 보였다. 정확히 무언지는 모르겠지만 짙푸른 계열인 것은 확실했다.

'어?'

라르크 군 내에서는 본 적 없는 것이다. 이어 수십여 명의 검은 망토의 기사들이 르엔을 뒤따라 달리고 있었다.

"무슨 기밀 명령이라도 내려졌나?"

"전시 위기를 알리는 북이 울린 걸 보면 그건 아닐 듯합니다만."

"저 계집은 라르크의 충직한 기사인데 왜 내 눈엔 쫓기는 것처럼 보이나?"

조금 거리를 두고 그들을 따라 달려가는 이들이 보였다.

맹렬하거나 빠른 속도는 아니었지만, 어딘지 우왕좌왕 대는 듯하는 게 이상했다. 검까지 뽑아 든 녀석도 있었다. 무기에 엄격한 관리 규율을 두는 주둔지 내에서 훈련 외 검을 뽑을 일이 생겼다는 것만으로도 꽤 놀랄 일이다.

'이 새벽에?'

그들이 달려가는 남서쪽의 주둔지 입구를 향해 기계적으로 고개를 따라 돌리던 카헤이아는 입구 쪽으로 달려 들어오는 또 다른 라르크의 기사들을 발견했다.

흐리게 어둔 회색 구름 하늘 아래 누군가가 서 있었다. 쏟아지는 빗줄기를 피하지 않고 선 사내는 이곳에 있을 리 없는 자였다.

◈ ·· ◈

내일이면 다시 협정이 재개될 것이란 사실도 하얗게 산화되어 떠나온 곳에 남겨 두었다.

이틀 거리를 비 오는 악천후를 뚫고 달려 하루 하고도 반나절 만에 도달한 아군의 주둔지는 대낮처럼 환했다.

하아, 하아. 턱끝에 괴인 숨소리가 바로 귓가에서 울리는 것처럼 선명했다. 가라앉지 않은 불안은 끊임없이 전신을 욱죄었다. 무자비하게 채근하는 주인에게 겁먹어 쉬지 않고 하루 반나절을 달린 롯사는 금방이라도 쓰러질 듯 다리를 떨며 그르렁거렸다.

남쪽 입구를 통해 주둔지로 달려가려던 파사드는 반대편에서 벌어진 번잡한 소란을 눈치 빠르게 알아차렸다. 기민하게 방향을 돌린 그는 직감에 따라 움직였다. 가뜩이나 지쳐 있던 기사들이 울타리를 따라 종단 질주를 해 그를 뒤따랐다. 그리고 서남쪽의 입구에 이르러 멈추었다.

하아, 하아. 끊임없이 오르내리는 가슴이 터질 것 같다. 숨 한 번 쉴 때마다 불안을 마시는 것과 진배없이 폐부가 떨렸다. 빗물은 닥친 위험처럼 아프게 언 살갗을 때렸다.

파사드는 빗물로 흐려진 시야를 닦아 내기 위해 얼굴을 한 번 쓸었다. 이윽고 수십 개의 횃불들을 꼬리처럼 단 검은 코트의 기사 무리들이 그의 정면에 모습을 드러냈다.

비 내리는 어둠을 뚫고 나타난 그들은 모두 무기를 들지 않은 비무장 상태였다. 그들의 정체를 가늠하며 천천히 허리에 찬 손에 익지 않은 검 자루를 오른손으로 움켜쥐던 파사드의 움직임이 멎었다.

파사드의 새까만 시선은 저들의 선두에 선 여자에게 맺혀 붙박였다. 그녀도 그를 발견하고 멈춰 섰다.

르옌이 아직 살아 있다는 것, 그리고 르옌의 곁에 자칼린이 서 있다는 것만이 위안의 전부였다. 커다랗게 그를 엄습해 오는 불길한 예감에 그는 꼼짝도 할 수 없었다. 두근거리던 심장 소리가 얼음 속에 갇힌 듯 차츰 죽어 갔다.

"……."

파사드의 빗물 젖은 입술이 일자로 다물렸다.

쏴아아아. 내리는 빗줄기를 헤치며 하얀 입김이 연기처럼 번졌다.

르옌의 왼편엔 마리포사 기사단의 제일 기사단장이라 불리던 여자가 서 있었다. 저 뒤에 있는 자들 모두 마리포사였다. 르옌이 에일라와 나란히 서 있는 것만으로도 파사드는 이 사태의 연유 아닌 결과를 봉찰할 수 있었다.

"……정지."

완전히 멈춰 선 르옌이 주먹을 들어 올려 보였다. 에일라가 쩌렁쩌렁 명령했다. 정지! 그러자 그녀를 뒤따르던 이들 모두가 일사분란하게 멈춰 섰다. 등 뒤로 라르크의 기사들이 달려오고 있다는 것을 알면서도 불복의 소리를 내는 이 한 명 없는 정연한 복종.

파사드와 르옌은 열다섯 걸음 남짓의 거리에 있었다.

르옌은 잠자코 멈춰 서 이곳에 있을 리 없는, 비에 흠뻑 젖어 벌건 눈을 한 파사드를 응망했다. 검은 머리칼이 죄 눌어붙어 얼굴 위를 정신 산만하게 뒤덮고 있었다.

눈가에 괴이는 빗물에 다시 시야가 흐려졌다. 파사드는 느리게 눈을 꾹 감았다 뜨며 그도 모르게 고삐를 움켜쥐었다.

목 안쪽이 불에 덴 듯 홧홧했다.

너는 이런 식으로 떠날 수 없다. 너는, 이렇게 우리를 떠날 수 없다. 수많은 말들이 떠돌았다. 내가 해결하겠다. 내가 이 상황을 정리할 수 있다. 온갖 간절함이 목구멍까지 차올라 그의 목젖을 쥐어 때렸다.

그러나 결국 첫마디는 속 뜯겨 나가는 것 같은 사죄였다.

"……미안하다."

아무리 이런 극단적인 명령이 내려올 것이라 예상하지 못했다고는 하나, 누구도 예상하지 않았을 것이라고는 하나 이는 그가 지키지 못한 것이다.

추격대를 편성해 따라오는 타라옛의 기사 무리와의 거리를 가늠하던 르옌이 타박타박 물을 튀기며 파사드에게로 다가갔다. 경계심 가득한 눈초리로 파사드를 쏘아보던 에일라가 르옌을 붙잡으려 했다. 르옌이 손을 들어 허공을 미는 시늉을 하며 그녀를 떨쳤다.

"시니스 경, 이자는 괜찮다. 여유가 없는 것 안다만 괜찮으니 물러나 있어라. 어차피 이자가 길을 열지 않겠다 호언하면 돌파가 수십 배는 어려워질 테니까."

파사드가 막는다면 진짜로 교전이 벌어질 터였다.

자칼린은 일그러지는 파사드의 얼굴을 차마 끝까지 바라보지 못하고 고개를 비껴 돌렸다. 일이 왜 이 꼴이 되었담. 중얼거리자 에일라의 따가운 눈총이 돌아왔다.

르옌은 파사드의 지척에서 고삐를 당겼다.

다 젖어 짙어진 적갈색 머리칼 새로 꼭 그만큼 발간 눈동자가 그를 마주 보고 섰다. 파사드는 하염없이 그녀의 시선을 받고 섰다. 마치 제가 죄인 된 것처럼 부끄럽고 부끄러워 입술도 떼지 못하고 그렇게.

파사드의 창백하리만치 하얗게 질린 낯을 다소 씁쓸히 응시하던 르옌이 먼저 요청했다.

"네가 미안할 것 없다 말하고 싶다만…… 상황이 이렇구나. 내게 미안하다면 비켜 줘. 그것으로 전부 없던 일로 하자."

감정이란 것이 주고받는 행동만으로 아무것도 돋아나지 않았던 이전처럼 깨끗하게 닦여 나갈 수 있다 믿는 걸까. 입술을 힘주어 다문 파사드는 그녀의 앞을 가로막은 채 버티고 섰다.

"브류나크, 우리는 종전을 앞두고 있는 너희와 무력 충돌을 하고 싶지 않아."

'우리.'

그녀의 우리는 그가 속한 라르크의 군인들이어야 했다. 분명, 그
래야 했다. 그러나 분기가 치미는 만큼 파사드의 손에서는 힘이 빠
졌다.

이지럽고 껍껍하고 도대체 어디서부터 잘못된 것인지 알 수가 없
었다. 르엔을 제 곁에 잡아 두기 위해 그는 전부 감당해 낼 각오를
했다.

차마 엘히엔을 밀어내지 않은 채 그녀를 붙잡을 수는 없어 파혼
을 청했고, 그 이후에 벌어질 일에 대한 것도 개략적인 청사진을 그
려 대비를 시작한 후였다. 르엔이 사랑하는 라르크에서, 비록 그녀
의 온전한 사랑을 받지 못할지 모른다는 걸 알더라도 존경하는 여자
를 지키며 살 수 있다면 그에게 있어서 그는 그야말로 최고의 명예
였다.

그래서 세간에서 쏟아질 불명예마저 감당하리라 했다. 그랬는데.

라르크의 브류나크가 그녀를 죽이려 한다. 자신 역시 브류나크이
므로 죄는 그에게도 있었다.

—너희는 또 내 누님을 죽일 테지. 너희는 또 그리 나의 폐하를 배
반할 테지.

쏴아아— 빗소리가 이명처럼 어른거린다. 저주처럼 들러붙은 발
로이드의 목소리를 떨쳐 낼 수가 없었다.

"저, 끼어들어 죄송한데 말입니다. 형님, 지금 저희가 조금 바빠
서……. 르엔, 지금 저 뒤쪽은 포위당했어."

파사드가 힘겹게 입술을 열었다.

"아직 협정이 끝나지 않았다……. 교전은 없다, 자칼린."

라르크의 수치라 불리던 마리포사들과 함께 서 있는 르옌과 자칼린의 죄목을 어떻게든 축소하기 위해서는 저들이 라르크에 검을 겨누는 일 따위는 없어야 했다.

파사드의 후위에서 대기하던 몇몇 기사들이 곳곳으로 달려가 파사드의 뜻을 전달했다. 라르크의 군사들은 곤혹스러운 반응을 보였다. 저들을 추격하라는 명령이 떨어진 건 잡으라는 말이다. 그러나 순순히 잡힐 리가 없으니 저들을 잡기 위해선 교전은 불가피했다.

대체 이 새벽에 이런 교착 상태가 웬 말이란 말인가.

털모자 아래로 떨어지는 빗물을 툭 털어 낸 자칼린이 한숨을 내쉬며 슬그머니 눈을 내리깔았다. 교전이 없다 해도 이렇게 허송해도 좋을 때는 아니었다.

르옌이 희미한 미소를 머금었다. 쉼 없는 빗물이 눈물처럼 그녀의 뺨의 굴곡을 따라 포물선을 그리다 턱 끝에서 떨어졌다.

"……나를 위한 종전을 가져오겠다더니, 협정이 끝나지도 않았다면서 죄 팽개치고 오면 어쩌나."

"내가 돌아왔을 때 너는 이 자리에 있을 텐가."

"그러고 싶었어, 진심으로."

"……"

"어쨌든 고마워."

담담히 답한 르옌이 말의 허벅지와 목덜미 사이를 툭 때렸다. 명령을 알아들은 말은 느릿느릿 그를 향해 가까워지다 멈추지 않고 그를 스쳐 지났다.

붙박인 듯 시선을 뗄 수 없었다. 파사드의 흑안이 그녀를 따라 앞으로 옆으로 뒤로 돌았다. 그녀의 등 뒤에는 빗물로 짙푸르게 젖은 푸른 나비의 멘테가 걸려 있었다.

쿠르릉. 하늘 울리는 천둥소리에 심장이 얼어붙고 아픈 빗물에 가슴이 깎여 나갔다.

말 머리를 돌려 그녀를 향해 손을 뻗은 파사드가 그녀의 팔을 움켜쥐었다. 이대로 보내면 다시는 돌아오지 않을 것을 직감하여 절박하기 그지없었다.

소금이라도 멀어지지 못하게 잡아 당겼다. 하나 단단하게 버틸 줄 알았던 그녀의 가는 몸은, 너무나도 맥없이 휘청이며 기울었다.

"주군!"

"어, 르옌……!"

에일라와 자칼린이 떨어지는 그녀를 받기 위해 막 달려오려던 찰나였다. 그녀보다 더 놀란 파사드가 고꾸라지려는 그녀의 몸을 그대로 끌어 올려 안았다. 하지만 힘겹게 버티던 롯사가 끝내 그들의 무게를 이기지 못하고 주저앉았다.

결국 르옌과 파사드는 말에서 떨어져 질척하게 젖은 찬 땅 위로 나동그라졌다. 파사드가 먼저 진흙탕에 넘어지고, 르옌은 파사드에게 반쯤 안기다시피 그의 위로 떨어졌다.

그에게서 벗어나기 위해 르옌은 힘없이 팔을 몇 번 당겼다가 이내 한숨을 내쉬었다. 파사드의 손아귀가 도무지 그녀를 놓지 않을 듯했던 것이다.

"지금 나를 힘으로 이리 잡으면 어쩌나. 아프다. 부러지겠어."

파사드의 손에 힘이 살짝 풀렸다. 그러나 르옌이 빠져나갈 수 있을 만큼은 아니었다. 르옌은 지금 코트째로 쥐어도 한 팔에 안길 만큼 앙상한 몸뚱이었다.

"형님, 괜찮으십니까? 르옌 너도……."

"자칼린 엔도 체사, 물러나 있어라."

파사드가 매섭게 자칼린을 축객했다. 그러나 에일라까지 막을 수는 없었다.

그의 말을 무시한 채 다가오는 에일라와 파사드의 눈에 피어오르는 살기를 번갈아 보던 르옌이 고개를 절레절레 저으며 에일라를 멈춰 세웠다.

"괜찮다, 난."

르옌은 뚝 뚝 떨어지는 빗물처럼 시선을 떨어뜨려 파사드를 내려다보았다.

"……매정하게 너를 뿌리치고 가고 싶지 않다. 그러니 네 스스로 나를 보내라. 교전하지 않을 거라면 그만 놔줘."

"브류나크를 용서해라."

"……이 우둔한 천치야. 나는 이미 브류나크를 용서했다."

잠잠하던 르옌의 음성이 매여 갈라졌다.

"칼란독 경?"

그사이 타라옛이 당도해 적당한 거리를 두고 그들을 에워싸기 시작했다.

마리포사 기사단들은 전방으로는 파사드와 그의 기사들, 양 측면과 후방은 라르크 주둔지 내에서 대기하던 군사들에게 둘러싸였다. 일부 기사들이 검 자루로 손을 가져가기는 했지만 그들의 긴장감은 딱 그 정도였다.

타라옛은 즉각 파사드에게로 다가가려 했다. 그러나 그의 접근에 에일라가 한달음에 말을 달려 다가가 타라옛이 르옌에게 접근하는 것을 막아섰다.

르옌은 주위 모든 것을 살피는 것처럼, 또 무시하는 것처럼 천천히 눈동자를 좌우로 움직였다가 종래에는 파사드를 내려다보았다.

파사드는 제게로 떨어지는 그녀의 시선을 잃지 않기 위해 온 힘을 다해 소리 냈다.

"……그렇다면 날, 날 믿어라."

"……."

"용서하겠다면 이번엔 네가 내 말에 귀 기울여 달라. 나도 알고 있다. 정말 염치 불구한, 면목 없는 말이다. 그러나 간구하겠다."

숨통을 조이는 듯 두려운 침묵이 흘렀다. 파사드의 뺨으로 뜨거운 빗물이 후두득 떨어져 내렸다. 그치지 않았다. 그럴수록 파사드의 얼굴은 아픔에 녹아내리는 듯했다.

뒷머리와 등허리를 죄 얼릴 듯 달려드는 한기도 이만치 두렵지 않았다. 온몸이 녹초가 되어 무거웠지만, 온몸에 힘이 들어가지 않았지만 그래도 그녀를 놓을 수 없었다.

지금 그녀를 놓으면 정말로 떠난다. 이미 테른도크가 내린 부당한 명령에 그에겐 그녀를 잡을 자격조차 남아 있지 않았지만, 명예마저 버리기로 마음먹은 사내에게 그런 건 두렵지 않았다.

이대로 보내지 않을 수만 있다면.

"……르옌, 부디 내게…… 기회를 달라. 나를 한 번만 더 믿고……."

파사드의 목울대가 느리게 떨렸다. 그런 그의 위로 천천히 엎드린 르옌이 차가운 이마를 그의 뜨거운 이마에 기대고 속삭였다. 서글픈 붉은 눈동자가 마치 마지막이기라도 한 듯 그를 절절히 눈에 담았다.

"……믿어."

"……."

"널 믿어 이만큼 버텨 낼 수 있었어. 네가 나를 믿어 이만큼 버텨 낼 수 있었다. 시작은 벨바롯트에게 있었을는지 모르나, 너와 함께 하며 견고해진 내 믿음은 더할 나위 없이 깨끗한 반석 위에 쌓인 것이다. 널 믿고 믿는다. 이 북부에서 나는 너만을 믿는다. 네 말은 참으로 옳았다. 나는 이제 네 바람대로 사랑을 그치겠다."

"르옌."

"하지만 지금 나는 저 북부의 노르테 홀의 옥좌에 앉아 있는 이를 향한 노여움을 가눌 길이 없다. 괘씸하여 견딜 수가 없구나."

"……."

"두 번이나 나를 죽이려는 너희에게, 더는 미련 두지 않겠다. 이미 라르칼리아로서의 마지막 자비는 다하지 않았나. 그러니 이제는 그만해도 되겠지."

"……이리 와라."

"……아무리 굳건한 고목도 찍히고 찍히면 쓰러지는 법이다. 지난 라르칼리아들이 그리 스러진 것처럼."

어루만지는 듯한 속삭임에 밴 울먹임에 파사드의 가슴이 가쁘게 오르내렸다. 그녀의 목소리를 빙자한 상실은 끝내 그를 산산이 짓밟았다.

"놓아 다오. 나는 지금, 페이작의 마지막 유산을 최우선으로 책임져야 하니."

보낼 수는 없었다. 이리 어처구니없이 그녀를 떠나보낼 수 없었다. 파사드는 그녀의 허리를 와락 끌어안아 당겼다. 좁고 가는 몸이 순식간에 그의 품에 갇혔다.

진흙투성이의 꼴로 그녀를 쥐어 안은 채 그는 빗줄기 쏟아져 내리는, 달도 별도 뜨지 못한 하늘을 올려다보았다. 그리고 애처롭게 르옌의 뒷머리를 끌어 쥐며 그녀의 귓가에 입 맞추듯 애걸했다.

"그만. 딱 한 번만 온전히 나를 믿어라. 딱 한 번만. 네게 과한 것을 바라지 않겠다. 곁에 남아 달라 더 청하지도 않겠다. 네 목숨 책임지겠다 했던 말, 그것만이라도 지키게 해 달라. 부디…… 제발."

"칼란독."

다정한 속삭임이 되돌아왔다.

"로델라와."

"……."

"페이작의 창을 부탁하겠다. 너니까 맡기는 거야. 기회가 닿는다
면 언젠가 찾으러 갈게."

눈가가 뜨거워지며 쿵쾅거리는 가슴을 주체할 길이 없었다.

칼란독. 처음으로 제 이름을 부르는 순간 떠나겠다고 말하는 잔인
한 여자였다.

겁먹은 가슴 위로 아로새겨지는 목소리에 파사드의 팔에 힘이 빠
졌다. 틈을 놓치지 않고 느릿느릿 파사드의 손을 떼어 낸 르옌이 그
의 이마에 짧게 입 맞춘 후 비틀대며 일어섰다.

"이미 너는 내 사람이다."

"……."

"칼란독, 반복하듯 너는 내 사람이니 무탈하라. 내 비록 이리 쫓겨
가듯 너희를 떠나지만, 진심으로 너희의 무사 종전을 기원하겠다.
그리고 내 다시 북부의 땅을 디디는 날에는."

"……."

"노르테 홀의 세상에서 가장 차가운 왕좌에 앉아 브류나크의 탈을
뒤집어쓴 너의 왕에게서, 북부 유일한 늑대를 앗아 가겠다. 제 핏줄
의 진실로 하여금 그자의 일생에 벗어날 수 없는 짐을 지우고, 이 모
든 것을 깨끗이 내 손으로 정리하겠다. 네 왕에게 전해라. 내가 다시
북부에 디디지 않길 매일 밤 신에게 간원懇願하라고."

단호히 그리 말하는 순간마저도 르옌은 무너질 듯 보였다. 금방이

라도 부러질 듯한 목에 힘을 주고 비틀거리며 뒤돌아서는 르옌을 바라보는 파사드의 입술이 우그러졌다.

면목 없음이다.

브류나크가 또다시 죽이려는 라르칼리아를, 브류나크인 그는 이이상 잡을 수가 없었다. 그리 마지막까지 라르크를 위해 헌신한 그녀가 느낄 분노가 가늠도 되지 않았다. 그녀가 무슨 말을 하고 있는 것인지도 이해할 여념이 없어, 그저 망연히 차디찬 흙탕물 위로 팔을 떨어뜨렸다.

입고 있던 수많은 단추가 달린 귀한 성장은 이미 거뭇한 얼룩과 풀 조각, 진흙에 짓이겨져 넝마가 되어 있었다. 그의 가슴처럼 헤져 있다.

에일라가 흙탕물에 젖어 떨리는 르옌의 팔을 움켜쥐고 다시 그녀를 말 위로 올렸다. 타라옛의 매서운 시선이 에일라의 동작 하나하나를 주시했다.

르옌은 오연하게 말을 몰아 두껍게 깔린 기사들을 향해 걸어갔다. 그 뒤로 에일라와 자칼린이 뒤따랐다. 착잡한 얼굴을 한 자칼린이 찰방찰방 물을 튀기며 진창 흙탕물투성이가 된 파사드의 옆에 멈춰 섰다. 늘 유쾌하고 쾌활한 체사답지 않게 씁쓸한 목소리가 파사드의 귓등으로 떨어졌다.

"이런 모습 보여 드려 죄송합니다. 대신이라기는 뭣하지만, 르옌은 제가 돌보고 있을 테니 너무 걱정 마십시오. 형, 정말 죄송합니다. 다음에 뵙겠습니다."

그리 가면 다음은 없을지도 모를 일임에도, 자칼린은 뒤돌아보지 않고 그를 지나쳤다.

비 내리는 정적 속에서 대기하던 검은 코트의 기사들도 그들을 뒤따라 걷기 시작했다. 서릿발처럼 차가운 르옌의 목소리가 들렸다.

"길을 열어라."

들어 본 적 없는 위엄 어린 음성에 되레 파사드의 귓등이 깎아 내려지는 듯했다. 마리포사 기사단원들을 가로막고 섰던 기사들이 서로의 눈치를 보았다.

그러나 그들의 사령관은 공격하라는 명령도, 막으라는 명령도 하지 않았다. 기나긴 침묵. 르옌과 에일라와 자칼린을 에워싸기 시작한 마리포사 기사단원들 예닐곱 명이 강제로 그들 사이를 파고들어 길을 터 냈다. 거세지는 않았으나, 무력 충돌 없이 멈추기엔 버거운 돌파였다.

라르크의 기사들은 당당하게 그들 사이를 걸어 나가는 르옌과 자칼린, 마리포사 기사단원들을 망연히 올려다볼 뿐이었다. 다그닥 다그닥, 빗소리 위로 수십 필의 발굽 소리가 얹혔다.

파사드가 상황을 좌시하는 사태에 당황한 건 타라옛 역시 마찬가지였다. 어느새 저 멀리로 줄지어 달려가는 검은 털 코트의 기사들을 더 두고 볼 수 없어 타라옛이 파사드에게 다가갔다.

"······칼란독 경, 마리포사들이 갑자가 들이닥쳐 르옌 데투아를 새 주인으로 맞아 데리고 가고 있는 상황임을······ 보고하겠습니다. 작은 체사 경, 자칼린 엔도 체사가 저들을 주둔지로 끌어들였습니다. 교전을 허락해 주신다면 기필코 저들을 잡아 오리다."

파사드가 비틀비틀 대며 일어섰다. 흙탕물이 우수수 떨어져 내렸다. 눅눅히 젖은 장갑을 벗어 던진 파사드가 얼굴을 덮어 눌렀다. 장갑 위로 끼고 있던 반지들이 흙탕물 위를 굴렀다. 파사드의 턱이 가늘게 떨렸다. 역류하는 울분을 삼키듯 목 울대뼈가 느리게 오르내렸다.

발굽 소리가 점점 멀어져 간다. 그녀가 멀어져 간다.

"칼란독 경."

모든 군사들의 시선이 그들에게 향해 있었다.

타라옛은 조금 난처해졌다. 이 와중에도 마리포사 기사단들은 줄지어 유유자적 라르크의 군사들을 등지고 달려가고 있었다.

신음 같은 날숨을 내쉰 파사드는 떨리는 손과 어깨에 힘을 주고, 질척한 흙바닥에 주저앉아 그르렁대는 롯사를 일으켜 세웠다.

"우선 제 독단으로 추격을……."

파사드의 침묵에 잠시 머뭇거리던 타라옛이 이내 결단을 굳힌 것처럼 마리포사들이 사라진 방향으로 말 머리를 돌렸다. 타라옛이 막 추격을 명하기 위해 손을 들어 올리려는 찰나, 파사드의 목 잠긴 명령이 떨어졌다.

"벵센 경, 쫓지 마라."

"칼란독 경."

"……쫓지 마라."

그 말을 끝으로 파사드는 한밤의 소동으로 요란히 밝은 주둔지의 빛 속으로 걸어 들어갔다.

어둔 재색 하늘 아래의 찬란한 횃불들이 별처럼 빛났다. 흙탕물에 젖은 검은 사내의 뒷모습이 푸른 나비의 기사단원들이 사라진 반대 방향으로 한 걸음 한 걸음 멀어져 갔다.

※··※

흰빔의 긴 주행이 이어졌다. 르옌을 필두로 한 에일라와 자칼린 그리고 다른 마리포사의 기사단원들은 추격이 없다는 것을 확신한 후에야 말을 멈추었다.

혹시 모를 사태에 대비해 대기하고 있던 서쪽의 마리포사 기사단원들과 합류한 르옌은, 이어 남쪽에서 올라오는 또 다른 마리포사 기사단원 무리들을 돌아보았다. 천여 기가 훌쩍 넘는 기사단원들은 즉각 출발하는 대신 질서 정연하게 대열을 재정비했다.

에일라가 설명했다.

"머짚은 곳에 있는 군사 거점들에느 도합 육천이 넘는 군사들이 더 있습니다."

밤하늘 그대로 주저앉힌 듯 온통 검은 물결이다. 페이작을 바라보고 있을 때와 같은 가슴 울컥하게 하는 것이 치밀었다. 당장이라도 혼절할 것만 같았다. 참고 있던 구역감이 밀려와 그녀는 끝내 말 위에서 휘청였다.

자칼린이 그녀의 팔뚝을 재빠르게 낚아 부축했다. 그는 파랗게 질린 르옌의 입술을 발견하곤 입고 있던 코트를 그녀의 등에 둘러 덮었다.

르옌은 가까스로 중심을 잡고 바로 섰다. 그녀를 바라보고 있는 눈알들이 수백이었다. 몸은 죽을 듯 괴로웠지만 내색을 삭였다.

지난 이백여 년간, 평온 속에 잠들어 있었던 그녀를 대신해 페이작이 짊어져 왔던 것들이 사방을 둘러싸고 있다. 고삐를 쥔 손바닥이 저렸다. 빗물에 눈물도 씻겨 내렸다. 짙디짙던 사랑도 말발굽 소리와 함께 흘려보냈다.

그리고 그 빈자리에 또 다른 책임을 메워 넣었다. 마지막의 마지막, 그 마지막까지.

르옌은 문득 잔상처럼 남은 북부의 배반 속에 두고 온 사내와 하얀 로델라를 떠올렸다가 다시 저편으로 밀어냈다.

그녀는 제게 향한 검은 기사들의 시선을 하나하나 받아치며 입술을 열었다.

"에일라 시니스."

"예."

"나는 너희가 바라는 그는 될 수 없을 것이나."

"……."

"페이작 돌레한을 향한 마지막 경의로 이 수렁에서 너희를 구해 주겠다. 그것으로 나를 증명할 것이며, 너희는 그날이 올 때까지 불복 없는 복종을 맹세해야 할 것이다. 만일 내가 실패한다면."

"……."

"이번에는 너희와 함께 마지막을 맞을 것이다."

얼굴 위로 흘러내리는 빗물을 손등으로 한 번 훔쳐 낸 에일라의 입가에 슬픈 미소가 돌았다.

아주 오래전부터 에일라는 발로이드의 '주인'의 이야기를 들어 왔다. 그녀가 얼마나 대단한지, 그녀가 얼마나 위대한지, 그녀가 얼마나 두려운 사람인지. 발로이드가 늘 그 스스로의 우위에 두었던 여자였다.

곧 죽어 버릴 듯 가냘프기 짝이 없는 여자라도 상관없다. 에일라는 발로이드를 잃게 만든 이 여자를 놓을 생각 따위 추호도 없었다. 발로이드가 그것을 바랐을 터이기에. 그것만이 발로이드의 마지막 염원이었을 터이므로.

"……우리는 따릅니다."

르옌은 어느새 그들이 되돌아온 저편을 돌아보고 있는 자칼린을 향해 물었디.

"그리고 자칼린, 너는…… 이대로 괜찮나?"

퍼뜩 정신을 차린 자칼린이 뒤통수를 긁적였다.

사실 그는 이렇게 크게 사고를 치고 나올 생각이 없었다. 미리 저들과 이야기를 마치고 위장을 시키든, 다른 핑계를 만들든 하여 몰래 저들을 데려와 르옌만 살짝 데리고 나가게 할 생각이었다. 그런데 저 마리포사 잡놈들이 중간에 며칠이나 그를 가둬 두는 바람에 전부 망했다.

그러나 이제 와 불평하기도 뭐하지 않나. 불퉁하게 입술을 내밀고 새까맣게 깔린 마리포사 기사단원들을 돌아보던 자칼린의 눈이 저편에 서 있는 재색 눈동자의 여기사에게 머물렀다. 절묘하게도 레이리스 역시 그를 보고 있었다.

"빨리도 묻는다. 그리고 뭐…… 걱정하기에는 이미 늦은 거 아니냐?"

자칼린은 왠지 모르게 껄쩍지근한 기분으로 한쪽 입꼬리를 올려 웃으며 고개를 돌렸다.

"어떻게든 되겠지."

르옌은 그녀의 어깨에 덮인 자칼린의 코트를 눈동자만 내려 바라보았다. 줄기차게 쏟아지는 비와 한기를 피하기엔 턱없이 모자랐지만, 충분했다. 서향을 가늠해 출발 준비를 하는 다른 마리포사 기사단원들을 따라 말 머리를 돌리며 르옌이 말했다.

"체사의 빚, 너로 갚았다."

"뭐래, 무슨 빚?"

르옌은 대꾸 없이 빗속에 늘어선 검은 코트의 기사들 사이로 걸어들어갔다. 고개를 갸우뚱 하던 자칼린이 그녀의 옆에 바짝 따라붙어 조잘거렸다.

"……야, 나 궁금한 거 못 참는 거 모르냐?"

그로부터 한 달 후, 대규모로 밀집한 마리포사 기사단원들이 서부이가 산맥을 넘어 라곳에시스로 되돌아갔다는 소문이 퍼지기 시작했다. 그들 중에는 라르크 명문 체사인 자칼린 엔도도 포함되어 있다는 낭설이 떠돌아 한동안 라르크는 큰 충격에 빠져야 했다.

2장

그 후 남부의 이야기

2장. 그 후 남부의 이야기

제도 시모어의 남쪽, 키사 항구.

겨울바람을 뚫고 수십 척의 배들이 하나둘씩 남부 키사의 항만에 도착했다. 키사 항구는 시모어와 가까운 로죄 강 하구의 항만 중 하나였다.

그곳에 닿은 크고 작은 낯선 함선들은 투헤인 뵈르게트가 벨루비르하인 2세에게 내어 준 그 배들이었다.

배들이 도착하였다는 이야기에 벨루비르하인 2세는 근 팔 년 만에 처음으로 제도를 떠나 남부 항구로 향했다. 벨루비르하인 2세의 최측근인 시종 란니르를 비롯해, 바리스 백작가의 딸로 그의 정부가 된 프리노, 그리고 예상 밖의 동행인으로 사촌인 조르디아 공작도 있었다.

진눈깨비가 흩날리는 날이었다. 황실을 상징하는 사자 양각이 선명한 팔 두 마차 안의 공기는 침전되어 있었다. 덜컹거리는 마차 소리만

낙막했다. 란니르는 살갗이 따가운 침묵 속에 스스로를 죽였다.

기나긴 정적을 끝낸 것은 조르디아 공작, 벤피어스였다.

"정말 시친을 대륙으로 들이실 심산이십니까?"

벨루비르하인 2세는 대답 대신 무심한 눈길로 조르디아 공작을 응시했다.

"최근 시류가 난잡하다 하여 다들 여러 가지로 말이 많습니다. 폐하의 의중을 알고 싶군요."

"안 되나?"

"안 될 것은 없지만 그럴 이유도 없지요."

"그럴 이유가 없다면 그러지 않을 이유도 없지."

벨루비르하인 2세는 냉연한 태도로 대꾸하며 창밖의 어둠을 향해 고개를 돌렸다. 검은 사자 일레르가 달려갔던 한밤의 어둠이 저러할까, 그런 생각을 하며.

그 후로도 한참을 벨루비르하인 2세를 응시하던 조르디아 공작이 자조적인 투로 코웃음 쳤다.

"하기야 역대 어느 황제도 시친의 배를 마흔 척이나 갖지는 못했을 테니. 또 다른 업적을 이루셨습니다. 축하드립니다, 폐하."

대화는 거기서 끝이 났다.

벨루비르하인 2세의 최측근인 란니르는 얌전히 그 이야기를 듣고만 있었다. 좋은 분위기라고는 할 수 없었지만 딱히 평소보다 나쁜 분위기도 아니었다. 벨루비르하인 2세와 조르디아 공작의 대화는 거의 대개가 이런 식이었기 때문이다.

란니르는 조금 안타까운 기분으로 눈을 내리깔았다.

저 두 사람이 처음부터 저런 관계인 것은 아니었다. 조르디아 공작은 한때 벨루비르하인 2세가 가장 신뢰했던 이었다.

두 사람의 관계가 비틀린 건 꽤 오래전의 사건으로 거슬러 올라간다. 제도의 귀족들 사이에서는 암암리에 알려진 이야기였다. 벨루비르하인 2세와 조르디아 공작 부인 사이에 있었던 모종의 사건들은 결코 입 밖에 내기 쉬운 것들이 아니었다.

현 조르디아 공작 부인인 그웨인 펜벨 조르디아는 한때, 지금 벨루비르하인 2세의 옆자리에 앉은 바리스 백작의 딸 프리노와 같은 위치에 있었다.

그녀는 일반적인 귀족가의 안주인과 달리 실제로 날카로운 교양을 갖춘 여성으로도 유명하였는데, 그녀가 그 재능을 십분 발휘하여 벨루비르하인 2세를 꾀어내었다는 소문도 있다. 진실에 입을 다문 벨루비르하인 2세와 조르디아 공작 부처 내외로 인해 여전히 베일에 싸여 있는 이야깃거리다.

떠도는 소문이야 어찌 되었건 간에 공작 부인은 여성으로서는 이례적으로 정치적인 위치를 확보하여, 지금 남북 전쟁의 종전 협정 대사 단원 중 한 명으로 떠나 있기도 했다. 대라르크전 시작부터 전쟁을 반대하였던 조르디아 공작의 입장을 대변하기 위함이었다.

실제로 그녀의 발탁은 제도 행정부 내에서도 크게 말이 많았는데, 벨루비르하인 2세는 단칼에 모든 불만을 꺾었다. '이의는 받지 않으며, 그웨인 펜벨 조르디아 공작 부인을 대사 단원으로 임관하겠다.' 그 한마디면 충분했다.

벨루비르하인 2세의 독재를 반대하는 세력을 끌어모으는 데에 혈안이 되어 있다 알려진 조르디아가에 벨루비르하인 2세의 독재가 좋은 영향을 준다는 것이 우스운 일이라며 호사가들은 떠들었다.

마차는 계속 달렸다. 그리고 늦은 저녁이 되자 진눈개비는 어느새 비처럼 떨어지기 시작했다.

거대한 황실의 팔 두 마차에서 내린 벨루비르하인 2세는 장난감처럼 선 수십 척의 배들에 시선을 주었다. 이름 모를 종횡 범선과 소형선, 목조선을 비롯한 온갖 종류의 배들이 항구의 가장자리를 따라 바짝 붙어 정박되어 있었다. 수면을 뒤덮은 물안개가 음침하여 인기척이 없는 배들은 마치 유령선처럼 보였다.

"폐하, 키사에 왕림하시어 영광입니다."

벨루비르하인 2세는 그들을 맞이하는 키사의 관원들과 횃불을 들고 좌우로 줄지은 해안 경비대원들의 안내를 받으며 걸었다. 정부 프리노는 코끝에 어린 비린 내음에 살포시 콧잔등을 찡그렸다가 황제의 시종 란니르와 눈을 맞추고는 엷게 미소 지었다.

"저 배들인가?"

얼마간 걸어간 벨루비르하인 2세는 닻과 매가 함께 그려진 이질적인 함선을 발견하고 멈춰 섰다.

시친의 배들은 한눈에도 대륙의 작은 목조선들과는 재질부터가 남다른 윤택함이 있었다. 항구 관리자가 고개를 조아리며 종종걸음으로 따라붙어 말했다.

"예. 소형선, 유람 목조선 열다섯 척과 중형 범선 열 척, 대형 범선 두 척, 그리고 갈레온 선이……."

오기 전 들었던 보고를 반복하는 관원의 말을 막은 건 란니르의 손이었다. 벨루비르하인 2세는 배를 관찰하는 데 집중하고 있었다.

관원이 조용히 물러가자 조르디아 공작이 두 걸음 정도 뒤에 멈춰 배를 향해 중얼거렸다.

"과연."

그 한 마디로도 충분한 감상이었다.

벨루비르하인 2세의 일행은 얼마간 배에 승선해 그 내부를 살피고,

대륙의 배들과는 확연히 다른 구조의 조금 더 편리한 선실과 갑판 밑의 구조물들을 살폈다. 노문의 개폐 방식, 빗물이 빠져나가기 쉽도록 움푹하게 길을 낸 것 등의 모든 것이 대륙의 방식보다 우월했다.

벨루비르하인 2세는 이미 지난 주 즈음, 로죄 강으로 끌고 온 시친발 한 척의 함선을 확인한 후였던지라 크게 감탄하지는 않았다. 오늘 키사에 걸음한 건 로죄 강 항구에서 시친의 배를 확인하고 나니 다른 배들에도 흥미가 동하였기 때문이다. 약간의 찜찜함과 함께.

조르디아 공작은 얼마 지나지 않아 지겹다는 듯 먼저 하선하였다. 벨루비르하인 2세는 배를 계속 살폈다.

'어째서 뵈르게트는 패배를 의도하였나.'

벨루비르하인 2세의 손끝이 선실 복도를 스윽 훑었다. 나무의 감촉이 차가웠다.

"선원들은 몇이나 있다 했지?"

"작은 배는 십여 명, 중형 이상의 배에는 삼십여 명의 시친 선원들이 아직 남아 배를 관리하고 있습니다. 완전히 인수인계가 끝나면 떠날 것이라 합니다. 지금 그들은 근처 마을에 전부 하선해 있고……."

설명을 귀담으며 벨루비르하인 2세는 한참이나 선실의 철창 밖을 바라보았다.

희끄무레한 물안개로 뒤덮인 바다 위로 끝없이 빗줄기가 쏟아져 내리고 있었다. 양초 냄새 같은 것이 나는 것도 같았다. 하지만 타는 것은 기름 등불이었다.

'유약?'

얼마간 그리 배 위를 유람하고 있을 때였다. 선내 복도 저편에서부터 급박한 발소리가 울려 퍼졌다.

"폐하! 급히, 급히 나가 보셔야 할 듯합니다!"

란니르와 프리노가 동시에 벽으로 물러섰다. 그들을 향해 달려오는 것은 제도 시모어에 남아 있던 황실 근위대의 부기사단장이었다.

❖·❖

눅진 공기 속에는 불신이 불규칙하게 넘실거렸다. 넋을 놓은 표정의 조르디아 공작도 보였다. 벨루비르하인 2세를 호위하기 위해 따라왔던 황실 근위대 기사들도 경악으로 신음을 삼켰다.

그들의 머리 위로 떨어지는 진눈깨비 눈발이 더 거세어졌다. 얼굴 위로 떨어지는 것은 소름 조각들이었다.

전장으로부터 달려왔다는 거렁뱅이만도 못한 꼴의 지저분하고 냄새나는 사내가 엎드려 있었다.

사내는 피투성이 맨발이었다. 갑옷 비늘은 다 떨어져 나가 있었고 멘테는 찢겨 나가 형체가 없었다. 마지막까지 버리지 않은 검에 새겨진 표식이 아니었다면 가넷 가문의 아들, 심지어 기사라고는 생각지도 못했을 것이었다.

란니르는 일전 발로이드의 횡포를 막아 달라 황제에게 개인적인 알현을 요청했던 저 늙은 기사를 알아보았다. 제도 내에서도 간사하다 익히 알려진 자로, 대라르크전에 참전한 기사였다. 나이제르 루자 가넷이라는 이름이었다.

나이제르가 엎드린 채 오열했다.

—폐하…… 폐하……!

한겨울, 얼굴을 조각낼 듯한 끔찍한 소름이 떨어진다. 하늘하늘 흩어진다.

나리는 진눈깨비 속에서 등이 굽은 벨루비르하인 2세는 남부 유일 태자의 부고를 전해 들었다.

조르디아 공작마저 떨리는 입술을 가리고 고개를 돌렸다. 황실 근위대원들은 하나둘씩 무릎을 꿇고 울었다. 누군가는 치죄를 청하였다. 많은 이들이 울었다.

—라인하르 저하가 시살당하셨습니다.

그러나 황제는 울지 않았다.

벨루비르하인 2세는 즉각 제도 시모어로 되돌아갔다.

그리고 다시 시간이 흘러, 종전 협정이 마무리되고 얼마 지나지 않은 후의 일이다. 키사 항구에 모여 있던 배들이 모조리 폭발하는 사고가 일어난다.

모르가나의 북동부 톨프.

톨프는 지난해 라르크 군에 의해 붕괴된 올조르의 동북쪽에 접경해 있는 또 다른 군사 요새였다. 지난 남북 전쟁이 있기 전까지 그들은 고대 북방 민족 중 하나인 지데라카의 후예라 칭해지는 다락 민족들과 대치 상태에 있었다.

올조르가 무너진 후 톨프는 발로이드의 선처에 힘입어 일부의 마리포사들을 용병으로 삼아 다락과 라르크를 동시에 견제하는 데에 군사를 충당하였다.

그러나 전쟁이 끝날 무렵에는 그들이 아군이라 믿었던 마리포사들이 톨프 요새를 피바다로 만들고 도주했다.

시간이 지나 종전 협정이 한창 진행되고 있을 때였다. 호시탐탐 남부에 보복할 기회를 노리던 다락의 '장발 거인'이 오천여 기마 민족을 이끌고 톨프를 침략했다.

한 손으로 나무 기둥도 뽑아낼 수 있다 알려진 우악스러운 장발 거인은 무차별적으로 모르가나의 민간인과 군인들을 학살하였고, 톨프는 한 달 만에 정복당했다.

모르가나의 남동쪽 왕국, 앙레디움.

앙레디움은 모르가나 제도 시모어의 남동쪽에 위치한 큰 왕국이다. 국경이 맞닿아 있었지만 분쟁은 크게 없었다. 앙레디움인들은 본디 온순하여 칼보다 펜으로 승리하는 것을 더욱 높게 치기 때문이다.

그러나 최근은 앙레디움 내에서 반모르가나의 사상을 설토하는 이들이 부쩍 늘어나기 시작했다. 지속되는 남북 전쟁으로 인해 앙레디움의 경제가 붕괴되기 시작한 것이 그 이유였다.

오래전 앙레디움은 그들의 왕손들을 대거 잃고 모르가나의 종주국처럼 복속되었다. 대륙의 유일 제국이라 불리우던 모르가나는 당연하다는 듯이 앙레디움을 수족처럼 부렸다.

얌전한 민족이라 할지라도 순종적이기만 한 것은 아니어서 앙레디움의 많은 학자들이 제국과 앙레디움의 관계에 대해 우려의 소리를 높여 왔다.

근 이십여 년 내 가장 유명했던 자는 부디스 놀던이라는 어느 연설가였다. 그는 어린 아들 하나를 데리고 앙레디움 전역을 돌아다니며 계몽의 기치를 부르짖던 외곬의 종자였다. 모르가나 황실은 왕왕 앙레디움을 무시하였으므로, 반제국주의를 떠드는 부디스 놀던의 인기는 하늘을 치솟았다.

하여 점잖은 왕 이오닌은 평민 연설가인 부디스 놀던을 왕궁으로 초청해 '앙레디움인이 자주를 위해 취해야 할 입장'과 같은 것을 주제로 이야기를 나누기도 했다. 그것은 어느 화가가 그린 '이오닌과 부디스'라는 이름의 그림으로 남아 있다.

시간이 흘러 부디스 놀던이라는 연설가에 대한 이야기는 자연히 벨루비르하인 2세의 귀에까지 들어갔다. 벨루비르하인 2세는 앙레디움 왕실에 공식적으로 요구안을 보냈다.

연설가 부디스 놀던을 제도 시모어로 강제 송환하라.

앙레디움의 왕 이오닌은 자국민의 연설의 자유를 근거로 항거하였으나 결국 실패하였다.

부디스 놀던은 제도로 끌려간 후, 남부 황실을 모독하였다는 죄목 하에 공개 처형을 당했다. 그 소식을 들은 앙레디움인들은 모두 큰 충격을 받았다.

점잖은 그들 민족 내부에 한 번 싹트기 시작한 모르가나에 대한 불신은 점차 명확해졌다. 외국인을 함부로 죽이는 것은 황제의 지나친 독재다!

앙레디움의 왕 이오닌 역시 크게 상심하였다. 이오닌은 놀던가에 보상하기 위해, 후일 부디스 놀던의 아들인 위스번스 놀던이라는 소년을 백방으로 찾아 헤매었으나 찾지 못했다. 그 위스번스 놀던이 마지막으로 목격된 곳은 공교롭세도 제도 시모어였다.

다시 시간이 흘렀다. 앙레디움인들의 상처가 조금씩 아물어 갈 즈음이었다. 벨루비르하인 2세의 독재가 별안간의 정점을 찍었다.

황궁의 증축.

스스로의 묘당을 짓는 대신 황궁을 증축할 것이라 선포한 벨루비르하인 2세는 인접국과 소수민족들에게 받는 조공량을 증대했다. 소수민족들 중에는 강제로 끌려가 노동 재원이 된 이들도 많았다. 그건 합의나 조율의 여지가 없는 일방적인 명령이었다.

이래도 되는 겁니까? 많은 이들이 불안에 차 뇌까렸다. 그러나 앙레디움인들은 그저 언제나처럼 이 시간이 지나가기를 숨죽일 뿐이었다.

그런데 이변이 일었다. 북부가 일어선 것이다. 남북 전쟁이라 불리우는 라르크와 모르가나의 전쟁이 일어났다. 그러나 북부인들의 대범함에 탄복하기도 전에 남북 전쟁은 앙레디움에게 또 다른 곤욕으로 닥쳐 왔다.

모르가나의 황실이 조공량 증대에 더해 '대륙의 질서를 지키기 위한 전쟁에 조력하라.'라는 명목으로 철기와 가죽 등을 싼값에 수거해 간 것이다.

뿐만 아니라 북부와의 교역 길이 거의 막혀 버린 것은 물론이거니와, 남부 제국 영내에서 벌어지는 전쟁의 여파로 불안정해진 시장으로 인해 장사로 먹고사는 앙레디움인들의 상황은 더욱 어려워졌다.

전쟁은 라르크와 모르가나가 하는데 어째서인지 앙레디움이 더욱 빈곤해지는 우스꽝스러운 사태가 고조되길 두 해.

전쟁이 막바지에 이를 무렵, 앙레디움의 왕 이오닌은 그가 아는— 자신을 제외하고— 첫 번째로 점잖은 그의 조카를 제도 시모어로 보냈다. 아주 정중한 요청을 위해서였다.

—올해 흉년으로 굶어 죽는 이들이 속출하기 시작했습니다. 이듬해 조공의 양에 관대함을 보여 주십시오.

그러나 돌아온 것은 자비가 아닌 매질이었다. 점잖은 사신을 두드려 패 돌려보낸 황실의 이야기가 퍼지자 앙레디움은 또다시 충격에 휩싸였다.

그리고 얼마 지나지 않아 제국의 유일 태자인 라인하르가 피살당했다는 소식이 들려왔다. 남북 전쟁이 끝이 난 것이다. 하얀 늑대의 승리였다. 앙레디움인들은 진심으로 기뻐하였다.

드디어 제국이 꺾였노라고.

이가 산맥의 서쪽 소왕국, 바인.

제국의 서쪽 해안 끝에는 바인이라는 이름의 작은 나라가 있다. 비록 규모는 작지만, 모르가나로부터 완벽하게 독립된 유서 깊고 긍지 높은 왕국이었다. 한때 그들이 전 서부를 전부 아우르던 대륙의 거대 왕국 중 하나였다는 역사를 떠올리면 당연한 긍지였다.

바인은 림이라 이름 붙여진 수도보다도 커다란 항구 돌체가 있는 것으로 유명했는데, 시친의 남도인 델 오스작과도 크게 멀지 않아 해안선 정비가 잘 되어 있는 곳이다.

작금 바인은 열네 살 된 소년왕 요수아를 대신해 늙은 섭정 길도프가 모든 통치를 대신하고 있었다. 벌써 열두 해째였다.

북부와 달리 집단 의식이 결여된 남부는 대개가 개인주의적인 사상을 지니고 있다. 그 탓에 산맥 동쪽의 전쟁에 대하여는 크게 관심이 없었다. 자국이 관여치 않은 모르가나와 라르크의 싸움이라는 건 아주 먼 세계의 이야기였다.

바인이 남북 전쟁에 관심을 가졌던 것은 잠깐이었는데, 전쟁 중반부터 모르가나의 최고사령관이 서부인들에게 익숙한 자로 바뀌었기 때문이었다.

바로 마리포사 백작, 발로이드 페이작 마리포사였다.

마리포사들의 거점은 바인과 여드레 남짓 떨어진 라곳에시스라는 곳에 있다. 마리포사들은 모르가나 변경 곳곳을 지키는 불패의 살인 기사 집단으로, 오래전부터 바인에도 영향력을 행사하고는 했다.

바인이 원수 같은 제국령 다난과의 대치 상황에서 승기라도 쥘라 치면 홀연 나타나 다난군을 지원해 상황을 뒤집곤 했으니 좋은 감정을 지니지는 않았다. 하지만 그들이 대단한 살인자들이라는 것은 인정하였다.

서부의 고만고만한 영주들, 고만고만한 군대 중에는 그들에 댈 수 있는 자가 몇 없으리라. 남북 전쟁 역시 남부의 승리로 끝나지 않겠는가. 그리 여겼다.

그러던 어느 날, 섭정 길도프는 한 통의 보고를 받았다. 전서구의 발목에 매인 천에 쓰인 한 문장의 글귀를 바라보는 노인의 눈이 흥미로움으로 깊어졌다.

발로이드 페이작 마리포사의 반역으로 황태자가 서거하였다.

소년왕은 순진무구한 눈을 반짝이며 섭정 길도프가 쥐고 있는 서간을 훔쳐보기 위해 깡총거렸다.

—무슨 이야기야, 할아버지?

섭정 길도프는 음산하게 웃었다. 세상 천지에 이런 짓을 할 수 있는 사람이 있었단 말인지.

이가 산맥의 서쪽 살리가르.

서부의 남단에는 오래전 모르가나의 세력 확장 시기에 터전을 빼앗긴 소수민족들이 정부를 세운 살리가르라는 나라가 있었다.

그들은 완전 독립을 포기하고 모르가나의 괴뢰 정부를 인정하여 괴뢰국이라 불리기도 하였으나, 시간이 흐른 지금은 모르가나의 제도 행정부와 긴밀한 관계를 가지고 있지는 않았다. 숱한 조공국들과 마찬가지의 입지를 유지하고 있을 따름이었다.

남북 전쟁이 완전히 끝난 지 얼마 되지 않은 시점이었다. 길었던 두 해간의 전쟁이 끝이 났다는 이야기를 들은 살리가르의 셋째 왕자가 그의 부인과 함께 제도를 방문하기 위해 남해를 가로질러 키사에 이르렀다.

당시 그곳에는 시친에서 내려온 배들이 수십 척 정박되어 있었다. 공교롭게도 살리가르의 왕자와 왕자비 내외가 항구에 이르렀을 때, 항만에 정박해 있던 함선들이 원인 불명의 화재와 폭발 사고로 일대가 초토화되는 사건이 벌어졌다.

그 폭발은 항구를 순식간에 뒤덮었다. 해일이 일어 항만의 민가를 휩쓸고, 부서진 배의 파편들이 키사의 뱃놀이꾼들을 찔러 죽였다.

총 인명 피해만 자그마치 사백여 명이었다. 희생자들 중 가장 높은 신분은 단연코 살리가르의 셋째 왕자와 그 부인이었다.

살리기르는 끈끈한 혈연을 중시하는 소수민족의 풍토를 따르는 의기로운 자들이었다. 특히나 살리가르의 왕 마코시아는 제 자식을 끔찍이 사랑하였다. 살리가르의 네 명의 왕자들과 왕녀들도 형제를 몹시 아끼는 이들이었다. 가장 어린 왕녀 솔레이는 매일 밤을 울었다.

벨루비르하인 2세가 내쫓은 일곱 명의 아들 중 가장 어렸던 8황자 일리아는 수년간 솔레이의 연인이었는데, 살리가르의 왕 마코시아 는 라인하르가 죽은 후 제도로 귀환한 8황자를 통하여 사건들의 정 보를 더 자세히 모았다.

살리가르는 또한 그치지 않고 키사로 자국 관원들을 파견하여, 초 토화된 항만의 사건 경위를 자체적으로 조사하였다.

그리고 남북 전쟁이 끝난 해 가을에 이르기 전, 살리가르의 왕 마 코시아는 폭발 사고의 배후를 시친으로 지목한다. 마코시아는 그들 왕자와 왕자비의 죽음에 시친이 책임을 져야 한다 주장, 모르가나의 황실에 보복 전쟁을 펼쳐야 한다 건의하였다. 그러나 모르가나의 황 실은 증거가 불충분하므로 시친과의 함대전은 성립될 수 없다 각하 한다.

그리하여 살리가르는 독자적으로 시친과의 전쟁을 치르기를 결의 하게 된다.

그란두르전이 끝난 직후 이가 산맥의 서쪽, 호수의 땅 라곳에시스.

먹은 것이 얼마나 많은지 회색 구름은 아직도 싸락눈을 토해 내고 있었다.

"흐음."

라곳에시스의 마리포사 백작 저의 동관, 본인의 집무실 책상머리 에 앉은 뾰족한 턱의 사내가 팔짱을 낀 채 맥 빠진 한숨을 내쉬었다. 눈 밑의 그림자는 시커멨다.

사내의 이름은 위스번스 놀던으로 마리포사 백작 저의 총 관리인이었다. 몇 개의 마을과 백작 저로 이루어진 라곳에시스의 규칙을 수호하는 역할을 하는 자다. 발로이드의 전적인 신뢰 아래 '마리포사 백작 부인'이라 농담처럼 불린 지도 어느덧 십여 년에 이르렀다.

'뭣 때문에…….'

저택 밖의 사람 소리라고는 지난밤 내리 쏟아진 눈을 걷어 내는 서쪽 연병장 군사들의 노랫소리뿐이요, 저택 안쪽의 소리라곤 살얼음 낀 호수의 물결이 갈대 줄기를 스치는 소리뿐이다.

여상한 동절기의 풍경이다. 한데 대체 왜 이런 불안한 기분이 드는지 모르겠다.

본디 이가 산맥의 서쪽은 몇 지역을 제하면 고만고만하게 못 살고, 고만고만하게 작고, 고만고만한 거리를 두어 평화로운 곳이었다.

해안가를 끼고 위치한 왕국 바인과 제국령 다난의 분쟁이 있을 때, 혹은 소수민족들이 산맥을 넘어와 그들을 약탈하려 할 때는 꽤 요란 벅적하지만 그 밖의 대부분의 시간은 평화가 지나쳐 지루하기까지 하다.

최근은 그런 지루한 평화의 연속이었다. 불안함을 느낄 이유가 하등 없었다.

끼이익. 한 병사가 빼꼼 문 너머에서 얼굴을 내밀었다. 오죽이나 추운지 병사의 코와 뺨은 주정뱅이처럼 온통 벌겋게 얼어 있었다.

위스번스가 날카로운 어조로 물었다.

"뭐냐?"

"위스번스 님, 저어, 아무래도 오늘 내로 제설 작업이 끝나지 않을 것 같습니다. 계속 치워도 치워도 눈이 계속 오니까 말입니다……. 저어."

"군소리할 시간에 손을 보태지는 못할망정. 해 저물 때까지 마무리해라. 내가 직접 가서 확인할 테니."

괜히 해 본 몇 마디 투정에 종일 팔이 빠져라 삽질만 한 병사들의 저녁 식사 시간까지 날아갔다. 소 같은 눈망울로 위스번스를 바라보던 병사는 어깨를 늘어뜨린 채 돌아 나갔다.

보고랍시고 서런 쓸데없는 우는소리만 늘어놓는 병사의 걸음 소리가 아예 들리지 않을 때까지 찡그린 표정을 풀지 않던 위스번스는 어떤 사실 하나를 깨달았다.

남북 전쟁에 참전한 군사들의 소식이 끊긴 지가 꽤 되었다. 발로이드는 벨루비르하인 2세로부터 최고사령관으로 임관받아 참전한 후 단 한 번도 직접적으로 라곳에시스에 연통을 넣은 일이 없으나, 키에스로부터는 꽤 꾸준히 소식을 전달받고 있었는데 말이다.

'별일이야 없겠지만……'

큰 전쟁은 본디 집중을 요하는 법이다. 한두 달 연락이 없다고 불안할 이유가 없었다. 그렇다면 무엇 때문에 이리 불안한가.

대개 이런 형체 없는 불안이란 괴물은 목전에 그 정체를 드러내기 전까지 쉬이 가시지 않는 법이다.

이튿날 새벽, 불안의 괴물이 정체를 드러냈다.

숨이 넘어가라 달려온 파발마가 라곳에시스의 성벽을 넘어 왔다. 급한 필치로 휘갈긴 한 통의 서신과 함께였다.

피범벅이 된 양피지는 저질스러웠으나 그보다 조악한 것은 내용이었다. 발로이드의 부고, 유일 태자의 시해, 제국의 적대. 첫 문장과 함께 세상이 깜깜한 암흑으로 뒤덮였다.

밤의 여신 노체의 품 안이 이렇다 하였던가.

—올조르가 무너졌다. 과연 나의 누님이다. 나는 그녀와 함께 돌아올 것이다. 기뻐해라. 그녀를 위한 자리를 닦아 두어라. 새 역사가 시작될 터이니.

발로이드의 마지막 그 말마디는 이제 유언이었다.

위스번스는 간신히 입술을 떼 소리 냈다.

"……비상계엄령을 내린다. 성문을 닫아라."

호수 위로 다급한 종소리가 울려 퍼졌다.

어느새 하늘은 개고, 눈은 그쳐 있었다. 그러나 차가운 겨울보다 더 잔인한 봄이 시작될 것이었다.

남북 전쟁

1. 교전국

라르크와 시친 일부 세력의 연합군, 모르가나 제국군.

2. 교전 기간

도트발 잔트 바야 898년 넷째 달 보름 ~ 도트발 잔트 부세 900년 다섯 번째 달 초하루.

3. 발단

모르가나의 79대 황제 벨루비르하인 2세, 모르가나 황궁 개축의 시작과 함께 주변국들에게 과도한 조공 요구. 북부에 터를 둔 라르크, 이에 반발하다. 전쟁조차 불사하리라는 강경한 라르크의 태도에 모르가나와 라르크 거병하다.

4. 진행 과정

붉은 늑대의 브류나크 파사드 칼란독, 하얀 늑대 브류나크의 친명으로 최고사령관으로 임관, 출정하다. 모르가나 남부의 로반티스 후작 마르세 칼 최고사령관으로 취임하다.

남부 국경, 의전에 따라 전쟁의 막이 열리다.

파사드 칼란독 브류나크의 침략에 철옹의 요새 올조르 붕괴되다.

라르크, 역사상 최초로 모르가나의 국경 이남을 밟다.

모르가나의 사령관 교체 발로이드 페이작 마리포사 부임.

발로이드 페이작 마리포사의 사중 연공으로 라르크 크게 패하다.
그러나 물러나지 않다.

명문 체사의 카라제시 란센과 함께 시친 델 오스작의 제독 카헤
이아 뫼르게트 참전하다.

남부의 첫눈이 내리던 날, 그란두르 일대를 둘러싼 전쟁이 벌어
지다.

모르가나의 유일 태자 라인하르 델라로지아 루잔 리르벨타인 모
르가니아, 자국 최고사령관으로 부임 중이던 발로이드 페이작 마리
포사의 검에 참살당하다.

파사드 칼란독 브류나크, 제독 뫼르게트와 연합하여 모르가나 황
실 근위대 섬멸, 모르가나의 사령관 발로이드 페이작 마리포사는
파사드 칼란독 브류나크에 의하여 사망하다.

마리포사와 관련된 모든 군사들이 전선을 이탈하다. 검은 사자
군, 라르크의 군대에 반수 가까이 학살당하여 재기 불능에 빠지다.

5. 종전 과정

라르크, 모르가나의 유일 태자와 적국 사령관의 시신을 돌려주는
것을 시작으로 우호 종전 협정의 시작을 열다.

도트발 잔트 기릭 900년 세 번째 달 보름, 장장 두 달에 걸친 종전
협정이 시작되다.

라르크 측의 대표는 파네세 자커트 안노시아, 뮈아드로 행정 부
처 총관 옐쿄버드 게르도 리제예스, 최고사령관이 아닌 브류나크

공작으로서 참석한 파사드 찰란독 브류나크였다.

모르가나 측의 요청으로 후발 참전국 시친의 대표는 동석하지 못했다.

모르가나의 대표는 황제의 칙명을 받아 내려온 외무부 장관 카를에노르 하워, 미가르 올지스 세르반테스, 세르반테스의 조카 오르도스 벤우드 길라리, 조르디아 공작 부인 그웨인 펜벨 조르디아 등이 있었다.

6. 종전 기간 모르가나 내부의 사건

모르가나의 북동부 화적 다락, 롤프 침공.

모르가나의 황제 벨루비르하인 2세에게 바쳐졌던 시친의 사십여 척 배가 모조리 폭발. 모르가나 남부의 거대 항구 하나 완전히 초토화되다.

모르가나 전역의 국경에 퍼져 있던 마리포사의 군사와 기사들이 이탈하며 변경 영지들 비상시국에 처하다.

모르가나의 남동부 속국 앙레디움, 모르가나의 통치에 반기를 드러내다.

제국의 공적으로 간주된 마리포사의 군사들, 라곳에시스로 모여들어 일제히 이가 산맥 너머에서 재집결하다.

모르가나, 변방으로 쫓겨났던 황제의 자식들이 하나둘 제도 시모어의 문을 넘어 들어오다. 공석이 된 후계 계승전의 전조가 시작되다.

7. 종전 협정안 중 알려진 일부 결의안

첫째, 모르가나는 이 년에 걸쳐 라르크에 약간의 배상금과 쌍방 우호 관계를 위한 막대한 재화를 지불한다.

둘째, 모르가나는 모르가나의 남부와 북부에 외교 청사를 건설, 라르크가 공식 사신의 입장으로 외교 대사를 파견할 수 있도록 한다.

셋째, 모르가나는 그란두르의 북부, 라르크와 모르가나의 국경선에 접경한 상업 지구 미아라에 새로운 도로를 만들고, 미아라 일대의 삼림과 늪지 자원에 대한 권리를 향후 이십 년간 인정한다.

넷째, 모르가나는 모르가나 극서부의 영해와 영역이 접치는 라르크 윙거 해협에 대한 권리가 온전히 라르크에게 있음을 인정한다.

다섯째, 모르가나와 라르크는 향후 오십 년의 불가침 조약을 맺는다.

여섯째, 모르가나는 여전히 대륙의 제국으로 군림한다. 다만 역대 황제들이 내렸던 불합리한 명령을 재검토, 일부 철회 혹은 수정할 것을 약조한다. 과도한 조공으로 강압하지 않는다. 추후 외교 청사를 통해 협의한다.

그 외 열 여섯 항목.

8. 결과

도트발 잔트 부세 900년 다섯 번째 달, 남부 뷔센 협약 체결. 남북 전쟁의 종전이 선포되다.

공식 교전 기간 이 년, 종전 기간 약 석 달에 걸쳐 마무리된 남북 전쟁은 남부 제국에 항거한 북부의 영광스러운 승리로 기록되었다.

—어느 역사가가 남긴 「마지막 제국의 전쟁사」에서 발췌.

도트발 잔트 부세 900년 일곱 번째 달, 북부가 녹음으로 만개하는 여름.

전쟁 영웅 작위 공 브류나크, 파사드 칼란독은 하얀 말을 타고 조약돌 성벽을 넘어 귀환한다.

3장

3장

라르크의 수도 뮈아드로.

파사드 칼란독 브류나크, 위대한 붉은 늑대의 아들이 승전보를 가지고 되돌아왔다. 온 수도의 백성들이 붉은 안장을 얹은 하얀 말을 타고 입성하는 그를 찬양하였다.

승전군이 귀환하는 날, 테른도크는 하해와 같은 아량으로 전 수도의 백성들에게 먹을 것과 마실 것을 무상으로 베풀었다. 뿐만 아니라 그 밖의 조금이라도 전쟁에 도움을 주었던 라르크 지방 영주들에게는 공정한 정량이 담긴 포상 수레를 보냈다.

브류나크 만세!

맑은 북부의 하늘은 환호로 드높았고 구름 한 점의 방해도 받지 않는 따스한 햇살이 온 수도에 진동했다. 귀자로 성벽 안으로는 긍정적인 환호와 웃음소리가 끊일 줄 몰랐다.

브류나크 만세!

백마를 타고 행군하는 파사드는 전쟁의 냄새가 배지 않은 반듯한 성장을 갖춘 채였다. 남색 제복 소매와 단추가 이어지는 가슴께, 허리 가장자리엔 회색 실과 금색 실들이 수놓여 있었고, 단정히 잠긴 연노랑 빛의 얇은 코트에는 뱀처럼 구불구불한 하얀 문양이 수놓여 있었다. 등 뒤로는 고귀함의 상징인 하얀 늑대가 그려진 멘테를 늘어뜨린 차림까지. 북부의 고귀한 영웅이라 하기 모자람이 없었다.

그를 뒤따르는 카라제시와 마차에 앉아 의기양양 손을 흔드는 시친의 여제독과 그 밖의 수많은 군사들의 위풍당당한 자태를 바라보며 백성들은 외쳤다.

브류나크 만세! 브류나크 만세!

행군을 뒤따르며 하얀 늑대의 깃발을 펄럭이는 어린아이들도, 행군하는 군사들을 따라다니며 멋대로 먹을거리를 던져 안기는 아낙들도, 그들을 향해 술잔을 들어 올리는 필부들도 모두 한마음이었다. 개중에는 되돌아온 수도의 군사를 알아보고 반갑게 인사를 하는 친구도, 돌아온 자식의 행군을 허둥대며 쫓아가는 어머니도 있었다.

드디어 전쟁이 끝이 난 것이다.

같은 시각, 왕궁으로 이어진 궁문의 입구에는 승전보를 듣자마자 수도로 달려 올라온 고관 귀족 십수 명과, 수십 명의 왕궁 시동들이 대기하고 있었다.

궁문 밖에서 울리는 함성과 만세 복창 소리가 끊일 줄 몰랐다.

궁문 밖의 문지기가 소리쳤다.

"작위 공작, 붉은 늑대의 아들 파사드 칼란독 브류나크 각하와 그 밖의 승전 기사분들이 드십니다!"

뿌우우우. 선수 입장한 기사가 나팔을 불었다.

곧 파사드를 필두로 한 수백여 명의 군사들이 궁문의 끝머리에서 부터 모습을 드러냈다. 왕궁 근위대는 더욱 각 잡힌 자세로 쥔 창을 고쳐 들었고 시동들은 공손히 고개를 조아렸다. 양 뺨엔 희미한 열기를 꽃피우고서.

그러나 그들과 달리 파사드의 개선식을 지켜보는 귀족들은 제각각의 이유로 내심 혼란했다. 얼굴은 환히 웃고 있으나 입술 가죽만 끌어 올리고 있는 것과 진배없었다. 그도 그럴 것이, 전쟁의 승패와 관계없이 이미 라르크 귀족들의 사회는 한바탕 뒤집어진 후였다.

승전? 당연히 기쁜 일이다.

그러나 암암리에 퍼지고 있는 브류나크와 라페로바한의 파혼에 관한 이야기들. 확인되지는 않았으나 재상 라페로바한과 친밀한 이들 사이에서 최근 화두에 오르고 있는 문제였다.

그리고 온건한 귀족들 중 최고의 인맥과 명맥을 자랑하는 체사가의 차남이 라르크를 배반했다지.

처음엔 누구도 믿지 않았지만 체사 백 루가크가 졸도해 쓰러진 후 보름이나 앓아누웠다는 이야기와 더불어, 해산한 후 남은 군사들과 함께 수도로 되돌아오는 기사들 중 자칼린 엔도 체사가 어디에서도 발견되지 않는다는 정보를 접한 후엔 내심 받아들일 수밖에 없는 현실이 되었다.

귀족들은 혹시나 저 모르는 사실이 있을까 싶어, 의견 교류를 빙자 삼아 몇 마디 더 해 보고 싶었지만 지금은 당사자들인 루가크와 재상 라페로바한이 코앞에 있으니 불가능했다.

얼마 지나지 않아 백성들의 환호를 뒤로한 파사드와 시친의 여제독을 태운 마차를 필두로 한 기사 무리가 완전히 왕궁의 정문을 넘어섰다.

하얀 왕궁을 등지고 궁문 안 잘 닦인 길의 좌우로 늘어서 있던 귀족들은 군사들의 행군이 멈추자 일제히 궁중식 예를 갖추어 조용히 인사를 올렸다.

"어서 오십시오."

파사드가 말에서 내리자 다른 기사들도 따라 내렸다.

전쟁터에 이 년이 넘도록 머물다 온 이답지 않게, 파사드는 조금 탄 것 빼고는 마지막 보았을 적과 크게 다를 바 없이 단정하고 깔끔했다. 한결같이 까만 머리칼과 눈동자가 그리 보이게 하는 것일는지도 모른다.

관후한 웃음으로 승전을 축하한다는 인사치레를 건네며 귀족들은 가장 먼저 재상과 공작의 얼굴을 한 번씩 돌아보았다. 재상 라페로바한은 몹시 자연스런 미소로 파사드의 손등에 영광의 입맞춤을 한 후 환대의 인사를 건넸다.

"고생들이 많으셨습니다. 무사 귀환을 축하드립니다."

파사드 역시 덤덤히 그의 환대에 맞치레했다.

"고마운 말입니다."

귀족들은 내심 안심했다. 파혼이니 뭐니 하는 소문은 역시 거짓이었던 모양이다.

그들은 그다음의 흥밋거리로 카라제시를 돌아보았다. 자칼린 엔도에 관한 진위 여부를 묻고 싶어 입안에 가시가 돋는 듯했다. 그러나 답은 예상보다 쉽게 나왔다.

얇은 외투를 휘날리며 카라제시에게 걸어가는 루가크에게 모두의 시선이 집중되었다.

"아버지…… 돌아왔습니……."

짜악.

소리가 나는 것과 동시에 수십의 입술이 소리 없이 벌어졌다. 카라제시의 앞에 멈춰 선 루가크가 그대로 뺨을 내려붙인 것이다. 공교로운 순간에 백성들의 환호가 아득히 먼 곳에서부터 울려 퍼졌다.

브류나크 만세!

"……체, 체사 백?"

저들은 오늘 승전보를 들고 전쟁터에서 돌아온 자들이었다.

지금 이곳에는 십수 명의 고관 귀족들과 왕실 근위대원들이 자리를 지키고 있었고, 귀족들의 시중을 드는 일꾼들도 숱하게 널려 있었다. 보는 눈이 수십 쌍이다. 게다가 막 마차에서 내리려던 시친의 제독도 있었다.

공기가 순식간에 얼어붙었다. 모처럼 따뜻한 북부의 여름날, 등골이 오싹할 정도의 한기가 웬 말인가. 그러나 공개적인 자리에서 뺨을 맞은 카라제시는 외려 놀란 내색이나 화난 내색 없이 그대로 시선을 떨어뜨릴 따름이었다.

온 수도를 통틀어 가장 미남이라 알려진 사내의 뺨이 빠르게 붉어졌다. 수도의 영애들이 눈물 바람으로 뛰쳐나올 일이었다.

맞아 터진 윗입술을 손끝으로 훑은 카라제시가 차분히 사죄했다.

"……죄송합니다. 제 불찰입니다."

숨죽인 채 상황을 지켜보던 귀족들의 몸이 미미하게 들썩거렸다.

'설마, 정말이었던가. 자칼린 엔도 체사, 이젠 하다 하다…….'

'체사 백은 전생에 무슨 죄를 지어 그런 망나니를 낳으셨나.'

세간에 알려진 자칼린 엔도는 여간 약삭빠른 게 아닌 체사의 차남이었다. 해시 늘 골 아픈 사고를 불러일으키는데, 크게 화내기도 뭐한 자잘한 소동들이 대부분이었다. 그 탓에 속 끓였던 이들이 한둘이었나? 그런데 솔잎 도둑이 말 도둑 된다고. 그가 이번엔 크게 사고를 쳐 죽음을 면치 못할 대죄를 지은 것이다.

모인 이들은 자칼린의 대담한 불충이 새삼 놀라웠다.

'하기야…… 언제 한 번 일을 칠 줄 알았지, 쯧쯧.'

자칼린 엔도가 '그럼 그렇지.' 하고 금세 받아들여지는 건 더 놀라웠다. 이번 일은 이렇게 그러려니 넘길 수 없는 사안이었다. 중립 귀족 중 가장 큰 영향력을 발휘하는 체사 가문을 크게 흔들 만한 일이다.

그러나 그러한 사실과는 별개로 오늘 같은 날은 어떤 일이 있어도 즐거운 체해야 함이다. 심지어 지금 이곳은 왕궁 앞이었다. 루가크는 한 대로도 성이 차지 않는지 또다시 손을 들어 올릴 기세였다. 기세가 심상찮아 귀족들은 섣불리 그에게 만류를 건네지 못하고 서로의 눈치만 보았다.

천행 외국 인사 앞에서 또 다른 망측한 사태가 벌어지기 전, 파사드가 루가크의 재차 올려지려는 손을 잡아 눌렀다.

"때와 장소를 가리십시오."

담담히 말리는 어투였으나 어쩐지 경고처럼 들렸다. 파사드의 표정은 몹시 굳어진 채였다.

승전 군사들을 마중하기 위해 나와 있던 환영단 귀족들은 왠지 모를 위화감을 느꼈다. 파사드는 말수가 적고 으레 침착했지만 내밀하게 다감하고 늘 상대방이 불쾌하지 않게 예의를 다해 주는 이였다. 승전을 쥐고 돌아온 영웅 치고 웃음기 하나 보이지 않는 파사드의 표정이 어쩐지 낯설었다.

한참을 카라제시를 노려보던 루가크가 꾹 다문 입술을 떨다 먼저 몸을 돌렸다. 서글서글한 미소를 띤 재상 라페로바한이 자연스럽게 펼친 손끝으로 왕궁 정문을 가리키며 정리했다.

"우선 가시지요. 폐하께서 기다리고 계십니다."

말없이 그런 그를 반쯤 내리뜬 눈으로 응시하던 파사드가 먼저 걸음을 뗐다.

약간의 사고를 동반한 환대 속에서 차례차례 말에서 내린 군사들은 파사드를 뒤따라 한겨울의 눈처럼 고상한 빛을 반사하는 백색 왕궁의 정문으로 향했다. 왕궁의 순은처럼 빛나는 거대한 문이 남북 전쟁의 영웅들을 향해 활짝 팔을 벌렸다.

큰 공을 세웠다 평가받는 평민 출신 군사들과 지휘 기사들, 새로 진급할 작위 기사 후보들, 그 밖의 많은 군사들은 왕궁의 극진한 대접을 받았다.

노르테 홀에서 군공을 세운 기사들을 기다리고 있던 테른도크도 마찬가지로 그들을 환대했다. 테른도크는 시원스런 웃음을 지으며 한 명 한 명을 전부 치하했다.

테른도크는 가장 먼저 파사드에게 큰 포옹과 함께 기쁨과 감격을 드러내고 무뚝뚝하게 서 있는 카헤이아의 손등에 입 맞추며 감사를 표했다. 이어 그는 올베빈과 타바잔 그리고 벵센가와 데면데면해진 후로 그다지 말 섞지 않았던 타라엣을 비롯해 낮은 작위의 기사들과 이름조차 알려지지 않은 군공자들에게도 치하를 아끼지 않았다. 그 중에 카라제시는 제외되었음을 그 자리를 둘러싸고 서 있던 이들 모두 눈치챘다. 의미는 명확했다.

어쩔 수 없이 불편해지는 분위기 속에서 스스럼없이 웃음소리를 내는 것은 흥분한 걸음으로 그들 사이를 누비고 다니는 테른도크뿐이었다.

얼마 지나지 않아 기사들은 테른도크의 연회 초대 인사말을 마지막으로 썰물 빠지듯 물러났다.

끼이이. 노르테 홀의 문이 투박하고 무거운 소리를 내며 닫혔다. 수십 명의 사람들로 북적이던 활달한 분위기는 어디에도 없었다.

삽시간 휑해진 홀에 남은 것은 테른도크와 파사드, 카라제시 그리고 고개 돌린 루가크 넷뿐이었다. 군사들을 치하하는 내리 세상 더 없이 행복해 보였던 테른도크의 표정은 놀라우리만치 비어 있었다.

"전부 나가 대기하라."

테른도크의 음성이 노르테 홀의 기둥과 벽을 고요히 타고 퍼졌다. 횃불들을 들고 서 있던 보초병들과 왕좌의 좌우로 사열해 있던 왕궁 근위 기사들, 시종들이 일제히 옆문으로 물러갔다.

테른도크는 붉은 융단을 따라 단상에 올라섰다. 훤칠한 장신의 왕은 한동안 앉지 않고 왕좌를 내려다보다가 뒤돌아 파사드와 카라제시 그리고 루가크를 내려다보았다. 그의 서늘하게 타는 벽안이 흘리는 눈빛은 불편한 공기를 더욱 먹먹하게 했다.

이어 털썩, 테른도크가 왕좌에 비스듬히 엉덩이를 기대고 앉았다.

그가 다물려 있던 입술을 느른히 뗐다.

"……자, 내게 따로 할 이야기가 있다고?"

테른도크의 목소리에는 아까의 다정한 치하는 온데간데없이 사라지고, 말미에는 노기가 가시처럼 박혀 있었다. 루가크가 즉각 나서서 복배했다.

"폐하, 황공무지하여 어찌 변명을 입에 담아야 할는지조차……."

"그대의 둘째 아들, 자칼린 엔도가 변절했다는 사실 말인가?"

테른도크는 엎드려 호소하는 루가크의 말허리를 자르고 카라제시를 향해 날카롭게 던졌다.

"그대들 가문의 천둥벌거숭이가 내게 항명하기 위해 적들을 주둔지 내까지 끌어들였다지?"

"……이미 폐하께서 알고 계신 그대로입니다. 그에는 변명의 여지가 없습니다."

"그래야지. 입이 열 개라도 그대들은 할 말이 없을 죄인의 일가다. 그동안 그대들의 차남이 저질렀던 일들 여럿 눈감아 주었다. 그런데 그는 내게 은혜를 원수로 갚는군."

루가크가 더욱 깊숙이 고개를 조아리며 읍했다.

"……폐하, 자칼린은 호기심이 많고 혈기가 넘쳐 옳고 그름의 분간을 제대로 하지 못하는 모자란 아이입니다. 폐하께 반하려는 심산은 결코 아니었을 겁니다. 제대로 가르치고 관리하지 못한 저의 우입니다. 폐하의 진노가 지당하므로 만일 벌을 받아야 한다면 제가 받겠습니다."

"그만. 루가크, 나는 아지 자칼린 엔노의 처벌에 관한 이야기는 시작조차 하지 않았다."

테른도크가 더 듣고 싶지 않다는 듯 손을 들어 보였다.

카라제시는 비스듬 시선을 내린 채 그대로 돌이라도 된 사람처럼 엎드린 그의 아버지를 내려다보고 있을 뿐이었다. 실제로 자칼린이 저지른 것은 반역에 준하는 변절이었다.

그간 체사와의 교분을 감안한다 해도 테른도크는 냉정했다.

"그대들의 충직함은 이미 나도 모르지 않는 바, 차남의 방만함도 온 수도가 알 만큼 요란했지. 미리 선의를 베풀지. 이번 승리를 기념하는 열흘간의 축연이 끝이 나면, 공식적으로 변절하여 탈주한 르엔 데투아와 자칼린 엔도의 죄목과 형을 공포할 것이다. 그 전에 그대들은 체사의 호적에서 자칼린 엔도를 제명하는 것이 좋을 것이다. 왕명을 괄시하고 라르크의 공적을 끌어들인 자칼린 엔도는 북부의 국경을 넘어 돌아오는 순간, 이유 불문 형벌에 처할 것이다. 체사라는 이름으로 처형당하게 된다면 아무리 체사라 할지라도 할드로프가의 신세를 면치 못하게 될 것이라."

루가크가 신음처럼 청원했다.

"폐하, 부디 목숨을 거두라는 명령만은……."

"가당찮은 청이다."

루가크가 이마를 한기가 배인 붉은 융단에 비비듯 내리누르며 끝내 소리 냈다.

"일전 폐하께선…… 체사에 면죄부를 주신다 하셨습니다. 만일 그때의 약조를 아직 폐하께서 기억하신다면 부디 저희 가문의 흠결에 조금만 더 관대하게……."

자세를 바꾸어 턱을 당기고 손끝으로 입가를 매만지는 테른도크의 낮 위로 노여움이 만면에 퍼져 나갔다.

"지금 그깟 내기에 걸었던 면책권을 들먹여 변절을 용납하라 내게 이르나?"

"벌을 거두시란 것이 아니라 적어도 스물네 해 동안 라르크를 위해 헌신한 기사에게 되돌아와 변명할 기회를……."

"체사 백, 그쯤 하십시오."

내내 잠자코 상황을 관망하던 파사드가 짤막이 말했다.

때문에 테른도크의 눈은 자연스레 파사드에게로 미끄러졌다. 파사드는 무덤덤한 눈으로 그를 직시하고 있었다. 테른도크가 기가 막힌 듯 웃었다.

지금 체사에 준하는 의구가 제게 향해 있는 것을 모르지도 않을 터이면서 눈을 피하지 않는 그의 태도가 사뭇, 무어라 할까…….

"파사드, 지금 나를 노려보는 거냐?"

"감히 허락 없이 입술을 떼었습니다. 저는 폐하께서 체사를 용서하는 관대함을 보이시기를 주청합니다."

"……지금 내가 한 말을 듣지 못했나?"

"폐하께 라르크는 사람입니까, 국경입니까, 정신입니까."

노여운 기색을 감추지 않고 팔걸이를 짚어 느리게 몸을 일으키던 테른도크가 멈칫했다. 돌아온 반문이 너무나도 어처구니없었기 때문이다.

"뭐라고?"

"라르크라는 국가는 사람입니까, 국경입니까, 정신입니까."

"라르크는, 브류나크와 궤를 함께 한다. 그러니 지금의 라르크는 브류나크지."

"……라르크는 하나입니까, 둘입니까."

덤덤히 내뱉는 맥락을 잡기 어려운 물음에 노여움마저 뒷전이 되었다.

테른도크는 눈살을 퍽 찡그리며 코끝을 매만졌다. 파사드의 저의를 알 수가 없었다.

테른도크와 파사드는 사적으로 각별한 친분이 있는 것은 아니었지만 같은 브류나크로서 파사드가 유년기를 거칠 적부터 소년이었던 테른도크와 왕왕 나라에 관한 이야기를 나눠 오곤 했다. 나이가 먹은 후에도 간간이 군신 간의 거리를 유지한 채 술잔을 기울이거나 소소한 한담을 나누기도 여러 번이었다. 물론 아주 가끔 파사드가 뮈아드로에 되돌아올 때나 있는 일이었지만.

어찌 되었건 파사드와 테른도크는 부모가 다르고 짊어진 의무와 책임이 다름에도 브류나크라는 이름 아래 깊은 동질감을 느끼는 인척이었다.

"라르크는 당연히 하나여야 마땅한 일인데 대체 무슨 소리를 하는 거냐? 파사드, 나는 지금 네게 질문을 듣기 위해 이 자리에 있는 것이 아니다. 외려 하고 싶은 질문이 차고 넘치는 것은 나다."

테른도크는 충분한 불쾌감을 드러내며 경고했다. 이 정도면 파사드가 물러날 거라 생각한 탓이다. 그러나 대답은 용서를 구하는 것과는 궤를 달리하는 말이었다.

"그러나 현재 라르크는 둘로 갈리어 있으므로 이는 정상적이지 않습니다. 라르크를 위해 헌신하는 것을 의무로 하는 붉은 늑대의 브류나크로서 이를 개정하겠습니다. 오래전부터 폐하께서 바라셨던 바, 라르크를 좀먹는 사욕에 찬 북부의 귀족들을 단일 통합하고 브류나크의 존귀함을 드높여 더 댈 것 없는 굳강한 기치 아래 라르크를 오롯이 하겠습니다."

그도 모르게 소스라치듯 팔걸이를 움켜쥔 테른도크는 괴괴한 메아리와 함께 울리는 파사드의 말에 한참이나 멍한 표정을 했다.

"……뭐?"

"……대신 감히 폐하께 청드리겠습니다. 폐하께서는 저를 대공작으로 승작해 주시고, 북서의 땅 브류나크령 로크란드를 공국으로 임하여 주시고, 공국으로 임명될 북서의 땅은 라르크의 법령과 다른 별개의 규율에 따라 움직일 것을 윤허해 주십시오. 또한 로크란드를 방위할 충분한 사병의 육성을 허하여 주시고, 기본적인 영지 간의 죄인 인도 조약은 무위로 하며, 모든 입법과 행정과 사법이 라르크로부터 독립적일 것임을 선포해 주십시오."

"……."

"물론, 저는 충실한 폐하의 신하이자 라르크를 수호할 의무가 있는 브류나크이므로 납세의 의무는 지속될 것입니다. 뿐만 아니라 저는 매해 폐하께 충성을 맹세할 것입니다. 비록 공국으로 불린다곤 하나 로크란드가 영원불변 라르크를 수호하리라는 것 역시 확신합니다."

파사드의 말을 이해하는 데에는 각고의 인내가 필요했다. 한참 후, 테른도크가 딱딱하게 굳어진 입술을 열었다.

"……가당하다 생각하나. 파사드, 너는 브류나크다."

"그렇다면 새로운 성을 하사해 주십시오. 폐하, 저는 모르가나의 사령관을 죽였고 모르가나의 황태자가 살해당한 회전을 이끌었으며 폐하께서 바라신 바, 모든 라르크가 인정한 전쟁의 영웅으로 이 자리에 섰습니다. 그에 더해 제가 앞으로 이루어 드릴 것과 이제까지 이룬 것, 그 모두가 충분히 폐하의 종친으로서 공국의 대공작이 될 자격을 근거합니다."

분명 파사드가 하는 말 중에는 분명 테른도크의 귀를 쫑긋 서게 하는 것이 곳곳에 있었으나, 결론적으로 독립을 주장하는 것과 진배없었다.

'지금 제정신으로 하는 말인가.'

승전하여 개선식을 마치고 돌아온 날이었다.

파사드는 늘 충직했고 욕심이 없었으며, 주어진 바에 따라 정도를 넘지 않고 라르크를 수호해 왔다. 해서 테른도크는 오늘 파사드에게 엄중한 경고와 '라르칼리아'에 관한 몇 가지를 추국한 후 모든 것을 덮어 넘길 작정을 하고 있었다.

그런데 저따위 헛소리라니. 카라제시와 루가크의 잠잠한 반응을 보건대 이미 저들끼리는 모종의 이야기가 오간 후인 듯했다. 테른도크의 미간이 구겨졌다.

"……지금 네가 무슨 말을 지껄이는지 알고 있나? 개별적인 군대의 양성에 모든 법률을 별개로 하겠다? 지금 무슨 꿍꿍이인지 모르겠으나, 공국이라는 이름 자체로도 서부 경계선 인근의 백성들을 위협할 수 있다는 것을 모르나?"

예상했던 반응이었던지라 파사드는 그다지 동요 없이 답을 이었다.

"아시다시피 브류나크 왕조의 1대 왕, 위대한 시왕 벨바롯트 파사드 브류나크는 리오낙을 왕가가 아닌 공가에 전해 내려 주었습니다."

테른도크는 허를 찔린 것처럼 불쾌했다.

그 역시 리오낙이 공가에 물려지는 사실이 의아했던 적이 있었다. 다만 하얗디하얀 유서 깊은 검의 유래가 마지막 라르칼리아였던 여왕 스완이 하사한 것이었다는 데에 착안해 모른 체했다. 시왕을 상징하는 것이라고는 하나 깨끗하지 않은 탄생인 것이다.

뿐만 아니라, 역사서를 죄 들춰 보아도 브류나크 왕조를 연 벨바롯트는 왕실에 제 장자 아닌 무엇도 남겨 두지 않고 떠났다. 진정으로 단 하나도 남기지 않고 떠났다.

그러므로 리오낙이 공가에 전해 내려진다는 사실은 특별한 의미가 부여되지 않는 일이다.

그러나 이해와는 별개로 파사드의 발언은 도발처럼 들리기 충분했다. 파사드는 선을 넘었다.

"너어……!"

테른도크가 노성을 터뜨리려던 찰나였다. 파사드의 말이 한 발 더 빨랐다.

"라르크의 방패를 상징하는 그 검을 이어받은 소신이 라르크에 삿된 마음 품을 리 없음입니다. 오늘부로 리오낙을 왕실에 헌납하겠습니다."

벌렸던 입술을 그대로 굳힌 테른도크의 팔걸이를 쥐고 있던 손이 떨리기 시작했다. 이야기가 이 지경까지 이어진 상황이 도저히 납득이 되지 않았던 것이다. 테른도크는 가까스로 거칠어지려는 감정을 추스르며 쏘아붙였다.

"부러진 리오낙을 왕가에 바치겠다?"

"리오낙의 진의는 상징에 있습니다. 그리고 리오낙이 부러진 것을 아는 이는 많지 않습니다. 수리가 끝이 나면 폐하께 바쳐 올리겠습니다."

리오낙은 공가 브류나크와 이백여 년을 함께해 온 보물이었다. 저런 당황스러운 말을 내뱉는 저의가 무엇인가. 대체 저놈이 왜 저러나. 가늠하던 테른도크가 서늘한 벽안에 날을 세웠다.

"지금 라르크를 아예 떠나겠다는 말이냐? 내 귀엔 그리 들리는데 잘못 이해하고 있는 거라면 변명해라."

"……."

"……파사드으!"

테른도크의 고함이 노르테 홀의 수십 개의 기둥과 광활한 공허를

쩌렁쩌렁 울렸다. 그 바람에 크게 놀란 카라제시가 한 발 물러나고 엎드려 있던 루가크의 어깨가 움찔했다.

그러나 정작 분노의 대상이 된 파사드는 무덤덤한 어조로 반쯤 눈을 내리 깔고 답할 뿐이었다.

"폐하께서 이미 짐작하셨듯이 저는 분별력에 확신을 잃었고, 온전히 라르크를 수호하는 자로서의 자격을 잃었습니다. 라르크를 수호하는 브류나크가 그 자격을 잃었다면 머물 자격도 없습니다."

"너, 네가, 네가, 네가 지금 미쳤구나. 지금 이리 오만방자하게 내 앞에서 헛소리를 하는 네가 공국의 왕이 되어, 왕 놀음을 하겠다고 지껄여! 네가 근간을 잊고 라르크에 이빨을 드러내지 않으리라 어찌 믿나?"

"증명이 필요하십니까."

"어찌 증명할 수 있다는 거냐?"

"발검을 허락해 주시겠습니까."

침묵을 베어 문 테른도크의 숨소리가 다소 거칠게 이어졌다.

파사드는 침묵으로 답을 되돌리는 테른도크의 눈을 고요히 응시하다, 이내 긍정이라 이해한 사람처럼 허리춤에 차고 있던 개선식용 장식 검을 뽑아 들었다. 비록 장식품으로 실제 검보다 훨씬 무디고 나약한 검이었지만 날만큼은 충분히 예리했다.

스르릉, 날카롭게 스치는 검 울음소리에 엎드려 있던 루가크가 고개를 틀어 돌렸다. 카라제시는 돌발적으로 검을 뽑아 든 파사드를 놀란 눈으로 바라보았다. 노르테 홀의 왕의 면전이었다.

이어지는 그의 행동에 테른도크도 루가크도 카라제시도 얼어붙었다.

"다시는 스스로 검을 쥐지 않을 것을, 폐하를 배반치 않을 것을, 전장에 나서지 않을 것을, 이 자리에서 맹세하겠습니다."

왼손으로 검을 들어 올린 파사드는 그대로 그의 오른손을 펼쳐 들었다. 그러고는 주저 없이 차게 식은 날을 그의 엄지와 검지가 벌어지는 살갗에 가져다 댔다. 누가 무어라 할 새도 없이 날이 그의 살을 찢고 파고들었다. 이어 으득 하며 뼈 긁히는 소리가 났다.

엄지손가락의 힘줄을 잘라 낸 행위였다. 신음조차 없이, 무표정하게.

"……"

"……"

내려뜨린 파사드의 오른손 손가락 끝으로 붉은 피가 쉼 없이 흘렀다. 피는 붉은 융단 위로 떨어져 이내 감쪽같이 물들었다.

"파사……."

스스로 입힌 심각한 상처에 놀라 입술을 벌리던 카라제시는 말을 맺지 못했다. 보다 먼저, 파사드의 서늘한 음성이 충격에 빠진 테른도크의 귓전에 이르렀다.

"보신 바와 같이 이제 다시는 저 스스로 검을 쥐는 일은 없을 터입니다. 폐하께서 우려하시는 것과 같은 삿된 마음 추호도 없으니."

"너…… 너어."

"이로 부족하다 하신다면 손목이라도 바치겠습니다."

파사드는 그대로 검을 고쳐 들었다. 테른도크가 왕좌에서 뛰쳐나오듯 달려 내려와 파사드의 손에 들려 있던 검을 빼앗아 내동댕이쳤다.

챵그랑! 융단 밖까지 밀려간 검이 소름 끼치게 가는 울음소리를 냈다.

"당장, 그만두지 못해!"

"폐하께 약조드린 북부 귀족들의 단일 통합을 위해서는 체사의 인맥이 필요합니다. 그러니 처벌을 미루거나, 저들에게 관용을 베풀어 주시기를 청합니다. 그리한다면 온화하고 은혜를 아는 체사는 기꺼이 폐하의 위업을 위해 앞장설 것입니다."

놀란 가슴을 어찌하지 못하고 숨을 크게 들이마셨던 루가크가 황급히 고개를 조아렸다.

"⋯⋯저희, 저, 저희 가문의 어리석은 둔치에게 아주 작은 기회라도 남겨 주신다면 저희는 폐, 폐하의 은공에 감사하여 기, 기꺼이 브류나크의 뜻을 함께할 겁니다. 면목 없으나 가, 감히 폐하께 일가 투신할 기회를 주시기를 청합니다."

어지간한 일에 면역이 생겨 놀라는 법 없는 담대한 루가크 역시, 지금의 사태만큼은 당황치 않을 수 없었다. 목소리가 크게 떨렸다.

카라제시는 파사드의 핏물이 떨어지는 오른손을 굳어진 채 바라보고 있을 뿐이었다. 파사드는 문관이라기보다는 무관에 더 가까운 자였다. 공작으로서의 작위보다도 기사로서의 삶을 더 기껍게 여긴이다.

테른도크는 터질 듯이 급박히 뛰는 가슴을 오르내리며 바로 코앞에 선 파사드를 노려보았다. 파사드의 새까만 눈동자에서 그는 아무것도 읽어 낼 수가 없었다.

테른도크의 턱이 딱딱 부딪쳤다. 어깨가 크게 오르내릴 만큼 거칠게 숨을 참아 누르던 테른도크가 매섭게 명했다.

"체사, 너희는 나가 궁내부 수석 의원을 부르라! 어서!"

루가크가 일어서 그때까지도 파사드의 피투성이 손에서 눈을 떼지 못하고 얼어붙어 있던 카라제시에게 턱짓했다.

카라제시와 루가크가 달리듯 빠른 걸음으로 노르테 홀을 빠져나갔다. 그들이 나가는 것을 확인하기 위해 고개를 움직이는 테른도크와 달리 파사드는 꼿꼿하게 선 채 뒤도 돌아보지 않았다.

발소리가 육중한 철문 너머로 스러지는 소리와 함께 다시금 노르테 홀에는 차가운 고요가 찾아왔다.

테른도크가 허리에 두르고 있던 하얀 끈을 풀어 재빠르게 파사드의 손을 감아 맸다. 자칫 손가락이 완전히 떨어져 나갈까 조심스러워 테른도크의 손마저 떨렸다.

"대체, 대체, 파사드. 너 왜 이따위 짓을 해서 나를 놀라게 하나!"

파사드는 그와 같은 브류나크로 일생 믿어 온 자였다. 몹시 속이 상했다.

"왜 이리 멍청한 짓을 해!"

비록 수도를 멀리하여 재상 라페로바한과 그 세력들이 활개 치게 내버려 두기는 했으나, 대신 그는 외세를 척결하고 국방의 의무를 다하는 것으로 충의를 보여 왔다. 단 한 번도 그를 이렇게 거스른 유래가 없었다.

파사드의 손을 감은 천은 금세 시뻘겋게 물들었다.

"저는 이제 그만 내려놓고 싶습니다. 용서하십시오."

"내려놔? 우리는 브류나크로 태어났고 브류나크로 살아야 한다. 죽음 이전에 우리가 브류나크의 의무로부터 벗어날 수는 없어."

그건 모두가 자유로울 거라 망상하는 왕이 된 위치에서도 꼭 같은 제약이었다.

테른도크는 브류나크라는 이름으로 인해 원치 않는 혼인을 했다. 브류나크라는 이름을 지키기 위해 방자한 이들의 행태를 눈감아야 했고, 브류나크라는 이름 때문에 성문 밖으로 마음대로 나갈 수도 없는 수도에 갇힌 삶을 살아왔다.

대륙 북부의 반 이상을 차지한 라르크의 정점에 있는 브류나크가 오롯해야 북부가 평화롭다는 것을 이해했기 때문이다.

"……폐하, 저는 나라에 대해 당신과 같은 관념을 지니고 살았습니다.”

“…….”

“위선된 정지를 외면하고, 진실되지 않은 평온을 위해 부당함을 눈감고, 진실되지 않은 현실을 인정하고 주어진 길을 착실히 걸어왔습니다.”

“그런데 지금 왜 이러나? 지금 대체 네가…… 너는 오늘 승전하여 되돌아온 영웅이다. 나는……!”

“그런데 세상의 보답은 참으로 참담하다는 것을 깨달았기 때문입니다. 이제 그저.”

처연하리만치 차갑게 떨어진 대답에 흥분으로 벌어졌던 테른도크의 입술이 그대로 다물렸다. 낙막한 파사드의 음성이 울렸다.

“그저, 제가 바라는 것은 이기적인 제 마음의 안온뿐입니다.”

“……의무에 보답을 바라나? 그리고 네가 여태까지 네 의무를 잘 이행해 왔다 말하나? 너는.”

테른도크는 피투성이가 된 제 손바닥을 내려다보다 꽉 주먹을 그러쥐며 서늘히 파사드를 노려보았다.

“너는 내게 라르칼리아라 스스로를 참칭했던 계집을 숨겼다.”

“…….”

“나는 그마저, 눈감아 주려, 했다. 그런데 넌.”

테른도크의 음성이 뜯겨 나간 것처럼 너덜너덜 끊어졌다.

“폐하께서는 그를 믿으십니까. 이 세상천지 이백여 년 전 멸망한 왕조의 사람이 여즉 살아 있음을 누가 믿을 것입니까?”

“고 할드로프 경이 그리 남겼다 하였다지?”

“……하면 폐하께서는 그 유지 한마디에, 이미 역사의 유물이 된 라르칼리아라는 이름 한 마디에 겁먹어 전역의 데투아라는 이름을 지닌 모든 이들을 모두 잡아 내라 명하신 겁니까?"

뒷목이 짓뭉개지는 듯한 감각에 테른도크가 주춤주춤 물러났다. 마지막까지 아니길 바랐던 사실이 현실로 닥쳐 온 것이다.

"그래서 네가 지금 이리 막돼먹은 행동을 하는 것이 지금 계집 하나 때문이란 말이냐?"

"그것만으로는 제 결단 전부를 설명할 수는 없을 겁니다."

"너는…… 내가 그런 결정을 내린 이유가, 오직 라르칼리아라는 그 허무맹랑한 이름 탓이라 생각하나?"

"저의 모자람이 폐하가 내리신 결단의 내막임을 스스로 알고 있습니다. 폐하께서 저를 불신하셨으니, 내리셔야 마땅할 명을 내리셨다는 것도 압니다."

그걸 알면서 너는 왜 이러나. 테른도크는 제 손바닥이 피투성이가 된 것도 잊은 채 거칠게 이마를 쓸어 넘겼다. 그의 이마는 금세 피로 음산히 얼룩졌다. 빛나는 것은 오직 파란 눈동자뿐이었다.

"……그 여자는 대체 뭐냐. 그 계집이 마리포사들을 이끌고 도망쳤다고 했다. 네가 놓아주었다지. 상황이 그러했다 하였으니 길게 논하지 않겠다. 헛소리는 그만해라."

"폐하께서 저를 어찌 생각하시는지는 모르나 저는 자격이 없습니다."

"누가 그리 말해. 누가 네게 자격이 없다 하였나. 네 자잘한 허물은 내가 용서한다. 내가 용서해! 파사드, 누가 무어라 하든 상관없이 너는……!"

"누군가 일러 주지 않더라도 이미 제가 스스로 잘 알고 있는 사실입니다."

"그리 말하지 마라. 네가 자격이 없다면 누구에게 자격이 있기에."

"저는 폐하께서 생각하시는 그런 흠결 없이 고결한 인사가 아닙니다."

테른도크의 입술이 갈피를 잡지 못해 멈춘 사이로, 차분히 눈을 내린 파사드의 음성이 이어졌다.

"부디 제 짐을 덜어 주시고, 폐하는 나라를 지키며 온전한 북부 유일의 늑대로서 치세를 이어 가 주십시오."

말이 통하지 않았다. 결국 테른도크는 파사드의 멱을 사납게 낚아채 쥐었다. 엇비슷한 키였기에 눈높이를 맞추는 건 어렵지 않았다.

"……대체, 대체 그 계집이 뭐라고 지금 내게 그따위 말을 지껄여!"

"진정을 다해 사랑하는 사람입니다."

잊힌 무덤처럼 아득한 적막이 두 사람 사이의 간격을 매웠다. 숨소리조차 죽었다. 테른도크는 말을 잊고 파사드의 멱을 쥐고 있던 손에 힘을 풀었다.

예상치 못한 답이었다. 그러나 순식간이 납득이 되는 답이었다. 사랑놀음에 지금 이따위 반항을 하느냐 소리치고 싶었다. 그러나 그 역시 제 감정이 기우는 것을 막지 못해 있어선 안 될 죄를 지은 바 있었다. 연정이란 것이 사람의 눈을 어떻게 가리고, 사람을 어디까지 바꿀 수 있는지 그 역시 스스로의 역사 속에서 체감한 바였다.

그러나 그런 시간을 지나 보내며 이 자리를 지키고 있는 만큼 그는 사랑이라는 것이 시간이 지나면 부질없는 추억으로 남을 것도 알았다. 혹은 로지투스와 같은 내리사랑의 존재로.

"……사랑이란 늘 불완전한 형태로 가슴을 좀먹는 감정이다. 언젠가 변한다."

파사드는 대답 대신 쓸쓸히 웃으며 테른도크의 한층 가라앉은 목소리를 묵묵히 귀에 담았다.

"내가 네 요구를 들어주지 않더라도 군공에 대한 포상은 충분히 다양한 방향으로 할 수 있다. 그렇다면 어찌할 테냐."

"그렇다면 저도 폐하도 아무것도 얻지 못할 테니 그저 얄궂게 제 손만 버린 셈이 될 터입니다."

아무래도 파사드의 낯빛이 점점 하얗게 질리는 듯해 테른도크는 불안을 감추지 못하고 눅눅이 젖은 천에 감긴 그의 오른손을 바라보았다.

한참 후, 테른도크가 간신히 입술을 뗐다.

"너는 지금 양 균형의 한쪽 정점에 있는 쏠고다."

"전 북부의 귀족들이 통합되면 폐지되어 마땅한 위치입니다. 모든 이들의 수장은 북부의 유일 폐하이신 당신이 되셔야 마땅한 일입니다. 그리고 체사의 차남인 자칼린 엔도를 옹호하려는 것이 아닙니다. 체사가 필요하다는 것, 폐하께서도 이미 이해하고 계시리라 믿습니다."

파사드는 진심이었다. 테른도크는 이백여 년 동안 갈라져 있던, 심지어 지금 반트라 불리는 재상 라페로바한과 그들 일당이 활개를 치는 이 시기를 어찌 변혁하겠다는 건지 감도 잡을 수 없었다. 불가능해 보였다.

"불가능한 일이다."

"가함을 보이겠습니다."

"……."

"……그리고 모든 것이 가함이 만천하에 드러나면 폐하께서는 저를 놓아주실 수밖에 없게 될 터입니다. 시작은 공가에서부터 이루어질 터이니."

"그렇다면 너를 놓아주겠다는 약조는 할 필요가 없는 거군."

차게 떨어지는 그의 음성에 파사드는 묵묵히 고개를 수그렸다.

테른도크는 아주 오래전부터 남부 국가들과 같은 절대왕정을 꿈꿔 왔다. 지난 이백여 년간 라르크는 차근차근 위축되어 왔다. 마지막 영토 확장 전쟁이 있었던 마지막 라르칼리아의 치세 이후로 그들로부터 독립하려는 민족들이 산발적으로 일어났다. 라르크는 내부의 날카로운 함정을 피하느라 외부로 눈 돌릴 틈도 없었다.

모든 깃이 이백여 년 전 출현한 폭군으로 인한 것이라. 또다시 그와 같은 일이 벌어질까 우려한다는 명목 아래 유력 인사들과 부유한 영주들의 발언권은 드높았고, 왕권은 그에 반비례하여 낮았다.

그리고 꼭 그만큼 낮게 갈라진 테른도크의 물음이 입술 밖으로 흘러나왔다.

"……하면."

"……."

"라페로바한은 어떻게 할 터인가?"

재상을 말하는지, 그의 딸을 말하는지 테른도크는 부러 명확히 하지 않았다.

파사드 역시 저의를 반문하는 일은 없었다. 그리고 때마침 궁내부 수석 의원이 헐레벌떡 달려 들어오는 것으로 대담은 끝났다.

다른 이들이 테른도크의 명령으로 물러나 연회의 채비를 하러 떠난 후에도 재상 라페로바한은 노르테 홀의 문 앞을 지키고 있었다.

굳게 닫혀 있는 웅장한 철문을 바라보는 그의 가슴은 차게 식어 있었다.

전쟁터에 있던 파사드로부터 석 달 전 날아온 파혼 요청서를 받은 이후 그는 하루도 편히 자지 못했다. 테른도크가 스스로 해결하마 말했으나, 그마저도 마음 놓이지 않았다. 어쩌면 이런 일이 벌어질 날이 올지도 모른다는 것은 예감하고 있었다.

어린 계집을 집안으로 들이는 것이 흠이 아님에도 파사드는 늘 엘히엔의 어린 나이를 빌미 삼아 혼인을 미뤄 왔다. 하지만 이제껏 쓴 소리 않고 기다리기만 한 것은 뮈아드로에 방문하면 꼭 엘히엔을 찾아와 적당한 예우를 다해 주고, 엘히엔이 파사드를 워낙 좋아해 따랐기 때문이다.

그런데 파혼이라니.

사실, 패전의 소식을 들었을 때는 먼저 그를 등져야 할지도 모른다는 가능성을 고려한 적은 있었다. 설욕전에 가까운, 라르크의 긍지를 이끈 전쟁에서 모르가나에 대패한다면 파사드의 입지와 명성이 브류나크라는 이름 아래의 허울이 될 것임을 미리 셈한 것이 이유였다.

그러나 지금은 아니다. 그는 승전하였고 누가 뭐라 해도 라르크의 영광을 안고 되돌아온 전쟁 영웅으로서 외려 수도를 비롯한 라르크 전역에 그의 위명을 떨쳤다. 파혼이란 가당찮다.

생각해 보니 수도니 전쟁이니 죄 관심을 끄겠다며 물러갔던 자파인 후도 되돌아와 왕궁 어귀에 머무르고 있다. 처음에는 그가 승전을 축하하기 위해 예의상의 걸음을 한 것이려니 하고 무시했으나, 오늘 그는 귀환하는 군사들을 맞이하는 환영 인사 속에 모습을 보이지 않았다. 그 시간관념이 대쪽 같은 자가 대낮까지 늦잠을 잔다거나 하여 중차대한 마중을 이루지 못한 긴 아닐 터다.

싹터 있던 불안감이 순식간에 떡잎을 떨치고 몽우리 맺었다.

루가크와 카라제시가 먼저 되돌아 나와 궁내부 의원을 부르는 고함도 무시했다. 재상 라페로바한은 평온을 가장한 채 닫힌 문만 노려보았다. 얼마 지나지 않아 의원이 들어갔고, 한참 후 파사드가 노르테 홀 밖으로 모습을 드러냈다.

그의 코트 오른쪽 자락과 손이 온통 피투성이였다. 무슨 일이 있었기에 노르테 홀의 어전에서 저런 피부림이 일었나. 조금 당황했다.

파사드는 자리를 지키고 서 있는 재상 라페로바한을 창백한 시선으로 한 번 바라본 후 걸음을 옮겼다. 재상 라페로바한은 치미는 불쾌감을 여과해 서글서글한 웃음만 남긴 채 그를 따랐다.

"저와 하실 이야기가 남으신 것으로 압니다만, 각하."

뒷짐을 진 채 나란히 그를 따라 걷는 재상 라페로바한의 어조는 딱딱했다.

"이야기는 끝났습니다."

"그리 일방적으로 통문을 보내는 것이 각하의 대화 방식은 아닐 거라 믿습니다만."

"의사가 명확하니 가타부타 더 논할 것이 필요치 않다고 생각하는데."

파사드의 피곤한 듯한 목소리가 무심히 울려 퍼졌다. 재상 라페로바한은 옷자락이 휘날려라 파사드를 앞질러 그의 앞을 막아섰다.

"이 무슨 무례한 짓입니까. 우리의 의사는 존중하지 않습니까?"

멈춰 선 파사드의 어두운 눈동자가 머리통 반 정도 작은 재상 라페로바한의 짙은 갈색 눈동자로 떨어졌다.

이어지는 파사드의 말에 재상 라페로바한은 내심 기함을 금할 수 없었다.

"내게 영애와 혼인을 강요했을 때, 재상은 내 의사를 존중할 생각이 있었습니까?"

"그건 선대가……."

"선친께서 살아 계셨다면 나는 지금 그에게도 똑같은 답을 되돌렸을 겁니다. 승전의 축제가 끝이 나면 공식적으로 파혼 공포가 있을 테니, 더는 그 문제로 나를 찾지 마십시오."

말문이 막힌 사람처럼 재상 라페로바한은 입술을 벌린 채 아무 소리도 내지 않았다.

제 길을 가로막은 그를 둘러 파사드는 그대로 수십 개의 기둥들이 지탱하는 뮈아드로의 차디찬 여름의 복도를 내딛었다. 한쪽 옷자락을 피로 물들인 파사드의 뒷모습은 충격과 분노로 떨리는 눈동자로부터 고요히 멀어져 갔다.

❖·❖

종전 기념이라는 명목으로 성대하게 개최할 것이 예고된 기념 주연, 미네트룽겐은 되돌아온 군사들이 여독을 풀고 채비를 마칠 즈음인 늦저녁부터 열렸다. 따스한 여름 밤이었다.

왕궁의 가장 큰 연회 홀이 장장 삼 년 만에 사람들로 가득 찼다. 광대한 홀의 안쪽, 가장 높은 상석에 앉은 테른도크는 기쁨에 찬 왕으로서 쏟아지는 축하 인사를 사양 없이 받았다. 귀족들의 발걸음은 끊이지 않았으나 웃음 지치는 기색도 없었다.

귀빈석과 얼마 떨어지지 않은 곳은 한창 흥겨운 춤과 공연 일색이었다.

수려하게 차려입은 사내들과 우아하게 대리석을 가로지르며 춤사위를 보이는 여자들의 교태 어린 웃음소리가 술잔을 부딪치는 소음 속에 녹아들었다.

북부의 한겨울은 그들이 스스로를 뽐내기에 적절하지 않으므로,

이번 기회를 놓치지 않고 온몸을 장신구로 주렁주렁 꾸며 낸 이들이 넘쳐 났다. 그들이 걸을 때마다 짜랑짜랑 울리는 값비싼 귀물들 소리가 다소 투박한 북부의 음악과 어우러졌다.

귀환 군사들은 응당 받아야 할 환대 속에서 영웅담을 늘어놓거나, 전쟁터의 참혹했던 참상을 실제적으로 묘사하거나 하며 인파 속에 둘러싸여 있었다. 다정한 미소를 지으며 자리를 지키는 파사드 역시 한참이나 그들 사이에서 시달리고 있어야 했다.

웃음기마저 잃고 선 카라제시와 루가크에게 다가가는 이들은 드물었다. 자칼린 엔도 체사에 대한 소식을 듣지 못한 이들이야 넌짓 다가가 이리저리 말을 붙여 보려 했지만 무안하게 돌아오는 침묵에 떨어져 나가기 일쑤였다.

쏟아지는 칭송 속에서 파사드는 잠자코 카라제시를 바라보았다. 어느새 카라제시의 뺨은 보랏빛으로 멍들어 있었다.

얼마 지나지 않아 파사드는 어느 정도 자리를 지켰다 판단하고 인파를 다정히 밀어낸 후 밖으로 걸어 나왔다. 그의 손이 크게 다쳤다 알려진 데다, 낯빛이 좋지 않아 빠져나오는 건 어렵지 않았다. 술과 음악과 분위기에 취한 주정뱅이들을 떨치는 건 그만큼 쉬웠다.

파사드는 그 길로 왕궁 마차를 불러 공저로 되돌아갔다.

공저의 문 앞에 이르자 할만이 헐레벌떡 달려 나와 그를 맞이했다. 이제껏 내색은 않았으나 스스로 갈라 낸 손가락의 통증이 견딜 수 없이 아팠다. 애써 침음을 삭이며 왼손으로 마차의 문을 돌려 연 파사드는 할만의 반가운 기색이 만연한 얼굴을 마주했다.

"주인어른."

할만은 그의 조부인 제그라트부터 단명한 바예투스 그리고 칼키스까지 보좌한 공저의 충실한 관리인이었다.

어린 시절의 파사드에게 인내심의 중요성을 일러 주고, 사람의 말이 지닌 치명적인 위험을 새기듯 가르쳐 온 스승이자 가족이었다. 못 본 지 두 해밖에 되지 않은 듯한데 할만은 눈에 띄게 늙어 있었다.

"무사히 돌아오셔서……."

파사드의 눈가가 잘게 떨렸다. 막 기쁘게 그를 향해 인사하던 할만의 눈이 부목으로 덧대인 파사드의 손에 멈추어 있었다.

눈에 익은 공저의 풍경 속에 선 낯익은 이들. 어두운 하늘 아래 고고히 선 수수한 저택의 낙막한 공기에, 애써 짓눌러 굳혔던 상처 난 가슴이 왈칵 피를 토해 내는 것처럼 고통스러웠다.

스스로 입힌 상처보다 이 자리에서 몇 년이고, 몇 년이고 그를 기다리고 있었을 식솔들이 제자리에 서 있는 것을 보는 것이 더욱 허한 가슴을 뭉그러뜨렸다.

"……잘, 지냈는가? 변고는 없던가."

파사드는 가까스로 소리 냈다. 할만이 파사드에게 허겁지겁 다가와 물었다.

"당연히 저희는 잘 지내고 있었습니다. 아니, 주인어른, 부상 없이 돌아오셨다는 소문을 들었는데 손이……."

성큼성큼 걸어간 파사드가 할만의 왜소한 어깨를 덥석 끌어안았다. 허리가 굽어 가는 할만의 키가 머리 하나만큼은 작아서 내려 안는 모양새가 되었다.

크게 놀란 할만이 눈을 휘둥그렇게 뜨고 어정쩡하게 손을 들었다가 내렸다. 보는 눈이 많았다. 게다가 파사드답지도 않은 행동이었다.

"저, 주인어른. 이리 반가워해 주시니 참으로 영광입니다만……."

조심스레 운을 떼던 할만은 말을 멈추고 조용히 그의 떨리는 등을 다독였다. 감히 저택의 관리장인 그가 해서는 안 될 무례한 행동임을 알았지만 그는 아주 오래전부터 파사드를 돌봐 온, 조금 과장해 스승과도 같았다. 무슨 일이 있으셨습니까, 구태여 묻지 않아도 그는 충분히 알 수 있는 사람이었다.

할만이 쓴웃음 섞인 음성으로 다정히 말했다.

"우리 도련님, 따뜻하게 데운 우유라도 준비해 드려야겠습니다."

마음이 조금 달래지는 재회를 아쉽게 끊어 낸 파사드는 낯익은 수국의 향기가 밴 공저 안으로 들어섰다.

수년 만에 되돌아온 그의 방은 마지막 떠났을 적처럼 깨끗하고 단정하게 정리되어 있었다. 침대가로 다가가 왼손으로 어설프게 단추를 풀어 내는 그의 곁에 다가온 할만이 조심스레 그의 외투부터 받아 들었다. 부상에 관하여 물었으나 파사드가 괜찮다며 말하고 싶어 하지 않는 듯해 더 묻지 않았다.

파사드는 단단하게 조이고 있던 수려한 남색 성장의 단추들을 죄 풀어낸 후 침대가에 걸터앉았다.

할만이 조심스레 물었다.

"지금 연회가 한창일 시간이라 아는데, 먼저 나오셔도 괜찮으신 겁니까? 아, 혹 시장하시다면……."

야심한 시각인 데다 오늘의 연회가 끝나고 내일이나 되어야 되돌아올 것이라 예상하고 있던 터라 저택 내 식사 당번들은 모두 귀가한 후였다.

할만은 여차하면 살림에 일가견이 있는 야간 대기 시녀들을 끌고 부엌으로 들어가 직접 먹거리를 만들어 오리라 마음먹었다. 그러나 파사드는 묵묵부답이었다.

할만은 문득 파사드의 시선이 다른 곳에 향해 있다는 것을 깨달았다.

그의 시선을 따라 고개를 돌리던 할만이 붉은 테가 둘러진 반질반질한 연갈색 탁자로 다가갔다. 할만은 곧 방이 어둡다는 데에 생각이 미쳐 등잔의 불을 초에 옮겨 붙이며 흔흔하게 웃었다.

"그렇잖아도 그제 영애께서 다녀가셨습니다. 요즘 날이 좋아 수국이 만개해 있어 정원사들 손이 바쁜데, 가지치기로 꺾어 낸 꽃들로 꽃꽂이를 해 두셨습니다."

잎이 크게 벌어진 푸른 수국 너덧 송이가 탁자 위에 고이 놓인 꽃병에 오밀조밀 꽂혀 있었다. 파사드는 한참이나 그를 바라보다가 이내 한 손으로 간신히 걸쳐져 있던 남색 제복 상의를 벗어 내렸다. 한 손으로 행하려니 몹시 느렸다. 할만이 돕기 위해 다가오려 했지만 파사드의 명에 저지되었다.

"버려라."

자신이 옳게 들은 건가. 의문스러워 할만은 그도 모르게 얼떨떨한 눈으로 파사드와 꽃병에 꽂힌 싱그러운 푸른 꽃을 번갈아 바라보았다. 파사드는 꽃병에서 시선을 뗀 후였다.

파혼할 것이다.

파사드의 충격적인 선언에 한참이나 아무 말도 못하고 서 있던 할만은 곧 평소의 얼굴로 고요히 그의 옷가지를 챙겨 정리한 후, 꽃병을 들고 나갔다. 내일 공가의 전담 의원을 불러 그의 손 상처를 한 번 살펴보게 해도 되겠느냐는 우려 섞인 일상의 걱정은 잊지 않았다.

온전히 홀로 된 적막 속에 내리눌린 파사드는 아직까지도 방 안에 남은 수국의 향기를 느꼈다.

내려뜨린 손이 저려 왔다. 가만 눈동자를 내려 경련하는 오른손을 내려다보던 파사드는 이내 사무치는 이 낯선 기분을 받아들였다. 홀로 누운 이 드넓고 푸근한 침대가 그를 두르고 감쌀수록 외로움은 짙어져 갔다. 파사드는 신음을 삭이며 왼손을 들어 눈가를 덮었다.

발로이드가 할퀴고 간 상처는 이미 다 아물었건만, 겉만 아문 것처럼 가슴께가 저렸다. 통증은 밤이 깊어질수록 짙어졌다.

그래서 잠을 이룰 수가 없었다.

그래서.

✦—✦

지난밤, 지독한 통증에 시달려 동이 틀 무렵에야 겨우 잠에 든 파사드는 이튿날 오후 무렵 잠에서 깼다. 본의로 일어난 것은 아니었다. 문 앞에서 들리는 난잡한 소리 때문이었다. 두엇 이상의 말소리가 들리는 듯했다. 할만의 목소리도 작게 흘러 들어왔다.

노곤하여 무시하려 했다. 그러나 승강이를 벌이기라도 하는 것처럼 소란한 소리는 끊이지 않았다.

"지금 뵈어야겠어요."

"아직 일어나지 않으셨습니다. 영애, 주인어른께서는 어제 전쟁터에서 돌아와 막 쉬고 계십니다. 조금만 기다려 주시면……."

"지금 뵙겠다고 분명히 말씀드렸어요."

혼곤 속에 누워 귓전으로 흘러드는 소란을 듣던 파사드가 느리게 자리에서 일어섰다. 귀에 익은 목소리 탓이다. 그는 침대 맡에 준비된 외투를 덮고 허리끈을 둘러 침의만 대충 가리고 문을 열었다.

문 앞에서 벌어지던 승강이 소리가 뚝 멎었다.

파사드는 흐트러진 머리칼을 쓸어 넘기며 문가에 기대어 서서 그를 찾아온 작달막한 아가씨를 바라보았다. 밤새도록 울기라도 한 것처럼 퉁퉁 부은 벌건 눈으로 그를 바라보고 있는 건 엘히엔이었다.

이미 예상한 방문이었다.

"……각하, 각하."

파사드와 눈이 마주치자마자 엘히엔은 끝내 참고 있던 눈물을 뚝뚝 떨어뜨리며 그에게로 매달릴 듯 손을 뻗었다. 파사드가 한 걸음 물러섰다.

허공에 맺혀 있던 엘히엔의 손끝이 느리게 내려졌다. 엘히엔의 사슴처럼 커다란 눈동자가 금방이라도 숨이 넘어갈 듯 크게 흔들렸다.

잠에 취하여 목덜미를 느리게 문지른 파사드가 점잖은 투로 물었다.

"……할만, 지금이 몇 시인가?"

"곧 해가 저물 겁니다. 주인어른, 자파인 후로부터 사람이 왔었고, 왕궁에서도 호출이 있었습니다. 오늘 연회에 참석하지 않으실 것이냐는 하문이었습니다만, 곤히 주무시고 계시어 여독이 쌓이셔서 오늘은 불참하실 듯하다 답했습니다. 만일 왕궁으로 출타하실 거라면 다시 사람을 보내어……."

"아니, 우선…… 영애를 접대실로 모셔라. 곧 채비하고 나갈 테니."

당사자에게 시선조차 두지 않은 냉랭한 명령에 할만은 힘없이 엘히엔을 돌아보았다.

이른 오후부터 찾아와 무작정 그를 만나겠다 고집을 부리는 엘히엔을 바라보는 할만의 기분도 썩 좋지 않았다. 지난밤 파사드로부터 들은 이야기를 생각할 때 이 방문의 의미가 무엇인지 능히 짐작이 간 탓이다. 그러나 아는 체 위로도 할 수 없어 속만 탔다.

"영애…… 들으신 것처럼 곧……."

"각하, 제발…… 아니라고 해 주세요. 제발."

엘히엔은 정중하고 조심스레 뻗어져 오는 할만의 팔을 무례할 정도로 세게 쳐 낸 후 파사드의 허리를 잡고 매달리듯 그에게 안겼다. 그의 가슴께에 얼굴을 파묻고 어깨를 들썩이는 엘히엔을 할만은 곤란한 듯 바라보았다.

순식간에 파사드의 앞섶이 뜨뜻한 물기로 젖어 들었다. 파사드는 한참이나 말없이 그에게 안긴 엘히엔의 정수리를 내려다보다, 어쩔 줄 모르고 눈을 내린 할만에게 명했다.

"할만, 방으로 다과를 들여라."

"차림이 이래 송구합니다."

파사드는 제대로 갖춰 입지 못한 것을 우선 사과했다. 그러나 진심은 아닐 터였다. 기상조차 하지 않은 그의 방으로 무턱대고 들이닥치려 했을 때 엘히엔 역시 평소와 같이 말끔하게 예의를 갖춘 그를 기대하지 않았을 터이다.

엘히엔은 자리에 앉으라 하는 그의 권유를 무시한 채 그의 옷자락을 쥐고 눈물이 그렁그렁한 눈으로 흐끅거렸다. 눈을 한 번 깜빡일 때마다 말의 것처럼 기다란 속눈썹 아래로 눈물이 후두둑 떨어져 내렸다.

파사드는 카펫 위로 떨어진 귀한 아가씨의 눈물자욱이 소리 없이 스며드는 것을 내려다보았다.

"아, 아니죠……?"

"……."

"파사드 오라버니, 제발, 제가 잘못한 게 있다면 다 고칠게요. 제가 잘못했어요, 제가……. 아니라고 해 주세요."

파사드의 입술은 힘없이 다물렸다.

눈물로 뒤범벅된 엘히엔을 마주하고 있는 것은 파사드로서도 편안한 기분은 아니었다.

그녀가 그를 기다려 온 시간은 그가 그녀를 받아들이기 위해 스스로를 압박했던 시간과 같다. 엘히엔은 죄가 없다. 죄 지은 것은 온전히 그를 애달파하지 않는 여자에게 쉬이 마음을 내어 주고 연모를 품게 된 나약한 자신이었다.

파사드는 붕대와 부목으로 고정된 오른손을 탁자 위에 걸치듯 올린 후, 비스듬히 고개를 돌려 눈물로 흥건히 덮인 그녀의 얼굴을 외면했다.

"……유감입니다, 영애. 영애의 명예를 위해 파혼에 관한 것은 온전히 제 측의 잘못인 것으로 할 터입니다."

"갑자기 왜 그래요, 갑자기. 각하, 제가 잘못한 게 있다면……."

"영애는 잘못한 것이 없습니다."

엘히엔이 손을 들어 입술을 가리며 흐느낌 같은 소리를 냈다.

"그, 흐, 그, 여자 도망쳤, 흐으, 다고. 괜찮, 저는 괜찮……."

그녀의 목소리는 눈물이 떨어질 때마다 꼭 맞추어 끊이는 것처럼 들렸다.

파사드는 느리게 눈동자를 움직여 늘 생기 넘치던 홍조가 가신 채 눈물진 그녀의 창백한 뺨과, 산뜻하니 말간 주홍빛을 잃고 충혈된 그녀의 사슴 같은 눈동자를 바라보았다.

엘히엔은 단순히 파혼에 관한 것만 듣고 온 게 아닌 모양이었다. 하기야, 그가 물러난 후 테른도크와 재상 라페로바한이 한자리에 모였을 것임은 자명했다. 어디까지 이야기가 전달된 것인지는 모르겠으나 외려 스스로의 행동을 설명할 필요가 없으니 잘된 것일지도 모른다는 생각이 들었다.

씁쓸함이 침전된 파사드의 검은 눈동자를 겁이라도 집어먹은 것

처럼 서럽게 올려다보던 엘히엔이 흐끅대는 가슴을 억누르며 겨우
겨우 말을 더했다.

"어, 어차피 흑, 살다 보면 가끔, 남자들은 가끔, 가끔 그럴 수 있
다고. 그러니 흑, 흐엉, 괜, 괜찮아요. 아, 아버지한테도 제가, 제가
잘 말해서…… 흑."

"영애."

"실수, 실수하신 것뿐이잖아요. 그, 흐엉, 그러니까."

"이야기는 이미 끝났습니다."

엘히엔의 흐느낌 소리가 멎었다. 이윽고 배반감에 북받친 작은 아
가씨의 눈물 섞인 주먹이 그의 허리며 가슴팍을 마구 때렸다.

"어떻게…… 어떻게……! 어떻게 그래요!"

그러나 꽃꽂이나 자수나 놓으며 일생을 온실 속에서 자라난, 이제
막 열여섯을 넘긴 아가씨의 손이 매울 리 없었다. 파사드는 미간 언
저리가 무거워지는 기분에 느리게 턱을 숙였다.

"변명이라도 해 달란 말이에요! 싫어요! 싫어! 안 믿어요. 오라버
니가 나한테, 나한테, 흑, 나한테 그럴 리 없어요! 그럴 리……!"

악다구니처럼 째지게 울리던 고함은 이내 눈물 소리에 떠밀려 흐
려졌다. 파사드는 그의 발치로 그대로 주저앉아 어깨를 들썩이는 엘
히엔의 자그마한 정수리를 내려다보며 입술을 당겨 물었다.

마음이 힘들다.

"……영애, 영애께서는 이미 많은 이들의 사랑을 받고 있습니다.
그에 저 하나 덜어진다 해 영애께 바쳐지는 사랑이 크게 줄어들지는
않을 겁니다."

"왜…… 제게 그런 잔인한 말을 하나요?"

"그러니 저 하나쯤은 보답받지 못하고, 누구에게도 공경받지 못하

고, 누구에게도 칭송되지 못하는 이를 사랑하는 것을, 모두에게 사랑받는 영애께서 허락해 주실 수 있지 않겠습니까."

엘히엔의 눈이 배반감으로 물들었다. 파사드는 믿음이 가시는 빛을 피하지 않고 지켜보았다.

한때 그녀와 그 사이에 존재하는 것은 믿음이었다.

가문과 가문 사이의 일로 시작되었으나 결국 두 사람 간의 믿음이었다. 끝까지 명예롭게 지켜져 결국은 혼인을 하고 일생의 반려가 되어 살리라는 미래에 대한 믿음.

파사드는 그리 함께 살다 보면 언젠가는 그녀를 사랑하게 될 것이라 믿었고, 엘히엔은 그리 함께 살다 보면 언젠가 그가 사랑 줄 것을 믿었다. 그녀는 그럴 만한 가치가 있는 귀한 사람이었고, 그는 스스로를 다스릴 수 있다 믿는 천치였다.

엘히엔의 달달 떨리는 목소리가 귓전을 맴돌았다.

"……그래서 택한 게 흑, 평민이에요? 흐끅, 나라에 반역을 한, 그런 여자란 말이에요?"

파사드의 왼손이 조금 힘이 들어가 둥글게 말렸다.

"……무엇을 어디까지 들으신 건지는 모르나."

"대죄를 짓고 도망쳤다니, 그, 흑, 그런 여자를……. 오라버니, 안되는 거 아시잖아요. 말도 안 되는 거 아시잖아요. 다 알 만한 분이시잖아요. 왜, 대체, 대체, 제게 왜 이렇게 잔인하게 구시나요……?"

"……이미 제 마음은 제 것이 아니고, 제 몸 또한 제 것이 아닙니다. 제가 영애께 할 수 있는 말은 이뿐입니다. 용서해 달라고는 하지 않겠습니다. 앞으로 더 잔인한 일을 행하게 될 것임을 알기에 용서를 구하는 것마저 면목 없습니다. 용서하지 마십시오."

"어떻게, 어떻게 이래요……! 제 심정은 조금도 헤아려 주지 못하시나요? 오라버니, 오라버니가 어떻게 제게……!"

파사드의 여지없는 대답이 엘히엔의 말문을 막았다.

"영애, 지금 저는 영애의 감정까지 헤아려 줄 만큼의 여력이 남지 않았습니다."

엘히엔은 울음을 그치고 멍하니 그를 올려다보았다.

늘 그녀를 보면 다소 곤혹스러워하기 했을지언정 다정히 웃어 주던 파사드가 아니었다. 당신을 귀애한다. 조금만 더 기다려 달라. 돌아오면 바로 성혼을 올릴 것이다. 그리 말하던 파사드가 아니었다.

모르는 사람, 그녀가 모르는 사람이다.

한참이나 넋을 잃고 그를 올려다보는 엘히엔을 파사드는 위로하지도 사죄하지도 않았다. 그녀의 시선은 서서히 떨어졌다. 올려다볼 기력도 없는 것처럼 맥없이.

눈물도 함께였다.

조심스레 들어와 탁자 위에 차와 간단한 먹거리를 내놓던 할맘은 체통조차 잊고 맨바닥에 주저앉은 엘히엔을 딱한 눈으로 바라보다가 이내 조용히 물러갔다.

파사드는 차가 마련된 둥근 탁자에 느릿하게 앉아 등을 기댔다. 끊길 듯이 이어지는 엘히엔의 울음소리가 귓전을 파고들어 어딘가를 긁어 내는 듯했다. 한참이나 찬 바닥에 주저앉아 눈물만 뚝뚝 떨어뜨리던 엘히엔이 매정한 파사드를 향해 애걸했다.

"흑, 오라버니…… 정말, 정말로요. 그러지 말아요. 그러지 마세요. 예전처럼 웃으면서 다정하게 불러 주세요. 호, 혼인을 조르지 않을게요. 다른 여자를 마음에 담아 두셨다 해도 조, 좋아요. 그러니, 그러니 제발, 이렇게 잔인하게 저를 버리지 마세요."

파사드는 그 애원마저 흘려 냈다. 이미 그는 충분히 지쳐 있었다.

깊고 짙은 침묵 속에서 모락모락 김을 피워 올리는 따뜻한 찻물만 식어 갔다. 각하, 제발, 제게 이러지 마세요. 각하, 제발. 오라버니, 제발요. 파사드는 말없이 찻잔을 달그락거리며 이 늦은 오후의 차가 그의 들쑤셔진 심정과 갈피를 잃은 듯 먹먹한 정신을 일깨워 주기를 바랐다.

얼마 지나지 않아 엘히엔이 비틀거리며 일어섰다. 사각거리는 드레스 자락이 부대끼는 소리. 문득, 파사드는 소리가 몹시 낯설게 느껴진다는 쓸데없는 생각을 했다. 어느새 엘히엔의 눈물 소리는 그쳐 있었다.

"전…… 전 싫어요. 싫어요. 못 들은 걸로, 할, 거예요."

엘히엔의 자신 없이 사그라지는 젖은 목소리에 파사드는 왼손을 들어 말없이 찻잔을 입술로 옮겨 갔다.

비틀거리는 자존심을 부둥키고 애써 꼿꼿이 걸어 나가는 그녀의 뒷모습이 곁눈으로 느껴졌다. 차분한 침묵으로 파사드는 찻물 위에 비치는 제 검은 눈동자를 내려다보았다.

까맣고 까맣다.

까마귀와 같다 하였나.

비록 그를 두고 했던 말이 아니라는 해명이 있었지만 닮은 구석이 있어 그리 말했다 하였다. 저는 그와 다르다 그리 말했지만 완전히 다르지는 않았던 모양이다. 자연히 한여름을 맞아 활짝 만개해 있을 수국의 정원이 떠올랐다. 찻잔을 쥔 손이 느리게 떨렸다.

이어 문이 닫히는 소리가 났다.

엘히엔의 흐느낌 소리가 귀 안쪽에 맴돌았다. 엘히엔의 애원이 가슴에 남았다. 그러나 사랑하는 것을 지키기 위해 잔인해질 수밖에 없었던 오래전 폭군의 당위를 이제는 이해한다.

엘히엔은 제 몰예의한 막무가내의 결정에도 다 괜찮다며 예전처럼 웃어 달라 하였다. 찻잔을 내려놓은 파사드는 굳어진 입매를 매만졌다.

석 달 전 떠나보낸 그녀를 떠올리는 것만으로도 몰아치는 상실감에 얼굴이 뜯겨 나간 듯하였다. 그런데 제 스스로 발로이드를 죽이고 아파고 아파 무엇도 먹지 못하는 지경에 이르러서도, 르엔 그녀는 그리 내색 없이 웃었던가.

엘히엔이 떠나고 얼마 지나지 않아 할만이 조심스레 방 안으로 들어왔다.

파사드는 앉아 잠든 사람처럼 눈을 감고 있었다. 그러나 탁자 위에 올라와 있는 왼 손가락의 손끝이 느리게 툭 툭 탁자를 때리며 움직이는 것을 보아 잠든 건 아니었다.

"영애는 제가 배웅해 드렸습니다."

할만은 곧 다 식어 버린 차와 손도 대지 않은 간식을 쟁반 위로 올려 정리했다. 탁자를 다시 깨끗이 정리한 할만이 노파심으로 물었다.

"저어 주인어른, 정말 괜찮으시겠습니까……?"

파사드가 파혼을 원한다면 할만은 기꺼이 그의 선택을 지지할 것이다. 사랑스러운 엘히엔을 흐뭇히 바라보았지만 그녀를 귀애하는 마음은 파사드를 사랑하는 만큼엔 턱없다. 때문에 지금 걱정스러운 건 별안간의 통보에 상처받은 어린 아가씨보다 엘히엔의 부친이었다.

지쳐 내려앉아 있던 눈꺼풀이 느리게 들리며 파사드의 차가운 흑안이 어둑하게 빛났다.

"……할만, 자파인 후에게 사람을 보내라."

공가의 전담 의원이 들러 파사드의 손을 한 번 훑고 갔다. 의원은 파사드의 상처가 바로 최근에 생긴 것이라는 사실에 자못 놀란 내색을 비쳤다. 의원은 깊게 베인 그의 엄지와 검지 사이의 손가락을 아주 세심히 살폈다. 극심한 통증이 있을 터인데 내색조차 않는 파사드를 당혹스레 올려다보기도 했다. 궁내부 수석 의원이 바로 처치해 다행이라는 말을 덧붙이면서.

그러나 궁내부 의원들이 전지전능한 이들인 것은 아니었으므로 파사드의 오른손은 결국 참괴한 꼴을 면치 못했다.

"일단…… 경과를 지켜봐야겠습니다."

한참이나 살펴 본 의원은 힘줄이 거의 절단되고 뼈도 조금 상한 것 같다며 우울한 진단을 내렸다. 곁에 서서 듣고 있던 할만이 그도 모르게 한숨을 내쉬었다. 그의 주인인 파사드는 일생을 검을 쥐고 살아온 기사였다. '각하'라는 호칭보다도 '칼란독 경'이라는 이름이 더 익숙한 이다. 그런 그가 늘상 검을 쥐던 오른손을 잃었다. 이보다 참괴할 수가.

그러나 정작 당사자인 파사드는 아무런 동요도 없어 보였다. 대체 어찌 다친 것이냐 묻지도 못할 만큼 냉랭하게 그는 진찰을 마친 의원을 축객했다.

의원은 절대 오른손에 힘을 주지 말고 사용하지 말라 누차 당부했다. 그러고는 그에게 통증을 완화시키는 약재를 처방하겠다며 물러갔다.

할만의 쓰라린 눈빛을 등지고 일어선 파사드는 집무실로 향했다.

그의 목적지를 알아차린 할만이 쉬셔야 하지 않겠느냐 넌짓 권유했지만 파사드는 고집스레 집무실의 탁자에 앉았다.

지나치게 늦게 일어난 탓에 하루를 이제야 시작하게 되는 셈이었다.

그는 한 손으로 의자를 빼고, 나머지 한 손으로 탁자를 짚고, 한 손으로 양피지를 끌어내고, 한 손으로 문진을 고쳐 눌렀다. 잉크병의 뚜껑은 한 손으로 여는 것이 역부족인지라 할만이 도왔다. 이어 깃펜을 쥔 파사드는 조용히 양피지 위에 글을 써 내려갔다. 왼손의 필체는 오른손보다는 조금 못했지만 그런대로 유려했다.

파사드는 어릴 적부터 검을 잡았다. 본디 오른손잡이였던 그는 손바닥이 부르트고 오른팔의 근육이 파열 직전에 이를 때까지 훈련에 매진하곤 했었다. 그러기를 여러 날이었다. 그러한 지나친 훈련으로 인해 오른손을 쓸 수 없을 때도 막중한 기대를 받는 '브류나크'로서 수학을 게을리 할 수 없었다. 하여 오른손을 쓰지 못할 때는 왼손도 펜을 쥐어 제법 유용하게 되었다. 다행이라면 다행이었다.

부목과 천에 꽁꽁 감싸인 오른손의 간헐적인 통증을 뒤안길로 밀어 둔 채, 파사드는 양피지 위에 짧은 글귀를 맺었다.

규젠 마을 출신 데투아들의 근황을 수소문하라.

간결한 내용이다.

파사드는 이어 작은 양피지를 접어 봉투에 넣은 후 붉은 밀랍을 부어 봉했다. 브류나크의 압인은 남기지 않았다.

평소라면 의식할 새도 없이 끝날 서신의 마무리 작업은 몹시 더뎠다. 할만이 안절부절못하며 돕고 싶어 하는 기색이 역력했으나 파사드는 혼자 해냈다. 그리곤 할만에게 서신을 넘겼다.

"갈라부아의 반달령, 리언 자작에게 보내라."

"하나, 문장 압인이……."

"리언 자작은 키하이프 경을 알고 있으니 그를 통할 것이다. 증명으로 붉은 늑대의 멘테를 가져가라 이르라."

할만은 내용이 몹시 궁금했다.

라르크 남부의 갈라부아 연합이라면 제레드 국경 일대가 있는 땅이었고, 리언 자작은 브류나크와 크게 교류가 없었던 중립에 가까운 팔란 중 한 명이었다. 로크란드와 거리가 까마득했고 뮈아드로와도 멀었으므로 이름만 적을 올린 것과 다름이 없었다. 그런데 갑자기 웬 서신일까.

할만은 한겨울 잠든 류가 호수처럼 조용한 그의 젊은 주인이 어쩐지 걱정스러웠다. 그러나 그의 임무는 그를 보좌하고 공저를 돌보는 것이지 그에게 간언하는 것이 아니었다. 어린 도련님일 때야 연륜을 무기로 이런저런 조언을 했지만 어느새 장성해 전쟁 영웅의 칭호를 단 그에게는 아니었다.

할만이 공손히 물러났다.

고즈넉한 집무실에 앉은 파사드는 자파인 후의 방문을 기다렸다. 늦은 시간이었으니 무례한 요청이었으나 그는 찾아올 것이다.

고개 돌린 파사드는 활짝 젖혀져 있는 커튼 사이에 갇힌 윗부분이 완만한 곡선의 형상을 한 창을 바라보았다. 한여름의 밤하늘은 청청한 남빛이었다. 그 위로 무수히 많은 별무리들이 희게 점멸했다. 바람 소리가 창가를 스칠 때마다 그의 가슴도 쉬이 혼란하게 일어났다. 이내 가라앉았다.

석 달.

그녀를 그리 보낸 지 석 달 즈음 되었다.

그녀가 제 삶에 느닷없이 들이닥친 지 한 해나 되었나. 한 해도 되지 않았다.

매일매일이 삶과 죽음으로 치열하던 전쟁터에서 만나 수많은 혼란을 주고, 종래에 그를 사랑하게 하여, 그녀는 나비들과 함께 떠나갔다.

굳은 각오로 머리칼을 잘라 내던 모습이나, 홀로 흐느끼던 여자의 잔상이 뜨겁게 눈가로 찾아들었다. 살려 달라 그리 매달려 놓고, 제 명예 다 버려 살려 주겠다 하니 다정히 이름을 부르며 떠나갔다.

—칼란독, 이미 너는 내 사람이다.

그리 말하고 떠났다. 뒤도 돌아보지 않고 오연히 그를 등지고.

종전 협정이 길어져 남부에 남아 있는 동안, 그는 하루에도 수십 번씩 찾아드는 참담함을 브류나크라는 이름 안에 가두고 자리를 지켰다. 협정장의 탁자를 둘러 앉아 저들끼리 주고받는 욕설과 비난과 간혹의 호의 섞인 친밀한 말마디, 무엇 하나 속에 남는 것 없었다. 그의 귀는 늘 남부의 서쪽에 향해 있었다.

종전 협정이 이어지는 동안, 르옌을 앗아 갔던 마리포사들은 대규모로 밀집해 제국의 서쪽 산맥을 넘었다고 했다.

라곳에시스. 마리포사의 근거지라 알려진 남부의 척토. 그리고 협정이 마무리가 될 무렵, 마리포사들이 인근 서부 영지를 침략하기 시작했다는 이야기도 들렸다. 그게 마지막 소식이었다.

그날을 막지 못한 카라제시를 원망하지는 않았다. 카라제시는 본디 충직한 왕가의 신하였고, 그녀를 지키는 것은 카라제시의 몫이 아닌 제 몫이었다. 스스로도 행하지 못한 것으로 그를 폄하하기엔 브류나크의 죄가 지대하다.

다만, 불현듯 울컥울컥 치미는 것들만큼은 막을 수가 없어서, 파사드는 뒷목으로 쏟아지는 여름밤의 달빛을 피해 집무실 한편에 놓인 커다란 책장 앞에 섰다. 이는 그의 책장이고, 이 저택은 그의 집이며, 뮈아드로는 그의 고향이었다. 그러나 낯설기만 하다.

얕게 먼지 쌓인 서책들의 낡은 겉면들을 손끝으로 쓸던 파사드의 검은 눈동자가 멈추었다.

『폭압의 역사』

역대 나라를 위태롭게 했던 이들의 이름들이 줄지어 늘어서 있으리라. 그들의 악행과 무도함을 고발하듯 적어 내린 이 책은 올바른 의식을 지니기 위함이란 이유로 많은 귀족들에게 읽히는 책이었다. 그리고 그 안에는 라르크 역사상 가장 무도했다 알려진 스완 세칼리드 라르칼리아의 이야기도 그럴듯하게 쓰여 있다.

파사드의 검은 눈동자는 이윽고 다시 옆으로 미끄러졌다. 그에는 비교적 최근에 꽂힌, 수도에 돌아온 그가 먼저 돌려보낸 짐들 속에 섞여 있던 너덜거리는 전서가 초라하게 서 있었다.

『전쟁의 실효와 지침 24개 장』

나라를 위태한 지경에 이르게 한 여왕이 남긴 일곱 권의 전서 중 한 권. 카라제시가 그에게 가져다주었던 책이라는 것이 공교로웠다. 또한 이 책의 첫머리는 우습게도 왕은 나라를 위해 검을 들어야 한다는 것을 명시하는 내용이었다.

누구도 그녀가 남긴 기치를 믿지 않았다. 정복에 미쳐, 전쟁이 가져다준 승리에 취해 드높아진 오만함으로 적당히 멈출 때를 놓친 라르칼리아의 순수한 애국을 어찌 인정할까. 그들을 멸망시킨 브류나크의 치세에 살면서.

그러나 이제야 사람의 일이란 영영 알 수 없는 일일는지 모른다는 생각이 든다. 폭압의 역사에 그려진 일곱 명의 무도한 왕들은 사실 문헌이 못 박은 것과 꼭 같지는 않을지도 모른다.

돌연 오른손이 다시 극심한 통증을 호소하기 시작했다. 파사드는 책장을 등지고 기대어 섰다. 창밖으로부터 밀려 들어온 달빛이 그의 집무실 카펫 위를 해사하게 적셨다. 눈이 아프고 손이 아프다.

파사드는 삶에서 두 번, 더할 나위 없이 귀중한 군상을 만났다.

처음, 유년의 노도怒濤 속에서 헤매던 그에게 방향을 일러 준 것은 이제 누구도 기억하지 못할 타국의 청년이었다. 아마도 독수리의 피와 살이 되어 지금쯤 이 세상 어딘가를 자유롭게 활공하고 있을지 모를, 이제는 다시는 만나지 못할.

그리고 두 번째는 그녀다.

말 팔이의 딸이라는 신분으로 군에 들어 무수한 희생으로 그들을 사랑함을 온몸으로 외쳤던 작은 여자. 결국 브류나크의 배반에 눈물과 빗물이 뒤엉켜 눈앞 흐리던 날, 푸른 나비들의 물결 속으로 날아가 버린 여자.

제 살 같다던 이마저 스스로의 손으로 숨 끊고도 누구도 원망하지 않았던 그녀가 라르크를 원망할 것이 두렵다. 브류나크를 원망할 것이 두렵다. 그래서 쥐지 못했다.

쓸모없는 손이었다.

얼마 지나지 않아 고요에 잠든 저택을 일깨우는 느린 구둣발 소리가 울려 퍼졌다.

넋을 놓은 사람처럼 서 있던 파사드가 관자놀이를 지그시 눌러 문지르며 집무실의 탁자로 돌아가 앉았다. 거의 그와 동시에 똑똑 하는 노크가 두 번 울렸다.

"들어오십시오."

문이 열렸다.

갈색 얇은 가죽 코트를 발끝까지 늘어뜨린 한 강골의 중년 남성이 모습을 드러냈다. 사내답게 각진 턱과 흰머리가 희끗거리는 머리칼이 위엄과 비슷한 분위기를 자아내는 중년을 넘긴 이였다. 그가 입고 있는 발끝까지 내려오는 헐어 보이는 긴 갈색 외투도 그 특유의 고압적인 분위기를 감추지는 못했다.

"자파인 후."

파사드가 자리에서 일어섰다. 자파인 후의 혼잣말 같은 인사가 울렸다.

"승전의 축제가 끝이 난 후에야 뵐 줄 알았는데 말이오."

썩 불쾌한 기색의 첫인사였다. 하지만 책상의 건너편에 앉아서는 피곤한 기색뿐이었다. 본디 자정을 넘긴 시간까지 깨어 있지 않는 그의 균일한 생활 습관에 관한 것은 귀족들 사이에 정평이 나 있었다.

이제, 이야기는 시작되어야 했다. 멈출 수 없다.

파사드는 군사들을 지휘하는 것으로 반생 가까이를 살아왔다. 평화의 시기에 그들은 직위와 함자에 굴종했지만 결국 전쟁 같은 위기 상황에 필요한 것은 진심 어린 한 사람 한 사람의 지지였다.

만일 급박한 전시에 진심 어린 믿음이 없다면 군사들은 탈영을 한다. 지휘자들은 군사 하나하나에 개별적인 각별한 감정을 지니지는 않지만 결국 그들이 없다면 군이 돌아가지 않는다는 걸 알고 있다. 왕국의 통치에도 이와 같은 맥락을 적용한다면 그들에게 필요한 건 백성들의 지지이다.

그것은 제독 카헤이아가 수많은 해군과 해병 장교들의 지지를 사아비를 내치고 군림한 선출의 역사만 보아도 충분히 증명된 바였다.

응당 귀족들은 필요하다. 갈피를 잡지 못하고 이 줄 저 줄 서성대는 북부의 귀족들을 회유하는 것은 체사가 적당했다. 자칼린으로 인한 구설수에 휘말려 그들의 위명이 실추되었다고는 하나 거의 대부분의 귀족들과 좋은 관계를 유지하는 거대 중립 귀족으로서의 위치는 여전히 확고하다. 테른도크가 공식적으로 체사의 변절을 포고하고 체사를 적대하지 않는다면 그들의 영향력 역시 변함없을 터다.

파사드의 긴 이야기를 전해 듣는 내리 무뚝뚝하게만 앉아 있던 자파인 후가 뒷목을 문질렀다.

"흠, 우선…… 경청의 태도가 이 모양인 것은 일단 사과드리겠소이다, 각하. 오늘 비셰트 님을 뵙고 돌아오는 길이라 제법 피로가 쌓였습니다. 예정에 없던 초대에도 기쁘게 응했으니 너그럽게 봐주십시오."

"괜찮습니다."

"뭐…… 시간이 몹시 늦었으니 에두를 것 없이 본론부터 말하지요."

파사드는 잠자코 그를 응시했다.

어린 시절, 그런 자파인 후에게 두려움을 느낀 적도 있었다. 본디 우직함과 교활함이 동시에 공존한다는 말은 다소 어울리지 않는 듯했으나, 파사드가 아는 자파인 후는 그런 사람이었다.

자파인 후는 파사드를 쳐다도 보지 않은 채 홀홀 타는 등불에 말 걸듯 중얼거렸다.

"그렇다면 내가 반대할 것을 아시겠습니다."

파사드가 나직이 되물었다.

"어떤 근거로 반대하실 겁니까."

"이미 실패했다는 이유로 반대하지요. 각하, 그대의 선친과 내가 청춘과 젊음을 바치고 중년과 노년까지 다 바쳐 저들과의 길을 모색하려 했던 것 모르십니까?"

"압니다. 처참히 실패한 것도."

파사드의 냉랭한 대구에 자파인 후의 두툼하고 짙은 눈썹이 잘게 씰룩거렸다. 기 싸움이라도 하듯 파사드의 눈빛을 매섭게 받아치던 자파인 후가 반지를 낀 손가락을 입술로 문지르며 비꼬았다.

"……그대와 재상의 딸을 맞붙이는 것까지 성공했는데 그리 처참하다 할 것까지야."

파사드의 눈매가 서늘하게 깊어지는 것을 곁눈으로 돌아본 자파인 후의 묵직한 물음이 되돌아왔다.

"그대의 선친이 이루지 못한 것을 그대가 이룰 수 있다 믿는 거요? 기가 막혀 갈리아우의 산맥이 벌떡 일어날 만한 말이외다. 각하, 그대가 지난 십 년여에 가까운 시간, 수도 귀족들을 무심히 내팽개치고 변방이나 떠돌던 만병장을 자처했던 것은 죄 잊으셨소. 아, 손을 크게 다치셨다지. ……당분간은 기사도 못 되시겠군. 각하께서 수도를 내팽개치신 동안 저들의 세력은 더욱 강성해졌고 우리는 더욱 위축되었소. 뭐, 나도 수도를 떠나 있었으니 그에 관하여는 더 할 말도 없긴 하다마는…… 단일 통합? 우리가 죄 목 내놓고 저들에게 죽여 달라 빌어 참해지면 단일 통합이 되긴 하겠어."

말미는 혼잣말에 가까웠다. 악의가 있는 듯 없는 듯 덤덤하게 말을 잇는 자파인 후의 태도는 어디로 보나 협조적이지 못했다.

파사드는 불쾌하게 받아들이지 않고 이야기를 이었다.

"후께서 제 선친이 남긴 명부를 전해 받아 보관 중이시라 압니다."

"저들의 치부를 몇 개 쥐었다고 저들이 무너질 것 같으신가. 긁어 부스럼만 만들 터이외다. 내어 주지 않겠네."

"그러실 줄 알고 이미 인데거 성으로 기사들을 보냈습니다. 폐하의 승인하에 당신이 머물고 있는 왕궁의 방도 전부 수색령을 내린 후입니다."

입술을 느리게 다문 자파인 후는 눈 하나 깜빡 않고 파사드를 빤히 응시했다.

"갑자기 왜 이러시는지부터 듣지요."

"애국입니다. 라르크는 이미 오래전부터 내부의 문제로 삭아 가고 있었습니다. 이번에 모르가나와의 설욕전이 마무리가 되었으니 폐하를 도와 내부 정리를 단행할 필요성을 느낀 것뿐입니다."

"누굴 청맹과니로 보십니까?"

"……논지로 돌아가도록 하지요. 아시다시피 제 선친과 후께서는 전쟁 영웅이 아니었습니다."

"……."

"또한 선친과 후께서는 중립 귀족들 중 가장 세력이 넓은 체사도 움직이지 못했지요."

눈매를 사납게 한 자파인 후의 밀빛 눈동자가 가만 해부하듯 파사드를 살폈다. 무덤덤함을 가장하여 뒷목을 빳빳이 세우고는 있으나, 통증이 느껴지는 듯이 간간이 오른 팔뚝에 힘이 들어가는 것이 보였다.

자파인 후가 혀를 길게 차며 빈정거렸다.

"……영웅이란 꼬리표를 하나 더하고 나니 혈기가 왕성해지신 모양이시군. 체사는 지금 차남 문제로 인해 발칵 뒤집혔는데, 뜬구름 같은 이야기를 하시는 건 곤란합니다."

"끝내 반대하시겠다 말하시는 겁니까."

"그리할 거라면 어쩌겠습니까?"

파사드는 실망의 기색 없이 차분한 음조로 물었다.

"정녕 그러하신 거라면 어찌 제 요청에 수도로 되돌아오셨습니까?"

자파인 후는 즉각 답하지 못하고 파사드의 시선을 받아 냈다.

까만 눈동자가 갇힌 눈매며 풍기는 인상이 오래전 젊은 시절의 벗을 보는 듯했다. 아니, 벗보다는 보다 먼저 그의 존경심을 샀던 바예투스를 더 닮은 자였다. 탁자 너머의 파사드를 한참이나 바라보던 자파인 후는 곧 답하지 않은 질문이 있었음을 상기했다.

두어 달쯤 전의 이른 새벽, 인데거 성으로 날아든 숄고의 압인이 찍힌 서신 한 통은 정말 보잘것없는, 불가능을 꿈꾸는 이의 치기 그 자체였다.

전 북부의 귀족들을 단일 통합 하겠습니다. 함께해 주십시오.

예법에 맞게 여구로 서너 줄 정도 더 길었지만 요는 저런 내용이었다.

서신을 받은 당시 자파인 후는 그 자리에서 비웃었다. 그러나 왜 수도로 올라온 것인가.

이미 일선에서 물러난 데다 그의 영지가 전쟁에 지원한 것이라고는 승리를 기원하는 기도뿐이었으므로 승전의 축제이니 개선식이니 무엇 하나 관심 없었다. 다만, 젊은 시절의 향수가 그리워 걸음 하지 않을 수 없었음이다.

자파인 후는 묵묵한 눈빛으로 파사드의 의중을 훑으려 했다. 그러나 검게 칠해진 것은 늘 읽어 내기 어려운 법이다. 게다가 파사드처럼 침착을 가장해 내는 데에 능한 자의 속내를 읽어 낸다는 건, 연륜과 경험 그 자체라 할 수 있는 자파인 후에게도 쉬운 일이 아니었다.

다만 파사드의 까만 눈 안에 도사린 노곤한 기색, 짙디짙은 피로 따위는 쉬이 보였다. 무뚝뚝하게 일자로 다물려 있던 자파인 후의 입꼬리가 서서히 늘어졌다.

열흘간 이어진 축제가 끝나고도 한동안 수도의 열기는 가시지 않았다. 누군가는 북부에선 가당치도 않은 더위를 먹겠다며 우스갯소리를 하기도 했다. 그리고 승전의 축제가 완전히 파한 지 사흘째 되던 날 오후.

소집 명령에 의해 귀족들로 가득 찬 노르테 홀이 한바탕 요란했다. 그 자리에는 옐크버드 행정 총관, 시친에 몇 해 전까지 부임해 있던 외교 대사 나크타, 그리고 재상 라페로바한과 자파인 후를 비롯한 서른한 명의 크고 작은 땅을 지닌 영주들이 있었다.

그러나 카헤이아는 그들의 눈을 그다지 신경 쓰지 않았다. 아니, 못 했다.

"지금 그걸 말이라 지껄여……!"

소동에 가까운 지금 이 행패의 주인공은 시친의 삼 제독이라 알려진 카헤이아였다. 해군 장교들과 함께 테른도크를 찾아왔던 그녀는 결국 흥분을 이기지 못하고 등골이 섬찟한 고함을 내질렀다.

"파사드, 네놈도 한통속이었나!"

파사드는 뼛속까지 울리는 고함을 묵묵히 귀담고 섰다.

"이 대륙의 개자식들! 기필코 잊지 않겠다. 너희는 약조의 중함조차 모르는 비열함을 후회하게 될 거다."

노르테 홀의 왕좌에 앉아 턱을 괴고 있던 테른도크는 제 면전에 내던져진 상스럽기 그지없는 카헤이아의 고함에 한쪽 눈살을 슬며시 찌푸렸다. 그러나 누가 뭐라 할 새도 없이 카헤이아는 사납게 바닥을 걷어찬 후 그대로 뒤돌아 나갔다. 그녀의 등 뒤에 서 있던 이국적인 제복을 갖춰 입은 해군 장교들도 분기에 찬 눈으로 테른도크를 노려본 후 뒤따라갔다.

소동이 멎자 노르테 홀은 다소 숙연해졌다.

테른도크는 그들과 약속한 서쪽 땅을 내어 주지 않았다.

대신 그보다 북쪽, 온통 자갈밭으로 유명한 해안가의 작은 땅덩어리를 내어 주겠다 선언했다. 애초에 그들의 유동이 많은 타리가 항구의 자율적인 이용 권리도 선심 쓰듯이 함께 내어 주었다.

대사 나크타와 테른도크의 늑대들이 종전 직후부터 긁어모은 정보들로 근 시일 내 시친과의 전쟁이 일어날 리 없으며, 육상전에서 패할 가능성은 더더욱 무에 수렴한다는 것을 확인했기에 주저 없이 할 수 있던 선택이었다.

시친의 삼 제독에게 그런 치욕을 안겨 준 것은 라르크의 승전을 축하하기 위해 수도로 몰려와 있던 귀족들을 한데 모아둔 자리에서였다. 그에는 시친의 의사 따위는 반영되지 않았다.

일이 이리된 것은 모르가나와의 종전이 너무나도 깨끗이, 단기간에 끝나 버리는 바람에 지금의 북부가 거칠 것 없이 기세등등해진 것도 이유라면 이유였다.

처음 시친인들이 요구한 땅은 서부 쥬비상트 해협 근처 일라린 공국과 인접해 있는 귀한 옥토 반니아였다. 라르크에는 기름진 땅이 드물었고, 현재는 각각의 영주들이 다스리고 있었다.

기실 왕실의 독단적인 결정으로 이유 없이—심지어 이백여 년 전의 라르칼리아의 약조를 이행한다는 명분으로— 그 땅에서 오래도록 명맥을 이어 가던 영주를 내치고 외세에 넘긴다는 건 어려운 일이었다.

때문에 테른도크의 결정은 온전히 라르크를 위한 왕으로서의 결단이었다. 자리에 모여 있던 귀족들, 재상 라페로바한도 자파인 후도 대부분이 테른도크의 결정을 지지하는 입장이었다. 파사드도 그가 약소를 어긴 연유를 어쩔 수 없이 납득해 침묵을 택해야 했다.

결국 이 상황을 처음부터 끝까지 지켜본 북부의 귀족들은 섬뜩할 정도의 기세로 돌아가 버린 시친의 제독을 향해 아주 약간의 도의적인 부채감 말고는 아무런 죄의식도 없었다는 말이다.

그러나 카헤이아가 돌아가고도 한참 동안이나 파사드는 불편한 기분을 지우지 못했다. 비난은 가슴 한구석에 걸렸다. 남부의 전쟁터에서 동고동락할 적, 카헤이아는 두어 차례 그에게 일이 이리될 가능성을 물어 왔다. 당시 파사드는 무엇도 답하지 않았다. 그 역시도 이런 상황은 바라지 않았으므로 짐작하고도 모른 체했다. 그러니 한통속이라는 비난 역시 마땅히 받아들여야 할 일이었다.

얼마간 그런 불편한 공기 속에 침묵하는 귀족들의 머리 위로 테른도크의 심드렁한 목소리가 이어졌다. 패기로 가득 찬 북부의 왕은 조금 전까지 그들에게 악담을 퍼부었던 타국의 인사를 완전히 잊어버린 듯했다.

"자, 그럼 오늘의 진짜 용건을 이야기해 보지. 곧 사냥을 나가야 하니 간단히 본론으로 들어가서……."

왕좌의 단상 아래 좌우로 길게 늘어져 있던 귀족들은 고개를 조아리고 테른도크의 말을 경청했다.

"이번에 크게 승리를 거두고 돌아온 작위 공과 긴히 논의한 결과, 라르크를 수호하기 위한 충직한 정예 기사단을 조직하기로 결정했다."

재상 라페로바한의 어깨가 굳어졌다. 그는 들은 바 없는 이야기였던 탓이다.

"이는 왕실을 위한 군이다. 하여 이 자리에 모인 그대들은 영지로 되돌아가는 즉시 오백 이상의 사병을 보유한 자는 오십, 천여 명 이상의 사병을 보유한 자는 백, 이천여 명 이상의 사병을 보유한 자는 이백이십, 삼천여 명 이상의 사병을 보유한 자는 사백을 보내라. 오백 이하는 의무에 해당하지 않는다. 각각 사병의 보유 수에 따라 왕실에 걸맞도록 가장 뛰어난 재능을 지닌 이들을 선발해 보내도록. 물론 왕실은 기꺼이 그대들에게 금전적인 보상을 할 것이다."

놀란 옐크버드가 저도 모르게 한 발 나서서 아뢨다.

"폐하, 갑작스러운 결정이십니다. 한 해의 조세와 예산이⋯⋯."

"아, 개인적인 결정이라 재상과 리제예스 총관에게도 이르지 않았다. 보상은 공가에서 있을 것이다."

재상 라페로바한과 옐크버드를 비롯한 수십 쌍의 눈알이 삽시간에 고요히 선 파사드에게 박혔다. 파사드는 가볍게 고개를 끄덕이는 것으로 그들의 의문을 해소시켰다.

군사들을 내어놓으라는 말에 못내 불편한 기색을 감추지 못하고 입술을 우물대던 한 키 작은 중년의 남성이 소리 냈다.

"하, 하지만 막 전쟁이 끝난 시점에서."

"마리포사들에 대한 소문 들어 봤나? 라르크에 있어 몹시 꺼림칙한 녀석들이었지. 이번에 직접 교전을 치르고 대면했다는 작위 공의 이야기를 들으니 그자들의 군기와 기강에 관하여만큼은 나조차도 탄복하지 않을 수가 없더군. 나는 그런 강한 군대를 바란다. 또 언제 다시 전쟁이 벌어질지 모른다. 전쟁이 벌어진 후에 훈련을 시작하는 멍청한 짓을 하지 않으려면 미리 대비해야 함이다."

몹시 당황스러운 선언이었다. 축제가 다 끝나고 어째 이리 한데 소집했는가 했는데 아무래도 모인 이들이 편한 이야기를 하려던 목적은 명백히 아닌 모양이다.

"……그리고 나는 참으로 고마워하고 있다. 그대들을 위한 승전의 축제가 고작 열흘밖에 되지 않는다는 것이 참으로 아쉽다."

"……."

"다들 알다시피 전쟁이 일어나면 그대들이 지원하는 사병들이 몹시 중요한 역할을 하지."

"……."

"모두 다 그대들의 공로와 같다. 이번 대모르가나전에서도 그러했지. 하지만 역시 사병들의 훈련의 정도가 달라 사령관으로 부임해 있었던 작위 공께서도 크게 애를 먹었다는군. 제대로 된 훈련을 받지 못한 채 출정한 이들 중엔, 어느 영지 출신의 군사라 구태여 거론하지는 않겠다만."

말을 멈춘 테른도크의 온기 없는 벽안이 귀족들을 한 번 주욱 넓게 훑었다.

"탈영자들이 넘쳐 나고."

테른도크와 눈이 마주칠 새라 귀족들은 황급히 고개를 수그렸다.

"금세 기강을 잃고 해이해졌다는군. 더 훌륭하게 훈련이 된 병사들이었다면 이 년이나 걸리지 않을 수도 있었겠지. 물론 그대들을 비난하는 건 아니다. 이번 전쟁의 공로는 그대들과 우리 브류나크가 함께 나누는 것이니."

"관대하신 말씀입니다, 폐하."

"그래. 어쨌든 문제를 발견했으니 대책을 세워야겠지. 하여 이에 관한 것도 고민해 본 바."

테른도크의 거침없는 음성이 노르테 홀을 메아리쳤다.

"일정한 수준의 훈련을 보장하기 위해 각 영지 사병의 지도관을 브류나크에서 엄선한 지휘 기사들로 대체하고, 석 달에 한 번씩 그들을 관리하는 감독관이 재차 파견되어 그대들의 군사 훈련과 영지의 치안 관리를 돕고 군사들의 수준을 평준할 것이다."

노르테 홀에 모여 있던 이들이 이번엔 더 크게 술렁거렸다. 그 말인즉슨 그들이 보유한 군사들의 수와 동태를 낱낱이 감시하고 이용하겠다는 말과 진배없었다.

재상 라페로바한은 기가 막힌다는 얼굴로 테른도크와 파사드를 번갈아 바라보았다. 도무지 상황이 이해가 가지 않았다. 이만치 중차대한 사안을 논하는 데에 어찌 그는 동석하지 못했다는 것인지부터 하여 말도 안 되는 일투성이었다.

"폐하, 어째서 그런 중한 안건이 제게는……."

"아, 작위 공과 사석에서 이야기를 나누다 결정해 버린 사안이라. 불쾌하게 했다면 미안하네, 재상. 어쨌건 지도관 훈련에 드는 비용은 모두 작위 공이 부담할 것이다. 리제예스 총관, 그리 알라."

"폐하……."

"왜? 이의가 있나?"

웃으며 말하는 듯하나 테른도크의 말엔 위협적인 어조가 숨어 있었다. 별안간 떨어진 명령에 무어라 항변해야 할지 몰라 머뭇대는 사이 재상 라페로바한이 공손히 고개를 조아리며 나섰다.

"하지만 폐하, 일정 수 이하 사병들의 관리는 영주들 각각의 권한입니다. 폐히의 준명에 따라 최소한의 수로 기사들을 선별해 왕가에 보낸다손 쳐도 그 수가 수천에 이릅니다. 이곳에 이르지 않은 영주들에게도 같은 명을 내리신다면 지금 왕실은 그를 감당할 자금과 지리적 여유가…….”

“재상.”

“예.”

“나는 그래서 리제예스 총관과 파네세에게 몹시 고마운 바다. 자금은 곧 모르가나로부터 도착할 배상금으로 충분히 충당이 될 터이니까. 그리고 훈련의 장소라니, 우리에게 일구지 못하는 빈 땅은 넘쳐 나지 않나. 쓸모없는 불모지들 말이야.”

“그러나 군의 훈련은…….”

“전쟁 영웅으로 되돌아온 작위 공을 의심하나?”

재상 라페로바한의 표정이 서서히 굳어졌다. 자파인 후 역시 슬슬 상황이 어찌 돌아가고 있는지 깨닫고 내심 코웃음 쳤다.

두 마리의 늑대가 이제 북부 귀족들을 집어삼킬 준비를 하는 것이다. 시작은 막 전쟁을 치르고 영광으로 칭송되는 공가에 라르크의 군권을 집중시키는 일이었다. 습관처럼 주먹을 말았다 푼 자파인 후가 느린 목소리로 물었다.

“본령의 사병이 천오백가량 됩니다만 백여 명을 차출하는 건 조금 타격이 큽니다. 보상은 지속적인 것입니까, 아니면 단발성입니까.”

“보상은 한 회 지급으로 합니다.”

“그렇다면 우리의 손해 아닙니까.”

파사드의 담담한 대꾸에 자파인 후가 다소 심기가 불편한 사람처럼 받아치자 귀족들은 다시 한 번 서로의 눈치를 보며 제각각 난감한 얼굴을 해 보였다.

잠자코 자파인 후를 바라보던 테른도크가 물었다.

“후께서는 언제 있을지 모를 전쟁에 대비해 나라와 왕실에 충성스러운 이들을 보내는 데에 불만이 있으신 건가.”

"그런 의미는…… 아닙니다, 폐하."

자파인 후는 마지못한 투로 답했다. 재상 라페로바한은 이미 귀까지 벌겋게 익어 있었다. 험한 말만 않을 뿐, 그의 눈은 파사드를 맹렬히 노려보느라 여념이 없었다.

그런데 그 일보다 더 크게 문제가 되는 것이 있었다. 조금 전 테른도크의 명령이 까맣게 잊힐 만큼 충격적인 말이었다.

"아, 그리고 공교롭게도 작위 공과 라페로바한의 혼사가 무산되었다. 혼사에 관한 것은 남녀 문제이니 내가 관여할 바는 아니나 유감을 표하는 바요, 작위 공 그리고 재상."

자리를 지키고 있던 귀족들은 일제히 기함을 금할 수 없었다.

테른도크의 말 한마디로 브류나크와 라페로바한의 파혼이 공식 인정된 것이다.

"그러면 이의 없는 것으로 알고, 오늘은 이쯤 하지."

낌새조차 주지 않고 청천벽력 같은 선언을 한 테른도크는 가뿐히 왕좌에서 일어서 곁문으로 걸어 나갔다.

노르테 홀은 순식간에 혹한의 한기 끼얹힌 듯 얼어붙고, 그 이튿날을 기점으로 불길처럼 번져 나간 소문에 수도는 찬 여름의 고요에 잠겼다.

◈◈◈

도트발 잔트 부세 900년 여덟 번째 달.

테른도크가 체사의 면책을 승인한다는 서신을 보내왔다. 체사 가문의 면책이라는 말에 다시 한 번 귀족계는 발칵 뒤집혔다. 자칼린 엔도가 저지른 죄까지 사해진다는 건 외려 체사 가문의 입지를 더욱 굳이는 작지 않은 사건이었던 탓이다.

그러나 수도 내의 열기로 가득한 분위기와는 달리 체사 저택은 유독 침울했다.

오랫동안 체사에 몸담고 있었던 스이센은 체사의 면책령이 내려온 이튿날 오후 떠났다. 서품과 그간 지녀 왔던 체사의 멘테를 고이 접어 루가크의 앞에 내려놓은 그는 이미 지독한 마음고생에 산송장의 꼴을 면치 못하고 있어 잡지도 못했다. 자칼린을 제대로 책임지지 못한 데에 크게 노하기는 했지만 스이센이 떠나길 바란 것까지는 아니었음이다.

―앞으로…… 체사의 앞날에 영광의 볕이 들길 온 마음으로 기도하겠습니다.

끝까지 살아남은 승전국 기사의 패잔병 같은 낙향이었다.

환송식마저 성대하지 못했다. 얇은 모포 같은 망토를 하나 두르고 어깨를 축 늘어뜨린 채 터덜터덜 걸어 나가는 그의 뒷모습은 오래도록 카라제시의 마음에 맺혀 있었다.

그리고 스이센이 떠난 지 사흘 후, 즉 승전의 축제가 끝이 난 지 닷새 후, 시친의 여제독이 되돌아간다는 소문이 퍼졌다. 여제독은 테른도크의 기꺼운 환송식조차 죄 무시했다고 했다. 납득 갈 만한 분노였던지라 라르크의 귀족들은 그다지 불쾌하게 받아들이지 않았다.

며칠 전, 노르테 홀에서의 소동은 아랫것들의 입에서 입으로 퍼져나가 자자하게 세간에 흐르고 있었다. 제독은 테른도크가 대신 포상한 척토와 타리가 항만만을 받는 것을 조건으로 이야기를 끝내야 했다고. 악담은 예상했던 수준보다 더 대단했다던가. 그러나 테른도크가 행한 것은 온전히 라르크를 위한 비열함이었다.

시친은 이백여 년 전 라르칼리아와의 약조를 거들먹거리며 그들의 전쟁에 나섰다.

서부의 약속한 땅을 내놓아라. 이백여 년 전 라르크의 서쪽, 유목민들이 떠돌던 영토는 반니아라 불리웠다. 여왕이 하사하기로 한 지대 인근이었다.

그러나 왕조가 바뀌고 영주가 바뀌고 시간이 흐르며 지명의 이름은 왕왕 바뀌었다.

시친이 요구했던 '반니아'는 팔십여 년 전쯤 개명되어 라르크의 왕실 행정부에 당시 영주의 이름이었던 '폴번'이라 공식적으로 등재되었다. 물론 사람들 사이에 이름이란 형태 없는 영원으로 이어지므로 여전히 그곳을 오래전의 이름으로 부르는 이들이 많았다. 외려 폴번이라는 이름은 지명보다는 영주의 이름으로 더 익숙했던 것이다.

오래도록 대륙에 산 이들이나 알 법한 사실을 모르는 타국의 인사인 카헤이아는 순수하게 '약조를 지키라.' 요구했다. 그리고 테른도크는 '약조를 지키겠다.' 했다.

그러나 막상 전쟁이 끝나고 나니 왕실은 서부에 '반니아'라는 이름으로 등재된 옥토가 이미 없음을 근거해 어떤 조율도 없이 다른 곳을 내어 주겠다 하였고, 바로 그곳이 이번에 카헤이아의 악담과 상스러운 욕지거리를 끌어낸 칼리자 해안이었다.

애초에 시친은 대륙에 친숙하지 않으니 왕실에만 공식 등재된 지명 따위 알 리가 없었다. 또한 그들은 대륙에서 북부에 맞설 만한 군대가 없으므로 전쟁을 치르려면 함대전으로 이끌어야 했으나 라르크가 함대전에 응할 리 없었다.

인근의 많은 소왕국들이 북부의 왕에게 끊임없는 축하를 보내오는 시기였다.

카라제시는 카헤이아의 성정을 이미 안다. 게다가 카헤이아만이 아니라 투헤인 뵈르게트라는 자는 분명 무시해선 안 될 종이었다. 남매가 합심해 제 부친을 종신직이었던 제독 위에서 산 채로 끌어내린 것만 보아도 그렇지 않은가. 좋지 않은 벌집을 건드린 듯한 예감을 지우지 못했다.

그러나 기우일는지 모른다. 라르크에서 헛고생만 하고 돌아간 그녀의 위치가 불안정해지리라는 것은 기정사실일 터다. 테른도크는 그것까지 계산했을 것이다.

결국 테른도크는 약조를 어기지 않되, 약조를 어김으로써 시친의 대륙 진출을 막고 모르가나를 꺾고 주변 모든 왕국의 경배를 받았다. 한때 북부가 가졌던 영광이 테른도크의 치세에 다시 되살아나고 있다 해도 과언이 아니었다.

시친 일행이 곧 귀자로 성벽을 넘어갈 것이라는 소식을 전해 들은 카라제시는 도의적으로나마 그녀를 배웅하기 위해 귀자로 성벽으로 달려 나갔다. 그러나 이미 마차와 노새에 탄 타국의 인사들은 뒷모습만 아주 작게 남았을 뿐이었다.

하나뿐인 남동생의 뒷모습을 바라보던 시간과 오랜 시간 충성을 다해 온 기사를 떠나보내던 시간, 함께 싸웠던 이들의 뒷모습을 망연히 바라만 봐야 하는 시간이 사무쳤다.

카라제시의 진녹색 눈동자 위로 착잡한 냉정이 어렸다. 그는 시친 인사들의 뒷모습이 사라진 후에도 한참 동안 귀자로 성벽의 이남을 내려다보며 따사로운 여름의 잔인함에 몸서리쳤다.

말 머리를 되돌린 카라제시는 우울한 공기가 짙게 깔린 저택의 정문 앞에 섰다. 비록 테른도크가 면책을 선언하긴 했지만 체사의 식솔들은 여전히 불안에 떨고 있었다. 활기 따위는 하나도 느껴지지 않았다. 온 곳에 남은 자칼린의 빈자리가 불현 커다랬다. 카라제시는 떨리는 눈꺼풀을 힘주어 닫았다.

자칼린, 정말 몹쓸 동생이었다. 늘 제게 가문은 형의 것이니 본인은 신경 쓰지 않겠다 입버릇처럼 말하긴 했지만, 아무리 그래도 너무한 것 아닌가.

—잘 지내, 형.

그리 쉬이 작별하고 떠날 만큼 그들의 우애가, 가문이, 그의 명예가 보잘것없었나.

'이 멍청한 놈······.'

"저, 도련님."

멍청하니 저택 앞에 멈춰 있던 그에게 한 시녀가 다가와 아뢨다.

"라스 경께서 할리페 자작이 귀환했음을 전해 달라 하셨습니다. 그리고 윙거령에서도 오늘 오후 사람이 도착할 것이라 미리 파발이 왔습니다."

카라제시는 퍼뜩 정신을 차렸다. 그에게는 지금 이리 좌절하는 시간조차 사치였다. 그는 저물어 가는 해를 바라보았다. 여름이라 낮이 길어지기는 했지만 조급해 보여서는 안 될 일이다.

"알겠다. 할리페 자작에게는 내일 일찍 방문할 것이라 알리도록."

"예."

카라제시는 활기 앗긴 고요한 저택 안으로 되돌아갔다.

브류나크에게 노골적으로 군권을 부여하기 시작한 것과 라페로바한과의 파혼은, 생각보다 여파가 작았다.

상황의 흐름을 따라 유추해 보면 당연한 말이다.

규모가 그리 크지 않은 뮈아드로의 수도 근위 기사는 일만에 약간 못 미치지만, 그들의 총책임을 맡은 파사드 칼란독 브류나크는 애초에 반생 가까이를 전쟁터에서 군사들과 동고동락하며 국경을 수호한 이로 유명했다. 많은 변경 영지들이 '브류나크'라는 이름에 군사적인 상징을 부여히고 있었다는 말이다.

파사드는 지난 수년간 중앙 정치에서는 차츰 멀어졌으나 외려 그 탓에 자연히 많은 군사들의 지지를 받기도 했다. 또한 갈카마로부터 늘 위협을 받아 왔던 로크란드를 수호하는 공가 브류나크의 개인 사병까지 더하면 파사드 지휘하의 군대는 일만을 훌쩍 넘긴다.

전쟁 영웅의 칭호를 받을 만큼 만백성의 칭송이 가장 드높은 이 시기, 파사드가 나라를 지키기 위해 영주들의 사병들을 수도로 끌어와 훈련시키고, 각지 영주들에게 지도 기사를 파견해 감찰한다는 건, 외관상으로는 완벽하게 라르크를 위함과 같다. 이를 반대할 백성은 단언컨대 한 명도 없을 터다.

그리고 이것을 전적으로 밀어 주고 있는 것이 십 년이 넘도록 이어진 약혼을 심드렁한 한마디로 파기해 버린 테른도크다. 라페로바한과 척을 지는 것조차 신경 쓰지 않겠다는 말이다. 테른도크가 그동안 양당의 균형에 어느 만치 공을 들였는지 아는 이들이라면 분명 지금의 정책에 그 이상의 것이 도사리고 있을 것이라 생각할 수밖에 없다.

자연히 중립적으로 버티고 있던 귀족들은 하나둘씩 위태로워지는 시국에 바짝 마른 침을 삼켰다.

그리고 그들에게 중립 귀족 중 가장 넓은 인맥을 구가하고, 차남의 변절마저 용인받을 만큼 왕의 총애를 받으며, 파사드 칼란독과 각별한 친분이 있다 알려진 체사가 구원자가 되는 것, 참으로 자연스러운 각본이다.

시친이 떠난 이튿날, 카라제시는 금실로 수놓인 황금 노루의 멘테를 자연스레 둘러 걸친 후 우울한 저택을 나섰다.

자칼린의 일로 크게 마음이 상한 루가크는 오래지 않아 그의 어머니와 함께 영지로 돌아갈 듯하니, 앞으로 체사를 이끄는 건 온전히 그의 몫이 될 것이다. 오명을 씻어 내는 것도 자신의 몫이라는 것이다. 한때 할드로프 일가를 동정하였던 적도 있었던 듯한데 지금 제가 딱 그 짝이 되었으니, 세상일은 정말 모를 일이지 싶어 한숨이 샜다.

통틀어 중립이라 불리는 귀족들은 다시 말하면 아예 중앙 정치와는 관계없이 영지에 틀어박혀 일생을 바치겠다는 이들과 괜스레 다툼에 말려들어 항쟁에 끼이게 된다거나 모략을 당하거나 하는 억울한 피해를 경계하여 외다리에 앉아 양면을 지켜보는 이들이 대부분이었다. 그리고 그들 중에는 조금이라도 제 발밑이 위험해지리라는 경고가 감지되면 재빠르게 어느 한쪽으로 달려갈 준비가 된 이들도 많았다.

자파인 후나 할드로프 백처럼 특이한 경우도 존재하기는 한다. 자파인 후는 어마어마한 위세를 떨쳤던 팔란의 2인자로서 오래도록 반트와 악감정을 쌓았으나 어느 순간 죄 손 털고 물러났고, 할드로프 가문은 한때 반역의 가문이라는 오명을 덮어쓰고 제외된 것이다. 지금이야 에반부르의 전사로 가문의 죄를 씻어 냈다지만.

뮈아드로로 귀환한 이레 카라세시는 수도에 남아 있던 귀족들 중 체사와 친근했던 이들의 저택을 방문해 왔다. 자칼린 엔도에 대한 낭설이 여전히 가라앉지 않은 와중이라 대놓고 그를 환대하며 이전처럼 살갑게 구는 이는 많지 않았다.

하지만 자칼린 엔도의 변절보다 더 큰 문제가 들이닥치리라는 예감이 팽배한 시국이었다. 카라제시가 그들과 마주 앉는 건 어렵지 않았다.

여름은 북부의 귀족들에겐 몹시 환영받는 계절이다. 여름과 함께 찾아온 승전 열기로 따뜻한 이 시간, 뮈아드로 동부의 직물 공업으로 막대한 부를 쌓은 것으로 유명한 할리페 자작은 카라제시가 지난 며칠 은밀히 접선해 왔던 귀족들과 진배없이 번쩍번쩍 화려한 차림을 하고 있었다. 그의 목에 둘러진 것은 귀하다 알려진 남부 백호의 목도리였다.

애초에 뮈아드로에 작게나마 개인 별장이 있다는 것부터가 작지 않은 세력임을 시사하는 바다.

"요즘 큰 체사 경께서 바쁘시다는 이야기는 들었는데, 이리 보잘 것없는 별장까지 방문해 주실 줄은 몰랐습니다. 술이라도 한잔하시겠습니까?"

응접실의 양털을 담아 채운 푹신한 소파 팔걸이에 팔꿈치를 걸치고 앉아 있던 카라제시는 간결히 고개를 젓는 것으로 대신 답했다.

"하기야 술을 나누기에는 시간이 이르지요."

"생각보다 오랫동안 수도에 머무실 건가 봅니다? 들어오는 길에 보니 이것저것 사들이신 듯한데, 언제쯤 떠나십니까?"

할리페 자작은 키가 크고 얼굴이 조금 길쭉하며 코끝이 매부리처럼 휜 용모를 하고 있었다. 대충 내린 장발은 가슴께에 닿을 정도였다.

동부에는 지데라카의 관습이라 전해지는 장발을 한 사내들이 많았다. 핏기 없이 얇은 입술 탓에 얼핏 교활해 보이지만 성격이 그리 나쁜 사람은 아니다. 다만 장원의 수입으로 품위를 유지하는 것과 달리 물건을 거래하는 것으로 영지를 유지하고 부를 축적한 만큼, 계산이 얄미운 자였다.

"축제가 끝나고 바로 떠나려 했습니다만 아무래도 보름 정도 더 머물 듯합니다."

그럴 터이다. 반트와 팔란이 공개적인 파혼으로 십여 년 만에 다시금 갈라졌다. 처음 그들이 지니고 있던 골보다 더 거칠고 깊은 골을 만들며.

최근 라페로바한의 주위로 몰려드는 이들은 대부분 브류나크에 억하심정을 가지고 있거나, 어떤 형태로든 파사드와 엘히엔의 정략으로 덕을 보았던 자들이었다. 브류나크가 귀족들과 함께 통치하는 왕이어야 한다 믿는 자들이다.

"재상의 초대를 받으셨다 들었습니다만."

"수도 사람들은 어찌 그리 귀들이 밝은지 모르겠습니다."

"워낙 말 옮기는 것이 빠른 곳이니."

"그러고 보니 저도 들은 게 있지요. 큰 체사 경께서도 얼마 전, 올로드 님을 대담하셨다던데, 정말 수도에는 귀가 참 많습니다."

올로드는 남부 영수 중 한 명으로, 체사가와 예전부터 비슷한 궤를 타고 있던 중립 귀족 중에서도 영향력이 있는 자였다.

카라제시는 서글서글하게 웃으며 시중인이 내오는 찻잔을 밀어치웠다.

"뭐…… 승전하여 되돌아왔으니 이래저래 힘써 준 분들께 인사를 드리는 것이 도리 아니겠습니까."

할리페 자작은 어쩐지 공격적으로 보이는 카라제시의 단호한 몸짓을 가만 바라보고 있었다.

깊은 진녹색 눈동자, 옅으면서도 선명한 갈색 머리칼, 미간에서 코끝까지 굴곡 하나 없이 매끄럽게 뻗은 우아한 선과 조각해 놓은 듯 반듯한 입매, 날렵한 턱선이 인상 깊다. 말투는 정중하고 다정하다. 행실마저 우아하여 품위가 넘쳐 나니 온 가문의 영애들이 애닳아 한다는 것이 이상하지 않을 정도였다.

그에 반하면 그의 하나뿐인 남동생, 자칼린 엔도는 인물값을 못 한다는 말이 돌 만큼 개차반이라 위명이 자자하다. 그러니 이번에 자칼린 엔도가 되돌아오지 않았을 때도 그 반향이 적었다. 테른도크마저 애초에 자칼린에게 별 기대조차 않았다는 듯 체사의 면책을 명하지 않았던가. 물론 그 이상의 어떤 거래가 있으리라는 소문이 이미 파다하지만.

"이미 올로드 님으로부터 큰 체사 경이 제시하신 것이 무엇인지 전해 들었으니 시간 낭비를 아껴 드리지요. 우리 모두 시간이 귀한 이들이 아닙니까. 이리 귀한 여름을 무거운 이야기를 반복하느라 허송할 수는 없지요."

"이미 아신다면 생각의 시간은 필요 없으시겠습니다."

"그런데 들기로, 낭설처럼 각하께서 라르크의 수치를 직접 베어 죽인 것이 아니라는 소문이 돌던데."

"……."

"남의 공로를 가로채실 분이 아니라 생각했는데, 만일 사실이라면 참으로……."

"그런 낭설의 진위는 자작께서 직접 각하에게 여쭈면 될 일인 듯합니다."

카라제시의 눈빛이 차갑게 깊어졌다. 할리페 자작은 부러 말끝을 흐리며 얇은 쌍커풀이 진 눈을 가늘게 접어 웃었다.

"그냥 낭설이라 하지 않았습니까. 괜히 저런 낭설 따위를 입에 올렸다가 붉은 늑대에게 밉보이고 싶지 않습니다. 다른 것 하나 더 물어도 되겠습니까?"

"……물으시지요."

할리페 자작은 뜸을 들이듯 뾰족한 코끝을 두어 번 문지르다 반지가 비뚤어진 것을 발견하고 바로 돌려 꼈다. 카라제시는 차분한 태도로 그를 바라보았다.

"동생분, 왜 가문에서 내쫓지 않으십니까? 폐하께서 용서해 주셨다는 이야기는 듣긴 했습니다마는."

대부분의 사람들이 그의 눈치를 보며 자칼린에 대한 화두를 피한다는 것을 생각하면, 너무나도 급작스레 던져진 질문이었다. 노골적인 그의 물음에 카라제시가 입술 끝을 미미하게 떨었다. 속에서 천불이 일었지만 털끝만큼의 내색도 않은 카라제시는 부드럽게 웃으며 말했다.

"얼마나 사고뭉치던 간에 저는 자칼린의 형입니다. 가족을 지키고 가문을 지키고 나라를 지키는 것이 우리의 의무가 아니겠습니까."

"체사는 늘 든든합니다. 이리 의리가 좋으니."

"의리와 신의는 당연히 지켜야 하는 것이지요."

"상대의 보답과 관계없이 말이지요?"

"자작께서도 마찬가지의 명예를 알고 계신 분이 아니십니까. 온 힘을 다해 자작이 지켜야 할 것들을 지키고 계시지 않습니까."

"……"

"그리고 앞으로도 지켜 내셔야지요."

마지막 말에 박힌 가시를 할리페 자작은 너무나도 쉬이 읽어 냈다. 카라제시는 감추려 들지도 않았다. 할리페 자작도 노골적으로 응대했다.

"몇이나 포섭하셨습니까?"

"일일이 열거할 것 없이 이것까지만 말씀드리겠습니다. 윙거의 발타르로부터도 지난 저녁 우호의 안부가 당도했습니다."

윙거의 발타르는 엄밀히 말하면 팔란이 아닌 반트에 속한 자였다. 성격이 호쾌한 그자는 남쪽 갈라부아 연합의 실세 중 하나이기도 했다. 갈라부아 연합은 개개인은 작지만 '연합'이라는 이름으로 라르크 내에서 적잖은 영향력을 행사하는 곳이다.

할리페 자작은 의뭉스럽게 미소 지었다.

"발타르 님은 똑똑한 분이시지요. 야망도 크시고."

"그렇지요. 말하신 대로 시간이 귀합니다. 라페로바한과 지잘과 벵센과 윈로스의 잔당 세력들과 손을 끊으신다면 브류나크께서는 자작에게 많은 감사를 표하실 것입니다. 올로드 님에게 했던 제안을 그대로 반복하지요. 체사가 다리를 놔 드리겠습니다."

"……어떤 브류나크입니까?"

미소를 지운 카라제시가 차갑게 답했다.

"어떤 브류나크인들 관계있습니까? 결과는 같을 터인데."

할리페 자작의 저택을 나서며 카라제시는 할리페 가문의 상징인 수레바퀴가 그려진 압인이 찍힌 양피지를 품 안에 넣었다. 돌아가는 길의 걸음은 무겁고 무거웠으나 멈출 수 없었다.

도트발 잔트 부세 900년 아홉 번째 달.

파혼이 공포된 후, 혼란에 빠져 있던 귀족들의 변화가 서서히 물 위로 올라오기 시작했다.

라페로바한과 궤를 같이해 온 골수 귀족들 중 일부는 노골적으로 팔란 세력의 귀족들에게 비난 섞인 저주를 퍼부었고, 일부는 간사하게 전쟁 영웅인 브류나크의 편으로 돌아선 체사를 폄하했다. 반대로 현재 위세 등등한 브류나크의 노선으로 움직이는 귀족들은 북부의 유일한 늑대인 테른도크를 칭송하며 그의 그림자 아래로 엎드렸다.

테른도크는 각 영주들로부터 강제로 사병을 차출한다는 채찍을 휘두름과 동시에 회유책을 함께 사용했는데, 만일 사병을 칠백여 명 이상 지원한다면 뮈아드로 내 규모에 따른 저택을 하사해 주고 자유롭게 왕궁을 드나들 수 있게 해 주겠다는 내용이었다.

의외로 회유책은 중립을 고수하던 대영주 혹은 뮈아드로에 스스로의 거처를 두고 세를 과시하고 싶었던 부유한 귀족들에게 효과적이었다. 드물기는 하지만 어차피 삼천 명 이상의 사병을 보유해 사백 이상을 내놓아야 하는 입장에 처한 그들에게는 삼백을 더 주고 수도에 정식 입성하는 것이 나쁘지 않게 느껴진 탓이다.

이에 더해, 테른도크의 왕명이 있은 지 한 달도 채 이르지 않아 완전히 척을 진 반트와 팔란은 그간 거짓 평화 아래 덮어 둔 서로의 치부를 드러내며 서로를 고발하느라 정신이 없었다.

테른도크는 매일 집무실 탁자 위로 수두룩 올라오는 부패의 행적들을 하나하나 긁어모았다. 그들은 서로를 처벌해 주길 바라 고발한 것일 테지만 테른도크는 당장 그럴 생각이 없었다.

다만 크게 불충한 자와 상상 이상의 세금을 탈세한 자, 백성들의 인신매매에 관한 죄목을 가진 자들은 엄격하게 처벌함으로써 공정한 면모를 보였다. 그들에게 적절한 벌을 내리고, 영주 직위를 박탈하고, 영지와 재산을 몰수했다.

그 과정에서 반발하며 버티는 영주들은 파사드의 군사들에게 베여 나갔다. 몰수된 영지는 다시금 테른도크에게 고개를 조아리는 또 다른 귀족과 군공자들에게 돌아갔다.

테른도크가 영주에게 작위를 내릴 때는 늘 로지투스라는 이름의 어린아이가 옆에 서 있었다. 시종처럼 선 아이의 정체를 짐작하는 이는 많지 않으나 적발 벽안의 어린아이의 얼굴을 기억하는 이들은 날로 늘어 갔다.

그리고 백성들은 악덕 영주라 암암리에 알려져 있던 이들이 한 명 한 명 처벌당하는 데에 열광하며 브류나크를 외쳤다.

❖ · ❖

파혼설이 공식화된 것은 승전의 축제가 끝난 지 보름을 채우기도 전이었다. 뮈아드로의 짧은 여름을 뜨겁게 달구었던 소식은 그보다 짧은 가을의 입목에서 열기를 꺼뜨렸다. 누구도 분란이 시작되었다는 것을 부정하지 못했다.

유일 공작, 작위 공, 붉은 늑대의 아들, 웬터발트의 후작, 전쟁 영웅 등의 다채로운 이름으로 불리는 파사드의 평판은 현재 극과 극으로 나뉘고 있었다. 물밑에서는 여전히 파사드와 엘히엔의 파혼을 반대하는 이들이 많았다.

브류나크와 라페로바한의 혼인에 관한 이야기가 화두로 떠오르면, 대개 그들은 사랑스럽고 어린 아가씨인 라페로바한을 동정한다는 것으로 서두를 시작했다.

나이 어린 약혼녀가 성년이 되기를 기다린다는 명목으로 지연되던 혼인이었다. 그런데 그 약혼자가 성년이 된 지 얼마 지나지 않아, 전쟁의 영웅이 되기 무섭게 개인적인 변덕으로 파혼을 요구하다니, 어찌 그리 매정한 자가 다 있단 말인가.

하지만 파사드는 올조르를 무너뜨림으로써 이백여 년 전의 전쟁 귀라 알려진 마지막 라르칼리아조차 해내지 못한 일을 해냈으며, 라르크의 수치라 불린 발로이드 페이작 마리포사를 살해했고, 그가 이끈 회전에서 모르가나의 유일 태자가 죽임당했으며, 종전 협정까지 브류나크라는 이름으로 참석해 몹시 큰 성과를 거두고 돌아온 영웅이었다.

그들의 개선식은 몇 년 전의 일도 아니고, 고작 두어 달 전의 일이었다.

수도에 남아 추이를 지켜보던 귀족들은 테른도크가 진심으로 공가 브류나크에게 라르크의 군권을 몰아주고, 그들의 권리를 해하려 한다 믿게 되었지만 어쩔 도리 없어 숨만 죽였다.

한때 주인 잃은 저택이라 불렸던 브류나크의 공저는 최근 팽팽한 긴장감으로 충만해 있었다.

파사드를 음해하려는 이들을 경계해 공저의 경비는 강화되었고 허락받지 않은 이들의 출입은 엄금되었다. 할만은 브류나크 공저를 빽빽이 채운 군사들의 숙식 문제까지 더해져 눈코 뜰 새 없이 바쁜 와중이었다. 거의 전쟁터를 방불케 하는 소란함이라. 평화로운 곳은 파사드가 머무는 집무실이나 그의 개인적인 침실뿐이었다.

행정 보직을 상징하는 자색 제복 위에 얇은 코트를 걸치고 가죽끈으로 허리를 묶어 차림을 단정히 한 카라제시는 파사드의 집무실 창가에 한참을 서 있었다. 꽤 오랫동안 망부석처럼 창밖만 내다보던 카라제시가 긴 한숨을 내쉬며 들추고 있던 커튼을 닫았다.

"그러면 그리 알고 오늘은 이만 물러가 보겠습니다. 큰 체사 경께서도 용무가 있으신 듯하고……. 체사 경, 먼저 물러나겠습니다."

볼레트가의 차남 기브란트, 전장에서는 볼레트 군의관으로 불렸던 사내가 일어섰다. 카라제시는 고개만 까딱여 그의 인사를 받았다.

반듯한 성상을 깃춰 입은 볼레트 군의관은 마치 다른 사람 같았다. 세 번째로 인상이 바뀌는 순간이었다.

카라제시는 첫인상을 떠올렸다. 두 번째 인상도.

처음 전장에 이르러 볼레트의 아들을 처음 보았을 때는 의원 노릇을 한다기에 못마땅하게 여겼었다. 유서 깊은 볼레트가의 아들이 의원 노릇이라니. 그러니 볼레트 후인 벨라옌 잔이 그토록 냉정히 구는 것이다. 솔직히 자칼린 같은 동생을 둔 형의 심정으로서 카라제시는 볼레트 후 벨라옌을 동정했다. 그것이 첫 번째 인상이다.

그러나 사경을 헤매던 자칼린을 지극정성 돌봐 주고, 군사들을 달래거나 위로하거나, 기사들의 말 상대가 되어 주거나 하는 모습을 보고 판단을 번복했다. 볼레트 군의관은 보기 드문 박애적인 사람이었다. 이것이 두 번째 인상.

그런 그는 오늘, 전장에서와는 또 다른 말쑥한 모습이었다. 귀족의 아들답게 차려입고 파사드와 마주 앉아 어떤 숫자를 논하고, 브류나크를 논하고, 의료 관련의 이야기들을 소곤거리는 양태가 귀족다웠다.

그들의 대화에서 카라제시는 제외되었고, 카라제시 또한 다른 일에 정신이 팔려 있어 제대로 듣지는 못하였다.

파사드가 왜 볼레트가의 차남을 따로 공저까지 불러들였는지에 대하여도 남은 의문은 무시했다. 파사드는 라르크의 내정 상황을 삽

시간에 이 지경으로 만든 머리였으니 또 다른 수를 쓰려는가 싶을 뿐이었다.

적어도 오늘만큼은 생각하고 싶지 않았다.

"그러면 추후 인편으로 연락을 넣지."

"예. 특별한 변동이 없다면 그대로 진행하겠습니다."

끼이익. 고풍스런 내음을 풍기는 것 같은 문이 닫혔다.

어느새 방에 남은 것은 파사드와 그, 둘뿐이었다. 파사드는 바위처럼 앉아 있었다. 잠시도 쉴 줄 모르는 사람처럼 그는 왼손으로 조금 전 카라제시가 건넨 귀족들의 군사 장부를 살피기 시작했다.

카라제시는 다시 창밖으로 고개를 돌렸다.

창 저편에는 할만을 붙잡고 애걸하는 엘히엔이 서 있었다. 파사드는 그녀를 공저 안으로 들이는 것조차 허용하지 않았다. 거의 일생을 이 저택의 안주인이 되리라는 생각으로 제집만큼이나 분방하게 드나들던 어린 소녀에게는 잔혹한 축객이었다.

고요하기만 한 파사드의 집무실의 공기가 그의 숨통을 내리눌렀다. 암막처럼 빛을 가린 커튼을 등지고 선 카라제시가 마른 입술을 뗐다.

"언제까지 저리 둘 거냐?"

"내가 할 수 있는 건 없으니까."

"……엘히엔에게 미안하기는 하냐?"

파사드는 대답 없이 하고 있던 작업에만 몰두했다. 궁내부에 상안될 안건과 개인의 기록으로 남길 것들이 나뉘었다. 깃펜을 든 파사드는 한 손으로 잉크병의 뚜껑을 열었다. 왼손은 점점 더 바빠졌다.

묵묵히 빈 양피지를 채워 내려가는 그의 뒷모습은 카라제시를 더욱 착잡하게 했다. 한참 사각거리는 소리만 이어졌다. 그러다 어느 순간 펜촉 소리가 멎었다. 마무리로 밀랍을 압인하기 위해서였다.

카라제시의 눈은 여전히 파사드에게 고정된 채였다. 파사드가 펜을 내려놓고 일어섰다. 그러고는 책상의 뒤쪽에 놓여 있던 서랍을 열었다.

서랍 안에 잠들어 있던 브류나크의 반지와 팔란 숄고의 반지 두 개가 상자에 담겨 모처럼의 주인을 올려다보았다. 대답은 그때 돌아왔다.

"죄책감을 소리 내어 사죄한다고 무언가 달라지겠나."

"밖에 저리 세워 두는 건 너무 잔인하잖아."

"어찌해도 돌이킬 수 없을 일이다."

"……돌이키고 싶지 않은 거겠지."

파사드는 카라제시의 일침에 살짝 눈을 키우더니 이내 씁쓸하게 웃었다. 왼손으로 반지를 꺼낸 파사드가 서랍을 닫았다. 그 후에도 그는 한참을 움직이지 않았다.

카라제시는 퉁명스레 말한 것을 후회했다.

파사드 역시 멀쩡하지 않았다. 엘히엔은 제게 닥친 일을 이해하기 위해, 혹은 부정하기 위해 하루가 멀다 하고 울며불며 찾아와 애정의 깊이를 드러내는 것으로 스스로를 표출하지만, 파사드는 그런 류의 사람이 아니었다.

파사드는 고요히 말라 가고 있었다. 전쟁터에서 돌아온 이후로 식사는 제대로 챙기는지 걱정스러울 정도다. 아물지 않은 그의 오른손도 자꾸만 눈에 밟혔다.

"카라제시, 나는 비난받아 마땅하다. 그러니 비난해도 기꺼이 다 감내하겠다. 하지만 내게 엘히엔에게 위선적으로 위로를 건네라는 말은 마라."

"……내가 널 비난할 자격이나 있어야지."

그러지 않으려 했는데 목소리가 절로 잠기고 말았다.

체사 역시 라페로바한을 등졌다. 자칼린이 도망쳐 버린 후 어쩔 수 없는 선택을 해야 했다. 그러나 방도가 있었건 없었건 결과적으로 엘히엔은 상처받았으니 어쩔 수 없다는 말로 제 이기를 합리화할 수는 없었다.

차마 염치가 없어 얼마 전 체사의 저택으로 그를 찾아왔던 엘히엔에게 그의 부재를 꾸며 내기도 했다. 한 번의 방문을 외면한 것만으로도 카라제시는 가슴이 미어지는 듯했는데, 매일 저리 저택의 대문 앞을 서성이며 애원하는 엘히엔을 내려다보는 파사드는 어떻겠나.

"이렇게까지 하고도 안 되면."

"그보다 자칼린은…… 네게도 연통이 없던가?"

"……아아."

무심결인 듯 얼굴을 비빈 카라제시가 긴 한숨을 내쉬었다.

오늘 방문의 소기의 목적을 상기한 탓이다. 얼마 전 그들의 귀에 든 남부의 소식 때문이다.

카라제시의 작은 동작만으로도 답을 짐작하기는 쉬웠던지라 파사드는 재차 묻거나 하지 않았다.

"모르가나의 상황은 들었나?"

"몇 가지는."

당연한 말이겠지만 종전 이후 제국은 격통을 앓고 있었다. 최고사령관으로 부임했던 발로이드가 태자를 시해했다는 사실이 파다하게 퍼지면서, 신하들의 반대를 묵살하고 발로이드를 사령관으로 임관했던 벨루비르하인 2세를 지탄하는 목소리가 높아지고 있었다. 그들의 선두에 서 있는 것은 다름 아닌 조르디아 공작으로, 벨루비르하인 2세의 사촌 동생이었다.

"조르디아의 여자가 협정 대사단원 중 한 명이었지?"

파사드가 고개를 끄덕였다. 카라제시는 혼잣말처럼 중얼거렸다.

"저들 내정에 관해서는 잘 모르지만 이번에 여러모로 말들이 많던데. 모르가나의 내정이 우리가 기대했던 것보다 더 썩어 빠졌던 것 같네."

파사드는 말없이 긍정했다.

그는 지금 남부에서 반독재를 외치고 있다 알려진 조르디아가의 사정을 조금쯤은 들어 알았다. 조르디아 공작 부인인 그웨인과 지난 협정장에 장기 체류하며 여러 차례 한담을 나눈 바 있었기 때문이다.

본디 각국 고관 둘이 공적인 자리를 통해 만났다면 그것은 친목이라기보다는 사업에 가까운 일이다. 파사드와 조르디아 공작 부인인 그웨인도 그러한 관계였다.

속 어딘가가 꺼끌거리는 기분으로 파사드는 찬찬히 의자에 등을 기댔다. 카라제시가 중얼거렸다.

"폐하께서는 화를 내셨다. 제국의 황제는 조금도 당신께 도움이 되지 않는다시면서."

초대 황제 발라르제프 1세 이전부터 차근차근 왕권을 강화해, 종래에 독재 체제를 성립한 국가가 바로 모르가나다. 특히나 유일 제국으로 격상한 이후부터는 '독재란 남부 황실의 자존심'이라는 속설까지 생길 만큼 독재는 유명한 특성이 되었다. 그토록 강력한 황권을 휘둘러오던 모르가나 황실이 지금처럼 비난받는 것은 전례가 없는 일이다.

독재 정권을 꿈꾸는 테른도크의 입장에서야 울화통이 터질 일인 것도 사실이었다. 그렇잖아도 장애가 많은 상황에서 독재 정치의 결함이 공공연히 폭로된다면, 후일 테른도크에 반하는 북부 귀족들에게 명분을 하나 더 주는 셈이 될 테니.

그러나 파사드는 그런 것에는 크게 관심 두지 않았다. 지금 눈앞에 놓인 일들을 하나하나 정리해 나가는 것만으로도 힘에 부쳤다. 스스로를 다스리는 것이 가장 힘든 일이라는 걸 최근에야 절감했다.

파사드가 남부에 대하여 관심 두는 것은 모르가나 내정의 혼란보다는 그들 내륙 군대의 움직임뿐이었다. 다행스럽게도 벨루비르하인 2세의 검은 사자 군과 황실 상비군을 비롯한 중부 지대의 군은 큰 움직임을 보이지 않고 있다.

객관적으로 벨루비르하인 2세의 저러한 반응은 북부인들 대부분이 공감하는 의외였다.

모르가나 전역에 뿔뿔이 흩어져 있던 마리포사들이 모조리 라곳에시스로 집결한 지도 꽤 되었다.

마리포사 백작이 남부에서 거의 유일한 만병장이라 불리기도 한다는 이야기는 들었지만, 그들의 규모는 상상 이상으로 컸고, 또 즉각적이었다. 종전 협정이 마무리될 무렵에는 추산된 마리포사의 군대만 도합 일만여에 이르렀다던가, 넘었다던가. 정확한 셈을 할 수는 없지만 무시할 수 있는 수는 결코 아니다.

그 마리포사의 군사들이 지금 서부 침략을 감행하고 있었다. 이미 서부 영지 두 곳이 마리포사의 군대에 속절없이 무너졌다고 하였다.

그런데도 벨루비르하인 2세는 마리포사들을 토벌하기 위한 실질적인 움직임을 보이지 않고 있었다. 악재가 연달아 닥쳐 발이 묶인 듯도 하였으나 그래도 제국이 아닌가. 제국이라는 이름은 지금 저보다는 굳건해야 마땅했다. 아무리 마리포사들이 대단하다 해도 결국 일개 가문의 사병들이었다.

전쟁이란 대개 종래에는 머릿수의 문제다. 파사드는 마리포사들이 아직까지 무탈하다는 데에 안심했다. 그런 한편, 그들의 생존에 안심하는 스스로에 대한 자괴도 적잖았다.

그런 파사드의 복잡다단한 심중을 알아차리지 못한 카라제시가 말을 전했다.

"모르가나가 빛 좋은 개살구였다는 게 이번에 드러나는 걸지도 모르지. 나크타 님과 리제예스 총관께서는 그리 보시더군. 제위 문제는 그렇다 치더라도…… 다락의 침공도 시작되었고 앙레디움의 녀석들도 이래저래 문제를 일으키고 있다 하니까."

"카라제시, 사람은 보내 보았나?"

한참을 침묵하던 파사드가 불쑥 물었다. 맥락 없는 질문에 고개를 비스듬 기울이던 카라제시는 곧 제가 받은 질문이 조금 전의 질문과 같은 주체를 둔 것임을 알아차렸다.

"……사람을 보내기에는 이쪽을 주시하는 시선이 많아 여의치 않아. 그리고 그 염치도 없는 놈에게 뭐하러. 뭐라 하건 끝까지 제멋대로 할 텐데. 그놈이랑은 끝이다."

냉정한 체 말하지만 표정이 금세 어두워지는 것이 그다지 신빙성이 없었다. 수습조차 불가능한 커다란 사고를 치고 마리포사들과 함께 남부로 달려가 버린 자칼린을 반역도의 수렁에서 구해 내기 위해 오랜 시간 지켜 왔던 중립의 위치를 내버리기로 각오한 것이 카라제시였다.

그러나 그와 별개로 지금 당장은 자칼린과의 접촉이 위험하다는 것도 사실이었다.

현재 중도파 귀족들을 브류나크 쪽으로 이끄는 체사와, 작금 벌어진 사태의 주범이자 만인의 칭송을 받는 전쟁 영웅인 파사드를 주시하는 이들이 수백, 어쩌면 수천일는지 몰랐다. 무엇 하나 꼬투리가 잡히게 되면 일이 자칫 잘못될 가능성이 있었다.

카라제시는 막막하기만 한 상황을 잠깐 뒷전으로 밀어 화두를 돌렸다.

"라페로바한 쪽은 쉽게 무너질 것 같지 않은데. 동부에서 브류나크에 내어놓겠다며 무차별적으로 증병을 선언했다지. 그 병사들이 정말 무장해제한 채로 뮈아드로에 들어올지에 관해서는 회의적인데 말이야."

"윈포드 경에게도 연통을 넣었지만, 우선은 내전이 일어난다면 초기에 진압할 것이고, 그 사령관은 네가 될 거다."

"윈포드 경? 아서라, 아서. 멱 잡힌다."

파사드가 짧게 웃었다. 세상천지 누가 브류나크의 몸에 손을 댈까 싶지만 윈포드 경은 그럴 만한 자였다. 카라제시도 낮게 웃었다. 그러나 웃음은 금방 가셨다.

평안을 빙자한 방 안에 낙막한 공기가 내려앉았다.

"그리고…… 정말 이제 검은 잡지 않을 거냐? 설사 검을 못 잡는다고 해도 너는 손을 다친 거지, 머리가 다친 건 아니잖아. 영웅의 대우를 받는 것도 내가 아니라 너인데."

파사드는 망가진 제 오른손을 내려다보았다. 여전히 잔재한 통증이 말한다. 예전처럼 멀쩡해지지 않을 손이다. 라르크를 위해 온전히 희생할 자격도, 저 바란 것을 과감히 움켜쥘 자신도 없었던 사내의 손.

—이 우둔한 천치야. 나는 이미 브류나크를 용서했다.

빗소리와 함께 그를 때리던 그녀의 말은 한 마디 한 마디 잊은 것이 없었다.

―로델라와…… 페이작의 창을 부탁하겠다. 너니까 맡기는 거야.

르옌의 희생이 이뤄 낸 것들을 죄 가로챈 파렴치한으로서 그가 할 수 있었던 건, 그녀의 말을 타고 개선 행진을 잇는 것뿐이었다.

발로이드의 유품이라고도 할 수 있는 그 이름 없는 검은 창은 줄 수도 버릴 수도 없는 물건이 되었다. 파사드는 리오낙을 왕실에 보내고 발로이드의 검은 창은 공저 깊숙한 어딘가의 무기고에 내팽개쳤다.

결국 르옌이 그에게 오롯이 남긴 것은, 공저의 마구간에서 주인을 찾아 우는 하얀 말 한 필뿐이었다.

―칼란독, 진심으로 너희의 무사 종전을 기원하겠다. 그리고 내 다시 북부의 땅을 디디는 날에는 노르테 홀의 차디찬 왕좌에 앉아 브류나크의 탈을 뒤집어쓴 너의 왕에게서, 북부 유일한 늑대를 앗아 가겠다.

문득 파사드의 오른손의 약지와 소지가 반사적으로 움찔했다. 아주 미약한 움직임이었음에도 손바닥 전체가 저려 왔다. 파사드는 관자놀이가 찡한 현기증에 이를 악물었다. 아픔을 참아 누르는 흑안에 허망함이 언뜻 괴었다 흘러갔다.

'모르겠다.'

그는 르옌의 모든 말을 기억했다. 그러나 그녀의 말을 기억한다는 것이 전부 이해한다는 말은 아니었다.

'정말 모르겠다.'

브류나크를 용서했다 하면서 북부 늑대의 수장인 테른도크에게서 북부 유일의 늑대를 앗아 간다는 건 무슨 말인지. 언젠가 돌아온다는 건 그럴 수 있다는 확신이었는지, 아니면 그저 자신을 떨쳐 내기 위한 변명이었던 건지.

현실적으로 지금 마리포사는 너무나도 지저至低하여 생존만으로도 버거울 상황이었다. 간신히 목숨 부지하는 것마저도 낙관적이지 않았다.

하루에도 수십 번, 남부를 죄 뒤져 그녀를 끌고 와 숨기고 싶은 욕망이 목 위까지 치밀었다. 그러나 차마 입 밖으로 내지 못하는 것은 다시는 섣부른 실수를 하고 싶지 않기 때문이다.

당장 테른도크로부터도 그녀를 구해 낼 길이 없는 지금은 아니었다.

지금은, 아직 아니다.

"그렇다 해도 사령관은 네가 될 거다, 카라제시. 내가 폐하께 주청 드릴 테니까."

"나는 정말 네가 무슨 생각을 하고 있는 건지 모르겠다."

"하지만 내전까지 이르지 않는 게 좋겠지."

파사드는 진심으로 자신이 로크란드의 사병들까지 움직이는 사태가 벌어지길 바라지 않았다.

갈카마와의 불가침 협약이 성사되어 그들의 위협이 있을 가능성은 적었지만, 갈카마는 한때 황야의 유목 민족이었던 시친에서 뻗어 나온 비문화적인 자들이었다. 근래 들어 남부를 골치 아프게 만드는 데 일조한다 알려진 다락 민족들만큼이나 강건한 집단.

만일 그들이 로크란드를 지키는 군사들이 대거 뮈아드로로 향한 것을 알게 되면 일이 어려워질 것이다.

설상가상 반트 일당이 거병이라도 하게 되면, 라르크가 동과 서로 쪼개질 가능성도 농후했다. 자파인 후가 그와 테른도크에게 험한 말을 섞어 가며 '이런 식의 개혁은 불가하다.'고 반대한 이유도 그것이었다.

파사드의 침묵을 망연히 경청하던 카라제시가 탁자에 대충 엉덩이를 걸치고 앉아 자조했다.

"······이렇게 과격하게 움직였는데 반발이 없을 거라 생각하는 게 더 이상한 거 아닌가. 자파인 후도 어찌하실 건지 아직도 말이 없으시다지."

차게 가라앉은 음성이 고요한 집무실의 허공을 떠돌았다.

❖┈❖

차갑게 완숙한 가을이 끝자락을 향해 달려간다.

테른도크의 예상 안이었는지는 모르겠으나 반트만큼이나 불온했던 팔란의 세력들도 속속 드러났다. 고작 석 달 남짓 지났을 뿐인데 처형당한 팔란의 귀족만 여섯이었다.

결국 지금 테른도크가 하는 일은 유서 깊은 귀족들을 몰아내는 일과 상통했다. 그에는 팔란과 반트 가릴 것 없이 분개했다.

하루에도 수십 번씩 누가 누가 고발장에 이름이 올랐네 하는 낭설들이 퍼져 나갔다. 테른도크만 어부지리로 양측 귀족들의 치부를 쥐게 된 셈이다.

지레 놀란 귀족들이 움츠리는 동안 차근차근 군권은 공가 브류나크에게 집중되고 있었다. 그리고 공가 브류나크의 군사적 배경을 뒷심 삼아 테른도크는 행정권을 장악했다.

자칼린 엔도 사건으로 위명이 크게 실추된 체사는 중립의 태도를 버리고 온전히 브류나크에 투신했다. 인맥이 넓은 그들이 포섭한 귀족들은 라르크의 동서남북을 죄 아울렀다. 오죽하면 저 먼 이남의 까마득한 윙거의 발타르까지 테른도크에게 시키지도 않은 충성 맹세를 하러 올라오느냐 말이다.

반트들은 하나같이 인정했다. 거짓 평화 속에서 너무 안온히 살았다. 파죽지세로 몰아치는 브류나크들의 행보는 백성들의 만세 복창이 끊이기 전엔 멈추지 않을 것만 같았다.

그러나 더 그들을 미치게 하는 것은, 백성들의 환호를 한 몸에 받는 브류나크의 공작, 왕가 브류나크의 종친이자 전쟁 영웅이라는 이름으로 더 유명 자자한 파사드 칼란독이 흠결 하나 없는 사람이라는 것이다. 트집 잡을 것이 없어도 어찌 이리 없을 수가 있나?

처음 테른도크의 과격한 명령이 떨어졌을 때에는 이렇게 막막하지 않았다. 중앙 정치에서 벗어나 있던 공가 브류나크의 자금이 군사 소집을 감당하지 못할 것이라 예상했기 때문이다.

그러나 귀족들은 로크란드와 노테블룸의 어귄과 그 외의 브류나크의 입김이 닿은 남부 영토에서 끝없이 쏟아져 나오는 자금의 양에 기함하며 발을 구르기 시작했다. 심지어 브류나크의 영지를 통해 나온 돈은 꼬투리 잡을 것도 없는 깨끗한 자금이었다.

사태를 파악한 일부 귀족들은 넋을 놓았다.

생각해 보니 그렇더라. 지난 십수 년간, 전쟁터를 전전했던 파사드의 군비는 모두 왕실에서 나온 것이다. 또한 군사 활동을 하면 세금을 감해 준다. 파사드는 늘 군사 활동으로 세금 상납의 일부를 대신해 왔으므로 방대한 공가의 영지들에서 생산되는 곡식, 직물, 금, 은, 철 등의 그 밖의 것들을 축적할 수 있었던 것이다. '브류나크는 부유하다.'라는 말은 관용구처럼 존재하던 말이었으나 이처럼 절절히 와 닿은 적이 없었다.

게다가 그는 정치적인 위치에서 한 걸음 물러나 국경만 지키던 변경의 늑대였다. 서로가 서로의 치부를 쥐고 깎아내리는 것을 일상삼아 왔던 귀족들과는 궤부터 달리했다. 파사드의 평판은 라페로바한의 딸을 매정하게 버린 것 이외의 모든 것이 완벽하다.

사태의 추이를 보건대 공가의 위상이 수년 안에 왕실과 맞먹으리라는 것이 자명했다. 두 늑대 사이의 암투가 벌어질까? 아마 이대로 간다면 머잖은 미래에 필경 그리될 것이다.

그러나 그게 대수인가. 당장 내일의 길이 보이지가 않는데.

사병이라도 일으켜야 하나. 자칫 반역으로 줄줄이 끌려 들어갈 터인데 어찌하시려고. 가당치도 않소이다.

의견이 분분했다.

개중 성격이 불같고 발 빠른 이들은 이미 사병들을 모집하고 내밀히 칼을 갈기 시작했지만 상대가 브류나크라. 게다가 그들은 뮈아드로는 선점할 수 있다 해도 파사드를 따를 군사들을 완전히 몰아낼 자신은 없었다.

차라리 반트 군을 집결하자는 주장에 몇몇이 호기 넘치게 스스로 지휘해 보겠다 나서기는 했지만 모르가나를 꺾은 자에 비견할까. 누구도 섣불리 동의하지 못했다.

만백성들이 브류나크의 이름을 칭송하는 이 시기, 골수 반트가 아닌 다른 귀족들은 차근차근 테른도크의 아래 무릎 꿇고 있었다.

길이 없다.

가만히 있어도 벼랑이며, 행동을 해도 벼랑이라면 무어라도 하는 게 옳지 않겠느냐는 의견만 꾸준히 나고 죽을 뿐이었다. 그리고 종래 라페로바한과 브류나크가 갈라진 지 석 달을 넘긴 추운 가을, 반트의 귀족들은 약속이나 한 듯이 뮈아드로를 떠났다.

그 후 얼마 지나지 않아, 테른도크의 정예군에 보탤 이들이라는 명목으로 동부에서는 한동안 무차별적인 징병이 있었다. 최근에는 저들의 의도가 서서히 두각을 드러내기 시작했다.

테른도크의 행보는 옳지 않다. 그리 외치는 반트 귀족들과 함께 파네세가 유창하게 연설을 했다는 소문이 떠돌았다. 심상찮은 움직임이 시작되는 중심에는 한때 큰 위세를 떨쳤던 윈로스의 잔당들이 있었다.

내란의 기미가 감돌기 시작했다. 그러나 테른도크는 어떠한 반응도 보이지 않았다.

테른도크가 동부를 기점으로 보이는 전란의 낌새를 모를 만치 멍청한 자가 아니므로, 내심의 당황을 갈무리하느라 여념이 없거나 혹은 다른 대책이 마련되어 있는 것인지도 모른다. 이러니저러니, 테른도크의 눈 밖에 날까 불안에 떠는 팔란의 귀족들과 중도파 귀족들은 더욱 위축되었다.

늦저녁, 라페로바한의 사저 은밀한 방에 모이는 일은 이제 거의 두 달째의 관례가 되었다. 아직까지 수도를 떠나지 않고 있는 반트 귀족들의 모임이었다.

오늘은 셋만 모여 있었다.

라페로바한의 이종사촌으로 한때 윈로스와 가까웠던 동남부의 영주인 벨다인은 활기라고는 죄 사라져 버린 사저의 정원을 내다보며 중얼거렸다.

"만일 일을 치려거든 로크란드의 병사들이 출병하기 전에 치러야 하는데 재상께서는 어째서 저리 결단을 내리지 못하시는지."

벨다인의 손가락에 끼워진 세 개의 두꺼운 금반지에 박힌 각양각색의 보석이 반짝였다. 함께 한자리를 차지하고 있던 로이바이 답했다.

"영애가 죽네 사네 하는데 재상께서도 생각이 많으실 테지. 마지막으로 다시 한 번 브류나크에 손 내밀어 보시려는 것 같더군."

로이반은 라페로바한의 지난 안주인이었던 이네아의 처가로, 윈로스가 몰락할 당시 함께 연루되었으나 라페로바한이 힘써 주어 겨우 살아남았던 자였다. 그는 땅도 군대도 잃었으나 테른도크 란펠을 미워하는 마음만큼은 누구에게도 뒤지지 않았다. 두 세대 위의 작위 공 브류나크였던 바예투스에서 시작된 짙은 악감정이었다.

벨다인이 조금 짜증스럽게 말했다.

"이러니 계집들은 오냐오냐해 주면 안 된다는 겁니다. 때가 어느 때인데 사랑놀음을 하고 앉았습니까?"

로이반이 혀를 쯧 찼다. '동정심도 없는 녀석.' 그리 보는 눈빛이었다.

최근 엘히엔은 거의 말라 죽어 가는 지경에 이르러 있었다. 돌변한 정혼자를 놓지 못해 틈만 나면 굳게 문 닫힌 공저로 달려가 문 앞에서 애걸하고 소리치고, 그러다 실신해 실려 오기도 수차례였다.

자꾸만 고조되는 반트와 팔란의 갈등에 엘히엔은 울며불며 파사드와 다투지 말아 달라 그 아비에게 매달렸다. 마치 그와의 관계가 파탄 난 것이 아비와 파사드의 정치적 입장 탓이라 믿고 싶어하는 것처럼. 사이가 좋아지면 다시 그가 마음을 돌릴 것이라 믿는 것처럼.

금지옥엽 아끼는 늦둥이 외동딸이 그 지경에 이르니 아무리 재상 라페로바한이라도 그 속이 말이 아닐 터였다. 반트들과 함께하겠다 나선 귀족들에게 최악의 상황을 대비한 군사 대비를 명하면서도, 여전히 파사드에게서 미련을 놓지 못해 두 차례나 먼저 서신을 보낸 것만으로도 능히 짐작이 되었다.

물론, 두 차례 모두 브류나크로부터 답신은 돌아오지 않았다.

전쟁터에서 사람 죽이며 살아남은 영웅다운 풍모라 해야 하나. 파사드는 일생 저만 바라보며 살아온 어린 꽃 같은 아가씨의 몸과 마음이 죽어 가는 것도 거들떠보지 않았다. 로이반은 어찌 저리 냉혈

한 자가 있는가 싶어 정말로 구역질이 났다.

벨다인이 씹어뱉듯 말했다.

"애초에 로이반 님, 정략을 관계 조율의 구실로 삼을 생각이 있었으면 애초에 일방적으로 그리 파혼을 해 공개적인 자리에서 대놓고 망신 주지 않았을 겁니다. 쓰레기 같은 놈. 영애에게 어찌 그따위로 대해. 그리 제 명예에 심취해 있는 놈이. 아니, 적어도 사람이면 문전 박대는 말아야지."

브류나크의 행태에 관해서만큼은 벨다인과 지극히 공감했다. 미간을 찡그린 로이반은 서랍장 위에 놓여 있는 라페로바한 가문에서 직접 주조한 술을 제멋대로 따라 마셨다. 상황이 이 꼴이 되어서도 라페로바한의 술맛은 일품이었다.

로이반이 입술을 축인 후 물었다.

"그나저나, 최근 작위 공이 남모르게 수소문한다는 그 건에 관한 건 알아보셨나?"

"갈라부아 쪽에서 연락이 오길 기다리는 중이라던데. 애초에 갈라부아 출신들은 제멋대로라 제대로 된 답이나 줄지……."

"윙거의 발타르도 그리 고고히 굴더니 체사가 한 발 움직이자마자 득달같이 폐하를 찾아갔다지. 이곳저곳 악취가 나지 않는 곳이 없군."

왕의 적대 세력으로 규정되어 버린 반트들로서는 언제 제 이름이 고발장에 오를지 몰라 하루하루 목 붙어 있는 것이 감사한 지경이었다. 초조하지 않은 자가 없었다.

그때, 탁자에 앉아 말없이 눈을 감고 있던 타라옛이 중얼거렸다.

"언사를 정돈할 자신이 없다면 술이라도 그치시게."

벨다인이 인상을 찌푸렸다.

'이 마당에도 고결한 체라니. 하여간 고지식한 벵센 놈들.'

모두가 언제 고발당할까 두려워 전전긍긍하며 모인 와중, 개중에는 타라옛처럼 깨끗한 자도 있었다. 실제로 타라옛은 온전히 반트에 속한다 보기는 어려웠다.

그는 한때 왕실의 외척이었던 벵센가의 일원이었다. 벵센 가문은 전 왕비의 사원 귀의 사건 이후로 브류나크에 날을 세우고 있던 중이다. 그런 와중 벌어지는 테른도크의 독재적인 왕권 강화 작업에 찬동하지 않는다는 의미로 벵센 후는 얼마 전부터 그들에게 힘을 실어 주겠다 하였다.

이를 테면 타라옛은 저들에게 통감하는 자라기보다는, 벵센 후의 심부름꾼 같은 입장이었다. 벵센은 반트들에게 도움이 되는 자들이기 때문에 벨다인도 로이반도 웬만하면 타라옛과는 마찰을 빚고 싶어 하지 않았다.

하지만 가끔은 참을 수 없이 짜증이 날 때가 있다.

"이 마당에 고상한 체하는 겁니까. 당장 우리는 브류나크의 약점을 잡아채도 모자랍니다. 은밀히 연락을 넣었다 하니 필경 무언가가 있을 터입니다."

파사드의 행보에 극도의 집중을 하는 귀족들 중 귀 빠른 몇은 이미 파사드가 누군가를 찾기 시작했다는 첩보를 들어 알았다. 하여 절박하게 매달려 파고든 결과, 파사드가 찾아오라 명했다는 자들이 귀족도 아니고 군사력을 지닌 기사도 아닌 규젠이라는 마을에서 살고 있다는 어떤 평민 일가라는 사실을 알게 되었다. 이 상황에 하등 도움 되지 않을 평민을 대체 왜 찾는 건지 모를 일이다.

물론 타라옛은 예외였다.

"그자들은 쓸모없소."

"벵센 경은 뭔가 아시오? 그러고 보니 이번 남북 전쟁에 함께 하셨지."

지금이야 멀쑥하게 잘 차려 입고 있지만 타라옛 역시 얼마 전까지만 해도 지저분하고 낡은 갑옷을 입고 파사드와 함께 전쟁터를 누비던 자였다.

"반역자의 일가이니 잡아 참하기라도 하시려는 모양이지."

외려 그 반대일 가능성이 농후했지만 타라옛은 애매하게 답을 맺었다.

타라옛은 르옌의 마지막을 지켜본 이들 중 하나였다.

왕비를 여러 차례 배출한 명망 높은 벵센가의 일원으로서 그녀의 행보는 용납될 수 없음이다. 하지만 그가 느끼기에도 테른도크가 이미 전부 감해진 죄목을 다시 들추어 재판도 없이 처형하려 한 건 잘못된 처사였다. 당시 셰반이 그리 날뛴 것도 이해하는 바였다.

치열한 전쟁터에서 돈은 믿음이란 그다지도 질기다.

"반역자? 아, 그 마리포사와 함께 도망쳤다는 그 계집 말인가. 체사의 작은 녀석도 같이 이탈했다지."

"아마 이번에 지금 체사가 저렇게 적극적으로 나선 것도 그 때문인 듯싶은데. 면책이라니, 일전에 그런 이야기가 들리긴 했지만 정말 반역에 준하는 죄목에 면책권을 발효해 주실 줄이야."

"결국 체사도 제 목 앞에선 무도해지는 거 아니겠나."

타라옛과 벨다인, 로이반, 세 명의 귀족들은 제각각의 감상에 젖었다.

라르크는 이백여 년 전 폭군이 출현한 이후로 독재를 엄격히 금해 왔다. 독새란 언제 또다시 나라의 근간을 흔들지 모른다는 관념 아래, 두 명의 숄고를 두고 그들의 의견을 조율해 가며 나름의 평화로운 통치를 이어 왔다. 그런데 어찌 세 달 만에 일이 이 지경이 되었나.

최악의 상황엔 정말 나라가 쪼개지는 것도 감내해야 할 것이다.

그런데 그때, 문이 열렸다. 노크도 예의도 차리지 않고 방 안으로 들어온 건 중년의 강골 남성이었다. 남자는 무르익어 가는 가을의 찬 날씨에 적당히 도톰한 코트를 여미고 있었다. 희끗희끗한 흰머리가 그의 나이를 가늠케 했다.

"이리 재상의 사택에 치박혀 있으면 수가 난다던가?"

묵직하고 굵은 목소리엔 왠지 모르게 긴장을 일으키는 힘이 있었다. 큰 보폭의 걸음은 위압적이었다. 내딛는 구둣발 소리가 칼날 소리처럼 섬뜩하게 울렸다.

사내의 등장에 놀란 건 비단 로이반과 벨다인뿐만이 아니었다. 타라옛도 벌떡 일어나 그도 모르게 공손히 인사했다.

"자파인 후…… 후께서 예 어찌."

그러나 타라옛과 달리 벨다인과 로이반은 경계심을 바짝 세우며 한 걸음씩 물러났다. 자파인 후는 소파에 앉아 있는 벨다인의 발을 툭 치고 지나 그의 옆자리에 편안히 등을 기대고 앉았다.

"라페로바한 이놈은 여전히 밤낮없이 뛰어다니느라 바쁜 모양이지. 이 시간에도 아직 귀가하지 않았다니."

"……당신께서 왜."

"질문은 받지 않을 게다. 나는 라페로바한과만 이야기하겠다. 동부 코찔찔이는 지금 막 영지에서 되돌아와 몹시 피곤한 이 몸에게 차나 내오게. 그다음 꺼지고 일 보도록."

벨다인은 나이가 서른을 훨씬 넘긴 나름 명망 있는 영지의 주인이었다. 순간 욱했으나 상대가 상대임을 고려해 참아 눌렀다.

로엠, 인데거 성의 명망 높은 주인 자파인 후작. 그는 이름만으로도 반트 세력과 팔란 세력을 아울러 두려움을 살 수 있는 자였다.

지금이야 성정이 많이 누그러졌다지만 전성기 때 그가 타계한 선대 브류나크 공작 칼키스와 저질렀던 일들과 재상 라페로바한과 어느 만치 사납게 물고 뜯으며 싸웠는지를 아는 이들이 겁먹는 것은 당연했다.

자파인 후의 등장으로 인해 방 안의 공기는 숨 막히게 불편해졌다. 먼저 자리를 뜨기도, 그렇다고 말을 붙이기도 어려웠다.

벨다인의 일그러진 표정을 흘기던 로이반이 덤덤히 자파인 후에게 차를 내왔다. 로이반은 재상 라페로바한과 함께 구시대의 한 획을 그은 자파인 후쯤 되는 자는 존중받을 가치가 있다 여기는 이었다.

자파인 후는 차는 거들떠도 보지 않고 꾸벅꾸벅 졸기 시작했다. 참석자들은 대체 왜 온 거냐는 그 쉬운 질문조차 함부로 입 밖에 내지 못했다. 어색한 침묵 속에 빠진 그들은 간절히 재상 라페로바한을 기다렸다.

그리고 한 시간쯤 지나, 재상 라페로바한이 되돌아왔다.

재상 라페로바한은 제 저택에 앉아 있는 자파인 후를 발견하자마자 팔짝팔짝 뛰며 삿대질을 해 댔다.

"왜 예 앉아 있소! 누가 내 집에 들어도 좋다 하였나!"

하루 종일 테른도크와 논쟁하며 억눌렀던 노여움을 죄 그에게 풀어 내려는 것과 진배없음이다. 그러나 자파인 후는 심드렁한 어조의 한마디로 재상 라페로바한의 앵무새 같은 발악을 멈추었다.

"시끄럽다. 군사들을 모으고 있다지. 네놈의 집이야 뭐아드로지만 동부에 손이 짙게 뻗쳐 있다는 것을 누가 모를까."

"……거, 다짜고짜 뭐라는 겐지. 위험한 말을 증거도 없이 혈혈단신 내 집에 찾아와 지껄이시는 거요? 머리가 어찌 되셨나."

재상 라페로바한과 자파인 후 사이에 맴도는 살의에 가까운 분위기에, 그들을 지켜보는 귀족들의 숨소리가 차츰 죽어 들었다.

무슨 의도로 예까지 찾아왔는지 모를 일이다. 자파인 후의 표정이 평소와 다름이 없어서 더욱 촉각이 곤두섰다.

고개를 돌려 타라옛을 비롯한 다른 벨다인과 로이반들을 깔보듯 한 번 스윽 훑은 자파인 후가 입술을 뗐다.

"그대와 나와 칼키스가 그리 막았던 것이 이런 사태가 아니었던 가. 내전이라니."

"내전이 있을 거란 말은 금시초문이오만…… 만일 그런 일이 발생 한다면 우리만의 잘못이겠소?"

"그러면 누구의 잘못이관데?"

"누굴 것 같소?"

"내 잘못은 아닌 것 같은데."

"지금 말장난하러 온 거요?"

자파인 후는 각진 턱 끝을 매만지며 참았던 숨을 후 내쉬는 것 같 은 소리를 냈다.

"……거, 얌전히 영지에나 처박혀 있으려 했더니 우리 햇병아리 같은 전쟁 영웅께서 이 늙은이를 못살게 구는군. 파사드 칼란독, 그 어린놈에게 그런 면이 있을 줄 나인들 알았겠나."

재상 라페로바한이 씹어뱉듯 빈정거렸다.

"난 작위 공의 싹이 샛노란 것을 일찍이 알았네. 칼키스의 새끼가 그렇지!"

"거, 말조심 못 해?"

자파인 후가 눈을 부라렸다. 재상 라페로바한은 턱을 쭉 당겼다가 되레 가슴을 쭉 폈다. 부라릴 테면 얼마든지 부라리라는 양태였다.

그런 재상 라페로바한을 한심한 눈으로 바라보던 자파인 후가 손 을 털며 툭 뱉었다.

"아, 말싸움은 됐고, 우리 선에서 정리하지. 언제까지 애들 싸움에 장단이나 맞추고 있을 건가."

"……뭔 소리를 하는 거요?"

"내가 각하와 폐하를 책임지겠네."

가만 듣던 타라엣의 턱이 열리며 자연스레 입술이 크게 벌어졌다. 자파인 후는 제게 몰린 반트들의 시선에도 불구하고 재상 라페로바한의 눈만 직시했다.

"그러니 그대의 딸, 내게 내놓게."

일생 팔란 당의 2인자라 알려진 자의 입 밖으로 나온 말은 갈리아우 산맥이 껑충 놀랄 만한 말이었다.

"…….."

"…….."

"…….."

"왜, 그새 마음이 바뀌셨나? 내게 준다지 않았던가?"

자파인 후가 한쪽 눈살을 능청스레 찌푸리며 침묵을 깨고 물었다. 이 도둑놈 심보 같은 고약한 늙은이가! 이성을 잃은 라페로바한이 그에게 서탁 위의 묵직한 문진을 집어 던진 건 또 다른 사고였다.

"이 미친, 늙은, 영감탱이가……!"

하마터면 문진에 옆머리가 깨질 뻔한 자파인 후가 으르렁대며 벌떡 일어섰다. 중년의 나이임에도 꺼지지 않은 덩치 탓에 왜소한 재상 라페로바한이 몹시 작게 느껴졌다.

하지만 눈이 튀어나와라 부라린 재상 라페로바한은 조금도 기죽지 않고 반발했다.

"상황이 이 꼴이 되어 한다는 말이 그따위 말이란 말이냐!"

"지금 네놈들이 이것저것 잴 때가 아닌 걸 모르시는가. 운 좋은 줄 알아라. 내 머리에 직격했다면 내 당장 예전처럼 네놈의 모가지를 잡아챘을 테니."

"이놈이……!"

재상 라페로바한의 얼굴이 벌겋게 익었다.

서로를 노려보는 수십 년을 앙숙으로 살아온 자파인 후와 재상 라페로바한은 이내.

"오냐, 너 잘 걸렸네! 보자 보자 하니까 잘 참고 있는 성질을 건드려!"

"그 고사리 같은 빼빼한 손으로 치기라도 할 텐가? 그리고 뒤통수는 폐하가 때린 건데 왜 내게 성질인가?"

"나는 아직 팔팔해. 못 칠 것 같은가! 친다!"

"이 자식이!"

우당탕탕. 서로의 머리끄덩이를 쥐고 주먹질을 하기 시작했다.

덩치 큰 사내와 작은 사내가 뒤엉켜 탁자가 와르르 무너지고 책장의 책들이 후드득 떨어졌다.

"……."

"……."

나이 쉰은 훌쩍 넘긴 점잖은 두 귀족이 혈기를 못 이기는 사람처럼 치고 박아 대는 풍경에 젊은 귀족들은 말을 잊었다. 재상 라페로바한으로부터 소싯적 영웅담처럼 왕년에 그가 자파인 후와 칼키스의 얼굴에 주먹을 날렸느니, 정강이를 걷어찼느니 하는 이야기를 농담처럼 들어오긴 했지만 실제로 보는 건 처음이었다.

"그만들…… 윽!"

가장 이성적으로 판단한 타라옛이 다가가 말려 보려 했지만 자파인 후의 팔꿈치에 코뼈를 맞고 반쯤 날아 주저앉았다. 맞은 것은 안면인데 뒷목이 찡할 정도로 힘이 셌다.

재상 라페로바한이 자파인 후의 흰머리를 쥐고 깡총거리며 소리
쳤다.

"야, 이 자식아!"

"안 놓나! 정말 이 늙은이는 나이 처먹고도 아주 손이 질기기가……!"

체면이고 다 내던지고 엎치락뒤치락하던 자파인 후와 재상 라페
로바한의 한밤의 몸싸움은 머리가 죄 산발이 되고 코피가 나고 뺨에
상처가 나거나 벌겋게 부은 꼴이 되어서야 씩씩거리며 멈추었다.

재상 라페로바한이 턱 끝까지 찬 숨을 헉헉대며 독설을 퍼부었다.

"상황이 이 지경이 되었는데 이제 와 그대 하나로 이 사태가 정리
될 수 있을 것 같은가!"

맞는 말이었다.

이미 원로스의 잔당들까지 죄 들고 일어나리라 결의안을 모으고
있었다. 지금의 반기는 파사드와 테른도크가 지난 석 달간의 명을
거두고 수습하지 않는다면 가라앉지 않을 것이다.

'저걸 확!' 하는 표정으로 주먹을 꿈틀거리던 자파인 후가 짧게 한
숨을 내쉬며 손을 털었다. 그리곤 창밖을 한 번, 재상 라페로바한의
엉망진창인 몰골을 한 번 갈마본 후 몸을 바로 세웠다.

"예나 지금이나 사람은 불변한다더니, 채신머리없게……."

"네놈이 먼저 헛소리를 하지 않았나! 사태가 이 짝이 나게 작위 공
과 폐하를 내팽개치고 로엠 그 콩알만 한 땅구석에 처박혀 있던 주
제에!"

모처럼 저린 주먹을 쥐락펴락하던 자파인 후가 웃음기 어린 음성
으로 한참 재상 라페로바한을 응시했다. 오랜 정적과 모처럼 주먹을
나눈 탓인지 어쩐지 젊은 시절로 되돌아간 기분이었다.

"뭘 그리 뜨겁게 봐, 징그럽게!"

재상 라페로바한의 핀잔에 결국 피식 웃음을 터뜨린 자파인 후가 고개를 저으며 말했다.

"됐네."

"되긴 뭐가 돼!"

"아무래도 오늘은 피곤해. 시간이 너무 늦었군."

"이 인간이!"

"거 보는 눈도 많은데 그리 체통 못 챙길 거요, 재상?"

그제서야 재상 라페로바한이 벌겋게 익은 낯빛을 돌렸다. 자파인 후는 멍청하니 그들을 바라보고 있는 눈들을 한 명씩 돌아보았다.

"……나머지 이야기는 머리를 좀 식힌 후에 하지. 그래, 아니 차라리 다 같이 식사나 한 번 하면서 관계 개선에 대해 모의해 보는 것도 좋겠군. 밤늦게 실례했네."

대뜸 대화를 끝내 버리는 자파인 후를 끔뻑끔뻑 바라보던 벨다인이 발딱 일어났다.

"아니, 자파인 각하, 말 한마디 툭 던지고 그리 가 버리시면……!"

"두시게. 저 작자가 어디 밤중에 맨정신인 적이 있던가."

신경질적으로 벨다인을 만류하는 재상 라페로바한의 말에 자파인 후가 막 문간으로 향하려다 말고 낮게 웃었다.

"거, 말 않아도 알아주는 게 이제 네놈밖에 남지 않았다니. 끔찍하구만. 적당히 시간을 봐서 초대할 터이니 다 같이 식사나 하며 나머지 이야기나 나누세."

"후와 나란히 마주 앉아 얘기한다고 뭔 수가 나올 성싶어서? 또 무슨 협잡질을 하시려고."

재상 라페로바한은 그리 말하면서도 꽤 누그러진 음성이었다. 자파인 후가 비스듬 고개만 돌려 그를 향해 쐐기를 박았다.

"재상, 재상이랑 본인이 했던 일들 중 폐하의 귀에 들어가면 목 위태로운 것이 한둘인가? 그러니 나도 지금 이 상황이 몹시 달갑지 않다 이 말이네. 더 사태가 악화되어 내 이름까지 도마에 오르길 바라지 않으니 함께 수습하자는 거지. 못 믿겠으면 말게."

"……내가 뭘 했다고? 남 들으면 오해할 소릴."

"읊어 보랴?"

"……아니, 그건 좀."

재상 라페로바한이 슬슬 눈을 굴리며 시침을 뗐다. 자파인 후가 그럼 그렇지 하며 비웃었다.

"나도 다 생각이 있어 하는 말이네. 참여하고 싶은 이들은 같이 오게. 요즘 우리 쪽에서도 목 달아난 놈들이 더러 되다 보니 불만이 있는 녀석들이 있는데, 그 녀석들도 좀 얼러 주고 달래 주고 해야 할 듯해. 여러 번 돌아다니면서 발품 팔아 설득하기 귀찮으니 한 번에 끝내는 게 좋지. 아, 그리고 자네 주먹, 솜방망이가 됐어."

"……후께서야말로 머리털이 많이 빠지셨던데. 예전처럼 잡히지가 않으니 말이야. 사설은 그만두고 오늘은 썩 꺼져 주시게나."

자파인 후의 입술 끝이 투박한 호선을 그렸다.

"다음에는 시간을 좀 내어 옛이야기도 나누고 싶군."

사내는 로엠의 인데거 성에서 자파인이라는 이름을 지닌 채 태어났다. 누이를 둘 둔 막내였으나, 그가 네 살도 되기 전 두 누이는 모두 병사하였다.

자파인 가문은 유서 깊은 명문가 중 하나였으나, 자파인 후가 승작했을 당시 로엠은 어려운 형편으로 몰락해 가는 상황이었다.

방탕했던 양친이 성의 금고를 사치로 축내었고, 결국 군사들을 유지할 돈마저 바닥이 나 후작이라는 이름마저 유명무실해진 지 오래. 부친이 병사하고 나자 모친은 빈곤한 가문을 떠나 서쪽 어딘가의 이름도 없는 귀족과 재가하며 절연하였다.

그 탓에 천애 고아 꼴을 면치 못하고 가문을 물려받은 자파인 후는 가문을 부흥시키기 위해 살았다. 자파인 후작 각하, 오직 그것만이 그의 이름이 될 때까지.

그런 자파인 후의 사정을 알고 다가왔던 것이 바로 두 세대 전의 작위 공작 브루나크, 제그라트였다. 당시 제그라트는 손쉽게 이용할 수 있는 이들을 찾아 헤매고 있었다. 자파인가는 비록 세가 많이 약해졌다 할지라도 유서 깊은 팔란의 가문이었다.

인데거 성으로 바예투스와 제그라트가 함께 입성하던 그날은 아직도 선하다.

으스대기를 좋아하고 과시하기를 주저하지 않던 제그라트와 바예투스는 몹시 달랐다. 공가 브루나크에서 간혹 나온다는 흑진주와 같은 어두운 눈동자로 그를 바라보던 바예투스는 차분한 미남이었다. 그러나 위세 높은 공작 각하와 공가 브루나크의 장남을 대면했다는 감격을 가라앉히기도 전에 자파인 후는 조금 불쾌해졌다. 바예투스의 첫마디가 그를 무시하는 것처럼 느껴졌던 탓이었다.

―칼키스와 연배가 비슷하니, 칼키스의 벗으로는 괜찮겠습니다, 아버지.

칼키스는 공가의 차남이라 알려진 자였다. 바예투스의 그 말 한마디로 자파인 후는 공가의 차남이었던 칼키스와 함께 수학修學하게 되었다.

—뭐야, 너 이름이 ……라고? 이름이 왜 그렇게 남부 계집애 같아?

첫마디가 저러했을 만큼 칼키스는 조금 막나가는 이였다.

까만 머리칼에 갈색 눈동자. 바예투스와는 정반대였다. 다른 점은 그것만이 아니었다. 칼키스는 착실한 바예투스와 비교하면 제정신인가 싶을 정도로 장난기가 많고 배움에도 뜻이 없었다. 자파인 후 본인과도 많이 달랐다.

그들이 한 가지 공감하는 것이 있었다면 차기 브류나크 공작이 될 바예투스에 관한 것이었다. 바예투스는 훌륭하고 정의로운 청년이었다. 먼 훗날 팔란들의 훌륭한 지도자가 될 것이 분명하다. 자파인 후와 칼키스는 진정 그리 믿으며 우정을 키웠다.

그리고 몇 해가 지나, 제그라트가 공작의 작위에서 물러나자 바예투스가 자연스럽게 작위를 승계받았다. 바예투스가 작위 공작으로 불리게 된 것이 그다지 큰일인 것도 아니었는데 로엠의 살림은 몹시 편안해졌다. 바예투스가 별 도움도 되지 않는 자파인 가문의 로엠 땅에도 매해마다 충성의 대가라며 귀한 선물과 풍족한 먹을거리들을 보내온 것이다. 그를 따르는 다른 영지들과 꼭 같은 양으로.

어느새 허물없는 친구가 된 칼키스가 간간이 '쓸데없이 왜 저 쥐방울만 한 땅에 큰 영지에 보낼 만한 양을 보내냐.' 핀잔을 놓을 때면, 자파인 후는 그런 칼키스를 향해 날름 혀를 내밀어 놀리곤 했다. 칼키스는 의외로 자존심이 세지 않아서, 몇 마디 투덜거리다가 금세 다른 장난을 생각해 내 그를 잡아끌어 대기 일쑤였다.

자파인 후는 뮈아드로에 머무는 거의 대부분의 시간을 칼키스와 함께 사냥을 다니거나, 사교 모임에 참석해 놀거나, 팔란 솔고인 바예투스를 따라다니며 팔란 당의 귀족들과 안면을 가지는 것으로 보냈다. 유년의 시간은 그리 화살처럼 지나갔다.

그로부터 서너 해쯤 지나 그들이 스물을 바라볼 무렵이었을 것이다. 현 재상 라페로바한, 길로하임이 처음 라르크 왕궁에 입성했다.

그 무렵 자파인 후는 훌쩍 덩치가 커져 있었고 칼키스도 껑충 키가 뛰어 있었다. 두 사람은 만만찮은 성격까지 더해 혈기 넘치는 청년이 되었다.

왕궁의 연회에서 처음 만난 당시의 라페로바한은 사람들 사이에 둘러싸여 있었다. 반트니 팔란이니 그런 것, 그다지 신경 쓰지 않았던 시절이었다.

—이거 누구십니까. 그 유명 자자한 공가의 둘째 아드님과 인데거의 주인 아니십니까.

—라페로바한가라고? 별로 유명하지 않은 것 같은데 일찍 출세했네. 자파인의 아들이다.

—자파인 후작 각하의 위명이야 익히 알지요.

라페로바한은 생글생글한 얼굴로 칼키스와 자파인 후에게 끝까지 깍듯하게 예의를 차렸다. 그런데도 첫 만남부터 라페로바한에게 빈정거림과 시비를 걸었던 건, 약간의 심술이었다. 키도 작고 왜소하고 실없이 웃는 청년이니 만만하기도 했다.

하지만 바예투스는 그 웃음 너머의 간사함을 꿰뚫었던 것도 같다. 그저 반트의 귀족 중 하나라 알려졌던 라페로바한을 기묘하게 불편한 눈으로 바라보고 있었던 것을 생각하면.

시간은 계속 흘렀다. 그리고 예의 그 끔찍한 사건이 터졌다. 동부영수 가문인 윈로스의 데미엔과 혼인을 했던 볼레트 가문의 차하리가 무참히 살해당한 것이다. 차하리는 당시 브류나크 공작 부인이었던 머렛의 사촌 동생이었다.

동부인들의 무관심 속에서 산 채로 껍질이 벗겨져 죽었다는 차하리의 이야기는 삽시간에 전 라르크에 퍼졌다.

　하얀 참수리 윈로스, 문장을 따 그리 불리기도 하는 그들은 동부에서 가장 영향력 있는 반트 귀족이었다. 그리고 볼레트가의 차하리는 팔란과 가까운 여자였다. 차하리가 브류나크 공작 부인과 친밀했다는 사적인 요인까지 더하면, 세력 갈등이라 해석되어도 과하지 않았다.

　심각한 문제였다. 하지만 파이투스 2세는 정신적 이유를 주장하는 윈로스의 영주의 손을 들어 주어, 윈로스의 미친 후계자 데미엔을 동부 귀족 수감소인 '라함 부타'에 가두는 것으로 처벌을 끝냈다. 많은 팔란의 귀족들이 불충분하다 외쳤으나, 이미 북부의 왕이 판결을 내린 사건이었다. 파이투스 2세의 의지가 공고하였기에 붉은 늑대인 브류나크조차도 어찌할 수 없었다. 결국 그대로 마무리되는가 싶었다.

　그런데 반년쯤 지나 윈로스의 영주가 타계하면서부터 불씨는 다시 연기를 피웠다.

　그 시절 동부를 규합하는 데에는 윈로스만 한 가문이 없었다. 한데 미친 후계자 데미엔이 '라함 부타'에 갇혀 있어 윈로스에는 마땅한 후계자가 없었다. 파이투스 2세는 고심 끝에 차하리의 살해자인 윈로스의 후계자 데미엔을 사면했다.

　당시, 전 팔란 숄고였던 제그라트와 반트 숄고도 동의했다. 내내 화를 삭이던 브류나크 공작 부인인 머렛의 불같은 노여움은 당연한 일이었다.

　―어찌 저 짐승 같은 작태를 벌인 놈을 풀어 준단 말입니까!

　머렛의 고통을 쭉 옆에서 지켜봐 왔던 바예투스도 강경한 처벌을 주장했다.

　―아버지, 윈로스의 아들 데미엔에 대한 번복은 옳지 않습니다.

용납지 못하는 이들이 많습니다.

—폐하의 명이다.

그들의 첨예한 대립을 칼키스와 자파인 후는 숨죽여 지켜보았다.

그리고 종래에 공가 브류나크의 개인적인 비극도 시작되었다. 파이투스 2세가 직접 윈로스를 처단하지 않겠다면 직접 나서리라. 바예투스가 군사를 모으기 시작한 것이었다. 파이투스 2세의 노여움에도 아랑곳 없었다.

동부와 서부의, 팔란과 반트의 격돌이 심각해질 위기에 처하자 파이투스 2세는 결국 윈로스의 데미엔을 영구 추방했다. 그 결과 윈로스는 와해되었다.

바예투스는 그가 바라던 정의를 관철해 낸 것이다. 칼키스는 그런 바예투스가 존경스럽다며 손뼉을 쳤고 자파인 후 역시도 같은 마음이었다. 그러나 왕권에 도전한 것은 정의마저 퇴색시켰다. 공가 브류나크의 수장으로서 왕가의 결정에 반하여 군사들을 모았다는 죄목, 그는 지대했다.

공가 브류나크에 죄의 굴레가 씌워졌다. 그리고 바예투스는 겸허히 제 잘못을 시인하고 이번 일이 선례가 되지 않도록 목숨을 내놓는 것으로 본보기를 다했다.

—후회는 않지만, 저 또한 잘한 것 없습니다.

제그라트는 침묵했으며 칼키스는 겁에 질려 얼어붙었다. 팔란들은 비탄에 빠졌다. 그러나 바예투스를 두려워하던 정적들 중 누군가는 박수를 치고 춤을 추었다. 자파인 후는 바예투스를 죽음으로 떠미는 반트의 귀족들의 얼굴을 하나하나 눈에 새겼다.

당시 아들이 없었던 바예투스의 뒤를 이은 건 칼키스였다. 칼키스는 벼락처럼 제 앞에 내던져진 작위를 쥔 대가로 어머니를 잃었다.

머렛은 바예투스의 죽음을 온당하다 내버려 둔 제그라트를 경멸했고, 제 형의 죽음에 입 한 번 떼지 못했던 칼키스를 원망했다. 거의 증오에 가까웠다.

자파인 후는 그것이 아니었다는 걸 알았으나, 칼키스는 해명 한 번 않고 슬프게 웃기만 했다.

—나는, 나는 형보다는 겁쟁이었으니까.

자파인 후는 칼키스를 위로하지는 않았다.

시간이 지나 라페로바한이 궁내부 세금 관리 행정관으로 임명되며 반트와 팔란은 사사건건 부딪치기 시작했다. 칼키스와 자파인 후와 라페로바한은 때로는 미친 듯이 싸웠다. 상스러운 욕지거리를 한다거나 주먹질을 하는 짓도 서슴지 않았다.

칼키스와 자파인 후는 반트들을 쳐 낼 궁리로 매일 밤을 지새웠다. 혈안이 된다는 것이 무엇인지 그 시절 처음 알았다.

나이가 먹을수록 칼키스와 자파인 후는 잔인해졌다. 사람 몇 죽이는 건 두렵지도 않았다. 독약을 보낸다거나, 이간질을 한다거나, 사고를 위장한다거나, 모략을 꾸민다거나 하는 일들은 당시에는 거의 일상에 가까웠다.

그러나 한 명의 반트를 밀어내면 또 다른 귀족이 그 자리를 차지하고 앉는다. 그러다 이쪽과 친분이 있는 귀족이 하나 죽어 나가면 이쪽은 또다시 그 자리를 채울 이를 포섭한다.

끝없는 굴레였다.

그리 쳇바퀴를 달리는 와중에도 시간은 흘러, 그들은 어느덧 혈기만으로 살아갈 수 없는 나이가 되었다.

궁내부 세금 관리 따위나 하던 행정관 라페로바한이 반트들의 지지를 받아 재상이 되었다. 칼키스와 자파인 후는 강경히 막으려 했으나 막지 못했다.

그리고 그 무렵, 파사드가 태어났다.

—아이가 태어났어. ……아나? 우리 형님을 닮은 까만 눈이야. 아버지께서는 파사드라 이름을 붙이시겠다는데.

제그라트는 고집스러운 사람이었다. 윈로스 사건으로 인해 아집의 공작 부인이라 조롱받는 머렛이 꺾지 못한 유일한 사람이 그였다. 파이투스 2세도 꺾지 못했다. 결국 아이의 이름은 정말로, 브류나크 왕조를 연 벨바롯트 파사드 브류나크의 이름 중 하나인 '파사드'가 되었다.

칼키스는 파사드가 태어난 이래로 부쩍 바예투스를 그리워하였다. 그리움은 무력증을 동반했다.

—이 자리는 사실 내 형님의 자리지, 내 자리가 아니니까.

—약해 빠진 소리는. 지금 모든 권한은 네게 있고, 모두가 너를 따른다.

—그런 건 상관없어. 애초에 이 자리가 내 자리가 아니면…… 내 자식의 자리도 아닌 거지.

칼키스는 소리 없이 흐느꼈다. 그날의 스산하던 날씨와, 그들 사이를 좀먹던 어둠과, 커튼을 흔들던 차가운 바람의 감촉은 여즉 선연하다.

칼키스는 태생이 매정한 자파인 후와는 달리 내면이 여린 친구였다. 그럼에도 스스로가 누구인지는 잊지 않았다. 그는 술에 취할지언정 펜을 놓지 않았고 악몽을 꿀지언정 검을 놓지 않았다. 누군가는 칼키스의 음주 습관 따위를 비웃으며 태만하다 말했지만 자파인 후는 열심히 버티는 제 벗이 자랑스러웠다.

하지만 지랄 맞은 항상성.

지랄 맞다는 상스러운 표현이 딱 알맞게 아무리 애를 써도 적들은 늘 꼭 그대로였다. 상실에 분노하고, 살의로 살해하고. 반복이었다. 그러던 와중 아우토모노의 난이라 불리는 에스란드의 봉기 사건이 벌어졌다. 반트들의 모략이었다.

그들과 뜻을 함께했던 북부의 귀한 피들이 삽시간에 죽어 나갔다.

손도 써 보지 못하고 명예는 땅에 추락했고, 당시 왕권 안정에 급급했던 청년왕 테른도크는 사태가 더 커지는 것을 막기 위해 사건을 덮었다.

결국 칼키스와 자파인 후는 인정해야 했다.

끝나지 않을 것이다. 그들이 존재하는 한 저들이 존재할 것이고, 저들이 존재하는 한 그들은 흩어지지 않으리라. 모든 것을 다 시도해 본 끝에 남은 것이라고는 공생이라는 길뿐이었다.

칼키스는 제 아들 파사드와 그리도 싫어했던 재상 라페로바한의 늦둥이 딸아이의 정혼을 추진했다. 바예투스를 가슴에 묻고, 윈로스를 가슴에 묻고, 어머니를 가슴에 묻은 남자의 선택이었다.

청춘을 죄 불살라 저들을 밀어내려 했으나, 결국은 바라지 않은 방식으로 나름의 평화를 되찾게 된 것이다.

─내 새끼, 그 녀석 심약하지만 고집스러운 아이이니, 잘못된 길을 고집하지 않도록 자네가 잘 좀 도와주게. 그러면 ……가 계집 같은 이름이라 더 놀리지 않을게.

─네놈은 나이가 들어서도 장난기를 버리지 못했어. 언제쯤 철이 들래.

─막역한 네 앞에서 굳이 불편하게 감출 필요 없지 않나.

자신의 이름을 기억하고 불러 주던 유일한 벗은 오래 살지 못했다. 지나친 과음이 문제였다.

파사드가 시친에서 유학을 접고 돌아온 지 오래지 않아 그는 떠났고, 파사드는 칼키스의 모든 것을 물려받았다. 공가도, 팔란 숄고의 직위도 다음 세대로 계승되었다. 자파인 후는 파사드를 주시하기 위해 수도에 남았다.

그러나 수년을 지켜본 바, 파사드는 그의 도움이 필요할 만큼 귀족들 간에 오르내리는 이가 아니었다. 오히려 파사드는 칼키스와 다른 방향의 길을 스스로 찾아 걷고 있었다.

칼키스의 유언대로 여러 모로 파사드에게 힘이 되어 주고 싶었으나, 정작 당사자인 파사드가 개의하는 것은 외부와의 마찰이나 무력 다툼뿐이었다.

자파인 후는 달리 할 수 있는 것이 없다 판단하고 모든 것을 정리하고 물러났다. 파사드가 지금의 평화에 만족하며 스스로의 길을 찾고 있으니 그것으로 되었다.

그것으로 되었지. 그리 생각했다.

그런데, 그게 아니었던 모양이다.

전 북부의 귀족들을 단일 통합 하겠습니다. 함께해 주십시오.

서신을 든 채로 웃었다. 추억이 떠올라 웃었다. 제 아비와 그가 일생을 다 바치고도 터럭만큼도 이루지 못한 것이었다. 적들은 한여름 비 온 뒤의 새싹처럼 다시 돋아나는 잡초 같은 존재였다. 흥미가 생기기는 했다. 오랜 시간 싸움터만 전전하던 그가 어찌 저런 결의를 다진 것인지. 하여 수도로 찾아가 보았다.

—아시다시피 제 선친과 후께서는 전쟁 영웅이 아니었습니다. 또

한 선친과 후께서는 중립 귀족들 중 가장 세력이 넓은 체사도 움직이지 못했지요.

참으로 흔들림 없는 까만 눈동자였다. 오래전, 칼키스와 함께 가슴에 묻었던 바예투스가 생각이 나는 그런 눈이었다.

한때 칼키스가 그리 말했더라. '파사드는 형님을 닮았다. 그래서 나는 자칫 형님처럼 저 아이를 잃을까 겁이 난다.' 아비만이 가질 수 있는 예지였던지, 아니면 우연한 적중이었는지 파사드는 바예투스 못지않게 대범했다.

자파인 후는 새삼 세월을 체감했다.

칼키스가 세상에 남겨 두고 간 그의 알맹이가 어느새 정말 인정할 수밖에 없는 어른이 되었다. 조금은 감격했다. 이미 늙어 버린 자신의 과거가 되감기고, 그 시절의 열망과 바람이 되살아났다. 하지만 그래도 통합은 수십 년간 실패로서 불가능이 증명된 바였다.

자파인 후는 파사드가 스스로의 명예를 지나치게 높게 여겨 재상과 다른 반트들을 얕보는 오만을 부리고 있다 생각했다. 그래서 그가 테른도크와 공작하는 것을 모른 체 지켜보았다.

그리고 석 달 하고도 열흘의 시간.

브류나크 만세.

함성이 들리지 않는 곳이 없었다.

온 백성들이 하나의 입처럼 외친다. 그동안 그리 움직여 보려 했던 중립 귀족들이 브류나크에 병사들을 바치고, 붉은 늑대의 멘테를 두른 의원들이 무상으로 백싱들을 치료하며 브류나크를 칭송한다. 그들의 뒤를 따라다니며 하얀 늑대의 깃발을 들고 뛰어다니는 아이들이 수도에 넘쳐 났다.

브류나크 만세. 브류나크 만세.

울리는 함성과 여름의 햇살을 받아 반짝이는 아이들의 함박웃음
은 자파인 후를 조금은 비참하게 했다. 칼키스는 단 한 번도 들어 본
적 없는, 그들로서는 평생 이룩하지 못한 것을 왕가와 공가의 두 늑
대는 고작 석 달 만에 이뤄 냈다. 전쟁 영웅이라는 이름과 체사 하나
가 더해졌을 뿐인데.

브류나크 만세. 그것이 새 시대를 부르짖는 주문처럼 울린다.

귀족들은 피바람이 둘까 두려워 발을 구르는 와중이지만 백성들
은 참으로 행복한 모습이었다.

잠깐 그런 생각을 했다. 이대로 단일 통합이 된다면 그야말로 이
지상에 영광된 라르카드단이 도래하는 것일는지 모르겠다고.

하지만 재상 라페로바한은 그리 애를 써도 꺾이지 않던 지독한 종
자 중 한 명이었다. 가장 오래전부터 자파인 후를 거슬리게 했고, 칼
키스를 깔아뭉개려 들었던 인생의 정적. 그런 그가 이 상황을 좌시
할 리가 없었다.

아니나 다를까, 테른도크의 과격한 명령이 있은 지 두어 달도 지
나지 않아 동부에 군사들이 몰리기 시작했다. 윈로스의 잔당들, 라
페로바한의 손길이 닿는 자들, 지잘의 영주, 그리고 벵센까지. 그와
같은 세대의, 지금까지 살아남은 견고한 이들이었다.

자파인 후는 씁쓸히 깨달았다.

오래전에 그들이 바란 이상은 여전히 그 자리에 있었다. 그러나
그들은 몇 번의 좌절과 시행착오를 겪어 가며 다리를 잃었다. 그 자

리에 있는 이상이 그들을 비웃는 것을 알면서도, 위태로운 평화마저 평화라 붙들고 놓지 못하는 앉은뱅이가 된 것이다.

그런 늙은 앉은뱅이들은 젊고 멀쩡한 두 다리가 있는 이들을 내버려 두지 못한다.

'……칼키스, 네 자식을 네가 보았다면, 너는 몹시 자랑스러워할 테다.'

아직도 불타지 못한 젊음이 남아 있는지, 오래전처럼 가슴이 뛰었다.

명을 마친 자파인 후는 느른히 기지개를 켰다.

수년째 그를 호위하는 임무를 맡고 있는 충직한 기사 테오단이 얼어붙은 표정으로 마차 밖으로 잠깐 얼굴을 내밀었다. 테오단은 인데거 성의 근위대장이기도 했다.

덜컹덜컹. 마차 바퀴 소리가 길어지는 만큼 라페로바한의 사택이 어둠 저편으로 멀어져 갔다. 창틀을 쥐고 자세를 바로 한 테오단이 흐느끼듯 물었다. 덩치 큰 사내에겐 어울리지 않는 모습이다.

"……주군, 정말 그리하실 겁니까……?"

"나는 이미 마음 굳혔다."

"……부디 거둬 주십시오."

"충분히 그들이 전란을 딛고 일어설 만한 그릇이란 것은 알지만 그래도 안 되는 일이라네. 아직도 내 이리 쓸모가 많아. 이리 창창해."

"제발, 재고해 주십시오. 주군."

담담히 돌아오는 대답에 테오단이 이를 꾹 다물었다.

"다음 주에는 달이 커지겠군."

"……."

"썩 좋은 날이 되겠어그래."

자파인 후는 홀가분한 투로 말하며 마차의 차창 너머 풍경을 바라보았다.

일생 바쳐 온 청춘이 헛된 것이 아니라. 차가운 가을 달이 소곤거리는 듯하다. 그런 생각을 했다. 자기기만이라 해도 만족했다.

❖·❖

도트발 잔트 부세 900년 열 번째 달 보름, 가을이 유독 심술궂은 한기를 휘두르는 밤이었다.

"내란이 일어나겠나?"

한밤중, 테른도크의 집무실에 마주 앉은 파사드는 어딘지 초조한 듯 구는 테른도크를 깎아내리지 않았다. 중립 귀족들이 하나하나 그에게로 돌아서는 와중이라지만, 내란은 결코 반길 만한 것이 아니었다.

파사드는 차분히 답했다.

"내란은 없습니다, 폐하."

"어찌 확신하나?"

파사드는 마지막으로 저를 찾아왔던 자파인 후를 떠올렸다.

스무 날쯤 전이었다.

크게 법을 어기고 은폐한 것이 발각되어 참형을 당한 귀족 중 한 명은 자파인 후와 칼키스와 오래도록 함께했던 한 명이었다.

매일같이 얼마나 많은 크고 작은 죄목이 담긴 고발장이 테른도크에게 상해지는지를 생각하면, 처벌받는 이들은 그다지 많지 않았다. 하지만 그럼에도 팔란과 반트 가릴 것 없는 처형은 귀족들에게 경각심을 주긴 충분했다.

브류나크 왕조 역사상 전에 없이 살벌해진 분위기 속에서 파사드는 사태를 예의 주시하고 있었다.

테른도크의 강경한 태도가 번복되지 않을 것을 직감한 귀족들 중엔 이미 군사들을 모으는 이들도 있었다. 와해되었던 윈로스의 잔당들도 마찬가지였다. 윈로스는 아주 오래전부터 브류나크의 적이었다. 개인적인 사감을 더한 가장 넌덜머리 나는 적.

재상 라페로바한은 테른도크가 동부의 움직임에 대해 소극적으로 대응하고 있다고 생각하지만, 이미 그들은 만반의 준비를 하고 있었다.

―동부는 어쩔 겁니까?

파사드는 자신의 귀에도 든 그 소식을 자파인 후가 알고 있다는 데에 그다지 놀라지 않았다.

―피할 수 없다면 맞서야지요. 지지 않습니다.

―영웅이란 명예에 취하신 겁니까. 우리와 함께하던 이들마저 참혹하게 효수하시면서 저들과 싸우시겠다니 도대체 무슨 정신인 겁니까. 당신은 숄고의 의무가 무엇인지 모릅니까.

―자파인 후, 지금이라도 돕고 싶으시다면 기꺼이 도움을 청하겠습니다.

―내가 돕고 싶어 이리 떠드는 것처럼 보이십니까?

―모르가나와의 설욕전에마저 무관심하셨던 당신입니다. 최근 수도에 빈번히 드나드시는 것으로 짐작했다 답 드리면 충분합니까.

노한 눈빛을 하던 자파인 후는 스스로의 기복마저 감추지 못할 만큼 흥분해 있었다.

―그리 무작정 짓누른다고 이 다툼이 끝나리라 보십니까. 지금까지 우리는 잘 헤쳐 와 이런 위대한 치세에까지 이르렀소이다. 그런데 다시 진창에 빠뜨리고 싶으신 겁니까?

―조모께서 말하시기를, 위선된 정지는 평화가 아니라 하셨습니다.

─예, 머렛 님이 현명한 분이셨음을 나도 압니다. 그러나 사람은 늘 다투기 마련입니다. 우리가 예로부터 전해 내려온 반트나 팔란 따위로 서로를 나누어 부르고 있지만 실상 그것에 형체가 있습니까. 겉으로 꺾는다 할지라도 속은 모르는 법입니다. 아무리 쳐 내도 다시 자라나는 것들입니다. 때로는 그대로 두고 위선적인 평화나마 유지하는 것만이 빙법일 때기 있는 겁니다. 구세대의 구정물을 다 퍼내기 전엔 폐하와 당신이 이루려는 단일 통합은 결코 불가능할 일이라는 말입니다.

─그러면 퍼내면 될 일입니다.

조금은 피곤한 밤이었다. 하여 다소 날카롭게 군 듯도 했다. 그렇지 않았다면 그리 긴 침묵이 그들의 시간을 좀먹지 않았을 터다.

─각하…… 지금 폐하께서는 왕권에 집착하시느라 여념이 없으신 것 압니다. 하면 각하 그대는 대체 무엇에 집착해 이런 일을 벌이시는 겁니까?

조금은 피곤해서 조금은 솔직하게 답했다.

─하나의 나라에 두 종의 사람들이 붙어 있으니 라르크에도 두 명의 브류나크가 요한 것일 터입니다.

─…….

─저는 이제 국경이 아닌, 제가 바라는 것을 지키며 살고 싶을 따름입니다.

─……각하께서 지금 사욕을 부리고 계심이란 말씀입니까.

여느 때와 다름없이 꿰뚫어보는 듯한 눈빛이었다. 파사드는 제가 왜 어릴 적부터 그를 기피했는지를 다시 한 번 깨달을 수 있었다.

─그래서 이런 사달을 일으키신 겁니까.

─…….

─무슨 욕심입니까?

인내로 기다리던 자파인 후는 달리 바꿔 물었다.

─그렇다면 어느 만치의 욕심입니까.

─해내지 않을 수 없을 만치의 욕심입니다.

─그러면…… 기필코 이루시겠다는 말이구려.

얼마간 말없이 파사드를 바라보던 자파인 후는 파사드의 집무실에서 펜과 양피지를 빌렸다. 그러고는 짧은 몇 문장의 글귀를 적어 굳게 밀봉했다.

─……조만간 소식이 있을 겁니다. 내란은 아니 될 말입니다. 기다리십시오. 그리고 소식이 들면 이것을 폐하께 전해 주십시오.

─무슨 소식을 말하시는 겁니까?

─……기다려 보면 압니다.

파사드는 아무 말 않는 그를 등지고 일어서던 자파인 후의 널찍한 등을 기억했다. 어쩐지 가슴이 싸한 예감이 있었다. 그리고 그날 밤, 자파인 후는 인데거 성으로 되돌아갔다.

묘한 예감을 떨치지 못했던 파사드는 로엠에 사람을 보냈다. 그리고 인데거 성에서 그가 무얼 준비하는지를 은밀히 전해 들었다.

"……내란은 없을 겁니다."

반복한 파사드는 느리게 눈을 감았다. 테른도크의 집무실 어딘가에서 라벤더의 향기가 나는 듯했다.

크게 뜬 달빛이 왕궁의 창틀을 넘어 그들의 뺨에 드리워졌다.

크게 뜬 달이 희끄무레한 빛을 흘리고 있었다.

자파인 후의 은밀한 초대에 응한 것은 총 아홉 명이었다. 그중 셋은 팔란과 긴밀한 관련이 있는 자들이었다. 나머지 여섯은 반트 솔고이자 재상을 겸하는 라페로바한, 벨다인, 로이반, 동부 윈로스의 대리자라 불리는 청년 귀족 한 명과 얼마 전 익명의 고발로 죄목이 드러나 공개 처형을 당한 지잘 가문의 살아남은 후계자 그리고 뱅센 가문의 타라옛이었다.

조금 늦게 도착한 재상 라페로바한과 다른 귀족들은 유심히 상대들을 살폈다.

먼저 와 있는 이들은 웬만하면 다 알 만한 유명 인사들이었던지라 식별이 어렵지 않았다.

일찍이 곳곳에 뒷손을 뻗쳐 댄다는 소문이 암암리에 퍼져 있던 남부의 요새 군장 길번.─반트들은 이자의 호전성을 멍청한 곰 같다며 빈정거리곤 했다.─ 그리고 최근 테른도크의 행보에 노골적으로 팔란들에게 불만을 드러내던 젊은 후작, 볼레트의 아들도 있었다.

벨라옌 잔 볼레트.

'저자가 언제 수도에 왔다던가?'

자파인 후가 무슨 짓을 하든 결코 놀라지 않으리라. 그리 각오를 다지고 찾아온 반트의 귀족들은 하얀 여우 가죽 코트를 발끝까지 덮고 앉은 볼레트의 주인을 발견하고 입을 떡 벌리고 말았다. 머리끝부터 발끝까지 고상한 분위기가 풍기는 반듯한 껍데기의 사내였다.

"볼레트?"

볼레트는 수도에 행차하지 않기로 유명한 이들이었다. 한때 브류나크 공작 부인이었던 볼레트 방계의 딸 머렛은 수도에서 열렸던 그녀의 부군, 제그라트의 장례에도 참석지 않았다. 그 덕에 제그라트의 장례는 두 번 치러져야 했다.

"……나는 그대가 누구인지 모르겠으니 본인을 먼저 소개하는 게 순서인 듯한데. 관심은 없다만."

반듯하게 넘겨 올린 진갈색 머리칼, 묵묵히 앉아 서늘히 치켜뜨는 검은 눈동자에 저도 모르게 그를 불렀던 반트의 로이반은 얼굴을 벌겋게 붉혔다.

'재수 없는 새끼.'

그리 생각했지만 별말을 더 하지는 않았다.

볼레트는 호전적이지는 않지만 브류나크와 관계가 좋지 않기로 유명했다. 이자까지 왔다는 건 정말 자파인 후가 무슨 커다란 계획을 가지고 있다는 말과 상통했다. 반트 귀족들은 살짝 마음을 놓았다.

'그리고 저자까지……?'

그리고 또 다른 의미로 뜻밖인 것은 이 자리에 대모르가나전의 종전 협정을 이끌었던 연설가 파네세가 자리하고 있다는 것이다. 파네세가 최근 왕실에 불만을 품고 동부 쪽과 왕래를 한다는 사실은 소수의 반트들만 알고 있는 사실이었다.

'대체 자파인 후는 어찌 알고…….'

파네세는 모든 군공을 오롯이 파사드 칼란독 브류나크가 차지하게 된 사태에 몹시 불만을 가지고 있었다. 종전에 있어 떠들고 싸워 쟁취한 것은 파네세와 옐크버드였으나, 모든 칭송은 브류나크가 독식했기 때문이다.

가장 성미가 급한 길번이 절그럭대는 비늘 장식 부딪치는 소리를 내며 한 팔을 식탁 위에 올렸다.

"……후께서는 대체 왜 이놈들과 우리를 이리 모이라 하셨소? 이 꺼림칙한 곳에서."

자파인 후는 말없이 자리에 앉았다.

서로가 서로를 고발하는 데 여념이 없는 시기였다. 그들은 맛있는 냄새를 풍기는, 식탁을 가득 채운 다채로운 만찬에는 시선조차 주지 않고 자파인 후를 못마땅히 바라보았다.

자파인 후가 그들을 초대한 곳은 한때 동부의 대영수로 악명 높았던 뮈아드로 내 윈로스의 저택이었다. 윈로스의 세력이 와해된 후 버려졌지만 대귀족의 저택인 만큼 꾸준히 관리는 받고 있어 모양은 그럴듯했다.

귀족들은 눈살을 찌푸리며 저택의 반질거리는 드넓은 만찬장을 가는 눈으로 살폈다.

수십 개의 초와 등불로 환한 넓은 홀. 한때 이곳에 드나들었던 경험이 있는 자들의 얼굴 위로 불쾌한 빛이 어렸다. 마지막 보았을 적의 영광은 죄 바래 사라지고, 초상화도 태피스트리도 금은붙이의 벽장식도 뜯겨 나간 후다. 남은 것은 휑한 회칠 된 벽과 바로 얼마 전에 깔아 놓은 듯한 붉은 카펫 하나뿐이었다.

윈로스 잔당 세력들의 대리인으로 방문한 이까지 있는 마당에, 대체 왜 이곳으로 초대를 한 건지 모를 일이다. 확실하게 이야기가 마무리될 때까지는 움직임을 조심해야 한다는 판단과 합의 아래 그들은 마차를 호위하는 기사들만 예닐곱을 대동한 게 전부였다. 혹 자파인 후가 수상쩍은 생각을 하는 건 아닐까 하는 의심이 싹틀 무렵이었다.

"그래서, 연례행사 때도 낯 뵙기 어려운 분들이 이리 모여 계시는 걸 보면 재미있는 이야기가 날 듯한데 말이외다?"

재상 라페로바한이 성큼성큼 만찬장 안쪽으로 걸어 들어갔다. 그는 곧 긴 탁자의 가장 안쪽 상석에 앉았다. 초대자인 자파인 후는 가장 문과 가까운 탁자의 끝머리에 앉아 있었다. 두 사람은 자연스레 서로를 마주 보게 되었다.

재상 라페로바한이 먼저 자리를 잡자 나머지 귀족들도 차례차례 제 위치에 합당한 의자를 찾아 앉았다. 타라옛은 마지막까지 서서 무뚝뚝한 얼굴의 자파인 후를 바라보았다.

"벵센 경께서는 왜 그리 서 계시는가? 식사가 다 식겠군."

재상 라페로바한이 들으란 듯 중얼거리며 손을 흔들었다.

"이미 저택 주변은 다 수색하지 않았나. 숨어 있는 매복병도 없음이고, 이미 자파인 이 작자가 우리를 초대했다는 것을 윈로스의 주인도 알고 있네. 아니 그런가? 이 작자가 워낙 위험하기야 하다마는 제 목도 걸린 마당에 무슨 짓을 벌이려고. 일단 앉으시게. 이야기는 들어 봐야지."

자파인 후는 양 팔꿈치를 탁자에 올린 채로 두 손을 깍지 껴 입술을 가리고 있었다.

타라옛은 아무래도 찜찜한 기분을 떨치지 못하고 재상 라페로바한과 두 칸 떨어진 빈자리에 앉았다.

"좋지 않은 이야기가 오갈 터이니 쓸데없는 인사들은 다 내보내지. 다들 이의 있나?"

참석자들은 암묵적으로 동의했다. 마지막으로 타라옛까지 고개를 끄덕이자 자파인 후는 식당 안을 지키던 보초병 둘에게 손짓을 해 내보냈다.

시종들의 손길이 필요 없을 만큼 만찬은 완벽하게 준비된 후였다. 맛깔스런 빛의 수십 가지 음식이 제각각의 군침 도는 향을 풍겼다.

재상 라페로바한은 화려한 의자의 등받이에 등을 기대며 한 손으로 미리 놓인 은색 식기들을 들추었다.

"그나저나 이거 진짜 은인가? 확인 좀 해 본다고 불쾌해 않으셨으면 하네, 당한 게 워낙 많아야지. 음, 은이군."

순가락을 이로 씹는 재상 라페로바한의 장난 같은 중얼거림에 자파인 후가 쯧 혀를 찼다.

"그 의심증은 아주 신물이······. 뭐, 이제 사석이니 그냥 서로 말 편히 하지. 마음에도 없이 공손을 빙자하려니 혀에 가시가 돋칠 것 같으니."

재상 라페로비한은 기다렸다는 듯이 냉큼 깔보는 투로 말을 내렸다.

"상관없지 않겠나. 어차피 이 자리에서 있을 이야기는 새어 나가 지 않을 테니. 적어도 이야기가 잘 마무리된다면의 가정이겠지만."

"잘 마무리해야겠지."

"그나저나 윈로스라니 놀랐군. 화친의 목적인지 도발인지 알 수가 없단 말이야. 악질일세그래."

"네 그 재수 없는 말투는 도무지 나잇살을 처먹고도 바뀌지를 않 는군."

"처음부터 내게 시비를 걸어 댄 건 너와 선대 작위 공 아니었나."

다른 여덟 귀족들을 사이에 둔 재상 라페로바한과 자파인 후의 대 화만이 외딴 세계의 것처럼 물 흐르듯 이어졌다.

하지만 두 사람의 공간을 제외한 온 곳은 긴장감이 여전했다. 한 배를 타기 위해 모였다는 명목이 무실할 정도였다. 윈로스의 대리자 로 찾아온 청년은 묵묵히 앉은 볼레트를 눈알이 찢어져라 노려보고 있었고, 볼레트 후 역시 오래 묵은 악감정으로 그의 눈빛을 서늘히 받아치고 있었다.

파네세가 먼저 수프를 떠 마시며 무관심하게 중얼거렸다.

"한데, 술은 없습니까?"

"곧 내어 올 거네."

"식사엔 술이지요."

반트 귀족들은 파네세의 수프에 담겼다 떠오른 은수저를 유심히 바라보다가, 파네세가 아무렇지도 않게 식사를 시작하자 약간 마음을 놓았다. 재상 라페로바한은 잇자국이 난 숟가락의 머리 부분을 물끄러미 바라보며 혼잣말처럼 물었다.

"시간이 귀한 건 자네도 잘 알겠지?"

"내란이 일어날 테니?"

"허어, 내란이라니 자꾸 무서운 소리 하지 마시게나. 이 인간이 자꾸 왜 이러시나? 네놈이 백날 물어봐야 내가 그에 관해서 입술 한 번이라도 벙긋할 성싶어? 내 말은 시간은 늘 귀하다는 말이지. 우리 나이가 몇인가. 눈 깜빡할 사이에 소산이 될 거네."

"네 딸, 그래서 준다고?"

"지랄은. 이런 긴급한 시태에까지 그 간특한 성정 못 버리고 떠보듯 에두를 텐가? 엘히엔의 이야기는 입에도 담지 말게. 내 새끼만 생각하면 열불이 터져 죽겠으니. 내 귀한 딸 팔아 샀던 평화가 이리도 부질없음을 알았으니 이제 충직하고 쓸 만한 놈 하나 붙여 시집보낼 거네. 용건이나 말하게. 그대는 내게 욕심이 없다 했던 것 같은데."

"긴급한 시태가 무언지 좀 듣고 싶구만."

볼레트 후 벨라엔의 낮은 미성이 날카롭게 울렸다.

"테른도크 란펠 브류나크, 북부의 늑대께서 모든 관례를 무시하고 계신 것일 테지요. 뭐, 브류나크의 내키는 대로인 행태야 하루이틀이겠습니까만."

재상 라페로바한이 신랄한 벨라엔의 말에 소리 내어 웃었다.

"볼레트 후, 우리 좀 친하게 지냈으면 좋았겠군그래."

"라페로바한가에 대한 좋지 않은 풍문 역시 이 자리에서 읊어 드릴 수도 있습니다. 괜히 역겹게 친한 척 굴지 마십시오. 뮈아드로의 귀족들과 가까이 할 생각 없으니."

재상 라페로바한에게 날카롭게 쏘아붙였지만 벨라옌의 시선은 정작 윈로스의 대리 귀족에게 향해 있었다.

"역겹습니다."

윈로스의 대리 귀족은 쥐고 있던 포크를 세게 움켰다. 순식간에 분위기는 살얼음판이 되었다. 자파인 후가 혀를 쯧쯧 찼다.

"싸우지 말자고 이리 불렀는데 왜들 이러시는가?"

어느새 마음 놓고 식사를 하던 로이반이 큼직한 고깃덩이를 질겅이며 빈정거렸다.

"이리 모아 두고 고운 말이 오가기를 바라다니, 자파인 후께서 노망이 드신 게 아니라면 여전히 꿈도 크십니다."

"라페로바한, 저 어린 새끼는 아무래도 목숨이 아깝지 않은 모양인데."

재상 라페로바한이 절레절레 고개를 저었다.

"로이반, 말해 봐야 우리 입만 고생이지."

술은 언제쯤 나온답니까, 자파인 후? 파네세는 그들 사이의 악감정이나 반목 따위 제 알 바 아니란 듯 팔짱을 껴 보였다.

곧 수에 딱 맞춘 아홉 개의 은을 녹여 만든 잔이 자파인 후가 시종처럼 부리는 기사 테오단의 손에 들려 날라졌다. 귀족들은 제 앞에 놓인 희탁한 은색 잔을 물끄러미 내려다보다 의심을 이기지 못하고 잔 끝을 이로 씹었다.

자파인 후는 코웃음 치며 독한 북부의 밀주를 벌컥벌컥 마셨다. 같은 병에서 나온 같은 술을 같은 잔에 나누어 마신다. 의심은 거의 불식되었다. 다른 귀족들도 차례로 잔을 들어 그대로 입에 가져가

잔을 비웠다. 그게 예의였다.

분위기는 한결 풀렸다.

"그래서, 이야기나 시작해 보지 그러나."

"그 전에 식사부터 하지."

"대체 왜 이리 뜸을 들여? 보통 이 시간에 네놈이 입에 처넣는 것이라고는 술과 차뿐이잖나."

"내 식습관마저 꿰고 있으니 네놈부터 정말 어찌 치워 버리지 않고는 버틸 재간이 없겠군."

재상 라페로바한은 무표정하게 빵을 뜯어 씹었다.

마주 앉은 자들이 입맛 떨어지는 기분이 들게 하는 이들이라 그렇지, 사심 없이 평하자면 맛은 참 일품이지 싶었다. '제 가문에서 주조한 술을 좀 가져왔으면 더 좋았을걸.' 하는 쓸데없는 생각도 잠깐 했다.

다른 귀족들도 조금씩 식사에 집중하기 시작했다. 이야기의 시작은 이 식사가 끝난 후려니 하며.

휘황한 달이 뜬 밤. 술잔이 비고 차고, 다시 비었다. 그러는 동안 자파인 후와 재상 라페로바한 사이에 오간 대화라고는 소소한 일상의 이야기들뿐이었다. 내년의 농작은 어떨지, 어느 영지가 어렵다더라, 누가 자식을 봤다던데 하는 쓸모없는 잡소식들.

그 밖의 귀족들은 혹시나 자파인 후의 입이 열리기도 전에 이 식당이 난장판이 될까 스스로 경계하며 일부러 서로를 향해 눈길조차 주지 않았다.

한참이나 묵묵히 식사를 하던 파네세가 나이프와 포크를 내려놓았다.

"참으로 맛이 좋습니다. 한데 자파인 후, 저는 제가 응당 받았어야 할 보상을 돌려주실 것이라기에 이리 왔는데 저분들과 나란히 앉아 있으려니 영 속이 불편해……. 그리고 조금 피곤하군요. 본론으로 넘어갈 순 없겠습니까?"

파네세는 제 몫의 것을 돌려받지 못한다면 조만간 작위 공 브류나크가 종전에 있어 얼마나 무책임했는지, 왕가가 어떻게 정당한 보상을 내리지 않았는지 따위의 일장 연설을 할 생각이었다. 물론, 그리 되면 테른도크가 그를 곱게 보지 않을 것을 알아 자파인 후의 선에서 잘 해결되길 바랐다.

볼레트 후 벨라옌은 빈 술잔에 술을 채우며 경고조로 말했다.

"이야기 여부와 관계없이 저는 자정이 되기 전에 일어날 터이니 그 전에 이야기를 마무리해 주시지요. 내일 아침 동생 녀석을 만나러 가야 합니다."

"아아, 기브란트, 볼레트 경 말하시는 거외까?"

타라옛이 무심코 끼어들었다.

기브란트는 볼레트 군의관의 이름이었다. 기사라 불릴 일보다 군의관이라 불리는 일이 많아 볼레트 경이라 칭하는 것이 어색했지만 지금은 전장이 아니었고, 볼레트 군의관은 명백히 볼레트 가문의 차남이었다.

"그러고 보니, 제 가문의 일원과 함께 전장에 서셨다지요. 함께라 말하려니 송구할 지경입니다. 모자란 동생이 폐는 끼치지 않았는지 부끄럽습니다."

벨라옌은 못마땅하다는 듯한 말과 달리 썩 부드러운 어조로 말했다. 타라옛은 벌써 아득해진 전장의 추억을 회고하며 희미하게 미소 지었다. 상대가 상대인지라 어조가 저절로 누그러졌다.

"아니, 중요한 일을 많이 하셨소이다. 볼레트 군의관께서 없었다면 군사 수백은 더 죽어 나갔을 테니.”

“…….”

“저 역시 몇 차례 귀가의 차남께 치료를 받았고 말이외다.”

잠깐 볼레트 후, 벨라옌의 입가에 미소가 떠올랐다 사라졌다. 이어진 음성은 다소 차가웠다.

“……그래 봐야 지금은 브류나크의 개 노릇을 하고 있으니.”

브류나크의 개.

난폭한 감이 적잖은 그의 언사에 자리에 귀족들은 천천히 숟가락과 포크와 나이프를 차례차례 내려놓았다. 그리고 빈 술잔을 채워 긴장으로 타는 목을 축였다.

더 이상 식사를 지속하는 것은 불가능해 보였다. 이미 꽤 배를 채우기도 했다. 늦은 시간에 술로 배를 채우니 잠이 오는 듯했다. 그들은 애써 정신을 차렸다.

“누가 더 옵니까? 그게 아니라면 자파인 후께서도 이제 슬슬…….”

“조금 더 기다려 보시게.”

시간 귀한 이들을 이리 한데 모아 놓고 왜 이리 뜸을 들이는지. 자파인 후는 말없이 손끝으로 탁자만 툭 툭 툭 때리며 허송할 뿐이었다. 아직 도착하지 않은 자가 있나 싶어 의아했다.

“누가 더 오는 겁니까?”

“그럴 수도.”

자파인 후가 애매하게 대꾸했다. 서로를 경계하며 자리를 지키던 여덟 귀족들은 묵묵히 인내했다. 침묵은 대화에서 몹시 중요한 역할을 한다. 지금 입을 열이 떠들어야 하는 건 그들이 아니라 자파인 후였다.

고요한 적막. 결국 인상을 찌푸린 로이반과 윈로스의 대리 귀족이 돌연 자리에서 일어섰다.

"잠시 실례하지요."

"어디 가시는가? 이제 곧 이야기가 시작될 터인데."

"소피를 보고 바람을 좀 쐬겠습니다."

"……저도 같이 다녀오겠습니다. 아무래도 피곤해서."

자파인 후는 어깨를 으쓱하며 그들에게서 시선을 뗐다. 그리곤 라페로바한을 돌아보며 천진하게 물었다.

"다들 지루해하는 모양인데 슬슬 이야기를 시작해야겠군. 아, 그런데 라페로바한, 우리가 안 지 얼마나 되었지?"

"삼십 년은 족히 넘었겠지."

재상 라페로바한의 얌생이 같은 눈이 가늘어졌다.

"네놈, 이렇게 뜸을 들이는 걸 보니 무슨 협잡질을 할 생각이긴 한 것 같은데."

"그 의심병이 또 도졌군."

"내가 그대를 하루 이틀 보나. 정녕 아니라면 쓸데없이 시간 잡아먹지 말게. 무슨 꿍꿍이인가."

자파인 후는 재상 라페로바한의 핀잔을 그대로 무시해 넘겼다.

"삼십 년? 그리 오래되었나. 아니, 그것밖에 안 되었나? 네놈 때문에 죽을 뻔한 것이 두 손으로 꼽을 수도 없을 지경인데."

"누가 들으면 오해할 소릴. 네놈만 그랬나?"

"이리 버티고 버텨 살아남았는데 우리 폐하께선 참으로 야박하시지 않나. 요즘 따라 칼키스 생각이 많이 나더군."

재상 라페로바한은 술잔을 내려놓고 턱을 당겨 웃었다.

"……선대가 아직도 살아 있었다면 내가 제명에 못 죽었을 터인데 그리울 리가. 그때 생각을 하면 참 젊었지 싶어."

"젊었지."

"선대에게 그래도 하나 고마운 게 있다면 요즘 그놈 생각에 내가 약주를 줄였지."

그 말에 자파인 후는 크게 웃어 버리고 말았다. 재상 라페로바한이 능글능글 덧붙이며 비꼬리라는 걸 잊었다.

"다시 생각해도 어찌 그리 네놈들은 쌍으로 철딱서니가 없었는지. ……그대들처럼 사특한 작자가 다시 있기나 하려나 싶어."

"네놈처럼 간특한 작자를 본 유래가 없는데 어디에 침을 뱉어 대나? 횃불로 주둥이를 지져 줘야 그 막돼먹은 언사를 고칠 텐가?"

"해 보시게나. 이 나이 먹고 그런 헛소리에 눈 한 번 깜빡할 성싶은가."

시큰둥 턱을 치켜들며 말하는 재상 라페로바한을 마뜩찮게 노려보던 자파인 후가 껄껄 웃었다.

"됐네. 이리 다투는 것도 이제 지겹네. 다 늙어서는……."

다소 쌀쌀한 가을 공기를 물들이는 벽난로의 불티 소리가 울렸다. 푸근한 열기에 귀족들은 가만히 제각각의 감상에 잠겼다. 이 자리에 모인 이들은 십여 년 이상의 악감정으로 라르크를 양분하고 헐뜯어 대던 이들이었다.

하아암. 로이반이 크게 하품을 한 후 화들짝 놀라 사죄했다. 실례였습니다. 따스한 공기가 몸을 데우자 어쩐지 피로감과 함께 졸음이 밀려왔다.

묘하게 가라앉은 분위기를 깨고 재상 라페로바한이 일침 했다.

"……파사드 칼란독 브류나크, 그놈이 문제네. 무슨 생각으로 일을 진 선지는 모르겠으나, 명예에 심취해 제대로 분별을 못 하는 것만큼은 확실하지."

"그가 전쟁에서 질 걸 대비해 내게 추파를 던져 댔던 놈이 염치도 없이."

"흥, 생각이 죄인가?"

"네놈은 아주 천직을 잡았어. 그 나이 처먹고도 이 지긋지긋한 곳을 떠날 생각이 안 든다니……. 좀 편히 살 수는 없느냔 말이지."

"편히 살겠다 뛰쳐나갔다가 결국 꼬랑지 들고 되돌아온 네놈을 보니 떠나 봐야 소용없지 싶으이."

한참 후 자파인 후는 수긍했다.

"그렇군. 아무래도 우리 팔자인가 보지."

"……으음, 뱅뱅 두르지 말고 말하게."

재상 라페로바한은 피로로 내려앉는 눈꺼풀을 비비며 채근했다. 이상하게 정신이 노곤했다. 신경 줄이 느슨히 풀리는 느낌이었다.

재상 라페로바한이 무거운 입술을 움직여 말했다.

"……이제 와 내 딸과 네놈의 혼사는 아무 영향도 못 끼칠 것을 알면서 왜 그딴 소리를 지껄였는지."

"그 정도는 던져야 네놈이 날 믿고 덥썩 물고 따라와 줄 게 아닌가."

"하암, 살리에리, 농담도 무슨 그런 끔찍한 농담을 하시나. 네놈을 어찌 믿어."

자파인 후는 잠깐 주먹을 쥐었다. 살리에리. 오래전부터 누구로부터도 불리지 않은 그의 이름이었다.

인데거 성의 주인, 자파인의 아들 살리에리 헤번. 그는 늘 자파인 후, 후작 각하, 성주님, 영주님, 주인어른, 주군, 아버님…… 그런 이름으로만 불려 왔다.

—뭐야, 너 이름이 살리에리라고? 이름이 왜 그렇게 남부 계집애 같아?

—내 새끼, 그 녀석 심약하지만 고집스러운 아이이니, 잘못된 길

을 고집하지 않도록 자네가 잘 좀 도와주게. 그러면 살리에리가 계집 같은 이름이라 더 놀리지 않을게.

유일한 벗이었던 칼키스가 떠난 이래로 쭉 그의 이름은 서면에나 남은 유명무실한 것이었다.

"내 이름 기억하는군, 길로하임."

"당연한 말 아닌가. 웬만한 서류 서명은 다 내 손을 거치고…… 그게 아니라도 선대와 살리에리 네놈의 이름은 내가 죽어서도 가져가……."

흐릿이 뜨였던 재상 라페로바한의 눈이 끝내 감겼다. 재상 라페로바한은 앉은 채로 목을 꺾고 고개를 흔들거렸다.

"재상, 왜 말을……."

라페로바한이 푹 엎어지자 잠을 밀어내며 버티던 벨다인이 벌떡 자리에서 일어섰다. 몇 걸음 떼던 벨다인은 휘청, 그대로 고꾸라져 움직이지 않았다.

그와 동시에 쿵 소리와 함께 고개를 기울이던 지잘의 후계자도 식탁에 머리를 박았다. 반쯤 눈을 내리깔고 졸음을 참던 볼레트 후도 잠들었다. 술만 연거푸 들이키던 길번은 어느새 코까지 골고 있었다.

뒤늦게 사태를 이해한 타라옛이 몸에 힘을 주었다. 그는 몇 잔의 술과 수프로 입술만 적셨던 탓에 견딜 만했다. 그러나 밀려오는 노곤함에 온몸에 힘이 하나도 들어가지 않아 마치 물에 빠진 기분이었다.

졸음이 죽음처럼 닥쳐 왔다. 타라옛이 가까스로 신음 섞인 혼란을 뱉었다.

"대체……."

자파인 후는 나이프를 움켜쥔 채 가만 앉아 그를 바라보고 있었다. 나이프를 움켜쥔 자파인 후의 손아래로 핏물이 떨어져 하얀 식탁보를 물들였다.

"해 먹을 만치 해 먹었으니 우리 모두 이제 물러나야지……."

얼마 지나지 않아 끼이익 하고 만찬장의 문이 열리는 소리가 났다. 피투성이가 된 테오단이 모습을 드러냈다. 그는 피가 뚝뚝 흐르는 손으로도 나이프를 놓지 않고 서 있는 자파인 후를 가만 바라보았다. 그러고는 조용히 검을 고쳐 쥐고 지벅저벅 붉은 카펫을 밟고 만찬장 안으로 들어섰다.

끼이익. 테오단이 문을 닫았다.

"망지기로 고용했던 용병들의 도움을 받아 저들의 호위 기사들과 먼저 나왔던 두 명을 조용히 처리했습니다."

"그 용병들은?"

"탈리아의 베미미아에서 다시 만나기로 했습니다. 그때 그들을 처리할 겁니다."

"맡기겠다. 이 저택에 있던 다른 이들은?"

"전부 끝냈습니다."

자파인 후가 잔잔한 미소를 띠며 하명했다.

"마무리해라."

테오단은 자파인 후의 의자 옆에 쓰러져 있는 건장한 체격의 타라옛을 내려다보았다.

그의 검이 주저 없이 타라옛의 뒷목을 베었다. 코를 고는 소리, 잠꼬대처럼 흐르는 신음 소리, 벽난로 타는 소리 속으로 살 찢기는 소리가 더해졌다. 왈칵 쏟아지는 핏물을 내려다보던 자파인 후는 느릿느릿 창가로 걸었다. 그와 나란히 테오단도 걸었다.

테오단은 의자에 앉아 쓰러져 잠든 귀족들의 목을 차례로 베어 냈다. 그리고 의자 아래로 떨어진 그들의 가슴이나 배나 등을 확인 사살하듯 찔렸다. 일말의 주저도 없었다. 갈라진 목에서 뜨겁고 붉은 피가 왈칵왈칵 쏟아져 내렸다. 정신을 차리고 눈을 번쩍 뜬 이도 있었다. 그러나 그들은 아무 소리도 내지 못했다.

타라옛, 벨다인, 파네세, 길번, 볼레트 후, 지잘의 후계자.

마지막으로 상석의 재상 라페로바한에 이르렀을 때, 테오단은 자파인 후를 바라보았다. 그는 머잖은 창가에 그들을 등지고 서 있었다. 테오단이 재상 라페로바한의 턱을 움켜쥐었다. 자파인 후의 시선이 느껴져 잠깐 멈추었다. 그러나 주저 없이 베었다.

테오단의 눈에서 눈물이 떨어졌다.

자파인 후는 손이 잘려 나가라 쥐고 있던 나이프를 반대 손으로 움켜쥔 후 창밖으로 시선을 옮겼다. 달 밝은 밤, 순식간에 만찬장은 피바다가 되었다.

이런 비린내는 아무래도 익숙해지지가 않는군. 자파인 후가 시쳇말처럼 중얼거렸다.

저벅저벅. 테오단이 그의 등 뒤에 섰다.

자파인 후는 그의 흐느낌 같은 숨소리를 귀에 담았다.

"주저하지 마라. 나 또한 두려우니."

"……주군."

오래도록 그와 함께 성을 지켜 왔던 기사의 피투성이 얼굴에서 눈물이 줄줄 흘러내렸다.

"꼭 이러셔야, 합니까."

"내가 죽은 후, 가장 잔인하게 나를 베어라."

"이세라노 명을 거둬 주십시오."

"이 살인극에서 나만 살아남게 된다면 그야말로 라르크는 아비규환에 빠질 터다. 그리고…… 누아단의 교리가 우리에게 이르기를,

애당초 벗을 죽이고 살아 돌아온 이가 없다 했다. 네게 무거운 짐을 짊어지게 한 것만큼은 사과하마."

"……제발, 부디, 지금이라도. 주군께서는 로엠을 지켜 주실 주인이십니다."

"나는 라르크의 백성이다."

흑, 흡. 결국 남자의 울음은 새어 나오고 말았다.

"나를 끝맺고 성으로 되돌아가 마무리를 하거든, 너는 떠나도 좋다. 다만 떠나기 전에 내 방에 걸린 순록의 머리를 내 아들에게 전해 다오."

"……"

"그 눈으로 칼키스와 내가 하나 될 라르크를 영원히 지켜볼 수 있도록."

얼마간 어깨를 들썩이며 눈물을 떨어뜨리던 테오단이 턱 아래로 떨어지는 눈물을 훔쳐 냈다. 그리고 눈물 젖은 검을 고쳐 쥐었다.

"사투르가 귀레 라르크."

중얼거린 자파인 후는 고개를 젖히고 가을의 밤을 올려다보았다.

어느새 흐려진 눈 안으로, 평온처럼 하얀 달빛이 쏟아져 내렸다. 아득한 빛이라. 새 바람이 부는 북부의 달인가 하여 그는 웃었다.

그러고는 다시 한 번 입안으로 곱씹었다.

사투르가 귀레 라르크. 라르크를 위하여.

큰 손을 지닌 앉은뱅이들은 저와 함께 떠나니, 이제 젊은 다리들이 자유롭게 달리기를 기원할 따름이다.

이튿날 새벽, 라르크의 대귀족으로 알려진 아홉 명의 인사들이 참혹하게 살해당한 채 발견되었다. 그들이 어째서 한자리에 있었는지는 모르나 살해당한 이는 재상 라페로바한, 자파인 후, 볼레트 후, 벨라옌, 남부 요새 군장 길번, 얼마 전 남부에서 되돌아온 종전 대표 중 한 명이었던 파네세, 동부 귀족 벨다인과 몰락한 로이반, 벵센가의 타라옛과 얼마 전 효수당한 반트 귀족의 후계자, 그리고 어느 이름 모를 청년 귀족이었다.

한때 위명을 떨치던 반트의 윈로스 저택에서 벌어진 전대 미문의 사건. 가장 참혹하게 살해당한 것은 자파인 후였다.

누군가 그들에게 악감정을 가진 것이 자명하다. 라르크의 귀족 사회는 또 한 번 떠들썩해졌다. 끝내 범인은 잡지 못했다.

다만, 자파인 가문의 인데거 성에서부터 그를 호위했다 알려진 기사 한 명이 그를 매수한 동부 윈로스 잔당 세력들의 명단을 적어 둔 유서를 남기고 자결한 것이 얼마 지나지 않아 발견되었다.

집무실의 햇살마저 얼음장처럼 차게 느껴졌다.

테른도크의 푸른 눈동자는 오늘도 어김없이, 지난 이레 그랬듯이 그에게 올라온 수도 경비대의 보고서만 망연히 바라만 보고 있었다.

아흐레 전, 윈로스 저택의 살인극이라 불리는 끔찍한 유혈 사태가 벌어져 북부의 산 역사라 해도 이상하지 않을 대귀족들이 대거 죽었다. 윈로스 저택에서 그들을 호위하던 기사들도 죽었으며, 버려진 저택을 관리하던 이들도 피살된 채 발견되었다.

은이 반응하지 않는 부미 무취의 순도 높은 수면 정제약이 담겨 있던 약병도 발견되었다. 약병은 윈로스 저택의 물건이었다. 나중에 담은 것인지, 아니면 원래 있었는지는 범인 말고는 모를 일이다.

기회란 떠나가면 다시는 오지 않는 시간과 같다. 과격하게라도 개혁을 단행하기로 결심했던 테른도크는 스스로가 충분히 각오했다고 생각했었다.

그런데 아니었나. 테른도크는 작금의 사태를 쉽게 받아들일 수가 없었다.

없는 정신으로 각 영지와 가문에 수도 내에서 일어난 불미스러운 일에 대해 깊은 조의를 표하는 데만 이틀이 걸렸다. 그리고 겨우 충격을 추슬렀다 생각한 그제 새벽, 자파인 가문의 기사가 인데거 성의 성벽 아래 투신한 것이 발견되었다는 보고가 또 한 번 그를 뒤흔들었다.

윈로스의 잔당들로부터 사주를 받았으며, 견딜 수 없는 죄책감에 폭로하리라는 유언장과 함께였다.

윈로스의 저택에서 살해당한 이들, 윈로스의 사주를 받았다는 유언. 피살당한 귀족들 중 가장 잔혹하게 난자된 것이 자파인 후임을 생각할 때, 윈로스가 배후에 있다는 말은 제법 타당해 보였다. 두 세대 전의 작위 공작이었던 바예투스가 죽은 후, 칼키스와 자파인 후가 어느 만치 격렬하게 동부 귀족들을 매장하려 했는지를 생각하면 이상할 것도 없었다.

하지만 죄책감으로 자결할 만큼 심약한 자가 제 주군을 그리 난자했다? 그자 한 명이 아닌 걸지도. 아니, 사실 그날 밤 중 일어난 일에 대해 아는 자는 아무도 없으므로, 모든 것은 근거 없는 추측일 뿐이다.

그러나 다른 이들은 알지 못하는 오늘 아침 들어온 또 다른 보고가 있었다. 자파인 가문의 기사에게 고용된 것이 분명한 용병 몇이 체포된 것이다. 매서운 추궁에 세간은 알지 못하는 증언이 뒤따랐다.

—높은 분의 명령이니 망을 보다 자신 이외의 사람이 보이면 더도

말고 덜도 말고 딱 기절만 시키고, 호위로 딸려 온 기사들도 혼절시키기만 하라고 했습니다. 그다음 탈리아의 객잔 베미미아에서 기다리면 추가 대금을 줄 거라고요. 그런데 그다음 날 난리가 났다길래 무서워서 숨어 있다가…… 그만.

허옇게 질린 겁부들은 자파인 가문의 기사가 값진 보화를 서슴없이 내어 주었다 했다.

그러나 윈로스는 이제 귀족이라 부르기도 뭣한 잔당 세력만 남았을 뿐이다. 거액의 돈을 그리 쉬이 뿌려 댈 만한 여유가 있던가? 아니라면 또 다른 부유한 귀족이 윈로스에 붙은 건가? 그도 아니라면, 보이는 그대로인가? 물론, 그 자금이 윈로스의 잔당 세력에게서 나온 것인지, 자파인 후에게서 나온 것인지 아는 이는 죽은 그 기사뿐일 것이다.

테른도크는 착잡하게 고급스런 갈색 광이 은은히 빛나는 넓은 탁자 위의 수북한 양피지 더미를 응시했다. 애써 아무렇지도 않은 체하려 해도 속이 부글부글 끓었다.

파이투스 2세, 그의 아비는 참으로 멍청한 자였다.

동부의 왕처럼 왕권마저 휘두르려는 윈로스를 그리 감싸다 볼레트와 그 추종자들의 미움을 사고, 공가의 핏줄까지 죽였으면서 결국 윈로스로부터 제대로 된 충성조차 받지 못했다. 그들의 불충은 한 세대 아래인 테른도크 본인에게까지 고스란히 여파를 미쳤다.

테른도크는 어질러진 집무실 탁자 위를 초점 없이 내려다보다가, 툭 물었다.

"……에제트, 그 후계자가 아직 살아 있던가?"

그러자 아무도 없는 듯 고요하던 집무실의 책장 옆 그림자 속에서 쉰 목소리가 흘러나왔다.

"가라스 지역 근처에서 몇몇 이들과 접촉하였다 했습니다."

테른도크가 물은 이는 한때 윈로스의 후계자였으나 이제는 추방당한, 지금은 동부 잔당들의 명분이 되어 주는 자였다. 차하리의 살해자 데미엔.

"가장 민활한 밤 늑대 셋을 보내 그놈을 죽여라. 그리고…… 벵센이라. 벵센 경이 그곳에 있었다니 의외인걸."

"……."

"벵센이라……."

추억을 반추하듯 입안으로 음절을 굴려 보았다. 벵센. 테른도크는 고개를 돌려 집무실의 창가에 놓인 라벤더가 꽂힌 꽃병을 응시했다.

비록 사원에 귀의하였다고는 하지만 벵센은 한때 그가 정붙였던 전 왕비의 가문이었다.

한때의 외척이 불온한 마음을 품고 있다 자자히 알려진 이들 사이에서 무얼 하고 있었을까. 나이가 육칠십에 가까워서도 권리를 놓지 않고 직접 영지를 통치하는 벵센 후는 전 왕비 미네사가 자발적으로 사원에 귀의한 이후로 다소 속이 상한 듯 보였다. 그러나 그녀가 원한 것이었다. 자신에게는 죄가 없다.

테른도크는 그들이 왕실에 호의적이지 않다 해도, 역적 모의를 할 만큼 불충한 자들이 아님을 믿었다.

그런데 이제는 모르겠다.

얼마 전까지 살아 저와 논쟁을 벌였던 이들이 죄 죽었다.

재상 라페로바한은 정말 천수를 누리다 죽을 것 같은 인물이었는데 그리 갔다. 노골적으로 브류나크에 불충한 태도를 보였던 볼레트 후작 벨라옌 잔은 수년 만의 수도 입성 직후 살해당한 채 발견되었다. 이제 수도 생활은 질렸다며 영지로 돌아가 은거하겠다던 자파인 후 역시 수도의 윈로스 저택에서 죽었다.

죽은 이들 중에는 종전 협정에서 큰 공을 세웠던 파네세도 있었다. 유창한 달변으로 이번 종전 협상에서 브류나크의 공보다 그의 공이 더 컸음을 인정해 달라 두어 차례 상소를 올렸던 것을 기억한다. 테른도크는 파사드에게 힘을 실어 주는 데 여념이 없었으므로 무시했다. 로이반? 그자는 오래전 파이투스 2세의 눈 밖에 난 동부 잘란의 아들이었다. 그리고 지잘의 후계자. 어차피 지잘은 한 번 청소하려 했으므로 아쉬운 일은 아니었다.

생각해 보면 자파인 후를 제외한 모두가 브류나크에 이로운 죽음이었다.

문득, 내란은 없을 거라 반복하던 파사드의 말이 되감겼다. 최근의 파사드는 몹시 과격한 방향으로 빠르게 북부 통합을 단행코자 하는 의지를 드러냈다.

의혹이 싹텄다. 대체 누가 반트와 팔란을 아울러 이런 참극을 벌였나. 정녕 윈로스인가.

분명 걸리적거리는 장애물들이 죽어 사라진 것이기는 하나, 아직도 문제는 산재해 있다. 당장 대비해야 하는 것은 저들의 죽음으로 인해 혼란에 빠질 이들이다. 어디부터 생각을 정리하고, 어디부터 사태를 해결해야 할지 갈피를 잡기가 어려웠다.

테른도크는 한참을 돌처럼 앉아 있다가 무심코 입술을 뗐다.

"가서 재상을 불⋯⋯."

말은 맺어지지 않았다. 굳은 혀가 입안에서 이물처럼 느껴졌다.

테른도크는 이내 삭게 웃으며 집무실 탁자에 이마를 처박았다. 그의 어깨가 자잘하게 떨렸다. 웃음소리는 점점 커졌다.

"무시하십시오."

테른도크는 차게 울리는 목소리를 들었다. 하루가 멀다 하고 올라오는 소산식 요청에 관한 논지를 막 꺼낸 직후였다.

"정식으로 왕실의 장례를 치러 주어 그들의 업적을 높이 칭송하시는 것, 제문을 선사함으로써 그들을 라르카드단에 이르게 하는 것, 저는 반대합니다."

턱을 괴고 있던 테른도크는 멍하니 파사드의 입술만 바라보았다. 그러다 서서히 눈을 움직였다.

파사드는 정숙하고 말끔한 차림을 하고 있었다. 여느 때와 마찬가지로 왕궁에 들기에 적절한 성장을 갖춘 채였다. 헌칠하고 태가 드러나는, 주름 하나 잡히지 않은 짙푸른 계열의 옷차림. 차분한 검은 머리칼과 잘 어울리는 색이다. 표정도 꼭 그만큼 차분했다. 오른손은 여전히 붕대에 감긴 채였다.

"……내가 무얼 생략해 말했던가? 지금 라페로바한에서 계속해 상소가 올라오고 있는 것은 아니?"

"압니다."

"비록 속 많이 썩인 위인이라고는 하지만 그간 라르크를 위해 헌신했으니, 응당 성대히 장례를 치러 주고 제문을……."

"폐하, 다시 한 번 읍합니다. 이번에 피살된 귀족들에게 낙원을 허락지 마십시오."

턱을 괴고 있던 테른도크는 무심코 손에 힘을 주어 제 뺨을 구겨쥐었다.

"……자파인 후도 살해당한 이 중 한 명이다. 잊었나. 그리고 재상 또한 그래, 그대와 감정이 좋지 않은 건 알지만 그간 북부를 떠받쳐 왔던 대귀족이다. 왕실은 응당 그에 상응하는 보답을 해야 함이야.

게다가 세간이 그리 동정의 여론으로 떠들썩한데 지금 그들의 낙원 의식마저 금한다?"

지난 열흘, 홀로 남은 라페로바한의 어린 딸과 그의 친지들은 매일같이 눈물 젖은 상소를 올려 왔다. 다른 영지들에서도 마찬가지였다. 거리가 거리다 보니 빈도가 적어 그렇지.

엘히엔 데비 라페로바한.

십여 년이 넘도록 이어졌던 약혼이 파해지고 그 소문조차 가라앉기 전에 부친이 참극에 휘말렸다. 어린 아가씨의 삶에 닥칠 수 있는 비극이란 비극이 한 해에 다 들이쳤다는 군소리도 떠돌았다.

테른도크 역시 마음은 편치 않았다. 막 성년을 넘긴 영양의 눈물로 얼룩덜룩한 자국이 남은 떨리는 필체를 보고 있자면, 막연한 두려움까지 밀려들 지경이었던 것이다.

테른도크는 그간의 정을 생각해, 수사만 마무리되면 조만간 정식으로 알레타르 달테의 사원 앞에서 제문과 함께 그들의 마지막을 배웅해 주려 했다. 위대한 북부의 맹장들이 모였다 알려진 라르카드단으로. 응당 그래야 했다.

도대체 파사드가 왜 저런 말을 하는 건지 가늠이 되지 않아 가만 말을 아끼던 테른도크의 표정이 서서히 구겨졌다.

"……혹시 네 짓이냐?"

"…… ."

"네가, 그런 짓을 했나?"

적막이 길어질수록 테른도크의 몸은 덜덜 떨려 왔다. 한참 후에야 파사드가 입술을 뗐다.

"오늘 오후, 라페로바한의 그간의 비리가 적힌 보고문을 올릴 겁니다. 그는 일전 제가 자파인 후로부터 건네받은 것입니다. 이쪽에서 반트 숄고인 재상의 만행을 먼저 폭로한다면 자파인 후 역시 마찬가지로 반트들에게 폭로당할 테지만 폐하께는 외려 좋은 일입니다. 양당의 수장과 수괴급의 대귀족이 저질러 온 만행들과 잔악무도한 일들은 용납되어서는 아니 될 일이니 그를 근거로 재상제를 폐지하십시오."

"……네가 그리헀어?"

"그리고 윈로스 잔당의 토벌령을 내려 주십시오. 잔당 토벌의 사령관으로 윈포드 경을 임명하시면 됩니다."

테른도크는 자리에서 벌떡 일어나 파사드에게 다가갔다. 아무리 라르크를 위한다는 명목으로 시작한 개혁의 단행이었지만 파사드의 저런 태도는 지나치게 비정했다.

테른도크의 눈빛이 심상찮게 넘실대자, 비로소 파사드가 마른 입술을 열어 답했다.

"아니요."

"아니라고."

테른도크는 치미는 감정을 다스리기 위해 애썼다. 무미건조하기까지 한 파사드의 얼굴을 보고 있으니 제 어딘가가 마비되는 기분이었다.

"예, 제 소행은 아닙니다."

"네 소행은 아니다?"

"아닙니다."

한참을 그를 노려보던 테른도크가 맥이 풀린 음성으로 반문했다.

"……윈포드 경은 이미 은퇴한 지가 오래다. 돌락에 있다 들었는데."

"아직 윈포드 경의 위명을 많은 이들이 기억합니다. 닷새 전, 브류나크의 이름으로 소환령을 내렸습니다. 거역은 용납지 않을 겁니다."

"……."

"그리고 이번 일은 폐하께서 조금 전 저를 의심하셨듯이 자칫 저희 소행으로 소문이 곡해될 가능성이 있습니다. 대부분의 반발은 꺾일 터이나, 그러지 않을 경우를 대비해 체사 경에게도 군사 훈련을 명해 두겠습니다."

윈포드 경은 파사드의 스승이었다. 파사드가 정식 기사 서임을 받기 직전 은퇴하여 고향에 돌아가 노생을 영위하고 있는 구시대의 용맹한 노기사다. 강제 소환이라니. 한때는 윈포드 경만 한 기사가 없다는 이야기가 떠돌기는 했지만 위급한 전시도 아니고, 아무리 미더운 자가 없더라도 은사에게는 몹시 무례한 짓이었다.

테른도크는 말을 잊었다.

개혁의 단행은 비정해야 함이 옳으나, 인간으로서의 감정을 거세해야 하는 것은 아니지 않나. 꾹 입술을 다물었던 테른도크가 물었다.

"……내가 나약한 건가."

"……."

"아니면 네가 비정한 건가."

테른도크의 맥없는 물음에 잠자코 그를 응시하던 파사드는 턱 끝을 살짝 내렸다. 왼손으로 외투 가슴팍의 안주머니를 뒤적이던 그가 조용히 서신 한 통을 꺼내어 건넸다. 이미 밀랍이 뜯겨져 있는 모양새였다.

테른도크는 곱게 접힌 양피지를 펼쳤다.

강인한 북부의 왕, 모든 북부의 주인이여. 위대한 통합을 이루소서.

테른도크는 얼어붙은 채 그 서신을 넋을 놓고 내려다보았다. 두

문장의 짧은 문구는 마치, 몹시, 매우, 유언처럼 보였다. 마치 스스로가 죽을 것을 알고 있는 이가 쓴 것처럼. 누가 쓴 것인지 묻지 않아도 짐작할 수 있었다.

테른도크의 음성이 떨렸다.

"……내게 올라온 서신인가. 언제?"

"……피살이 있기 스무 날 전입니다."

"그런데 왜 이걸 지금 내어놓나? 그리고 왜 뜯겨 있나."

"제가 검열했습니다."

가슴속 일렁이던 열기가 정수리 꼭대기까지 솟구쳤다. 테른도크가 알던 파사드를 생각하면 있을 수 없는 일이었다. 분노인지 슬픔인지 모를 감정으로 발이 절로 굴러질 만큼 끔찍했다.

"검열?"

"예."

바닥을 거세게 내리친 테른도크가 거칠게 씹어뱉었다.

"검어어얼! 파사드! 누가 멋대로 보라 했나! 나는 네게 그런 권한마저 준 적 없음이거늘……!"

파사드는 송구한 기색 한 점 없이 테른도크의 분노에 찬 벽안을 바라볼 뿐이었다.

한참 후, 파사드는 담담히 입술을 뗐다.

"폐하, 저는 실오라기 한 올만큼의 실패의 가능성도 용납할 수 없습니다."

"……."

"물러나겠습니다."

파사드는 미련 없이 뒤돌았다. 그에 맞추어 붉은 늑대의 멘테가 바람에 안겨 느리게 펄럭였다. 테른도크의 호수처럼 푸른 눈동자가 멍하니 그런 파사드의 뒷모습을 좇았다. 어째서일까. 그의 발소리가 작아지는 만큼, 꼭 반비례해 이미 죽어 없는 강강한 중년 남성의 중얼거림이 귓전에서 소리를 높였다.

—만일 그에게 이 평화마저 저버릴 만큼의 가치를 지닌 무언가가 생긴다면…….

그 말미에, 그가 무어라 했더라.

—……때가 오거든 폐하와 그 뜻이 상충하지 않기를 바랄 뿐입니다.

테른도크는 파사드가 서 있던 빈자리를 바라보며 팔을 내려뜨렸다.

테른도크는 날 때부터 위대한 하얀 늑대의 아들, 브류나크였다. 태생의 고하는 다르다 할지라도 파사드 역시 마찬가지였다. 같다고 생각했다.

붉은 것과 하얀 것의 그 명백한 차이를, 이제까지는 알지 못했다.

도트발 잔트 부세 900년 열 번째 달 말.

대귀족들의 피살 사건으로 인한 충격이 가시기도 전이었다. 재상 라페로바한이 수십 년간 저질러 온 온갖 비리와 사건의 명단이 폭로되었다. 이어 그간 은폐되어 있던 자파인 후와 선대 작위 공 칼키스가 자행했다 의혹을 받았던 일들도 다시금 수면 위로 떠올랐다.

재상 라페로바한이 매관매직을 비롯해 비리의 의도가 다분한 금전 거래를 하고, 악의적으로 법을 피해 인근 영지를 수탈하고, 왕가에 의해 몰락해 왕실에 반감을 품은 이들과 몰래 내통했다는 것이 낱낱이 드러났다.

일생 재상 라페로바한의 정적이라 알려진 자파인 후는 공정치 못한 천거를 해 왔으며, 수십 명의 귀족들의 살해를 청부하고, 일부 귀족들을 중상모략 해 왔다는 사실이 폭로되었다.

강강한 공가의 위세에 차마 선대 작위 공작 칼키스의 이름을 더럽히려는 이는 드물었으므로, 결과적으로 라르크의 왕실과 공생하며 일신을 바쳐 온 반트의 숄고와 팔란의 2인자라 불리던 자파인 후만이 노나에 오르게 된 것이다.

라페로바한 가문과 자파인 가문은 영지를 제외한 모든 사유 재산을 몰수당하는 처벌을 받았다. 또한 두 역사적 인물은 라르카드단에 이르는 것도 허락되지 못했다. 소산식마저 류가 호수 언저리에서 개개인이 치르는 것을 겨우 허락받았을 뿐이다.

시류에 굴종하지 않고 마지막까지 버티던 귀족들은 결코 무너지지 않을 듯했던 두 대귀족의 처참한 몰락에 그대로 뮈아드로로 달려와 엎드렸다. 동과 서와 남과 북을 아우르는 끊임없는 행렬이었다.

테른도크는 관대하게 웃으며 그들의 충성 맹세를 하나하나 주워안았다. 달콤한 말과 믿음 어린 몸짓으로 그들에게 포상하는 것도 잊지 않았다.

친애하는 나의 누이 예타. 일리리안의 자작 부인.

벌써 식은 바람이 불기 시작하는 계절에 이르렀습니다. 일찌감치 다시 혹한을 준비해야 할 것 같습니다. 누님께서 계신 비사크도 월동을 준비하느라 바쁘겠지요.

누님, 우선 사과드립니다. 우리가 마지막에 좋지 않은 논쟁을 한 데에 제 마음이 몹시 불편했습니다. 제가 영지로 돌아가기 전 누님을 방문했을 때,

누님은 저의 이야기를 들으시고는 제가 더 이상 수도 내의 사건들에 관심을 갖지 않길 바라셨지요. 비록 누님께 반발하기는 했지만 사실 어떤 마음인지 십분 이해합니다. 저 역시도 누님과 일리리안 자작께서 최근 불어 닥친 화마로부터 안전히 견디시기를 바라고 있으니까요.

누님의 말은 옳습니다. 이름조차 거론하고 싶지 않은 그분은, 생각 이상으로 훨씬 잔인한 사람이었습니다. 지금 라르크를 덮친 사태가 전부 그의 결정에 의해 비롯되었음을 의심할 수는 없는 일입니다.

예, 그러니 그리 잔인한 전장을 스스로 떠나지 않고 십여 년간 누비고 살아남은 거겠지요. 감히 우리와 같은 종자는 헤아릴 수도 없는 사람일지 모릅니다. 우리는 북부의 늑대가 아니니까요.

하지만 누님, 종달새로부터 태어난 우리는 스스로의 심경을 지저귈 권리가 있다고 생각합니다. 이는 옳은가 옳지 않은가의 이분법적인 판단이 아니라, 현 시태를 보고 듣고 느끼는 모든 것들에 대한 자유로운 발언권을 뜻합니다. 우리는 이미 위대한 위업을 위해 우리의 아버지를 국가에 내어 주었으므로 그런 생각을 해 볼 수는 있을 거라 믿고 있습니다.

사실 지금 폐하께서 공작 각하와 함께 단행하시는 것들은 우리 모두가 오래전부터 느껴 온 아국의 폐단, 이리 말하는 것이 참으로 불경스러우나, 그 폐단을 씻어 내는 것임을 압니다. 어떤 면에서는 그간 우리를 늘 곤두서게 하고 늘 불안하게 했던 그 악습을 끊어 내는 일이므로 결단을 존경할 만합니다.

하지만 누님, 그 과정에서 상처받는 이들은 겸허히 아픔을 받아 삼켜야 하는 것일까요. 아픔을 아프다 말한다면 반역이 되는 걸까요. 아니면 그들은 이미 폐하의 적이 되었으니 아프다 말할 자격조차 없어지는 걸까요.

수도에서 있었던 참변으로 인해 브리옴마저도 떠들썩해졌습니다. 마지막 서신에서 지는 누님께 더 이상 역겨운 수도 내의 분위기에 휘말리지 않겠다고 맹세했지요. 죄송합니다. 참고 참으려 해도 그러기가 참 어렵습니다. 몇 날 며칠 밤을 지새우고 머릿속에서 떨쳐 내려 해도 쉬이 떨쳐지지가 않습니다. 하여 수도에 올라가 볼 생각입니다. 누님께서 화내실 것이 선하지만 말리시지는 못할 겁니다.

아마도 누님은 물으시겠지요? 대체 네가 가서 무얼 할 수 있겠느냐고. 일야에 수십 년간 나라에 헌신한 재상이 죽고, 산 역사라 해도 그르지 않은 자파인의 아들이 죽고, 수년 만에 수도에 든 볼레트 후작이 죽었는데, 고작 할드로프인 네가 어찌하겠느냐고. 사실은 제가 가서 무얼 하려는지 저도 잘 모르겠습니다.

종이 한 장 차이의 삶과 죽음을 살아온 이들에 비견해 우리 할드로프는, 비록 한 차례의 거센 풍랑을 맞았다고는 하나 비교적 평화롭게 살아온 이들이 아닙니까.

잘 모르겠습니다. 누님. 이 세상은 이상합니다.

전쟁터에서 본 라르크는 서로를 믿고 의지하여 하나 된 아름다운 사람들로 뭉친 고귀한 정신이었는데, 어째서 전쟁터 밖의 라르크는 보다 참담한 군상들로 뒤덮여 있는 것인지. 전장에서 보았던 이들과 하등 다를 것 없는 꼭 같은 이들이라 믿었는데, 제가 틀렸던 걸까요?

어쩌면 폐하께서 옳을지도 모르겠다는 생각에 가슴만 더욱 적적해지는 밤입니다.

아마 누님이 이 서신을 받으시고, 다시 브리옴으로 답신을 보내실 무렵에 저는 이미 수도에 있을 겁니다.

사랑을 담아.

브리옴의 영주, 늘 당신의 평안을 기원하는 레작 오웬 할드로프 백작으로부터.

참변의 희생자들의 장례는 스무 날을 넘긴 후에야 치러질 수 있었다. 물안개가 얕게 깔린 류가 호수에서였다.

투명한 물결을 반사하는 햇살에 눈이 부셨다. 적잖은 인기척에 둘러싸인 호수 변에는 잠든 바람이 스산히 흔들거렸다. 몇몇 백성들은 호수 건너편에서 높게 쌓아 올려지는 장작 제단을 바라보았다.

초라한 장례였다.

윈로스 저택의 참변 소식에 겁을 집어먹은 대부분의 귀족들이 별의별 사족을 붙여 그들의 영지로 되돌아간 후라, 장례식의 조문객은 그렇게 많지 않았다. 물론 전혀 없는 건 아니었다.

스무 날이나 걸려 시신의 소산을 허락받은 유가족들은 대부분 시신을 가지고 영지로 되돌아갔다. 오전 중, 자파인 후의 시신 역시 그의 땅으로 보내졌다. 그러나 일생을 뮈아드로에서 살아온 재상 라페로바한을 비롯해 참변의 소식을 듣고도 꼼짝 않은 채 침묵하는 벵센 후의 무관심 속에 방치된 타라옛의 시신, 그리고 동부 출신의 어떤 귀족 청년과 누구도 수습해 줄 이가 없는 로이반의 시신은 합동 소산하기로 했다.

피살자들 거의 대부분의 재산이 몰수되었으므로 그들의 장례에 드는 비용은 브류나크에서 베풀었다. 어떤 브류나크인지 부러 묻는 이는 없었다. 지금 왕가와 공가는 한 몸처럼 움직이고 있으므로.

도톰한 회색 코트를 걸친 파사드는 제단에서 얼마 떨어진 곳에 멈추어 희게 질린 시신을 바라보고 있었다. 기름에 젖은 제단의 좌우로는 한때의 전우들이 소식을 듣고 찾아와 둘러서 있었다. 착잡한 얼굴을 하는 이도, 끝내 눈물 보이는 이도 있었다.

테레어드의 몸이 떨리는 것이 파사드에게도 고스란히 느껴졌다. 파사드는 느리게 입술을 당겨 물었다.

수년 전쟁터에서 동고동락했던 이가 참변에 휘말려 덧없이 가 버릴 거라 예상한 이는 아무도 없었을 것이다. 타라옛의 조문을 위해 찾아온 몇몇 귀족들의 시선이 석상처럼 선 파사드에게 향했다.

그들 중 일부는 조문의 목적조차 잊고 근처를 서성대며 파사드에게 말을 붙일 기회를 찾는 승냥이처럼 굴었다. 파사드는 제게 건네오는 말들을 전부 묵살한 채 타라옛의 시신을 향해 다가갔다. 파사드가 가까워지자 제단을 에워싸고 있던 사내들이 정중하게 길을 텄다.

"……각하, 인사드립니다."

파사드의 검은 눈동자는 온전히 타라옛에게 향했다.

다소 뾰족한 코끝을 한 턱선이 굵은 중년 남성은 한때의 강인하던 모습과는 판이하게 다른 연약한 그림이었다. 파사드의 오른손 검지가 떨렸다. 손목 아래로부터 밀려드는 통증에 그도 모르게 눈살이 찡그려졌다.

파사드는 자파인 후가 인데거 성에서 마지막을 준비하고 있다는 것을 알았다. 타라옛이 반트의 귀족들과 눈에 띄게 가까워졌다는 것도 알았다. 그가 참변에 휘말렸다는 이야기를 들었을 때, 어쩔 수 없는 일이라 생각하려 했다.

파사드는 뮈아드로에 머문 시간보다 변경을 떠돌거나 로크란드에 머문 시간이 더 길었다. 세어 보면 로크란드의 갈카마들과의 교전을 제해도 크고 작은 전쟁에 스무 번 가까이 참전했다.

전쟁과 전투는 다수를 지키기 위해 소수를 희생해야 한다는 논리로 이루어진다. 모든 기본적인 전략과 전술은 대를 위해 결정되는 합리적인 활동이었다. 그뿐만 아니라 혹자는, 많은 이들이 다수를 위한 소수의 희생이 당연한 진리라 받아들였다.

파사드는 얇게 깔린 물안개의 소슬함에 잠겼다. 어디선가 들리는 울음소리, 어디선가 들리는 조용한 조의, 어디선가 흘러드는 공허함이 그를 견딜 수 없게 했다.

스스로가 옳은 길을 택한 것임을 의심하지는 않았다. 그러나 그것이 정언적 명령에 의한 선택인지는 이제 와 알 수 없었다. 만일 누군가의 희생이 당연하다면 그녀의 희생에 분노할 이유도 명분도 없었다.

오랜 시간 생사가 오가는 전장을 떠돌며 사실 가슴 한편은 이미 알고 있었다. 전쟁은 애당초 합리적일 수가 없는 부도덕한 행위였다. 다수와 소수의 쟁점으로 볼 때, 전쟁은 소수가 어떤 특정한 명분을 내세워 다수를 희생시키기로 결의하는 것에서 시작되기 때문이다.

만일 다수를 위해 소수를 희생시키는 것이 합리라면, 소수를 위해 다수가 희생되어야 하는 전쟁은 일어나서는 안 되는 것이다. 하지만 그는 알고도 선택했다.

"각하, 각하께서도 오셨습니까?"

볼레트 군의관이 그의 곁에 다가와 섰다.

볼레트 군의관, 기브란트. 그는 이제 군의관이라 불러서는 안 될, 볼레트 가문을 잇게 될 사내였다. 테른도크의 승인이 떨어졌으니 응당 그에게 존중 어린 태도를 보여야 마땅했다. 그러나 타라옛을 내려다보고 있으니 시간이 마치 반년 전의 그 시절로 되돌아간 듯해 쉬이 입술이 떨어지지 않았다.

"군의관."

눈이 발간 볼레트 군의관이 애써 엷은 미소를 가장했다.

"……사람 일은 참 알다가도 모르겠습니다. 그 난장판을 방불케 했던 전쟁터에서도 살아남으셨던 분이 어찌 이리 덧없이 가셨는지……."

"오늘 오전에 벨라옌 잔의 시신이 영지로 돌아간 것으로 아는데. 함께 가지 않았나?"

"……소산식만 끝나면 돌아갈 겁니다. 그래도 한때 북부를 지탱해 주셨던 재상이시고, 벵센 경은 전쟁터에서 동고동락했으니 마지막이나마 지켜보는 것이 도리일까 싶어……. 아, 그리고 이리 뵌 김에, 확인하셨는지 모르겠습니다만 각하께서 명하셨던 임무에 새로 후임을 지정해 두었습니다."

기브란트는 이번 개혁의 단행이 진행되기 시작할 무렵 파사드와 거래했다.

전쟁 영웅의 위상은 언젠가 스러질 것이므로, 몇 년이 걸릴지 모를 이번 개혁의 또 다른 포석이라 할 만한 것이다.

개혁이 진행되는 시기, 뮈아드로와 인근의 위성 도시에 무료 진료소를 차리고 백성들에게 무상 치료를 베푼다. 브류나크 가문이 그에 필요한 공간과 의원들의 인건비, 의약 물자들의 비용을 전부 감당한다. 대신 의원들은 늘 붉은 늑대의 멘테를 두르고 있어야 하며, 그 모든 것이 브류나크의 자비임을 알려야 한다.

그간 쌓아 온 공가의 부는 앞으로 수년은 그를 감당할 만큼 넘쳐났으니 파사드에게는 어렵지 않은 결정이었다. 또한 많은 이들을 치료하는 것이 볼레트 군의관의 꿈이었으므로 거래는 수월하게 성사되었다. 볼레트 군의관은 지난 두어 달간 파사드의 명을 착실히 이행해 왔다.

그동안 파사드는 백성들과 의원들과 군사들에게 필요한 깃발과 문양 기를 만들기 위해 할리페 자작을 통해 수공업자들을 대거 고용하고, 언제 있을지 모를 무력 마찰에 대비해 소집되어 있는 군사들을 이용해 백성들의 겨울 준비를 돕게 했다.

쌀쌀한 공기에 입김이 번지기 시작했다.

"……다음번에 만나게 된다면 군의관이라 불러선 안 되겠군."

"편히 대해 주십시오. 저는 작위에 걸맞지 않는 모자란 사내입니다. 하나도 기쁘지 않으니."

볼레트 군의관의 착잡한 중얼거림에 참전 군사들은 숙연해졌다. 처량히 시신을 내려다보던 볼레트 군의관이 아주 작게 중얼거렸다.

"……사설입니다만, 그거 아십니까? 제 형님, 거의 삼 년 만에 수도에 왔습니다. 저를 만나겠다고요. 제가 평민들과 같이 무상 진료를 하고 돌아다닌다는 소식에 화가 단단히 난 것 같아, 저는 그날 어떻게 제 형을 설득해야 하나 고민하며 밤새 잠을 설치고 있었지요."

"……."

"하지만 쓸데없는 걱정이었습니다. 결국 만나지 못했으니."

"유감스러운 말이군. 조의를 표하는 바다."

"저도 참 유감입니다. 한 번도 가문에 자랑스러운 사내였던 적이 없는데……. 이리 누까지 끼치게 되는군요."

볼레트 군의관의 목 잠긴 음성에 파사드는 떨리는 눈꺼풀을 느리게 닫았다.

"아시겠지만 저는 한 번도 제가 이런 의무를 짊어져야 할 날이 올 거라곤 생각지도 못했습니다. 아무래도 제 꿈은 이곳에서 각하의 도움을 받아 펼쳤던 지난 몇 달이 마지막이었던 모양입니다. 정말로 제가 바란 건 이런 삶이 아니었는데 말입니다……."

"……."

"각하, 한 가지만 여쭈어도 되겠습니까."

파사드는 그를 향해 턱을 살짝 내렸다 들었다. 볼레트 군의관은 신중히 말을 고르기 위해 두어 번 헛기침 한 후 숨죽여 물었다.

"외람된 무례를 용서해 주십시오. ……폐하와 각하는 요즘 항간의 소문…… 혹 들어 보셨는지요."

파사드 역시 소문은 들어 알고 있었다.

지난 참변의 용의 선상에는 브류나크의 이름도 심심찮게 오르내리고 있었다.

피살된 이들이 대부분 브류나크에 반감을 한두 번쯤은 표현한 이들이었으므로 전혀 이해가 가지 않는 의혹은 아니었다. 심지어 자파인 후 역시 공개적으로 테른도크의 과격한 명령을 부정했던 자였다.

물론, 윈로스의 잔당이 그런 짓을 벌였다 철석같이 믿고 있는 자들도 있다. 동부에 있는 그들 잔당은 모략이라며 거세게 부정하고 있지만 말만으로는 스스로를 증명할 수 없는 법이다.

어찌 되었건 동부 결집군의 주축이 되어 주었던 재상을 비롯한 급작스런 대귀족들의 죽음은 동부 잔당들의 발을 묶는 결과를 낳았다. 그들 내부는 이미 백산魄散해 있을 가능성이 컸다.

그리고 조만간 윈포드 경이 그 잔당들을 전부 숙청할 터였다.

발 디딘 곳으로 참담함이 파도치는 듯했다. 파사드는 불편한 심사를 감추기 위해 부러 단호히 소리를 뱉었다.

"만일 내가 이 자리에서 진실이라 말한다면 볼레트는 브류나크를 고발이라도 할 텐가?"

볼레트 군의관은 전쟁이 끝난 후로 어쩐지 더 야윈 듯한 그들의 영웅을 한참이나 침묵으로 바라보았다.

"각하, 스스로를 힘들게 하지는 마십시오. 각하께선 그렇게 잔혹한 분이 아니시잖습니까."

"......."

"우리는 모두 압니다. 전우들은 압니다. 짧지 않은 시간 당신을 모셔 온 이들이 아닙니까."

파사드는 제게 향하는 지난 참전 군사들의 시선을 고스란히 느끼며 입술을 다물었다. 그리고는 볼레트 군의관을 향해 왼손을 내밀었다. 기브란트가 의도를 알아차리고 마찬가지로 왼손을 내밀어 악수하듯 맞잡았다.

파사드는 늘 사람을 살리고 싶다 말한 사내의 귀한 손을, 온기를 한동안 움켜쥐었다 풀며 말을 맺었다.

"앞으로 볼레트의 앞날에 영광이 있기를 기원하겠다. 다음에 만날 때는 조금 더 예우를 차려 주지."

"사투르가 귀레 라르크. 브류나크의 위대한 치세를 기도하겠습니다."

"볼레트 후."

"아직 그리 부르시는 건 역시…….."

"어떤 일이 있더라도."

볼레트 군의관의 말허리를 자른 파사드가 나직이 경고했다.

"볼레트는 브류나크를 적으로 돌리지 마라."

명령이었지만 어쩐지 당부처럼 들리는 목소리였다. 눈을 의아하게 뜨던 볼레트 군의관이 파사드의 까만 눈동자에 데기라도 한 사람처럼 퍼뜩 시선을 내렸다. 어쩐지 슬펐다.

시신들이 놓인 나무 제단이 불타기 시작하며 뭉게뭉게 연기가 올랐다. 드넓은 류가 호수 변을 등지고 선 조문객들은 피어오르는 검은 연기를 향해 마지막 목례를 더했다.

그리고 그들과 얼마 떨어지지 않은 곳, 아직 불이 붙지 않은 나무 제단 앞에서 엘히엔은 망연히 제 키만큼이나 높은 제단을 응시하고 있었다. 구겨진 재색 상복이 스산한 바람에 흔들거렸다. 연갈색 머리칼의 작은 아가씨의 말간 산호처럼 밝은 주홍빛의 눈동자는 울음 그친 후의 발간빛으로 젖어 있었다.

장례를 돕기 위해 왕실에서 파견 나온 군사 몇이 역청과 유황이 섞인 기름을 제단 곳곳에 정성스레 뿌릴 무렵이었다. 저벅저벅, 묵직한 발소리가 가까워졌다.

늘 그녀가 기다렸던 발소리가 얕은 물안개를 헤치고 다가오고 있었다. 라페로바한가의 남은 기사들과 침통한 얼굴로 그녀를 둘러싸고 서 있던 시녀들이 멈칫거리는 것이 곁눈으로 느껴졌다. 이어, 수국의 향기가 났다.

창백하게 선 엘히엔은 지난 몇 달간 미친 듯이 매달려 왔던 전 정략 상대가 제 곁에 나란히 설 때까지도 허공만 바라보고 있었다.

"조의를 표합니다, 영애."

다정함은 신기루처럼 사라졌다. 갈리아우 산맥의 저편에 서 말을 붙여 오는 것처럼 거리감 느껴지는 찬 음성이었다.

파사드는 엘히엔의 침묵에도 잠자코 그녀의 옆자리를 지켰다. 고개 돌리지 않은 엘히엔은 찬 바람 속에 부드러운 수의만을 덮은 채 누운 그녀의 부친을 눈에 담았다.

이런 일이 생길 줄은 몰랐다.

아무것도 모른 채 그녀는 조르고 애걸하고 매달렸다. 결국 늦둥이 외딸의 울음 섞인 청원을 이기지 못해 그녀의 아버지는 끝까지 파사드에게 손을 내밀었다. 자존심 센 아버지가 세 번이나 그녀를 위해 브류나크 사저에 서신을 넣은 것을 그녀는 알고 있었다.

그때마다 그녀는 '이번에는 긍정적인 답이 되돌아올까', '이번에는 파사드가 답을 돌려줄까.' 설레는 서글픔으로 아비의 옷자락에 매달려 울었다. 그녀가 개의했던 것은 제 삶뿐이었다.

"만족하세요?"

"……."

"이제, 당신은 만족하시나요?"

엘히엔은 떨리는 목소리로 물었다. 그러나 눈물 흘리지는 않았다.

나이가 많은 정혼자를 두고 오랜 시간을 기다리다 보면, 그 정혼자가 나이를 두고 약혼녀를 멀리한다면 필연적으로 조숙해질 수밖에 없었다. 온전히 사랑받기 위함이었다. 그녀는 자작자작 걸어 제 키만큼 높은 장작 제단 위에 반듯하게 누워 있는 아버지를 향해 다가갔다.

늘 입던 화려하고 선명한 빛깔의 값비싼 치맛단이 아닌 재색 치맛자락이 발끝에 걸렸다.

엘히엔은 발꿈치를 들어 마지막이 될 부친의 얼굴을 들여다보았다.

—딸아, 너는 나를 닮지 않아 다행이지 않으냐. 어찌 이리 어여쁜지.

늘 그리 말하던 아버지의 길쭉하고 얄상한 얼굴. 혹자는 비열해 보인다 말하던 얇은 입술이 푸르렀다. 누군가는 그가 입을 여는 것을 두려워했으나, 엘히엔에게는 더없이 소중한 입술이었다.

늘 애정으로 그녀를 꾸며 주던 부친의 입술은 더 이상 무엇도 말하지 못하는 것이 되었다. 살짝 벌어진 채 텅 빈 그림자만 삼키고 있다.

제 아비가 저질렀다는 부정부패, 엘히엔은 믿을 수 없는 것들뿐이었다. 그 믿을 수 없는 일련의 것들이 발목을 잡아 일생을 라르크를 위해 헌신하고도 라르카드다으로 이르는 것을 허락받지 못했다.

엘히엔은 제게 유언조차 남기지 못하고 죽은 부친의 급사가 슬픈 건지, 아니면 그리 부단한 노력으로 온몸 바쳤음에도 낙원으로 건너

갈 금화 한 닢 받지 못한 것이 슬픈 건지 알 수 없다 생각했다.

그저 뜨인 눈에서 다시 눈물이 떨어져 내린다는 것만 알았다.

얼어붙은 손끝을 매만졌다. 그녀의 부친은 매일 밤 울음으로 밤을 지새우는 그녀에게 사죄했다.

—내가 너에게까지 죄를 지은 셈이구나. 이 아비가 모자라 이리 횡액을 당했음이다. 네게 미안하구나, 딸아.

엘히엔은 느리게 눈을 감았다 뜨며 괴어 있던 눈물을 떨쳐 냈다. 그리고 뒤돌아 파사드를 바라보았다.

비교적 하얀 낯은 전쟁을 다녀온 후 조금 탔다. 단정한 이목구비는 여전했다. 날카로워 보이는 눈매는 여전히 매서웠다. 하지만 그녀는 저 눈매가 어느 만치 다정하게 가늘어지는지 알았다. 그가 얼마나 자상하게 말을 건네줄 수 있는 사람인지도 알았다.

"……용서를 구하시기 위해 왔나요?"

동정인지 아니면 피곤인지 모를 검은 눈동자가 차분히 대각으로 내리깔렸다.

섣부른 말을 않기 위해 말수를 아끼는 그를 잘 알았다. 엘히엔은 삽시간에 부옇게 변하는 시야에 눈가를 소맷자락으로 훔쳐 낸 후 그를 똑바로 올려다보았다.

저 사람은 그녀가 일생 사랑하려 노력해 사랑한 사람이었다. 평생 저 사람과 함께할 줄 알았다. 저 사람이 그녀를 지켜 주는 지붕이 되어 줄 거라 믿었다. 제가 열심히 하면, 조금이나마의 사랑이 보답으로 되돌아올 것이라 믿었다.

엘히엔은 그가 침묵하지 않길 바랐다.

얼마 지나지 않아 시신이 누운 나무 제단이 천천히 불길을 올리기 시작했다. 커져 가는 불길은 늦가을의 한기를 밀어냈다. 그럴수록 분위기는 더욱 서늘하고 엄숙해졌다.

타닥타닥. 밑바닥부터 피어난 불길이 이내 제단 전체를 집어삼켰다. 시신의 옷이 타들어 가고 살결이 불길에 휩싸였다. 후끈한 열기가 끼쳐 올랐다. 열기 섞인 바람에 재색 치맛자락이 얕게 흔들거렸다. 뺨이 익는 것 같은 화마의 노여움을 멍하니 견뎌 내던 엘히엔이 울음 잠긴 소리로 물었다.

"……내가 용서도 구하지 않는 각하를 용서해야 하나요?"

"……."

"아니면, 그런 비정함을 감추고 있던 당신을 이제라도 알게 되어 다행이라 감사해야 하나요?"

"……."

"내가 당신을 증오해야 하나요? 내 아버지의 죽음을 당신 탓으로 돌려야 하나요?"

"……."

"당신이."

"……."

"내게 침묵할 자격이 있나요?"

물안개 마시듯 속이 축축하게 젖어 가는 기분이라 파사드는 어떤 행위를 목적으로도 입을 열 수가 없었다.

"……당신이."

"……."

"폐하와 함께 내 아버지의 명예를 떨어뜨리고 내 친지들을 옭아매고, 우리를 등지게 하는 절망적인 비극을 안겨 준 당신이."

"……."

"지금 이 자리에 서 있을 자격이 있나요?"

파사드는 이내 검은 연기를 토해 내는 벌건 화마 속에 잠긴 구시대의 위인에게로 눈동자를 옮겼다.

열기로 눈동자가 타들어 가는 듯 뜨거웠다. 참을 수 없는 통증에 오른팔이 떨렸지만 제 고통을 내색하기엔 이 호수 변을 떠도는 비통이 더욱 지독했다.

결국 엘히엔은 그를 밀치며 서러운 눈물을 터뜨렸다.

"왜 그랬어요? 왜 그러셨어요? 그럴 거면 왜 희망을 주셨어요? 그럴 거면 왜 귀애한다 말하셨어요? 왜, 왜요? 왜 안아 주시고, 왜 웃어 주시고, 왜 저밖에 보지 않는다 말하셨어요?"

"……."

"대체, 당신 여기 서서 뭐하는 거예요!"

악처럼 소리친 엘히엔은 결국 입술을 틀어막고 끅끅거렸다. 늘 사랑스러움이 넘쳐흐르던 큼직한 눈동자에서 쉼 없는 절망이 솟아 흘렀다.

어쩔 수 없는 높이의 차이, 비스듬 내린 시선으로 엘히엔을 응시하는 파사드의 눈꺼풀이 느리게 떨렸다. 그의 목울대가 잠깐 움직였다. 그러나 아무 소리도 나지 않았다. 숨소리조차 낼 수 없었다.

'그때는 저 스스로만큼은 마음먹은 대로 다스릴 수 있을 줄 알았습니다.'

'그 시절에는 간구한다는 것이 무엇인지 몰랐습니다.'

'그 시절에는 진정이었습니다.'

위로처럼 건넬 수 있는 진심은 이미 그의 안에 넘쳐 났다. 그렇지만 내뱉지 못했다.

"폐하로부터의 전언이 있었습니다. ……폐하께서는, 영애가 궁 안의 시녀로 들어와 지내는 것도 나쁘지 않겠다 판단하셨습니다. 강제는 아닙니다. 지금의 저택에 머무셔도 되지만 원하신다면 궁에 들어와 지내셔도 좋다는 명입니다."

"……잔인해요."

"그편이 더 편안하실 겁니다."

"정말…… 정말……."

차마 말을 잇지 못하고 한참을 파르르 떨리던 입술을 당겨 문 엘히엔이 말했다.

"가세요."

"……."

"다시는, 제 앞에 나타나지 마세요. 제발 사라져요. 제발, 사라져 버려요."

파사드는 느리게 고개를 숙였다. 그리고는 처음 다가왔을 적처럼 조용히 뒤돌아갔다. 멈추는 법도, 뒤돌아보는 법도 없었다. 하염없이 파사드의 뒷모습을 바라보던 엘히엔은 끝내 주저앉아 오열을 터뜨렸다.

❖·❖

간발의 차로 소산식이 있는 당일 오후에 류가 호수에 이른 레작은 이미 땀투성이었다. 차가워진 가을바람도 그의 열기를 훔쳐 갈 수 없었다.

어둠이 짙게 깔린 북부의 저녁, 잿더미만 휘날리는 호수 변에서 엘히엔은 시든 꽃처럼 앉아 있었다. 멀찍이 서서 어쩔 줄 모르고 그녀를 바라보는 라페로바한가의 시녀들과 기사 두 명이 그를 발견하고 경계했다. 그러다 할드로프의 초록 종달새가 수놓인 멘테가 펄럭이는 것을 발견하고 물러섰다.

멈추지 않고 빠르게 달린 레작은 작은 소녀의 등 뒤에 멈춰 섰다.

혹 울고 있지는 않을까, 흐느끼고 있는 건 아닐까. 조심스레 귀를 세웠다. 그러나 아무런 소리도 들리지 않았다.

저녁 무렵 강해진 차가운 바람에 끊임없이 날리는 재 속의 그녀는 다소곳이 앉은 인형 같았다.

레작은 선뜻 그녀에게 말 걸지 못하고 찬 호수 변을 디딘 발에 힘을 주었다. 무슨 말로도 그녀를 위로할 수 없음을 알았다. 세간을 떠들썩하게 하던 파혼 소식, 줄줄이 고발당한 그들의 친지들, 일야에 참변을 당한 부친, 가문의 명예는 땅에 떨어졌으며 재산마저 몰수당했다고 했다.

이미 레작은 일이 터지기 훨씬 전부터 파혼에 관한 것을 알고 있었다. 그럼에도 아무 말도 하지 못하고 누구도 알아주지 않을 분노를 삭이고 되돌아갔다. 그에겐 왈가왈부할 자격이 없었기 때문이었다. 그 때문에 라페로바한 가문이 일시에 이리 몰락할 줄은 몰랐다지만 결국은 구차한 변명에 불과했다.

"……죄송합니다, 영애."

레작은 그녀의 등 뒤의 찬 땅에 무릎 꿇었다.

엘히엔의 숨 떨리는 목소리가 되돌아왔다.

"아버지의 조문을 오셨나요?"

"……예."

"먼 길이셨을 텐데, 라페로바한의 딸로서 감사드려요. 하지만 이미 아버지는 따뜻한 불 속으로 되돌아가셨어요."

애써 담담한 체하려는 그녀의 음조에 죄인 된 마음이 저며 폐부가 조여 왔다. 한참이나 가슴 안쪽으로 번져 나가는 비통함에 입술을 떼지 못하고 있으니 엘히엔이 먼저 말을 이었다.

"다 끝났으니, 끝났으니."

"……영애."

"이제 돌아가셔도 괜찮아요, 할드로프 백."

"바람이 차가워집니다."

"……."

"바래다 드리겠습니다."

"라페로바한의 딸인 거 잊으셨나요? 막 오욕을 씻어 내신 할드로프의 아들인 당신이 저희 사택에 드나드신다는 소문이 나면 폐하께서 또다시 무슨 짓을 하실지 모르는데요."

레작은 쓰게 웃었다.

"글쎄요……."

할드로프의 땅 브리옴은 군사도 적고 고만고만한 크기의 작은 영지였다. 그간 착실히 세금을 내며 숨죽여 지냈으니 반역의 현행범이 되는 것이 아니라면 테른도크는 할드로프를 적당히 무시할 터였다. 그리고 설사 어떤 불명예스러운 일을 저질렀다 한들, 낱낱이 드러난 죄목과 별개로 재상 라페로바한은 지난 삼십여 년간 라르크를 이끌어 온 큰 인물 중 한 명이었다.

"어차피 저는 그리 대단한 자가 아니니 폐하의 관심사가 되지 못할 겁니다."

하염없이 밤물결을 응시하던 엘히엔이 느리게 그를 향해 고개를 돌렸다. 흐트러진 그녀의 머리칼이 홀로 된 바람에 흩날렸다. 레작과 눈이 마주치자마자 그녀의 눈에서 눈물이 주르륵 빗물처럼 떨어져 내렸다.

레작은 조심스레 걸치고 있던 코트를 벗어 그녀의 어깨에 걸쳐 주었다. 그리고 다시 한 번 그녀에게 돌아가자 권유하려던 찰나였다.

"……세상은 원래 이렇게 잔인한가요?"

세상 물정에 어두워 순수하던 아가씨가 물었다.

"세상은 원래 이렇게 잔인한 곳이었나요?"

웃는 것처럼 끌어 올려진 입꼬리를 타고 눈물이 떨어졌다.

한 번 떨어지기 시작한 눈물은 그녀의 코트 목덜미를 여미기 위해 손을 뻗은 레작의 손등을 금세 흥건히 적셨다. 엘히엔은 그런 레작의 팔을 쥐어 내려뜨린 후 흐느끼며 물었다.

"원래, 흑, 원래, 흐엉, 이렇게 잔인한 곳이었나요?"

그녀의 몸이 기울듯 무너졌다. 재투성이가 된 재색 치맛자락에 얼굴을 파묻은 채 사시나무처럼 온몸을 떨며 우는 엘히엔을 바라보며 레작은 그도 모르게 눈물 흘렸다.

레작은 일찍이 그를 내팽개치고 떠난 부친으로 인해 그 나이 대의 행복을 누려 보지 못하고 조숙해져야 했다. 너무나도 일찍 알았다. 세상은 그리 잔혹한 곳이라는 것을. 그래서 절망의 쪽배를 타고 겨우 슬픔의 강 위에 앉아 버티는 그녀에게 그 어떤 희망의 말도 할 수 없었다.

"적어도."

레작은 저도 모르게 흐느낄 것 같아 최대한 낮게 목소리를 깔아야 했다.

"적어도, 뮈아드로는 그런 곳입니다. 하지만 모든 세상이 영애께 잔인하지는 않을 겁니다."

"저는 이제 어떻게 살아야 하는 건가요?"

"……"

"저는 이제 어디로 가야 하나요? 흑. 내 아버지는 지금 어디에 계실까요? 나는, 나는……."

울음소리가 비껴 간 자리로 엘히엔의 처연한 음성이 흩어졌다.

한여름이면 그들이 뱃놀이를 하고, 백성들이 멱을 감고, 따사로운 여름의 녹음이 짙게 피어나던 호수 변의 야경을 곁에 두고 레작은 엎드려 흐느끼는 그녀의 등을 내려다보았다.

"떠나고 싶어요."

"……."

"그냥 떠나고 싶어요."

"……."

"잔인하지 않은 세상이 어딘가 있다면, 그곳으로 가고 싶어요."

"……이곳을 떠나 주유하실 거라면, 언제고 저희 땅을 한 번 둘러보시겠습니까. 브리옴은 아름다운 곳입니다. 남부만큼 녹음이 짙지도 못하고 북부만큼 설원이 드넓지 않지만 그렇게 춥지도 덥지도 않고, 그렇게 대단하지도 못하지도 않은 땅입니다. 일생 라르크를 위해 목숨 바친 선인들의 땅이며 막 가문의 오욕을 씻어 내 햇살 비치는 할드로프의 땅입니다."

"그곳은 이곳처럼 잔인하지 않은 땅인가요?"

"……적어도, 아픈 사람을 동정하는 순박한 이들의 땅입니다."

끊이지 않는 울음이 호수 변을 맑게 울렸다.

흩날리는 재 속에서 모든 것이 흩어질 때까지.

북부의 큰손들이 봄볕 아래 눈송이처럼 스러진 가을밤이었다. 유독 공기가 적적하게 늘어진 듯했다.

테른도크는 오전 업무까지만 마친 후 쭉 침실에 처박혀 있었다.

술잔을 쥔 채 북쪽 창가에 걸터앉아 있길 수 시간이었다. 그의 푸른 눈동자는 창살 너머 환히 일렁이는 알레타르 달테, 회색 사원 앞의 타오르는 봉화에 향해 있었다.

비록 누아드가의 삶을 건네주지는 못했으나, 또 드러난 죄목이 명백하나, 그래도 북부의 큰손들로 존중받아야 하는 이들이었다. 그런 그들을 떠나보내는 마지막 밤이었다.

어느새 차게 식어 버린 술잔을 알아차린 테른도크는 단박에 잔을 비워 냈다. 빈 잔은 뒤도 돌아 보지 않고 어깨 너머로 내동댕이쳤다. 쨍그랑. 쇠 굴러다니는 소리가 울렸다.

이어 문 밖에서 시녀가 아뢨다.

"폐하, 동부 별장의……."

"들여라."

그는 더 듣지 않고 명했다.

이미 에제트가 '그녀'의 왕궁 입성을 귀띔하고 간 후였다. 얼마 지나지 않아 혼곤함에 잠겨 넘실대는 먼 곳의 불길을 응시하는 테른도크의 귓전으로 고상한 여성용 구두 소리가 들렸다.

또각또각, 또각또각.

고개를 돌리지 않고 창밖만 바라보던 테른도크의 입가에 서늘한 자조가 어렸다. 그는 방문객을 향해 빈정거리듯 말했다.

"다시는 나를 찾아오지 않을 거라고 생각했는데."

"……폐하께 문안 인사 올립니다."

비셰트는 상복 위에 걸치고 있던 검은 털 후드를 벗어 내린 후 공손히 궁중식 절을 하며 무릎을 굽혔다 폈다. 비록 선왕의 비였다 하나, 그녀는 권력자도 아니었으며 왕궁에서 오래전 잊힌 한때의 스쳐 지나간 바람 같은 존재였다.

흐트러진 붉은 머리칼을 조심스레 귀 뒤로 쓸어 넘긴 비셰트가 테른도크에게서 얼마 떨어지지 않은 곳에 섰다.

"이리 찾아뵙고 싶지 않았으나 어쩔 수 없었습니다. 기실 자파인 후께 중재를 청하려 했으나, 그분이 일야에 변을 당하셨으니 도리 없어 무례를 무릅씁니다."

등 뒤에 닿는 창틀에 뒷머리를 기대고 느른하게 고개를 돌린 테른도크는 설핏 웃었다.

마지막 보았을 적만큼이나 차분한 낯을 한 여자였다. 늘 살갗처럼 걸치고 있는 그녀의 재색 상복이 잘 어울리는 밤, 붉은 머리칼은 그날의 것처럼 윤이 흐르고 아름다웠다. 담갈색 눈동자는 여전히 청청했다. 아주 조금의 노곤한 기색이 깃든 것을 제하면 변함없었다.

테른도크는 헐렁한 침의 안으로 흘러드는 왠지 모를 한기에 창턱에서 일어나 커튼을 쳤다. 틈으로 새어 들던 한기가 그쳤다.

테른도크의 침실은 온전히 서너 개의 등불과 십여 개의 촛불로만 빛났다.

"비극이지."

"……가슴 깊은 조의를 표하는 바입니다."

"그대의 상복이 드물게 어울리는 날이야. 오늘은 군소리하는 이들이 없어 좋겠군."

농담처럼 중얼거린 테른도크는 침대에 올라 앉아 편안히 등받이에 등을 댔다. 그러고는 비셰트를 지그시 응시했다. 비셰트의 눈이 조용히 그를 따랐다. 비셰트는 좁은 폭의 걸음으로 다가와 그의 침대맡에 조아렸다.

"폐하, 부디."

"그래그래, 용건이 있겠지."

"예."

"묻지 않아도 청하겠지?"

"온 마음으로 간청합니다. 이제 그만 로지투스를 돌려주십시오, 폐하."

예상과 크게 다르지 않은 말이었던지라 테른도크는 짧게 웃으며 취기가 오르는 뜨거운 얼굴을 투박한 손길로 쓸었다.

"그리도 내 서신을 무시하더니, 내가 그대의 요구를 존중해 주기를 바라는 건가. 굳이 오늘 같은 날 나를 찾아와 그런 요구를 해야 했나."

"……저의 무례에 노하신 것 압니다."

"화가 난 건 아니다. 위로라도 해 주려 왔나 싶었는데 그대마저 나를 이리 슬프게 하니……."

은연하게 번지는 빛 속에서 그들은 한참이나 서로를 마주 보고만 있었다.

한때 서로 간에 사랑과 같은 감정이 싹텄다 믿었던 이들이었다. 아니, 어쩌면 테른도크 혼자만의 착각이었을는지도 모를 일이다. 아무래도 좋았다. 맥없이 팔을 침대 등받이에 걸치고 기대어 있던 테른도크가 느릿느릿 입술을 열었다.

"그대가 변함이 없어 기쁘지만, 변하지 않으니 나 역시 변함없는 답을 줄 수밖에 없겠군."

"폐하, 조금은 제 뜻을 존중해 다시 한 번 재고해 주십시오. 저는 당신의 어머니의 위치로……."

"내가 그대를 모왕으로 대하지 않을 것임을 확실히 했다. 나는 내 부왕이 타계한 이래 단 한 순간도 너를 내 어머니로 여긴 적 없다. 이리 와."

비셰트는 마지못해 테른도크의 곁으로 다가 섰다.

침대 위에 맥없이 기대어 누워 있던 테른도크의 손이 비셰트를 끌어당겼다. 그리고 예고 없이 그녀의 입술을 삼키듯 덮었다. 그녀가 피하지 않고 침대 위로 쓰러지듯 주저앉자 테른도크는 조금 더 과감하게 그녀를 돌려 눕히고 게걸스레 탐했다.

술 내음이 가시지 않은 혀끝이 그녀의 입술을 핥고 훑고 슬픔을 적시고 지났다. 그의 단단한 팔이 팔뚝에 핏대가 설 만큼 세게 그녀의 허리를 감싸 쥐었다. 반대편 손은 자연스럽게 그녀의 가슴을 움켜쥐었다. 떨리는 손으로.

아, 폐하. 짧은 신음이 흘렀다. 비셰트의 단정하게 묶어 올렸던 붉은 머리칼은 이내 침대 위로 산만히 흐트러졌다.

얼마간 그녀의 입술을 집요히 물어 대며 가슴과 허리를 주무르던 테른도크는 그녀의 뺨과 귓가로 고개를 옮기다 말고 중얼거렸다.

"……참."

"……."

"네 그런 태도가 나를 더 미치게 해. 너는 정말 나를 어떤 생각으로 대하는지를 모르겠다니까."

"……."

"항상 나를 거절하고 밀어내면서도 이리 나를 허락하는군. 내가 왕이기 때문에? 아니면…… 조금의 마음이라도 남아 있나? 이 가슴에?"

테른도크가 비셰트의 가슴팍을 느릿하게 문지르며 정염으로 눈을 빛냈다.

숨을 헐떡이던 비셰드는 작게 입술을 벌렸다가, 다물었다가, 다시 처음과 다를 바 없는 음성으로 말했다.

"……제가 폐하께 바라는 건, 로지투스를 돌려주시는 것, 그뿐입니다."

테른도크가 그녀의 목덜미를 살짝 물었다 놓으며 작게 키득거렸다.

"그래서 내게 이리 얌전히 굴면 내가 돌려줄 거라 생각하고 있는 건가?"

날에 걸맞지 않는 자잘한 웃음이 터졌다.

이런 공교로운 일이 있나 싶다. 귀찮은 여자들이 줄지어 서 자신의 총애를 바라지만, 그가 총애받길 바라는 비셰트는 이 왕국 내에서 유일하게 그에게 고개 숙일 필요가 없는 여자였다. 제 서신을 죄무시해도 그는 그녀에게 큰소리 낼 수 없는 사람이었다. 그의 마음이 어찌 되었건 간에 그녀는 선왕의 비였으므로.

"흐음."

깊이 숨을 들이마신 테른도크는 그녀의 위에 널브러졌다.

비셰트에게서는 그날의 향기가 난다.

장미의 정원에 나란히 마주 앉아 도란도란 이야기를 나누었던 시절의 향기.

오래도록 그린 몸과 체향이지만 그녀가 저를 원하지 않음을 잘 알고 있던 터라 그만두기로 했다. 신사적인 이유만은 아니었다. 그는 바란다면 얼마든지 거칠어질 수 있는 이였다. 다만 오늘은 제 감정을 이 이상 가누지 못할 것이 두려웠다.

얼마간 침묵하던 비셰트가 제 위로 널브러진 테른도크의 부드러운 갈색 머리칼을 쓸어내렸다. 기분 좋은 손길이었다. 손길을 따라 슬픔이 함께 일어났다.

테른도크가 지친 음성으로 물었다.

"……너는 너와 나의 아이가 왕이 되길 바라지 않나?"

"……제가 바라는 건 폐하께서 로지투스를 제게 돌려주시고 저희를 잊어 주시는 겁니다."

"내가 많이 생각해 보았는데, 네 자매의 일 때문에 나를 멀리하려
하나? 아니면 단순히 부왕에 대한 신의를 지키기 위해 나를 외면하
는 건가?"

"……."

"……뭐, 어느 쪽이든 내게는 상관없는 일이지만."

북부의 역사와 함께했던 수많은 이들이 떠나간 마지막 밤이다.

힘없이 입가를 당겨 웃은 테른도크는 그녀의 가슴 사이에 얼굴을
묻고 입 맞추듯 몇 번 입술을 비볐다. 그러나 결코 그 시절과 같을
수는 없음이라. 이제 비셰트는 안고 있어도 제게 닿지 않는 여자였
다. 하루 종일 외면했던 허망함의 검은 구멍만 점점 커졌다.

한때 그의 반려였던 왕비 미네사는 떠났고, 하나 남은 적자는 어
미밖에 모르는 말 못 하는 병신이 되었다. 비셰트는 더 이상 그를 사
랑하지 않고, 그 역시 예전처럼 그녀를 사랑하지 않는다.

한참을 지친 눈으로 그를 바라보던 비셰트가 믿을 수 없을 만큼
아름다운 얼굴로, 믿고 싶지 않은 비수를 뱉었다.

"……자매의 일 때문도, 선왕 폐하에 대한 신의도 아닙니다. 저는
폐하가 싫습니다."

저런 말을 듣고도 아무렇지 않다니. 마음이 닳고 닳아 이제는 무
엇이 남은 것인지조차 알 수 없었다.

테른도크는 손을 뻗어 그녀의 다리와 허벅지 안쪽을 느릿하게 쓸
어 만지다가 말없이 몸을 일으켰다. 그러고는 가볍게 허리를 숙여
비셰트의 이마에 입술을 눌렀다 뗐다. 할 수 있는 한 가장 다정하게.

비셰트가 움찔했다. 테른도크는 곧 흐트러진 제 헐렁한 옷차림을
바로 했다.

"비세트 올로랑스 버젠타리아. 너와 내 아들은 왕이 될 거다. 내 아들로 공포하게 되면 넌 당연히 나의 비가 된다."

"……."

"비록 금기라고는 하나 전례가 없던 일도 아니지. 그때가 되면 넌 언제든지 로지투스를 만날 수 있다. 아이는 어미 곁에 있어야지. 그리고 지금이라도 왕궁에 들어오면, 로지투스를 지켜볼 수는 있을 거다. 어떤가?"

"……."

"고민해 봐라."

느긋하게 말을 맺은 테른도크는 가만히 누운 채 천장만 올려다보는 비세트를 등지고 일어섰다. 그의 뒷덜미로 그녀의 물음이 툭 뱉어 던져졌다.

"그리하면 행복해질 거라 믿으시나요?"

문득, 그의 시선 끝에 흐린 빛을 받으며 수줍게 피어 있는 보랏빛 꽃잎의 라벤더가 걸렸다.

테른도크는 냉소를 담아 대꾸했다.

"……지금보다 나빠질 것은 없지 않나?"

곧 시들어 버릴 꽃이었다.

◈–◈

소산식이 있던 날, 파사드는 늦저녁이 되어서야 공저로 되돌아왔다. 그는 마중 나와 기다리는 할만에게 이렇다 할 이야기 없이 심부름꾼에 대한 소식만을 먼저 물었다.

"오늘도 소식이 없나."

"……예, 주인어른."

예상과 크게 다르지 않은 답이었다.

"들어가 봐라. 나는 잠시 바람을 쐬고 들어갈 테니."

파사드는 인데거 성에서 자파인 후가 마지막을 준비하듯 성안을 정리한다는 것을 안 후로, 끝내 참지 못하고 남부로 심부름꾼을 내려 보냈다. 국경을 넘어가야 하는 위험이 있었고, 카라제시의 말처럼 그를 주시하는 이들이 넘쳐 나는 와중엔 삼가야 했지만 견딜 수가 없었다.

그러나 달이 넘도록 돌아오는 서신은 없었다.

어떤 소식이나마 들려오길 바라며 매일 저녁 할만에게 물었으나, 매일 저녁마다 공허만 커져 갈 뿐이었다.

"바로 주무시겠습니까? 이부자리를 준비할까요? 아니면 식사 준비를 할까요."

"……."

"주인어른?"

"아니, 먼저 들어가라."

할만은 공손히 물러갔다.

할만이 물러가고도 한참을 그 자리에 서 있던 파사드는 무겁게 가라앉은 눈빛으로 드넓은 공저를 눈에 담았다.

저택은 밤하늘을 지붕 삼아 고고히 버티는 기둥처럼 고상하고 수수한 빛을 띠었다. 온 수도를 휩쓸었던 비극적인 소식과 오늘 있었던 소산식들에 관한 소문도 밤빛에 내려앉았던가. 어쩐지 가슴 시리게 씁쓸한 분위기가 맴돌았다.

목적지를 잃은 사람처럼, 어디로도 발길을 떼지 못하고 덩그러니 야외 정원 한가운데 서길 얼마나 지났을까. 파사드는 멀지 않은 곳에서 들리는 분수 소리를 인식하기 시작했다. 쏴아아 퍼지는 물소리, 툭툭툭 떨어지는 물소리. 잊으려 했던 눈물 소리.

저린 오른손을 조심스레 감싼 파사드는 느리게 걸음을 옮겼다. 그의 걸음은 저택의 후정을 따라 움직여, 낡은 돌 담벼락 저편에 고고히 자리 잡은 유리 온실에 이르러 멈추었다.

수국의 정원.

승전보를 가지고 수도로 귀환한 후 한 번도 눈길 주지 않은 곳이었다. 지키는 이 없는 온실 안은 한밤의 어둠을 고스란히 삼켜 어두웠다. 파사드는 안으로 들어갔다.

내부는 가을의 찬 바람이 아닌 따스한 온기로 따사로웠다. 짙은 향기에 머리가 어지러웠다. 입구에서 결국 걸음을 멈춘 파사드는 짙푸른 꽃밭을 한 번, 그리고 오솔길처럼 난 좁고 반질거리는 돌길 저편을 한 번 돌아보았다.

자신이 왜 이곳을 찾아온 것인지 모를 일이다.

어느새 하얀 담벼락에 이른 파사드는 천 덮인 액자를 마주 보고서 있었다. 그는 조용한 손길로 덮여 있던 천을 끌어 내렸다. 약하게 일어난 먼지가 달빛 쏟아지는 수국의 정원 한복판을 희끄무레하게 빛냈다.

고아하게 앉은 여인의 초상이 그의 검은 눈동자를 적셨다.

빛바랜 붉은 머리칼과 희미하게 푸르름이 남은 눈동자, 더할 나위 없이 우아하게 다물린 입술은 언뜻 웃는 듯도, 무표정인 듯도 하다. 파사드는 느릿느릿 액자 옆에 희미하게 새겨진 글귀를 손끝으로 읽어 냈다.

숄 라시나, 노야반트잔.

여왕 폐하, 용서하소서.

글귀를 쓸어내리던 그의 손끝에 힘이 들어갔다. 회칠된 벽에 얕은 손톱자국이 남았다. 이윽고 밀려드는 스스로의 졸렬함을 견딜 수가 없어 파사드는 느리게 벽을 등지고 기대어 주저앉았다. 엉덩이 아래 깔린 두툼한 코트를 타고 찬 바닥의 한기가 느껴졌다.

이 여자는 그녀가 아닌데.

소식조차 알 수 없는 그녀를 기릴 것이 이뿐이었다.

그는 자신의 욕망 위에 라르크를 위함이라는 브류나크의 명분을 세웠다. 지난 수개월 저지른 일들이 수두룩했다. 앞으로는 더 많은 비극이 자행될 것이다.

찬 벽에 등을 기댄 파사드는 온갖 감정들이 침전된 눈동자로, 여왕이 늘 지켜보고 있었을 푸른 수국들을 응시했다. 푸르게 벌어진 꽃잎들에 눈이 시렸다. 파사드는 한쪽 무릎을 끌어당기며 등을 구부렸다.

─당신이 지금 이 자리에 서 있을 자격이 있나요?

엘히엔의 목소리가 되감긴다.

답을 알면서도, 답하지 못했다. 당겨 세운 무릎 위에 팔을 걸친 파사드는 두꺼운 코트로 가려진 팔뚝에 얼굴을 묻었다.

─너는 마지막 라르칼리아가 벌인 대륙 전쟁 이후로 전쟁사가 더 참혹하고 교활한 것들로 찼다는 건 알고 있나?

─자랑스러운 일이구나.

─내가 아니라도 언젠가 나와 비슷한 이가 나타났을 거다. 합리화라고 비난받을는지도 모르겠다. 그래, 옳았다고는 나 스스로도 말하지는 못하겠다. 하지만 옳지 않더라도 내 나라를 위해 했던 모든 일. 나는 여전히 나를 자랑스러워하고 있어.

아무렇지도 않게 잔혹한 말을 내뱉으며, 그럼에도 떳떳하다 말했던 그녀가. 스스로의 길을 위해 보다 잔혹한 일을 자행했던 여왕이.

—나는…… 나는 내가 저지른 일의 책임이 오롯이 내 사람들의 짐이 될 것을 모르지 않으면서도 악귀처럼 전쟁에 매달렸다. 그런 기사이며 여왕이었다.

—칼란독, 반복하듯 내 사람이니 너는 무탈하라. 진심으로 너희의 무사 종전을 기원하겠다.

저를 등지고 가는 순간까지도 흔들리지 않았던 르옌이 필요했다. 제 선택이 그르지 않다 말해 주었으면 바랐다. 아니, 아무 말도 않아도 좋았다. 지금 제 앞에 떨어지는 달빛이 그녀이기만을 빌었다.

고개를 기울이고 있던 파사드의 시선이 이윽고 그의 오른손 검지에 끼워진 붉은 루비 장식의 반지에 이르렀다. 새까만 눈동자는 조탁되어 두꺼운 반지 안에 갇힌 늑대를 한참이고 바라보았다. 한참, 한참이나.

파사드의 왼손이 반지를 움켜 뜯듯 빼냈다. 핏줄이 붉어지도록 얼굴을 비벼 눌렀다. 견딜 수가 없었다.

너를, 너를 안고 싶어 견딜 수가 없다.

천둥과 벼락이 내리치던 남부의 겨울 새벽, 어쩌면 완벽히 잃어버린 건지도 모를 너를.

나는 지금 당장 안고 싶어 견딜 수가 없다.

파사드는 이튿날 아침까지 그리 앉아 있었다.

지난밤, 할만이 찾아와 돌아가는 게 어떠냐 물었지만 무시했던 것이 기억이 난다. 체통 없는 행동이며 한심하고 덧없는 허송이었다.

해가 뜬 것을 알고도 정신을 차릴 수가 없었다. 노곤함에 잠긴 그는 축축해진 코트 자락만 반쯤 내리뜨인 눈으로 응시했다. 그의 등엔 얇은 담요도 걸쳐져 있었다. 아마도 할만이 덮어 주고 간 것이려니 했다.

갈증이 나고 미간에 지끈거리는 통증이 일었다. 그는 아침의 화사한 햇살 아래 활짝 잎을 벌린 수국들을 응시했다. 그의 왼손에는 지난 밤 끌어 내렸던 천이 쥐여진 채였다.

"주인어른, 잠시 실례하겠습니다."

수국 정원의 문이 열리는가 싶더니 곧 할만이 조심스런 걸음걸이로 그에게 다가왔다.

"체사 경이 찾아오셨습니다."

자칼린? 무심코 그의 이름을 떠올리던 파사드는 이내 자조하며 낮게 웃음을 터뜨렸다. 어째서 자칼린인가. 최근 상황에서의 체사라면 응당 카라제시일 수밖에 없다는 것을 모르지도 않는데.

파사드는 도저히 누군가를 만나 복잡한 이야기를 하고 싶은 생각이 들지 않았다.

"……돌아가라 해라. 오후쯤 내가 찾아갈 테니."

할만은 파사드를 더 귀찮게 하는 일 없이 물러갔다. 얼마간 다시 고개를 기울인 채 몽롱하게 시간을 흘려보내던 파사드의 귓가로 온실의 문이 다시 열리는 소리가 들렸다. 인기척이 가까워지며 낯익은 친우의 목소리가 들렸다.

"기다릴 수 있다면 기다렸겠지만, 급한 일이야. 들어가겠다."

내심 화가 나고 피곤했지만 파사드는 부러 막거나 하지는 않았다. 그저 어느새 제 코앞에 다가온 카라제시를 향해 잠잠한 시선을 올려

보냈을 뿐이다.

카라제시는 곧 무심히 고개를 숙이는 파사드의 모습에 못내 당황했다. 그러다 이내 벽에 걸린 초상화를 발견하고 살며시 눈살을 찌푸렸다. 이 수국의 정원에 두어 번 정도 들어와 본 적이 있긴 하지만 초상화는 늘 가려져 있어 실제로 본 건 처음이었다.

라르칼리아 왕조의 마지막 여왕이라 알려진 폭군의 초상화.

피사체의 아름다움과는 별개로, 지금 상황에서 조우하기에는 썩 께름칙한 종류의 것이었다.

얼마간 빤히 그림 속의 여자를 응시하던 카라제시가 퍼뜩 정신을 차리고 파사드를 돌아보았다. 파사드는 아무렇지도 않게 바닥에 앉아, 한쪽 무릎만 끌어 세워 몸을 지탱하고 있었다. 무릎 위에 올린 팔뚝에 얼굴을 묻은 채다.

조금, 아니 조금 많이 놀랐지만 카라제시는 소기의 용건을 잊지 않고 말했다.

"아직 확실한 건 아니지만, 첩보에 의하면 뵈르게트가 실각하지는 않은 모양이야. 오히려 해군이 아니라 해병들을 모으기 시작했다는 것 같은데."

바닷사람으로 믿어지는 해군이 아닌, 내륙 전투 훈련을 받아 반쪽짜리라 알려진 해병의 모집이 의미하는 바는 명확했다.

"……뵈르게트가?"

"아무래도 그냥 끝날 것 같지는 않았잖나, 그 제독의 성정이."

파사드는 고개를 들지 않은 채 얕은 한숨을 내쉬었다.

그는 카헤이아가 약속받은 땅을 할양받을 수 있도록 테른도크에게 조언할 수 있었다. 조금의 손실을 감수하고 왕의 명예를 지킨다면 그것도 나름 괜찮은 일이기 때문이다. 그러나 보다 원대한 계획

을 획책하였기에 방조로 시친을 배반했다. 어쩌면 게헨을 배반하는
것과도 같았다.

파사드의 등이 오르내리는 것을 묵묵히 바라보던 카라제시가 관
자놀이를 긁적였다. 파사드의 심기를 짐작해 보려 했지만 역시 모르
겠다. 저 속을 누가 알까.

침묵의 간격이 넓어졌다. 눈을 내리던 카라제시는 문득 파사드의
발치에 떨어진 붉은 루비 장식이 고풍스런 늑대의 반지를 발견하고
허리를 숙였다. 반지를 집어 들었다.

"……파사드, 괜찮아?"

파사드는 고개를 묻은 채로 고개를 저으며 맥없이 중얼거렸다.

"괜찮지 않을 이유라도 있나."

북부는 다시 하나 될 터였다. 두 개의 북부는 두 명의 브류나크를
요했으나, 하나 된 북부에 두 명의 브류나크는 필요치 않을 터다.

파사드는 그 하나의 이유만으로도 후회하지 않을 자신이 있었다.

"……농담이 아니라, 너 정말 괜찮은 거 맞아?"

카라제시가 꽉 메인 음성으로 물으며 그의 곁에 나란히 앉았다.
작은 숨소리만 오갔다.

카라제시는 손끝으로 감히 평소라면 만질 기회도 없을 공가 브류
나크의 반지를 굴렸다. 지천에 깔린 낮은 수국들의 향기가 짙었다.

카라제시의 진녹색의 눈동자가 이윽고 주위 풍경으로 향했다. 파
사드는 저것들을 바라보고 있었을까. 짙은 녹색의 눈동자로 주위를
훑던 카라제시가 고개를 젖혔다.

하얀 담벼락에 걸린 액자와 그 초상화가 시선 끝에 닿았다. 카라
제시는 기울게 보이는 초상화의 빗면을 한참이나 바라보았다.

마지막 라르칼리아. 무언가가 엄습하듯 달려들어 발끝부터 싸하

게 스며드는 것 같은 기분이 들었다. 문득, 정말 문득, 생각을 막을 수 없었다.

작금 북부를 휩쓴 일련의 비극들이 끝이 나면, 아마도 라르크는 마지막 라르칼리아 때와 같은 권력자를 떠받들게 될 것이다. 그래도 괜찮은 것인가. 사실 조금은 두려운 일이었다. 이제와 뒤돌아볼 수도 없지만……

카라제시는 그저 이 마지막에 그들의 왕이 저 여왕과는 다른 어로를 택하기를 바랄 뿐이었다.

괴기하게도 정면을 향해 있는 게 분명할 그림 속 여자의 눈이 마치 제 정수리를 노려보는 것처럼 느껴지는 것도 같아 보였다. 껄끄러웠다. 소름 끼치는 그림이다.

시선을 내린 카라제시가 파사드의 옆머리를 응시했다. 파사드를 위로할 수는 없었다. 위로받아야 하는 것은 저 밖의 상처받은 이들이었다. 가해자는 자신들이었으므로.

로엠의 남쪽 작은 마을.

테레어드는 차게 언 눈길을 달려가는 마차가 시야 밖으로 사라지고 나서야 무거운 걸음을 돌렸다. 허리춤에는 그의 주군이 단단히 당부하여 건네었던 금화 주머니가 덩그러니 걸려 있었다. 끝끝내 파사드의 호의를 거절한 사내들을 어찌 강제할 수도 없었다. 금화의 무게보다 훨씬 더 무거운 우울함이 테레어드의 어깨를 짓눌렀다.

처음부터 내키지 않았던 그 임무는 마지막까지 그의 속을 불편하게 했다.

테레어드는 그 길로 이틀에 걸쳐 뮈아드로의 브류나크 공저로 돌아갔다. 그가 공저에 도착했을 때 가장 처음 만난 것은 동부에서 직물 공업으로 막대한 부를 쌓았다 유명한 할리페 자작이었다. 얼굴이 길쭉하고 코끝이 매부리처럼 휜 할리페 자작은 한때의 지데라카인들의 관습에 따라 수염과 머리를 기른 탓에 나이 대에 비해 훨씬 늙어 보였다.

그는 땟국물이 줄줄 흐르는 테레어드를 알아보곤 기분 좋은 인사를 건네 보였다.

"바쁘시구려. 들어가 보시게."

"배웅하겠습니다."

테레어드는 즉각 파사드를 찾아가는 대신, 발길을 되돌려 할리페 자작이 공저 앞에 세워 두었던 사두마차를 타고 떠나가는 것을 배웅했다. 일단은 파사드에게는 귀중한 재인 중 한 명이었으므로 브류나크가의 기사로서 응당 해야 할 일이었다.

이후, 테레어드의 귀환 소식을 들은 할만이 찾아와 여상하게 물었다. 식사부터 하시겠습니까, 키하이프 경? 테레어드는 정중히 사양하고 파사드의 집무실로 향했다.

"주군, 조금 전 귀환했습니다."

테레어드가 문을 두드리며 말했다. 즉각 '들어와라.' 하는 짧은 허락이 돌아왔다. 파사드는 소파에 누워 있었다. 임무를 떠나기 전보다 훨씬 야윈 모양새였다.

"다녀왔습니다."

테레어드가 괜스레 무거워지는 입술을 떼 말했다. 파사드가 느릿하게 허리에 힘을 주어 몸을 일으켰다. 피곤이 여실한 기색에 테레어드가 손을 저어 만류했다.

"주군, 피곤하시면 약식 보고는 생략하고 정식 서문으로 보고서를 따로 작성해 올리……."

"어찌 되었나?"

몸을 앉힌 파사드가 왼손으로 얼굴을 쓸어 문질렀다. 테레어드는 차고 있던 금화 주머니를 조심스레 소파 옆에 놓인 탁자에 내려놓았다.

"거절했습니다."

"……."

"하지만 거취에 관하여는 동의하여 제가 직접 마차를 빌려 보냈으니, 그 점은 걱정하지 않으셔도 됩니다."

파사드는 말없이 테레어드가 내려놓은 주머니를 응시했다. 눈을 내리던 테레어드의 시선이 힘없이 늘어진 그의 오른손에 이르렀다.

세간은 종전 협정이 체결된 그날을 전쟁이 끝난 날로 인정했지만 실질적으로 무력 충돌이 끝난 것은 그란두르전에서였다.

파사드는 종전 이후 뮈아드로에 이르러, 스스로를 내몰아 검을 놓을 수밖에 없는 상황에 처하였다. 테른도크가 노발대발하였다는 소문은 소문이 아니었다.

그 이후로 파사드는 간혹 시찰을 위해 연무장이나 기사 숙소를 방문하는 것이 전부였다.

그의 손을 볼 때면 테레어드는 지독한 후회를 느꼈다.

르옌 데투아, 그 여자의 마지막을 떠올리지 않을 수가 없다. 제가 주둔지에 앉아 고민하는 대신 바로 파사드에게 알렸더라면 어떻게 되었을까. 아직까지도 그를 붙잡고 놓아주지 않는 의문이었다.

테레어드는 파사드는 검을 쥘 때야말로 가장 빛이 난다 생각했다. 저만큼 신중하고, 저만큼 관대하며, 저만큼 귀족 의식에 취해 있지 않은 지휘자는 드물다. 이것은 파사드가 그의 주군이라는 사실과는 별개의 객관적인 진실이었다.

군사들이 붉은 늑대의 아들에 열광하는 이유도 그 탓이었다. 그리고 군사들은 대부분이 백성이다.

"그럼 우선 나가 볼 테니 주군께서는 쉬십⋯⋯."

"가지고 가라."

"예?"

몸을 돌리려던 테레어드가 반사적으로 파사드를 바라보았다. 파사드가 금화 주머니를 턱짓했다. 테레어드가 즉각 사양했다.

"아니, 받을 수 없습니다. 주군."

"네 가족들의 살림에 보태라."

테레어드 키하이프, 그는 르옌과 마찬가지로 평민 일가 출신이었으나 운이 좋아 공가 브류나크의 기사 명적에 이름을 올렸다. 정식으로 배우지 못한 이 치고는 꽤나 사리 분별에 빨랐던 덕에 파사드의 눈에 띄어 최측근 기사까지 되었다. 그러나 결국 평민 출신 기사의 살림이란 으레 고만고만한 것이었다. 왕에게 직접 서품을 하사받는 것이 아니고서야 모두 마찬가지다.

"그래도 받을 수 없습니다, 주군."

"키하이프 경."

"뭐라 하셔도 저는."

강경히 사양하려던 테레어드는 돌연 저를 응시하는 파사드의 지친 흑색 눈동자에 말문을 닫고 말았다. 거절당한 파사드의 눈빛은 금방이라도 땅에 꺼질 듯 무겁게 느껴졌다.

테레어드가 마지못해 주머니를 다시 챙겼다.

"감사합니다. 어머니께도 꼭 전해 드리겠습니다."

그런데 그때, 또 다른 노크 소리가 울렸다.

똑똑똑. 조금 급한 간격이었다. 할만의 목소리가 문 너머에서부터 울려 왔다.

"저, 주인어른, 손님이 오셨습니다."

약조는 따로 하지 않으셨다 합니다만 바쁘지 않으시다면⋯⋯. 할만이 답지 않게 사족까지 덧붙이며 말끝을 흐렸다.

약조도 없이 브류나크 공을 찾는 자가 누구란 말인가. 테레어드는 파사드를 쉬지 못하게 하는 방문객들을 향해 불편한 감상을 느꼈다.

"들어와라."

"그러면 저는 먼저 나가 보겠습니다."

테레어드가 막 먼저 물러나려는데 집무실의 문이 열렸다.

낯선 얼굴을 한 사내를 얼결에 마주 본 테레어드의 걸음이 멈추었다. 방문객은 남부인이었다.

예고도 없이 찾아온 방문객은 한창 남부에서 8황자 일리아를 지지하고 있다 알려진 조르디아가의 안주인, 조르디아 공작 부인의 기사였다. 종전 협정장에서 파사드와 여러 차례 면을 익힌 자였다. 파사드는 크게 경계하지 않는 듯했지만 테레어드는 아니었다.

당황스러운 방문객이 은밀히 돌아가기까지, 테레어드는 물러나지 못하고 파사드의 곁을 지켰다. 방문객이 돌아간 후에도 마찬가지였다.

파사드는 언제 피곤했냐는 듯 집무실 책상 위에 남부에서 올라온 보고서들을 이것저것 들추며 재확인 작업에 들어가 있었다. 그것들 중에는 다락이나 시친에 관한 것들도 수두룩했다.

한참을 고민하던 테레어드가 말했다.

"주군, 감히 한 말씀 올립니다. 아무래도 저들은 국경선의 평화라 하였으니 에둘렀다 해도 다락 민족들의 남침을 범위 안에 두고 말한 게 분명합니다. 하지만 다락이 지금 제국 동부군의 방파제 역할을 하고 있다는 걸 생각하면……."

파사드가 가장 바라지 않는 결말이 될 것이다. 거기까지 생각한 테레어드는 우울해졌다. 왜 자신이 이런 걱정을 하는 건지.

지금 서부의 마리포사들이 활개를 칠 수 있는 것은 산맥 이동 지역이 안팎으로 난장판이기 때문이다. 다락은 그 난장판의 한 획을 자들이었다.

모르가나의 입장에서야 무차별적으로 남침을 감행하는 다락과, 반제국주의를 노골적으로 연설하기 시작했다는 앙레디움, 서부 마리포사들의 문제 중 하나라도 해결이 되어야 할 터이니 절박할 것이다. 그중 파사드에게 가장 중요한 건 '마리포사'들이다. 사실 테레어드는 르옌보다는 자칼린이 더 원망스러웠다.

왜 그런 짓을 했는지는 두 가지로 이해가 된다.

첫 번째로 '자칼린 엔도 체사'라서 그렇다고들 말한다. 그 사람이 그간 해 온 행실들을 기반으로 한 일종의 악의적인 편견이었다. 그 악의적인 편견 덕분에 자칼린의 변절 건이 생각보다 쉽게 불이 꺼졌다는 것이 모순이다.

그리고 두 번째 이유는 오래도록 르옌과 함께 한솥밥을 먹으며 지냈던 라르크의 지휘부 기사들도 어느 정도 이해하는 '부당함'에 대한 것이다. 테른도크의 명령은 분명 사정을 모르는 기사들에게는 부당하게 느껴지기 충분했다. 테레어드도 사실 아직 잘 이해가 가지 않았다. 왜 굳이 죽여야 했나? 죄가 있다면 뮈아드로에서 공식적으로 군사 재판을 받게 했어도 될 일이었다.

하지만 이해외는 별개로 결과는 용납될 수 없는 것이 되었다. 자칼린은 단순히 그 여자의 목숨을 부지하는 수단으로 마리포사를 택한 것에 그치지 않고 그들과 함께 싸우고 있다 하였다. 그렇다면 명

백히 배반이다. 체사 백 루가크와 카라제시의 분골의 노력으로 자칼
린에게 사형 언도가 내려오지는 않았지만…….

테레어드는 이제 파사드가 남부의 정세에서 신경을 거두기를 내
심 바랐다.

"그들과는 손을 잇지 않는 것이 좋지 않겠습니까. 조르디아가
일리아 카르멘자라는 ㄱ 황자의 입지를 세우기에는 이미 늦은 게 아
니냐는 평들이 많습니다. 실제로 쫓겨난 이후 8황자가 서쪽의 살리
가르에서 소수민족들과 함께 살았다는 얘기 때문에 순수 로토르인
들은 그것마저 흠이라 말한다 들었습니다."

조르디아 가문이 전적으로 지지한다는 8황자 일리아는 가장 어린
황자로 제위를 이을 가능성이 거의 없어 보이는 자였다.

기껏 말하고 나니, 대체 왜 조르디아쯤 되는 가문이 가망 없는 8
황자를 내세우는가 하는 또다른 의문이 들었다. 꼭두각시를 세우고
싶다 해도 황태자가 될 가망이 있는 자를 골라야 하는 게 아닌가.

"조르디아가 8황자를 위한다는 것부터가 의심스러운 실정이……."

파사드는 듣지 못한 것처럼 침묵 속에 서 있었다.

그리고 얼마 지나지 않아 시친이 군사들을 모집한다는 소식이 물
위로 퍼져 나가기 시작했다. 그러나 그들은 대륙의 기사들에 미칠
바 못 되기에, 코웃음 소리만 돌려받을 수 있었을 뿐이다.

도트발 잔트 부세 900년 열두 번째 달.

시친에 대한 낭설이 역병처럼 번지기 시작한 지 두 달 후, 테른도크 란펠

브류나크, 재상제의 폐지를 선언하다.

벵센 후작 파반시오가 공식적으로 뮈아드로 내 윈로스 저택 참변의 배후로 브류나크를 고발하는 고발장을 올리다. 그러나 고발장은 행정부의 리제예스 총관, 옐크버드의 선에서 각하되었다.

벵센 후작, 현왕 테른도크 란펠 브류나크가 모든 전통과 관례를 무시하는 것을 근거로 하는 반브류나크 사상을 주창하다. 테른도크 란펠 브류나크, 카라제시 란센 체사를 사령관으로 임명해 그들의 영지를 불태우고 모든 영지를 몰수하다.

벵센 가문의 몰락이 있은 지 한 달 후, 전 왕비 미네사 카리타 벵센이 사원에서 숨을 거둔 채 발견되다.

테른도크의 언어 구사의 장애가 있는 둘째 아들 빌리안 친 브류나크, 뮈아드로 강제 귀환하다.

비록 벵센의 반브류나크 사상에도 불구하고 테른도크는 한때의 왕비였던 미네사를 브류나크로 인정, 라르카드단으로의 귀향을 허락하다.

그리고 다시 두 달 후, 추방당해 가라스에 숨어 있던 윈로스의 후계자가 암살당하다. 칩거에 들어갔던 고위 기사들의 은사 윈포드 경, 사령관으로 임명되어 윈로스 저택의 참변을 벌인 용의자들로 알려진 동부 윈로스의 불충한 귀족들을 토벌하다.

그 무렵 남부 모르가나.

이가 산맥의 동쪽, 다락에게 침공당한 톨프의 이남 지대인 테넌 공업 지구에서 봉기가 일었다가 사그라진다. 앙레디움의 왕 이오닌, 공식적으로 벨루비르하인 2세를 비난하며 반제국주의의 늣을 내비치다.

차기 황태자의 문제로 번잡해진 제도 시모어는 추방당했다 돌아온 황자들과 벨루비르하인 2세 사이에 생긴 대립각으로 인해 둔통을 앓는다.

벨루비르하인 2세의 독재를 막아야 한다 앞장선 조르디아 공작이 이십대 초반이라 알려진 8황자 일리아를 전폭적으로 지지하다. 그런 와중 차기 황태자로 가장 가능성이 크다 점쳐진 2황자 바이아르와 3황자 가우스 사이의 불화설이 번진다.

그리고 이가 산맥의 서쪽, 라곳에시스를 중심으로 마리포사 군대가 파죽지세로 세력이 약한 서부 영지들을 고꾸라뜨리고 있다 알려진다. 괴뢰 정부가 세워져 있던 서부의 살리가르는, 지난 모르가나 항구의 함대 폭발 사건의 주범인 시친과의 전쟁을 우선할 것을 선포하여, 함대 주조 작업에 착수한다 알려진다.

그때까지도 벨루비르하인 2세는 침묵하고 있었다.

도트발 잔트 호드 901년 세 번째 달.

지난 몇 개월 사이, 한때 왕실의 외척으로 떠받들어졌던 벵센 가문이 왕실의 단죄 아래 몰락했다. 이어 순종적이고 신심이 깊다 알려져 있던 전 왕비의 부고가 뒤따랐다.

벵센은 비록 라르크의 영웅인 파사드와 테른도크를 협잡배라 헐뜯은 것으로 유명했으나, 일가 참변에 기인된 왕비의 쇠약사는 온 라르크 백성들의 눈시울을 붉혔다.

미네사의 장례 당일, 냉혹한 왕의 위엄을 내려놓고 깡마른 미네사의 손을 쥔 테른도크의 눈물을 본 이들 중에는 큰 소리로 울음을 터뜨린 이도 있었다.

왕비의 소산식이 이루어진 후 왕궁은 보름이 넘도록 상복을 입은 이들로 잿빛 물결을 이루었다. 이어 한때 미네사를 모셨던 이들 중

몇몇은 그녀를 따라 자결하거나 연이어 왕궁을 떠났다.

뮈아드로라는 무덤을 지키는 무덤지기가 되기라도 한 듯 숙연한 만인의 묵념이 이어졌다.

◈ ‧◈

새봄이 다가올 것이라는 기대가 무색하다. 뮈아드로는 바깥세상으로 한 걸음만 나서도 온통 녹지 않은 눈으로 뒤덮여 있었다. 밤에도 하얗게 반사된 빛으로 희부옇기는 마찬가지였다. 지난 겨울은 유독 추워서 갈리아우의 입김이 센 한 해였다고들 떠들었다.

으슥하게 쌀쌀한 공기가 내려앉은 왕의 침전, 테른도크의 늘어뜨려진 팔이 흔들거렸다. 늘 단정하게 빗어 내렸던 머리칼은 죄 뻗친 지 오래였다. 그는 이미 잔뜩 취해 있었다. 사지에 힘이 빠져 더 마실 기운이 없을 만큼.

화려한 보석이 테두리를 따라 박힌 은색 술잔은 바닥을 뒹굴고 있었다. 귀한 카펫이 술로 젖었다.

테른도크의 벽안이 텅 빈 그의 손을 내려다보았다.

모르가나에 대한 설욕전이 끝나고 개혁의 단행을 시작한 지 얼마나 되었던가. 한 해? 아니, 그에 미치지도 못했다. 짧다면 짧은 시간, 죽어 나간 이들이 손으로 헤아릴 수 없을 만치 많았다.

한때 아비의 역사를 함께하고 그의 역사를 함께했던 이들이 무참히 죽었다. 그의 선택에서였다.

벵센의 몰락에 시름시름 앓던 미네사도 끝내 떠났다.

미네사.

처음 그와 혼인했을 때, 미네사는 꽃 같은 열일곱의 아가씨였다.

빼어난 미색은 아니었으나 순종적인 미덕을 지녀 테른도크는 그녀를 꽤나 좋아했다. 불처럼 타는 열정은 아니었을지언정, 왕가의 여자로서 적절한 성정을 지녔다고 여겼기 때문이다.

—폐하께서는 참 좋은 분이십니다. 당신을 모시게 되어 영광입니다.

신방에 들었던 날 밤 그녀가 했던 첫인사였다.

테른도크는 한순간도 좋다 나쁘다로 스스로를 판단한 적이 없었으나, 그 후로 그녀에게는 조금 좋은 사람이 되고 싶었던 것도 같다.

하여 자유롭게 미네사가 왕궁을 꾸미도록 내버려 두고, 그녀의 시녀들을 특별히 귀한 집 아가씨들로 채워 주고, 잊을 만하면 한두 번씩 그녀에게 패물을 보내고, 꾸준히 그녀와 잠자리를 가졌다. 그에 어떤 열정도 없었다는 것은 그다지 중요하지 않았다. 중요한 것은 그가 그리했다는 것이다.

—이 보라색 꽃향기에는 심신을 편안케 하는 효능이 있다고 합니다. 폐하께서는 늘 정무로 신경을 곤두세우시니 조금이나마 도움이 되어 드리고 싶습니다. 솔방울들은 갈리아우의 찬기를 막아 줄 겁니다. 조금 보기 흉하더라도 참아 주세요.

그랬던 여자다.

문득 미네사의 직계 사촌이었던 타라엣과 그녀가 친밀했던 것이 떠올랐다.

벵센 경 타라엣은 승전보와 함께 되돌아온 전쟁의 영웅들 중 한 명이었다. 무사히 살아 돌아온 지 얼마 지나지 않아 참변에 휘말려 죽었다. 벌써 오래전의 일인 듯 아득했다.

—그대의 사촌이 혼인을 한다더군. 벵센 경 말이야. 만약에 원한다면 올여름에 있을 그들의 혼인식에 다녀와도 좋다. 요 근래 고생도 했으니 바람도 쏘이고 오면 좋겠지.

―혼담이 오가고 있다는 이야기는 들었는데 이번 여름으로 결정된 건가요? 말씀만으로도 감읍한 이야기입니다.

제 사람들을 숨김없이 사랑하던 미네사는 마음 순한 여자였다. 알고 있었다.

―폐하, 폐하, 폐하, 잠을 들 수가 없습니다. 가슴이 도려진 듯해 잠이 들 수가 없습니다.

첫째 아들이었던 테지스가 병사한 후, 그녀는 그에게 매일 밤을 매달려 울었다.

자식 잃은 어미의 마음이라. 얼마나 애지중지 아낀 아들이었는지 모르는 바 아니라 이해할 만했으나 당시의 테른도크에게는 그녀의 감정을 보듬어 줄 여력이 없었다. 너만 자식을 잃었던가. 네 자식만 죽었던가. 그의 자식 역시 죽었다.

결국 테른도크는 그녀로부터 도망쳐 비셰트의 곁으로 달려갔다. 누구에게도 말할 수 없는 슬픔을 덮어 감추기 위해 그에게는 잊었던 열정을 되살리는 것이 필요했다. 그리고 자식 잃은 슬픔에 젖어 스스로를 비극적 감상으로 몰아가던 밤, 그는 로지투스를 알게 되었다.

저승으로 떠나간 장남을 대신하듯 저를 쏙 빼닮은 아이였다. 한데 어찌 모른 체하나. 테지스가 살아 돌아온 듯했는데, 어찌 모른 체할 수 있었겠나. 어떻게 마음에서 떼어 낼까.

순종적이었다 해도 미네사는 어리석은 여자는 아니었으므로, 테른도크의 부정不正을 쉬이 눈치챘다.

―폐하께서 지으신 죄, 제가 대신 사해 달라 신께 용서를 구하겠습니다. 그러니 부디 저를 보내 주십시오.

인정하고 싶지 않은 그의 부정을 죄라 말하는 그녀에게 노했다. 떠나 버리겠다는 그녀를 강제하고 몇 개월을 논쟁하며 보냈다. 끝내 떠나보낸 후엔 잊어버렸다.

하지만 그의 방 한편에는 늘 미네사가 그를 생각하며 꽂아 두었던 라벤더가 꽃꽂이 되어 있었다. 습관이 된 듯이 그 향기에 묻혀 있을 적이면 심신이 편안해지곤 했기 때문이다. 그러나 그게 전부였다.

미네사는 이미 수년 전에 떠난 여자였다. 슬프지 않을 줄 알았다. 그러나 막상 부고를 들었을 때 테른도크의 가슴은 뻥 뚫린 듯 허했다. 테른도크는 오래도록 제 방에 꽃병이 머물던 자리를 응시했다.

비어 있음. 비어 있음이다.

미네사의 부고를 들은 이튿날, 테른도크는 침실 시녀에게 명해 앞으로 제 방에 꽃들을 전부 치우라 명했다. 라벤더, 미네사의 꽃은 온전히 그의 가슴 안에서도 시들었다.

어미를 잃고 죽은 눈으로 되돌아온 차남 빌리안을 생각하면 그 갑갑함은 갑절이 되었다.

얕게 내쉰 숨결에서 술 내음이 진하게 풍겼다. 왕이라고 무엇이든 마음대로 할 수 있는 것이 아님은 제 아비를 보며 배웠다. 그러나 왕으로서 무언가를 해야 한다는 것은 알레타르 달테의 숭고한 왕관의 무덤을 보며 배웠다.

그런데 어디서부터 이리 엉망진창이 되기 시작한 걸까.

테른도크가 바랐던 개혁은 이런 연쇄적인 비극으로 이루어진 것이 아니었다. 오랫동안의 관례를 한 번에 타파하는 것은 불가하니, 초반 과격하게나마 그들을 누르고 서서히 유화하여 모두 한뜻으로 모으길 원했다. 얼마나 오랜 시간이 걸리든 간에 꾸준하게 평화롭게, 그리하고 싶었다.

그러나 꿈이었던 모양이었다. 꿈은 늘 현실과 다르다.

시꺼멓게 가라앉은 어둠 속에 널브러진 그의 귓전으로 공손한 시녀의 아룀이 울렸다.

"공작 각하께서 드셨습니다."

테른도크는 대답하지 않았다. 축 늘어진 팔을 끌어 올려 술기운에 뜨끈거리는 눈가를 덮는 게 할 수 있는 전부였다.

파사드가 이 시간에 왜 그를 찾았나. 기억을 더듬던 테른도크는 피식 웃었다. 초저녁에 파사드를 호출한 것은 그였다. 허한 심경을 저와 같은 늑대와 나누고 싶었던 것도 같다.

그로부터 반응이 돌아오지 않자, 파사드의 정직한 목소리와 함께 문이 열리는 소리가 들렸다.

"들어가겠습니다."

얼마간 그리 팔뚝으로 눈가를 덮어 누른 채 숨만 얕게 내쉬고 있으니, 파사드의 기척이 지근거리에 이른 것이 느껴졌다.

"……부르셨다 들었습니다."

"술은 거기 있으니 마시고 싶다면 너도 따라 마셔라."

테른도크는 주정뱅이처럼 말했다. 파사드의 한숨 소리가 들리는 것도 같았다.

술 때문에 단명했다 말해도 이상하지 않을 부친과 달리 파사드는 술을 즐겨 하는 이가 아니었다. 때문에 테른도크는 그가 평소처럼 거절할 거라 생각했다. 그러나 그의 왼 귓가에 쪼로로 물기가 기우는 소리가 났다.

느리게 팔뚝을 내린 테른도크는 곁눈으로 파사드의 야윈 얼굴을 응시했다. 선 채로 술의 향기를 한 번 맡아보던 파사드는 곧 도톰한 검은 코트를 천천히 벗어 의자에 걸치고 테른도크의 대각 소파에 앉았다.

테른도크가 불쑥 물었다.

"어제 일라린의 예멘으로부터 사신이 왔다. 너 요즘도 일라린과 왕래를 하나?"

"아니요."

"그 늙은이 짜증 나."

테른도크가 드물게 칭얼거리듯 중얼거렸다.

서부 해안에 위치한 일라린 공국의 대공이자 왕인 예멘은 최근 북부의 형세에 대놓고 유감을 표하는 자였다. 그러면서 라르크와 교류를 줄여 가고 있다. 일라린의 국경 대부분이 라르크와 맞닿아 있으니, 불안을 느낀다 해도 이상한 일은 아니었다.

파사드가 수긍이 간다는 듯 위로했다.

"폐하께서 피로하시다면 제가 직접 예멘 왕과 접선을 해 볼 수 있습니다."

"뭐. 네가 움직이는 건 우리가 그쪽의 눈치를 보는 것처럼 보일 테니까 나크타를 보낼 거다."

"면식 없는 이에게는 문도 열어 주지 않을 분입니다만."

"차라리 그러라지. 성문 열고 이쪽 상황에 재 뿌리는 것보다, 그놈들이 성안에 숨어 지내는 게 더 좋으니까. 그리고 너랑 이런 얘기 하려고 한 것도 아니니. 됐다, 그 늙은이가 공가와도 교류를 끊었다면 말 다 한 거지."

그리 말하면서도 정작 테른도크는 자못 신경을 쓰는 기색이었다. 미네사가 타계한 후로 테른도크의 심경이 많이 예민하다는 것을 알아, 파사드는 말없이 기다렸다.

과연 조금의 시간이 흐른 후, 테른도크가 맥락 없는 혼잣말을 중얼거렸다.

"……괜찮은 여자였는데 말이야. 안 그래?"

파사드는 간격을 두고 수긍했다.

"온 라르크가 알고 있는 사실입니다. 비록 말년에 왕실을 떠나셨다고는 하나 미네사 님은 좋은 분이셨습니다."

"너는 그녀를 얼마나 기억하나?"

"글쎄요. 자주 뵙지 않아 잘 기억하지는 못합니다."

"그렇겠지. 나도 한 잔 더 줘 봐라."

평소라면 '그쯤 하시는 게 좋을 듯합니다.' 하며 칼처럼 조언했을 파사드가 웬일로 말없이 테른도크의 빈 잔에 술을 채웠다.

돌 같은 보석들이 울퉁불퉁하게 박힌 은 술잔이 내밀어졌다. 비틀거리며 상체를 일으켜 앉은 테른도크가 잔을 건네받았다. 그리곤 희미한 웃음을 지어 보이며 잔을 흔들었다. 달큰하고 쌉쓰름한 향기가 몽롱하게 퍼졌다.

"네 녀석과…… 이렇게 나란히 앉은 것도 참 오랜만인 것 같은데. 그래, 온 김에 얘기나 좀 나누자. 사오 년 됐나? 더 됐나?"

"그 정도 된 듯합니다."

"요즘은 바빴고, 그 전에는 네가 늘 밖으로 나돌아서였지."

테른도크는 적적한 침묵 속에 섞여드는 술 향기에 잔을 입술 가로 가져갔다가, 끝내는 더 마시지 못하고 잔을 내려놓았다. 이 이상은 술이 그를 마시는 격이 될 것이 분명했기 때문이다. 취하는 것이 두렵지는 않으나 심경이 편치 못해 기분 좋은 주정을 할 것 같지 않았다.

파사드는 비스듬 기대어 앉은 채로 술잔을 홀짝이고 있었다. 살이 빠지며 한층 더 날카로워진 턱선에 이어진 목울대가 술잔이 비는 속도에 맞추어 느리게 움직였다.

"……그랬지요."

테른도크는 파사드의 새까만 머리칼과 새까만 눈동자를 찬찬히 뜯어보듯 응시했다.

세 세대 전의 브류나크 공작이었던 제그라트가 갓 태어난 파사드를 보자마자 기뻐 날뛰었다는 낭설은 아직까지도 간간이 회자될 만큼 유명한 것이었다. 브류나크 왕조가 들어선 이래, 저토록 까만색을 타고 태어난 이가 없다 했던가.

테른도크는 그를 질투했던 적도 있었다. 어린 시절의 이야기다.

테른도크가 소파 앞 금테로 장식이 된 원목 탁자 위에 양다리를 거만하게 걸치고 앉으며 이죽이듯 물었다.

"왜 그랬나?"

"저에겐 맞지 않는 곳이었습니다."

"……전쟁터는 맞던가?"

"글쎄요. 하지만 전장에서는 적의 구분이 명백하니, 자질구레한 고민은 않아도 좋다 생각했던 것 같습니다."

"하면 왜 손까지 포기해 가며 돌아왔나?"

파사드의 움직임이 멎었다.

테른도크는 취중에도 습관처럼 그의 반응을 유심히 살피려 애썼다. 정말로 궁금했다. 처음 그는 파사드가 어떤 이인지 몰랐다. 파사드는 외부의 적을 섬멸하기를 택한 기사 중의 기사라. 그 정도의 평가가 전부였다. 그만큼 파사드는 스스로의 속내를 잘 내비치는 이가 아니었다.

사람은 알면 알수록 새롭다 했다. 테른도크는 함께 개혁을 단행하는 내내 정 한 조각 남기지 않는 파사드의 조언과 직언에 넋을 잃을 뻔한 적만 수차례였다.

인내를 다해 파사드의 답을 기다렸으나 그다지 대답이 돌아올 것 같지가 않았다. 파사드의 까만 눈동자를 풀린 눈으로 응시하던 테른도크가 피식 웃으며 고개를 저었다. 그러고는 저린 목을 매만지며 혼잣말처럼 중얼거렸다.

"뭐, 굳이 네 입을 열겠다고 진 빼고 싶지는 않아……. 그러면 이 건 답해 주겠나? 네가 그 여자의 일가를 찾아 감추었다는 이야기는 들었다. 내 늑대들보다 더 발 빠르더군. 어디에 숨겼나."

"……."

"내가 모를 줄 알았나?"

"폐하께서 제게 눈을 심어 두신 것 압니다. 하지만 제 입으로 직접 말할 거였다면 굳이 찾아 감추지도 않았겠지요."

소파의 등받이에 기대어 천장을 올려다보던 테른도크가 졸린 목소리로 물었다.

"로크란드?"

"……."

"어권?"

"……."

"말릭 시? 아니면 갈라부아 쪽 어딘가? 그들 고향이 갈라부아 쪽이니 그쪽이려나? 윙거의 발타르에게 갈라부아 쪽을 이 잡듯 뒤져 보라 할까?"

"발타르에게 연통을 넣으셔도 소용없습니다."

"그러면 말해 봐."

파사드는 대답하지 않겠다는 말처럼 잠잠히 술잔만 비워 낼 뿐이었다.

세상천지에 전 북부를 호령하는 왕의 하문을 무시할 자가 어디 있으랴마는, 파시드는 어쩔 수 없는 예외였다. 테른도크는 불쾌한 기색 없이 씁쓸히 웃으며 고개를 바로 세우고 화두를 돌렸다. 무엇이라도 끊임없이 떠들고 싶은 기분을 견딜 수 없었다.

"뭐, 모르가나가 지금 내란으로 난장판이라지. 그 덕에 마리포사들도 여전히 숨 줄 부지하고 있다 들었는데……."

"저도 들었습니다. 생각보다 저들 내부의 폐단이 적나라하게 드러나 벨루비르하인 2세도 몹시 당혹한 것 같더군요."

"가장 어린 사자 새끼가 득세하고 있다지."

득세라기에는, 다른 황위 계승권자들이 비극에 휘말려 입지가 넓어진 것이라고밖에 보이지 않지만. 중얼거린 테른도크가 슬며시 파사드의 기미를 살폈다.

파사드는 표정 하나 바뀌지 않고 형식적인 말을 이어 나갔다.

"하지만 3황자와 2황자 세력이 더 큽니다. 얼마 전에 모르가나 북부의 변경백으로부터 연통이 도착했다 들었습니다만."

"남부의 2황자는 꽤나 라르크에 우호적인 모양이야. 뭐, 제 입지를 위해 인접국들의 지지를 사겠다는 것이 이상한 일은 아니지."

"결단하셨습니까?"

게슴츠레 파사드를 응시하던 테른도크가 딱딱히 답했다.

"조금 더 지켜보기로 했다."

"현명한 결단이십니다."

진심 없는 사무적인 치레였다. 테른도크는 수염이 거칠거칠하게 자란 턱 언저리를 매만지며 바람 빠지는 웃음소리를 냈다.

파사드가 남부 정세에 최근 얼마나 관심을 두고 있는지는 테른도크가 누구보다 잘 알았다. 남부의 귀족들도 전쟁이 끝난 후부터 조금씩 북부와의 연고를 트기 위해 교류를 청하고 있는 상황이니만큼, 이유를 가져다 붙이려면야 얼마든지 붙일 수 있는 일이다.

하지만 파사드는 조금 과한 감이 있다. '조르디아 가문'이라니. 종전 협정 때 처음으로 그들과 맥을 트게 된 모양이었는데, 그들과 모종의 거래라도 한 모양인지 별안간 남부만 침략하던 다락 민족에까지 손댔다. 그 사령관으로는 윈포드 경을 재임하였다.

동부 잔당 토벌이 끝나면 고향으로 되돌아가도 좋다는 명령이 번복되자, 윈포드 경은 펄쩍펄쩍 뛰고 아주 난리였다. 파사드는 눈 하나 깜빡 않고 저를 헐뜯는 은사를 전선으로 돌려보냈다. '다락은 라르크의 일부인 갈라부아에도 위협이 됩니다.' 이 한마디로.

테른도크가 남부에서 찾아온 사신을 형식적으로만 맞이하여 돌려보낸 이유도 사실 파사드의 탓이 컸다. 도대체가 무슨 짓을 할 생각인지 말을 않으니.

'흐음…….'

파사드가 조금도 이해되지 않는다 하면 거짓일 것이다. 마리포사들이 토벌당하고 '그 계집'이 남부 사자에 물려 죽을 것이 자명하니, 파사드로서도 답답이야 할 것이다.

물론 아직도 포기를 못했나 싶은 생각에 씁쓸하기도 했다. 테른도크는 결국 소리 내어 경고하고 말았다. 어련히 알아서 하겠지 하고 마음 놓기엔 이미 파사드의 지나치게 저돌적인 면을 많이 보아 왔다.

"적당히."

"……."

"눈감아 줄 수 있을 만큼만 해. 조르디아도, 다락도. 그리고 윈포드 경의 성정을 누구보다 잘 알 네 녀석이 아니냐. 이 이상 지나치면 내가 개입하게 될 거다."

파사드는 수긍의 기색도 반발의 기색도 없이 덤덤히 시선을 내릴 뿐이었다.

테른도크는 기운 빠진 표정으로 팔꿈치를 무릎에 대고 턱을 괴었다. 저 무거운 입에서 '적당히 하겠다.'는 확답을 듣고 싶다는 욕구가 치미는 한편, 그런 일들로 파사드와 핏대를 세우며 감정 소모를 하고 싶지 않았다. 다툼은 이미 충분히 많았다.

테른도크가 먼저 뭉쳐 있던 분위기를 풀었다.

"그나저나, 나라가 풍족하고 드넓으니 남부에는 저런 같잖은 사태까지 벌어지는군."

"……."

"재미있게 돌아가는 꼴이야. 안 그래?"

"……."

"전쟁은 끝났는데 피바람이 불지 않는 곳이 없어. 아, 이쪽도 마찬가지인가."

"라르크는 곧 정리될 겁니다."

테른도크가 불쑥 물었다.

"……아직도 그 여자를 사랑하나?"

예상 밖의 질문에 테른도크를 향해 시선을 옮긴 파사드의 고개가 느릿하게 옆으로 기울였다. 이윽고 파사드의 입가에 맥없는 미소가 떠올랐다. 기분 좋은 미소는 아니었으나 오랜만에 보는 그의 웃음에 테른도크도 덩달아 흔흔한 기분이 되었다. 어쩌면 술기운인지도 모른다.

"그러고 보니 쭉 궁금했는데…… 그동안 하도 정신이 없어 제대로 물은 적이 없군. 순종적인가? 아니, 전쟁터에 뛰쳐나와 네게 칼까지 들이댔다는 여자이니 순종적일 리 없을 터이고."

"……가늠할 수 없는 사람입니다."

"언사가 가냘프고 꽃처럼 향기로워 널 혹하게 하던가?"

빈 잔을 응시하던 파사드가 마른 입술을 뗐다.

"그다지."

"그다지?"

"……지는 법 없이 늘 저를 화나게 했던 걸로 기억합니다. 그러나 사람이 귀를 기울이게 하는 법을 아는 이입니다."

테른도크는 이해가 가지 않는다는 표정을 지었다.

"말대답을 하며 심기를 거스르는 드센 여자가 네 취향일 거라고는 생각해 본 적 없는데. 용모에 북부 여성으로서의 아름다움이 넘쳐나나?"

"……서거하신 비 전하나 다른 수도 내 영애들에 비해 특별히 아름다운 고아함을 지니지는 못했습니다. 하지만 아시다시피 저는 그녀를 전쟁터 밖에서는 본 적이 없습니다. 갑옷과 허름한 털옷은 늘 미색을 가리지만 제게는 아름다워 보였습니다. 객관적인 감상에 관하여는 한 번도 다른 이들의 의견을 구해 본 적 없어 모르겠습니다."

"머리도 아주 짧다지."

"군에 남겠다 자처하며 그녀 스스로 잘랐습니다."

"부끄러움을 모르는 여자로군."

북부 여자들에게 머리칼이란 귀중한 것이었다. 제 스스로 잘라 버리고 군에 남는다는 게 그다지 상상 가지 않는 이야기였다. 그러나 파사드가 모처럼 경계를 풀고 이야기를 늘어놓는 데에 만족한 테른도크는 몹시 관대해졌다.

"라르칼리아라는 그 말은?"

"……."

"이 와중에 내가 말 한두 마디에 다시 그 여자를 죽이겠다 나설까 싶어 입을 다무는 거라면, 네가 믿건 안 믿건 당장 그럴 생각은 없다 하겠다. 어차피 조만간 제국의 손에 쥐일 공석늘과 함께 있는 그 여자에게 북부의 위협은 멀기만 할 테니까."

"모든 진실에 맹세하건대, 그녀는 그저 라르크를 사랑하는 고결한 마음을 가진 한 여자입니다. 폐하께 바치는 존경과는 조금 다르나 저는 그녀를 존경할 만한 사람이라 여깁니다."

말을 잇는 내 파사드는 이젠 다 아물어 버린, 그러나 더 이상 이전과 같지 않은 제 오른손이 다시 쑤셔 오는 걸 느꼈다. 아마 그녀와 라르크 사이의 감정 또한 이와 마찬가지일 것이다.

이제는 전과 같을 수 없음이라.

그리 만든 것은 제 앞에 앉아 있는 그의 왕과 모자란 자신이었다.

"존경이라…… 평민이라 들었는데 말이야."

"예. 하지만 태어난 가문만이 고결함을 표상한다면 우리가 경계해야 할 탐욕과 사욕도 고결해지는 것일 터입니다."

테른도크는 낮게 웃음을 터뜨리며 긍정했다.

파사드 역시 어린 시절을 뮈아드로에서 보냈으니 당연한 것이겠지만, 그들은 뮈아드로를 둘러싼 수많은 귀족들의 사특하고 교활한 다툼을 지켜보며 자랐다. 그들의 틈바귀에서 살아남기 위해 때로는 인간임을 잊기도 했다.

파사드는 지겨운 다툼의 도피로 전쟁터를 택해 떠났으나, 테른도크는 그럴 수도 없었다.

테른도크는 언제나 노르테 홀의 왕좌를 지켜야 하는 왕이었다. 왕궁을 떠나면 언제 승냥이들이 왕좌로 달려들지 몰라 불안과 분노로 하루하루를 버텨 내야 한다. 일이 주 남짓 사냥을 위해 한 해에 서너 번 정도 성을 비우는 것이 그가 할 수 있는 유일한 외출이었다.

"그래서, 아직도 사랑하냐고?"

시간이 꽤 흘렀는데. 테른도크가 웅얼거리듯 혼잣말을 더했다.

"사람이란 쉽게 변하지 않는다 믿습니다."

한순간에 돌변하여 지금까지의 비정한 개혁을 함께 이끌어 온 파사드에게는 그다지 어울리지 않는 말이었다.

"네가 그 정도로 말하니 정말로 언제 한 번 만나 보고 싶어지는군."

"만일 폐하께서 그녀를 만나 보신다면."

"……."

"아마 폐하께서도 그녀에 대한 특별한 감상을 느끼실 수도 있을 거라 생각됩니다. 기실 저는 폐하께서 그녀를 만날 일이 없길 바랍니다."

"내가?"

저게 무슨 소리란 말인가.

기가 막힌 눈으로 파사드를 바라보던 테른도크가 이내 잔을 내려놓고 배를 잡은 채 키득거리며 웃었다. 미쳤나? 너 정말 미친 거냐? 감히 내게 투기를 보이나? 우스워 죽을 것 같았다. 아무리 사랑에 빠진 남자는 어리석어진다지만 어디 북부의 왕이 한낱 평민 여자에게 빠져 가장 충직한 가신과 치정극을 벌일까.

농담이겠지만 그래도 황당하기가 한이 없는 말이다.

"나 참, 정말 네게서 그런 정신 나간 소릴 듣는 날이 올 줄이야."

파사드가 저 정도까지 그 여자에 얽매여 있다는 것을 새삼 깨닫고 나니, 테른도크는 한때 파사드를 믿지 못해 조바심 냈던 것이 떠올라 조금 껄끄러운 기분에 잠겼다.

테른도크는 느른히 등 근육에 힘을 풀고 몸을 바로 기대며 물었다.

"하면 그 여자도 너와 같았나? 내가 옹졸히 너희를 갈라놓았나?"

농담처럼 가벼운 물음이었으나, 그 안에는 약간의 죄책감이 배어 있었다. 내내 부드럽게 침착한 눈을 하던 파사드의 눈가가 잘게 떨렸다.

잔을 쥔 그의 왼 손등 위로 핏줄이 도드라졌다. 파사드는 힘없는 반대 손을 들어 손목을 조심스레 네 손가락으로 감싸 누르며 단조롭게 답했다. 그의 살짝 떨어진 시선이 팔란 숄고의 반지가 끼워진 왼손의 검지에 향했다. 붉은 루비로 장식된 브류나크의 반지는 없었다. 못 본 지 시일이 꽤 되었다. 테른도크는 문득 그 사실을 깨달았으나, 대수롭지 않게 넘겼다.

"아니요. 저 혼자만의 감정입니다."

파사드는 이미 세 번이나 그녀에게 사람을 보냈다.

처음은 자파인 후가 자결할 것을 알게 된 직후였다. 견딜 수가 없어서, 자신이 무엇을 바라는지도 모른 채 남부로 은밀히 서간을 남겼다. 그러나 답은 되돌아오지 않았다.

당시 마리포사들이 서부 침략에 정신없을 와중이었음을 알아 애써 마음 눌렀다.

그리고 두 번째는 모르가나의 황위 계승전의 전조가 뚜렷해졌다는 소식을 들은 후였다.

개혁은 아직 완성되지 않았고, 저 역시 북부에 묶여 있는 상황이었지만 최근의 라르크는 테른도크와 파사드 자신을 중심으로 움직이고 있었다. 공식적이지는 못하더라도 르엔과 자칼린 둘의 목숨 정도는 책임질 수 있었다. 하여, 문제없이 뮈아드로로 돌아올 수 있도록 귀물 하나를 봉하여 함께 보냈다. 그러나 답은 돌아오지 않았다. 사신조차도.

그리고 세 번째는 바로 한 달 전이었다.

생각해 보면 그녀로부터 답이 돌아오기를 바란 것이 어리석은 일인지도 모른다. 자칼린마저 그들에게 연통 한 번 넣지 않고 있는 상황이었다.

지금 이 순간에도 파사드는 불시에 치고 들어오는 불안이 씁쓸했다. 제가 이리 버티는 동안 혹 그들에게 변고가 생기지는 않을지, '그때'까지 그들이 버텨 낼 수 있을지.

남부의 소식이 한 번 국경을 넘어올 때마다 몸이 바르작 굳어진다. 가슴에 층층이 쌓인 미련도 두터워진다. 미련이 목구멍을 가득 채워, 물 한 모금 넘기기도 수월하지 못했다. 언젠가 그녀가 그랬듯, 살기 위해 꾸역꾸역 목 안으로 음식을 넘기는 게 고작이었다.

한참을 파사드의 떨리는 손을 바라보던 테른도크가 흐트러진 제 머리칼을 빗어 넘기며 시선을 비껴 돌렸다.

"……척애隻愛라는 거, 정말 성격 버리게 만들지."

파사드가 작게 웃으며 되물었다.

"폐하께서도 해 보셨습니까?"

"아마도 그대보다는 오래."

"잊히셨습니까?"

테른도크는 대답하지 않았다.

파사드 역시 재차 묻는 일 없이 다시 빈 잔을 채웠다.

"파사드, 그러면 너는 그 여자를 죽이라 명한 나를 원망하나?"

"……저 또한 마찬가지로 브류나크의 의무를 주지하며 살아왔습니다. 폐하께서 느끼실 독존으로서의 의무감에 감히 비견하는 것이 무례일 터이나, 당시 폐하의 준명이 어떤 이유로 내려진 것인지 충분히 납득합니다. 제 불찰입니다."

"하지만 날 원망하지."

"저는."

"내가 그리도 원망스러워 내 앞에서 그리 자해를 했지. 손을 버렸지. 나를 위해 검을 잡지 않겠다고."

"폐하를 원망하여 폐하를 위해 검을 삽지 않겠다는 뜻이 아닙니다. 제가 라르크를 위해 검을 들 자격을 잃었기 때문입니다."

"말은 여전히 그럴듯하게 하는군……."

피식 웃는 테른도크의 벽안을 바라보던 파사드는 필연적으로 오래전의 기억을 떠올렸다.

발로이드, 그자도 저리 청청한 벽안이었더랬다.

너희가 그녀를 죽게 할 거라며 저주했던 발로이드도 그랬다. 그러나 처음 전선에 들이닥쳐 라르칼리아의 존재를 떠벌렸던 발로이드도 죄는 피해 갈 수 없었다.

"……폐하, 우리는 누구도 태생의 죄에서 자유롭지 못합니다. 다만 내버릴 수 없으니 이해하고 안아 헤쳐 나갈 뿐입니다."

북부는 그녀를 잃었다. 누구의 잘못이 가장 컸을까.

라르칼리아의 존재를 암시해 그녀가 어쩔 수 없이 라르크에 스스로를 폭로하게 한 발로이드의 죄인가. 저 홀로 떳떳하게 그녀를 사랑하기 위해 허겁지겁 파혼을 청했던 자신의 죄인가. 구구절절한 뜻과 향후의 계획에 관한 이야기 없이 도달한 파혼장에 겁먹었던 테른도크의 죄인가.

이미 잘잘못을 따지기에는 한창 늦었지만, 인간인 이상 가끔은 그 답 없는 질문을 곱씹게 되는 날이 있다.

결국 취기를 이기지 못한 테른도크가 소파 위로 쓰러지며 웅얼거리듯 물었다.

"……리오낙은 언제 가져갈 거냐? 수리가 끝난 지 한참인데 네가 여전히 찾지 않는다더군."

"폐하께 돌려 드린 것입니다."

"필요 없다, 가져가."

"이제 폐하의 것입니다."

테른도크의 목소리가 조금 거칠어졌다.

"파사드, 나는 너에게 독립을 약조한 바 없음이다. 그럴 생각도 없다."

파사드는 불쾌한 기색 없이 가만히 널브러진 테른도크를 응시했다. 파사드가 자리에서 일어서려 하자 테른도크의 손이 돌연 잡아채듯 그의 오른 손목을 움켜쥐었다. 시퍼런 핏줄이 도드라질 만큼 센 힘이었다.

"가지 마라."

테른도크가 혼곤에 잠긴 목소리로 거듭 뇌까렸다.

"파사드, 너는 떠나지 마라."

"……."

"파사드, 너는 떠나지 마."

"오늘 밤 조금 더 머물러 폐하의 대화 상대가 되라는 명이라면 어렵지는 않습니다만, 시간이 늦었습니다."

테른도크의 매인 목소리가 적적하게 울려 퍼졌다.

"너는 그들처럼 떠나지 마라. 너는 비록 하얀 늑대는 되지 못했으나 그래도 나와 같은 늑대의 후예다. 그러니 맹세해라."

작게 벌어졌던 입술을 다문 파사드의 검은 눈동자가 씁쓰름히 빛났다.

이미 북부는 많은 이들을 떠나보냈다. 그들의 빈자리에 테른도크가 바라는 이들이 대신 자리를 차지하고 앉아 있음에도, 사람이란 때때로 새것보다 옛것을 그릴 때가 있는 법이다. 술기운에 늘어진 테른도크가 조르듯 중얼거렸다.

"그러니 너는 떠나지 않겠다고 내게 맹세해라."

"……저는 영원히 폐하의 충직한 신하로 남을 터이나, 결국 끝엔 오롯이 홀로 선 북무의 늑대만이 남게 될 겁니다."

"맹세해."

"폐하께서 스스로 그러기를 바라실 겁니다."

그럴 리가 없지. 내가 너까지 보낼 리가. 다 그리 보냈는데, 내가 너까지 보낼 리가 없잖나.

힘없이 중얼거리던 테른도크의 벽안이 눈꺼풀 아래로 스르르 가려졌다.

❖‧❖

재상 라페로바한이 죽은 후, 반트라 불리는 정신 아래 뭉쳐 있던 귀족들은 급속도로 무너지기 시작했다. 그에 반발해 왕에게 반기를 든 이들은 전쟁 영웅 파사드 칼란독 브류나크와 다시 재기한 원포드 경에 의해 무차별 참당했다. 갖가지 비리가 드러나며 반트의 실세였던 자들이 장장 구십 년 만에 부활한 전범 수용소 크랑크스에 매일같이 수감되었다.

그로부터 한 달 후 '아우토모노의 난', 일명 에스란드의 봉기 사건마저 재조사에 착수하게 되었다.

공가 브류나크가 보존하고 있던 투엘라르가의 죽은 가주가 남긴 서신을 기점으로, 그들의 무고함에 대한 여론이 높아지고 재조사가 시행된 지 넉 달.

도트발 잔트 호드 901년 여섯 번째 달.

무고하게 죽은 이들의 명단이 발표되었다. 그들을 모략한 것은 한때의 반트 세력이었으며, 그 배후라 지목되어 체포된 남부 출신의 몇몇 귀족들은 제 측근들의 이름을 누설하며 형량을 거래했다.

공가의 붉은 늑대, 파사드 칼란독은 억울하게 죽은 이들을 향해 공개적인 추모사를 올리고, 그들의 영지와 흩어져 있던 살아남은 가문의 일원들을 찾아 영구히 돌볼 것을 약속했다.

엘더스, 크로켄트, 위뵈크, 타스 그리고 투엘라르.

평화 속에 잠들라.

새로이 세워진 류가 호수의 석비 앞에서 많은 이들이 조의의 봉화를 올렸다.

그 무렵 남부 모르가나.

이가 산맥 동쪽, 북부군에 의해 견제당해 기세가 꺾인 다락 민족과 반제국주의를 주장하며 황자 중 한 명과 작당하였다 알려진 앙레디움의 왕 이오닌이 다시 무릎을 꿇었다는 소문이 퍼졌다.

그리고 벨루비르하인 2세의 마리포사 숙청을 위한 움직임이 감지되기 시작하였다.

❖·❖

시간은 빠르게 흘렀다. 전쟁이 끝나고 북부가 변혁에 접어든 지도 해를 훌쩍 넘긴다.

그리 긴 시간도 아닌데 그간 참 많은 일이 있었다. 북부는 완전한 체제 전복의 막바지 단계에 이르렀고, 남부는 그보다 심각한 격통을 앓았다. 어느 쪽이 더 건설적이냐 하면, 단연 북부가 더 건설적인 성장통이었다. 테른도크는 벨루비르하인 2세를 처음으로 이긴 것 같은 고양감에 심취해 있었다.

테라스의 난간에 기댄 테른도크가 늦가을의 바람을 만끽했다.

대개 이쯤의 가을이면 몹시 추워야 하는데, 어쩐지 오늘은 볕이 좋았다. 그래서 '오늘은 무엇도 하지 않겠다.'라고 일찌감치 결심을 선포하고, 착실히 수행해 누리는 참이었다.

"파사드는 아직도 남부에서 돌아오지 않았다던가?"

대기 중이던 도 로바쥬가 지체 없이 답했다.

"예."

"……아아."

테른도크가 쓸쓸히 입술을 당겨 웃었다.

지난 초여름, 마리포사들은 결국 그들 존재의 종지부를 찍었다. 과도하게 서부를 침략하여 반동으로 부서진 셈이다.

소식이 들기 무섭게 파사드는 모든 업무를 내려 두고 남쪽으로 내려갔다. 행선지를 비밀로 하려는 품새가 가련하여 모르는 체해 주었다.

'……이제 와서.'

파사드에게는 애석할 일이었지만 테른도크에게는 차라리 잘된 일이었다. 눈엣가시 같던 변절자 가문인 마리포사마저 자신의 대에서 끊어졌다.

곧 테른도크는 신경을 거두었다. 그 살인 기사들이 정말로 끝장이 났는지, 어쩌다 그렇게 된 건지도 궁금하였지만 그보다 중한 것은 제 눈앞의 백성들이다.

그리고 백성들보다 더 중한 문제도 있다. 그건 일종의 자각과도 같은 것이었다.

얼마간 백색 궁의 가장 높은 곳에서 남쪽의 시가지를 내려다보던 푸른 눈동자에 공허함이 어렸다.

귀한 햇살을 맞기 위해 맨몸으로 집밖으로 뛰쳐나오는 아이들이 있고, 그런 아이들의 귀를 잡아 끌어 성벽의 가장자리를 따라 걷는 아낙들이 있다. 농작을 하거나 목축을 하는 사내들이 땀 어린 수확물을 이고 성문을 넘어온다.

푸른 눈동자는 붉은 것과 하얀 것이 뒤엉켜 펄럭이는 성 밖의 풍경을 유심히 바라보았다. 성벽 위에는 온통 하얀 늑대의 깃발들이 나부끼고, 성 안에는 붉은 문양 기가 곳곳에서 펄럭인다.

무심코 테른도크는 손가락 새에 걸린 얇고 낡은 가죽끈으로 이어 만든 순록 발굽의 목걸이를 매만졌다.

낡고 질박한, 초라하기까지 한 목걸이지만 버리지 못했다. 이것은 얼마 전 파사드와 함께 수도 내의 순시를 나갔을 때 어느 사냥꾼의 아들이 바쳐 올린 것이었다.

정확히는 파사드에게.

―각하! 각하! 이것 바, 바, 받아 주세요!

몇몇의 호위들만 이끌고 밖으로 나선 그들의 등 뒤를 한참이나 졸래졸래 따라오던 아이는, 제 아비가 금년의 첫 사냥으로 잡아온 순록의 발굽으로 만든 것이라며 이 낡은 목걸이를 내밀었다.

―저어, 저, 각하, 감사합니다. 지난 봄에 무료 진료소 의원님이 뱀에 물린 제 아버지를 구해 주셨어요. 정말로 감사합니다. 이, 이거, 정말 별거 아니지만, 정말 별거 아니지만 행운이 따를 거라고 해요. 올해 첫 사냥에 잡아온 커다란 순록의 발굽으로 만든 거예요!

테른도크와 파사드의 코앞까지 대령된 소년은 감격한 것처럼 요란을 떨었더라.

물끄러미 선 채로 소년을 바라보던 파사드는 한참 후에야 조용히 낡은 가죽으로 엮어 만든 투박한 목걸이를 건네받았다.

―고맙게 받겠다.

꼬질꼬질한 차림의 소년은 활짝 웃으며 파사드와 테른도크와 그 뒤의 기사들에게까지 깊이 허리 숙여 인사한 후 껑충껑충 뛰어 달아났다.

사냥꾼의 자식답게 달리기는 재빨랐는데, 웃는 품새는 토끼의 껍질처럼 하얗기 그지없었다. 파사드는 소년의 모습이 완전히 골목 저편으로 사라지자 공손히 그에게 목걸이를 내밀었다.

—브류나크에 바쳐진 모든 것은 폐하의 것입니다.

—저 녀석은 네게 주었는데?

—늑대에게 바친 것입니다.

테른도크는 퉁명스러운 기분으로 목걸이를 건네받았다.

보잘것없는 평민의 물건이었다. 소리굽쇠의 형태로 가공된 투박한 질감의 발굽에 이어진 저질의 가죽끈, 짐승의 누린내가 나는 듯한 조야함.

하지만 테른도크는 그 순간에야 비로소 수도의 백성들을 알게 되었다.

파사드와 달리 테른도크는 그다지 얼굴이 알려지지 않았다. 충분히 그를 알아보지 못했을 수도 있는 일이다. 하지만 온 신경이 파사드에게 집중되어 있던 어린 소년에게 사실 왕의 존재는 중요치 않을 것이었다.

예감하게 되었다. 의심하게 되었다.

저런 소년들이 수두룩 넘쳐 나 붉은 늑대를 사랑한다 외칠 것이고, 저런 소년들이 자라나 언젠가 그의 농부가 되고, 그의 군대가 될 것임을.

겁쟁이의 기우라 해도 어쩔 수 없었다.

왕궁은 그의 집이고, 이 드넓은 북부는 그의 땅이다. 만인의 존경을 받아야 하는 이는 테른도크 본인이어야 했다.

성 밖의 붉은 것과 하얀 것이 뒤엉킨 그 풍경을 외면한 테른도크의 입가에 서늘한 웃음기가 어렸다.

언제부터였던가.

수도 곳곳의 아이들이 붉은 늑대의 문양 기를 달고 뛰어다녔다. 뮈아드로와 인근 위성 도시 빈민가에 세워진 무료 진료소의 의원들은 붉은 늑대의 멘테를 두르고 다녔다. 백성들은 습관처럼 그런 그들의 뒤를 쫓아다니며 환호했다. 가을을 앞둔 이들을 구휼하기 위해 왕실에서 펼친 구휼 정책으로 보릿고개를 넘길 수 있을 만큼의 작은 적선을 내렸을 때도 백성들은 브류나크의 두 늑대들에게 이마가 닿도록 절을 했다.

군사들은 브류나크를 향해 충성을 한다 목청을 높여 소리쳤으나, 그 브류나크가 어떤 브류나크인지 알 수가 없었다. 귀족들로부터 차출한 사병들의 훈련은 전부 파사드가 도맡아 하고 있었으므로, 어쩌면 그 브류나크는 파사드일는지 모른다.

귀족들은 브류나크에 충성을 다하겠다 말했지만 테른도크를 두려워하는 만큼 파사드를 두려워했다. 새해를 맞아 왕성에 충성을 맹세하기 위해 찾아오는 귀족들이 왕성을 들렀다 브류나크의 공저에 들르는 사태까지 이르렀음이다.

재상제를 폐지시켰으니 또 한 명의 솔고를 선출해 겉보기나마 구색을 맞추다 해도 실질적으로 발언권이 있는 것은 파사드뿐이다. 이념과 관계없이 척결당하는 귀족들에게 있어 기실 이제 반트니 팔란이니 하는 것은 중요한 문제가 아니었다. 북부에 군림하는 두 늑대의 눈 밖에 나지 않는 것이 그들의 지상 과제가 되어 버린 시대.

귀족들은 하얀 것을, 백성들은 붉은 것을 좇는다.

이 모든 것을 시작할 때의 파사드의 목소리가 떠오른다.

─진승의 관심이 가시기 전에 브류나크로 군권을 집중시키겠습니다. 폐하께서는 궁내부의 행정권과 귀족들의 동태에 유념하십시오. 민생에 관한 모자란 예산과 그들을 사로잡을 자금은 공가의 창고를 열

어 베풀겠습니다. 모든 것은 브류나크의 이름으로 행해질 것이며 민심 역시 브류나크에 있을 터이니 귀족들의 반발을 꺾기도 쉬워질 겁니다.

'아아.'

테른도크가 자조했다. 제 어리석음이 서글프다.

파사드는 약조하지 않겠다던 제게 그리 말했다.

―……그리고 모든 것이 가함이 만천하에 드러나면 폐하께서는 저를 놓아주실 수밖에 없게 될 터입니다. 시작은 공가에서부터 이루어질 터이니.

제 곁에 남아 죽도록 보좌하라는 취중의 간구에 그리 답했다.

―……저는 영원히 폐하의 충직한 신하로 남을 터이나, 결국 끝엔 오롯이 홀로 선 북부의 늑대만이 남게 될 겁니다.

그때 테른도크는.

―폐하께서 스스로 그러기를 바라실 겁니다.

그 시절의 고독 속에서 테른도크는 그럴 리가 없다고 생각했다.

❖·❖

도트발 잔트 히잔 902년 첫 번째 달.

매해마다 잇는 충성 맹세의 절기를 앞둔 겨울이었다.

북부 유일 늑대의 왕좌는 싸늘한 적막에 감싸였다. 서늘한 공기가 대리석 바닥과 늑대의 얼굴이 깎여 있는 매끄러운 기둥들 사이를 헤치고 지났다.

기둥에 걸린 횃불 십여 개에 의존한 오롯한 왕의 세계, 가늘고 뾰족한 잎사귀가 뒤엉킨 무늬가 조탁된 회탁한 백금의 왕좌, 노르테홀의 출구까지 한 치의 주름도 없이 뻗어 나간 매끄러운 붉은 융단,

이 모든 것이 차디찬 노여움에 잠겨 있었다.

피로감이 역력하게 배인 테른도크의 음성이 울려 퍼졌다.

"내가 어리석었다."

응당 갖춰야 할 성장을 꼼꼼히 갖추고 곧게 선 사내의 등에는 붉은 늑대의 멘테가 둘러져 있었다.

붉은 융단을 디디고 선 파사드는 테른도크의 눈에도 몹시 고결한 이였다. 흔들리지 않는 검은 눈동자와 한참이나 신경전을 벌이듯 눈싸움을 하던 테른도크가 입술을 열었다.

"내가 궁내부와 귀족들의 다툼에 신경을 기울이는 동안, 너는 부러 공가의 위상을 드높이는 짓을 해 왔음이라. 붉은 늑대 기를 무상으로 나누어 주고 의원과 노역을 돕는 병사들에게 두르게 하고 너를 통해 인근 영지에 이르는 모든 수레에 붉은 늑대의 덮개를 씌웠다. 네가 의뢰한 붉은 늑대 기만 수천 장이라, 할리페 자작으로부터 이미 보고 들었다."

"……."

"이 또한 왕가를 배반함과 같다. 나의 우로구나."

공가의 위상이 왕가에 맞먹었으므로, 일이 이 지경이 되도록 내버려 둔 것은 명백한 테른도크 자신의 우였다.

파사드는 말없이 턱을 내려 고개를 조아렸다.

테른도크는 그간 저와 함께 피 묻혀 온 사내를 바라보았다. 그들은 급진적인 시류를 함께 헤쳐 왔다.

과정은 몹시도 참담했다. 오늘 한 불온 분자를 쳐 내면 내일 또 다른 불온 분자가 일어났고, 내일의 불충한 이를 견제하기 위해 포고하면 숨죽인 채 발톱을 갈던 또 다른 이들이 승냥이처럼 달라붙어 왕가를 헐뜯어 댔다.

혹시 모를 일이 불안하여 테른도크는 열다섯 시간, 열여섯 시간씩 집무실의 책상머리에 앉았던 날도 수두룩했다. 그들의 개혁에 위협이 될 가능성이 있는 모든 귀족들의 동태와 군사의 움직임들이 적힌 보고문이 매일같이 갱신되어 집무실 책상을 뒤덮었고, 충성을 맹세한 이들에게 베푼 수많은 연회에 일일이 참석했다. 허위 정보를 가려 내는 것, 예상치 못한 변수를 지닌 것, 저들 가문과 왕가 사이의 역사, 혹시 모를 개인적인 감정까지 온갖 것을 게으름 부리지 않고 추려 내려 애썼다.

그가 가진 것은 행정과 재판권이었으며, 파사드가 가진 것은 군권과 민심이었다. 하여 파사드의 움직임까지 세심히 살피지 못하였다. 백성들이 늑대를 찬양한다는 보고가 올라올 때마다, 매해 왕실로 바쳐지는 백성들의 성의가 늘어날 때마다 만족했다.

고통을 삼키며 단행한 일들이 이제는 결실을 목전에 두고 있음이라.

귀족들의 사병은 브류나크의 감시를 받고 있으며, 영주들은 겉보기나마 충성을 다하고 있었고, 입김이 세던 귀족들의 삼분지 이가 척결당해 사라진 빈자리는 전부 테른도크를 따르는 이들로 채웠다.

하지만 결실의 앞에 이르고 나서야 알았다. 어느새 공가가 왕가의 위상에 견주어 있었다.

아니, 어쩌면 백성들은 귀족들의 폐단을 공정히 벌하는 왕가보다 그들의 민생을 돕는 공가의 붉은 늑대를 더 사랑하는지도 모른다. 우매한 백성들에게는 명예로운 북부인으로서의 긍지보다 그들의 삶이 더 중했을 터이니.

제 입으로 인정하려니 차마 목 안쪽이 떨려 쉬이 소리 낼 수가 없었다.

유서 깊은 왕궁의 노르테 홀, 북부 유일의 왕좌. 테른도크는 여전히 파사드보다 높은 곳에 서 있었고, 파사드는 여전히 그의 신하로서 단상 아래에 서 있었다.

스무 걸음 남짓의 거리. 그러나 실상 파사드와 자신 사이의 거리는 로크란드와 뮈아드로의 거리만큼 멀었다.

지난 몇 달 새 눈에 띄게 초췌해진 파사드가 희미하게 웃으며 조용히 입술을 뗐다.

"……그리고 이제 폐하는 거의 다 이루셨습니다."

"네가 나를 쥐고 흔든 것을 알면서도 너 하는 말 족족 옳았기에 눈감았다. 네가 한 불편한 일들도 너를 믿기에 내버려 두었다. 그런데."

"……."

"그런데 넌 너를 신뢰한 나를 이런 벼랑까지 몰아왔다."

한 왕국에 같은 핏줄을 지닌 같은 이름의 두 가문이 대등하게 설 수는 없었다. 그들이 무수한 비극과 상실을 딛고 쫓아온 이상은 이두정치二頭政治가 아니었다.

"내가 널 어찌할 줄 알고 이런 참담한 지경에 이르게 했나."

"……."

"어찌 기본의 가르침을 잊었나. 아니, 잊은 것이 아니라 무시한 것이겠지. 일부러 그리했겠지."

공가는 왕가에 버금가선 안 된다. 그것은 모든 공가의 아이들이 배우는 기본 이념이었다.

한쪽 무릎을 꿇고 고두한 파사드의 음성이 노르테 홀을 울렸다.

"명실상부 이 시대가 택한 북부의 왕은 제가 아닙니다. 온전히 폐하십니다."

시간이 지나면 파사드는 저를 이해할 거라 믿었다. 북부의 정점에 선 늑대들의 의무였다.

테른도크는 차갑게 광소하며 이마를 짚었다. 얼굴이 타들어 가는 것처럼 뜨거웠다. 공가가 왕가를 넘어서기 시작하려는 사태에 대해 조언을 구할 만한 자는 전부 죽었다.

그들의 연륜과 재기도 함께 죽었다. 파사드와 그가 죽었다.

언젠가 파사드가 했던 말처럼, 이 모든 단행의 끝에 홀로 서야 하는 북부의 늑대만이 남았음을 그는 인정하지 않을 수가 없었다.

"……너는 처음부터 이럴 생각이었던 거겠지. 내게 모든 늑대의 의무를 내팽개치고 떠날 생각이었던 거군."

처음 제게 공국을 인정하라 말했을 적에는 의무에 짓눌린 그가 보인 잠깐의 반항일 거라 생각했다. 그날 이후로 파사드는 단 한 순간도 독립을 주장하지 않았기 때문이다. 하여 그 남부와 헛짓거리를 하며 불역하게 구는 것도 보아 넘겼다.

물론, 그렇지 않더라도 북부의 늑대가 일생을 짊어져 온 의무의 무게에서 벗어난다는 건 갈리아우 산맥의 만년설이 녹아내리는 것만큼 상상하기 어려운 것이었다.

—만일 그에게 이 평화마저 저버릴 만큼의 가치를 지닌 무언가가 생긴다면…….

가슴 안으로 휘몰아치는 두려움에 테른도크는 그도 모르게 잇새로 신음을 흘렸다. 비통하여 가슴 뜯기는 기분이었다.

—……그때가 오거든 폐하와 그 뜻이 상충하지 않기를 바랄 뿐입니다.

자파인 후, 그대는 어찌 그리 현명했나? 묻고 싶으나 그는 한 줌의 재로 화한 지 오래였다.

자파인 후가 우려했던 대로 결국 파사드의 뜻과 제 뜻이 상충하니, 북부의 늑대는 또 다른 늑대를 찢어 던져 버리지 않을 수가 없게 되었다.

테른도크의 눈빛에 체념이 떠오르는 것을 읽어 낸 파사드가 공손을 빙자한 단호함을 담아 말했다.

"소신 파사드 칼란독, 북부의 붉은 늑대로서 마지막까지 의무를 다하기 위해 분투했습니다. 그러니 폐하."

언제나처럼 침착하고 차분한 목소리가 황량한 노르테 홀에 울려 퍼졌다.

"이제 마땅한 보상으로 저를 놓아주십시오. 불역한 자를 버려 주십시오."

그마저 내쳐 버리면 제게 남는 이는 아무도 없을진대.

"이제는 폐하께서 이룩해 나가셔야 할 것들만 남았습니다."

왕이기에 그를 알고도 잡을 수가 없었다.

적당한 명분을 붙여 그를 내쳐야 한다. 그러지 않는다면 언젠가 제가 공가의 명예를 무너뜨려야 할 날이 올 것이다. 파사드가 그리 몰아왔다.

이미 지난 수개월간 그리도 목 안쪽에 잠겨 테른도크를 괴롭히던 한마디가 떨어졌다.

"너를 용서하겠다."

"관대한 용서, 달게 받겠습니다."

"……너는 나를 실망시키지 않겠지."

"제 일생 단 한 번도 폐하를 실망시킨 기억이 없음이 영광입니다."

어쩐지 파사드는 홀가분히 웃는 듯했다. 제게만 그리 보인 건지도 모른다.

테른도크는 분노로, 후회로, 허망함으로 꽉 잠긴 목에 힘을 주었다.

"공저는 그대로 너의 소유로 두겠다. 너는 매해 저들과 같이 충성을 맹세하러 나를 방문해야 할 것이다. 그 밖에도 내가 부른다면 언제든지 달려와야 할 것이다. 적적하여 말동무가 필요해 한 호출이라해도 거부할 수 없다. 그것이 신하 된 도리다."

"가슴에 새기겠습니다."

"로크란드와 라르크의 경계에 장벽을 세울 것이다."

"따르겠습니다."

장장 이백여 년의 역사였다.

공가와 왕가가 서로의 지붕이 되고 주춧돌이 되어 주며 이어 온 명맥이었다.

라르크의 역사는 격변했다. 테른도크는 속 뜨거운 기분을 이기지 못하고 결국 짧게 숨을 참았다 뱉었다.

"인정한다. 네가 이 북부를 통합했다. 파사드 칼란독, 비록 시태가 이리 바뀌었다 할지언정 이룩한 것은 변함이 없다. 이 모든 것은 너와 함께 나눌 영광이다."

"브류나크의 공은 모두 폐하의 것임과 같습니다."

"알아."

힘이 들어가지 않는 다리를 애써 세운 테른도크는 왕좌에서 일어서 열다섯 개의 계단을 내리 디뎠다.

저벅저벅. 그의 족성이 가까워질수록 파사드의 고개는 더욱 깊숙이 조아려졌다. 테른도크는 검은 머리칼의 늑대의 머리 위에 손을 얹었다.

"맹세해라."

"소신 파사드 칼란독, 라르카드단에 이를 수 있는 왕께서 부여한 권한을 포기하겠습니다."

"번복은 없을 것이다. 두렵지 않나?"

"평온할 것을 믿습니다."

"낙원에 이르지 못한 자는 비참할 뿐이다."

"그러지 않을 것을 압니다."

주저 없는 파사드의 대답에 의심 어린 눈빛을 던지던 테른도크가 힘없이 고개를 저었다. 돌이킬 수 없는 일이었다.

테른도크는 북받치는 감정을 참아 누르지 못하고 파사드의 앞에 한쪽 무릎을 꿇었다. 테른도크의 두꺼운 은색 털 망토가 널찍한 호선을 그리며 늘어졌다.

테른도크는 파사드의 얼굴에 떨리는 입술을 당겨 물었다.

지친 얼굴이구나. 너 역시, 나와 같이 우리가 걸어야 했던 비정함에 지친 게로구나.

야윈 그의 얼굴을 바라보던 테른도크가 파사드의 망가진 오른손을 쥐어 들었다. 오래전의 상처가 엄지와 검지 사이에 흉한 경계선으로 남아 있었다.

테른도크는 파사드의 손등에 입 맞추었다.

"네가 믿음을 보답했으므로, 나 역시 보답하겠다."

꽤 오랫동안 파사드가 떠난 자리를 바라보던 테른도크는 붉은 융단의 좌우로 제제하게 서 있는 노르테 홀의 기둥들 사이로 시선을 옮겼다.

횃불들이 눈 시리게 타오른다. 얕게 내쉬고 마시는 제 숨소리가 귓전에서 울리듯 선명했다. 걸음을 뗐다. 저벅저벅. 제 발소리만이 메아리친다.

뒤돌아 붉은 융단 끝의 차가운 왕좌를 올려다보던 테른도크는 제가 제 아비를 올려다보던 한때를 떠올렸다.

그 시절 그때에 그는 꿈만 넘쳐 나는 청년이었다. 제게 주어진 현실이 선인들의 모자란 유산이라 생각하면서도 어쩔 수 없음을 알아 타협해야 했던 한 사람의 인간이었다.

수많은 이들이 갖가지 사심으로 이 왕좌의 주위를 채우던 시절. 함께 전쟁을 논의하고, 함께 보릿고개를 걱정하고, 함께 탐욕스런 이들을 경계하며, 함께 불신했던 수많은 이들이 떠난 시간.

이제 그는, 정말로 혼자였다.

왕좌의 목전에서 한참을 굳어 서 있던 테른도크의 귓가에 삐걱, 은밀한 문이 열리는 소리가 들렸다.

끼이익. 테른도크는 반사적으로 고개를 돌렸다. 청청한 벽안에 윤기가 흐르는 붉은 적발을 헝클어뜨린 채 왕실의 일원들만 아는 비밀의 문틈 사이로 빼꼼히 얼굴을 내민 건 로지투스였다.

테른도크는 짧게 웃음을 터뜨렸다. 어딘가 마비된 듯했음에도 로지투스를 보니 절로 웃음이 났다. 슬픔도 함께 터졌다.

"거기서 무얼 하느냐."

"그…… 그냥, 잠시 폐하의 정무를 보시는 모습이 궁금해서……. 오늘은 바쁘지 않으신가 봐요……."

"……"

"무슨 일 있으세요? 폐하, 슬퍼 보이세요."

테른도크는 고개를 저었다.

"드나들어도 좋다고는 했지만 그 문을 사용하는 일은 신중해야 한다 하지 않았더냐."

테른도크가 손을 까딱이자 로지투스는 젖살이 빠지지 않은 뺨을 만지작대며 그에게 달려왔다. 테른도크는 로지투스의 허리를 안아 그대로 왕좌에 앉혔다. 로지투스는 깜짝 놀라 토끼처럼 눈을 크게 떴다.

테른도크는 내려놓았던 왕관을 로지투스의 머리 위에 얹으며 말했다.

자그마한 아이의 머리 아래로 쑥 가라앉은 왕관이 아이의 눈가까지 덮어 눌렀다. 아이가 눈을 가린 왕관을 앙증맞게 들어 올리려는 것을 테른도크가 막아 눌렀다.

"으, 폐하?"

"로지투스, 너는……."

테른도크는 간신히 소리를 끌어내듯 속삭였다.

그는 늘 존경스러운 아버지가 되고 싶었다. 제 아비와는 다른, 진정으로 닮고 싶은 강건한 왕의 군상이.

하지만 세상은 녹록치 않았고 바란 것을 죄 이룬 후 그의 곁에 남은 건 아무것도 없었다.

"……너는 홀로 서는 왕이 되지 마라."

가슴 쓰라린 인정은 입 밖으로 뱉고 나니 쉬웠다.

세상엔 세 종류의 왕 놀음자가 있다고 했다.

강철로써 굳건히 나라를 지키는 철의 왕좌, 독배를 나누며 나라를 서서히 도탄에 빠뜨리는 독의 왕좌, 스스로가 불에 타는 것도 모른 채 일국을 불살라 버리는 재의 왕좌. 그에 관한 해석은 학자마다 제각각이었지만 테른도크는 그리 생각했다.

젊음으로 반짝이던 시절, 그는 철의 왕좌를 꿈꾸어 왕관의 무덤 가장 높은 곳에 제 성취를 얹어 올리고 싶었다. 그러나 사람에게는 개개인의 한계를 절감하는 시기가 오는 법이다. 이미 돌이킬 수 없는 길의 끝에 이르러 알았다.

전부 다 잃고 두려움이 발끝을 갉아먹는 이 순간에 이르러서야 알았다. 다가올 미래, 홀로 서 버텨야 할 자신이 영원토록 고독할 것임을.

큼직한 벽안을 깜빡이던 로지투스가 입술을 우물거리며 몹시 황망한 얼굴로 손가락 끝을 비볐다.

"하지만 폐하, 제가 어찌 왕이……."

설핏 웃은 테른도크는 몸을 바로 세워 뒤돌았다.

노르테 홀을 반 가르는 붉은 융단의 좌우로 늘어선 것은 라르크를 지탱하는 기둥들이었다. 그는 이제 또 다른 기둥들을 세워 북부를 이끌어야 할 의무가 있었다.

수많은 이들이 디뎠던 붉은 융단, 이미 죽은 이들이 디뎠던 붉은 길, 이제 그에게 고두할 자들이 디딜 미래로의 길. 융단을 따라 미끄러진 테른도크의 벽안이 음산히 닫힌 노르테 홀의 철문에 이르러 멈추었다.

닫힌 문처럼 다물렸던 테른도크의 입술이 서늘한 소리를 뱉어 냈다.

"곧, 곧이다."

낙막한 공기가 폐부를 시리게 죄었다.

테른도크는 텅 빈 손을 내려다보았다. 천천히 주먹을 쥐었다. 제 손에 떨어진 세계였다. 온전히 그의 손에 들어온 이 세계가 조금은 두렵지만, 포기는 않을 것이다.

그것이 늑대의 정신이다.

남북 전쟁이 끝난 지 한 해 반, 도트발 잔트 히잔 902년 두 번째 달.

테른도크 란펠 브류나크, 작위 공작 제도를 폐지하며 공가 브류나크를 왕가로 합일할 것을 공언한다.

라르크의 왕 테른도크 란펠 브류나크는 전쟁 영웅이자 그의 친족인 파사드 칼란독 브류나크의 모든 군권을 이양받고, 파사드 칼란독에게 '옐시드의 대공작' 칭호를 하사한다. 로지투스 브리타 브류나크가 '브류나크'라는 사실 또한 이 시기 즈음 세간에 알려지기 시작한다.

테른도크 란펠 브류나크는 로크란드, 혹자는 록란드라 부르는 엘시드 대공작의 땅의 완전 독립을 인정하며 라르크의 헌법과 다른 법치 체계를 적용할 것을 허용한다.

그리고 로크란드 공국 독립 선포가 있은 지 한 달 후, 도트발 잔트 히잔 902년 세 번째 달. 테른도크 란펠 브류나크는 통합 당의 국왕 일인 체제를 선포한다.

그리하여 라르칼리아 왕조의 마지막 여왕 이후 폐지되었던, 장장 이백삼십여 년 만의 라르크 국왕 독재 체제의 막이 열렸다.

돌고 도는 역사 속에서 이 모든 것이 라르칼리아라는 이름의 한 여자로부터 시작되었음을 아는 이는 없었다.

—6권에서 계속—

BLACK LABEL CLUB 028
마리포사 5

1판 1쇄 발행 2016년 11월 21일
1판 2쇄 발행 2017년 7월 7일

지은이 신여리
펴낸이 신현호
편집부장 김은주
편집 김수민
편집디자인 한방울
영업·관리 김민원 이주형 조인희
물류 이순우 최준혁 김명일

펴낸곳 ㈜디앤씨미디어
출판등록 2002년 5월 1일 제117-90-51792호
주소 서울시 구로구 디지털로 26길 111 JnK디지털타워 503호
대표전화 (02)333-2513 팩스 (02)333-2514
전자우편 dncbooks@naver.com
디앤씨북스 블로그 http://blog.naver.com/dncbooks
디앤씨북스 로맨스 카페 http://cafe.naver.com/dnc2007
블랙 라벨 클럽 트위터 @blacklabel_c

ISBN 979-11-264-3969-0 (04810)
        979-11-264-3647-7 (SET)